개척자들

The Pioneers

James Fenimore Cooper

대산세계문학총서 141

개척자들
The Pioneers

제임스 페니모어 쿠퍼 지음 ─ 장은명 옮김

문학과지성사

대산세계문학총서 141_소설

개척자들

지은이 제임스 페니모어 쿠퍼
옮긴이 장은명
펴낸이 우찬제 이광호
펴낸곳 ㈜문학과지성사
등록번호 제1993-000098호
주소 04034 서울 마포구 잔다리로7길 18(서교동 377-20)
전화 02) 338-7224
팩스 02) 323-4180(편집) 02) 338-7221(영업)
전자우편 moonji@moonji.com
홈페이지 www.moonji.com

제1판 제1쇄 2017년 4월 28일

ISBN 978-89-320-2997-9
ISBN 978-89-320-1246-9 (세트)

이 도서의 국립중앙도서관 출판예정도서목록(CIP)은 서지정보유통지원시스템 홈페이지(http://seoji.nl.go.kr)와
국가자료공동목록시스템(http://www.nl.go.kr/kolisnet)에서 이용하실 수 있습니다.
(CIP제어번호: CIP2017007557)

이 책은 대산문화재단의 외국문학 번역지원사업을 통해 발간되었습니다.
대산문화재단은 大山 愼鏞虎 선생의 뜻에 따라 교보생명의 출연으로 창립되어
우리 문학의 창달과 세계화를 위해 다양한 공익문화사업을 펼치고 있습니다.

차례

일러두기

1. 이 책은 James Fenimore Cooper의 *The Pioneers*(New York: Penguin books, 1988)를 우리말로 옮긴 것이다.
2. 각주 중 '작가 주'라는 표시가 없는 것은 모두 옮긴이의 것이다.
3. 맞춤법과 외래어 표기는 1989년 3월 1일부터 시행된 「한글 맞춤법 규정」과 『문교부 편수자료』 『표준국어대사전』(국립국어연구원)을 따랐다.

책머리에(1823년)

서적 판매상 찰스 와일리 씨에게

모든 인간은 어느 정도 우연의 놀림감이고 작가들이라고 해서 이러한 우연의 굴욕적인 영향력으로부터 조금이라도 면제되는지에 대해서는 저는 아는 바가 없습니다. 이 책은 제 소설 중 세번째 작품인데 이 책이 마지막 작품이 될지 그렇지 않을지는 매우 불확실한 두 가지 우연에 달려 있습니다. 그중 하나는 여론이고 다른 하나는 제 자신의 기분입니다. 제가 첫번째 책을 쓴 이유는 제가 진지한 이야기를 쓸 수 없다는 말을 들었기 때문입니다. 그래서 저는 세상 사람들이 저를 모른다는 것을 증명하기 위해 그 누구도 읽으려 하지 않을 만큼 진지한 책을 썼습니다. 그 책에서 저는 그 사실을 아주 잘 증명해냈다고 생각합니다. 두번째 책은 제가 독자들에게 받은 무시를 극복할 수 있는지 없는지를 확인하기 위해 썼습니다. 제가 어느 정도 성공했느냐 하는 것은, 찰스 와일리 씨, 앞으로도 우리 사이의 비밀로 유지되어야 합니다. 세번째 책은 오직 저 자신을 기쁘게 하기 위해 썼습니다. 그러므로 이 책이 저 외의 모든 사람을 불쾌하게 만든다 해도 그것은 이상한 일이 아닐 것입니다. 상상력이라는 주제에 대해 단 두 사람이라도 같은 생각을 가진 적이 있을까요?

심미안의 이러한 상이성이 존재하지 않는다면 저는 비평이 인간이 습득한 것들 중 가장 완벽한 것이라고 생각할 것입니다. 제가 어느 박식한 비평가의 매우 현명한 조언을 받아들이기로 막 결심한 때에 또 다른 비평가의 비평이 실린 팸플릿이 제 손에 들어왔습니다. 그런데 이 비평가는 그 글에서 자기의 경쟁자가 칭찬한 모든 점을 비난하고 그 경쟁자가 비난한 모든 점을 칭찬하고 있는 것입니다. 그래서 저는 건초* 두 줌 사이에서 어쩔 줄 모르는 바보같이 되어버렸습니다. 그래서 저는 두 바보들 사이에 존재하는 한 줌의 건초처럼 저 자신의 활기찬 본성을 버리고 정적인 상태를 유지하기로 결심했습니다.

세상 사람들이 새롭고 참신한 모든 것에 대한 이야기를 들은 지 이제 오랜 시간이 지났다고 현명한 이들은 말합니다. 그러나 비평가들은 (교활한 인간들이지요!) 교묘한 편법을 이용해 가장 진부한 사상에 신선함을 부여합니다. 그들은 진부한 사상을 너무나 모호하고 형이상학적인 언어로 표현하기 때문에 독자는 얼마간의 수고 없이는 그들의 글을 이해하지 못합니다. 이것은 "지식의" 위대한 "방황"이라고 불립니다. 그리고 그것이 부적절하지 않다는 것은 제가 입증할 수 있습니다. 왜냐하면 저의 경우 자주 사상의 세계를 방황하다가 돌아오곤 했는데 제가 출발했을 때 그 사상들의 의미에 대해 완전히 무지했던 것과 마찬가지로 돌아왔을 때에도 무지했기 때문입니다. 순회도서관을 이용하는 지식인들이 이 어렵고도 복잡하면서도 균형이 잘 잡힌 문장들 중 하나를 파악하는 모습을 보는 것은 매우 유쾌한 일입니다. 그들은 비평가들의 표현이 모호한 데 정확히 비례해서 그 표현을 칭찬합니다. 현명한 듯 보이는 것이

---

* "건초"에는 일에 대한 보상이라는 뜻이 있다.

위대한 인간의 첫번째 요건이라는 것은 모든 사람들이 알고 있는 바이기 때문입니다.

소설에 대해 말할 때 모든 비평가들, 잡지 독자들, 젊은 여성들의 입에서 나오는 흔한 단어는 "상태를 유지하기"*입니다. 그러나 이 단어에 동일한 의미를 부여하는 사람들은 거의 없습니다. 이 항목에 관해서는 저 자신은 보수파에 속해 있으므로 이 단어가 전문 용어나 은어적 표현으로 사용된다기보다는 오히려 현재 다루고 있는 주제에 대한 것이라고 생각합니다. 사람은 "조화되지"** 못하기보다는 차라리 이 세상을 떠나는 것이 낫기에 저는 이 이야기를 조화를 유지하는 데 엄격히 국한하려고 노력했습니다. 독자도 곧 틀림없이 알게 되겠지만 이것은 상상력을 굉장히 구속하는 일입니다. 그러나 상상력의 영향을 받아, 저는 한 이야기의 작가가 자기 이야기의 배경으로 땅을 선택한다면 어느 정도 인간성을 존중해야 한다는 결론에 도달했습니다. 그러므로 저는 신들과 여신들, 또는 유령이나 마녀들을 만나거나 아니면 전투와 살인이 야기하는 강렬한 흥분을 느끼기를 기대하면서 이 책을 집어 들 모든 독자에게 이 책을 당장에 집어 던지라고 조언하려 합니다. 왜냐하면 그러한 관심사는 이 책의 지면에서 하나도 발견되지 않을 것이기 때문입니다.

저 자신의 기분에 따라 이 이야기를 구성하게 되었다고 제가 이미 말씀드렸습니다만 그 기분이란 것은 감정과 깊이 연관된 것이었습니다. 제 이야기의 주제를 구현하기 위해 보다 행복했던 시절, 보다 재미있었던 사건들, 그리고 아마도 보다 아름다운 장면들을 선택할 수도 있었을 것입니다. 그러나 그런 것들 중 어떤 것보다도 지금 이 책에 실제로 묘사된

---

* 원문은 "keeping."
** 원문은 "out of keeping."

것들이 저에게는 더 소중합니다. 그러므로 저는 어떤 것을 빠뜨린 죄로 판단받기 보다는 차라리 제가 이미 쓴 소설로 판단받고 싶습니다. 저는 이 책에서 한 건의 전투를 소개했습니다만 그것은 호머의 서사시와 가장 유사한 유형은 아닙니다. 살인 사건들에 대해 말하자면 신생 국가의 인구가 적어 인간 생명을 그처럼 낭비하는 일은 용납되지가 않았습니다. 아마도 한두 건의 교수형이 집행되었을 수도 있는데 그것은 명백히 "정착지"의 형편을 더 낫게 하기 위해서였을 것입니다. 그렇다고 해도 그것은 이 온정적인 나라의 인도적 법률과는 조화되지 않는 일이었을 것입니다.

와일리 씨, 이제 『개척자들』이 세상에 나왔습니다. 그래서 저는 오직 당신만이 이 책에 대한 반응을 사실대로 이야기해주시리라고 기대하고 있습니다. 평론가들은 자기들 좋을 대로 모호한 비평을 한 결과 실제보다 훨씬 더 현명하게 보일지도 모릅니다. 신문에서는 이 소설에 대해 자기네들의 변하기 쉬운 기분이 시키는 대로 콧방귀를 뀌거나 매도할 수도 있습니다. 그러나 와일리 씨께서 웃는 얼굴로 저를 만나신다면 모든 상황이 근본적으로 잘되어간다는 것을 저는 당장 알게 될 것입니다.

만약 와일리 씨께서 서문이 필요한 경우가 생긴다면 이 편지에 대한 답장에서 저에게 알려주시기를 간청합니다.

그럼 이만 줄입니다.

1823년 1월 1일 뉴욕에서
저자 드림

작가 서문(1832년)

이 작품의 속표지에도 이 작품이 서사(敍事)적 이야기*라고 공언되어 있으므로 굳이 이 작품을 읽으려는 독자는 내용의 어느 정도가 정확한 사실이며 어느 정도가 대략적 묘사를 나타내려는 의도를 보여주는지 알 수 있다면 기뻐할지도 모르겠다. 필자 본인이 대략적 묘사에만 치중했다면 훨씬 더 좋은 소설을 쓸 수도 있었다는 것을 아주 잘 알고 있다. 그러한 묘사가 이 책에 나온 것과 같은 성질의 내용을 전달하는 데 가장 가치 있는 방법이므로, 그것이 가장 효과적이기도 하기 때문이다. 그러나 필자가 자신의 젊은 시절에 너무나 친숙했던 여러 장면들을 묘사하기 시작하고 나아가 등장인물들도 묘사하기 시작했을 때 필자는 자신이 상상해낼 수 있는 것보다 자신이 잘 아는 것을 그리려는 유혹을 끊임없이 받았다. 사실에 대한 이러한 엄격한 집착은 역사서와 여행기에서는 없어서는 안 될 필수적 요소이지만 소설에서는 작품의 매력을 해치는 요소이다. 왜냐하면 원형에 지나치게 세심하게 주의를 기울이기보다는 오히려 등장인물들의 계급에 따른 행동 원칙과 등장인물들 자체를 그려야 소설에서 독자의 지성에 전달해야 할 것을 모두 더 잘 전달할 수 있기 때문이다.

---

* 원문은 "A descriptive tale."

그 당시 뉴욕 주에는 옷세고 카운티밖에 없었고 서스퀘해나 강의 수원(水源)도 하나밖에 없기 때문에 이 이야기의 배경이 되는 지역에 대해서는 오해를 할 여지가 없다. 지금부터 이 지역의 역사에 대해, 다시 말하자면 문명화된 인간이 들어와 살았던 시기로부터 이루어진 역사에 대해 이야기하려 한다.

옷세고 카운티는 뉴욕 식민지*의 내륙지역 대부분과 함께 남북전쟁** 선까지 올버니 카운티에 속해 있었다. 그 후 영토가 분리됨에 따라 옷세고 카운티는 몽고메리의 일부가 되었다. 그 후에는 최종적으로 이 카운티가 자체적으로 하나의 카운티가 되기에 합당한 인구를 보유하게 되었으므로 1783년 파리 강화조약*** 직후 분리되어 자체적으로 옷세고 카운티로 승격했다. 이 카운티는 뉴욕 주의 중부 여러 카운티에 걸쳐 있는 앨리게이니 산맥의 저지대에 위치하고 있으며 이 주의 중심부를 관통하는 자오선에서 약간 동쪽에 위치하고 있다. 뉴욕 주의 강들이 남쪽으로 흘러 대서양으로 들어가거나 북쪽으로 흘러 온타리오 호수와 그곳에서 흘러나온 지류로 흘러들어가므로 서스퀘해나 강의 수원인 옷세고 호수가 뉴욕 주에서 가장 높은 지대에 위치한다는 것은 당연한 일이다. 이 소설에는 이 지방의 지형, 백인들이 처음 이곳을 발견했을 때의 기후, 이 주민들의 예의범절 등이 상세하게 묘사되어 있다. 이러한 상세한 묘사에 대해 필자는 그 자신의 기억력이 강해서 그러하다는 말 외에는 아무런 해명할 말이 없다.

---

* 원문은 "Province." 미국이 영국으로부터 독립하기 전 뉴욕의 명칭은 뉴욕 식민지 (Province)였다.
** 1861~65년.
*** 이 조약이 체결됨으로써 미국 독립전쟁은 종지부를 찍었다.

옷세고는 이 지역 인디언의 언어로 회합 장소라는 뜻인 '옷'과 일상적 인사말인 '세고,' 또는 '사고'가 합쳐져서 이루어졌다고 한다. 이곳 인근의 인디언 부족들은 이런 저런 조약을 맺거나 그들의 동맹을 강화하기 위해 이 호수의 기슭에서 회의를 하는 관습이 있었고 따라서 옷세고라는 명칭은 이 관습에서 온 것이라는 말이 전해진다. 그렇지만 뉴욕 주의 인디언 관리관이 이 호수의 기슭에 통나무집을 소유하고 있었으므로 이 명칭이 그가 '회의를 열 때 피웠던 모닥불' 주변에서 열렸던 회의에서 유래했다는 것이 불가능한 일은 아닐 것이다. 독립전쟁이 일어나 영국 국왕이 임명한 다른 관리들과 함께 이 관리관도 축출되었다. 필자는 그로부터 몇 년 후 그 통나무집이 초라한 훈제소(燻製所)로 전락했다는 사실을 기억한다.

1779년에는 옷세고 호수에서 서쪽으로 100마일 가량 떨어진 카유가 호반에 사는 적대적인 인디언들을 토벌하기 위해 원정대가 파견되었다. 당시에는 이 지방 전역이 미개척지여서 군대의 장비를 강을 통해 배로 수송해야 했다. 그것은 우회로이긴 했지만 실용적인 수송로이기도 했다. 공격조는 모호크 강을 거슬러 올라가서 서스쿼해나 강의 수원에 가장 가까운 지점에 도달했다. 1개 여단이 그곳에서부터 옷세고 호수의 앞부분까지 숲속을 관통하는 통로를 냈다. 배와 장비가 이 '연수 육로'(連水陸路)*를 통해 운반되었고 원정대는 이 호수의 반대편 끝까지 나아갔다. 군인들은 그곳에 상륙해서 진을 쳤다. 서스쿼해나 강은 수원지 부근에서는 좁지만 급속히 흐르는 시내의 형태를 이루고 있었는데 그곳은 "물에 떠다니는 나무"나 쓰러진 나무들로 가득 차 있다시피 했다. 그래서 원정대는 쉽게 전진하기 위해 새로운 편법을 채택했다. 옷세고 호수는 길이

---

* 두 수로를 잇는 육로.

가 약 9마일이고 폭은 지점에 따라 반마일에서 1마일 반까지 다양하다. 수심은 매우 깊고 맑은데 천 개의 샘으로부터 이곳으로 물이 흘러들어 온다. 호수 기슭에서 보면 둑의 높이는 30피트가 채 안 되고, 호숫가에 도 둑이 형성되어 있지 않은 곳은 산속에 숨어 있거나 저지의 초원이나 곳을 형성하고 있다. 이곳에서 흘러나오는 서스쿼해나 강은 방금 언급한 낮은 강둑 아래 있는 골짜기를 통해 흘러가고 있는데 이 골짜기의 폭은 200피트 정도일 것이다. 원정대는 이 골짜기를 댐으로 막아 호수의 물을 가두었다. 그래서 서스쿼해나 강은 실개천이 되었다. 모든 준비가 되어 병력이 배에 탄 후 댐을 파괴하자 옷세고 호수가 급류를 쏟아냈다. 그래 서 배들은 흐름을 타고 유쾌하게 아래로 미끄러져 내려갔다.

제임스 클린턴 장군은 당시 뉴욕 주지사였던 조지 클린턴의 형이 며, 역시 뉴욕 주지사로 재임 중 1827년 사망한 드 윗 클린턴의 부친이 었는데 그가 이 임무를 수행한 여단의 지휘자였다. 이 병력이 옷세고 호 수의 기슭에 주둔하고 있을 때 병사 한 명이 탈영으로 총살되었다. 필자 가 난생 처음으로 목격한 폐허가 바로 훈제소였던 것과 마찬가지로 필자 가 난생 처음으로 목격한 인간의 매장지가 바로 이 불운한 남자의 무덤 이었다. 다름 아닌 바로 이 시기에 병사들이 이 소설에서 언급된 회전포 를 묻어버리고 떠났던 것인데 그 후 필자 부친의 저택 지하실을 파던 도 중에 그것이 발견되었던 것이다.

이 전쟁이 끝난 직후 워싱턴이 여러 저명한 인사들과 함께 이 이야 기의 배경이 되는 현장을 방문했는데 그 목적은 이 지방의 다른 지점들 과 수로로 연락하는 수단을 개설하기 위해 이곳의 시설을 검토하기 위해 서였다고 한다. 그는 이곳에 몇 시간 밖에 머무르지 않았다.

필자의 부친은 이 미개척지에 광활하게 펼쳐진 토지에 관심이 있었으므로 드디어 1785년 한 무리의 측량기사단과 함께 이곳에 도착했다. 이곳의 광경이 그의 시야에 어떻게 비쳤는가는 템플 판사가 묘사한 바와 같다. 그 이듬해 초에 이주가 시작되었고 그때부터 지금까지 이 카운티는 지속적으로 번창해왔다. 이 세기 초에는 토지의 소유주가 외딴 카운티에 새로운 정착지를 조성하고 이주민들을 필요로 하면 이전의 집단 거주지에 늘어난 주민들을 끌어올 수가 있었다는 것은 미국 사회사의 한 독특한 특징이다.

옷세고 카운티에서도 이 지역으로의 이주는 필자가 태어나기 조금 전에 이미 시작되었지만, 그때에는 필자 자신에게는 너무나 중요한 사건인 필자의 출생이 이 미개척지에서 일어나는 것도 바람직하다고 생각할 만큼 이 지역이 충분히 발전되지는 않았다. 아마 그의 모친이 닥터 토드의 진료 방식에 대한 합리적인 불신을 품고 있었을 수도 있다. 왜냐하면 닥터 토드는 그 당시 실험적으로 의료 기술을 습득하는 과정을 시작한 참이 분명했기 때문이다. 어쨌든 간에 필자가 이 계곡에 온 것은 유아였을 때였고 그가 받은 첫 인상들은 모두 이곳에서 획득된 것이었다. 그 후쪽 필자는 몇 번 다른 곳에서 거주한 경우를 제외하고는 이곳에서 살아왔으므로 자신의 묘사가 충실하다는 것을 보증할 수 있다고 생각한다.

이제 옷세고 카운티는 뉴욕 주에서 인구가 가장 많은 지역들 중 한 곳이 되었다. 이 카운티는 다른 옛 지역들과 마찬가지로 이주민을 내보내고 있고 공업과 기업 활동이 활발하게 일어나고 있다. 이곳의 제조업은 번창하고 있으며 유럽 기술계에 알려진 가장 독창적인 기계들 중 하나가 이 멀리 떨어진 지역에서 사용된 교묘한 재주에서 파생되었다는 점은 언급할 가치가 있을 것이다.

오해를 방지하기 위해서는 이 이야기에 나오는 사건들이 순전히 허구라는 것을 말해두는 것이 타당할 것 같다. 정확한 사실들은 주로 자연적이고 인공적인 대상들과 주민들의 관습에 관한 것들뿐이다. 그러므로 학교, 법원, 감옥, 선술집 등과 그와 비슷한 대부분의 것들은 웬만큼 정확한 사실이라고 할 수 있다. 그것들 모두는 이미 오래전에 겉모양이 보다 그럴싸한 다른 건물들로 바뀌었다. 주요 저택의 묘사에서도 실제와 달리 마음대로 변경한 부분들이 있다. 실제의 저택에는 이 소설에서 "첫째로," "마지막으로"라고 꼽아가며 묘사한 것들이 없었다. 실제의 저택은 석조건물이 아니라 벽돌로 된 건물이었고 그 지붕도 "콤퍼짓 오더" 양식의 독특한 아름다움들을 전혀 보여주지 않았다. 실제의 건물은 "콤퍼짓 오더"를 제창한 그 야심적인 건축학파가 실력을 발휘하기에는 개발이 너무 덜 된 시대에 건축되었던 것이다. 그러나 그 저택의 현관문으로 들어선 이후부터의 묘사는 필자 자신의 기억을 자유자재로 활용했다. 여기서는 울프의 절단된 팔과 여왕 디도의 유골이 담긴 항아리에 이르기까지 모든 것이 정확한 사실이다.*

  필자는 다른 곳에서 레더스타킹이라는 등장인물은 필자가 창조한 인물이라고 말한 적이 있다. 그가 실제 인물같이 보이는 것은 그러한 인상을 주는 데 필요한 보조적 인물들로 인한 것이다. 필자가 상상력에 더많이 의존해서 이 소설을 썼다면 소설 애호가들이 그의 작품에 이의를 제기할 이유가 지금처럼 많지는 않을 것이다. 그렇지만 또 다른 등장인

---

* 옷세고 카운티의 산의 정상에는 여전히 삼림이 무성하지만 지금 이곳에서 곰과 늑대와 퓨마는 거의 볼 수 없다. 숲의 나무들이 형성한 아치 아래에서 아무런 해도 끼치지 않는 사슴이 뛰어가는 모습조차도 거의 볼 수가 없다. 소총을 사용한 사냥과 이주민들의 활동으로 사슴들도 다른 서식지로 밀려났기 때문이다. 이 지방이 아직 발달되지 않았을 때를 알고 있는 사람에게는 이러한 변화가 일면 슬프기도 하다. 그런데 그 변화와 더불어 옷세고 카운티 당국이 이 카운티가 소유한 보물들을 가지고 인색하게 굴기 시작했다는 점도 덧붙여 말할 만하다.(작가 주)

물들 대부분의 모델이 존재하지 않았다면 이 묘사적 소설은 충실한 묘사가 전혀 아니었을 것이다. 자신의 토지에 거주하는 대지주가 유럽에서처럼 그 토지의 명칭을 자신의 호칭으로 받아들이는 게 아니라 자신의 이름을 그 토지에 부여하는 것*이 뉴욕 주 전역에서는 흔한 일이다. 인간의 체질에 대한 실험을 해서 자신의 이론을 수정하는 것이 아니라 오히려 그 실험으로 이론을 획득한 의사, 경건하고 헌신적이며 고되게 일하지만 보수가 적은 선교사, 교육을 어중간하게 받고 소송을 좋아하며 질투심이 강해서 평판이 나빠진 변호사와 출신이 더 좋고 인격도 더 훌륭해서 그와 대칭을 이루는 또 다른 변호사, 자신이 개량한 토지와 물건들을 주변머리 없이 자주 매매하면서도 불만스러워 하는 남자, 말재주가 좋은 목수 등과 그 밖의 등장인물들 대부분은 새로운 나라에 산 적이 있는 사람이라면 누구에게나 더 친숙한 인물들일 것이다.

이 서문을 읽는 모든 독자들이 명백히 알게 될 테지만, 이 『개척자들』을 쓸 때 필자는 상황에 의해 이 책이 독자들 중 어느 누구에게 줄 기쁨보다도 나 자신이 더 큰 기쁨을 누렸다. 필자는 이 소설의 수많은 결함들을 아주 잘 인식하고 있고 그중 몇 가지는 이번 1832년 판에서 교정하려고 애쓰기도 했다. 그러나 필자가 최소한 의도에 있어서는 세상의 독자들을 즐겁게 하는 데 그 역할을 충분히 다했으므로 자신을 기쁘게 하려는 이러한 의도도 세상의 독자들이 선량한 마음씨로 너그럽게 보아줄 것이라 믿고 있다.

1832년 3월 파리에서

---

* 이 작품에서 마머듀크 템플이 자신의 이름을 자기 토지에 붙여 그가 조성한 정착지의 명칭이 템플턴이 된 것이 한 예이다.

작가 서문(1851년)

다음의 글은 이 소설이 1851년 퍼트넘 출판사 판으로 재간행되었을 때 1832년 서문의 마지막 문단 바로 앞에 삽입된 것이다.

그 어떤 실제의 인물이라도 이 책에서 특히 정확하게 묘사하려는 의도는 전혀 없었다고 여기서 조금 더 명확하게 말하는 것이 적절할 것이다. 이 책의 여주인공이 지금부터 거의 반세기 전 낙마 사고로 사망한 필자의 누나와 비슷하게 그려졌다고, 그것도 출판된 저술에서 자주 언급된 바 있다. 너무나 교묘하게 억측을 한 까닭에 그들은 허구의 인물과 나의 사망한 가족 사이의 신체적 유사점까지 발견했다고 믿었던 것이다! 둘 다 같은 계급에 속하긴 하지만 이 세상에서 엘리자베스 템플과 위에 언급한 애처로운 죽음을 맞이한 필자의 누나보다 외모상 닮은 점이 더 적은 두 여성을 묘사하는 것은 거의 불가능할 것이다. 한마디로 말해 그들이 동일한 방식으로 사망을 맞이하지 않은 점이 전혀 다른 것만큼 경력과 성격과 운명의 면도 완전히 다르다.

이런저런 상황으로 인해 이 누나는 필자에게 특히 소중한 인물이 되었다. 반세기가 지난 뒤에도 필자는 이 문단을 지우고 싶은 마음이 들만큼 고통스러운 마음으로 이 글을 쓰고 있다. 남동생의 사랑을 뛰어넘는 존경의 마음으로 기억하는 그 누나를 필자가 허구의 작품의 여주인 공으로 변화시켰다고 다른 사람들이 믿도록 내버려두는 것이 더욱더 고통스럽지 않았다면 그렇게 했을 것이다.

1장

"보라, 겨울이 온다, 다채로운 한 해를 다스리기 위해,
음울하고 슬프게, 함께 일어나는 그의 모든 종자들,
즉 안개, 구름, 폭풍들과 함께……"
―톰슨, 『사계』, 「겨울」 1~3행

뉴욕 주 중심부 부근에 광활한 전원 지역이 펼쳐져 있는데 그 지역은 언덕과 골짜기들이, 또는 지리학적 정의를 더 존중해서 말하자면, 산과 계곡들이 연이어져 있는 곳이다. 이 산들 가운데에서 델라웨어 강이 발원한다. 또 서스쿼해나 강의 수많은 수원은 이 지방의 맑은 호수와 무수히 많은 샘들로부터 흘러나와 골짜기들을 굽이쳐 흐른다. 그러다가 마침내 그 시내들이 다 합해져서 미국에서 가장 자랑스러운 강 중 하나인 서스쿼해나 강을 이룬다. 산들은 대체로 산꼭대기까지도 개간할 수 있지만 산비탈에 바위들이 돌출해 있는 곳들도 물론 없지는 않다. 그러한 바위들이 돌출한 모습은 이 지방에 매우 두드러진, 저 낭만적이고 그림 같은 특성을 이 지방에 부여하는 데 크게 기여하고 있다. 골짜기들은 좁고 비옥하고 개간이 되어 있으며 골짜기마다 한결같이 시내가 굽이쳐 흐르고 있다. 아름답고 번창하는 마을들이, 작은 호수들의 가장자리를 따라

점점이 흩어져 있거나 또는 시냇가에서도 제조업에 유리한 지점들에 그러한 마을들이 자리 잡고 있는 것을 볼 수 있다. 명확히 부유한 표시가 나는, 산뜻하고 쾌적하게 보이는 수많은 농장들이 골짜기들 여기저기, 심지어는 산꼭대기에까지도 흩어져 자리 잡고 있다. 골짜기들의 평평하고 단아한 밑바닥에서부터 언덕의 가장 험하고 뒤얽힌 샛길에 이르기까지 길은 모든 방면으로 갈라져 나 있다. 나그네가 이 울퉁불퉁한 지방에서 구불구불 돌며 길을 가자면 몇 마일마다 학교와 작은 배움의 전당들이 눈에 띈다. 또 하느님에게 예배를 드리는 장소들도 많이 있는데 그런 장소들은 도덕적이고 반성하는 국민의 특성을 보여주듯이 빈번하게 눈에 띈다. 또 예배당들은 속박 받지 않는 양심의 자유로부터 흘러나오는 외적, 교회법적 행정의 다양성을 보여주고 있다. 요약하면 이 지역 전체는, 지형이 울퉁불퉁한 나라에서, 그것도 혹독한 기후에서도, 온건한 법의 통치 아래 있다면 얼마나 많은 일들이 성취될 수 있는가를 매 시간 보여주고 있다. 왜냐하면 이곳에서는 모든 사람이 국가의 번영에 직접적 관심을 가지고 있고 자신들이 그 구성원임을 자각하고 있기 때문이다. 먼저 이 나라에 정착하는 과정에서 첫 삽을 뜬 개척자들이 임기응변식 조치들을 취한 다음에는 자작농들이 항구적인 개량 작업을 해왔다. 그들은 자신들의 유해가 자신들이 경작하는 땅 아래에서 썩어 흙이 되도록 내버려둘 계획이기 때문이다. 아니면 아마도 그러한 자작농들의 아들들이 자신들이 이 땅에서 태어났으므로 그 부친들의 묘소 부근에 머물러 살려고 경건하게 소망했기 때문인지도 모른다—사실 이 영토는 40년* 전만 해도 미개척지였던 것이다.

---

* 이 소설은 1821년부터 1822년까지 쓰였다(1832년 작가 주).

1783년의 강화조약으로 미국의 독립이 확립된 직후 미국 시민들의 진취적 정신은 광활하게 펼쳐져 있는 그들 영토의 자연적 이점들을 개발하는 방향으로 집중되었다. 독립전쟁 전에는 영국 식민지였던 뉴욕에서 사람이 거주하는 지역들은 총 식민지 면적의 10분의 1 미만의 지역으로 한정되어 있었다. 허드슨 강 양안의 짧은 거리에 걸쳐 있는 좁은 전원 지역, 모호크 강 양안에 있는, 약 50마일 거리의 유사한 지역, 나소 섬과 스태튼 섬, 시냇가를 따라 정선된 토지에 개척된, 몇몇 고립된 정착지 등이 이 지역의 총 구성 면적이었고 당시 이곳에는 20만 명도 채 안 되는 인구가 살고 있었다. 앞에 우리가 언급한 기간 동안 그 인구는 위도 상으로는 5도, 경도 상으로는 7도에 이르는 공간으로 퍼져 나갔고 그 수는 150만 명*으로 증가했다. 이 모든 인구는 유족한 생활을 했으며 그들이 필요로 하는 물질이 그들이 소유한 것보다 더 많아질 그런 불운한 날이 필연적으로 오기 전까지는 오랜 세월 동안 그러한 생활을 누리리라고 예상할 수가 있다.

우리의 이야기는 1793년에 시작된다. 그때는 최초의 정착지들 중 한 곳이 형성되기 시작한 지 약 7년이 지난 시점이었다. 이 정착지들은 뉴욕 주의 권한과 상황에다 우리가 이미 앞서 언급한 마술적인 변화를 초래하는 데 이바지한 곳들이었다.

12월의 어느 맑고 차가운 날, 어스름이 가까울 무렵 우리가 앞에서 묘사한 지역에 있는 어느 산을 한 대의 썰매가 천천히 올라가고 있었다. 계절에 비해서는 날이 화창했지만 두세 점의 큰 구름장들이 아주 새파란 하늘에 둥둥 떠가고 있었다. 구름장의 색깔은 지면을 덮고 있는 두터

---

* 뉴욕의 인구는 현재(1831년) 거의 2백만 명이다(1832년 작가 주).

운 눈에서 반사된 빛으로 밝아진 듯이 보였다. 길은 벼랑 가를 따라 구불구불 구부러져 있었고 길의 한 면에 겹겹이 쌓인 통나무들로 이루어진 보강물이 안전장치 역할을 하고 있었다. 한편 그 반대 방향으로는 산을 파서 낸 좁은 길이 그날의 평범한 여정에 충분한 넓이의 통로를 형성하고 있었다. 그러나 통나무들, 산을 파서 낸 길, 땅 위로 솟아난, 높이가 몇 피트 이상은 되지 않는 모든 것은 하나같이 눈에 파묻혀 있었다. 폭이 거우 그 썰매*가 지나갈 정도밖에 안 되는 단선 소로가 다름 아닌 간선도로의 통로를 의미했는데 이 길은 주위의 표면에서 거의 2피트 아래에 묻혀 있었다. 골짜기는 몇백 피트 거리나 되는 아래쪽에 놓여 있었는데 그곳에는 그 지방의 언어로는 '개간지'라고 불리는 땅이 있었고 새로운 정착지에 흔히 있는, 토지를 개량한 곳들이 있었다. 이 토지 개량공사는 산 위로 점차 확대되어 길이 갑자기 굽어서 산의 정상에 위치한 평평한 땅을 만나는 지점까지도 확장되어 있었다. 그러나 산의 정상 자체는 여전히 숲속에 자리 잡고 있었다. 대기 속에는 어떤 반짝거림이 있었는데 마치 대기가 무수히 많은 반짝이는 미립자들로 가득 찬 것 같았다. 썰매를 끌고 있는 적갈색의 고상한 말들은 곳곳이 흰 서리로 덮여 있

---

* 썰매(sleigh)란 단어는 썰매(traineau)를 가리키기 위해 미국 전역에서 사용되는 단어이다. 이 단어는 잉글랜드 서부에서 지역적으로 사용되고 있는데 미국인들이 그곳에서 이 단어를 가져와 사용한 것이 거의 틀림없을 것이다. 미국인들은 슬레드sled, 곧 슬레지sledge와 슬레이sleigh를 구별한다. 슬레이는 바닥에 금속 날이 달려 있다. 슬레이는 또 말 두 필이 끄는 것과 말 한 필이 끄는 것으로 나누어진다. 말 한 필이 끄는 슬레이 중에는 '커터cutter(작은 썰매)' '펑pung(말 한 마리가 끄는 상자형 썰매)' 또는 '토 펑tow pung' '점퍼jumper' 등이 있다. 커터는 말이 곁길로도 다닐 수 있게 하기 위해 끌채가 조절되어 있는 썰매이고 펑은 장대로 말을 몰게 되어 있는 썰매이며 점퍼는 새로 개척된 지방들에서 일시적인 목적으로 사용하는 조잡한 구조물 형태의 썰매이다. 미국의 슬레이 중 다수는 형태가 우아하다. 그러나 산림 개간으로 기상 조건이 개선되어 이런 형태의 탈것을 이용하는 빈도는 훨씬 더 낮아졌다(1832년 작가 주).

었다. 말의 콧구멍에서 뿜어져 나오는 김은 마치 연기처럼 보였다. 시야에 들어오는 모든 사물과 여행자들의 차림 전부가 산악 지방의 깊은 겨울을 나타내고 있었다. 또렷하지는 않지만 짙은 빛깔의 검정색 마구는 오늘날의 번쩍거리는 광택과는 달랐는데 거대한 놋쇠 판과 쇠붙이들로 장식되어 있었다. 또 놋쇠 판과 쇠붙이들은 태양의 순간적인 광선을 받아 황금처럼 빛나고 있었다. 마침 태양 광선이 나무들의 꼭대기를 뚫고 비스듬히 비쳐 들어오고 있었기 때문이다. 장식용 징이 점점이 박힌 거대한 안장은 말의 어깨를 덮는 담요의 역할을 하는 천으로 덮여 있었는데 각각의 안장이, 윗부분이 네모나고 높은 작은 탑 모양의 것을 떠받치고 있었고 그 탑을 통해 단단한 고삐가 말들의 입에서 말몰이꾼의 손으로 이어져 있었다. 말몰이꾼은 스무 살쯤 되어 보이는 흑인이었다. 그의 얼굴은 본래 번쩍이는 검은색이었지만 지금은 추위로 얼룩덜룩해졌고 크고 빛나는 두 눈에는 눈물이 가득 고여 있었다. 그 눈물은 추위의 위력을 입증하는 증거로서 그 지방의 매서운 추위는 그와 같은 아프리카계 혈통에게서 항상 눈물을 자아내는 것이었다. 그렇지만 그의 즐거운 듯한 얼굴에는 기분 좋은 듯한, 벙글거리는 표정이 나타나 있었다. 그것은 집을 생각하고 크리스마스의 단란한 가정과 크리스마스의 즐거운 놀이들을 생각하고 있었기 때문에 나타난 표정이었다. 그 썰매는 크고 안락한 구식의 탈것이었는데 그 내부는 한 가족 전부라도 탈 수 있을 만큼 넓었지만 지금은 마부 외에 두 명의 승객만 타고 있었다. 썰매 외부는 수수한 녹색이고 내부는 타는 듯한 붉은색이었다. 내부의 색깔은 추운 기후속에서 따뜻한 느낌을 전달하려는 의도로 선택된 것이었다. 꽃줄 모양의 붉은 천으로 가장자리에 마무리 장식이 되어 있는 커다란 물소 가죽들이 이 썰매의 뒷부분을 덮고 있을 뿐만 아니라 바닥에도 펼쳐져 있고 여행자들의 발치 근처까지 올라와 있었다. 여행자 중 한 사람은 중년의 남자였고 다른 한 사람은 막 여자다운 모습을 보이기 시작한 여성이었다. 전자는 키가 큰 사람이었지만 추위를 막기 위해 단단히 대비하고 있었기 때문에 그의 신체 중 외부로 노출되는 부분은 거의 없었다. 다량의 털로 풍부하게 장식된 방한 외투가 머리를 제외한 그의 신체 전부를 감싸고 있었다. 머리에는 모로코가죽*으로 안을 댄 담비 가죽 모자가 덮여 있었다. 그 모자의 양옆 날개는 필요하다면 아래로 늘어지도록 되어 있었는데 지금은 귀를 빈틈없이 덮도록 내려져 있었고 턱 밑에서 검정 끈으로 매어져 있었다. 모자의 꼭대기에는 그 가죽이, 그의 의복의 다른 부분의 재료를 제공한 그 동물, 즉 사슴의 꼬리가 달려 있었고 그것은 머리 뒤쪽으로 몇 인치 정도 보기 흉하지 않게 뒤로 늘어뜨려져 있었다. 이러한 가면 아래에서 남자답고 잘생긴 얼굴의 일부와 특히 표정이 풍부한 푸른 두 눈을 볼 수가 있었다. 그런데 이 두 눈은 비상한 지력과 숨은 유머와 커다란 자비심이 그의 내부에 숨어 있을 것 같은 느낌을 주었다. 그의 동반자의 몸매는 그녀가 입고 있는 의복 아래 완전히 숨겨져 있었다. 털옷과 비단옷이, 두꺼운 플란넬 안감을 댄 커다란 낙타 모직물 외투 아래로 살짝 드러나 보였다. 이 외투는 그 형태와 크기로 보아 명백히 남성용이었다. 안에 솜털을 넣고 누빈, 검정 비단으로 된 거대한 후드가 숨쉬기 위한 앞쪽의 작은 틈을 제외하고는 그녀의 머리 전체를 감추고 있었다. 그리고 그 작은 틈을 통해 생기 있는 새까만 두 눈이 때때로 반짝거렸다.

아버지와 딸은 (이 두 여행자의 관계가 그러했으므로) 둘 다 각자의

---

* 무두질한 염소 가죽.

깊은 생각에 너무나 깊이 잠겨 있어서 누구도 자신의 목소리로 정적을 깨뜨리지 않았다. 미끄러지듯 부드럽게 나아가는 썰매도 또한 그러한 정적을 거의, 또는 전혀 방해하지 않았다. 전자는 그들의 외동딸을 안고 있던 아내를 생각하고 있었다. 4년 전 그의 아내는 당시에는 뉴욕 시만이 제공할 수 있었던 교육의 이점을 자신의 딸이 누릴 수 있도록 마지못해 딸과 함께 있는 것을 포기하는 데 동의했었다. 그로부터 몇 달 뒤 죽음이 고독한 그의 생활의 마지막 남은 동반자를 그에게서 빼앗아 갔다. 그렇지만 그는 그의 자식을 진정으로 매우 존중했기 때문에 그녀를 그가 살고 있는, 상대적으로 보아 미개척지인 곳으로 데려오지 않았다. 그 교육 기간이 전부 종료될 때까지는 그렇게 하지 않았던 것이다. 그는 딸의 소녀 시절의 노력을 그러한 교육을 받는 데만 바치도록 한정해두었던 것이다. 딸의 생각은 아버지의 생각보다는 덜 우울한 것이었고 그 생각에는 길모퉁이를 돌 때마다 마주치는 새로운 풍경에 대한 즐거운 놀라움이 뒤섞이고 있었다.

그들이 여행하고 있었던 산은 소나무들로 덮여 있었다. 그 소나무들은 가지도 없이 약 70 내지 80피트나 솟아 있었는데, 나무의 꼭대기 부분까지 더하면 그 높이의 두 배나 되는 소나무들도 흔히 볼 수 있었다. 사람들의 시선은 치솟은 나무들 아래에 펼쳐진 무수한 풍경들을 꿰뚫어볼 수가 있었다. 그러다가 시선은 멀리 울퉁불퉁한 지표면에 이르거나 아니면 그들이 서둘러 가고 있는 그 골짜기의 맞은편에 있는 산 정상의 광경에서 시선이 더 이상 나아가지 못하고 단절되기도 했다. 나무들의 거무스레한 동체들은 정연하게 형성된 줄기를 이루어 깨끗한 흰 눈으로부터 솟아올라 있었는데 아주 높은 곳에서 그 가지들은 수평적으로 작은 가지들을 뻗치고 있었다. 또 이 작은 가지들은 상록수의 빈약한 잎들로 덮여 있었는데 그러한 모습은 아래쪽 자연의 동면 상태와 침울한 대조를 이루고 있었다. 여행자들에게는 바람이 없는 듯이 보였지만 이 소나무들의 가장 위쪽의 큰 가지들이 장엄하게 흔들리면서 둔탁하고 슬픈 소리를 내고 있어 이곳의 다른 우울한 풍경과 잘 조화되었다.

썰매는 평평한 지표면을 따라 얼마간의 거리를 미끄러지듯 달려왔는데 이 여성의 시선은 호기심 어린, 아마도 겁먹은 눈초리로 숲의 구석진 곳에 쏠려 있었다. 그때 지속적으로 높이 울부짖는 소리가 숲의 긴 아치들 아래에서 울렸다. 그것은 한 무리의 수많은 사냥개들이 짖는 소리처럼 들렸다. 그 소리를 듣자마자 신사는 흑인 마부에게 큰 소리로 외쳤다.

"멈춰, 애기.* 늙은 헥터가 짖는 소리야. 나는 만 마리가 있어도 녀석이 짖는 소리를 거의 틀림없이 알 수 있어. 레더스타킹이 이 맑은 날 언덕 가운데로 자기 사냥개들을 풀어놓았어. 그래서 개들이 시합을 시작한 거지. 몇 로드** 앞에 사슴의 발자국이 있어. 그리고 이제, 베스,*** 네가 발포를 견딜 수 있을 만큼 충분한 용기를 낼 수 있다면 난 네게 크리스마스 만찬용으로 사슴 등심 고기 한 점을 주마."

흑인이 차가워진 얼굴에 싱긋 즐거운 웃음을 띠며 마차를 멈추고 혈액순환이 손가락까지 원활해지도록 두 팔을 함께 맞부딪치며 때리기 시작했다. 그동안에 방금 말한 사람은 똑바로 일어서서 외투를 벗어던져버리고 썰매에서 내려 눈이 쌓인 곳으로 걸어 나왔다. 그래도 눈은 무너지지 않고 그의 체중을 지탱해주었다.

말을 꺼냈던 사람은 곧 수많은 트렁크와 모자 상자들 사이에서 들새

---

* 마부 애거멤넌의 애칭.
** 길이의 단위. 1로드는 5.5야드, 5.0292미터다.
*** 판사의 딸 엘리자베스의 애칭.

사냥용 쌍발총을 끄집어내는 데 성공했다. 그가 두 손을 감싸고 있던 두 꺼운 벙어리장갑을 벗어던지자 손목 부분에 털이 달린 가죽 장갑을 낀 두 손이 나타났다. 그다음에 그는 장약을 검토하고는 막 앞으로 나아가려고 했다. 그때 숲을 헤치고 돌진하던 한 마리의 동물이 가볍게 뛰는 소리가 들리는가 싶더니 멋진 수사슴 한 마리가 그에게서 조금 떨어진 길 위로 쏜살같이 달려 나왔다. 동물의 출현은 갑작스러운 것이었고 녀석의 비상은 믿을 수 없이 재빨랐다. 그러나 그 여행자는 동물의 출현이나 비상 중 어느 것에도 당황하기에는 너무나 예리한 사냥꾼인 듯이 보였다. 사슴이 처음 눈에 띄었을 때 그는 들새 사냥용 총을 어깨로 올렸다. 그다음에는 숙련된 시선과 흔들리지 않는 손으로 방아쇠를 당겼다. 사슴은 겁내지 않고 앞으로 돌진했는데 겉보기에는 다치지 않은 것처럼 보였다. 여행자는 총을 내리지 않고 그의 사냥감을 향해 총구를 돌리고 다시 발사했다. 그러나 두 번의 발포 모두 효과가 없었던 듯했다.

이 장면 전체가 신속하게 지나가는 바람에 그 여성은 당황하고 있었다. 그리고 여성은 수사슴이 도로를 가로질러 달려간다기보다는 유성처럼 돌진함으로써 맞지 않고 피한 것을 무의식적으로 기뻐하고 있었다. 그때 날카롭고 빠른 소리가 그녀의 귓전을 울렸다. 그것은 풍부하고 쩡쩡 울리는 자기 아버지의 총소리와는 전혀 달랐지만 화기에서 나오는 진동 소리임을 알 수 있을 만큼 뚜렷한 소리였다. 그녀가 이 예기치 못한 총소리를 들은 바로 그 순간에 수사슴은 눈밭으로부터 공중으로 아주 높이 뛰어올랐다. 그리고 처음과 유사한 소리를 내면서 바로 두번째 발포가 뒤이었다. 그때 그 동물은 땅으로 곤두박질쳐 떨어져서 그 자체의 빠른 속력으로 인해 눈이 얼어붙은 표면에서 뒹굴었다. 보이지 않는 사수가 큰 소리로 외치는가 싶더니 즉시 두 남자가 소나무 두 그루의 동체 뒤에서 각각 나타났다. 그들은 그곳에서 사슴이 지나갈 것을 예상하고 대기하고 있었던 것이 분명했다.

"허어! 내티, 자네가 잠복하고 있다는 걸 알았더라면 내가 발포를 하지 않았을 텐데 말이야"라고 사슴이 놓여 있는 지점으로 나아가면서 여행자가 외쳤다. 그 부근까지 흑인도 기뻐하며 썰매를 몰아 그를 따라갔다. "하지만 늙은 헥터의 짖는 소리가 너무 기분을 북돋워주니까 가만히 있을 수가 있어야지. 그래도 내가 사슴을 맞히지는 못한 것 같은데 말이야."

"그래요, 그래요, 판사님" 하고 사냥꾼이 대꾸했다. 그는 낮게 낄낄웃으며, 자신이 더 뛰어난 기술을 가지고 있음을 의식하고 있다는 것을 보여주는 그러한 기쁜 표정을 짓고 있었다. "판사님은 탄약을 발사해서 이 추운 저녁에 판사님 코만 따뜻하게 했을 뿐이지요. 비록 헥터와 또 헥터와 조금 떨어진 가까운 곳에 암캐가 있었다 해도, 판사님 손에 쥔 그 장난감 총을 가지고 다 자란 수사슴을 막을 수 있다고 생각하셨습니까? 늪에는 꿩들이 많고 바로 판사님 댁 부근에는 흰 멧새들이 날아다니지요. 그래서 댁에서 그 새들에게 빵부스러기를 먹이고 아무 때나 마음대로 그 새들을 사냥할 수도 있겠지요. 그러나 수사슴이나 새끼 곰의 고기를 잡수시려면 판사님, 기름 바른 충전재를 넣은 긴 소총을 가지셔야 합니다. 그러지 않으면 배를 여러 번 채울 수 있는 것보다 더 많은 탄약을 낭비하시게 될 거라는 생각이 드네요."

이 말을 한 사람은 말을 마무리하면서 맨손을 자기의 코밑에 갖다대고는 다시금 커다란 입을 벌려 일종의 낮은 웃음을 웃었다.

"이 총에서는 산탄이 잘 흩어져 나온다네, 내티. 그리고 전에도 이걸로 사슴 한 마리를 쏘아 죽인 적이 있다네." 여행자가 기분 좋게 미소 지으며 말했다. "한 총열에는 사슴 사냥용 탄약이 장전되어 있었지만 다른 총열에는 조류 사냥용 탄약만 장전되어 있었지. 여기 두 군데 상처가 있군. 하나는 목을 관통한 것이고 다른 하나는 심장을 바로 관통한 것이로군. 결코 확실하지는 않지만 내티, 이 두 군데 상처 중 하나는 내가 입힌 것이네."

"누가 그것을 죽이든 간에"라고 사냥꾼이 좀 부루퉁하게 말했다. "이 짐승은 사람이 잡아먹을 것일 테니까요." 이렇게 말하면서 그는 허리 띠 안에 세로로 꽂혀 있던 가죽 칼집에서 큰 칼을 꺼내서 그 동물의 목을 땄다. "이 사슴을 관통한 탄알이 둘이라면 소총 두 개에서 발사된 것이 아니냐고 묻고 싶네요. 그 밖에도 활강총*으로 이 구멍처럼 이렇게 목을 관통한 울퉁불퉁한 구멍이 난 것을 누가 본 적이 있겠소? 그리고 판사님, 판사님도 인정하시겠지만 수사슴은 마지막 발포에 쓰러졌어요. 그것은 판사님 손이나 제 손보다 더 진실하고 더 젊은 사람의 손이 발포한 것이지요. 허나 저로서는 제가 비록 가난한 인간이지만 사슴 고기는 없어도 살 수가 있답니다요. 그러나 자유로운 나라에서 제가 정당하고 합법적으로 받아야 할 것을 포기하는 게 좋지는 않구먼요. 비록 그 문제에 관해 말하자면 내가 볼 수 있는 바로는 예전의 나라에서와 마찬가지로 이곳에서도 흔히 힘이 정의가 되는 경우가 많지만요."

이 말을 하는 내내 부루퉁한 불만의 분위기가 사냥꾼의 태도에 가득 차 있었다. 그래도 그는 그 문장의 끝부분은, 자기 목소리의 투덜거리는 음조 말고는 아무 말도 들리지 않게 할 만큼 그렇게 작은 목소리로

---

* smooth-bore: 강선이 없이 매끈한 총강을 활강(smooth-bore)이라고 하며, 활강을 가진 총은 활강총이라고 한다. 강선이 없어 나선을 그리며 파고들어 간 흔적을 남기지 않는다.

입 밖에 내는 것이 분별 있는 일이라고 생각했다.

"아니, 내티." 평정을 잃지 않은 기분 좋은 목소리로 여행자가 대답했다. "내가 주장하는 것은 명예 때문이라네. 사슴 고기 값은 몇 달러면 되겠지. 하지만 내 모자에 달린 수사슴 꼬리의 잃어버린 영예에 대해서는 무엇이 보상해주겠는가? 생각해보게, 내티, 어떻게 하면 내가 꼬치꼬치 질문을 던지는 그놈 딕 존스를 이기겠는지. 존스는 이번 사냥 시즌에 벌써 일곱 번이나 실패해서 마밋 한 마리와 잿빛 다람쥐 몇 마리밖에 잡아오지 못했지만 말일세."

"아! 판사님의 개간지와 개량지에서는 정말, 판사님, 사냥감을 찾기가 어려워지고 있어요." 늙은 사냥꾼이 일종의 마지못한 체념을 하면서 말했다. "내가 내 오두막집의 문간에 서서 새끼 사슴들은 계산에 넣지 않고도 총으로 큰 사슴을 열세 마리나 사냥하던 시절도 있었죠. 또 곰 고기에 대해서 말하자면 우리가 넓적다리 고기를 먹고 싶으면 밤에 엿보고 있기만 하면 되었지요. 그러다가 달빛이 밝을 때 쌓아놓은 통나무 틈새로 총을 쏘아 한 마리를 잡을 수도 있었지요. 사냥꾼이 너무 오래 잠들어 있을까 봐 걱정할 필요도 없었어요. 왜냐하면 늑대의 울부짖음 소리가 두 눈을 뜨고 있게 해줄 게 틀림없었으니까요. 늙은 헥터가 오네요." 냄새를 따라, 그가 앞서 언급한 암캐와 함께 그때 막 도착한 키 큰 사냥개를 다정하게, 가볍게 치며 이어서 말했다. 그 사냥개는 검정과 노랑의 반점들이 있고 배와 다리는 흰색이었다. "내가 굴뚝 꼭대기에 걸고 훈제로 만들고 있던 사슴 고기 냄새를 맡고 몰려온 늑대들을 몰아낸 그 날 밤에 그놈들이 이 개의 목을 물어뜯은 곳을 봐요. 이 개는 대부분의 기독교도들보다 더 믿을 수가 있다니까요. 친구를 절대 잊지 않고 자기에게 먹이를 주는 그 손을 사랑하니까요."

사냥꾼의 태도에는 젊은 여성의 주의를 끄는 어떤 특이한 점이 있었다. 왜냐하면 이 여성은 그가 시야에 들어온 그 순간부터 그의 외모와 차림새를 세심하고 흥미롭게 관찰하고 있었기 때문이다. 그는 키가 컸고 너무나 여위어서 실제로 신을 벗고 잰 키인 6피트*보다 키가 더 커 보였다. 길고 부드러운 모래 빛 머리카락으로 얇게 덮인 머리 위에 그는 여우 가죽으로 만든 모자를 쓰고 있었다. 그 모자는 우리가 이미 묘사한 그런 모자와 모양은 닮았지만 마무리와 장식물에서 그것보다 훨씬 못한 것이었다. 그의 얼굴은 바싹 여위고 말라서 거의 초췌할 정도였다. 그러나 그 얼굴에는 병의 징후는 전혀 없었고 반대로 아주 튼튼하고 지속적인 건강의 징후가 뚜렷이 나타나 있었다. 추위에 노출되어 있었고 또 추위 자체 때문에 얼굴은 전체적으로 붉은색을 띠고 있었다. 그의 잿빛 두 눈은 한 쌍의 숱 많은 눈썹 아래에서 번쩍이고 있었는데 원래의 빛깔과 잿빛이 뒤섞인 긴 눈썹 털로 이루어진 두 눈썹은 눈 위쪽에 돌출되어 있었다. 말라빠진 목에는 아무것도 걸쳐져 있지 않았는데 그 목은 얼굴과 같은 빛깔로 그을어 있었다. 물론 그가 입고 있던 얇은 웃옷 위로 드러난, 시골풍 바둑판무늬로 된 작은 셔츠 칼라가 조금 보이기는 했다. 털이 그냥 달린 채로 무두질된 일종의 사슴 가죽 외투를 그는 여윈 신체에 색깔 있는 소모사 혁대로 바싹 졸라매고 있었다. 발에는 사슴 가죽으로 된 모카신**을 신고 있었는데 그 신은 인디언식으로 호저*** 가시들로 장식되어 있었다. 그의 다리는 모카신과 같은 소재의 긴 각반으로 보호되어 있었다. 각반은 그의 변색된 승마용 바지의 무릎 부분 위에서 대님으

---

* 약 1미터 80센티미터.
** 북아메리카 인디언들이 신었던 뒤축 없는 신.
*** 설치류의 일종.

로 동여매어져 있었는데, 그는 이 각반 때문에 정착민들 사이에 레더스타킹*이라는 별명을 얻은 터였다. 그의 왼쪽 어깨 위에는 사슴 가죽으로 된 혁대가 걸쳐져 있었고 그 혁대에는 너무나 얇게 문질러져 있어 그 안에 담긴 화약이 비칠 정도인 거대한 소뿔이 매달려 있었다. 이 소뿔의 넓은 쪽 끝부분은 나무 바닥으로 교묘하고 안전하게 막혀 있었고 반대편 부분은 작은 마개로 꽉 막혀 있었다. 작은 가죽 주머니가 신체의 앞쪽에 매달려 있었는데 그는 마지막 말을 마무리 지으면서 그 주머니에서 작은 뒷박을 꺼내 그것에 정확히 화약을 채우고는 소총에 탄약을 재장전하기 시작했다. 그 소총의 개머리가 그의 앞에 쌓인 눈 위에 놓여 있었는데 소총의 높이는 그의 여우 가죽 모자의 꼭대기까지 거의 닿을 정도였다.

여행자는 그가 이런 동작들을 하는 동안 사슴의 상처들을 꼼꼼히 조사하고 있다가 사냥꾼의 태도에 드러난 언짢은 기분은 마음에 두지 않은 채 이제 이렇게 외쳤다.

"나는 이 사슴의 죽음을 초래했다는 영예를 누릴 권리를 기꺼이 입증하겠네. 그리고 이 목 부분에 맞은 총상이 확실히 내가 입힌 거라면 그걸로 충분해. 왜냐하면 심장에 맞은 총상은 불필요한 것이었으니까. 이른바 과잉 작업이었던 거네, 레더스타킹."

"그 총상을 당신 마음 내키는 대로 박식한 이름으로 부를 수도 있겠지요, 판사님." 소총을 왼쪽 팔에 걸치면서 사냥꾼이 말하고는 약실에 달린 놋쇠 뚜껑을 쳐올리고는 거기에서 기름에 전 작은 가죽 조각을 꺼내 그것으로 탄알 하나를 싸서 화약 위에다 힘껏 밀어 넣었다. 그러고는 이렇게 말하는 동안에도 약실 안에 든 탄알을 계속해서 탕탕 두드렸다.

---

* 긴 가죽 양말이라는 뜻.

"튀어 오르는 수사슴을 쏘는 것보다 유식한 명칭을 붙이는 것이 훨씬 더 쉽지요. 허나 그 짐승은 이미 말씀드린 것처럼 판사님 손이나 제 손보다는 더 젊은 사람의 손에 최후를 맞이했어요."

"무슨 말을 하는 건가, 친구여." 여행자가 내티와 함께 나타난 사람에게 유쾌하게 몸을 돌리며 외쳤다. "그 영예를 차지하기 위해 우리 이 은화로 동전 던지기를 할까? 그리고 자네가 진다 해도 그 은화를 자네가 갖기로 하면. 어떤가, 친구?"

"제가 사슴을 죽였다고 말하겠습니다." 청년이 내티의 소총과 비슷한 또 다른 소총에 기대면서 약간 오만하게 대답했다.

"이거 2 대 1이군, 정말." 미소를 지으며 판사가 대답했다. "내가 수적인 면에서 졌군. 결정이 파기되었단 말이지. 우리가 판사석에서 하는 말로 하자면 말일세. 애기*도 있어. 저 애는 노예니까 투표권이 없지. 베스는 미성년자고. 그러니 난 이 상황을 최선을 다해 활용할 수밖에 없겠군. 허나 자네가 이 사슴 고기를 내게 팔지 그래. 미친 짓이지만 내가 사슴의 죽음에 대해 멋진 이야기를 꾸며내지."

"고기는 전혀 제 것이 아니니까 팔 수 없지요." 자신의 동반자와 조금 비슷한 오만한 태도를 약간 취하면서 레더스타킹이 말했다. "저로 말하자면 동물들이 목에 총상을 여러 군데 입은 채로 여러 날을 나다니는 것을 보아왔다오. 그리고 전 한 인간에게서 그가 정당하고 마땅하게 받아야 할 것을 강탈하는 사람들 무리에는 절대 속하지 않으니까요."

"자네는 이 추운 저녁에 자네의 권리를 완강하게 주장하는군, 내티." 한결같은 선량한 마음으로 판사가 대꾸했다. "하지만 젊은이, 이 수

---

* 마부 애거멤넌의 애칭.

사슴에 대해 3달러를 지불한다면 어떻겠는가?"

"먼저 우리 두 사람 다 만족할 수 있도록 권리의 문제를 확정짓지요." 청년이 확고하게, 그러나 공손히, 그리고 그의 외모로 보이는 것보다 훨씬 더 우월한 발음과 언어로 말했다. "판사님께서는 총에 몇 발의 탄환을 장전하셨나요?"

"다섯 발이라네, 젊은이." 상대방의 태도에 조금 깊은 인상을 받으며 판사가 말했다. "다섯 발이면 이런 수사슴을 죽이기에는 충분하지 않은가?"

"한 발이면 되겠지요, 그러나"라고 그는 그 뒤로부터 자신이 몸을 드러냈던 그 나무를 향해 다가가며 말했다. "아시다시피, 판사님, 판사님은 이 방향으로 총을 발사하셨지요. 여기 이 나무에 네 발의 탄알이 박혀 있군요."

판사는 소나무 껍질에 새로 난 탄알 자국들을 살펴보고는 고개를 흔들며 웃으며 말했다.

"자네는 사건을 자신에게 불리한 쪽으로 주장하는구먼, 오히려 날 변호해주는 젊은 친구여. 다섯번째 탄알은 어디 있는가?"

"여깁니다." 자신이 입고 있던 털이 달린 외투를 열어젖혀 속옷에 난 구멍을 보여주며 청년이 말했다. 그 구멍으로부터는 큰 핏방울들이 배어 나오고 있었다.

"맙소사!" 판사가 공포에 질려 외쳤다. "내가 여기서 쓸데없는 영예에 대해 실없는 소리를 하고 있는 동안 동포가 불평 한마디 없이 내 손에서 고통을 당하고 있었단 말인가? 허나 서두르게, 빨리. 내 썰매에 타게. 마을까지는 1마일밖에 남지 않았으니 그곳에서 외과 치료를 받을 수가 있네. 모든 비용을 내가 댈 것이고 상처가 나을 때까지 자네를 내 집에서 살게 할 거네. 아무렴, 그리고 그 후에도 언제까지나."

"판사님의 선의에는 감사드리지만 제의를 거절할 수밖에 없겠습니다. 제가 다쳐서 다른 곳에 있다는 말을 들으면 걱정할 친구가 있거든요. 상처는 대수롭지 않고 탄알은 뼈에 맞지 않았어요. 하지만 판사님, 이제는 제가 이 사슴 고기를 가질 권리가 있다는 것을 인정해주시리라 믿습니다."

"인정한다고!" 마음이 산란해진 판사가 되풀이했다. "나는 여기서 자네에게 내 숲에서 언제까지나 사슴이든 곰이든 자네 좋을 대로 어떤 것이든 총으로 사냥할 권리를 주겠네. 지금까지는 레더스타킹에게만 그와 같은 특권을 주었다네. 그리고 이제 그러한 특권이 가치를 발휘할 때가 오고 있네. 하지만 내가 자네의 사슴을 사겠네. 여기, 이 지폐로 자네가 사냥한 사슴과 네가 자네에게 총상을 입힌 것 둘 다에 대해 지불을 하겠네."

늙은 사냥꾼은 이 대화 도중에 자신의 키 큰 신체를 힘을 주어 똑바로 세워 자랑스러워하는 태도를 취하고 있었지만 상대방이 말을 마칠 때까지 기다렸다.

"너새니얼 범포가 이 언덕들에서 사냥할 수 있는 권리가, 마머듀크 템플이 그를 금지할 수 있는 권리보다 더 오래전에 생긴 것이라고 말해줄 사람들이 살아 있어요." 그는 말했다. "하지만 그 점에 대해 어떤 사람이 자기가 마음 내키는 곳에서 사슴을 죽이지 말아야 한다는 법이 있다면, 비록 누가 그런 법에 대해 들어본 적이 있겠소만! 하지만 그런 법이 있더라도 그건 사람들이 활강총을 사용하지 못하게 하기 위해서라야만 해요. 그 믿을 수 없는 화기의 방아쇠를 잡아당길 때 사람들은 자기가 쏜 납 탄알이 어디로 날아갈지 절대로 모르니까요."

내티의 독백에는 주의를 기울이지 않고 청년은 지폐를 제시한 데 대해 말없이 머리 숙여 인사를 하고는 대답했다.

"죄송합니다만 전 사슴 고기가 필요합니다."

"하지만 이 돈이면 사슴 여러 마리를 살 수 있을 텐데." 판사가 말했다. "간청이니 받게나." 그러고는 목소리를 낮춰 속삭이며 덧붙여 말했다. "백 달러짜리 지폐라네."

아주 잠깐 동안 청년은 망설이는 듯이 보였다. 그러다가 추위 때문에 뺨이 이미 새빨갛게 됐는데도 불구하고 마치 그 자신의 약점에 마음속으로 수치를 느끼는 것처럼 더욱 얼굴을 붉히면서 그는 또다시 그 제의를 거절했다.

이러한 상황이 벌어지는 동안 여성은 일어나서 차가운 날씨에도 아랑곳하지 않고 그녀의 용모를 감추고 있었던 두건을 뒤로 벗어젖히고는 아주 진지하게 말했다.

"분명히, 분명히, 젊은 분, 선생님, 당신은 우리 아버지께서 동포를 이 황야에 내버려두고 간다고 생각하게 만들 만큼 그렇게 심하게 우리 아버지를 괴롭히지는 않으시겠지요. 그것도 아버지의 손으로 부상을 입힌 동포를 말예요. 간청이니 우리와 함께 가셔서 치료를 받으시지요."

그의 상처가 더 고통스러워졌는지 아니면 아버지의 감정을 위해 탄원하는 아름다운 여성의 목소리와 태도에 나타난, 저항할 수 없는 어떤 요소 때문이었는지 우리는 모르지만 젊은이의 태도에 나타났던 서먹서먹한 느낌이 이 호소 때문에 눈에 띄게 누그러졌다. 그는 그 말에 따르는 것도 내키지 않지만 그녀의 청을 거절하기도 싫은 듯이 명백히 어쩔 줄 모르는 것이 분명한 태도로 서 있었다. 판사는—왜냐하면 그의 직책이 판사이므로 앞으로도 우리가 그를 판사라고 불러야만 하기 때문이다—

청년의 마음속에서 이 기묘한 투쟁이 벌어지고 있는 모습을 적지 않은 흥미를 가지고 지켜보다가 앞으로 나서며 다정하게 그의 손을 잡았다. 그러고는 그를 부드럽게 썰매를 향해 이끌고 가면서 썰매에 타라고 재촉했다.

"사람의 도움을 받으려면 템플턴보다 더 가까운 곳은 없다네." 그가 말했다. "게다가 내티의 오두막은 여기서 3마일이나 떨어져 있고. 자, 자, 젊은 친구, 우리와 함께 가서 새로 온 의사가 자네의 어깨에 난 상처를 보살피도록 하자고. 자네가 잘 있다는 소식을 자네 친구에게 전해줄 내티가 여기 있지 않은가. 그리고 자네가 혹시라도 그러겠다면 아침에 집으로 돌아가게 해주겠네."

청년은 판사의 따뜻한 손아귀에서 자신의 손을 빼내는 데는 성공했지만 그 여성의 얼굴을 계속 응시하고 있었다. 여성은 추위에도 아랑곳하지 않고 아름다운 얼굴을 드러낸 채 여전히 서 있었고 그 얼굴에는 자기 아버지의 청을 분명히 지지하는 표정이 드러나 있었다. 그동안에 레더스타킹은 자신의 기다란 소총에 기대어 마치 무슨 현명한 생각을 하고 있는 듯이 고개를 약간 한편으로 기울인 채 서 있었다. 그러다가 마음속에서 그 주제에 대해 곰곰이 생각한 후에 자기의 의구심을 명백히 다 털어내고는 침묵을 깨뜨렸다.

"요컨대 친구, 가는 게 최선일 것 같군. 왜냐하면 만약 탄환이 살 속에 박혀 있는 경우라면 내 손은 너무 늙어서 사람의 살에 손을 댈 수가 없으니 말일세. 비록 예전에는 그렇게 할 수 있었지만 말이야. 비록 30년쯤 전에 그 옛날의 전쟁 때 내가 윌리엄 경* 휘하에서 출전해서는 내 넓적

---

* Sir William Johnson(1715~1774): 모호크 계곡에 초기에 정착해서 식민지 시대 뉴욕에서 인디언 문제를 관장한 인물로 그는 프랑스군에 대항하기 위해 6개국 병사들을 징

다리에 소총 탄환이 박힌 상태로 바람이 울부짖는 황야를 혼자서 70마일이나 가다가 내 잭나이프로 탄환을 빼냈지만 말이야. 인디언 존 영감이 그 당시를 잘 알고 있지. 그가 델라웨어 사람들과 함께 이로쿼이 족*을 추적하고 있을 때 그를 만났지. 이로쿼이 족이 내려와 다섯 사람의 머리 가죽을 벗겨갔거든. 그러나 난 장담컨대 그 인디언이 무덤까지 가지고 갈 그런 흉터를 그에게 만들어주었지. 그가 매복 장소에서 일어날 때, 숙녀의 면전에서 실례지만, 그의 엉덩이에 일격을 가하고는 그의 맨 살 가죽에 세 발의 녹탄**을 요란하게 퍼부었지. 너무 가까이에서 퍼부었기 때문에 넓적한 포르투갈 금화 한 개로 그 세 군데 총상을 모두 덮을 정도였지……" 여기서 내티는 그의 긴 목을 빼고 입을 열면서 몸을 똑바로 했다. 그때 그의 열린 입에서는 누런 뼈 모양의 송곳니 하나가 드러나 보였으며 그의 두 눈과 얼굴과 심지어는 그의 골격 전체가 웃는 듯이 보였다. 비록 그가 떨리는 소리를 내며 숨을 들이마실 때 일종의 쉿쉿 하는 탁한 소리를 내긴 했지만 어떤 소리도 입 밖으로 나오지는 않았다. "난 오네이다 호수에서 흘러 나오는 시내를 건너갈 때 탄환 만드는 틀을 잃어버렸지요. 그래서 녹탄으로 그럭저럭 변통을 해야 했어요. 하지만 그 소총은 진짜여서 저기 있는 당신의 쌍열박이 산탄총처럼 탄환이 뿔뿔이 흩어지지는 않았다오, 판사님. 당신 총은 사냥하기에는 쓸 만하지 않다는 걸 난 이제 알게 되었다오."

병하는 데 중요한 역할을 했으며 프랑스-인디언 전쟁(1754~1763)에서 영국군 장군으로 참전했다.

* 북아메리카 인디언 부족으로 16세기 이후 뉴욕 주 중부에 살았던 케이유가 족, 모호크 족, 오네이다 족, 오논다가 족, 세네카 족 등 5개 부족으로 이루어진 이로쿼이 연맹을 구성했으며, 나중에 터스카로라 족과 그 밖의 여러 부족들이 합세했다.

** 꿩, 물오리 등을 사냥할 때 쓰는 대형 산탄.

젊은 숙녀가 느낄 미묘한 감정에 대한 내티의 사과는 불필요했다. 왜냐하면 그가 말하는 동안 그녀는 자기 아버지가 가방 몇 개를 옮기는 걸 도와주는 데 너무 열중해 있어서 그의 말을 듣지 못했기 때문이다. 청년은 여행자들의 친절한 요구를 더 이상 거부할 수가 없어서, 비록 여전히 까닭 모를 저항을 느끼고는 있었지만 썰매에 타라는 그들의 설득을 거절하지 않았다. 흑인 마부는 자기 주인의 도움을 받아 수사슴을 가방 더미 위에 던졌다. 그리고 일행이 썰매에 다시 탈 때 판사는 사냥꾼에게도 타라고 청했다.

"아니, 아니요." 노인이 고개를 흔들며 말했다. "이번 크리스마스이브에 집에서 할 일이 있어요. 젊은이와 같이 썰매를 타고 가서 의사에게 그의 어깨를 치료하게 하시오. 비록 그 의사는 탄환만 제거하겠지만 난 그 상처를 의사의 모든 외국산 연고들보다 더 빨리 낫게 해줄 약초를 가지고 있다오." 그는 몸을 돌리고 막 떠나려다가 갑자기 생각이 난 듯 다시 일행을 마주하고는 이렇게 덧붙였다. "호수 기슭에서 인디언 존을 만나면 그를 데려가서 의사를 돕게 해주어야 합니다. 왜냐하면 그는 비록 늙었지만 벤 상처와 타박상을 잘 치료하니까 말이오. 또 그는 아마도 크리스마스에 빗자루를 들고 당신 난롯가를 쓸어주기도 할 거요."

"멈춰요, 멈춰요." 흑인이 말이 앞으로 나아가도록 말을 몰 채비를 하고 있을 때 청년이 흑인의 팔을 잡으면서 외쳤다. "내티, 총상에 대해서는 아무 말도 말아야 해요. 또 내가 어디로 가고 있는지에 대해서도 말이오. 명심해요, 내티. 당신은 날 사랑하니까 알겠지만."

"늙은 레더스타킹을 믿으라고." 사냥꾼이 의미심장하게 대답했다. "이 사람이 황야에서 50년을 살았는데 야만인들로부터 입을 다무는 법을 배우지 못했을 리가 있나. 날 믿어, 친구. 그리고 인디언 존 영감을 잊지 말고."

"그리고 내티." 청년이 여전히 흑인의 팔을 잡고는 간절히 말했다. "난 탄환만 제거하고는 오늘 밤 당신에게 크리스마스 만찬용으로 수사슴 고기의 4분의 1을 갖다주겠어요."

그의 말은 사냥꾼에게 제지당했다. 왜냐하면 사냥꾼이 침묵을 지키고 표현하는 몸짓으로 손가락을 들어 올려 보였기 때문이다. 그는 그다음에 시선을 어느 소나무의 가지들에 확고하게 고정한 채로 조심스럽게 길 가장자리로 움직여갔다. 그는 자신이 원했던 위치에 다다르자 걸음을 멈추고는 소총의 공이치기를 당기며 한 다리를 뒤로 멀리 뻗었다. 그러고는 왼팔을 총신을 따라 한껏 뻗치며 총구를 그 소나무의 똑바른 동체와 일직선이 되게 천천히 올렸다. 썰매 안에 탄 일행의 시선은 자연히 그 움직이는 총구의 앞을 향했고 그들은 곧 내티가 조준하고 있는 목표물을 발견했다. 지상에서 70피트쯤 높이에 그 소나무에서 수평으로 돌출해 있는, 작은 죽은 가지 위에, 또 나무의 살아 있는 가지들 바로 밑에 새가 한 마리 앉아 있었다. 그 새는 그 지방의 대중적 어휘로는 특별한 구별 없이 꿩, 또는 메추라기라고 불리는 새였다. 크기로 보면 그 새는 보통의 닭보다 아주 조금밖에 크지 않은 것이었다. 개들이 짖어대는 소리와 새가 앉아 있는 나무 아래 근처에서 오간 대화가 새를 놀라게 했다. 그래서 새는 이제 소나무의 동체 부근까지 바싹 다가가 있었고 머리와 목이 너무나 곧추세워져서 두 다리와 거의 일직선을 이룰 정도였다. 소총을 사냥감에게 겨누자마자 내티는 방아쇠를 당겼고 꿩은 높은 곳에서 푹하고 떨어져 눈 속에 파묻히고 말았다.

"엎드려, 이놈아." 헥터가 소나무 아래로 뛰어갈 때 탄약 재는 쇠꼬챙이를 흔들면서 레더스타킹이 외쳤다. "엎드리라고 했지." 개가 복종하자 내티는 아주 급히, 그러나 아주 정밀하고 정확하게 총에 다시 탄약을 장전하기 시작했다. 이 일이 끝나자 그는 자신이 사냥한 것을 집어 들고 머리 부분이 없는 것을 일행에게 보여주고는 외쳤다. "여기 노인의 크리스마스를 위한 작은 고기 조각이 있으니 사슴 고기는 신경 쓰지 말게, 젊은 친구. 그리고 인디언 존을 잊지 말게. 그의 약초는 모든 외제 연고들보다 더 낫다네. 자, 판사님." 그 새를 다시 들어 보이면서 말했다. "활강총을 쏘아 사냥감을 나무에서 떨어뜨릴 때 새의 깃털 하나도 어지럽히지 않을 수 있다고 생각하오?" 노인은 예의 그 남다른 웃음을 또 웃었다. 그것은 환희로움, 유쾌함, 비꼼 등의 성격이 아주 많이 뒤섞여 있는 웃음이었다. 고개를 흔들며 그는 세워총 자세로 소총을 잡고는 몸을 돌리고는 보통 걸음과 빠른 걸음의 중간 정도 되는 보폭으로 숲속으로 들어갔다. 그가 움직일 때마다 그의 신체는 몇 인치씩 낮아지곤 했다. 걸음을 옮길 때마다 그의 두 무릎이 아래쪽으로 굽곤 했기 때문이다. 썰매가 길모퉁이를 돌 때 청년은 자신의 동료의 모습을 찾아 시선을 던졌다. 청년은, 동료가 나무의 동체들에 이미 거의 다 가려졌고 그의 개들이 조용히 그의 발자국을 뒤따르고 있는 것을 알아챘다. 개들은 때때로 사슴의 발자국을 냄새 맡고 있었지만 그런 것이 이제 더 이상 아무런 소용이 없다는 것을 본능적으로 알고 있는 듯이 보였다. 썰매가 다시 한 번 덜커덩 움직이자 레더스타킹은 이제 시야에서 사라져버렸다.

2장

"하늘의 시선이 미치는 모든 장소들은
현명한 사람에게는 항구이고 행복한 안식처이니
왕이 그대를 추방했다고 생각하지 말라.
반대로 그대가 왕을 추방했다고 생각하라."
—『리처드 2세』, 1막 3장, 275~76, 279~80행

우리의 이야기가 시작되기 120년 전쯤 마머듀크 템플의 조상들 중 한 사람이 펜실베이니아 식민지의 위대한 보호자*의 친구로서, 또 그 보호자와 같은 종교를 믿는 신도로서 이 식민지로 왔다. 올드 마머듀크는 박해받는 이들의 피난처인 이곳에 이 세상의 삶에 좋은 것들을 풍부하게 가져왔다. 그의 이름에 올드라는 굉장한 칭호를 붙이는 것은 그것이 이 가문을 지칭하는 일종의 칭호였기 때문이다. 그는 사람이 살지 않는, 수만 에이커에 이르는 토지의 주인이 되었고 무수히 많은 하인들의 부양자가 되었다. 그는 그 경건함으로 크게 존경받으며 살았고 열렬한 청교도로도 매우 유명했다. 또 동료들은 그에게 여러 가지 중요한 정치적 지위도 맡겼다. 그리고 그는 자신이 가난해졌다는 것을 알게 되기 직전에

---

* 펜실베이니아의 설립자인 윌리엄 펜.

세상을 떠났다. 북미 대륙 중부의 식민지에 있는 새로운 정착지들에 자신들의 부를 가져온 사람들 대부분과 같은 운명을 맞이하는 것이 그의 몫이었던 것이다.

이 지역으로 이주한 사람의 사회적 지위는 일반적으로 그의 백인 하인들 또는 종복들의 수와 그가 지닌 공적 지위들의 성격으로 확인될 수 있었다. 이 법칙을 기준으로 해서 볼 때 우리의 판사의 조상은 매우 중요한 인물이었던 것이 틀림없다.

그러나 오늘날에 와서는 그 초기 시대에 대한 간략한 기록을 조사해 한편으로는 주인이었던 이들이 점차 가난해지고 다른 한편으로는 그 주인들의 하인이었던 이들이 점차 부유해진 현상이 얼마나 일상적으로 일어났고 얼마나 불가피하게 일어났는가를 관찰하는 것이 별난 탐구의 주제가 되기도 한다. 그러한 현상에는 예외가 거의 없었다. 유복한 이주자는 안락한 삶에 익숙했고 미발달된 사회에서 일어나기 쉬운 악전고투를 감당하지 못했으므로 그의 개인적 우월성과 학식의 영향력으로만 간신히 자신의 지위를 유지할 수 있었다. 그러나 그의 시신이 무덤 속에 안치되는 바로 그 순간, 나태하고 교육을 비교적 받지 못한 그의 자식들은 다른 계급의, 보다 활발한 행동력에 윗자리를 내어주지 않을 수가 없었다. 왜냐하면 다른 계급은 궁핍에 자극을 받아 그동안 열심히 노력해왔기 때문이었다. 이것은 아메리카 합중국에서 현재의 상황에서도 여러 가지 정황이 진전될 때 볼 수 있는, 매우 흔한 양상이기도 하다. 그러나 그것은 특히 펜실베이니아와 뉴저지라는 평화롭고 비진취적인 식민지에서는, 사회의 양극에 위치한 두 계급의 운명이었다.

마머듀크의 후손들도 자신들의 능력보다는 세습 재산에 의존하는 사람들의 공통적 운명을 피하지 못했다. 그래서 손자들의 세대가 되자 그들은 아주 영락하여 이 행복한 나라에서 정직하고 지적이고 착실한 사람들이 그 이하로 영락하는 것이 거의 불가능할 정도의 위치까지 전락해버렸다. 가문에 대한 긍지가, 그때까지는 그 자기만족적인 나태를 통해 그들의 영락을 조장했지만 이제는 그들로 하여금 다시 일어나려고 노력하도록 부추기는 원칙이 되었다. 그 긍지는 과거에는 병적인 것이었지만 이제는 자신들의 조상들의 성격, 조건을 배우고 또 아마도 부까지도 본받으려는 건전하고 능동적인 욕망으로 변했다. 마머듀크의 후손들 중 처음으로 사회 계급의 사다리를 다시 올라가기 시작한 사람은 우리가 새로 알게 된 인물인 이 판사의 아버지였다. 이 목적을 성취하는 데에 그는 결혼에서 적지 않은 도움을 받았다. 왜냐하면 그의 결혼은 그가 외아들을, 펜실베이니아의 저급한 공립초등학교에서보다, 또는 그전 두세 세대 동안 이 가문의 관행이었던 상태에서보다, 좀더 나은 방식으로 교육시킬 자금을 대는 데 도움을 주었기 때문이다.

자기 아버지의 부가 회복되고 있었기 때문에 다닐 수 있었던 학교에서, 청소년기의 마머듀크는 자신과 나이가 거의 같았던 한 소년과 친분을 맺게 되었다. 그것은 우리의 판사에게 행운을 가져다준 친분이었고 바로 그것이 미래의 그의 생활 향상을 위한 길을 대부분 열어주었다.

에드워드 에핑엄의 친척들은 막대한 부를 소유하고 있었을 뿐만 아니라 영국의 궁중과도 깊은 관계가 있었다. 그들은 당시 식민지에 거주하고 있었던 가문들 중, 채신머리 없이 상업에 종사하는 것은 가문의 구성원들을 격하시키는 일이라고 생각했던 소수의 가문 중 하나에 속해 있었다. 또 그들은 식민지 의회에서 의장을 맡거나 식민지를 방어하기 위해 군에 입대하기 위해서가 아니면 사적인 가정생활로부터 결코 외부로 나서지 않는 가문에 속해 있었다. 후자, 즉 군인이 젊은 시절부터 에드워드 아버지의 유일한 직업이었다. 지금부터 60년 전 대영제국의 국왕 아래에서는 군인이란 계급은 현 시점에서보다는 훨씬 더 오랫동안의 검증 후에, 그리고 훨씬 더 힘든 복무 후에 획득할 수 있는 것이었다. 그들은 군의 하위 계급들을 아무런 불평 없이 거치면서 오랜 세월을 보내야만 했다. 또 식민지에 배치된 병사들은 자신들이 한 보병 중대의 지휘권을 획득했을 때 이 땅의 평화로운 거주자들로부터 최대의 존경을 받을 권리가 있다고 느꼈다. 우리 독자 중 나이아가라 강을 건널 기회가 있는 분이라면 누구나 국왕의 은혜가 미치기 어려운 그 극지에서조차도 군주의 가장 초라한 대리인이 누렸던 강한 자부심뿐만 아니라 실제 그들이 받았던 존경까지도 쉽사리 관찰할 수가 있을 것이다. 그러한 것이 이 여러 주에서 군대에 표했던 존경이었는데 그것도 지금부터 그다지 오래지 않았던 시기에 그러했던 것이다. 그러나 지금은 이 주들에서 주민들의 자유롭고 두려움 없는 발언에서가 아니면 다행히도 전쟁의 상징은 결코 찾아볼 수가 없다. 그리하여 마머듀크의 친구 아버지가 40년의 군 복무 후에 소령 계급으로 제대해서 상당히 호사스러운 가정생활을 누리게 되었을 때, 그는 자신이 태어난 식민지인 뉴욕에서 가장 중요한 인물이 되었던 것이다. 그는 충성스럽고 용감하게 군 복무를 했으며 또 그 지역의 관습에 따라 자신의 계급으로 가질 자격이 있는 것보다 훨씬 더 높은 등급의 지휘권을 위임받았던 까닭에 높은 명성까지도 누리며 복무를 했다. 에핑엄 소령이 노령으로 인한 제약에 굴복했을 때 그는 위엄 있게 퇴직했지만 휴직 급여나 군무에 대한 다른 그 어떤 보상도 거부했다. 자신이 군무를 더 이상 수행할 수 없다고 느꼈기 때문이었다. 영국 내각은 그에게 영예뿐만 아니라 수익까지도 가져다주는 여러 문관직을 제의했지만 그는 평생 동안 그의 성격을 특징지었던 기사도적 독립성과 충절로 그것들을 모두 거절했다. 이 노병은 애국적인 청렴성을 보여주는 이 행위 직후에도 개인적으로 아낌없이 베푸는 행위를 또 수행했다. 그 행위가 분별력과는 아무리 일치되지 않는 듯이 보이더라도 자신의 소박하고 성실한 견해와는 완벽히 일치하는 것이었기 때문이다. 마머듀크의 친구는 그의 외동자식이었고 이 아들이 아버지가 특히 좋아하는 아가씨와 결혼하자 소령은 자신의 전 재산을 완전히 양도했다. 그 재산은 매입된 공채, 도시와 시골의 저택, 이 식민지의 오래된 지역들에 있는, 가치 있는 잡다한 농장들, 식민지의 신개발 지역에 있는 광대한 황무지 등으로 이루어져 있었다. 소령은 이런 방식으로 장래의 자신의 생계를 자식의 효성에 의존하게 되었던 것이다. 에핑엄 소령은 아낌없이 주겠다는 영국 내각의 제의를 거절함으로써 그 광대한 제국의 아주 궁벽한 구석에서조차도 왕실의 후원을 얻으려 밀려드는 모든 사람들로부터 노망 상태에 이르렀다는 의심을 받게 되었다. 그가 이렇게 자신의 막대한 개인적 부를 자발적으로 버렸을 때 그 지역사회의 다른 사람들도 본능적으로 그가 두 번째 유아기에 접어들었다는 결론을 내리는 듯이 보였다. 이것으로 그의 중요성이 급속히 감소되었다는 사실을 설명할 수가 있을 것이다. 사생활을 누리는 것이 노병의 목표였다면 그는 곧 자신의 소망을 이루고 그것을 마음껏 즐길 수가 있었다. 세상 사람들이 소령의 이러한 행위에 대해 어떤 견해를 가졌든 간에 그 자신과 그의 자식에게는 그것은 아버지가 더 이상 즐길 수도 증대시킬 수도 없는 특권을 아들이 즐기고 증대시키도록 자연스럽게 증여한 것으로 보였을 뿐이었다. 아들은 본성과 교육에 의해 그것들을 즐기고 증대시킬 수 있도록 훈련되어 있었기 때문이다. 젊은 에핑엄은 증여된 재산이 많다고 이의를 제기하지 않았다. 왜냐하면 자기 부친이 자신의 행동에 대한 도덕적 통제력을 여전히 보유하고 있지만 스스로 고된 짐을 내려놓는다고 느꼈기 때문이다. 참으로 그들 사이에 존재하는 신뢰가 그처럼 깊은 것이었으므로 그들 둘 다에게 그 증여는 한쪽 주머니에 들어 있던 돈을 다른 주머니로 옮기는 것일 뿐인 듯이 보였다.

그 청년의 첫번째 행위들 중 하나는 그러한 부를 소유하게 되자마자 어떤 도움이든 주려는 목적으로 어린 시절의 친구를 찾은 것이었다. 이제는 도움을 줄 능력이 생겼기 때문이었다.

마머듀크의 부친이 사망했고 그 후 그의 얼마 안 되는 재산이 분배된 후였기 때문에 이 젊은 펜실베이니아인에게는 그러한 제의가 지극히 기꺼운 것이었다. 그는 자신의 능력을 느끼고 있었고 그의 친구의 성격에서 장점뿐만 아니라 약점까지도 보게 되었다. 에핑엄은 천성이 나태하고 남을 쉽게 믿었으며 때로는 충동적이고 무분별했다. 그러나 마머듀크는 한결같이 온화하고 통찰력이 있고 활동력과 진취적인 정신이 강했다. 그러므로 후자에게는 친구가 자신에게 제의한 도움, 아니 오히려 관계는 서로에게 이익을 가져다줄 것으로 보였다. 그 제의는 기분 좋게 받아들여졌고 그 조건에 대한 조정도 쉽게 완결되었다. 에핑엄 씨의 개인 자산을 처분한 자금으로 펜실베이니아의 수도에 상회가 한 곳 설립되었다. 그런데 그 모든, 또는 거의 모든 자산이 템플의 소유로 등록되었다. 사실은 비밀리에 에핑엄이 수익을 동등하게 분배받을 권리가 있었지만 템플이 표면상으로는 이 상회의 유일한 소유자였기 때문이다. 이처럼 이 관계는 두 가지 이유로 비밀에 부쳐졌다. 그 이유 중 하나는 그들의 허물없는 친교 도중에 에핑엄이 마머듀크에게 솔직히 자백한 것이었지만 다른 하나는 그의 친구의 가슴속에 깊이 감춰진 상태로 있었다. 그 마지막 이유는 자부심 외에 아무것도 아니었다. 군인 가계의 후손에게는 그렇게 간접적인 방식으로 하는 것이어도 상업이란 자존심을 상하게 하는 일인 것처럼 보였기 때문이었다. 그러나 사실을 드러내는 데 극복할 수 없는 장애는 그의 아버지의 편견이었다.

에핑엄 소령이 높은 명성을 누리며 군인으로 복무했다는 것을 우리는 이미 말한 바 있다. 한번은 프랑스군과 인디언들의 동맹군에 대항해서 펜실베이니아의 서부 변경 지대에서 병력을 지휘하고 있는 동안 그의 영예뿐만 아니라 그 자신과 그의 병력의 안전이, 그 식민지의 평화 정책 때문에 위태로운 지경에 빠진 적이 있었다. 군인에게는 이것은 용서할 수 없는 모욕이었다. 그는 바로 그 식민지의 이주민들을 지켜주기 위해 싸우고 있었기 때문이었다. 실리를 중시하는 기독교도들로 이루어진 이 작은 국가의 온건한 원칙들이, 교활하고 악의에 찬 그들의 적에 의해 무시될 것이라는 점을 그는 알고 있었다. 더욱이 그는 이 모욕을 더 깊이 느끼고 있었다. 왜냐하면 식민지 개척자들이 자신들의 원군을 저지하면서 공언한 목적이, 평화는 보존하지도 못하면서 그 자신의 부대의 위치를 노출시키는 경향만 있다는 것을 알고 있었기 때문이었다. 이 군인은 필사적인 전투 끝에 소수의 부하들과 함께 흉악한 적으로부터 벗어나는 데 성공했다. 그러나 그는 자신을 위험에 노출시킨 그 사람들은 결코 용서하지 않았다. 그들이 그가 홀로 그 위험과 싸우도록 내버려두었기 때문이었다. 그가 그들의 변경 지역에 배치되었지만 그들이 그렇게 되도록 주선한 것은 결코 아니라고 그에게 말해도 아무 소용이 없었다. 그가 그러한 위치에 배치된 것은 그들의 이익을 위한 것이 분명했으므로 자신을 지원하는 게 "종교적 의무"였다고, "마땅히 나를 지원하는 게 그들의 종교적 의무였건만"이라고 소령은 항상 말하곤 했다.

이 늙은 용사가 평화를 애호하는 폭스*의 제자들을 찬미했던 적은 한 번도 없었다. 그들의 몸과 마음의 절제된 습관으로 인해 그들은 아주 완벽한 체격을 지니게 되었다. 그래서 이 노병의 눈은 영민해서 이 식민지 사람들의 운동선수처럼 적절하게 균형 잡힌 체격을 면밀히 살필 수가 있었지만 그의 시선은 그들의 도덕적 저능함에 대한 크나큰 경멸을 담고 있는 듯이 보였다. 그는 또한 종교의 외형을 아주 엄격히 준수하는 곳에는 그다지 깊은 실체가 있을 수 없다는 믿음을 설파하는 일에 약간 몰두하고 있었다. 기독교의 실체가 무엇인지, 아니면 그 실체가 무엇이어야만 하는지를 설명하는 일은 우리의 임무가 아니다. 우리의 임무는 단지 이 자리에서 에핑엄 소령의 견해를 기록하는 것일 뿐이다.

이 종파의 교도들에 관한 부친의 감정을 알고 있었기 때문에 그 아들이 한 퀘이커 교도와의 관계를, 아니 심지어는 자신이 그의 성실성에 의존하고 있다는 점을 부친에게 자백하기를 망설였다는 것은 전혀 놀라운 일이 아니었다.

마머듀크의 혈통은 펜**의 지지자들이자 펜과 동시대인들에게서 유

---

* George Fox(1624~1691): 퀘이커교-정식 명칭은 '친구들의 종교 협회(the Religious Society of Friends)'-의 창시자. 폭스가 잉글랜드 농촌 지역에서 직물공의 아들로 태어났을 때는 사회적 대변동과 전쟁이 소용돌이치던 때였다. 그는 이단적인 교리로 영국 국교에 도전장을 던졌다. 하느님은 신앙심 깊은 사람들 안에 계시므로 종교 의식은 무시해도 상관없고 신도들은 교회가 아니라도 어느 곳에서든 하느님을 체험할 수 있으며 자신들의 내면의 인도를 따라도 좋다는 것이 그의 가르침의 요점이다. 퀘이커교의 분파 중에는 자신들의 행동과 생활방식으로 신앙을 증명하는 파도 있다.

** William Penn(1644~1718): 영국의 부동산 기업가 겸 영국령 식민지 펜실베이니아(장래의 펜실베이니아 주)의 설립자. 퀘이커교도로서 민주주의와 종교의 자유의 옹호자였다. 그는 1682년 요크공 제임스(장래의 잉글랜드 국왕 제임스 2세)로부터 아메리카에 있는 요크공의 거대한 영지를 양도받았는데 거기에는 현재의 펜실베이니아 주와 델라웨어 주가 포함되어 있었다. 그는 바로 아메리카로 건너가서 먼저 이주한 정착자들과 함께 최초의 의회를 열었지만 그와 종교를 달리한 정착자들과 결별하게 되었다. 영국령 식민지 펜실베이니아 헌법에서 그가 제시한 민주주의적 원칙들은 미합중국 헌법의

래했다고 이미 말한 적이 있다. 그의 부친은 자신이 속한 교회의 영역 밖에서 결혼을 했기 때문에 몇 가지 특권들을 상실하게 되었는데 그 특권들은 그의 자손에게 전해질 수도 있었던 것이었다. 그럼에도 불구하고 젊은 마머듀크는, 친구들 사이의 일상적인 교제조차도 이 온건한 종교의 견해로 물들어 있었던 그런 식민지 사회에서 교육을 받았으므로 그의 습관과 언어에도 그 종교의 습성이 약간 두드러지게 드러나 있었다. 물론 그 후 그 자신이 이 종파의 영역 밖에 있는 동시에 이 종파의 영향을 받지도 않았던 여성과 결혼함으로써 그가 어린 시절에 받은 인상이 약화된 경향이 있기는 했다는 것은 사실이다. 그렇지만 그는 자신의 죽음의 순간까지 이 인상을 어느 정도는 그대로 지니고 있었고 큰 흥미를 느끼거나 마음이 크게 동요되었을 때는 그가 청소년기의 언어로 말하는 것을 사람들은 늘 변함없이 인식하곤 했다. 그러나 이것은 우리의 이야기를 너무 앞당겨 하는 것이 될 것이다.

마머듀크가 처음 젊은 에핑엄의 공동 사업자가 되었을 때 그는 외관적으로 보아 확실한 퀘이커교도였다. 그래서 아들인 에핑엄이 이 문제에 대한 부친의 편견에 부닥쳐보려고 생각한다는 것 자체가 지나치게 위험한 시험이었다. 그러므로 그들의 관계는 그 일에 관여하고 있었던 사람들 외의 모든 사람들에게는 철저한 비밀로 남아 있었다.

몇 년 동안 마머듀크는 자신의 상회의 상업적 운영을 신중하고 현명하게 관리해서 큰 수익을 올렸다. 그는 우리가 앞에서 언급한 여성과 결혼했는데 그 여성이 엘리자베스의 어머니였다. 그리고 그의 친구의 방문도 더 빈번해졌다. 그들 관계의 여러 가지 이점이 에핑엄 씨에게도 시시

근간이 되었고 그가 주창한 영국령 식민지 연합은 현재의 미합중국의 모태가 되었다.

각각 명백해지고 있었으므로 그 관계의 베일을 빠른 시일 내에 벗길 수 있겠다는 가망성이 대두되었다. 그러나 바로 그때 독립전쟁에 앞서 일어난 분쟁이 놀라울 정도로 확산되어버렸던 것이다.

에핑엄 씨는 국왕에게 가장 예속적인 양식으로 충성을 다하도록 교육을 받았기 때문에 식민지 개척자들과 국왕 사이의 분쟁이 시작되었을 때부터 자기 군주의 공정한 대권이라고 그가 믿고 있었던 바를 열렬히 옹호했다. 반면 템플의 명철한 두뇌와 독립적 지성은 그로 하여금 민중의 주장을 지지하게 만들었다. 이 두 사람은 둘 다 어린 시절의 인상에 영향을 받았을지도 모른다. 왜냐하면 충성스럽고 용감한 용사의 아들이 자신의 군주의 의지에 절대적으로 복종했다면, 펜의 추종자로서 박해를 받았던 사람의 후예는 자신의 조상들에게 퍼부어졌던 부당한 대우를 약간 원한을 품고 회상했기 때문이다.

이러한 의견 차이는 오랫동안 그들 사이의 유쾌한 논쟁의 주제였었다. 그러나 나중에는 그 논쟁이 지나치게 중요한 것이 되어서 마머듀크의 입장에서는 사소한 토론도 허용할 수가 없게 되었다. 그의 예리한 통찰력은 아직은 발생하지 않은 중요한 사건들이 장차 발생하리라는 것을 어렴풋이나마 이미 파악하고 있었기 때문이었다. 사소한 불꽃이 튈 것 같던 의견 차이는 곧 불길이 되어 타오르게 되었다. 여러 식민지들은, 아니 오히려 그들이 스스로 선포한 바와 같이 여러 주들은, 여러 해 동안 투쟁과 유혈의 현장이 되어버렸다.

렉싱턴 전투가 있기 얼마 전 당시 이미 홀아비였던 에핑엄 씨는 자신의 모든 귀중한 동산(動産)과 서류들을 안전하게 보관해달라고 마머듀크에게 보내고는 부친을 남겨둔 채 식민지를 떠났다. 그러나 전쟁이 본격적으로 시작되자마자 그는 자신이 섬기는 왕의 신하로서의 제복을 입고 뉴욕에 다시 나타났다. 그러고는 짧은 기간 동안 한 지방 군단의 진두에 서서 전투를 수행했다. 그동안 마머듀크는 그 당시에는 반역이라고 불렸던 편의 주장을 위해 완전히 헌신했다. 물론 두 친구 사이의 왕래도 완전히 끊겼다. 에핑엄 중령의 편에서는 왕래를 원하지 않았고 마머듀크의 편에서는 신중하게 자제하고 있었다. 마머듀크는 곧 필라델피아에 있던 자산을 포기해야만 했다. 그러나 그는 이미 친구의 서류까지 포함해 그의 동산 전부를 국왕군의 손길이 닿지 않는 곳에 옮겨놓는 예방책을 실행해둔 상태였다. 그곳에서 그는 전투 기간 동안 시민으로서 여러 가지 자격으로 자신의 국가에 계속해서 봉사했고 그 일을 위엄 있게, 또 유용하게 수행했다. 그러나 마머듀크는 영예롭고 충실하게 자신의 임무들을 이행하는 동안에도 자신의 이익을 결코 잊지 않고 있었던 듯이 보였다. 왜냐하면 국왕 지지자들의 토지가 몰수 법령에 따라 경매에 부쳐졌을 때 그는 뉴욕 주에 나타나서 광범위한 토지를 비교적 저렴한 가격에 구입했기 때문이다.

다른 이들로부터 강제로 빼앗은 토지들을 이렇게 구입함으로써 마머듀크가 그 종파의 비난을 받아야 했다는 것은 사실이다. 그런데 이 종파는 흠 있는 신도들을 가족 같은 신도 화합 모임에 정식으로 참여하지는 못하도록 하는 동시에 그들을 전적으로 세상에 내팽개치고 싶어 하지도 않은 듯이 보인다. 그러나 그의 성공 때문인지, 아니면 다른 사람들의 빈번한 범칙 때문인지 그의 인격에서 이 사소한 오점은 곧 지워지게 되었다. 그들 자신의 운에 대한 불만 때문이거나 그들 자신의 결함에 대한 의식 때문에, 상속 재산이 없었던 이 퀘이커교도가 갑자기 부유해진 상황에 대해 음험한 암시를 하곤 했던 사람들이 몇몇 있었지만 그의 봉사와 또 아마도 그의 부로 인해, 곧 이 막연한 추측에 대한 기억이 사람들의 마음에서 사라지게 되었다.

전쟁이 끝나고 여러 주의 독립이 승인되었을 때 템플 씨는 관심을 상업적 업무로부터 자신이 구입해두었던 여러 곳의 토지로 돌렸다. 그때는 마침 상업이 처한 상황이 변동이 심하고 불확실하기도 했던 것이다. 거액의 돈의 도움을 받고 강력하면서도 실리적인 그의 이성에서 나온 착상에 근거해 그의 이 모험적 사업은 크게 번창했다. 그래서 그 사업은 그가 선택한 지방의 기후와 울퉁불퉁한 지면으로 보아서는 불가능한 듯이 보였던 정도의 방대한 규모에까지 이르게 되었다. 그의 자산이 열 배로 증가되어 있었으므로 그는 이미 이 나라 사람들 중 가장 부유하고 중요한 사람들 중 한 명이라고 평가받고 있었다. 그에게는 이 재산을 상속받을 자녀가 한 명밖에 없었다. 그 자녀는 우리가 이미 독자에게 소개한 바 있는 딸인데 그는 그 딸을 현재 학교에서 데려오는 중이었다. 그녀는 너무나 오랫동안 주부가 부재했던 그의 가정을 돌볼 예정이었다.

그의 토지가 소재한 지방이 하나의 카운티로 분리될 수 있을 만큼 충분히 인구가 조밀해졌을 때 템플 씨는 새로운 정착지들의 관습에 따라 그 카운티의 최고위 재판관의 지위를 맡도록 선택되었다. 이것은 영국의 어떤 법률가를 미소 짓게 만들 만한 일일지도 모르지만 필요에 의해 그런 관행이 만들어졌다는 변명을 할 수도 있다. 그 위에 재능 많고 경험이 풍부한 사람들에게는 흔히 그들이 어떤 지위에 있건 그 지위에 있는 자신들을 보호해주기에 충분한 위엄이 있는 법이다. 마머듀크의 타고난 명석한 지성은 찰스 왕의 판사보다도 더 뛰어났으므로 그는 올바른 판결을 내렸을 뿐만 아니라 대개의 경우 그 판결에 대한 아주 훌륭한 이유를 제시할 능력이 있었다. 하여튼 그러한 것이 그 나라와 그 시대의 보편적 관행이었다. 그리고 템플 판사는 결코 신생 군들의 법정에서 일하는 동시대인 판사 중에 최저 수준에 속한다고 평가되지는 않았다. 반대로 그는 자신이 일류 판사에 속한다고 느끼고 있었고 또 모든 사람들이 그렇다고 인정하기도 했다.

우리는 여기서 우리의 등장인물들 중 몇 명의 내력과 성격에 대한 간략한 설명을 마치고 앞으로는 그들이 스스로 말하고 행동하도록 내버려두기로 하자.

3장

"그대가 보는 모든 것은 자연의 솜씨 좋은 작품이다.
옛 시대의 성곽풍의 뾰족탑들처럼
이끼 낀 이마를 위로 내밀고 있는 저 바위들!
겨울의 강풍 속에서 높이 솟은 가지들을
느릿느릿 흔드는 이 장엄한 나무줄기들!
대리석처럼 하얀 젖가슴을 조롱하듯 흉내 내며
햇빛 속에 반짝거리는 저 서리 덮인 들판!
그렇지만 인간은 자신의 조잡한 취미로 그러한 작품들을 망쳐버릴 수도 있다.
마치 어떤 처녀의 명성을 망치는 어떤 통탄스러운 자처럼!"
―『듀오』

얼마간의 짧은 시간이 지나서야 비로소 마머듀크 템플은 자신의 새로운 동반자의 체격을 자세히 살펴볼 수 있을 만큼 흥분에서 회복되었다. 그는 이제 그 동반자가 나이가 스물두셋쯤 된 청년이고 키는 중간 정도보다 상당히 더 크다는 것을 알게 되었다. 털북숭이 외투 때문에 더 자세히는 관찰할 수가 없었다. 그 외투는 옛날의 사냥꾼이 입었던 것과 아주 비슷하게 소모사로 된 허리띠로 그의 신체에 바싹 잡아매여 있었다. 판사의 시선은 이 낯선 젊은이의 신체에 잠시 머물렀다가 그의 용모를 면밀히 살펴보기 위해 위로 올라갔다. 청년이 처음 썰매 안으로 들어왔을 때에는 그의 얼굴에 명백히 근심의 표정이 나타나 있었다. 그 표정은 엘리자베스의 눈길을 끌었을 뿐만 아니라 그녀는 그것을 어떻게 해석해야 할지 몰라 매우 당혹해했다. 그의 근심은 그가 늙은 동반자에게 은밀히 무언가를 명령하고 있을 때 가장 심하게 보였다. 그가 마을까지 썰매를 타고 가기로 결심하고 또 다소 수동적으로 그들이 자신을 마을까지 태워다주게 내버려두었을 때조차 그의 두 눈은 그 조치에 대한 자기만족을 어느 정도라도 두드러지게 드러내지는 않았다. 그러나 드물게 호감을 주는 그의 얼굴에서 주름살은 점차 사라지고 있었다. 그는 이제 말없이 앉아 있었는데 깊은 생각에 잠겨 있는 것이 분명했다. 판사는 그를 얼마 동안 진지하게 응시하다가 마치 자신의 건망증에 대해 미소 짓기라도 하듯 미소를 지었다. 판사는 말했다.

"내 젊은 친구, 공포로 인해 자네가 내 기억에서 사라져버렸다는 생각이 드는군. 자네 얼굴이 매우 낯익은데 말이야. 내 모자에 달린 스무 개의 사슴 꼬리의 명예를 걸고 하는 말이지만 자네의 이름을 알 수가 없군."

"저는 3주 전에 이 카운티로 왔습니다"라고 청년이 대답했다. "그리고 판사님은 3주의 두 배가 되는 기간 동안 이곳에 계시지 않았다고 알고 있는데요."

"내일이면 5주가 된다네. 그렇지만 자네 얼굴은 내가 본 적이 있는 얼굴이야. 내가 너무나 공포에 질려서 혹시라도 오늘 밤 자네가 수의를 입은 상태로 내 침대 옆에서 걸어 다니는 환상을 보게 된다고 해도 이상한 일이 아니겠지만 말일세. 어때, 베스? 내가 제정신인 것 같으냐 그렇지 않은 것 같으냐? 대배심에게 지시를 내릴 수 있을 정도로 말이다. 아니면 템플턴의 집에서 크리스마스이브 파티의 주인 노릇을 할 수 있을 정도로 말이야. 그게 지금 당장 더 급히 필요한 일이니까."

"그 두 가지 모두를 더 잘하실 수가 있지요, 사랑하는 아버지"라고 두건에 푹 감싸여 있는 얼굴에서 흘러나오는 쾌활한 목소리가 말했다. "활강총으로 사슴을 죽이시는 것보다는 말예요." 이어 잠깐 말이 끊겼다. 그러고는 같은 목소리가 조금 전과는 다른 어조로 이어서 말했다. "우리에게는 오늘 밤 감사 파티를 해야 할 정당한 이유가 있을 거예요. 그것도 한 가지 이상으로요."

말들은 곧 어떤 지점에 다다랐다. 그곳에서 그들은 본능적으로 여정이 거의 끝났다는 것을 알고 있는 듯이 보였다. 그래서 말들은 고개를 갑자기 쳐들고 재갈을 물면서 평평한 땅 위로 급히 썰매를 끌고 달렸는데 그 평평한 땅은 산꼭대기에 위치한 땅이었다. 그러고는 곧 길이 갑자기, 그러나 빙 둘러서 계곡으로 내려가게 되는 지점에 이르렀다.

판사가 회상에서 깨어났을 때 그는 네 개의 연기 기둥이 자신의 집 굴뚝에서 공중으로 떠올라가는 것을 보았다. 집과 마을과 계곡이 갑자기 시야에 나타나자 그는 딸에게 기분 좋게 소리쳤다.

"자, 베스, 너의 평생 동안의 안식처가 저기 있구나! 그리고 젊은이, 저곳은 자네의 안식처도 될 것이네. 자네가 우리와 함께 사는 데 동의만 해준다면 말일세."

그의 말을 듣는 두 사람의 시선이 무심결에 마주쳤다. 엘리자베스의 얼굴에 떠오른 홍조가 그녀의 눈에 나타난 차가운 표정과 모순되는 것이었다면 낯선 사람의 입 주위에 다시금 떠오른 모호한 미소 또한 그가 이 가족의 일원이 되는 데 동의할 가능성을 부인하고 있는 듯이 보였다. 그러나 이 장면은 마머듀크 템플보다 박애주의적 경향이 더 적은 사람의 마음조차 쉽사리 따뜻하게 해줄 만한 장면이었다.

우리의 여행자들이 여행하고 있던 산비탈은 완전한 수직면은 아니었지만 너무나 가팔라서 그 거칠고 좁은 길을 내려가려면 매우 조심해야 했다. 왜냐하면 그 길은 그 초기 시대에는 절벽 주위를 구불구불 구부러져 내려가는 길이었기 때문이다. 흑인 마부는 성급해진 말들을 고삐를 잡아당겨 멈추게 했고 엘리자베스에게는 그곳의 풍경을 천천히 살펴볼 시간이 주어졌다. 그 풍경은 사람의 손길 아래에서 너무나 급속히 변하고 있었으므로 그녀가 어린 시절에 그처럼 자주 즐겁게 관찰하곤 했던 경치와 윤곽만 비슷했다. 그들이 있는 곳 바로 아래에는 평원처럼 보이는 땅이 반짝거리며 기복이 없이 산들에 파묻힌 모습으로 펼쳐져 있었다. 산들은, 주로 숲에 묻힌 부분이 가팔랐는데 평원이 있는 쪽의 산들이 특히 그랬다. 여기저기 구릉들이 갑자기 내려앉아 기다랗고 낮은 점들을 이루어서 동일한 윤곽을 깨뜨리고 있었다. 그렇지 않은 경우에는 구릉들은 길고 넓게 펼쳐진 눈 쌓인 들판을 향하고 있었는데, 들판에는 집이나 나무나 울타리나 다른 어떤 시설물도 없었으므로 그것은 티 없이 흰 구름이 땅에 내려앉은 모습과 닮아 있었다. 그런데 평평한 지표면 위에서 움직이는 몇 개의 검은 점이 보였다. 엘리자베스는 그것들이 제각기 마을로 가거나 마을에서 나오는 썰매들이라는 것을 보고 알 수가 있었다. 평원의 서쪽 가장자리에 있는 산들은 다른 산들과 같이 높았지만 덜 가팔랐다. 산들은 평원에서 물러나면서 울퉁불퉁한 골짜기들과 협곡들을 열어 보이고 있거나 경작을 가능하게 해주는 계단식 언덕과 분지를 형성하고 있었다. 계곡의 이쪽 편에서 솟아오른 많은 구릉들을 여전히 상록수가 뒤덮고 있었지만 너도밤나무와 단풍나무 숲으로 덮여 있는 먼 산들의 굽이치는 윤곽은 눈을 휴식하게 해주고 있었고 그곳에는 경작하기가 더 쉬운 토양이 있다고 약속해주고 있었다. 때때로 맞은편 구릉의 숲 가운데에서 흰 점들을 볼 수가 있었는데 나무들의 꼭대기 위로 소용돌이치며 올라가는 연기를 보면 그곳에 사람들이 살고 있고 농경이 시작되고 있다는 것을 알 수가 있었다. 이러한 점들은 때때로 단결된 노동의 힘으로 이른바 정착지로 확장된 경우도 있었지만 고립된 자그마한 마을로 남아 있는 경우가 더 많았다. 물론 변화가 너무나 급속하게 일어나고 있었고 이 정착 사업에 운을 건 사람들의 노동이 너무나 끈기가 있어서 엘리자베스가 말없이 놀라워하면서 몇 년의 짧은 세월 속에서 이 지방의 외양에 일어난 변화를 응시하고 있는 동안 그녀가 상상력으로 이 마을들이 그녀의 시선 아래에서 확장되고 있는 모습을 그려보는 것은 어렵지 않았다. 이 놀랄 만한 평원의 서쪽에 있는 점들에는 식물이 전혀 뿌리를 내리고 있지 않았는데 이곳의 점들은 동쪽에 있는 점들보다 더 크고 또 더 많았다. 특히 그중 하나는 아주 특이한 모습으로 앞으로 튀어나와 있었는데, 그 양쪽에는 산으로 삼면이 둘러싸여 아름답게 구부러진 형태의 평지가 있었고 그 평지는 눈으로 덮여 있었다. 그곳의 한쪽 맨 끝에는 떡갈나무 한 그루가 앞으로 뻗어 있었는데 그 모습은 마치 그 나무의 뿌리들이 뻗어나가지 못하도록 금지된 장소를 그것의 가지들로 덮어 가리려 하는 듯이 보였다. 그 떡갈나무는, 주변 숲의 나무들의 가지들이 수세기 동안 성장해오면서 서로 엉키면서 받게 되었던 그러한 속박에서 막 해방된 후 야생의 자유를 만끽하면서 기이하게 마디진 가지들을 사방팔방으로 뻗치고 있었다. 이 아름다운 평지의 남쪽 끝, 우리의 여행자들의 바로 발밑에 놓여 있는 넓이 몇 에이커의 검은 점은 처음에는 평원인 듯이 보일지도 모르지만, 잔물결이 이는 그 수면과 그 위로 뿜어져 나오는 증기로 실제로는 겨울의 추위에 갇힌, 산의 호수들 중 하나임을 보여주고 있었다. 우리가 언급한 그 탁 트인 장소에 있는 호수의 한가운데로부터 좁다란 물살이 급히 쏟아져 나오고 있었다. 이 물살의 흐름이 진짜 계곡을 통과해서 남쪽으로 구불구불 흘러가면서 여러 마일에 걸쳐 이어지고 있음을 더듬어볼 수가 있었다. 이 흐르는 물살의 가장자리에 늘어서 있는 솔송나무와 소나무를 보고, 또 주위보다는 더 따뜻한 수면으로부터 늘어선 언덕들의 차가운 대기 속으로 솟아오른 증기를 보고 물살의 이러한 흐름을 알 수가 있었던 것이다. 이 아름다운 분지의 기슭은, 남쪽 끝에 위치한 그 출구 부분은 가파르지만 높지는 않았다. 그 방향으로는 시선이 닿을 수 있는 곳까지 땅은 계속 좁지만 우아한 계곡으로 이어지고 있었다. 그 계곡을 따라 이주민들이 여기저기 초라한 집들을 세우고 살고 있었는데 그 많은 수의 집들은 이곳 토지의 비옥한 성질과 사람들의 왕래가 비교적 용이하다는 사실을 말해주고 있었다. 바로 그 호수의 가장자리와 기슭에 템플턴 마을이 자리 잡고 있었다. 그 마을은 주로 목재로 건축된 약 50채의 건물들로 이루어져 있었는데 거기에는 모든 종류의 건물들이 포함되어 있었다. 이 건물들의 건축 양식에서는 그다지 고상한 심미안을 보여주는 흔적은 보이지 않았고 대부분 미완성인 주택의 외관에서는 그것들이 급히 건축되었다는 것을 알 수가 있었다. 그 건물들은 다양한 색깔들을 보여주고 있었다. 몇몇 건물은 정면과 뒷면이 다 흰색이었지만 그 값비싼 흰색 도료를 정면에만 사용한 건물들이 더 많았다. 검소하지만 야심 찬 그 건물들의 소유자들은 건물들의 나머지 벽면들을 온통 음침한 붉은색으로 칠해놓았다. 그중 한두 채의 건물은 세월을 말해주는 적갈색을 서서히 띠기 시작했다. 한편 그 건물의 깨진 창문을 통해 볼 수 있는 대들보에 페인트칠이 되어 있지 않은 점은 건물 주인들이 자신들의 감식안 또는 허영심으로 인해 페인트칠 작업을 시작했지만 결국은 끝내지 못했다는 사실을 보여주고 있었다. 그 건물들은 전체적으로 도시의 도로 비슷한 것들이 형성될 수 있도록 배치되어 있었지만 사실은 현재 거주자들의 편의보다는 후대의 욕구에 더 주의를 기울이고 있었던 사람의 지시에 따라 그런 형태로 배열되어 있었던 것이 분명했다. 다른 건물들보다 더 나은 종류의 건물 약

서너 채는 색깔도 동일했을 뿐만 아니라 모두 초록빛 블라인드가 설치되어 있었다. 그런데 그 블라인드들은 적어도 겨울이라는 그 계절에는 호수와 산들과 숲과 눈 덮인 널따란 들판의 차가운 모습과는 좀 이상한 대비를 이루고 있었다. 이렇게 겉치레를 한 주택들의 현관 문 앞에는 가지가 없거나 1년이나 2년쯤 자란 연약한 어린 가지들을 내밀고 있는 묘목이 몇 그루 심어져 있었다. 그 묘목들은 왕자가 거처하는 궁의 문간 근처에서 보초를 서고 있는 근위보병 1연대의 키 큰 병사들과 비슷하게 보였다. 사실 외관이 조금 더 훌륭한 이 주택들의 거주자들은 템플턴의 귀족들이었다. 그리고 마머듀크는 템플턴의 왕이었다. 이 주택들은 법률에 대해 노련한 두 젊은이들(변호사들이라는 의미)과 상점주라는 직함 아래이 마을 사람들이 필요로 하는 물건들을 판매하는 계급에 속하는 두 사람과 의술의 신 아스클레피오스의 한 제자의 집이었다. 그런데 이 의술의 신은 그가 이 세상에서 내보내는 환자들보다도 더 많은 수의 환자를이 세상에 데려다주고 있었다. 이 조화되지 않는 한 무리의 주택들 한가운데에 판사의 대저택이 다른 모든 주택들보다 더 높이 우뚝 솟아 있었다. 그 저택은 수 에이커에 이르는 부지의 한가운데에 서 있었고 저택의 구내는 과수들로 덮여 있었다. 과수들 중 일부는 인디언들이 남겨두고 간 것이어서 이미 세월을 말해주는 이끼와 외양을 띠기 시작했다. 그 점에서 이 과수들은 인공 조림(造林)을 하느라 새로 심어진 나무들과는 매우 현저한 대조를 이루고 있었다. 말뚝을 박아 만든 마을의 대부분의 울타리들 너머로 이 새로 심어진 나무들이 힐끗힐끗 보였다. 인공 조림을했다는 것을 보여주는 이러한 모습 외에도 이 저택의 구내에는 아메리카대륙에 최근에야 도입된 수종인 양버드나무의 어린 나무들이 격식을 차리듯 작은 길의 양쪽에 늘어서 있었다. 이 작은 길은 중앙로에 면해 있는 대문으로부터 건물의 현관문으로 통하는 길이었다. 저택 자체는 전적으로 리처드 존스 씨라는 사람의 감독 아래 건축된 것이었다. 존스 씨에 대해서는 우리가 이미 언급한 적이 있는데 그와 마머듀크 템플이 이종사촌간이라는 사실에 덧붙여 그는 작은 일들을 솜씨 있게 처리하기도 했고 또 자신의 재능을 발휘하려는 전적인 열의가 있었기 때문에 보통 템플의 모든 사소한 업무들을 감독하고 있었다. 리처드는, 자신이 창조한 이 저택은 모든 목사의 설교의 기본 원리가 되어야만 할 말, 즉 "첫째로"라는 말과 "마지막으로"라는 말에 딱 부합되는 그런 요소들만으로 구성되어 있다고 말하기를 좋아했다. 그들이 이곳에 거주하기 시작한 첫해에 그는 공사를 시작했는데 처음에는 박공이 대로를 향해 있는, 높다랗고 좁다란 목조 구조물 한 채를 지었다. 오두막이라고밖에 할 수 없는 이곳에서 그 가족은 3년을 살았다. 그 3년이 끝날 무렵에야 리처드는 그의 설계도를 완성했다. 이 막중한 공사를 하면서 그는 동부 출신의, 방랑하는 어떤 기계공의 경험을 이용했다. 그 기계공이 영국 건축술과 관련된 몇 가지 더러운 도판을 보여주고 프리즈, 기둥 위에 건너지른 수평부, 특히 코린트식과 이오니아식의 절충식에 대해 박식한 듯이 이야기를 해서 미술의 그 분야, 즉 건축에 속한 모든 일에 대한 리처드의 감식안에 대해 아주 지나친 영향력을 갖게 되었기 때문이었다. 그렇다고 해서 존스 씨가 하이럼 둘리틀 씨를 그의 직업에서는 온전히 경험에만 의존하는 자라고 생각하는 체하지 않았다는 것은 아니다. 리처드는 건축술에 대한 둘리틀의 논설을 경청하는 변함없는 습관을 지니고 있었으므로 대개 자신의 조수의 주장에 승복했다. 그가 둘리틀의 논설을 경청할 때 그는 일종의 관대한 미소를 띠었는데 그 이유는 자기 자신의 축적된 지식으로는 건축에 대한 둘리틀의 말에 그럴듯한 어떤 말로도 반박할 능력이 없었거나 그렇지 않으면 남몰래 그의 말에 탄복하고 있었거나 둘 중 하나였다. 그들은 함께 마머듀크를 위한 저택을 세웠을 뿐만 아니라 이 카운티 전체의 건축에 일정한 양식을 부여했다. 둘리틀 씨는 코린트식과 이오니아식의 절충식은 다른 여러 건축양식들이 복합된 양식이며 그것은 모든 양식들 중 가장 유용한 양식을 만드는 과정에서 탄생된 것이라고 주장했다. 그 이유는 그 양식을 이용하면 편의와 상황에 따라 필요한 변경 사항들을 건축물에 적용할 수 있기 때문이라고 했다. 이 주장에 리처드는 대체로 동의했다. 모든 탁월한 명성뿐만 아니라 이 동네의 모든 자금까지도 독점하고 있는, 이 두 경쟁하는 천재들의 의견이 일치하는 경우에는, 보다 더 중대한 문제들에서조차도 그들이 유행을 창조하는 모습을 보는 것은 드문 일이 아니었다. 우리가 이미 암시한 바와 같이 현재의 사례에서는 이 성(城)은 그것의 무수히 많은 장점들 중에서도 이런저런 점에서 그 성에서 20마일 내에 있는 모든 높은 건축물들의 모범이 되었다. 성이란 템플 판사의 저택을 그 지역의 일반적인 말로 지칭하는 용어였다.

그 저택 자체, 즉 리처드가 마침내 완성한 작품은 정사각형의 큰 석조 건물이었는데 결코 불편하다고는 할 수 없는 건물이었다. 이 네 가지 조건, 즉 크고 정사각형이고 석조이며 불편해서는 안 된다는 것은, 마머듀크가 그의 일상적인 완고한 태도보다 조금 더 완고한 태도로 강조한 조건들이었다. 그러나 그 밖의 모든 점들은 리처드와 그의 동료에게 평화롭게 내맡겼다. 이 두 지역 유지들은 건축 재료가 자신들의 수하들이 가진 연장으로 다루기에는 너무 단단하다는 것을 알게 되었다. 왜냐하면 그 연장들은 대체로 인근의 산에서 나오는 스트로부스잣나무보다는 조금도 더 단단하지 않은 그런 물질을 다루는 데만 사용되었기 때문이었다. 스트로부스잣나무의 목재는 사냥꾼들이 흔히 베개로 선택할 정도로 매우 부드럽다고 소문이 나 있었다. 이러한 진퇴양난의 문제만 없었다면 우리의 두 건축가들의 야심 찬 취미로 인해 이 주택에 대해 묘사할 거리가 우리에게 훨씬 더 많이 남겨졌을 것임이 거의 틀림없다. 석재라는 재료가 다루기 어려웠기 때문에 그들은 그 저택의 정면에는 별다른 장식을 하지 못하고 베란다와 지붕을 장식하는 데서 위안을 구했다. 베란다는 엄격히 고전주의적 양식으로 하고 지붕은 절충식 양식의 장점들을 보여주는 진기한 표본으로 만들어야 한다고 그들은 결정했다.

　지붕이란 건축물에서 그 유용성 때문에만 묵인될 수 있는 군더더기 같은 생성물이므로 고대의 그리스, 로마인들이 건축물에서 숨기려고 항상 노력했던 그런 부분이라고 리처드는 주장했다. 그 밖에도 한 주택의 주요한 가치는, 그 주택을 어느 쪽에서 바라보게 되든 괜찮은 장면을 보여주어야 한다는 점이라고 그는 재치 있게 덧붙여 말했다. 주택은 어떤 날씨에든 모든 사람들의 눈에 노출되므로 질투하는 사람들이나 이웃답지 않은 비판을 하는 사람들에게 공격의 여지를 줄 정도로 서투르게 마무리된 측면이 있어서는 안 되기 때문이라는 것이었다. 그래서 지붕을 평평한 사면체로 하기로 결정했다. 이 계획에 대해 마머듀크는 여러 달 동안 눈이 두껍게 쌓여 있기 때문에 안 된다고 반대했다. 눈이 3, 4피트 깊이로 땅을 덮고 있는 경우가 많았기 때문이었다. 다행히도 절충식 양식의 편리한 요소들에서 타협안을 선택할 수가 있었다. 서까래들을 길게 늘여서 경사면을 형성해서 결빙된 눈이 아래로 내려가게 만들 수가 있었던 것이다. 그러나 또 불행히도 건물의 이 재료 부분을 측량할 때 어떤 실수가 있었고 또 하이럼의 가장 큰 장점들 중 하나가 "공명정대한 규정"에 따라 일할 수 있는 능력이었으므로 건물의 네 벽 위로 육중한 목재들이 들어 올려질 때까지는 그 결과를 발견할 기회가 없었다. 그때가 되었을 때는 참으로 모든 규정이 무시되고 건축물 전체에서 지붕이 단연코 가장 눈에 띄는 부분이라는 사실을 곧 발견하게 되었다. 리처드와 그의 동료는, 지붕을 덮는 재료들이 이 부자연스럽게 높은 지붕을 감추는데 도움이 될 것이라는 믿음으로 자신들을 위로했다. 그러나 지붕 위에 지붕널을 하나씩 올려놓을 때마다 사람들의 눈에 보이는 물체들이 하나씩 늘어났을 뿐이었다. 리처드는 페인트칠로 이 불운을 만회해보려고 시도했다. 그래서 자신의 손으로 네 가지 색깔의 페인트를 칠했다. 첫번째 색은 하늘색이었는데 보는 사람들의 시선을 속여서 그들로 하여금 마머듀크의 저택 위로 그처럼 위압적으로 솟아 있는 부분은 하늘이라고 믿게 만들 수도 있을 것이라는 헛된 기대로 그 색을 선택한 것이었다. 두번째 색은 그 자신이 구름색이라고 부른 색이었는데 그것은 연기의 색깔을 흉내 낸 것 이상도 이하도 아니었다. 세번째 색은 리처드가 눈에 잘 띄지 않는 초록색이라고 부른 색이었는데 그것도 하늘이 배경이 되었으므로 성공하지 못한 실험이었다. 우리의 건축가들은 높은 지붕을 감추려는 시도를 포기하고는 눈에 거슬리는 지붕널들을 장식할 방법을 찾기 위해 자신들의 창의력에 의존했다. 깊은 심사숙고 끝에, 그리고 달빛 아래에서 두세 번의 시험을 거친 끝에 리처드는 그 자신이 "햇빛"색이라고 명명한 색깔로 지붕 전체를 대담하게 뒤덮음으로써 이 문제를 종결지었다. 그는 사촌인 판사에게 이 색으로 칠하는 것은 머리 위에서 항상 맑은 날씨를 볼 수 있는 저렴한 방법이라고 보장했다. 이 저택의 처마뿐만 아니라 대지(臺地)* 부분도 번쩍번쩍하게 칠해진 난간들로 장식되었고 그들의 노동 중 이 부분, 즉 난간에 여기저기 풍부하게 사용된, 다양한 항아리

---

* platform: 집을 짓기 위해 땅을 돋운 것.

들과 장식 쇠시리들을 제작하는 작업에는 하이럼의 천재성이 발휘되었다. 리처드는 원래 교묘한 방편을 써서 굴뚝들이 낮은 위치에, 난간의 장식물처럼 보이게끔 배치하려는 계획을 갖고 있었다. 그러나 안락하게 생활하기 위해서는 굴뚝들을 지붕과 함께 높이 세워서 연기가 빠져나갈 수 있게 해야만 했다. 그래서 굴뚝들은 사람들이 볼 때 매우 눈에 잘 띄는 네 개의 물체가 되어버렸다.

이 지붕은 존스 씨가 그때까지 수행한 건축 사업 중 단연코 가장 중요한 사업이었으므로 그의 실패는 그에 상응하는 정도의 굴욕을 가져다주었다. 처음에 그는, 지붕의 그러한 모습은 하이럼 씨가 공명정대한 규정에 대해 무지해서 초래된 것이라고 지인들에게 속삭였다. 그러나 그의 눈이 점차 그 대상에 익숙해지자 그는 자신의 노동의 결과에 대해 좀더 만족하게 되었다. 그래서 결점들에 대해 사과하는 대신 그는 그 대저택의 아름다움을 칭찬하기 시작했다. 그에게는 곧 청중이 생겼고, 부와 안락함은 어느 시대에나 매력적인 것이었으므로 이미 말한 바와 같이 이 저택은 소규모로나마 모방할 만한 모범이 되었다. 이 저택이 건축된 지 2년도 채 되지 않아 그는 이 저택의 돋워진 대지 위에 서서 변변찮게나마 이 건물을 모방한 세 채의 집들을 내려다보는 즐거움을 누리게 되었다. 유행이란 항상 이러한 법이라 위대한 사람들의 실수조차도 찬미의 대상으로 만들어주는 것이다.

마머듀크는 자기 집의 이러한 기형적 모습을 아주 온화하게 견디었고 곧 그 스스로 집의 모습을 여러 가지로 개선해서 그럭저럭 자신의 거주지에 보기 좋고 안락한 모양새를 부여하게 되었다. 그럼에도 조화되지 않은 모습이 많이 남아 있어서 저택의 바로 가까이에서도 그러한 부조화된 모습을 볼 수가 있었다. 저택 구내를 꾸미기 위해 유럽에서 포플러를 들여왔고 저택 가까이에서는 버드나무와 다른 나무들이 점차 싹터 나오고 있었지만, 많은 눈 더미들이 소나무 그루터기들의 존재를 드러내주고 있었다. 심지어는 한두 경우에는 부분적으로 불에 타버린 나무들의 꼴사나운 부분이 순백의 눈 위로 20 내지 30피트나 그 검고 번쩍거리는 기둥을 곧추 세우고 있는 모습도 보였다. 이것들은 이 지방의 언어로는 그루터기라고 불렸는데 이 마을에 인접한 광활한 들판에도 많이 있었다. 그런 그루터기들 옆에는 때때로 나무껍질이 벗겨진 소나무나 솔송나무의 잔해가 있는 경우도 있었는데, 그것들은 돌풍에 그들의 과거의 화려한 모습의 잔해인 벌거벗은 사지를 슬프고도 장엄하게 흔들고 있었다. 그러나 기뻐서 어쩔 줄 모르는 엘리자베스에게는 이러한 것들과 그 밖의 많은 불유쾌한 모습들이 그곳의 풍경에 더해졌다는 사실이 보이지 않았다. 그녀는 말들이 산비탈로 내려갈 때 자기 발아래 지도처럼 펼쳐져 있는 한 무리의 집들, 골짜기로부터 구름 쪽으로 소용돌이치며 올라가는 50줄기의 연기, 상록수의 산 속에 박혀 있는 얼어붙은 호수와 호수의 흰 표면 위에 드리워진 소나무들의 긴 그림자가 저물어가는 햇빛 속에서 길어지는 모습, 수원지에서 세차게 흘러나와 멀리 있는 체서피크를 향해 굽이쳐 흘러가는 짙은 색의 물줄기만 보고 있었다. 그 풍경은, 아직도 기억하고 있지만 지금은 변해버린 그녀의 어린 시절의 정경이었기 때문이었다.

5년이란 세월은, 시간과 노동에 의해 인간의 작품이 영속성을 갖게 된 나라들에 한 세기 동안 초래될 변화보다 더 큰 변화를 이곳에 초래했다. 비록 그 누구라도 그 산의 어두운 숲으로부터 나온 후 황홀하게 아름다운 그 골짜기의 장려한 풍경이 예기치 않게 그의 눈앞에 펼쳐질 때 그것을 기쁜 느낌 없이는 목격하지 못하겠지만, 젊은 사냥꾼과 판사에게는 그 풍경은 엘리자베스에게보다는 덜 새로운 것이었다. 사냥꾼은 북쪽에서 남쪽으로 경탄의 눈길을 힐끗 던지고는 또다시 얼굴을 코트의 접힌 주름 밑으로 파묻었다. 반면 판사는 박애주의적인 만족감을 느끼면서 자기 주위에서 펼쳐지고 있는, 풍요와 안락을 드러내는 경치를 찬찬히 관찰했다. 그 경치는 자기 사업의 결과이고 또 그중 많은 부분은 자신의 근면의 결실이었기 때문이다.

그러나 열심히 일하는 마부와 힘센 한 팀의 말이 마차를 끌고 있음을 알려주는 빠른 속도로 썰매의 방울 소리가 짤랑거리며 산비탈을 올라오고 있었으므로, 그 기운 찬 방울 소리가 일행 모두의 관심을 끌었다. 큰길을 따라 죽 늘어서 있는 관목들이 시야를 가로막았고 두 대의 썰매는 둘 중 어느 한 대가 시야에 들어오기도 전에 이미 서로 가까워져 있었다.

4장

곧 네 마리 말이 끄는 큰 목재 썰매가 돌진해오는 모습이 길가에 늘어선 관목들을 통해 보였다. 앞에서 끄는 두 마리 말은 잿빛이었고 뒤의 두 마리는 칠흑 같은 검은빛이었다. 무수히 많은 방울들은 짤랑거리는 방울을 하나라도 달 수 있는 마구의 모든 부분에 달려 있었고 가파른 비탈길을 상관치 않고 내달리는 마차의 급속한 움직임은 그 방울 소리를 극도로 크게 울리려는 마부의 욕구를 나타내고 있었다. 방울들을 이처럼 기묘하게 배치한 모습을 처음 힐끗 보자마자 판사는 그 썰매에 타고 있는 사람들의 신분을 알게 되었다. 그 썰매에는 네 명의 남자가 타고 있었다. 글 쓰는 책상에 놓고 사용하는, 등받이 없는 걸상들은 썰매의 양옆에 견고한 모습으로 몰려서 놓여 있었는데 그중 하나에는 몸집이 작은 한 남자가 앉아 있었다. 그는 가장 자리에 가죽을 덧댄 방한 외투에 푹 감싸여서 완전히 붉은색의 얼굴 외에는 신체의 어떤 부분도 보이지 않았다. 이 신사의 머리 주변에는, 마치 그 머리가 자연스럽게 땅과 가깝다는 점을 불만스러워하는 듯이 습관적으로 위를 향하는 분위기가 감돌았고 얼굴에는 초조하게 걱정하는 표정이 나타나 있었다. 그가 바로 썰매를 모는 사람이었는데 그가 두려움 없는 눈과 흔들리지 않는 손으로 절벽 길을 따라 혈기 왕성한 동물들을 인도해왔던 것이다. 그의 바로 뒷자리에는 다른 두 사람에게 얼굴을 향하고 있는 키 큰 인물이 앉아 있었다. 그는 이중 외투를 입고서도 말 등에 덮는 담요의 한 자락까지 끌어당겨 덮고 있었지만 그의 외모는 힘이 있다는 인상을 주지 못했다. 그의 얼굴은 잠잘 때 쓰는 모직 모자 아래에 불쑥 나와 있었다. 두 대의 썰매가 서로 접근하는 동안 그가 마머듀크의 썰매로 몸을 돌릴 때 그의 얼굴은, 대기 속에 드러나더라도 가능한 한 최소한의 저항만 하도록 자연적으로 형성되어 있는 듯이 보였다. 그의 두 눈만이 장애물이 되는 듯이 보였다. 그의 머리 앞 양쪽으로부터 그 눈의 밝고 푸르고 유리 같은 안구가 돌출되어 있었기 때문이다. 그의 누르스름한 안색은 늘 변함이 없어서 저녁의 맹렬한 추위에도 영향을 받지 못했다. 이 인물의 맞은편에는 튼튼하고 키가 작고 각진 모습의 인물이 앉아 있었다. 그의 얇은 웃옷을 통해서는, 검은 두 눈이 빛나는 얼굴 외에 그의 체형의 어떤 부분도 드러나 있지 않았다. 그리고 그 검은 두 눈은 그의 용모의 점잔빼는 생김새 하나하나와는 모순되는 표정을 보여주고 있었다. 숱이 많은 훌륭한 가발이 그의 용모를 단정하고 둥근 윤곽을 갖도록 해주었는데, 다른 두 사람과 마찬가지로 그도 담비 가죽 모자를 쓰고 있었다. 네번째 사람은 온순하게 보이는, 기다란 얼굴의 남자였는데 그는 검정 외투가 제공하는 보호 외에는 추위로부터 어떤 보호도 받지 못하고 있었다. 그 검정 외투도 약간 격식을 차려 지어지긴 했지만 오래 입어 닳고 낡은 것이었다. 그는 지극히 적절한 크기의, 테 있는 모자를 쓰고 있었지만 잦은 솔질로 그 솜털 같은 표면이 상당히 망가져 있었다. 그의 얼굴은 창백했고 동시에 약간 우울해 보인다고나 할까 아니면 신중한 안색이라고도 표현할 수 있는 그런 모습을 지니고 있었다. 차가운 대기 때문에 그 얼굴은 바로 지금 약간 가볍게 열에 들뜬 듯한 홍조를 띠고 있었다. 그의 외모의 전체적인 특성은 특히 그의 옆에 앉은 동료의 익살스러운 태도와는 대조적으로 습관적으로 걱정을 하는 사람의 것이었다. 그 두 대의 썰매가 서로 대화를 나눌 수 있는 거리로 접근하자마자 이 기묘한 모습의 썰매를 끄는 마부가 소리 높이 외쳤다.

"채석장 안에 썰매를 세우시오. 그대 그리스인들의 왕이여 세우시오. 채석장 안으로 가시오, 애거멤넌이여. 그러지 않으면 난 그대를 결코 지나갈 수가 없을 것이오. 집에 온 걸 환영하오, 사촌 듀크여. 환영한다 환영해 베스야. 그대도 알겠지만 마머듀크, 난 그대에게 경의를 표하기 위해 다양한 짐을 싣고 출전했다오. 므시외 르 콰는 챙 없는 모자 하나만 쓰고 나왔소. 오랜 친구 프리츠는 술병의 술을 다 마시려고 집에 남아 있으려 하지는 않았소. 또 그랜트 씨는 아직 그의 설교에서 마지막으로 할 말을 쓰는 일이 남았다오. 이 말들까지도 모두 마중 나오려고 했다오. 그런데 판사님, 난 당신을 위해 검은 말들을 당장 팔아야겠어요. 이 말들이 자꾸 다리를 맞부딪으니까요. 이 가까이 있는 말은 이중 마구를 하면 잘 가지를 못해요. 그것들을 살 사람은……"

"자네가 팔고 싶은 것을 팔게나 디컨" 하고 판사의 유쾌한 목소리가 그의 말을 가로막았다. "내게 내 딸과 내 토지만 남겨두면 되니까. 아! 프리츠, 내 오랜 친구여, 이건 정말 70세가 45세에게 친절한 경의를 표하는 일이네요. 므시외 르 콰, 전 당신의 하인입니다. 그랜트 씨." 판사는 모자를 벗으며 말했다. "당신의 관심에 감사합니다. 신사 여러분, 내 자식을 소개해드리겠습니다. 여러분들의 이름은 그 애가 매우 잘 알고 있긴 하지만요."

"완영하오, 완영해, 판사." 그 일행 중 연장자가 독일어 억양이 강한 어조로 말했다. "펫시* 양은 내게 키스를 해주어야겠지."

"즐겁게 키스를 해드리겠어요. 다정하신 아저씨." 엘리자베스의 부드러운 목소리가 외쳤다. 그 목소리는 언덕의 맑은 공기 속에서 은방울을 굴리는 소리처럼 들렸는데 그 와중에 리처드의 시끄러운 외침도 들렸다. "난 내 오랜 친구 하르트만 소령에게 항상 키스를 해주려 하는데."

이때쯤 므시외 르 콰라고 불린, 앞자리에 앉은 신사는 몇 겹의 외투라는 장애물 때문에 약간 어렵사리 자리에서 일어나 한 손으로 마부의 의자를 짚고 겨우 몸을 가누고는 모자를 벗었다. 그는 판사에게는 공손하게, 엘리자베스에게는 깊이 고개를 숙이면서 경의를 표했다.

"그대의 머리를 가리시오, 프랑스인이여. 그대의 머리를 가리시오." 마부가 외쳤다. 마부는 바로 리처드 존스 씨였다. "그대의 머리를 가리시오. 그러지 않으면 서리 때문에 그대의 남은 머리털도 뽑혀버릴 것이오. 압살롬**의 머리에 있던 머리털이 그대의 머리털만큼 빈약했다면 그는 오늘날까지 살아 있을지도 모르는데." 리처드의 농담은 웃음을 자아내는 데 실패하는 일이 결코 없었다. 그는 한결같이 자신의 재치를 잘 발휘했기 때문이었다. 그는 현재의 경우에도 마음에서 우러나는 웃음을 즐겼

---

 * 엘리자베스의 애칭인 벳시의 된 발음.
** 이스라엘 왕 다윗(기원전 10세기)이 총애한 그의 셋째 아들. 압살롬은 아버지 다윗에 대한 반란을 주도했다. 이 반란에서 패한 후 그는 참나무에 머리털이 얽혀 있는 상태로 요압과 그 추종자들에게 발견되어 그들에게 살해되었다. 「사무엘 후서」 18장 9~15절 참조.

고 르 콰 씨는 그에 대해 자신의 웃음으로 예절 바르게 대응하면서 자리에 다시 앉았다. 그랜트 씨의 직책은 성직자였는데 그도 상당히 다정하긴 하지만 겸손하게 여행자들과 인사를 나누었다. 그때 리처드는 그의 말들의 머리를 집으로 향하게 하려고 준비하고 있었다.

그가 산의 정상까지 올라가지 않고서도 자신의 목적을 완수할 수 있는 곳은 채석장 안뿐이었다. 리처드가 썰매들을 멈추는 데 성공했던 지점에는 산비탈에 아주 상당한 크기의 구덩이가 파여 있었다. 보통 그곳에서 마을의 건축 사업에 사용되는 돌이 채굴되고 있었는데 리처드는 지금 그곳에서 그의 말과 썰매를 돌리려 하고 있었다. 그 좁은 길에서는 지나가는 일 자체만 해도 어려운 임무였고 또 위험한 일인 경우가 많았다. 그러나 리처드는 그 위에 그의 4두마차를 돌린다는 추가적 위험에까지도 대처해야 했다. 흑인 마부가 자진해서 앞의 말 두 마리를 인도해주는 도움을 주겠다고 정중하게 말했고 판사도 자신의 조언으로 그 방안을 매우 진지하게 지지했다. 리처드는 두 사람의 제안에 아주 오만하게 대답했다.

"왜, 그리고 무엇 때문에 사촌 듀크." 그는 약간 화를 내며 외쳤다. "이 말들은 양처럼 순해요. 자네도 알다시피 난 앞의 두 마리 말을 나 스스로 길들였어. 그리고 뒷말들은 내 채찍과 아주 가까이 있기 때문에 반항을 할 수가 없지. 자, 여기 르 콰 씨가 계시네. 이분은 나하고 자주 말을 타고 외출을 해봤기 때문에 말을 모는 요령을 틀림없이 알고 계실 거네. 지금 어떤 위험이 있는지 르 콰 씨에게 대답을 일임하겠네."

리처드가 앞말들의 방향을 채석장 쪽으로 돌리고 있을 때 그 프랑스인은 면전에 있는 절벽을 바닷가재의 두 눈처럼 툭 튀어나온 눈으로 내려다보면서 앉아 있긴 했지만, 그처럼 자신만만한 기대를 실망시키는 것은 그의 성격에 맞지 않았다. 독일인의 근육은 움직이지 않았지만 그의 민첩한 시선은 움직임을 하나하나 면밀히 살피고 있었다. 그랜트 씨는 뛰어내리려고 준비하면서 두 손을 썰매의 옆쪽에 대고 있었다. 신체적 불안감이 뛰어내리라고 그를 강하게 재촉하고 있었지만 도덕적 소심성 때문에 그러지 못하고 있었다.

리처드는 갑작스러운 채찍질 한 번으로 앞말들을 채석장을 덮고 있는 눈 더미 속으로 강제로 들어가게 하는 데 성공했다. 그러나 그 성급한 동물들은 걸음마다 얼어붙은 눈의 표면을 헤쳐 나아가야 했는데 그 표면에 발이 닿아 통증을 느끼는 그 순간 그 방향으로 조금이라도 더 나아가기를 명백히 거부했다. 도리어 이 중대한 위기에 자기네 마부의 외침 소리와 채찍질이 배가된다는 것을 알고는 앞말들은 뒷말들에게로 뒷걸음질 쳤고 뒷말들은 또 썰매를 뒤쪽으로 물러나게 했다. 골짜기에 면한 쪽으로는 그 길을 떠받치고 있는 흙더미 위에 단 하나의 통나무밖에 놓여 있지 않았고 그나마도 지금 눈 속에 묻혀 있었다. 그 썰매가 그처럼 하찮은 장애물 너머로 후진하는 것은 쉬운 일이었다. 그래서 리처드가 자신의 위험을 의식하기도 전에 썰매의 절반은 절벽 너머로 튀어나가 있었는데 그 절벽은 수직으로 백 피트* 이상이나 되는 높이였다. 프랑스인은 그의 위치상 목숨의 위협을 받는 자신들의 탈출 상황을 전부 볼 수 있었으므로 본능적으로 몸을 가능한 한 앞쪽으로 던지면서 외쳤다. "아! 친애하는 디이크 씨! 맙소사! 당신 무슨 짓을 한 거요!"

"리처트," 퇴역 군인인 독일인이 이상한 감정으로 썰매의 옆으로 내려다보면서 외쳤다. "당신이 썰매를 망가뜨리고 말들을 죽이겠구먼."

---

* 약 30미터.

"친절한 존스 씨." 성직자가 말했다. "신중해지세요, 친절한 양반, 조심하세요."

"일어나, 이 완고한 놈들아." 자신의 상황을 전체적으로 내려다보면서 리처드가 외쳤다. 그는 앞으로 나아가려고 열심히 노력하다가 자기가 앉아 있던 의자를 걷어찼다. "일어나, 이봐 사촌 듀크, 난 잿빛 말들도 팔아야만 하겠네. 이 말들은 길든 말들 중 최악이야. 르 코 씨!" 리처드는 평소 자신의 발음에 대해 약간 자만하고 있었지만 지금은 너무 크게 흥분한 나머지 발음에 주의를 기울이지 못했다. "르 코 씨, 제발 내 다리를 놓아주세요. 당신이 내 다리를 너무 꽉 잡고 있으니 말들이 뒤로 물러서는 것도 이상한 일이 아니잖아요."

"자비로우신 하느님!" 판사가 외쳤다. "저 사람들이 모두 죽음을 당할 것 같아요!"

엘리자베스가 날카로운 비명을 질렀고 애거멤넌의 얼굴의 검은빛은 흐릿한 흰색으로 변했다.

이 위급한 순간에 두 썰매의 일행들이 인사를 주고받는 동안 약간 부루퉁하게 침묵을 지키며 앉아 있던 젊은 사냥꾼이 마머듀크의 썰매로부터 말 안 듣는 앞말들의 머리 쪽으로 튀어나갔다. 아직도 리처드의 분별없고 약간 제멋대로인 채찍질 아래 고통 받고 있던 말들은 여전히 뒤쪽으로 밀고 나가면서 아래위로 춤추듯이 몸을 흔들고 있었는데 갑작스럽게 통제할 수 없이 펄쩍 뛰어오르려고 위협하는 불길한 움직임을 보이고 있었다. 그 청년이 앞말들을 한 번 강하게 잡아당기자 말들은 뒷다리를 쳐들면서 옆으로 뛰어 도로로 다시 들어가서 자기들이 처음 멈췄을 때의 위치로 돌아갔다. 썰매는 위험한 위치에서 선회해서 활주부가 바깥쪽으로 보이도록 뒤집어졌다. 독일인과 성직자는 좀 무례하게 큰길에 내

팽개쳐졌지만 그들의 뼈는 아무런 손상을 입지 않았다. 리처드는 원의 호를 그리면서 공중에 나타났다가 약 15피트 떨어진 곳에 있는, 말들이 두려워했던 그 눈 더미에 착륙했는데 큰대자로 위를 보고 널브러졌다. 그의 고삐들이 그가 그린 원의 반지름 역할을 했다. 여기에서 물에 빠진 사람이 지푸라기라도 잡듯이 그가 본능적으로 고삐를 움켜잡았을 때 그 자신이 감탄스럽게도 닻의 역할을 했다. 프랑스인은 썰매에서 튀어나오는 동작을 취할 때 이미 서 있는 자세였는데 그도 소년들이 목마 타기 놀이를 할 때 취하는 자세와 비슷한 자세로 공중을 날다가 곡선형 진로에서 갑자기 옆길로 새어서 눈 더미 속으로 곤두박질쳐서 들어갔다. 그곳에서 그는 옥수수 밭에서 흔들거리는 허수아비처럼 홀쭉한 두 다리를 보이면서 그 상태로 남아 있었다. 하르트만 소령의 침착성은 사건이 전개되는 동안 내내 경탄스럽게도 보존되었는데 일행 중 가장 먼저 일어나서 목소리를 낸 사람이 바로 그였다.

"무모한 사람, 리처드." 그는 반쯤 진지하고 반쯤 익살스러운 목소리로 외쳤다. "하지만 당신은 당신 썰매의 짐을 아주 능숙하게 부려놓았군 그래."

그랜트 씨가 내던져진 후 잠시 동안 지속적으로 보인 자세가 그가 내던져졌을 때의 자세인지 아니면 자신의 탈출에 대해 감사하며 자신이 숭배하는 힘 앞에서 자신을 낮추느라 취한 자세인지는 확실치 않다. 무릎을 꿇고 있다가 일어났을 때 그는 근심스러운 표정으로 자신의 동반자들의 안위를 둘러보며 살피기 시작했는데 그동안 그의 신체의 모든 관절은 신경과민적인 흥분으로 떨고 있었다. 존스 씨의 신체 기능에도 얼마간의 혼란이 있었다. 그러나 그의 눈앞에서 점차로 안개가 걷혔을 때 그는 모두가 안전하다는 것을 알게 되었다. 크나큰 자기만족감을 느끼는 태도로 그가 외쳤다. "자, 정말 적절히 구조되었군. 어쨌건 내가 고삐를 꼭 잡고 있었던 건 운 좋은 생각이었어. 그러지 않았다면 지금쯤 불타는 악마들이 이 산을 덮쳤을 텐데. 내가 냉정을 얼마나 잘 되찾았는지, 듀크. 한순간만 더 지났어도 너무 늦었을 거야. 그러나 난 오른쪽에 있는 앞말의 어느 부위를 때려야 하는지 정확히 알고 있었어. 내가 그 말의 오른쪽 옆구리 아래를 채찍으로 치고 고삐를 갑자기 홱 잡아당겼기 때문에 말들을 완전히 제어할 수 있었다고 난 스스로 인정하지 않을 수가 없단 말이야."

아득한 옛날부터의 관례로 구경꾼들은 썰매를 타다가 부상당한 사람들을 비웃을 권리를 가지고 있다. 그래서 판사는 아무런 해도 없었다는 것을 확신하자마자 그 특권을 충실히 사용했다.

"너 이 멍청이! 네가 냉정을 되찾았다고, 디컨!" 그가 말했다. "저기 저 용감한 젊은이가 없었다면 너와 네 말들, 아니 오히려 내 말들은 내던져져서 산산조각이 났을 거야. 그런데 므시외 르 콰는 어디 계시는가?"

"오! 친애하는 판사여! 내 친구여!" 숨이 막힌 듯한 목소리가 외쳤다. "내가 살아 있으니 하느님은 찬미 받으소서. 애거멤넌 씨, 제발 이곳으로 와서 내가 일어나도록 도와주지 않겠어요?"

성직자와 흑인은 꼼짝 못하는 프랑스인의 두 다리를 잡고 그를 깊이가 3피트에 이르는 눈 더미로부터 구출해주었다. 그 눈 더미 속에서 조금 전 그의 목소리가 마치 무덤 속에서인 듯이 울려나왔던 것이다. 눈에서 해방되자마자 즉시 르 콰 씨에게 떠오른 생각은 그다지 냉정한 것은 아니었다. 빛을 보게 되자 그는 자기가 떨어진 거리를 조사하기 위해 시선을 위로 던졌다. 비록 그가 이 사건을 명확히 이해하기까지는 약간 시간이 걸렸지만 자신의 안전을 알게 되자 좋은 기분으로 되돌아왔다.

"아니, 선생님" 하고 리처드가 말했다. 그는 앞말들을 옮기고 있는 흑인을 바쁘게 도와주고 있던 참이었다. "거기 계셨나요? 당신이 바로 지금 산의 정상을 향해 날아가시는 것을 보고 있다고 생각했습니다만."

"내가 호수 속으로 날아가지 않은 데 대해 하느님은 찬미 받으소서." 프랑스인이 대꾸했다. 그의 얼굴은 딱딱해진 눈 속으로 머리를 처박다가 생긴 몇몇 크게 긁힌 상처로 고통스러워하는 표정과 그의 유순한 얼굴 생김새에 자연스럽게 어울리는 사근사근한 표정이 뒤섞인 모습을 보여주고 있었다. "아! 친애하는 디이크 씨, 다음번에는 무슨 일을 하시렵니까? 당신이 시험해보지 않는 일은 아무것도 없으니까요."

"다음번 일은 말을 모는 방법을 배우는 것이 될 거라고 믿습니다"라고 판사가 대답했다. 그는 몇 가지 다른 짐들과 함께 수사슴을 자신의 썰매에서 눈 속으로 던지느라 바쁘게 일하고 난 참이었다. "여기 여러분 모두를 위한 자리가 마련되어 있습니다, 신사 여러분. 저녁 공기가 살을 에는 듯이 추워지고 있고 그랜트 씨의 예배 시간이 다가오고 있습니다. 우리는 친구 존스가 애거멤년의 도움을 받아 손상을 복구하도록 남겨 두고 서둘러 따뜻한 난롯가로 갈 것입니다. 여기에, 디컨, 베스의 하찮은 물건이 몇 가지 있으니 자네 썰매가 준비되면 그 속에 던져 넣으면 될 걸세. 또 내가 잡은 사슴도 한 마리 있으니 가져다주면 고맙겠네. 애기*! 오늘밤 산타클로스**의 방문이 있을 거라는 걸 명심하게."

---

* 마부 애거멤년의 애칭.

** 뉴잉글랜드에서 온 이주민들이 청교도의 사상 관습을 도입해오기 전까지는 뉴욕 주의 주민들은 성 니콜라스, 즉 그의 통상적 명칭으로 말하자면 산타클로스의 주기적 방문을 한 번도 망각한 적이 없다. "크리스마스에 찾아오는 영감"답게 그는 크리스마스마다 찾아오는 것이다(1832년 작가 주).

흑인은 사슴 문제에 대해 침묵하는 대가로 판사가 그에게 주겠다고 한 뇌물을 의식하면서 씩 웃었다. 한편 리처드는 사촌의 말이 끝나기를 기다리지도 않고 대답하기 시작했다.

"말을 모는 법을 배우라고 말하는 건가, 사촌 듀크? 이 카운티에 말에 대해 나보다 더 많이 아는 사람이 있단 말인가? 누가 그 암망아지를 길들였단 말인가. 아무도 감히 타려고 하지 않았던 망아지를 말일세. 내가 그걸 떠맡기 전에 자네의 마부가 먼저 그걸 길들인 척하긴 했지만 누구라도 마부가 거짓말했다는 걸 알 수가 있었지. 그는 대단한 거짓말쟁이였어, 그 존 말이야. 저건 뭐지, 수사슴인가?" 리처드는 말을 내버려두고 마머듀크가 사슴을 내던져둔 장소로 달려갔다. "이건 수사슴이군! 깜짝 놀랐어! 그래 여기 사슴에 두 개의 총상이 있군. 그가 두 총신의 탄알을 다 발사해서 두 번 다 사슴을 맞혔군. 젠장! 마머듀크가 얼마나 허풍을 떨까! 그는 지금 이 일 같은 온갖 작은 문제에 대해서 아주 허풍을 잘 떨거든. 이것 참, 듀크가 크리스마스 전에 수사슴을 쏘아 죽였다는 걸 생각해보라고! 그와 함께 사는 것처럼 힘든 일은 없을 거야. 하지만 그 두 발은 다 잘못 발사한 것이었어. 단순한 우연이라고, 단순한 우연. 그런데 난 내 인생에서 발굽이 갈라진 동물에게 두 번 발사한 적이 없어. 내 경우는 한 번에 맞히거나 못 맞히거나야. 동물이 죽거나 도망가거나라고. 곰이나 살쾡이였다면 두 총신이 다 필요했을지도 모르지. 자! 너 애기! 이 수사슴이 총에 맞았을 때 판사님은 얼마나 떨어져 있었지?"

"어! 리처드 나리, 아마 10로드쯤이요"라고 죔쇠를 채우는 척하면서 말 한 마리 밑으로 몸을 굽히며 흑인이 외쳤다. 그러나 사실은 입을 크게 벌리고 씩 웃는 모습을 감추기 위해서 몸을 굽힌 것이었다.

"10로드라고!" 상대방이 되풀이해 말했다. "이런, 애기, 내가 지난겨울 죽인 사슴은 20로드 떨어져 쏜 것이었어! 맞아! 어느 편인가 하면 20로드보다는 30로드에 가까웠어. 나라면 10로드 떨어진 곳에서 사슴을 쏘지는 않을 거야. 더욱이 너도 기억할지도 모르지만 애기, 난 한 번밖에 발사하지 않았어."

"맞아요, 리처드 나리, 저도 그 사슴들을 기억합죠! 내티 범포가 다른 총을 발사했습지요. 아시다시피, 나리, 모든 사람이 내티가 그 사슴들을 죽였다고 말하고 있습지요."

"사람들이 거짓말하는 거야. 이 검둥이 놈아!" 리처드가 격노해서 외쳤다. "지난 4년 동안 내가 쏜 모든 동물을, 하다못해 잿빛 다람쥐 한 마리까지도 그 늙은 악당은 제 것이라고 주장했지. 아니면 그를 대신해서 다른 누군가가 그의 것이라고 주장했지. 우리가 살고 있는 이곳은 지독하게 샘이 많은 세상이지. 사람들은 항상 어떤 일에 대한 영예를 나누려고 하지. 공로를 그들 자신의 수준으로 끌어내리려고 말이야. 그런데 이 양도된 공유지*에 관한 이야기가 있지. 하이럼 둘리틀이 세인트 폴 교회의 뾰족탑의 설계를 도와주었다는 이야기 말이야. 사실 하이럼도 그 설계가 전적으로 내가 한 것이라는 사실을 알고 있는데 말이지. 런던에 있는 같은 이름의 교회를 묘사한 판화를 조금 본떴다는 사실은 내 인정하지. 하지만 본질적으로 모든 천재적인 항목들은 내 스스로 설계한 거야."

---

* 원어는 'Patent.' 국왕이나 주가 토지를 양도할 때는 국새가 찍힌 개봉 칙허장을 수여하는데 이런 방식으로 양도된, 광활한 모든 지역에 대해 '양도된 공유지(patent)'라는 용어가 적용된다. 국왕의 지배 아래 있었을 때에는 토지와 함께 자주 소작권도 부여되었지만 오래된 카운티에서는 '양도된 공유지' 대신 '영지(manor)'라는 단어가 흔히 사용된다. 모든 정치적·사법적 권리는 사라졌지만 뉴욕 주에는 현재 많은 '영지'들이 있다(1832년 작가 주). 이하 계속 '양도된 공유지(patent)'라는 용어가 마머듀크 템플의 토지를 언급하는 데 사용되므로 간략하게 '영지(領地)'라고 표현하기로 한다(옮긴이 주).

"그분이 어디 출신인지 모르겠다니까요." 흑인이 말했다. 그때 감탄의 표정을 짓느라 그의 얼굴에서는 모든 익살스러운 표정이 사라졌다. "그렇지만 그분이 놀랄 만큼 재주가 있다고 모두 말하고 있습죠."

"그리고 사람들이 그렇게 말할 만도 하지, 애기." 리처드가 수사슴을 내버려두고 흑인을 향해 걸어가면서 외쳤다. 그는 마음속에 새로운 관심거리가 생긴 사람의 태도를 보이고 있었다. "허풍이 아니라 그 교회가 미국에서 가장 훌륭하고 가장 과학적인 시골 교회라고 말할 수 있다고 생각하네. 코네티컷 주에서 온 이주민들이 자신들의 웨더스필드 교회당에 대해 이야기하고 있다는 걸 나도 알아. 하지만 그네들이 말하는 걸 절반 이상은 절대 믿지 않네. 그 사람들은 너무나 터무니없는 허풍쟁이들이니까. 다른 사람들이 어떤 일을 다 해갈 때 그 일이 성공적일 것 같다고 생각되면 그들은 항상 끼어들어서 그 일의 10분의 1쯤을 하지. 그러고는 그 일의 절반에 대한 소유권을 주장하거나 심지어는 공로가 전부 자기들 것이라고 주장한다니까. 너도 기억하겠지만 말이야 애기, 내가 홀리스터 대위를 위해 볼드 드러군*의 간판을 그려줄 때를 말이야. 그때 읍내를 돌아다니며 주택에 벽돌 부스러기를 쌓아올리는 일을 하던 그 녀석이 있었지. 그가 어느 날 와서 말의 꼬리와 갈기를 그릴, 줄무늬로 얼굴진 검정색 페인트를 혼합해주겠다고 했지. 그런 다음에는 그게 말총처럼 보인다는 이유만으로 자기 자신과 스콰이어** 존스가 그 간판을 그렸다

* 술집 이름. 볼드 드러군bold dragoon은 대담한 용기병(17, 18세기의 기병. 흔히 중무장을 하고 있었다)이라는 의미.
** 스콰이어squire는 에스콰이어esquire의 준말이다. 원래 기사의 종자를 뜻하는 말이었으나 중세에는 영국의 한 마을의 지도자, 치안판사, 또는 하원의원을 뜻하게 되었다. 현재 미국에서는 치안판사나 그와 유사한 지방 유지를 부르는 호칭으로 사용된다. 17세기 말에서 20세기 초까지는 영국의 마을에는 마을 대부분의 토지를 소유한 지주 가

고 모든 사람에게 말하는 거야. 마머듀크가 그 녀석을 이 영지에서 내보내지 않는다면 마머듀크는 자기 마을을 나 대신 자기 손으로 꾸며야 할 거야." 여기서 리처드는 잠시 말을 멈췄다가 에헴 하고 크게 헛기침을 하여 목청을 가다듬었다. 한편 흑인은 그동안 내내 썰매를 매만지느라 바쁘게 일하고 있었는데 그는 여전히 공손히 침묵을 지키며 자신의 일을 계속하고 있었다. 판사의 종교적 망설임 때문에 애기는 리처드의 하인이 되어 있었다. 그래서 리처드가 일정 기간* 그를 부리고 있었으므로 물론 그 젊은 흑인의 존경을 받을 법적 자격이 있었다. 그러나 그의 법적 주인과 실제 주인 사이에 어떤 논쟁이라도 벌어지면 이 흑인은 이 두 주인들에 대해 너무나 큰 존경심을 지니고 있었던 까닭에 어떤 의견도 표현하지를 못했다. 그러는 동안 리처드는 흑인이 죔쇠를 하나하나 채우고 있는 모습을 계속해서 주시하다가 남몰래 상대방을 의식하는 표정을 지으며 말을 계속했다. "그런데 그 젊은이가, 자네 썰매에 있던 그 청년 말이야, 진짜 코네티컷 주에서 온 이주민이라면 그는 모든 사람에게 자기가 내 말들을 어떻게 구했는지 말하고 다닐 거야. 사실은 그가 그 말들을 30초만

문이 있었고 그 가문의 우두머리는 흔히 스콰이어라 불렸다. 스콰이어는 가문의 문장을 소유한 신사계급에 속해 있었고 귀족과 친족관계에 있는 경우가 흔했으며 수백 년 동안 세습 사유지에서 호사스러운 생활을 누렸다.

* 노예들의 해방은 뉴욕 주에서는 서서히 이루어졌다. 노예들에게 강력히 호의적인 여론이 일어났을 때에는 6년이나 8년 동안 노예의 봉사를 구매하는 관습이 점차 발생했는데 거기에는 그 기간이 끝나면 노예를 행방시켜준다는 조건이 붙어 있었다. 그다음에는 법에 따라 어떤 특정한 날짜 이후에 태어난 모든 노예들을 해방하되 남자는 28세에, 여자는 25세에 해방한다는 규정이 선포되었다. 이 규정이 선포된 후에는 노예 소유주들은 하인들이 18세가 되기 전에 읽고 쓰는 법을 가르쳐주어야만 했다. 그러고는 최종적으로 여전히 노예로 남아 있었던 소수의 노예들이 모두 1826년 무조건적으로 해방되었다. 그 시점은 이 이야기가 출판된 후였다. 퀘이커교도들은 결코 노예를 두지 않았는데 그들과 어느 정도 관련된 사람들은 첫번째 방편을 채택하는 것이 상당히 흔한 일이었다(1832년 작가 주).

더 그냥 내버려두었더라면 내가 말들을 당황하게 만들지 않고도 채찍과 고삐를 써서 도로 쪽으로 데려왔을 텐데 말이야. 말을 제 마음대로 하게 내버려두는 것은 말을 망치는 일이니까 말이야. 그가 그 말들을 한 번 획 잡아챈 바로 그 일로 한 팀인 네 마리 전부를 팔아야 한다 해도 난 놀라지 않을 거야." 리처드는 말을 멈추고는 헛기침을 했다. 왜냐하면 방금 자신의 생명을 구해준 사람을 비난한 데 대해 약간 양심의 가책을 느꼈기 때문이었다. "그 젊은이는 누구야, 애기? 전에는 그를 본 기억이 없는 것 같은데?"

혹인은 산타클로스에 대한 암시를 상기했다. 혹인이 그들이 산꼭대기에서 문제의 그 사람을 어떻게 해서 썰매에 태우고 오게 되었는가를 짤막하게 설명하는 동안 혹인은 청년이 부상을 입게 된 사고에 대해서는 어떤 말도 덧붙이기를 삼갔다. 단지 그 청년이 낯선 사람이라고 생각한다는 점만 말했을 뿐이었다. 상류사회의 사람들이 눈을 뚫고 고생하면서 길을 가는 사람을 발견하게 되면 누구든 자신들의 썰매에 태워주는 일이 너무나 흔한 일이었으므로 리처드는 이 설명에 완전히 만족했다. 그는 애기의 말을 아주 주의 깊게 듣고 나서는 이렇게 한마디 했다. "그런데 만약 그 젊은이가 템플턴의 주민들 때문에 버릇이 이미 나빠지지 않았다면 그는 겸손한 젊은이일지도 모르네. 그리고 그가 좋은 의도로 한 일은 분명하니 내가 그를 좀 주목해보도록 하지. 아마 그는 토지를 찾고 있는지도 모르지. 이봐 애기, 그가 숲에서 사냥하는 일을 하는지도 모르잖아?"

"어! 예, 리처드 나리"라고 혹인이 약간 당황해서 말했다. 리처드가 매질을 전부 담당하고 있었으므로 그는 대체로 주인을 아주 겁내고 있었기 때문이다. "예, 나리. 그렇다고 생각해요."

"그가 배낭과 도끼는 가지고 있었나?"

"아니요, 나리. 소총으로 쏘기만 했습죠."

"소총이라!" 흑인의 당황한 표정을 주시하면서 리처드가 외쳤다. 흑인은 당황하다 못해 이제는 공포에 질렸다. "맹세코! 그가 사슴을 죽였어. 마머듀크가 뛰어가는 수사슴을 죽일 수 없다는 걸 난 알고 있었어. 어땠나, 애기. 내게 다 말해. 난 듀크가 자기 안장에 대해 우스갯소리를 하기 전에 그보다 더 빨리 그에게 우스갯소리를 해줄 거야. 상황이 어땠나, 애기? 그 젊은이가 수사슴을 쏘았지? 그리고 판사가 그걸 샀지? 하하! 그리고 그는 그 청년에게 보수를 주려고 그를 집으로 데려가고 있는 거지?"

이 발견의 기쁨으로 리처드는 너무나 기분이 좋아졌으므로 흑인의 공포도 어느 정도 사라졌다. 그래서 그는 산타클로스의 양말을 명심했다. 한두 번 숨을 삼킨 후에 그는 대꾸하는 척했다.

"두 발 발사한 걸 잊으셨네요, 나리."

"거짓말하지 마, 이 검둥이 놈아"라고 리처드가 자신의 채찍과 흑인의 등 사이의 거리를 재느라 눈 더미 위에 올라서며 외쳤다. "사실을 말해. 그러지 않으면 널 호되게 패줄 테니까." 그렇게 말하는 동안 북치는 사람들이 구승편*을 사용할 때처럼 과학적 방식으로 리처드의 오른손에 든 채찍 자루가 서서히 올라가고 있었고 채찍은 그의 왼손에서 빠져나오고 있었다. 그리고 애거멤넌은 자신의 양 옆구리를 차례로 그의 주인을 향해 돌려보았다가 양 옆구리가 다 거기에 있고 싶어 하지 않는다는 것을 알고는 깨끗이 항복했다. 아주 간략하게 그의 주인에게 사실을 알려

---

* 아홉 가닥의 끈을 꼬아서 손잡이에 붙여 만든 채찍.

주고는 동시에 자신을 판사의 노염으로부터 보호해달라고 진지하게 탄원했다.

"그렇게, 이놈아, 그렇게." 상대방은 기뻐서 양손을 비비면서 외쳤다. "아무 말도 하지 말고 듀크를 조종하는 일은 내게 맡겨. 언덕 위에 이 사슴을 내버려둬서 그 친구가 사슴 시체를 찾으러 사람을 보내게 만들고 싶은 마음이 굴뚝같지만 아니야. 내가 마머듀크를 호되게 공격하기 전에 그가 그 일에 대해 몇 가지 허풍을 떨게 내버려둘 거야. 자, 어서 타, 애기. 난 그 젊은이의 부상을 치료하는 걸 도와줘야 해. 그 양키* 의사는 외과적 처치에 대해서는 아무것도 모르거든. 그 의사가 밀리건 영감의 다리를 절단하는 동안 난 그를 위해 그 다리를 잡아주어야 했다고." 리처드는 이제 다시 등받이 없는 좌석에 앉았고 흑인은 뒷좌석에 앉았다. 마부는 집을 향해 말을 몰기 시작했다. 말들이 언덕을 전속력으로 달려 내려가는 동안 마부는 때때로 애기에게로 얼굴을 돌리고는 계속 이야기를 했다. 왜냐하면 방금 전의 불화에도 불구하고 그들 사이에는 또다시 가장 완전한 진심이 존재하게 되었기 때문이다. "이건 내가 고삐로 말들을 돌려놓았다는 걸 증명하는 데 도움이 될 거야. 오른쪽 어깨에 총상을 입은 사람은 누구든 그런 완고한 악마들의 방향을 바꿀 수가 없거든. 내가 그걸 해냈다는 걸 난 처음부터 알고 있었어. 하지만 그 일에 대해 마머듀크와 여러 말을 하고 싶지가 않았거든. 날 공격하겠다고? 이 악당

---

* 미국에서 양키라는 용어는 지역적 의미를 지닌다. 이 용어는 뉴잉글랜드의 인디언들이 "잉글리시," 즉 "엥기즈Yengeese"라는 단어를 발음할 때의 어감에서 유래했다고 생각된다. 뉴욕은 원래 네덜란드령 식민지였으므로 그곳에서는 물론 이 용어가 알려져 있지 않았다. 그보다 더 남쪽 지방에서는 토착민들의 여러 가지 방언에 따라 그 단어를 상이하게 발음했을 것이 거의 틀림없다. 마머듀크와 그의 사촌은 태생적으로 펜실베이니아 사람들이었으므로 그 단어의 미국적 의미에서 볼 때는 양키가 아니었다(1832년 작가 주).

같으니! 자, 애들아, 자. 내티 영감에 대해서도 마찬가지야. 그게 제일 좋은 일이지. 듀크가 더 이상 내 사슴에 관해 말을 못하게 해주지. 그리고 판사가 두 총신의 탄알을 다 발사해서 소나무 뒤에 있던 불쌍한 젊은이 외에는 아무것도 맞히지 못했다는 말이지. 난 그 불쌍한 녀석을 위해 그 돌팔이 의사가 녹탄*을 꺼내는 것을 도와줘야만 해." 이런 식으로 말하면서 리처드는 산을 내려왔다. 방울 소리가 울리고 그의 혀가 쉴 새 없이 움직이는 동안 그들은 마을로 들어섰다. 그때 마부는 자신의 말 모는 기술을 과시하는 데 주의력을 온통 쏟고 있었고 그래서 입을 딱 벌리는 모든 부인네와 아이들의 감탄의 대상이 되었다. 그들은 자신들의 지주와 그 딸의 도착을 목격하기 위해 창문 앞에 모여 있던 참이었기 때문이다.

---

* 중간 정도 크기의 사냥용 산탄.

5장

"너새니얼의 코트는 나리, 완성되지 않았어요.
그리고 게이브리얼의 무도용 신은 뒤축이 전혀 완성되지 않았어요.
피터의 모자를 장식할 고리도 없었고
월터의 단검은 칼집에서 나오지도 않았어요.
애덤과 랠프와 그레고리를 제외하고는 괜찮은 사람들이 없었어요."
—『말괄량이 길들이기』, 4막 1장 132~36행

도로는 산비탈을 구불구불 내려온 후 언덕 밑에 있는 완만한 경사
에 이르자 좀 전의 진로와 직각 방향으로 꺾어서 경사면을 쏜살같이 내
려가 바로 템플턴 마을로 들어섰다. 우리가 이미 언급한 작은 급류 위에
는 도끼로 자른 목재로 된 다리가 가로놓여 있었다. 그 다리는 그 조잡
한 공사와 구조물의 불필요한 크기를 통해 노동의 가치와 건축 재료의
풍부함을 보여주고 있었다. 이 작은 급류의 짙은 색 물결은 그 바닥을
이루는 석회암 위로 세차게 흘러가고 있었는데, 그것은 바로 서스쿼해나
강의 수많은 원천 중 하나였다. 서스쿼해나 강은 다름 아닌 대서양이 팔
을 벌려 맞이하는 강이었다. 존스 씨의 힘센 말들이 주인으로 하여금 우
리 여행자들의 침착한 말들과 만나게 해준 곳은 바로 이 지점이었다. 작
은 언덕이 솟은 그곳에서 엘리자베스는 곧 자신이 그 마을의 무언가 조
화되지 않은 집들 가운데 있게 되었다는 것을 알았다. 거리의 폭은 보통

이었지만 시선을 들면 아직은 숲속의 동물들만 살고 있는 수천, 수만 에이커*의 토지를 한 눈에 바라볼 수가 있었다. 그러나 그러한 형태는 그녀의 아버지의 뜻이었고, 또한 그의 추종자들의 소망을 충족시키는 것이었다. 그들에게 옛날의 상태, 또는 그들의 표현에 따르면 주위의 교외로 가장 신속히 접근하게 해주는 그 도로는 매우 기분 좋은 것이었다. 그리고 분명히 하나의 도시보다, 비록 그 도시가 미개척지 가운데 놓여 있다 하더라도, 도시보다 더 문명사회처럼 보일 수 있는 것은 아무것도 없었다! 거리라고 불리는 그것은 폭은 100피트 정도는 되어 보였다. 그러나 썰매가 지날 수 있는 통로는 그보다는 훨씬 더 제한되어 있었다. 그 큰길의 양쪽에는 거대한 통나무 더미들이 쌓여 있었는데, 그 통나무 더미들은 모든 집의 창문을 통해 볼 수 있는 거대한 벽난로에도 불구하고 날마다 그 규모가 줄어들기는커녕 오히려 불어나고 있었다.

리처드와 조우한 후 그들이 여정을 다시 시작했을 때 엘리자베스가 응시한 마지막 대상은, 서쪽 언덕 구릉 아래로 서서히 가라앉으면서 지평선의 굴절 작용으로 햇살을 퍼뜨리고 있었던 해였다. 둥근 해의 위로는 한 그루 소나무의 음영이 슬그머니 드리워져 있었다. 그러나 저물어가는 햇살은 그녀가 있는 산의 빈 터를 따라 날아가서 자작나무들이 밀집되어 지붕처럼 빛나고 있는 곳을 비추었다. 그러다가 마침내 그 자작나무들의 매끈하고 번쩍거리는 외피의 색깔이 산비탈의 색깔과 거의 비슷하게 변했다. 어스레한 소나무 한 그루 한 그루의 윤곽이 숲속 아주 깊은 곳에서 그려지고 있었고 내린 눈을 이고 있기에는 지나치게 매끄럽고 지나치게 수직인 바위들도 작별을 고하는 태양에 마치 미소라도 짓

* 1에이커는 약 4046.8 평방미터이다.

는 듯이 빛나고 있었다. 그러나 그들이 비탈을 내려가고 있을 때 걸음마다 엘리자베스는 그들이 그날 하루를 뒤에 남겨두고 가고 있다는 것을 알게 되었다. 골짜기의 어둠 속으로 미끄러지듯 내려가고 있으니 12월의 무정하지만 빛나던 햇살조차도 사라져버려 허전했다. 동쪽 산맥의 산들의 정상을 따라 햇빛이 여전히 머물러 있었던 건 사실이었다. 그 햇빛은 저녁 안개와 함께 좁아진 지평선 주위에 점차 모여드는 구름 속으로 대지로부터 한 걸음 한 걸음 물러나고 있었다. 그러나 얼어붙은 호수는 한가운데에 그림자 하나 드리워지지 않은 채 놓여 있었다. 집들은 이미 어둑어둑하고 희미해지고 있었다. 또 나무꾼들은 어깨에 도끼를 메고 자신들이 맞이할 긴 저녁 내내 자신들의 노동으로 연료를 공급해온 그 유쾌한 난롯불이 주는 안락함을 즐길 준비를 하고 있었다. 그들은 지나가는 썰매를 바라보고 마머듀크에게 모자를 들어 인사하고 리처드와 친밀한 묵례를 교환하기 위해서만 길을 멈췄다. 그리고 그들은 각각 자기 집 안으로 사라졌다. 모든 창문에서 우리의 여행자들 뒤로 두꺼운 종이 커튼이 내려져서 기분 좋은 방 안의 난로 불빛조차도 바깥의 대기로부터 차단되어버렸다. 그녀의 아버지의 말들이 급회전을 해서 대저택의 열린 문으로 들어갈 때, 그래서 그녀가 잎이 돋지 않은 어린 포플러들이 늘어선 가로수 길을 따라 건물의 석벽에 가까워져서 그녀 앞에 그 차갑고 황량한 석벽 외에는 아무것도 서 있지 않을 때, 엘리자베스는 산의 아름다웠던 풍경 모두가 꿈속의 환상인 듯 사라져버린 것처럼 느꼈다. 마머듀크는 아직도 썰매 방울을 사용하지 않을 정도로 여전히 어린 시절의 습관을 지니고 있었지만, 존스 씨의 마차가 그들 뒤로 대문을 통해 돌진해 들어오면서 그 마차의 짤랑거리는 소리가 건물 구석구석까지 울려 퍼졌다. 그래서 순식간에 온 집안이 소란에 휩싸였다.

건물의 규모를 감안한다면 좀 작은 크기의 석조 단 위에 리처드와 하이럼은 함께 네 개의 작은 목재 기둥을 세웠다. 그런데 그 기둥들은 널로 이은, 주랑 현관의 지붕을 떠받치고 있었다. 주랑 현관이란 것은 존스 씨가 지붕이 있는, 매우 평범한 입구에 붙이기에 적절하다고 생각한 명칭이었다. 석조의 단까지는 대여섯 개의 석조 계단으로 올라가게 되어 있었는데 약간 성급하게 쌓아올린 이 계단들은 추운 날씨 때문에 이미 그 대칭적인 형태가 뒤틀리기 시작한 상태였다. 그러나 추운 기후와 부주의한 공사의 폐해는 여기서 끝나지 않았다. 계단들이 낮아짐에 따라 그 위의 단도 내려앉았다. 그래서 실제로 토대와 상부 구조물이 괴리되어 상부 구조물이 공중에 뜬 상태였고 기둥의 아랫부분과 처음에 기둥들을 얹었던 돌 사이에 1피트가량의 공간이 벌어져 있었다. 공사에서 손으로 하는 부분을 수행한 목수가 이 고전적 입구의 차양을 주택 옆면에 너무나 견고하게 고정시켜서, 우리가 방금 설명한 바와 같은 형태로 토대가 상부 구조물을 저버리고 기둥들이 토대가 없어 지붕을 떠받치는 데 더 이상 도움이 되지 않을 때에도 지붕이 기둥들을 지탱할 수 있었던 것은 이 구조물 전체에 운이 좋은 일이었다. 참으로 여기에 리처드의 기둥의 장식적 부분 중 유감스러운 결함이 남아 있었던 것이다. 그렇지만 알라딘 궁전의 창문과 같이 그 결함은 그 주인의 풍부한 임기응변의 재주를 증명하기 위해서만 남아 있는 듯이 보였다. 다시금 코린트식과 이오니아식의 절충적 건축양식이 지닌 장점에 근거해서 이 토대의 제2판이, 서적상들이 흔히 말하듯이 추가되고 개선되어 제공되었다. 그것은 필연적으로 규모가 더 클 수밖에 없었으며 장식 쇠시리로 적절하게 장식되어 있었다. 그럼에도 계단은 계속 내려앉아서 엘리자베스가 자기 아버지의 집으로 돌아온 그 순간에는 기둥들을 고정시키는 동시에 기둥의 무게로

인해 기둥이 박공벽으로부터 분리되지 않도록 하기 위해 몇 개의 거칠거
칠한 쐐기들을 기둥 밑에 박아둔 상태였다. 실제로는 기둥들이 그 박공
벽을 지탱해야만 했는데 그 반대의 상황이었던 것이다.

　이 현관을 향해 난 큰 문에서 두세 명의 하녀들과 한 명의 남자 하
인이 나타났다. 남자 하인은 대머리였지만 평소보다 더 정장을 하고 있
는 것이 분명했다. 그는 더 상세히 묘사를 해야 할 만큼 전체적으로 너
무나 이상한 모습과 복장을 하고 있었다. 그는 키가 5피트*쯤 되고 각이
지고 강건한 체격을 하고 있었으며 영국 왕실의 근위보병 제1연대의 병
사에 어울릴 법한 어깨를 하고 있었다. 그는 몸을 앞으로 굽히는 습관이
있었는데 그 때문에 그의 작은 키가 더 인상적으로 보였다. 그의 팔들은
주인이 움직이고 있을 때에는 특히 큰 곡선을 그리며 앞뒤로 흔드는 동
작을 끊임없이 수행하고 있었는데 몸을 앞으로 굽히는 그의 습관은 그
의 팔들을 더 자유롭게 움직이기 위한 것이 아니라면 그에 대한 어떤 명
백한 이유도 없는 듯이 보였다. 그의 얼굴은 길었고 원래는 희었던 피부
색은 볕에 타서 번쩍이는 붉은색을 띠고 있었다. 코는 사자코였는데 경
멸하는 표정으로 코를 위로 치올리는 버릇이 있어 들창코로 굳어져 있
었다. 아주 큰 입에는 날카로운 작은 이들이 가득 차 있었고 푸른 두 눈
은 습관적인 경멸의 시선으로 주위와 주변의 사물을 바라보는 듯이 보
였다. 그의 머리는 키의 정확히 4분의 1을 차지하고 있었고 머리 뒤편에
달려 있는, 땋아 늘인 머리가 또 키의 4분의 1을 차지하고 있었다. 그는
매우 밝은 갈색 천으로 된 코트를 입고 있었는데 거기에는 은화처럼 큰
단추들이 달려 있어서 닻줄이 휘감긴 닻 같은 인상을 주었다. 옷자락이

---

*　약 150센티미터.

장딴지까지 닿을 정도로 매우 길게 늘어져 있었고 폭도 넓었다. 코트 안에는 붉은 견면(絹綿) 벨벳으로 만든 조끼와 반바지를 입고 있었는데 약간 닳고 더러워진 것이었다. 그는 큰 버클이 달린 구두와 푸른색과 흰색 줄이 있는 긴 양말을 신고 있었다.

이 기묘해 보이는 인물은 자신이 그레이트브리튼 섬의 콘월 주(州) 태생이라고 말했다. 주석 광산 부근에서 소년 시절을 보냈고 청년 시절은 펠머스와 건지 사이를 오가는 밀수선의 선실 사환으로 보냈다. 이 일을 하다가 그는 왕을 위해 군 복무를 하도록 강제 징집된 후 그보다 더 나은 사람이 없었으므로 선실에서 일하도록 받아들여져서 처음에는 하인으로, 최종적으로는 선장의 집사로 일하게 되었다. 이곳에서 그는 차우더와 랍스카우스*와 한두 가지 다른 해물 요리를 만드는 기술을 익혔고 그가 즐겨 말하듯이 세상을 알게 될 기회를 가졌다. 그러나 프랑스의 외항 한두 곳과 포츠머스, 플리머스, 딜을 때때로 방문한 일을 제외한다면 그는 사실상 사람을 별로 구경하지 못했다. 그가 출생지의 어떤 광산에서 당나귀를 타고 다녔다고 가정해보면 그때 사람을 별로 구경하지 못했을 것과 같은 정도로 군함에서 근무할 때에도 그랬던 것이다. 그러나 1783년의 강화조약으로 해군에서 제대를 했을 때 그는 자기가 지구의 문명화된 지역들을 모두 다 보았으므로 이제는 아메리카의 광야로 여행하고 싶다고 선언했다. 우리는 때때로 말쑥한 코크니**로•하여금 고향을 떠나게 유혹해서 세인트 메릴리보우 성당의 종소리가 그의 귓전에서 가시기도 전에 나이아가라 폭포의 거센 물소리가 들리는 곳에 상륙하게 만

---

* lobskous: 고기와 채소와 비스킷 등을 써서 만드는 스튜로 주로 선원들이 먹는 요리다.
** Cockney: 코크니란 전통적으로 런던 칩사이드에 있는 세인트 메릴리보우 성당의 종소리가 들리는 동네에서 태어난 사람이라고 정의된다.

드는 그러한 이주 정신의 영향을 받아서 그가 영위했던 짧은 방랑 생활을 더듬어보지는 않을 것이다. 다만 아주 일찌감치, 심지어는 엘리자베스가 학교로 보내지기 전에 그는 마머듀크 템플의 가정으로 들어와 존스 씨의 감독 아래 집사장의 직무를 수행하고 있었다는 사실만 덧붙일 것이다. 그가 집사장이 된 것은 앞으로 이 이야기를 해나가는 과정에 밝혀질 몇 가지 성질들이 복합적으로 발휘되었기 때문이다. 이 훌륭한 인물의 이름은 그 자신의 발음에 따르면 벤저민 펭귈런이었다. 그러나 로드니*의 승리 후에 그가 자신이 탄 선박이 침몰되지 않도록 애써 노력해야 했던 그 긴 시간에 관해 한 가지 놀라운 이야기를 들려주는 습관이 있었기 때문에 그는 일반적으로 벤 펌프라는 별명으로 불리게 되었다.

벤저민 옆에는 마치 자신의 직위를 잃지 않으려고 약간 조심하는 듯이 몸을 앞으로 내민 중년 여성이 서 있었다. 그녀는 옥양목으로 만든 옷을 입고 있었는데 그 옷은 색깔 대비가 좀 심한 편이었다. 그녀는 키가 크고 야위고 볼품없는 몸매와 날카로운 이목구비를 하고 있었고 얼굴 표정이 약간 날카로웠다. 그녀의 이는 거의 다 빠져 있었고 남아 있는 이는 옅은 노란색을 띠고 있었다. 코 위로 피부가 바싹 당겨져서 그녀의 두 뺨과 입 주위에 큰 주름살이 늘어져 있었다. 그녀는 너무나 많은 양의 코담배를 피웠기 때문에 사람들에게 그녀의 입과 그 주변의 샛노란색이 담배 때문이라는 인상을 주었다. 그러나 사실 샛노란색은 그녀의 얼굴 전체의 일관된 색깔이었다. 그녀는 노처녀로서 가정부 자격으로 가정사 중 여성이 해야 할 부분을 관장하고 있었는데 리마커블 페티본이라는 이름으로 불리고 있었다. 엘리자베스의 모친 사후에 이 가정에 받아

---

* George Brydges Rodney(1718~1792): 영국의 제독으로 1782년 4월 12일 서인도제도의 도미니카 근해에서 그라스 백작(1722~1788)이 지휘하는 프랑스 함대를 무찔렀다.

들여졌으므로 엘리자베스에게 그녀는 전혀 모르는 사람이었다.

이 두 사람 외에도 그들보다 하위의 하인들이 서너 명 있었는데 주로 흑인들이었다. 그들 중 몇 명은 현관문 앞에 나타났고 또 몇 명은 건물 뒤에서 달려 나왔다. 건물 뒤편에는 식품저장실 겸 부엌이 있었기 때문이다.

이들 외에도 리처드의 개 사육장에서도 개들이, 이리 사냥개의 울부짖음에서부터 테리어의 성마르게 짖는 소리에 이르기까지 각각 고유의 소리로 짖으면서 모두 돌진해 나왔다. 개들의 주인은 자신의 목청으로 다양한 개 짖는 소리를 흉내 내면서 개들의 시끄러운 인사를 받아주었다. 그러자 개들은 주인의 짖는 소리가 자기들이 내는 소리를 능가하는 데 대해 창피해진 것이 거의 틀림없어 보이는 태도로 짖는 소리를 멈췄다. 위엄 있고 강해 보이는 한 마리의 매스티프만이 조용했다. 매스티프는 목에 황동 목걸이를 두르고 있었는데 목걸이 테에는 'M. T.'라는 큰 글자가 새겨져 있었다. 매스티프는 혼란 가운데 위엄 있게 판사의 옆으로 걸어갔다. 거기에서 판사가 다정하게 한두 번 가볍게 두드려주자 매스티프는 엘리자베스에게 몸을 돌렸다. 그러자 그녀는 매스티프를 "올드 브레이브"라는 이름으로 다정하게 부르면서 녀석에게 입 맞추려고 몸을 굽히기까지 했다. 그녀가 므시외 르 콰와 자기 아버지의 부축을 받으면서 계단을 올라갈 때 매스티프는 그녀의 정체를 알아차린 듯했다. 그들은 계단이 얼음으로 덮여 있었기 때문에 그녀가 얼음 위로 넘어지지 않도록 보호하기 위해 그녀를 부축했던 것이다. 그 개는 그리워하는 듯이 그녀의 모습을 눈으로 좇았고 일행이 모두 들어간 후 현관문이 닫히자 개는 마치 그 집에 지켜야 할 부가적인 가치가 있는 무언가가 존재한다는 것을 의식하는 듯한 모습으로 가까이에 위치한 개집에 몸을 눕혔다.

엘리자베스는 아버지를 따라 커다란 거실로 들어섰다. 아버지는 하인 중 한 명에게 시킬 일을 속삭이느라 잠시 걸음을 멈추었다. 거실은 높다란 구석의 황동 촛대에 꽂힌 두 개의 양초로 희미하게 밝혀져 있었다. 현관문이 닫히자 일행은 거의 영하 2도의 대기로부터 당장 영상 15도 이상의 공기 속에 들어와 있게 되었다. 거실의 중앙에는 거대한 난로가 놓여 있었는데 난로의 옆면은 열에 들떠 떨리고 있는 듯이 보였다. 난로에 연결된 직선의 큰 연통이 천장을 뚫고 밖으로 이어졌는데 이 연통을 통해 연기가 빠져나가고 있었다. 방의 적절한 습도를 유지하기 위해 물이 담긴 쇠 물동이가 이 용광로 위에 놓여 있었다. 사실 이 난로는 용광로라고 부를 수밖에 없을 정도로 달아올라 있었던 것이다. 방에는 양탄자가 깔려 있었고 편리하고 실속 있는 가구들이 비치되어 있었다. 가구들 중 몇몇은 도시에서 들여온 것이었고 나머지는 템플턴의 장인들이 제작한 것들이었다. 마호가니로 만든 식기 찬장이 있었는데 거기에는 상아가 박혀 있고 번쩍거리는 황동으로 된 거대한 손잡이들이 달려 있었다. 찬장은 쌓인 은 식기 더미들 아래에서 삐걱거리는 소리를 내고 있었다. 그 가까이에는 야생 벚나무 목재로 만든 거대한 탁자 한 조가 서 있었다. 탁자들은 식기 찬장의 소재인 수입 목재를 모방하기 위해 야생 벚나무 목재를 사용해 만들어졌지만 소박하고 또 어떤 종류의 장식도 되어 있지 않았다. 탁자들의 맞은편에는 그보다 작은 탁자 하나가 놓여 있었는데 그것은 맞은편의 탁자들보다 더 엷은 색깔의 목재로 만들어진 것이었다. 그 목재의 나뭇결에서 산속에 있는, 소용돌이 모양의 나뭇결을 가진 단풍나무의 물결 모양 선들이 아름답게 굽이치고 있는 것을 볼 수가 있었다. 이 탁자에 가까운 한구석에는 표면이 놋쇠로 된, 무겁고 구식인 괘종시계가 서 있었다. 그 시계는 해변에 있는 검은 호두나무의 검은빛

을 띤 높다란 상자 속에 들어 있었다. 거실의 한 면에는 엷은 색 사라사
무명으로 덮인, 거대한 긴 의자, 또는 소파가 벽을 따라 약 20피트가량
길게 뻗어 있었고 그 맞은편에는 연노랑으로 칠해지고 그 위에 그다지
안정되지 않은 솜씨로 검은 줄이 쳐진 나무 의자들이 다른 가구들 사이
사이에 놓여 있었다. 마호가니 목재 통 안에 든 화씨온도계 하나와 거기
에 딸린 기압계가 난로에서 약간 떨어진 곳의 벽면에 걸려 있었다. 그런
데 벤저민은 놀라울 정도로 정확하게 반시간마다 그 난로의 불을 살피
고 있었다. 각각 거실의 끝에 바깥문이 하나씩 밖으로 통하게 나 있었는
데 작은 유리 샹들리에가 하나씩 난로와 각각의 바깥문 사이의 동일한
거리에 달려 있었다. 이 방에서 밖으로 통하는 수많은 옆문들의 문틀에
는 금도금된 촛대들이 달려 있었다. 이러한 문틀과 테두리를 만드는 데
에는 건축술이 약간 과시되었다. 문틀과 테두리의 위쪽마다 박공이 붙
어 있었고 그 위에는 중앙에 각각 작은 대좌가 있었다. 이 대좌들 위에
는 검게 구운 작은 석고 흉상들이 놓여 있었다. 흉상들의 선택뿐만 아니
라 대좌의 양식은 모두 존스 씨의 기호에 따른 것이었다. 한 대좌에는 호
메로스의 흉상이 놓여 있었는데 그것은 "누구라도 볼 수 있듯이" 호메
로스와 아주 인상적으로 꼭 닮은 모습이라고 리처드는 단언했다. "왜냐
하면 장님의 얼굴이기 때문"이라는 것이었다. 또 하나의 대좌에는 끝이
뾰족한 턱수염이 있는, 호감을 주는 용모의 신사의 상이 놓여 있었는데
리처드는 그를 셰익스피어라고 했다. 세번째 장식물은 항아리였는데 그
형태로 보아 디도*의 유골을 담은 것임을 나타내려는 의도로 제작되었다
고 리처드는 습관적으로 말하곤 했다. 네번째는 모자와 안경으로 보아

---

* 고대 그리스와 로마의 문헌에 따르면 디도는 카르타고의 창설자이며 최초의 여왕이라고
한다.

늙은 프랭클린임이 확실했다. 다섯번째도 그와 마찬가지로 확실히 위엄 있고 침착한 표정을 한 워싱턴의 얼굴을 보여주고 있었다. 여섯번째 상은 정체를 알 수 없는 사람이었는데 리처드의 어투를 빌리자면 "머리엔 월 계관을 쓰고 셔츠의 깃을 열어젖힌 사람"을 표현한 상인데 "줄리어스 시 저나 파우스트 박사이다. 두 사람 중 한 명이라고 믿을 만한 상당한 근거가 있다"는 것이었다.

벽은 짙은 납색 잉글랜드제 벽지로 도배되어 있었는데 그 벽지에는 브리태니아*가 울프**의 무덤에서 울고 있는 모습이 묘사되어 있었다. 영웅인 울프 자신은 벽지의 끝 쪽에 애도하는 여신에게서 약간 떨어진 곳에 서 있었다. 또 각각의 벽지마다 울프가 그려져 있었는데 장군의 한쪽 팔만 약간 예외적이었다. 그 팔은 다음 벽지로 이어지도록 그려져 있었으므로 리처드는 자신의 손으로 이 미묘한 윤곽을 이어보려고 애썼지만 어려움이 있어서 그 일을 멋지게 해낼 수가 없었다. 그래서 브리태니아는 그녀가 총애하는 장군의 목숨을 잃어버린 일 외에도 그의 오른팔이 잔인한 모습으로 무수하게 절단된 것을 마땅히 슬퍼할 수밖에 없었던 것이다.

벽지를 이처럼 부자연스럽게 분리해서 붙인 불운한 장본인이 이제 큰 소리로 채찍을 휘두르며 거실에 자신의 출현을 고했다.

"아니, 벤저민! 너 벤 펌프! 이게 상속녀를 맞이하는 태도란 말이야?" 그가 외쳤다. "그를 용서해줘, 엘리자베스 종질녀. 환영 준비가 너무 복잡해서 각자에게 맡기지 말았어야 했는데 말이지. 하지만 이제 내가 여기 왔으니 상황이 더 나아질 거야. 자, 불을 밝혀, 펭귈런 씨. 불을

---

* 영국을 여성으로 의인화한 호칭.
** 퀘벡에서 프랑스군을 무찌르다가 전사한 제임스 울프(1727~1788) 장군.

밝혀, 불을 밝히라고. 그리고 서로의 얼굴을 좀 보자고. 자, 듀크, 내가 자네의 사슴을 가져왔는데 그걸 어떻게 해야 하지, 허어?"

"맹세코, 나리." 먼저 손등으로 입을 닦고 벤저민이 대답하기 시작했다. "여기 이 일을 오늘 조금 일찍 지시하셨다면 아시겠지만 나리의 마음에 들게 준비할 수도 있었습죠. 전 일꾼들을 다 불러 모아 촛불을 켜게 하고 있었습지요. 그때 나리께서 썰매에 흔들리며 오시는 게 보이기 시작했습죠. 그러나 여인네들은 나리 썰매의 방울 소리를 듣고 어쩔 줄 모르고 움찔움찔했습죠. 마치 갑판장의 노끈 채찍에 움찔하는 것처럼 말이죠. 그런데 이 집에 한 떼의 여인네들이 열심히 일하고 있을 때 그들이 기진맥진해질 때까지 그들을 가르칠 수 있는 사람이 있다 해도, 그 사람의 이름은 벤저민 펌프가 아니랍니다. 그런데 여기 계신 벳시 양은 여성 의류를 입기 시작한 이후 변장한 약탈선 선원보다 더 많이 변한 것이 틀림없을 겁니다. 촛불 몇 개를 켜는 사소한 문제로 아가씨가 이 늙은이에게 화를 낸다면 말입지요."

엘리자베스와 그녀의 아버지는 계속 말이 없었다. 거실에 들어오자 두 사람 다 똑같은 기분을 느꼈기 때문이다. 엘리자베스는 학교에 가기 위해 집을 떠나기 전 1년 동안 이 저택에 살았었는데, 남편과 자식 모두 지금은 세상을 떠난 이 집 여주인의 모습을 그리워하고 있었다.

그러나 샹들리에와 촛대의 유리 장식에는 이미 초가 꽂혀 있었고 종자들은 초의 사용법을 상기해낼 만큼 이미 놀라움에서 회복되어 있었다. 초를 미처 켜지 못한 실수는 곧 만회되어 실내는 금세 밝게 빛나는 불빛으로 환해졌다.

이처럼 환하게 불이 켜지자 우리의 여주인공과 그녀 아버지의 약간 침울한 기분이 사라졌다. 일행은 모두 그들이 밖에서 입었던 수많은 의복들을 벗어두기 시작했다.

이러한 행동이 진행되는 와중에도 리처드는 이런저런 하인들과 산만한 대화를 계속하면서 가끔씩 사슴에 관해 판사에게 넌지시 의견을 던지곤 했다. 그러나 그러한 순간들에 그가 하는 대화란 피아노 반주와 아주 비슷한 것이어서 사람들이 듣긴 하지만 주의를 기울이지는 않는 그러한 것이었으므로 우리는 그의 장황한 대화를 기록하는 작업을 수행하지는 않으려 한다.

리마커블 페티본이 촛불을 켜는 일에서 자신의 몫을 수행하고 난 그 순간 그녀는 엘리자베스 가까이로 되돌아갔다. 그 이유는 겉보기에는 상대방이 벗은 옷을 받기 위한 것인 듯했지만 사실은 질투심이 섞인 호기심 어린 태도로 자기 대신 그들의 가정 경제를 운영하게 될 숙녀의 외모를 자세히 살펴보려는 것이었다. 엘리자베스가 망토, 코트, 숄, 양말을 차례로 벗은 후 크고 검은 두건도 벗어 갈까마귀의 날개처럼 빛나는 검은 고수머리가 그녀의 머리로부터 흘러내려 젊은 숙녀의 예쁘지만 당당한 얼굴 모습이 드러났을 때, 가정부는 약간 섬뜩해졌다. 그 무엇도 엘리자베스의 이마보다 더 아름답고 더 완벽한 것은 있을 수가 없었고 또 그 이마는 생명력 있고 건강한 모습을 보존하고 있었다. 그녀의 코는 부드럽고 둥그스름하게 솟아오른 콧대만 아니었다면 그리스인의 코라고 불릴 만했다. 그 콧대는, 미적인 부분이 좀 부족해진 대신 고아한 품격을 그녀의 용모에 부여해주었다. 그녀의 입은 언뜻 보기에는 사랑을 위해서만 만들어진 듯이 보였지만 입의 근육이 움직이는 순간에는 여성적 위엄을 갖춘 모습으로 표현할 수 있는 모든 표정이, 유연한 여성적 우아함과 함께 입가에 감돌았다. 그 입은 상대방의 귀뿐만 아니라 눈에도 말을 걸었다. 이러한 모습은 모두 그녀의 어머니에게서 물려받은 것이었다. 거기에다 나이에 비해서는 좀 통통하고 원숙한 모습의, 균형이 아주 잘 잡힌 몸매와 중간키로서는 무척 크다고 할 수 있는 키가 더해졌다. 그녀의 눈 색깔과 활 모양으로 굽은 눈썹과 매끄럽고 긴 속눈썹도 어머니에게서 물려받은 것이었다. 그러나 그 눈의 표정은 아버지의 것과 같았다. 움직이지 않고 침착하게 있을 때에는 그 눈은 부드럽고 인정 많고 매력적이었지만 그 눈은 흥분할 수도 있었는데 그것도 그다지 어렵지 않게 그렇게 될 수가 있었다. 그러한 순간에도 그 눈은 여전히 아름다웠지만 약간 엄격한 표정을 띠었다. 마지막 숄을 떨어뜨린 후 그녀는 선명한 파란색 승마복을 입은 모습으로 서 있었는데 승마복은 그녀의 몸매에 세밀한 부분까지 꼭 맞았다. 장밋빛으로 달아오른 그녀의 두 뺨은 거실의 열기로 더 선명하게 꽃피어나는 듯했다. 그녀의 두 눈은 약간 물기가 어려 있는 듯했는데 그것은 그 눈의 평범한 아름다움을 더 눈부신 것으로 만들었다. 말하고 있는 그녀의 얼굴 생김새 하나하나가 주위에서 너울거리며 타오르는 불빛에 빛나고 있었으므로 리마커블은 자신의 권력이 이미 끝났다는 사실을 느끼지 않을 수 없었다.

옷을 벗는 일은 동시에 진행되었다. 마머듀크는 코트를 벗고 산뜻한 무지의 검정 정장 차림의 모습을 드러냈다. 므시외 르 콰는 적갈색 코트 안에 수놓은 조끼와 승마용 반바지를 입고 긴 비단 양말을 신고 혁대 장식을 하고 있었는데 그 당시에는 흔히 그러한 차림이 멋있다고 여겨지던 터였다. 하르트만 소령은 큰 황동 단추들이 달린 하늘색 코트를 입고 곤봉 모양으로 끝이 가늘게 묶인 가발을 쓰고 목이 긴 구두를 신고 있었다. 리처드 존스 씨는 총알 모양의 단추들이 달린 암녹색 프록코트를 입은, 말쑥하고 조그마한 모습을 드러내고 있었다. 코트는 단추 중 하나가 그의 잘 발달된 허리 위로 여미어져 있었고, 그 위쪽으로는 벌어져서 안에 입은, 붉은색 직물로 된 재킷과 초록색 벨벳으로 선을 두른, 소매 없는 플란넬 셔츠를 보여주고 있었다. 또 아래쪽으로는 사슴 가죽으로 된 승마용 바지와 위쪽이 흰색인, 길고 더러워진 부츠와 아이젠을 드러내었다. 아이젠 중 하나는 조금 전 썰매 의자에 앉아 있다가 충격을 받아 약간 구부러진 모양을 그대로 드러내고 있었다.

그 젊은 숙녀가 입고 있던 옷들을 벗었을 때 그녀는 자유롭게 주위를 둘러보고 자신이 앞으로 관리하게 될 집안 식구들뿐만 아니라 가사가 어떤 분위기와 방식으로 정돈되어 있는가도 살펴볼 수 있게 되었다. 가구와 거실의 외양은 조화롭지 않은 부분이 많았지만 천박한 점은 하나도 없었다. 마루에는 가장 멀리 떨어진 구석에까지도 융단이 깔려 있었다. 황동 촛대, 금도금된 촛대의 유리 장식, 유리 샹들리에 등은, 예법이나 고상한 취미와 관련해서는 어떤 점이 보존되어 있는지 알 수 없었지만 유용성과 안락함과 관련된 모든 목적에서는 경탄할 정도로 잘 보존되어 있었다. 그것들은 깨끗했고 그 방의 강렬한 빛 속에서 번쩍번쩍 빛나고 있었다. 12월 밤의 차가운 바깥 공기와 비교해볼 때 그 방의 따뜻함과 광휘는 마법과 다르지 않은 효과를 내고 있었다. 사실 사소한 실수들도 많았지만 그녀의 시선은 그것들을 간파할 시간이 없었고 기쁨에 넘쳐 주위를 둘러보고 있었는데 그때 하나의 대상이 그녀의 시선을 끌었다. 그 대상은 템플턴의 상속녀에게 경의를 표하기 위해 이처럼 모인, 미소 짓는 얼굴들과 말쑥하게 차려입은 인물들과는 강한 대조를 이루고 있었다.

그 거실의 한 구석, 웅장한 입구 근처에 그 젊은 사냥꾼이 서 있던 것이다. 그는 누구의 주의도 끌지 못한 채로 당장은 잊힌 것이 분명했다. 그러나 그 젊은이 자신의 방심한 상태가, 강렬한 감정의 영향을 받아 이 낯선 사람의 상처에 대한 기억을 놓쳐버린 판사의 건망증을 능가하는 듯이 보였다. 그 방에 들어오자마자 그는 기계적으로 모자를 벗었었고, 그래서 색깔과 윤기에서 엘리자베스의 머리칼에 뒤지지 않는 그러한 머리칼로 덮인 머리를 드러내고 있었다. 거친 여우 가죽 모자를 벗는 단 하나의 행동이 아주 큰 변화를 가져왔다. 젊은 사냥꾼의 용모에 호감을 주는 요소가 많았다면 그의 머리와 이마의 둥근 윤곽에는 고상하기조차 한 어떤 요소가 있었다. 그의 신체의 나머지 부분을 감싸고 있는 거칠고 야만적이기까지 한 복장 위로 그가 오만하게 머리를 가누고 있는 바로 그 모습과 태도를 보면, 그가 그 새로운 정착지들에서는 비할 바 없이 훌륭하다고 생각되던 그런 호화스러운 광경에 익숙하다는 것을 알 수 있었을 뿐만 아니라, 그러한 것에 대해 경멸과 매우 비슷한 어떤 감정을 지니고 있다는 것도 알 수 있었다.

모자를 들고 있는 그의 손은 단순하게 자제하는 것도 아니고 지나치게 저속한 것도 아닌 모양으로, 상아로 장식된 엘리자베스의 작은 피아노 위에 가볍게 놓여 있었다. 그의 손가락 하나가 마치 그러한 곳에 머무르는 데 익숙한 것처럼 그 악기를 건드렸다. 그의 다른 팔은 완전히 펴져 있었고 그 손은 발작적인 힘과 비슷한 어떤 힘으로 그의 긴 소총의 총신을 잡고 있었다. 그 행위와 자세는 둘 다 무의식적인 것이었고 속된 놀라움의 감정보다 훨씬 더 깊은 어떤 감정에서 우러나오는 것이 분명해 보였다. 그의 외모는 그의 의복의 거친 외형과 연관되어 있었으므로 그를 바쁘게 움직이는 무리와 완전히 별개의 존재로 만들어주었다. 그 분주한 무리는 여행자들을 맞이하기도, 환영 인사를 교환하기도 하면서 긴 거실의 반대편 끝에서 이리저리 움직이고 있었는데 엘리자베스는 경탄하면서 그를 계속 응시하고 있었다. 그 낯선 사람의 시선이 한 대상에서 다른 대상으로 천천히 옮겨지고 있을 때 그의 양 눈썹의 찡그림이 더 심해지고 있었다. 그의 얼굴 표정은 때때로 사나워졌다가 그다음에는 다시 그 표정이 어떤 고통스러운 감정 속에서 사라지는 듯이 보였다. 뻗어 있던 그의 팔이 굽혀져 손이 그의 얼굴에 가까워졌을 때 그의 머리가 손으로 내려가 놀라울 정도로 표정이 풍부한 그 얼굴을 감추었다.

"우린 저 낯선 신사분을 잊어버리고 있네요." (아무리 해도 엘리자베스는 그를 그 밖의 다른 이름으로는 부를 수가 없었다.) "우리는 그분을 도와주기 위해 이곳으로 모셔왔고 그분에게 온갖 주의를 기울여야 하는데 말예요."

모든 시선이 즉시 말하는 사람의 시선이 향해 있는 방향으로 쏠렸다. 그리고 그 젊은이는 약간 오만하게 다시 머리를 들며 대답했다.

"제 부상은 사소한 겁니다. 그리고 템플 판사님께서 우리가 도착하자마자 의사를 부르러 사람을 보내셨다고 생각하는데요."

"물론이지"라고 마머듀크가 말했다. "난 자네의 방문 목적을 잊지 않고 있다네, 젊은이. 또 내가 진 빚의 성격도."

"오!" 약간 익살맞은 곁눈질을 하며 리처드가 외쳤다. "자네는 자네가 죽인 그 사슴 고기에 대해 저 청년에게 감사해야 한다고 생각하는데, 사촌 듀크! 마머듀크! 마머듀크! 수사슴에 대한 자네의 이야기는 놀랄 만한 것이었네! 젊은이, 여기 그 사슴 값으로 2달러가 있네. 그리고 템플 판사도 의사에게 치료비를 지불하는 정도는 하겠지. 난 자네에게 나의 도움에 대한 아무런 비용도 청구하지 않겠지만 자네는 그 때문에 더 나쁘게 되지는 않을 걸세. 자, 자, 듀크, 그 일에 대해 낙담하지는 말게. 자네가 수사슴을 못 맞혔더라도 자네는 소나무를 뚫고 용케 이 불쌍한 친구를 쏘지 않았나. 이제 난 자네가 나를 이겼다고 인정하네. 난 평생 그런 일은 한 번도 하지 못했으니 말이네."

"그리고 앞으로도 결코 하지 않기를 바라네"라고 판사가 대꾸했다. "만약 자네가 내가 겪은 그 불안감을 경험하려 하지 않는다면 말일세. 그렇지만 기운 내게, 내 젊은 친구. 상처는 틀림없이 경미할 거네. 자네가 겉보기에는 자유롭게 팔을 움직이고 있으니까 말이네."

"외과적 처치에 대해 말하는 척해서 문제를 더 악화시키지 말게, 듀크." 존스 씨가 손을 경멸적으로 흔들면서 끼어들었다. "외과적 처치는 실습에 의해서만 배울 수 있는 과학이니까. 우리 조부가 의사셨다는 걸 자네도 알지. 하지만 자네 혈관 속에는 의학적 혈통은 조금도 섞여 있지 않지. 이런 종류의 일은 가계에서 유전되는 거라네. 친가 쪽으로 우리 가족들 모두는 의술에 숙련된 솜씨가 있었지. 브랜디와인 전투*에서 전사한 우리 삼촌은 단지 숨을 자연스럽게 멈추는 방법을 아셨기 때문에 그 연대에서 다른 어떤 군인에 못지않게 편안히 돌아가셨어. 자연스럽게 숨 쉬는 방법을 아는 사람은 거의 없지."

"난 의심하지 않네, 디컨." 낯선 청년의 얼굴에 저도 모르게 슬며시 퍼지는 빛나는 미소를 마주보며 판사가 대꾸했다. "자네 가족들이 생명이 자신들의 손가락 사이로 빠져나가게 하는 기술을 철저히 이해하고 있었다는 걸 말일세."

리처드는 그의 말을 상당히 냉정하게 듣고 있었다. 그러고는 프록코트 자락을 앞으로 밀어낼 정도로 코트의 양쪽 호주머니에 손을 깊숙이 넣으며 휘파람을 불기 시작했다. 그러나 대답하려는 욕망이 그의 철학을

---

* 1777년 9월 11일 영국군이 펜실베이니아 남동부에 있는 브랜디와인 샛강에서 미국군을 물리친 전투이다.

압도했으므로 그는 크게 흥분해서 이렇게 외칠 수밖에 없었다.

"템플 판사, 자네는 놀랍게도 유전적 미덕을 무시하는 척할 수도 있 겠지. 그러나 자네의 영지 안에는 그렇게 어리석은 사람은 한 사람도 없 어. 여기, 지금까지 곰과 사슴과 마멋 외에는 아무것도 보지 못한 이 젊 은이조차도 미덕이 가계 내에서 유전되지 않는다고 믿을 정도로 어리석 지는 않아. 그렇지 않나, 친구?"

"악덕은 유전되지 않는다고 믿습니다." 시선을 아버지에게서 딸에게 로 옮기며 낯선 사람이 퉁명스럽게 말했다.

"나리님이 옳아요, 판사님." 벤저민이 리처드를 향해 다 안다는 듯 이 고개를 끄덕이며 말했다. 그러한 태도는 그들 사이에 진심이 통한다 는 것을 나타내주었다. "그런데 본국에서는 국왕 폐하께서 연주창을 고 치기 위해 손을 대시면,* 그런데 그건 함대에서 가장 훌륭한 의사도, 아 니면 그 문제에서는, 제독도 또한 고칠 수 없는 병이지요. 다만 국왕 폐 하만이, 아니면 교수형을 당해 이 세상에 없는 사람만이 고칠 수가 있습 지요. 맞아요. 나리님이 옳아요. 만약 나리께서 옳지 않다면 어떻게 일곱 째 아들이 항상 의사가 되겠어요? 그 애가 사관이 되기 위해 배를 타든 지 그렇지 않든지 간에 말이지요. 그런데 우리가 드 그라스 장군** 휘하 의 군인들과 우연히 마주쳤을 때, 아시겠지만 우리 배 안에는 의사가 있 었지요."

"좋아요, 벤저민." 엘리자베스가 사냥꾼에게서 므시외 르 콰에게로

---

* 왕이 손을 대면 연주창이 낳는다는 속설이 있었다.
** 프랑수아 조셉 폴 드 그라스 제독(François Joseph Paul de Grasse, 1722~1788): 프 랑스 해군 제독이었다. 그는 미국 독립전쟁 당시인 1781년 9월 체서피크 전투에서 프 랑스 해군 함대의 지휘관으로 영국 해군 함대를 물리쳤다. 이 전투에서 패한 영국군은 요크타운에서 항복했다.

시선을 옮기면서 그의 말을 가로막았다. 므시외 르 콰는 각각의 인물이 차례로 말하는 것을 아주 정중하게 경청하고 있었다. "나중에 그 이야기와 아저씨의 모든 재미있는 모험들도 다 내게 들려주세요. 지금 당장은 방을 준비해야 해요. 이 신사분의 팔을 치료할 수 있게요."

"내가 직접 그 일을 할 거야. 엘리자베스 종질녀." 리처드가 약간 거만하게 말했다. "마머듀크가 약간 억지를 부리려고 결심한다고 해서 이 젊은이가 고통스러워하게 두지는 않을 거야. 날 따라오게, 내 친구. 그러면 내가 직접 그 상처를 살펴보겠네."

"의사를 기다리는 편이 좋을 겁니다." 사냥꾼이 냉정하게 말했다. "의사가 멀리 있을 리가 없으니까요."

리처드는 잠시 멈추었다가 말한 사람을 보았다. 그는 그 말투에 약간 놀라고, 거절에 매우 소스라칠 정도로 놀랐다. 그는 청년의 거절을 적의에서 우러나온 행동으로 해석하고는 두 손을 다시 호주머니에 넣고 그랜트 씨에게로 걸어갔다. 그러고는 그 성직자의 얼굴 가까이에 자신의 얼굴을 대고는 낮은 목소리로 말했다.

"이제 내 말을 주의해 들으세요. 이주민들 사이에, 저 친구가 아니었으면 우리 모두의 목이 부러졌을 거라는 이야기가 나돌 거요. 마치 내가 마차 모는 법을 모르거나 하듯이 말이오. 그야 신부님 자신이 그 말들의 방향을 돌릴 수도 있었을 테니까요, 신부님. 그보다 더 쉬운 일은 없었잖아요. 가까이 있는 고삐를 세게 잡아당기고 선두 말의 오른쪽 옆구리를 만져주기만 하면 되는 일이었소. 나의 친애하는 신부님, 저 젊은이가 우리를 당황시킨 데 대해 조금도 불쾌해하지 않으시길 바랍니다만?"

성직자의 대답은 마을 의사의 등장으로 차단되었다.

6장

"······그리고 그의 책꽂이에 대해 말하자면,
텅 빈 상자들, 녹색 오지항아리들,
가죽주머니들, 곰팡내 나는 씨앗들에 대한 얼마 안 되는 금액의 계산서 한 장과
짐 꾸리는 끈 부스러기와 오래된, 굳어버린 장미들이,
드문드문 흩어져 있어서 우스꽝스러운 광경을 연출하고 있었다."
―『로미오와 줄리엣』, 5막 1장 44~48행

그 의사의 이름은 엘너선 토드였는데 그는 정착민 사이에서 일반적으로 정신적 자질이 탁월한 신사라고 여겨지고 있었다. 그리고 그는 분명히 신체의 치수가 특이한 사람이었다. 그의 키는 신발을 벗고 정확히 6피트 4인치*였다. 그의 손, 발, 무릎은 모든 점에서 이 굉장한 키에 상응하는 형태를 갖고 있었다. 그러나 그의 신체의 다른 모든 부분은, 그의 사지의 길이만 제외한다면, 몇 치수 더 작은 사람에게나 맞을 법한 형태를 하고 있었다. 그의 어깨는 한쪽에서 다른 쪽까지 직선이었으므로 사각형이었다. 사각형이라는 단어의 적어도 한 가지 의미에서는 그러했다. 그러나 그 어깨는 너무나 좁아서 어깨에 달린, 길고 덜렁거리는 두 팔이 그의 등에서 생겨난 듯이 보였다. 그의 목은 우리가 언급한 그 길이의 속

---

* 약 190센티미터.

성을 두드러지게 지니고 있었다. 그 목 위에는 작고 둥근 머리가 얹혀 있었는데 그것은 한편으로는 뻣뻣이 곤두선, 더부룩한 갈색 머리칼을 보여주고 있었고 다른 한편으로는 생기 있게 빛나는 작은 얼굴을 보여주고 있었다. 그 얼굴은 남에게 현명하게 보이기 위해 그 자신과 끊임없는 투쟁을 지속하고 있는 것처럼 보였다. 그는 매사추세츠 주 서부에 거주하던 한 농부의 막내아들이었다. 그 농부는 사는 형편이 어느 정도 안락한 편이었으므로, 그가 그의 형제들에게 부과된 들일이라든가 나무 베기라든가 그와 비슷한 다른 힘든 일을 하느라 일상적인 방해를 받지 않고 우리가 언급한 높은 사회 계급까지 올라올 수 있도록 도움을 줄 수 있었다. 엘너선이 이처럼 노동을 면제받은 것은 어느 정도는 그의 특이한 키 덕택이었다. 키가 그처럼 지나치게 컸던 까닭에 그는 창백하고 활기가 없고 게을렀으므로 그를 사랑하는 어머니는 그가 "허약한 아이"라고 단언하게 되었던 것이다. 그의 어머니는 또 "노동을 감당할 수가 없으니 변호사가 되거나 목사가 되거나 의사가 되거나 아니면 그와 비슷한 어떤 편한 직업을 택해서 그런대로 편안하게 생계를 유지해야 하는 아이"라고 단언했던 것이다. 그럼에도 불구하고 이 10대 소년이 이러한 직업들 중 어느 것을 가장 잘 수행할 재능이 있는지는 매우 불확실했다. 그러나 다른 직업이 없었으므로 이 풋내기는 풋사과를 우적우적 먹거나 괭이밥을 찾아 헤매거나 하며 끊임없이 이 "자작(自作) 농장" 주위를 어슬렁거리고 있었다. 그때 그의 잠재적 재능을 밝혀냈던 바로 그 어머니의 명민한 안목이 이 상황을, 이 혼란스러운 세상을 헤쳐 나갈 그의 장래의 진로에 대한 단서로 포착했다. "엘너선은 의사가 되기에 적합하다"는 것을 어머니는 잘 알고 있었던 것이다. "그 애는 늘 약초를 캐고 있고 농장 여기저기 자라는 모든 종류의 것들을 맛보고 있기 때문이지. 게다가 또 그 애는 의약에 대한 타고난 사랑도 지니고 있거든. 왜냐하면 내가 남편이 복용하기만 하면 되도록 전체적으로 단풍당이 입혀진 쓴 알약을 꺼내놓아 두면 네이선이 들어와서는 정말로 마치 그것들이 아무것도 아닌 것처럼 삼켜버렸거든. 그런데 이커보드(그녀의 남편)는 알약 한 알을 넘길 때마다 바라보기가 끔찍할 정도로 너무나 절망적인 표정을 지었단 말이야."

이 발견으로 그 문제는 결정이 되었다. 엘너선은 그때 열다섯 살쯤이었는데 텁수룩한 머리를 깎았기 때문에 포획되어 다듬어진 야생 망아지와 아주 비슷한 모습이 되어 있었다. 어머니는 그에게 호두나무 껍질로 염색한 홈스펀 정장을 입히고 『신약성서』와 『웹스터 철자 교본』*을 들려서 학교에 보냈다. 이 소년은 본래 상당히 영리했고 그전에 틈틈이 읽기, 쓰기, 산수의 기초를 닦았기 때문에 그는 학교에서 곧 그의 뛰어난 지식으로 눈에 띄게 되었다. 아주 기뻐하던 어머니는 선생의 입에서 자기 아들이 "비범한 소년이고 학급의 모든 학생보다 훨씬 뛰어나다"는 말을 듣는 만족감을 누리게 되었다. 그 선생은 또 "그 소년이 자주 자기보다 더 어린 아동들에게 너무 많이 먹지 말라고 조언을 한다는 것을 자신이 알고 있고, 또 한두 번은 그 무식한 어린 것들이 계속해서 엘너선의 조언에 반대되는 행동을 할 때 그녀의 아들이 나쁜 결과를 방지하기 위해서 학교에 들고 다니는 바구니의 내용물을 자기 스스로 다 먹어치워 비운다는 것을 알고 있으므로 그가 의사 노릇에 대한 타고난 사랑을 지니고 있다"고 생각한다고 말했다.

그의 학교 선생의 이러한 기분 좋은 단언이 있은 직후 그 젊은이는

---

* 노아 웹스터, 『미국 철자 교본*The American Spelling Book*』. 이 책은 영어 문법 강좌(*A Grammatical Institute of the English Language*, 하포드, 1783)의 제1부로 처음 출간되었는데 19세기까지 자주 증쇄되었다.

마을 의사의 집으로 들어가 살게 되었다. 그 의사는 젊은 시절의 경력이 우리의 주인공의 경력과 비슷한 신사였는데, 그곳에서 사람들은 그 젊은 이가 어떤 때에는 말에게 물을 먹인다든가 또 어떤 때에는 푸르고 노랗고 붉은 약들에 물을 섞는 모습을 볼 수가 있었다. 그러다가도 그가 루디만의 『라틴어 문법책』*을 손에 들고 호주머니에는 덴먼의 『산파술』**의 한 귀퉁이가 삐죽이 나와 있는 모습으로 사과나무 아래에 축 늘어져 있는 것을 사람들이 볼 수 있는 때도 있었다. 그의 선생은 자신의 학생이 한 명의 장래 환자를 이 세상에 태어나게 하는 방법을 알기도 전에 그에게 환자를 정기적으로 이 세상에서 떠나보내는 방법을 가르치는 것은 불합리하다고 생각했기 때문에 먼저 산파술을 공부하게 했던 것이다.

이러한 종류의 생활이 12개월 동안 계속된 후 그는 갑자기 검정 홈스펀으로 된 긴 코트(긴 코트라는 말이 정말 어울릴 정도로 긴 코트였다)를 입고 붉은 모로코가죽이 없어 무채색의 송아지 가죽으로 만들어진 작은 편상화를 신은 모습으로 예배에 나타났다.

그 직후 그가 무딘 면도칼로 면도하는 모습이 목격되었다. 또 서너 달이 지날까 말까 했을 때 몇몇 나이 지긋한 여성들이 마을의 한 가난한 여인의 집으로 급히 달려가는 모습이 목격되었고 또 어떤 여성들은 크게 걱정하는 모습으로 이리저리 달려가기도 했다. 한두 명의 소년을 안장도 없는 말에 태워 급히 여러 방면으로 보내기도 했다. 사람들이 그 의사를 마지막으로 본 장소에 대해 몇 가지 간접적인 질문들이 던

---

* 토머스 루디먼, 『라틴어 기초-평이한 라틴어 문법The Rudiment of the Latin Tongue: or, A Plain and Easy Introduction to Latin Grammar』(에딘버러, 1714). 이 책은 19세기 중반까지 자주 증쇄되었다.
** 토머스 덴먼, 『산파술 실시에 대한 입문서』(런던, 1782). 이 책도 19세기까지 자주 증쇄되었다.

져졌다. 그러나 그 모든 일이 다 소용이 없었다. 그리고 마침내 엘너선이 매우 근엄한 모습으로 자기가 사는 집에서 나오는 모습이 목격되었는데 그의 앞에서는 작은 금발의 소년이 숨을 헐떡이며 종종걸음으로 걸어가고 있었다. 큰길을 사람들은 거리라고 불렀는데 그 거리에 그다음 날 청년 엘너선이 나타났고 이웃 사람들은 그의 더욱더 근엄해진 태도에 크게 교화되었다. 같은 주에 그는 새 면도칼을 샀다. 그리고 그 주 일요일에 그는 손에 붉은 비단 손수건을 들고 지극히 점잔빼는 얼굴로 예배당에 들어섰다. 그날 저녁 그는 자신과 같은 계층의 한 젊은 여성을 방문했다. 왜냐하면 같은 계층의 다른 여성들은 찾을 수가 없었기 때문이었다. 그리고 그가 그 여성과 단둘이 남겨지게 되는 순간 그는 그 여성의 분별 있는 어머니로부터 그의 생애에서 처음으로 닥터 토드라는 호칭으로 불렸다. 일단 이런 식으로 시작이 되자 엘너선은 모든 사람들로부터 닥터 토드라는 공식 명칭으로 인사를 받게 되었던 것이다.

　동일한 스승의 감독 아래 또 한 해가 지나갔다. 그동안 이 젊은 의사는 "그 늙은 의사와 같은 배를 타고 있다"는 영예를 얻게 되었다. 그러나 사실은 그들이 대체로 서로 다른 길로 떠나는 모습이 목격되곤 했다. 그 기간이 끝날 무렵 닥터 토드는 법적으로 성년이 되었다. 그때 그는 보스턴으로 소풍을 갔다. 그것은 약품을 구입하고 또 어떤 사람들이 암시했듯이 병원에서 실습을 하기 위해서였다. 병원에서의 실습이 어땠는지 우리는 모르지만 그것이 사실이라 하더라도 그는 곧 그것을 대충 끝냈다. 왜냐하면 그는 유황 냄새가 강하게 나는, 수상해 보이는 상자를 들고 2주 이내에 돌아왔기 때문이었다.

　그다음 일요일에 그는 결혼을 했고 그다음 날 아침 한 마리의 말이 끄는 썰매에 그의 신부와 함께 탔다. 우리가 앞에서 언급한 그 상자와 집에서 만든 가정용 리넨 용품이 가득 찬 또 하나의 상자와 종이를 바른 트렁크 하나와 그 트렁크에 동여매어진 빨강 우산 하나, 상당히 새것인, 안장에 다는 주머니 한 쌍, 판지 상자 하나 등이 그의 앞에 실려 있었다. 그의 친구들이 이 신랑 신부로부터 들은 그다음 정보는 그들이 "새로운 지방에 정착해서 요크 주의 템플타운에서 의사로 유복하게 살고 있다"는 것이었다.

자격을 갖춘 법률가가 마머듀크가 차지하고 있는 판사직을 마머듀크가 수행할 자격을 갖추었는지 살펴본다면 그에 대해 미소를 짓겠지만 레이덴이나 에딘버러 의과대학 졸업생도 의술의 신 아스클레피오스의 신전에서 엘너선이 노역하고 있는 상태에 대한, 이 진정한 이야기를 듣는다면 지극히 재미있어 할 것이라고 우리는 확신한다. 그러나 이 판사와 의사의 경우에는 두 사람에게 모두 동일한 위안거리가 주어지고 있었다. 마머듀크도 판사석에 앉은 자신의 동업자들과 같은 수준에 있었듯이 닥터 토드도 그 나라에서는 같은 직업을 가진 그의 동료들과 거의 동등한 수준이었기 때문이다.

이 의사의 경우 세월과 실제의 진료가 큰 성공을 가져다주었다. 그는 천성이 인정이 많았지만 적지 않은 도덕적 용기도 지니고 있었다. 즉 바꾸어 말하면 그는 자기 환자들의 생명을 아껴서 유용하다고 생각되는 사회의 구성원들에게는 불확실한 실험을 결코 시도하지 않았다. 그러나 한두 번 불운한 방랑자가 그의 치료를 받게 되었을 때 그는 안장에 다는 주머니들에 들어 있는, 병에 든 모든 물약의 효능을 그 낯선 사람의 체질에 시험해보는 데 약간 몰두해보기도 했다. 다행히도 그런 물약 병들의 수는 적었고 대부분의 경우 그 약들의 성질은 무해했다. 이러한 방법들로 엘너선은 열병과 오한에 대해 어느 정도의 지식을 습득했고 간헐열,

이장열, 3일열, 매일열 등등에 대해 예리한 판단력을 가지고 말할 수 있게 되었다. 신정착지에서 널리 유행되는 어떤 피부질환들에 대해서는 그는 절대적으로 확실한 의사라고 여겨졌다. 이 영지에서는 닥터 토드의 도움 없이 어머니가 되느니 차라리 남편 없이 어머니가 되겠다고 생각하지 않는 여성은 아무도 없었다. 한마디로 말해 그는 이 모래로 된 기초 위에, 비록 약간 부서지기 쉬운 재료들로 구성되어 있기는 하지만 그래도 실제의 경험이라는 시멘트를 바른 구조물을 세우고 있었던 것이다. 그렇지만 그는 때때로 자신의 기초 학습을 되풀이했고 기민한 정신으로 관찰하며 자신의 경험을 그의 이론에 편안하게 응용하며 임무를 수행하고 있었다.

수술에 대해서는 경험이 가장 적었고 그것은 감각에 직접 전달되는 일이었으므로 그것은 그가 자신의 능력을 불신하는 경향이 가장 큰 문제였다. 그러나 그는 몇 가지 화상에는 여러 가지 기름을 발라주었고 결함이 있는 갖가지 치아의 뿌리 주위를 갈아주었고 운 나쁜 삯일꾼*이 자신이 베어 넘기고 있었던 나무에 의해 다리의 골절상을 입는 등 비슷한 경우에 처한 수많은 벌목꾼들의 상처를 상당히 성공적으로 꿰매어주었다. 우리의 주인공이, 그의 신경과 도덕적 감정이 그때까지 경험한 것 중 가장 큰 시련을 만나는 것이 이러한 경우였다. 그러나 위급한 때 그가 그 자리에 없었던 적은 없었다. 신정착지에서의 절단 수술은 상당히 빈번했는데 그 수술의 대부분은 어떤 한 사람의 개업의가 수행하고 있었다. 이 의사는 원래 명성이 있었지만 이러한 상황으로 인해 경험을 획득하게 되어 그 명성에 걸맞게 된 사람이었다. 그리고 엘너선은 이러한 수술에 한두 번 참석한 적이 있었다. 그러나 지금 언급하려는 경우에는 그

---

* 땅을 개간하는 사람들은 이렇게 삯일꾼이라고 불린다(1832년 작가 주).

개업의가 올 수가 없어서 그 임무는 당연히 토드 씨의 몫이 되었다. 그는 일종의 무감각한 절망 속에 일하러 갔지만 동시에 점잖고 근엄한 모습과 훌륭한 기술이 있다는 것을 보여주는 외관을 그대로 유지하고 있었다. 환자의 이름은 밀리건이었다. 리처드가 의사를 도와주었다고 말할 때 언급한 것이 바로 이 수술이었다. 그는 그때 환자의 다리를 잡아주었던 것이다! 다리는 분명히 잘려나갔고 환자는 수술 후에 살아남았다. 그러나 불쌍한 밀리건은 2년이 지나서야 비로소, 그들이 그 다리를 너무 좁은 상자에 넣어 묻었기 때문에 그 다리가 공간이 좁아 고통스러워하고 있으며 그는 매장된 다리로부터 살아 있는 사지로 통증이 찌릿하게 전달되는 것을 느낄 수 있다고 불평하기를 그쳤던 것이다. 마머듀크는 동맥과 신경에 결함이 있을지도 모른다고 시사했지만 리처드는 그 절단 수술을 자신의 능숙한 작업의 일부라고 여기고 있었기 때문에 그 암시에 대해 강력하게 반박했고 동시에 절단된 다리의 발가락을 통해 언제 비가 올 것인지 말할 수 있는 사람들에 대한 이야기를 자주 들은 적이 있다고 단언했다. 그로부터 2, 3년 후, 밀리건의 불평이 점차 줄어들었음에도 불구하고 그 다리를 다시 파내어서 전보다 더 큰 박스에 넣어주었다. 그 시각부터 피해자가 그 문제에 대해 한 번이라도 불평하는 것을 들은 사람은 아무도 없었다. 이 일로 인해 대중은 닥터 토드에게 큰 신뢰를 갖게 되었다. 그때 이미 그의 명성은 시시각각 높아가고 있었고 그의 환자들에게도 다행스럽게 그의 지식도 증대되고 있었다.

토드 씨의 경험과 그 다리 수술의 성공에도 불구하고 그는 이 대저택의 거실에 들어오자마자 적지 않게 놀랐다. 그곳은 대낮처럼 번쩍번쩍 빛나고 있었다. 의사가 일상적 진료를 할 때 자주 갔던, 급하게 지어놓은 데다 가구도 빈약했던 방들과 비교해서 그곳은 너무나 화려하고 당당하게 보였고 또 옷을 잘 차려입은 사람들과 걱정스러운 얼굴들이 너무나 많았기 때문에 평소에는 튼튼했던 그의 신경 상태가 크게 불안해질 지경이었다. 그는 심부름꾼에게서 누가 그를 호출했는지, 또 그가 치료할 상처는 총상이라는 말을 이미 들은 터였다. 그가 한쪽 팔에 안장에 다는 주머니들을 걸고 자기 집에서부터 눈길을 간신히 뚫고 걸어오는 동안 끊어진 동맥들, 구멍이 뚫린 폐, 신체의 손상된 급소 등이 그의 머릿속에서 빙빙 돌아가고 있었다. 그것은 마치 그가 템플 판사의 저택의 평화로운 집 안이 아니라 전쟁터를 천천히 걸어가고 있다는 느낌까지 주었다.

실내로 들어올 때 그의 시선이 마주친 첫번째 대상은 금빛 끈으로 화려하게 장식된 승마복을 입은 엘리자베스였다. 그녀의 균형 잡힌 몸매는 그가 있는 방향으로 굽어져 있었고 그녀의 얼굴은 그 아름다운 생김새 하나하나마다 깊은 근심을 표현하고 있었다. 의사의 앙상하고 큰 두 무릎은 서로 부딪쳐 다른 이들에게 들릴 만큼 큰 소리를 내었다. 왜냐하면 멍한 정신 상태로 그는 그녀를, 군데군데 총알이 관통된 모습으로 지원을 간청하기 위해 전쟁터에서 급히 달려오고 있는 장군이라고 착각했기 때문이었다. 그러나 그러한 망상은 일시적 현상이었을 뿐이었고 그의 시선은 딸로부터 진지한 위엄을 보이고 있는 그 아버지의 얼굴로, 그 다음에는 바쁘게 점잔빼며 걷고 있던 리처드에게로 재빨리 옮겨가며 그들을 훑어보았다. 리처드는 식당 안을 신경질적으로 왔다 갔다 하며 채찍을 소리 나게 휘두르면서 사냥꾼이 자신의 도움에 무관심한 데 대한 초조함을 삭이고 있었다. 의사는 또 리처드로부터, 그 숙녀를 위해 의자를 내주었지만 누구의 주의도 끌지 못한 채 몇 분 동안 서 있던 프랑스인에게로, 그다음에는 샹들리에에 꽂힌 촛불로, 또 길이가 3피트에 이르는 파이프에 아주 냉정하게 불을 붙이고 있던 하르트만 소령에게로, 그 다음에는 유리 장식이 된 어느 촛대 아래에서 아주 진지하게 원고의 페이지를 넘기고 있던 그랜트 씨에게로, 그다음에는 새침하게 팔짱을 끼고 젊은 숙녀의 의상과 아름다움을 감탄과 선망의 표정으로 관찰하고 있던 리마커블에게로, 그러고는 부상과 유혈극에 익숙한 사람이 흔히 보이는 무관심한 태도로 두 다리를 넓게 벌리고 두 손을 허리에 대고 자신의 각진 왜소한 신체의 균형을 잡고 있던 벤저민에게로 재빨리 시선을 옮기며 그들을 훑어보았다. 이 사람들 모두는 아무도 다치지 않은 것처럼 보였으므로 수술 집도자는 보다 가벼운 마음으로 숨을 쉬기 시작했다. 그러나 그가 두번째로 훑어볼 시간을 갖기도 전에 판사가 앞으로 나와 친절하게 그와 악수를 하고는 말했다.

"환영하오, 의사 선생, 정말 진정으로 환영하오. 여기 한 젊은이가 있소. 그런데 내가 사슴을 쏘려다가 운 나쁘게도 그에게 부상을 입혀서 귀하의 도움이 좀 필요하다오."

"사슴을 쏘려다가, 라고요, 듀크?" 하고 리처드가 그의 말을 가로막았다. "사슴을 쏘려다가, 라고요? 사건의 진실을 모르고 그 누가 처방을 할 수 있다고 생각해요? 어떤 사람들은 항상 그렇게 생각하지요. 그들은 의사를 속여도 다른 사람들과 마찬가지로 처벌을 받지 않을 수 있다고 생각하니까요."

"진정 사슴을 쏘았던 거야"라고 판사가 미소 지으며 대꾸했다. "사슴을 죽이는 걸 내가 거들지 않았다고는 결코 확신할 수가 없어. 그러나 어떻든 간에 이 젊은이는 내 손에 부상을 입었네. 그리고 그를 치료해야 하는 것은 당신의 기술이오. 그러면 내 호주머니에서 그에 대해 당신에게 충분한 보상이 나올 거요."

"방금 말씀하신 두 가지는 매우 훌륭하고 신뢰할 만한 말씀이오."
므시외 르 콰가 고개를 숙여 공손히 절을 하며 판사와 개업의에게 말했
다.

　"고맙소, 므시외." 판사가 대꾸했다. "그러나 우리는 지금 이 청년을
계속 고통스럽게 놔두고 있소. 리마커블, 붕대용으로 아마포를 준비해주
시오."

　이 말로 인해 의례적 인사가 중단되었고 의사는 환자가 있는 방향으
로 무언가를 묻는 듯한 시선을 돌렸다. 대화 도중 젊은 사냥꾼은 이미
오버코트를 벗어던져두었기 때문에 이제는 그 지방에서 생산되는, 평범
한 밝은 색의 홈스펀으로 된 무지 정장을 입은 모습으로 서 있었다. 그
런데 그 정장은 최근에야 만들어진 것이 분명해 보였다. 그는 옷을 벗으
려는 자세로 양복 상의의 깃에 손을 대고 있다가 갑자기 그 동작을 멈추
고 그를 동정하고 있는 엘리자베스 쪽을 보았다. 그녀는 변함없는 자세
로 서 있었는데 걱정스러운 감정에 너무 깊이 빠져 있어서 그의 행동에
미처 주의를 기울이지 못하고 있었다. 청년의 얼굴에 가벼운 홍조가 나
타났다.

　"아마도 피를 보면 숙녀분이 놀라실 겁니다. 저는 다른 방으로 가서
상처를 치료받겠습니다."

　"절대 그러지 마세요." 닥터 토드가 말했다. 그는 자신의 환자가 결
코 중요한 인물이 아니라는 사실을 발견하고 그 임무를 수행하는 데 큰
용기를 얻었다. "이 촛불들의 강렬한 불빛이 수술에 유리하고 또 우리들
힘든 의학도들이 이처럼 밝은 시야를 확보하는 건 드문 일이니까요."

　이렇게 말하는 동안 엘너선은 쇠테로 된 큰 안경을 얼굴에 얹었지만
그 안경은, 말하자면 오랜 습관에 의해, 그의 홀쭉한 들창코 끝까지 내려

앉아버렸다. 그 안경이 그의 시력의 보정물로는 아무런 도움이 되지 않았지만 그것은 또 그의 시력에 대한 어떠한 장애물도 아니었다. 왜냐하면 그의 작은 잿빛 두 눈은, 시샘하듯 가리고 있는 구름으로부터 벗어나는 두 개의 별처럼 안경 위에서 반짝거리고 있었기 때문이었다. 그 행동은 리마커블 외에는 그 누구의 주의도 끌지 못했다. 리마커블은 벤저민에게 이렇게 말했던 것이다.

"닥터 토드는 보기에 잘생긴 분이에요. 또 확실히 멋져요. 안경을 끼니 의사 선생님이 정말 멋지게 보이네요. 정말이지 안경이 사람의 얼굴에 위엄 있는 표정을 선사하는군요. 나도 안경을 무척 써보고 싶어요."

그 낯선 사람의 말이 템플 양의 회상을 일깨웠다. 그녀는 마치 망연 자실한 상태에서 깨어난 것처럼 깜짝 놀라고는 얼굴이 새빨개지면서 하녀로 일하는 젊은 여성에게 몸짓으로 신호를 하고는 여자답게 삼가는 태도로 물러갔다.

현장은 이제 의사와 그의 환자에게 남겨졌고 남아 있던 여러 인물들은 환자 주위로 모여들었다. 그들의 얼굴에는 각자가 자신의 상황에서 느끼는 다양한 정도의 관심이 나타나 있었다. 하르트만 소령만이 자신의 자리에 그대로 앉아 엄청난 양의 연기를 끊임없이 뿜어내며 마치 인생의 불확실성에 대해 명상하고 있는 것처럼 눈을 굴려 천장을 쳐다보기도 했다가 눈길을 부상당한 사람에게로 돌리며 그의 상황을 의식하고 있다는 것을 나타내는 표정을 짓기도 했다.

그러는 동안에 총상 입은 모습을 난생처음 보는 엘너선은 그 경우에 합당한, 엄숙하고 신중한 태도로 준비를 하기 시작했다. 벤저민이 낡은 셔츠를 가져와 의사의 손에 놓아주었다. 의사는 그 자신의 기술과 이 수술의 중요성을 둘 다 보여주는 그러한 꼼꼼한 태도로 그 셔츠에서 여러 개의 붕대를 찢어내었다.

이러한 예비 조치를 취한 후 닥터 토드는 아주 세심하게 셔츠의 한 조각을 골라서 눈썹 하나 까딱하지 않고 그것을 존스 씨에게 주면서 말했다.

"여기, 스콰이어 존스, 귀하는 이런 일에 매우 익숙하시잖습니까. 이 붕대용 천을 문질러서 부드럽게 해주시겠습니까? 이 천은 아시다시피, 선생님, 곱고 부드러워야 하거든요. 면이 섞여들지 않게 조심해주세요. 그렇지 않으면 상처를 악화시킬지도 모릅니다. 이 셔츠는 무명실로 만들어진 거지만 선생님은 그걸 쉽게 골라내실 수가 있을 겁니다."

리처드는 자기 사촌에게 고개를 한 번 끄덕여 보이고 그 임무를 떠맡았다. 그의 태도는 사촌에게 "자네도 봤지, 이 친구는 나 없이는 뭘 못한다니까"라고 아주 명백하게 말하고 있었다. 그리고 그는 무릎에 그 린넨 천을 놓고 아주 부지런히 문지르기 시작했다.

이제 탁자가 하나 펴졌고 그 위에는 물약 병들과 연고 상자들과 여러 가지 수술 도구들이 놓였다. 수술 도구들을 붉은 모로코가죽 쌈지에서 계속해서 하나씩 꺼낼 때 그 도구들의 소유자는 각각의 도구를 들어올려 자신이 서 있는 위치에서 가까이에 있는 샹들리에의 강렬한 불빛에 비쳐보고 아주 엄격하게 조심을 하며 그것을 검사했다. 그는 붉은 비단 손수건을 자주 번쩍거리는 강철 도구에 갖다 대었는데 마치 윤이 나는 도구의 표면에 존재할지도 모르는, 가장 섬세한 수술에 대한 아주 사소한 장애물까지도 제거하려는 듯한 태도였다. 이 도구들이 들어 있던 쌈지에 갖춰진 내용물은 좀 빈약했는데 그 쌈지의 도구들을 다 꺼낸 후에 의사는 안장에 다는 주머니들로 방향을 돌려 액체가 가득 찬, 아주 밝은 색깔의 여러 가지 물약 병들을 꺼내놓았다. 이것들을 살인적인 톱,

칼, 가위 들 옆에 적절한 순서로 배열한 후 엘너선은 그의 길쭉한 신체를 최고도로 높이 뻗치고 마치 그것을 지지하기 위해서인 듯한 손을 허리의 잘록한 곳에 대고는 전문적인 기술을 보여주는 이 진열품들이 관찰자들에게 어떤 효과를 낼 것인지를 알아보기 위해 주위를 둘러보았다.

"이거 참, 의사 선생님" 하고 하르트만 소령이 작고 검은 두 눈을 짓궂게 굴리면서, 그러나 얼굴의 다른 모든 부분은 완전한 평정 상태를 보여주는 모습으로 말했다. "선생님은 아주 멋진 도구 쌈지를 갖고 계십니다그려. 그리고 그 약병들도 번쩍거립니다그려. 마치 사람의 복부에 좋다기보다는 눈으로 보기에 더 좋은 물건인 듯싶구먼요."

엘너선은 에헴 하고 헛기침을 했다. 그 헛기침은 겁쟁이들이 자신들의 잠자는 용기를 일깨우기 위해 한다고 일컬어지는 그런 종류의 소리로 생각될 수도 있었고 아니면 목청을 가다듬기 위해 하는 자연스러운 노력이라고 생각될 수도 있었다. 만약 후자라고 생각되었다면 그것은 성공적이었다. 왜냐하면 그는 퇴역 군인인 그 독일인에게로 얼굴을 돌리며 이렇게 말했기 때문이었다.

"정말 사실입니다, 하르트만 소령님. 정말 사실입니다, 선생님. 현명한 사람은 자신의 의료 도구들을 보기에 기분 좋게 만들려고 노력할 것입니다. 비록 그것들이 복부에 갖다 대기에 완전히 적합하지는 않을지라도 말입니다. 환자로 하여금 그 자신에게 유익한 것을 감수하도록 만드는 것은, 선생님." 그리고 그는 이제 자신의 주제를 이해하고 있는 사람의 확신을 지니고 말했다. "우리의 기술에서 절대로 사소한 부분이 아니지요. 비록 환자 자신에게 유익한 것이 동시에 그에게 불유쾌하게 느껴진다 해도 말입니다."

"맞아요! 닥터 토드 님 말이 맞아요"라고 리마커블이 말했다. "이분 말씀에 대한 출전도 있어요. 성서에 어떤 것이 입에는 달콤할지 몰라도 정신에는 쓰디쓸지도 모른다는 말이 있잖아요."

"맞아요, 맞아." 판사가 약간 초조하게 말을 가로막았다. "그러나 여기에 그를 유인해서 그 자신에게 이익이 되도록 속여야 할 필요가 없는 청년이 있소. 그의 눈을 보면 그가 시간의 지연보다 더 두려워하는 것은 아무것도 없다는 걸 난 알 수 있소."

그 낯선 사람은 아무런 도움 없이 자신의 어깨를 이미 드러내놓고 있었고 사슴 사냥용 탄알이 관통해 생긴 작은 구멍이 명확히 보였다. 그 저녁의 맹렬한 추위로 출혈은 멈춘 상태였다. 그래서 토드 의사는 그 상처를 슬쩍 엿보고는 그것이 자신이 예상했던 것처럼 그렇게 가공할 만한 일은 결코 아니라고 생각했다. 이렇게 용기를 얻어 그는 자기 환자에게 다가가서 납으로 된 탄알이 지나간 경로를 알아보겠다는 의향을 환자에게 넌지시 알려주었다.

리마커블은 후에 이 유명한 수술의 상세한 사항들을 자세히 이야기할 기회를 자주 찾아내곤 했다. 그래서 그녀가 이야기의 이 시점에 이르면 그녀는 흔히 다음과 같이 말을 계속하곤 했다. "그러고 나서는 의사 선생님이 쌈지에서 뜨개바늘같이 생기고 끝에 단추가 달려 있는 긴 물건을 하나 꺼내셨지. 그다음에는 그것을 상처 속으로 밀어 넣었지. 그러자 그 청년은 두려워하는 것처럼 보였어. 그때 나는 마음이 너무 흥분되어 내가 틀림없이 기절할 거라고 생각했지. 난 너무나 엄청난 흥분을 느꼈거든. 그다음에 의사가 그 긴 물건을 그의 어깨 속으로 쑥 밀어 넣어 그 반대편 쪽으로 총알을 밀어낸 거야. 그래서 닥터 토드 선생님이 그 청년을 치료해주신 거지. 판사님이 그에게 쏜 그 탄알에서 회복되게 말이야. 마치 내가 내 바느질 바늘로 가시 하나를 꼭 집어내는 것만큼 쉽게 말이야."

그 문제에 대한 리마커블의 인상은 그러한 것이었고 또 다른 이들 대부분의 의견도 그러했던 것이 분명했다. 그들은 엘너선의 기술에 대해 일종의 종교적 경의를 품는 것이 필요하다고까지 느꼈던 것이다. 그러나 그러한 인상은 진실과는 거리가 멀었다.

의사가 리마커블이 묘사한 그 기구를 삽입하려 했을 때 그는 그 낯선 이로부터 거절을 당했다. 낯선 청년의 태도에서는 결연함과 약간의 경미한 경멸이 엿보였다.

"제 생각으로는 선생님" 하고 그가 말했다. "탐침은 필요치 않습니다. 총알은 뼈에 맞은 것이 아니라 팔을 바로 관통해서 팔 반대편까지 도달했거든요. 그리고 총알은 그 반대편에 남아 있습니다만 피부에 살짝 박혀 있어서 쉽게 빼낼 수 있을 거라고 생각합니다."

"신사분이 아주 잘 아시는군요." 닥터 토드는 단지 형식을 준수하기 위해 그런 자세를 취했다는 듯한 태도로 탐침을 내려놓으면서 말했다. 그러고는 리처드에게 몸을 돌리고는 아주 신중하고 조심하는 듯한 모습으로 붕대용 천을 만졌다. "너무나도 잘 문질렀네요, 스콰이어 존스! 제가 지금까지 본 것 중 최상의 붕대인 듯싶습니다. 친절한 선생님, 탄알을 꺼내기 위해 절개를 하는 동안 절 도와 환자의 팔을 좀 잡아주시면 좋겠네요. 그런데 여기 계신 신사분들 중 붕대용 천을 스콰이어 존스처럼 잘 문지를 수 있는 분은 안 계신 것 같네요."

"그런 일은 유전되는 겁니다." 리처드가 부탁받은 도움을 주기 위해 민첩하게 일어나며 말했다. "우리 부친과 또 그 전에 우리 조부 두 분 다 수술에 대한 지식이 깊은 걸로 유명하셨지요. 그분들은 여기 있는 마머듀크처럼 우발적인 일에 득의양양하시지는 않았답니다. 마머듀크가 말에서 내던져진 남자의 엉덩이 관절을 집어넣었을 때처럼 말입니다. 그 일은 당신이 이 정착지에 오시기 전 가을에 일어난 일이었지요, 의사 선생님. 그분들은 그 일을 체계적으로 배운 분들이었어요. 그 사소하지만 세밀한 것을 배우는 데 반평생을 보낸 분들이었지요. 그 문제에 대해 말하자면 우리 조부님은 대학 교육을 받은 의사셨고 이 식민지에서 최고셨지만 말이지요. 다시 말하자면 그분이 거주하셨던 지역에서는 그랬지요."

"이 세상일도 그와 마찬가지입죠, 스콰이어." 벤저민이 소리쳤다. "어떤 사람이 명예롭게 후갑판을 걷고 싶어 한다면, 아시다시피, 그것도 정식으로 제작된 자루걸레를 어깨에 메고 걷고 싶어 한다면, 그 사람이 선실 창문으로 들어가는 경우에는 그렇게 명예롭게 걸어 다닐 생각은 하지 말아야 합죠. 장루*에 들어가는 방법은 두 가지가 있습죠. 장루 승강구는 제외하고 말씀입죠. 선미에서 진짜로 멋지게 걸어 다니려면 처음에는 배의 이물 쪽에서 걷기 시작해야 합죠. 저처럼 오직 겸손한 방식으로 일하더라도 말입지요. 아시다시피 전 톱 갤런트 세일**을 접는 일을 하고 또 플라잉 지브***를 배에 싣는 일에서부터 선장의 옷장 열쇠를 보관하는 일까지 다양하게 했거든요."

"벤저민의 말은 아주 적절합니다"라고 리처드가 말을 계속했다. "아마도 그는 자기가 일하던 여러 군함에서 총알을 뽑아내는 광경을 자주 보았을 겁니다. 벤저민에게 대야를 들고 있으라고 하면 어떨까요? 피를 보는 일에는 틀림없이 익숙할 테니까요."

"그렇습죠, 스콰이어, 그렇습죠." 전에 군함에서 사환 노릇을 하던 벤저민이 중간에 끼어들었다. "의사들이 탄환을 빼내는 걸 봤는데 그중

---

* 군함 등의 돛대 위에 꾸며놓은 대. 전망대나 포좌로 씀.
** top-gallant-sail: 톱 갤런트는 횡범선에서 밑에서 세번째 돛대의 마스트에 치는 돛.
*** flying-jib: 앞 비듬돛대의 삼각돛.

훌륭한 탄환들이 많았습죠. 둥글거나 탄알 두 개가 한 쌍이거나 포도탄이었습죠. 거기에 대해 말씀드리자면 저는 군함 옆에 나란히 있는 작은 배에 타고 있었는데 그때 마운시어 러 코*와 같은 나라 분인 푸디롱 선장의 넓적다리에서 무게가 12파운드나 되는 탄환을 뽑아냈습지요!"**

"12파운드나 되는 탄알이라, 그것도 인간의 넓적다리에서 말이지!"라고 그랜트 씨가 매우 순진하게 외쳤다. 그러면서 그는 다시 읽고 있던 설교 원고를 떨어뜨리고는 안경을 이마 꼭대기까지 끌어올렸다.

"12파운드짜리 탄환이라니까요!" 벤저민이 그 말을 그대로 되풀이하며 자신만만하게 주위 사람들을 빤히 쳐다보면서 대답했다. "12파운드짜리라니까요! 예! 24파운드짜리 탄알도 의사가 그 방법을 알기만 한다면 인체에서 쉽게 꺼낼 수가 있습죠. 스콰이어 존스께서 계시니 이제 그분께 물어보시지요, 신부님. 그분은 모든 책을 다 읽어보시니까 그러한 것을 계산해놓은 페이지를 한 번도 보지 못하셨는지 어떤지 어디 물어보시라니까요."

"분명한 건 지금까지 그보다 더 중요한 수술들도 이루어졌다는 겁니다"라고 리처드가 말했다. "백과사전에 보면 그보다 훨씬 더 믿을 수 없는 상황도 나와 있습니다. 아마도 아시겠지만요, 닥터 토드."

"분명히, 여러 백과사전에는 믿을 수 없는 이야기들이 나와 있지요." 엘너선이 대꾸했다. "비록 저는 소총의 총알보다 더 큰 것을 빼내는 건 본 적이 없다고 말씀드릴 수밖에 없지만요."

---

* 므시외 르 콰Monsieur Le Quoi를 잘못 발음한 것이다.
** 벤저민의 이러한 단언에 독자는 깜짝 놀랄 수도 있지만 미국의 신개척지에 사는 사람들은 유럽에서 발생한 이러한 공적들에 대한 이야기를 듣는 일에 너무나 익숙해져 있으므로 벤저민의 말을 의심하지 않을 수도 있다(1832년 작가주).

이런 이야기를 하는 동안 의사는 젊은 사냥꾼의 어깨 피부를 절개해서 납으로 된 탄알이 드러나게 되었다. 엘너선이 번쩍거리는 핀셋을 집어 들고 그것을 상처 부위에 막 갖다 대려는 참에 환자가 갑자기 몸을 움직여서 탄알이 저절로 떨어져버렸다. 수술자의 긴 팔과 넓은 손바닥이 이제 특이한 역할을 수행했다. 왜냐하면 그가 손을 내밀어 그 탄알을 잡았고 그와 동시에 다른 손은 지극히 모호한 동작을 해서 보는 사람들이 그 총알을 빼내는 데 그 손이 얼마나 중요한 역할을 했는지 확실히 알 수 없게 만들었기 때문이었다. 그러나 리처드가 이렇게 외쳐서 그 문제를 해결해버렸다.

"정말 교묘하게 잘하셨습니다, 의사 선생님! 총알을 이렇게 교묘하게 빼내는 모습은 한 번도 본 적이 없습니다. 또 아마도 벤저민도 같은 말을 할 겁니다."

"물론입지요"라고 벤저민이 대꾸했다. "이 일이 아주 정연하게 수행되었다는 점을 생각해보면 그렇다고 말씀드릴 수밖에 없습죠. 이제 의사 선생님은 뚫린 상처 구멍 속에 양쪽에 각각 충전물을 탁탁 두드려 넣기만 하시면 되겠군요. 그러면 이 청년은 이곳 언덕에서 부는 아무리 심한 돌풍에도 나는 듯이 돌아다닐 수가 있을 겁니다요."

"선생님이 해주신 일에 대해 감사드립니다, 선생님"이라고 청년이 약간 서먹한 태도로 말했다. "그렇지만 여기 한 사람이 왔네요. 저를 돌보아줄 사람이요. 그가 있으니 여러 신사분들은 저 때문에 더 이상 수고하시지 않아도 될 겁니다."

그 자리에 있던 모든 사람이 놀라서 고개를 돌리자 인디언 존이, 그 거실에서 먼 쪽에 있는 여러 문 중 한 문의 문턱에 서 있는 모습이 보였다.

7장

"서스쿼해나의 맨 끝에 있는 샘들,
그곳에서는 미개한 부족들이 자신들의 일을 수행하고 있는데,
그곳으로부터 그 숲의 목동이 노란 끈으로
자기의 담요를 묶어들고 나타났다."
─프리노 「인디언 학자」 1~4행

유럽인들, 아니 보다 의미 있는 용어를 사용하자면, 기독교도들이
이 땅의 원래 주인을 쫓아내기 전에는 이 지역은 전부 두 거대한 인디언
종족들이 차지하고 있었고 또 그들의 혈통을 이어받은 무수한 부족들이
있었다. 이 지역에는 뉴잉글랜드의 여러 주들뿐만 아니라 산맥*의 동쪽
에 위치한 중부의 여러 주들도 포함되어 있었다. 그러나 이 종족들 간의
원래의 차이점이 반복적인 유혈 전쟁뿐만 아니라 언어의 차이로 인해서
도 더욱 현저해졌으므로 그전에는 그들이 합병했다는 소식이 알려진 적
은 한 번도 없었다. 백인들의 침략으로 몇몇 부족들이 상호 의존 상태에
놓이게 된 후에야 그들은 비로소 합병을 하게 되었던 것이다. 그 이유는
그들의 상호 의존 상태로 인해 그들의 정치적 생존뿐만 아니라, 미개인

---

* 애팔래치아 산맥을 가리킨다.

의 필요와 습관을 고려하자면 그들의 동물적 생존까지도 지극히 위태로워졌기 때문이다.

이 두 거대한 갈래 중 한 갈래는 다섯 종족과 그들과 동맹을 맺은 부족들로 구성되어 있었는데 이 다섯 종족은 나중에는 여섯 종족이라고 불리게 되었다. 그리고 나머지 한 갈래는 레니 레너피,* 또는 델라웨어 인디언으로 구성되어 있었다. 이 종족은 레니 레너피 족을 조상으로 인정하는, 막강한 부족들을 무수히 거느리고 있었다. 이 갈래들 중 전자를 영국계 미국인들은 이로쿼이 또는 여섯 종족이라고 불렀고 또 때로는 밍고 인디언이라고 불렀다. 그들의 경쟁자들은 그들을 대체로 멩궤, 또는 마쿼라고 불렀던 것으로 보인다. 그들은 모호크 족, 오네이다 족, 오논다가 족, 카유가 족, 세네카 족 등의 부족들로 이루어져 있었다. 그들과 동맹을 맺은 부족들은 자신들의 중요성을 높이기 위해 부족이 아니라 종족이라고 주장하기를 좋아했다. 이 부족들은 이 연합체 안에서 그들이 명명된 순서에 따라 평가되었다. 이 연합체가 구성된 지 약 한 세기 후 터스커로라 족에게 이 연합체의 일원으로 가입하는 것이 허용됨으로써 여섯 부족으로 구성된 연합체가 완성되었다.

레니 레너피 족은 델라웨어 강둑에서 회의를 하는 동안 의례적으로 불을 밝혀놓는 관례로 인해 델라웨어 족이라고도 불렸는데, 이 종족 중에서 델라웨어 족이라는 총칭적 호칭으로 불리는 부족 외에 다른 주요한 부족들은 마히카니, 모히칸, 또는 모히건 족이라고 불리는 부족과 낸

---

* 레니 레너피란 이 종족의 언어로 '참된 민족'이라는 뜻이다. 이 종족은 16~17세기경 유럽인과의 접촉이 있었을 때 델라웨어 강과 허드슨 강 하류 사이의 지역에서 거주하고 있었다. 이 지역에는 현재의 뉴저지 주, 펜실베이니아 주 동부, 델라웨어 주의 북쪽 해안 지역, 뉴욕 주 남동부 등이 포함된다.

티코크 족 또는 넨티고 족이라고 불리는 부족이었다. 이 부족들 중 낸티코크 족은 이 지방에서 체서피크 강 유역과 해변을 점유하고 있었다. 반면 모히건 족은 허드슨 강과 대서양 사이의 지역을 점유하고 있었는데 거기에는 뉴잉글랜드의 대부분이 포함되어 있었다. 말할 필요도 없이 이 두 부족은 유럽인들에게 땅을 빼앗긴 최초의 부족이었다.

일부 유럽인들이 일으킨 전쟁은 우리들 사이에 필립 왕의 전쟁*이라고 널리 알려져 있다. 그러나 원주민들에게는 미퀸으로 불리는 윌리엄 펜의 평화 정책이, 좀 덜 어렵지만 그렇다고 해서 확실성이 더 적지는 않은 방식으로 그 목적을 달성하게 되었다. 원주민들이 점차 모히건 족의 지역에서 사라지던 시기에 흩어지던 몇몇 부족들이 모부족인 델라웨어 족이 회의 때 밝히는 불 주변으로 피난했다.

델라웨어 족의 숙적인 밍고 족, 즉 이로쿼이 족은 델라웨어 족에게 적의를 보여봐도 효과가 없자 자신의 경쟁자들을 이기기 위해 술책을 사용했다. 그들은 델라웨어 족을 설득해서 델라웨어 족이 여자라고 불려도 참으라고 했다. 이 선언에 따라 델라웨어 족은 평화의 기술을 개발하고 남자들, 즉 여섯 종족에 속하는 호전적 부족들에게 자신들에 대한 방어를 완전히 맡기게 되었다.

이러한 상황은 독립전쟁 시기까지 계속되었다. 그때 레니 레너피는 자신들의 독립을 공식적으로 주장하고 자신들이 다시 남자가 되었다고 대담무쌍하게 선언했다. 그러나 인디언 정치 조직처럼 특히 공화 정체의 형태를 갖춘 정부에서는 구성원들로 하여금 종족의 법규를 지키도록 통

---

* 뉴잉글랜드 식민지 이주자들과 인디언들 간의 전투(1675~1678)를 말한다. 인디언 편에서는 매사소잇의 아들인 필립 왕(메타코멧이라고도 불림. 1639~1676년경)이 이 전투를 지휘했다.

제하는 일이 항상 쉬운 일만은 아니었다. 모히건 족의 몇몇 사납고 이름 난 전사들이 백인들과의 투쟁이 허사라는 것을 깨닫고 자기들의 조상인 레니 레너피 족에게로 도피하였는데, 그처럼 오랫동안 자신들이 속한 부족 사이에서 그들을 두드러진 존재로 만들어주었던 그 감정과 원칙을 함께 지니고 갔던 것이다. 이 추장들은 델라웨어 족의 전투 정신을 어느 정도는 보존하고 있었고 때로는 숙적과 싸우러 나가는 소규모 부대를 인솔해서 자신들의 숙적이나 자신들의 분노를 유발한 다른 원수들과 싸우러 나가기도 했다.

　이 전사들 중 그 용감한 행위와, 또 인디언 영웅을 유명하게 만들어주는 그런 자질들로 특히 유명한 한 부족이 있었다. 그러나 전쟁, 시간, 질병, 궁핍 등의 원인이 복합되어 이 부족의 수는 감소되었다. 그래서 한때 유명했던 이 부족의 유일한 대표자가 지금 마머듀크 템플의 저택 현관에 서 있었던 것이다. 그는 오랫동안 백인들의 동료로 일해왔는데 특히 백인들이 전쟁할 때 함께 참전하곤 했다. 그의 도움이 중요했던 시절에는 백인들에게 많은 주목을 받았고 칭찬을 받아온 터라 그는 기독교도로 개종해서 존이라는 이름으로 영세까지 받았다. 그는 최근의 전쟁 도중 자기 가족의 문제로 가혹한 고통을 당했다. 적의 습격으로 자신과 관련이 있었던 모든 사람들이 죽고 홀로 고립되었던 것이다. 그래서 델라웨어 강의 언덕에서 자기 종족 중 마지막까지 남은 몇 명이 불을 끄고 떠날 준비를 하고 있을 때 그 혼자만이, 자신의 조상이 그처럼 오랫동안 살고 통치해온 그 지방에 뼈를 묻을 결심으로 그곳에 남아 있었다.

　그러나 그가 템플턴을 둘러싸고 있는 산악지대에 나타난 것은 그로부터 불과 몇 달이 채 안 되어서였다. 그 늙은 사냥꾼 내티의 오두막집에서 그는 특히 환영받고 있는 듯이 보였다. 또 '레더스타킹'*의 습관은 미개인의 습관과 너무나 비슷하게 동화되어 있었으므로 그들의 이해관계가 일치했다는 사실은 사람들의 놀라움을 불러일으키지 못했다. 그들은 같은 오두막집에서 살고 같은 음식을 먹으며 주로 같은 일에 종사하고 있었다.

이 늙은 추장의 세례명을 우리는 이미 언급한 바 있다. 그러나 그가 델라웨어 족의 언어로 내티와 대화를 할 때는 자신을 칭가치국이라고 일관되게 부르는 것을 들을 수가 있었다. 그 이름을 해석하면 '위대한 뱀'이라는 뜻이 된다. 그는 전쟁할 때의 뛰어난 기술과 용감성으로 젊은 시절에 이 이름을 얻었다. 그러나 세월이 흘러 그의 이마에 주름살이 생기기 시작하고 그의 가족과 바로 그가 속한 부족인 모히건 족의 최후의 한 사람으로 홀로 남게 되었을 때 몇몇 델라웨어 족 사람들은 그에게 모히건이라는 슬픈 호칭을 붙여주었다. 그 소수의 델라웨어 족은 그때도 여전히 자신들의 강 상류 부근에서 살고 있었던 것이다. 몰락한 그 자신의 부족에 대한 생각을 일깨우는 모히건이라는 이 이름을 들으면 아마도 이 숲속 거주자의 가슴에는 어떤 깊은 감정이 일어났던 듯하다. 왜냐하면 그 자신은 그 이름을 거의 사용하지 않았기 때문이었다. 가장 장엄한 행사 때 외에는 정말 단 한 번도 사용하지 않았다. 그러나 정착민들은 기독교의 관습에 따라 그의 세례명과 그의 부족명을 결합해 사용했다. 그래서 그들에게 그는 존 모히건, 또는 더 친밀한 호칭으로는 인디언 존이라고 널리 알려져 있었다.

백인들과 오랫동안 교류해왔기 때문에 모히건의 습관은 문명 상태와

---

* 긴 가죽양말.

미개한 상태가 혼합된 것이었다. 물론 그 습관을 보면 분명히 미개한 상태가 훨씬 더 우세하긴 했다. 영국계 미국인들의 영향 아래 살고 있는 그의 민족 모두와 마찬가지로 그에게도 새롭게 필요로 하는 것들이 생겨났고 그의 의복도 원주민 양식과 유럽 양식이 혼합된 것이었다. 바깥의 혹한에도 불구하고 그는 머리에 아무것도 쓰고 있지 않았고 길고 검고 거칠고 풍성한 머리칼이 그의 이마와 정수리를 숨겨주고 있었는데 그 머리칼은 그의 두 뺨 부근까지 내려와 있었다. 그래서 그 모습은, 그의 현재와 예전의 상황을 알고 있는 사람에게는 예전에 널리 알려져 있었던 그 영화로운 상태를 슬퍼하는 한 고귀한 영혼이 수치스러운 마음을 감추려고 기꺼이 베일을 쓰기 위해 자기 머리칼을 풍성하게 만들었다는 생각을 전달하는 듯했다. 그의 이마가 드러나 있을 때에는 그것은 높고 넓고 고결하게 보였다. 그의 코는 높고 매부리코라고 알려진 형태를 지니고 있었다. 젊었을 때에도 콧구멍을 마음대로 확장하는 것이 그의 특징이었지만 70세가 되는 해에도 그는 콧구멍을 마음대로 벌름거릴 수가 있었다. 그의 입은 컸지만 굳게 다물어져 있었고 표정과 성격을 상당히 뚜렷이 보여주고 있었다. 그가 입을 열 때에는 완벽히 갖춰진, 짧고 튼튼하고 고른 이들이 드러났다. 그의 턱은 돌출해 있지는 않았지만 불룩한 모습을 지니고 있었다. 또 그의 얼굴은 광대뼈가 튀어나와 각이 진, 그의 종족의 확실한 특징을 그대로 지니고 있었다. 두 눈은 크지는 않았지만 그가 식당을 집중해서 주욱 둘러보고 있을 때 그 검은 두 개의 안구는 촛불의 불빛 속에서 두 개의 불덩어리처럼 번쩍거리고 있었다.

그 모히건이, 젊은 손님 주위에 모여 있던 무리가 자신을 주목하고 있다는 것을 알아차린 순간 그는 신체의 윗부분을 덮고 있던 담요를 어깨로부터 떨어뜨리고는 그 담요가 무두질되지 않은 사슴 가죽으로 된 자기의 각반 위로 흘러내리도록 내버려두었다. 그 담요는 흘러내리다가 나무껍질로 만든 혁대에 걸려서 그의 허리 부근에 걸쳐졌고 담요의 아랫부분은 각반 근처에까지 내려가 있게 되었다.

그 인디언이 기다란 식당을 천천히 걸어 내려가는 동안 그의 위엄 있고 신중한 걸음걸이는 구경꾼들을 놀라게 했다. 그의 두 어깨와 몸통은 허리까지 워싱턴의 초상이 새겨진 큰 은메달만 목에 걸려 있을 뿐 완전히 알몸이었다. 수사슴 가죽으로 된 끈에 달린 그 메달은 그의 목으로부터 늘어뜨려져 흉터가 많은 그의 가슴 위쪽까지 내려와 있었다. 그의 양어깨는 넓고 튼실한 편이었다. 그러나 두 팔은 쪽 곧고 단아한 모양이었지만 남성이라는 종족이 노동의 결과로 지니게 되는 늠름한 근육은 보이지 않았다. 메달이 그가 지닌 유일한 장신구였다. 두 귀의 가장자리에 난, 아주 길게 베인 상처 때문에 두 귀의 연골 조직이 귀 아래로 2인치나 내려와 있었는데, 그 상처는 예전에는 장식의 목적으로 사용되었던 것이 분명하긴 했다. 손에는 물푸레나무 가지로 엮은 작은 바구니를 들고 있었는데, 그 바구니는 여러 가지 기발하고 환상적인 착상에 따라 물푸레나무의 흰색과 잘 뒤섞이도록 빨강색과 검정색 물감으로 채색되어 있었다.

이 숲속의 사람이 그들에게 다가가자 일행은 모두 옆으로 비켜서서 그가 방문한 목적이 되는 대상과 마주 설 수 있게 해주었다. 그렇지만 그는 아무 말도 하지 않고 서서 그의 강렬한 눈빛을 젊은 사냥꾼의 어깨에 고정시키고 있다가 다시 눈길을 판사의 얼굴로 돌려 집중해서 그를 바라보았다. 판사는 이 인디언의 태도가 여느 때의 차분하고 조용한 태도와 이처럼 유별나게 달라진 것에 크게 놀랐다. 그러나 그는 손을 내밀고 이렇게 말했다.

"잘 오셨소, 존. 이 청년은 그대의 기술을 높이 평가하는 듯이 보이는군그려. 우리의 친절한 친구 닥터 토드보다도 오히려 그대가 자기 상처를 치료해주길 더 바라고 있으니 말이오."

모히건은 이제 꽤 괜찮은 영어로, 그러나 낮고 단조롭고 목구멍에서 나오는 듯이 낮은 어조로 말했다.

"미퀀의 자식은 피를 보는 것을 좋아하지 않소. 그런데도 어떤 해로운 일도 해서는 안 되는 사람의 손에 젊은 독수리가 공격을 받았소!"

"모히건! 이보게 존!" 판사가 외쳤다. "내 손으로 의도적으로 사람이 피를 흘리게 한 적이 있다고 자넨 생각하는가? 부끄럽지도 않나! 부끄럽지도 않나, 이보게 존! 자네 종교의 가르침을 더 잘 배웠더라면 그런 말은 하지 않았을 걸세."

"때로는 악령이 가장 선한 사람의 가슴속에 살고 있는 수도 있으니까요"라고 존이 대꾸했다. "그렇지만 내 형제는 진실을 말하고 있군요. 그의 손은 깨어 있을 때는 한 번도 생명을 빼앗은 적이 없지요. 위대한 영국인 조상의 후손들이 강물을 자기네 조상과 같은 민족의 피로 붉게 물들이고 있을 때조차도 말입니다."

"물론이지요, 존." 그랜트 씨가 매우 진지하게 말했다. "'판단하지 마라. 그러면 너도 판단 받지 않을 것이다'라는 우리 구세주의 신성한 계명을 당신도 기억하겠지요. 템플 판사님이 이런 청년을 해칠 무슨 동기가 있겠습니까? 게다가 이 청년은 판사님을 모르고 판사님이 청년에게서 손해도 이익도 받을 게 없는데 말입니다."

존은 성직자의 말을 정중하게 경청했고 성직자가 결론을 내리자 팔을 내밀며 활기차게 말했다.

"그분은 결백합니다. 내 형제는 이런 짓을 하지 않았습니다."

마머듀크는 미소를 지으며 상대편이 내민 손을 받아주었다. 그의 미소는 그가 상대편의 의심에 아무리 크게 놀랐다 해도 이미 그 의심에 대해 화를 내지 않고 있다는 것을 보여주는 것이었다. 그러는 동안 부상당한 청년은 흥미롭다는 표정이 강하게 드러난 얼굴로 자신의 인디언 친구를 응시하다가 다시 자신이 머무는 집의 주인을 응시하며 서 있었다. 이러한 화해의 행위를 서로 교환하자마자 존은 자신이 원래 수행하러 온 임무를 이행하는 일에 착수했다. 닥터 토드는 자신의 권리를 이처럼 침해당한 데 대해 결코 어떤 불쾌감도 드러내지 않았고 새로운 의사에게 길을 비켜주었다. 그의 태도는, 치료에서 극히 중요한 부분은 매우 성공적으로 수행되었고 아이라도 누구든 수행할 수 있는 일 외에는 다른 아무 할 일도 남아 있지 않았으므로 자기 환자의 기분을 기꺼이 만족시켜주겠다는 생각을 드러내주는 것이었다. 실제로 그는 바로 그러한 생각을 므시외 르 콰에게 속삭이듯 말했다. 그는 이렇게 말했던 것이다.

"이 인디언이 들어오기 전에 탄알을 빼낸 게 다행입니다. 이젠 어떤 노파라도 상처를 치료할 수 있으니까요. 저 젊은이는 존과 내티 범포와 함께 산다고 들었어요. 그리고 항상 환자의 기분을 맞춰주는 것이 제일 좋아요. 그 일을 분별 있게 할 수만 있다면 말입니다. 분별 있게 말입니다, 마운시어."

"확실히," 그 프랑스인이 대답했다. "당신은 의사의 업무를 할 때 매우 즐거워 보입니다, 토우드 씨. 당신이 그처럼 능숙하게 시작한 일은 어떤 노파든 아주 잘 끝낼 수 있을 거라 생각됩니다."

그러나 리처드는 마음속에서는 모히건의 지식, 특히 외상에 대한 지식에 깊은 경의를 품고 있었다. 그래서 자랑스러운 일에 참여하고 싶은 갈망을 품고서 그는 인디언 가까이로 나아가서 말했다.

"잘 오셨소, 잘 오셨소, 모히건! 잘 오셨소, 훌륭한 친구여! 와주셔서 기쁘군요. 살을 째기 위해서는 닥터 토드 같은 정식 의사가 계셔야 하고 상처를 낫게 하기 위해서는 원주민이 있어야 하지요. 존, 내티 범포가 낭떠러지에 내려앉은 메추라기를 잡으려다 바위에서 떨어져 새끼손가락뼈가 부러졌을 때 당신과 내가 그 뼈를 붙여주었던 것 기억나요? 그 새를 죽인 것이 내티였는지 나였는지 이제까지 결코 알 수가 없었다오. 그가 먼저 발사했고 새가 몸을 구부렸지요. 그렇지만 그때 내가 방아쇠를 당겼을 때는 새가 다시 일어나고 있는 중이었소. 그 새가 분명히 내 것이라고 주장해야 했는데. 허나 내티가 그 새에 난 구멍이 내 산탄에 맞은 자국이라기엔 너무 크다고 했소. 그는 자기 소총으로 단 하나의 탄알을 발포했었지요. 하지만 내가 그때 가지고 다니던 총으로 쏘면 탄환이 흩어지지 않을 뿐만 아니라 그 총으로 표적을 맞힐 때에는 탄환이 널빤지에 구멍까지 뚫는다는 걸 난 알고 있었다오. 소총의 탄알과 아주 비슷하게 말이오. 내가 도와줄까요, 존? 알다시피 내가 이런 일엔 솜씨가 좋으니까요."

모히건은 상당히 참을성 있게 이 긴 강연을 듣고 있다가 리처드가 결론을 내리자 자신의 특효약이 들어 있는 바구니를 내밀면서 그것을 들고 있어도 좋다는 몸짓을 했다. 리처드 씨는 이 임무에 매우 만족해했다. 그러고는 그 후로 내내 이 사건에 대해 이야기할 때면 이렇게 말하곤 했다. "닥터 토드와 내가 그 총알을 제거했고 나와 인디언 존이 그 상처를 치료하고 싸매주었지."

그 환자는 의사의 치료를 받으며 고생할 때보다 모히건의 손에 치료를 받고 있을 때 환자라는 명칭에 훨씬 더 부합되는 듯이 보였다. 실제로 그 인디언은 처음부터 이 용무를 위한 준비를 하고 왔으므로 환자에게 참을성 있는 기질을 발휘할 기회를 거의 주지 않았다. 그는 재빨리 약을 발랐는데 약이라고 해야 나무껍질 빻은 것에 숲의 약초에서 짜낸 액체를 넣어 축축하게 한 것 한 가지뿐이었다.

숲에서 사는 원주민 부족 가운데에서 만날 수 있는 의사에는 항상 두 부류가 있었다. 한 부류는 초자연적 능력을 발동시키는 일에 완전히 의존하는 의사들이었다. 이들은 자신들의 치료 형태에 근거해 합당하게 받을 수 있는 정도보다 더 높은 존경을 받고 있었다. 그러나 다른 한 부류는 인체의 일상적인 질병을 다루는 훌륭한 솜씨를 진실로 타고난 이들이었다. 이들은 그중에서도 특히, 내티가 넌지시 말한 바와 같이 "베인 상처와 타박상을 잘 치료하는" 이들이었다.

존과 리처드가 상처에 약을 바르고 붕대로 싸매고 있는 동안 엘너선은 모히건의 바구니에 든 내용물을 예리하게 주시하고 있었다. 존스 씨가 몸으로 직접 열의를 보이느라 붕대의 한쪽 끝을 잡고 있으려고 그 바구니를 의사에게 이미 넘겨주었기 때문이었다. 여기에서 그는 곧 나무 둥치에서 베어낸 갖가지 나뭇조각들과 나무껍질들을 간파할 수가 있었다. 그것들을 그는 아주 침착하게 자기 소유물로 만들었는데 아마도 그 문제에 대해 조금도 말할 의도가 없는 것 같았다. 그러나 그가 마머듀크의 크게 뜬 푸른 눈이 자신의 동작을 주시하고 있다는 걸 알았을 때 그는 그 판사에게 이렇게 속삭였던 것이다.

"이 미개인들이 의술의 사소한 문제에 대해 알고 있다는 걸 부정할 수는 없지요, 템플 판사님. 그들은 전통을 통해 이러한 것들을 전해주고 있지요. 그리고 그들은 암과 공수병 분야에서 아주 정교한 기술을 지니고 있지요. 전 이 나무껍질을 집으로 가지고 가서 분석해볼 참입니다. 왜냐하면 이 껍질이 저 청년의 어깨에는 효과가 조금이라도 있을 리가 없겠지만 치통이나 류머티즘이나 그런 몇 가지 질병에는 효과가 있을지도 모르니까요. 사람은 절대로 배우는 걸 부끄러워해서는 안 되니까요. 비록 인디언에게 배운다 해도 말입니다."

닥터 토드의 원칙이 그처럼 도량이 넓다는 사실이 그에게는 행운이었다. 왜냐하면 실제로 의사로서의 업무를 수행한 경험에 덧붙여 그는 자기가 방금 말한 바로 그 원칙에 근거해서 자신의 모든 지식을 습득했고 의사라는 직업에 수반되는 임무를 수행할 수 있는 자격을 점차 갖추게 되었기 때문이었다. 그렇지만 그가 그 특효약을 분석한 과정은 화학의 일반적 법칙과는 크게 달랐다. 왜냐하면 그 특효약의 성분을 분리하는 대신 그는 나중에 모히건의 치료약 성분들을 결합시키는 과정을 통해 인디언이 그 약을 추출한 나무를 발견할 수 있었기 때문이었다.

이 사건이 있은 지 약 10년 후 문명과 그로 인한 고상한 생활양식의 물결이 이 야생의 언덕 가운데에 있는 정착지들에까지 슬며시, 아니 오히려 물밀듯이 밀려들어왔을 때 한 건의 결투 사건이 이곳에서 일어났다. 그때 엘너선이 결투자들 중 한 명이 입은 상처에 연고를 도포하는 모습이 눈에 띈 적이 있다. 그런데 그 연고의 향이 바로 모히건이 사용했던 그 나무, 또는 뿌리에 특유한 것이었다. 그로부터 다시 10년 후 영국과 미국이 다시 교전 중이었던 까닭에 뉴욕 주 서부 지역의 군중이 전쟁터로 달려 나가고 있을 때는 엘너선은 이 두 건의 수술로 얻은 명성을 믿고서 이 시민군 여단의 후방에서 그 여단의 군의관으로 종군했던 것이다!

모히건은 그 나무껍질을 도포한 후 붕대를 꿰매는 데 사용되는 바늘과 실을 리처드에게 거리낌 없이 양도했다. 그 원주민은 이 도구들의 용도를 거의 이해하지 못하고 있었기 때문이었다. 그러고는 물러서서 품위 있고 엄숙한 태도로 상대편이 그 임무를 끝내기를 기다렸다.

"내게 가위를 건네주시오." 존스 씨가 말했다. 그때 그는 바느질을 끝낸 후였다. 그것도 아마포를 상처 부위에 어떤 형태로도 놓을 수 있도록 아마포 조각들을 이은 후 두번째 바느질을 끝낸 후였다. "내게 가위를 건네주시오. 여기 있는 실을 끊어야 하거든요. 그러지 않으면 실이 약제 아래로 들어가 상처에 염증을 일으킬지도 모르니까요. 이보게 존, 내가 문질러 반반하게 한 린트 천을 두 장의 아마포 사이에 넣었소. 나무껍질이 분명히 살에는 아주 효능이 좋겠지만 린트 천이 있어야 차가운 공기가 상처에 닿는 것을 막아줄 것이니 말이오. 상처에 이로운 구실을 하는 린트 천이 바로 이 린트 천이오. 내가 그걸 문질러 반반하게 했단 말이오. 린트 천을 문질러 반반하게 해야 하는 일이 있다면 난 이 영지의 그 누구에게라도 못 본 체 등을 돌리지 않을 것이오. 내가 그 방법을 잘 아는 것은 당연하다오. 어느 누구라도 잘 아는 사람이 하나라도 있다면 말이오. 내 조부님이 의사셨고 내 부친도 그 방면에는 재능이 있으셨으니 말이오."

"여기, 스콰이어, 가위가 있어요." 리마커블이 초록색 모린*으로 된 그녀의 페티코트 아래에서 무뎌 보이는 큰 가위를 꺼내면서 말했다. "어머, 천 조각들을 여자처럼 잘 꿰매셨네요."

"여자처럼 잘이라고!" 리처드가 분개하며 그 말을 되풀이했다. "그런 문제에 대해 여자들이 무얼 안단 말이지? 내가 한 말이 사실이라는 걸 증명해주는 증거가 바로 당신이오. 그런 큰 가위를 상처에 쓰는 걸 본 사람이 누가 있어? 닥터 토드, 쌈지에서 가위를 꺼내주시면 감사하겠소. 자 젊은이, 이젠 괜찮을 것 같네. 탄환을 아주 깔끔하게 꺼냈으니 말일

---

* moreen: 모직, 또는 면모 교직의 튼튼한 천.

세. 그걸 꺼내는 일에 내가 관여한 걸 알면서도 아마 나 스스로 그런 말을 해서는 안 되겠지만 말이지. 또 상처도 훌륭하게 치료했으니. 자넨 곧 다시 괜찮아질 걸세. 자네가 내 선두 말들을 홱 잡아당긴 일 때문에 비록 어깨에 염증이 일어나는 일이 자주 생기겠지만 자넨 괜찮아질 걸세, 괜찮아질 거야. 자넨 좀 당황했던 거라고 생각하네. 그리고 말에 익숙하지도 않았고 말일세. 하지만 그 사고를 용서해주지. 자네가 그렇게 한 의도 때문에 말이야. 분명 자네의 의도는 더없이 좋았을 거야. 그래, 이제 자넨 괜찮을 걸세."

"그러면, 신사 여러분" 하고 부상당한 손님이 일어나서 옷을 다시 입으면서 말했다. "제가 여러분의 시간과 인내심을 더 오래 빼앗을 필요가 없겠네요. 이제 해결해야 할 문제는 한 가지밖에 없군요. 그건 우리 각자가 사슴에 대해 가진 권리에 대한 겁니다, 템플 판사님."

"그게 자네 거라는 걸 인정하네." 마머듀크가 말했다. "게다가 이 사슴 고기뿐만 아니라 그보다 훨씬 더 크게 난 자네에게 은혜를 입었네. 어쨌든 아침에 이곳에 와주게. 그때 우리가 이 문제를 조정할 수 있을 거네. 이보다 더 중요한 문제는 물론이고. 엘리자베스." 그 젊은 숙녀는 상처 치료가 이미 다 끝난 줄 알고 다시 식당에 들어와 있었다. "우리가 교회로 가기 전에 이 젊은이를 위해 식사를 준비하라고 일러라. 그리고 애기*에게 말해서 그를 친구에게 데려다줄 썰매를 준비하게 하고."

"그러나 선생님, 전 사슴 고기를 일부라도 받아야만 갈 수가 있습니다." 청년이 자신의 감정을 억제하려고 애쓰는 듯한 모습으로 대답했다. "제게 사슴 고기가 필요하다고 이미 말씀드렸을 텐데요."

---

* 마부 애거멤넌의 애칭.

"오! 까다롭게 굴지 맙시다!" 리처드가 외쳤다. "판사님이 아침에 자네에게 사슴 한 마리 값을 전부 지불할 거네. 그리고 리마커블, 이 청년에게 사슴 고기를 등심만 빼고 다 주도록. 그러니 대체적으로 자네 자신을 매우 운 좋은 젊은이라고 생각해도 될 거라는 생각이 드는데. 자네가 총알로 상처를 입었지만 불구가 되진 않았고 상처도 가능한 한 최선의 방법으로 치료가 끝났으니 말일세. 비록 여기 삼림 지대에서 치료했지만 필라델피아의 병원에서처럼 잘 치료했으니 말이네. 그곳에서보다 더 잘 치료하지는 못했더라도 말일세. 또 자네의 사슴도 비싼 가격에 팔았지만 그 몸통을 대부분 가질 수 있게 되었잖은가. 가죽까지 말일세. 마키,* 톰에게 가죽도 이 청년에게 주라고 말해. 그리고 아침에 가죽을 내게 가져오게. 그러면 가죽 값으로 2실링 6펜스, 아니 적어도 3실링 6펜스를 주도록 하지. 내가 오촌 베스를 위해 만들고 있는 뒷자리 안장 덮개로 바로 그런 가죽이 있으면 좋을 것 같거든."

"아낌없는 선심에 감사드립니다, 선생님. 또 저 자신도 치명상을 면한 걸 고맙게 생각합니다." 손님이 대꾸했다. "그렇지만 선생님께서는 사슴의 부위 중에서 제 자신이 사용하길 바라는 바로 그 부위를 가지려 하시는군요. 저도 안장을 가져야 하거든요."

"가져야 한다고!" 리처드가 그대로 되풀이했다. "가져야 한다는 건 수사슴의 뿔보다도 참고 삼키기가 더 어려운 말이군."

"예, 가져야 합니다." 청년이 되풀이했다. 그는 마치 누가 감히 자신의 권리를 논박하려는지 보려는 듯이 오만하게 주위로 고개를 돌려보다가 엘리자베스의 깜짝 놀란 시선과 마주치고는 더 부드럽게 말을 계속했

---

* 리마커블의 약칭.

다. "다시 말하면 어떤 사람이 자신의 손으로 죽인 것을 소유하도록 허용하고 또 그가 자신의 것을 누리도록 법이 보호해준다면 말입니다."

"법이 보호해줄 걸세." 놀라움과 억울함이 섞인 태도로 템플 판사가 말했다. "벤저민, 그 사슴 전부를 썰매에 싣도록 감독해. 그리고 이 청년을 레더스타킹의 오두막까지 태워다주도록 지시해. 하지만 젊은이, 자네도 이름이 있겠지. 또 내가 자네에게 저지른 잘못에 대해 보상을 해주기 위해 나도 자네를 다시 만나게 될 테니까 말이네."

"전 에드워즈라고 합니다." 사냥꾼이 대답했다. "올리버 에드워즈입니다. 절 만나기는 쉽습니다, 선생님. 전 가까이에 살고 있고 아무에게도 단 한 차례 부상을 입힌 적이 없으므로 제 얼굴을 보여드리는 게 두렵지 않으니까요."

"당신에게 부상을 입힌 것은 우리니까요, 선생님" 하고 엘리자베스가 말했다. "그리고 당신이 우리의 도움을 거절하신다면 우리 아버지께서 매우 괴로워하실 거예요. 아버지께서는 아침에 당신을 기꺼이 만나실 거예요."

젊은 사냥꾼은 그렇게 말하는 아름다운 처녀를 응시했다. 그래서 결국 그의 진지한 시선이 그녀의 관자놀이를 붉게 물들게 만들었다. 그러자 그는 냉정을 되찾으면서 고개를 숙여 시선을 카펫으로 떨어뜨리고는 대답했다.

"그렇다면 아침에 돌아와서 템플 판사님을 뵙지요. 썰매를 타고 가라는 그분의 제의를 친선의 표시로 받아들이겠습니다."

"친선이라고!" 마머듀크가 되풀이했다. "자네에게 부상을 입힌 그 행동에는 어떤 악의도 없었네, 젊은이. 그 행동으로 인해 어떤 감정이 일어날 수도 있지만 그 감정에도 어떤 악의도 있어서는 안 되네."

"우리에게 잘못한 이를 우리가 용서하듯이 우리 죄를 용서하소서"라고 그랜트 씨가 말했다. "이것이 바로 우리의 거룩한 스승께서 직접 사용하신 언어입니다. 그리고 그것은 그분의 보잘것없는 신도들인 우리의 황금률이 되어야 합니다."

손님은 생각에 잠겨 잠시 서 있다가 그의 검은 두 눈으로 다소 사납게 식당을 쭉 둘러보고는 사제에게 몸을 깊이 숙여 인사하고 그를 저지하려 해도 여지를 주지 않을 듯한 태도로 그 방에서 나가버렸다.

"저렇게 젊은 사람이 그처럼 깊은 원한의 감정을 품다니 이상한 일이군." 손님이 나가고 문이 닫히자 마머듀크가 말했다. "그렇지만 통증이 막 발생했고 상처의 감각이 그렇게 생생할 때에는 보다 침착한 순간보다 더 격렬하게 느낄 수밖에 없겠지. 아침에는 틀림없이 그가 더 유순해진 모습을 보게 될 거야."

이 말은 엘리자베스에게 한 것이었지만 그녀는 대답하지 않았다. 그녀는 마루를 덮고 있는 영국산 카펫의 작은 무늬에 시선을 고정시키고는 혼자서 천천히 식당 위쪽으로 걸어갔다. 그런데 그 카펫은 원료를 염색해서 짠 것이었다. 그동안 다른 한편에서 리처드는 손님이 사라질 때 자신의 채찍을 휘둘러 큰 소리를 내고는 이렇게 외쳤다.

"자, 듀크, 자네는 마음대로 할 수 있네만 나라면 그 안장을 만들 가죽을 그 친구에게 주기 전에 그것에 대해 법적으로 따져봤을 거네. 이곳의 골짜기뿐만 아니라 산도 자네가 소유하고 있지 않나? 숲도 자네 것이 아닌가? 이 녀석에게, 아니면 레더스타킹에게 자네의 허락도 없이 자네의 숲에서 사냥할 무슨 권리가 있는가? 그런데 난 펜실베이니아 주에 사는 어떤 농부가 한 사냥꾼에게 자기 농장에서 나가라고 명령한 일을 알고 있다네. 내가 벤저민에게 난로에 통나무 한 토막을 집어넣으라고 지시할 때처럼 예의를 차리지 않고 말일세. 말이 난 김에 말이지만 벤저민, 온도계가 몇 도를 가리키는지 봐. 한데 어떤 사람에게 100에이커의 농장에서 이렇게 할 권리가 있다면 6만 에이커를 소유한 지주는 어떤 권한을 가져야 하겠나? 아! 그 문제에 대해 말하자면 최근에 구입한 토지들을 포함하면 10만 에이커나 되는데 말이지. 그렇군, 모히건이 있지. 그는 토착민이니까 어느 정도 권리가 있을지도 모르지. 하지만 그 불쌍한 친구는 이제 자기 소총으로 할 수 있는 일이 거의 없지. 프랑스에서는 이런 일을 어떻게 관리하고 있습니까, 므시외 르 콰? 그 나라에서 당신네들도 이곳처럼 아무나 무질서하게 당신네 토지에서 사냥감을 향해 총을 쏘면서 이리저리 질주하도록 내버려둡니까? 그래서 지주인 신사는 자기 총을 사용할 기회가 거의 없거나 전혀 없을 정도로요?"

"훙! 절대로 그렇지 않지요, 디이크 씨이." 그 프랑스인이 대답했다. "프랑스에서는 숙녀 분에게 외에는 마음대로 할 자유를 주지 않는답니다."

"예, 예, 여성들에게 말이지요, 저도 압니다." 리처드가 말했다. "바로 그것이 당신네 살리카법*이지요. 저는 온갖 종류의 책을 읽는답니다. 영국에 대한 책은 물론 프랑스에 대한 것도 읽고 로마에 대한 책은 물론 그리스에 대한 책도 읽지요. 하지만 제가 듀크의 입장이라면 전 내일 아

---

* 사실 살리카법에는 딸은 토지를 상속할 수 없다는 조항이 있다. 리처드의 지적 자부심이 허풍에 불과함을 보여주는 대목이다.
살리 족은 프랑크 족의 한 부족으로 원래 라인 강 북쪽에 살다가 당시 로마의 영토였던 갈리아 지방(현재의 이탈리아 북부, 프랑스, 벨기에, 네덜란드, 스위스, 독일 등 포함)으로 진출했다. 프랑크 족의 최초의 왕국인 메로빙거 왕조(486~751)의 초대 왕인 클로비스 1세 재위 시 파리에 도읍을 정하고 대왕국을 건설했다. 살리카법은 살리 족의 법이라는 뜻으로 클로비스 1세 때 제정된 것이다. 이 법은 여성에게는 왕위를 물려주지 못하게 한 법으로 가장 유명하지만 실제로는 후세의 유럽 각국의 법에 지대한 영향을 미쳤다.

침에 내 숲에서는 그 누구도 어떤 식으로든 총으로 사냥을 하거나 침입하는 것을 금한다는 공고판을 세울 겁니다. 그런 일을 당장 중지시킬 그런 공고문은 저 자신이 한 시간 만에 쓸 수가 있으니까요."

"리차트"라고 하르트만 소령이 그의 옆에 놓인 타구(唾具)에 파이프의 재를 톡톡 털며 매우 냉정하게 말했다. "자, 들어보게. 난 모호크 강변의 숲속에서 75년을 살아왔다네. 자네는 사냥꾼들에게 참견을 하느니 차라리 악마에게 참견을 하는 게 나을 걸세. 그들은 총을 가지고 살고 또 총이 법보다 더 효과가 있으니 말일세."

"마머듀크는 판사가 아닙니까?" 리처드가 분개하며 말했다. "법이 없다면 판사가 된다든가 판사가 있는 것이 무슨 소용이 있습니까? 빌어먹을 놈 같으니. 제 선두 말들에게 쓸데없이 참견한 혐의로 내일 아침에 그놈을 스콰이어 둘리틀에게 고소할 마음이 굴뚝같다니까요. 전 그놈의 소총이 두렵지 않으니까요. 저도 총을 쏠 줄 아니까요. 전 50로드 떨어진 곳에서 5실링짜리 은화를 맞춘 적이 여러 번 있으니까요."

"자넨 은화를 맞춘 적보다 못 맞춘 적이 더 많았지, 디컨." 판사의 기운찬 목소리가 외쳤다. "이제 오늘 저녁의 식사를 드세나. 리마커블의 얼굴을 보니 식사가 준비된 것 같으니 말일세. 므시외 르 콰, 필요하시다면 템플 양이 도와드릴 겁니다. 앞장서 안내해드리겠니, 애야?"

"아! 친애하는 아가씨, 난 얼마나 황홀한지요!" 그 프랑스인이 말했다. "탕플통*을 낙원으로 만드는 데는 여성들만 모자라는군요."

일행 중 벤저민을 제외한 다른 사람들이 식당으로 물러가는 동안 그랜트 씨와 모히건은 계속 거실에 남아 있었다. 벤저민은 사제가 식당으

---

* 템플턴.

로 들어가면 뒷문을 닫고 인디언이 나가도록 앞문을 열어주기 위해 예의 바르게 남아 있었던 것이다.

"존." 일행 중 맨 마지막으로 나가던 템플 판사의 모습이 사라졌을 때 성직자가 말했다. "내일은 축복 받은 우리 구세주의 탄생 축일이네. 이 날 교회는 신도들이 기도와 감사 기도를 바치도록 정해두었고 또 신비의 빵과 포도주를 함께 하도록 모두를 초대한다네. 자네가 십자가를 선택해서 선을 신봉하고 악을 피하는 사람이 되었으니 자네가 회개하는 마음과 온순한 영으로 제대 앞에 있는 모습을 내가 보게 될 거라고 믿네."

"존은 갈 겁니다"라고 인디언이 대답했다. 그는 비록 상대편이 사용한 모든 용어를 이해하지는 못했지만 놀란 모습을 조금도 보이지 않았다.

"그래야지요." 그랜트 씨가 늙은 추장의 황갈색 어깨에 한 손을 얹으며 계속해서 말했다. "그러나 육신이 거기에 오는 것만으로는 충분하지 않습니다. 당신은 영(靈)으로, 진실로 와야 합니다. 구세주께서는 백인뿐만 아니라 모두를 위해, 불쌍한 인디언을 위해 돌아가셨습니다. 천국에서는 피부색의 차이를 구별하지 않습니다. 땅도 또한 교회의 분리를 목격해서는 안 됩니다. 우리의 거룩한 축일들을 지킴으로써 이해(理解)를 새롭게 하고 흔들리는 이들의 힘을 북돋워주는 것이 좋은 일이고 유익한 일입니다, 존. 허나 어떤 형식이든 경건하고 겸손한 영이 수반되지 않으면 하느님의 코에는 악취일 뿐이랍니다."

그 인디언은 조금 물러서서 신체를 힘껏 최대한도로 똑바로 세우면서 오른팔을 높이 뻗고는 마치 하늘로부터 손가락으로 가리키는 것처럼 집게손가락을 아래쪽으로 내렸다. 그러고는 다른 한 손으로 자신의 벌거벗은 가슴을 치면서 활기차게 말했다.

"위대하신 영의 눈은 구름으로부터 보실 수가 있습니다. 모히건의 가슴이 숨기는 것이 없다는 걸 말입니다."

"그건 괜찮습니다, 존. 당신이 이런 의무를 이행함으로써 이득과 위로를 받기를 바랍니다. 위대한 영은 그분의 자녀들 중 그 누구도 소홀히 하시지 않습니다. 그리고 숲에 사는 사람도 궁전에 사는 사람 못지않게 그분의 보살핌의 대상입니다. 잘 가시오. 하느님께서 당신에게 축복을 내리시길 기도합니다."

인디언은 고개를 숙였다. 그리고 그들은 헤어졌다. 한 사람은 자기의 오두막집으로 가기 위해, 다른 한 사람은 저녁 식사를 하는 식탁에서 일행과 함께하기 위해 헤어진 것이다. 벤저민이 추장이 나갈 수 있도록 문을 연 채 서 있는 동안 그는 격려의 뜻이 담긴 어조로 외쳤다.

"신부님이 하신 말씀은 진리라오, 존. 만약 천국에서 피부색을 중시한다면, 글쎄, 태어날 때부터 기독교도인 저 같은 사람도 단지 위도상 더운 지방에서 순항하다가 햇볕에 약간 탔다고 해서 그들이 천국의 명부에 따라 절 천국으로 부르는 걸 거부할지도 모른다우. 물론 그 문제에 대해 말하자면 이 지독한 북서풍만 해도 흑인의 피부색을 희게 만드는 데 충분하기는 하지만. 담요를 빈틈없이 여며 두르고 가시우, 친구. 그러지 않으면 당신의 붉은 피부가 밤공기에 노출되는 동안 얼어붙는 듯한 추위를 견뎌야 할 테니 말이우."

8장

"왜냐하면 여기서 그 유랑자는 모든 먼 나라의 언어를
접했고 우정으로 그 언어를 말했기 때문이었다."
−캠벨, 『와이오밍의 거트루드』, 1권 4장 3~4절

　　지금까지 우리는 이 설화에 등장하는 가장 중요한 등장인물들을 독
자들이 주목할 수 있도록 소개하면서 독자들이 등장인물들의 상당히
다양한 성격과 국적을 알 수 있게 해주었다. 그러나 우리 이야기의 충실
성을 확립하기 위해 이제 우리가 그처럼 다양한 등장인물들을 소개해야
만 했던 이유를 짧게 설명하려 한다.

　　우리 이야기의 배경이 되는 시대에 유럽에서는 큰 소요가 일어나기
시작했다. 그런데 그 소요는 후에 유럽의 정치제도를 속속들이 뒤흔들어
놓았다. 루이 16세가 참수되었고 한때 전 세계의 개화된 민족 중 가장
세련되었다고 평가받았던 국민이 그 성격을 바꾸어가고 있었다. 그 국민
은 자비를 잔인함으로, 너그러움과 용기를 교활함과 사나움으로 바꾸어
가고 있었다. 수천 명의 프랑스인들이 멀리 떨어진 나라로 가서 보호를
받으려 할 수밖에 없었다. 프랑스와 그에 딸린 여러 섬에서 미국으로 도

피한 수많은 사람들 중에는 우리가 이미 므시외 르 콰라고 언급한 신사도 있었다. 뉴욕의 한 유명한 상점의 사장이 템플 판사에게 그를 도와주라고 부탁했다. 그 사장은 템플 판사와 친한 사이였고 서로를 위해 힘써 도와주는 사이였기 때문이었다. 우리의 판사는 이 프랑스인과 처음 면담했을 때 그가 교양이 있고 모국에서는 훨씬 더 부유하게 살았다는 것을 알았다. 프랑스인에게서 무심결에 새어나온 암시에 비추어보면 그는 서인도제도의 대농장주가 아니었나 하는 생각이 들게 했다. 수많은 대농장주들이 세인트도밍고와 서인도제도의 여러 섬으로부터 도피해 와서 아메리카 합중국에서 비교적 빈곤한 상태로, 또 어떤 사람들은 극도로 궁핍한 상태로 살고 있던 터였다. 그러나 극도로 궁핍한 상태는 므시외 르 콰의 몫은 아니었다. 자기가 재산을 조금밖에 가지고 있지 않다는 것을 그는 인정했지만 그 조금의 재산은, 이 지방의 언어로 말하자면 "가게를 차릴 수 있을 정도로 물건들의 구색"을 갖추기에는 충분했다.

마머듀크의 지식은 뛰어나게 실용적이어서 정착자의 생활에서 그가 잘 모르는 부분은 전혀 없었다. 그의 지시 아래 므시외 르 콰는 얼마간의 물품을 구매했는데 그중에는 몇 점의 옷가지, 많은 양의 화약과 담배를 포함한 얼마간의 잡화류, 다량의 철제 기물, 가장 조잡한 품질의, 그리고 가장 거친 형태의, 굉장히 많은 양의 도자기류 등과 인간의 필요에 따라 인간의 기술로 고안된, 그 밖의 온갖 흔한 물건들이 포함되어 있었다. 그는 안경과 구금* 같은 사치품도 잊지 않고 갖추어두었다. 한편 철제 기물에는 발로우** 잭나이프, 잿물 제조용 쇠솥, 삼발이가 대량으로 포

---

* Jew's harp: 세계에서 가장 오래된 악기 중 하나로 입에 물고 손가락으로 연주하는 작은 악기이다. 유대인과 직접적 연관은 없다.
** Barlow: 특정 형태의 잭나이프를 발명한 사람의 이름.

함되어 있었다. 이러한 귀중한 물건들을 진열해놓고서 므시외 르 콰는 판매대 뒤에 섰다. 그러고는 경이로우리만큼 유연한 천성으로, 그가 그전에 다른 신분일 때에도 품위 있게 행동했듯이 자신이 현재 떠맡은 신분에 품위 있게 몰입했다. 그는 상냥하고 온화한 예의범절로 대단한 인기를 얻었다. 그 밖에도 여성들은 곧 그의 취미가 고상하다는 것을 알게 되었다. 그의 옥양목은 이 나라에 반입된 모든 옥양목 중 가장 고운 것, 다시 말하면 가장 보기 좋은 것이었다. 그리고 그처럼 말솜씨가 멋있는 남자가 자신의 상품 가격으로 청구한 가격표를 들여다보는 짓을 여성들은 도저히 할 수가 없었던 것이다. 이러한 방법들을 병행한 까닭에 므시외 르 콰의 사업은 다시금 번창하게 되었고 그는 정착민들로부터 이 '양도된 공유지'에서 두번째로 훌륭한 사람으로 존경받게 되었다.

'양도된 공유지'라는 이 용어를 우리는 이미 사용한 적이 있고 또 그에 대해 앞으로도 언급할 기회가 있겠지만, 이것은 '국왕의 개봉 칙허장'에 의해 원래 아버지인 에핑엄 소령에게 하사된 지역을 의미했다. 그런데 이 지방은 몰수 법령에 따라 마머듀크 템플이 매입해서 그의 소유지가 되어 있었다. 이 단어는 이 주의 신개척지 전역에서는 흔히 사용되는 용어였는데 '템플의, 또는 에핑엄의 양도된 공유지'와 같이 대체로 그 토지의 지주 이름에 붙여서 사용되었다.

하르트만 소령은 같은 나라 사람들 다수와 함께 라인 강변으로부터 가족을 이끌고 모호크 강변으로 이주해온 사람의 후예였다. 그들이 이주한 것은 오래전 앤 여왕* 시대였는데 그들의 후손들은 현재 이 아름다운

---

* Queen Anne(1665~1714): 스튜어트 왕조의 마지막 왕으로 1702년부터 1714년까지 재위했다. 1707년 연합법에 따라 잉글랜드와 스코틀랜드가 그레이트브리튼 왕국으로 통합됨에 따라 그 첫번째 왕이 되었다. 재위 시 의회 정치의 신기원이 열리고 토리당과 휘그

모호크 강변의 비옥한 지역에서 매우 평화롭고 풍요롭게 살고 있었다.

이 독일인들은 원래의 아메리카 식민지 개척자들인 저지 독일인들과 구별하기 위해 '고지 독일인'*이라고 불렸는데 이들은 매우 특이한 민족이었다. 이들은 저지 독일인의 무기력한 성질은 조금도 지니지 않으면서도 그들의 근엄함은 그대로 지니고 있었다. 또 저지 독일인들처럼 '고지 독일인들'도 근면하고 정직하고 검소했다.

프리츠, 즉 프레데리크 하르트만은 자신이 속한 민족의 그 모든 악덕과 미덕, 결점과 장점을 전형적으로 보여주는 인물이었다. 그는 말이 없고 완고하고 낯선 이들에 대해서는 매우 의심이 많았지만 또 열정적이었고 흔들리지 않는 용기와 강직한 정직성을 지니고 있었으며 우정에서도 흔들림이 없었다. 참으로 그의 태도는, 진지하다가 쾌활해지는 그런 정도의 변화만 제외한다면 변함이 없었다. 그는 여러 달 동안 진지한 태도를 보이다가도 여러 주 동안 쾌활한 태도를 보이기도 했던 것이다. 그는 마머듀크 템플을 알게 된 이후 일찌감치 그에게 애정을 갖게 되었다. 템플은 고지 독일어를 할 줄 모르면서도 하르트만의 전적인 신뢰를 얻게 된 유일한 인물이었다. 일 년에 네 번 동일한 간격을 두고 하르트만은 모호크 강변에 있는, 나지막한 자신의 돌집을 떠나 구릉 지대를 지나 30마일을 여행해 템플턴에 있는 저택에 다다르곤 했다. 이곳에서 그는 대개 일주일가량 머물렀는데 그 기간의 대부분을 리처드 존스 씨의 적극적 후원을 받으며, 술 마시고 떠드는 생활을 하며 지낸다는 소문이 있었다. 그

당의 양당 정치가 시작됐다. 왕권이 약화되고 각료들의 힘이 강화되기 시작한 시기였다. 또 예술과 문학과 과학이 발전한 시기이기도 했다.

* 독일의 중부와 남부의 고지대와 산악 지대의 거주민을 말한다. 반면 독일 북부의 저지대와 해안의 평탄한 지역 거주민은 '저지 독일인'이라고 부른다.

러나 모든 사람들이, 심지어는 그가 추가적으로 폐를 끼치는 리마커블 페티본까지도 그를 사랑했다. 그가 너무나 솔직하고 너무나 진실하고 또 때로는 너무나 유쾌했기 때문이었다. 그는 지금 크리스마스를 맞아 정기적인 방문을 하고 있는 중이었는데 그가 이 마을에 도착한 지 한 시간도 지나지 않아 리처드가 그를 불러 썰매에 함께 타고 이 저택의 주인과 그의 딸을 맞으러 가자고 했던 것이다.

그랜트 씨의 성격과 상황을 설명하려면 이 정착지의 짧은 역사를 한참 거슬러 올라가야만 할 것이다.

인간의 본성에는 우리의 주의력을 내세의 일로 돌리기 전에 이 세상에서 필요한 것을 먼저 준비하려고 노력하는 성향이 있는 것 같다. 템플의 영지에서도 그루터기들 가운데 조성된 개척지에서, 그곳 이주민들이 정착한 지 처음 몇 년 동안은 종교란 거의 장려되지 않은 속성이었다. 그러나 그곳 주민들 대부분이 윤리정신이 투철한 코네티컷 주와 매사추세츠 주에서 이주해온 사람들이었기 때문에, 생존에 필요한 것들이 충족되자 그들은 선조들의 주된 관심의 대상이었던 종교적 관습과 의식의 도입에 진지하게 주의를 돌리기 시작했다. 마머듀크의 땅을 빌려 사는 사람들 사이에 은총과 자유의지라는 주제에 대해 매우 다양한 의견들이 있었던 것은 분명했다. 그리고 그들이 받았던 다양한 종교 교육을 우리가 고려한다면 당연히 그럴 수밖에 없었을 것이라는 점을 쉽게 알 수가 있다.

이 마을이 도시와 비슷한 도로들과 구획들로 공식적으로 나누어진 직후에 학교를 설립하는 일의 타당성을 고려하기 위해 주민 회의가 소집되었다. 이 조처는 리처드가 착안한 것이었다. 그는 사실은 이 기관이 대학교나 아니면 적어도 단과대학으로 명명되기를 무척 바라고 있었다. 이 목적으로 해마다 여러 번의 회의가 열렸다. 이러한 집회에서 결의된 사

항들은 푸른빛의 자그마한 신문의 지면에서도 가장 눈에 잘 띄는 난에
실렸다. 그 신문은 그때 이미 그 마을의 한 살림집 다락방에서 매주 발
행되고 있었는데 여행자는 때때로 그 신문이 말뚝의 갈라진 틈에 꽂혀
있는 것을 볼 수 있었다. 그러한 말뚝은 한 정착민의 통나무집으로 통하
는 작은 길이 큰길과 만나는 지점마다 세워져 있었는데 그 말뚝은 개인
우체국 같은 것이었다. 그 말뚝 위에 작은 통이 달려 있는 경우도 있었는
데 그런 경우에는 그 동네 사람들 전부가 이곳에서 매주 그들의 문학적
욕구를 충족시킬 물품을 공급받고 있었다. 파발마를 타고 우편물을 나
르는 사람이 정기적으로 이곳에 한 꾸러미의 귀중한 물품을 두고 가기
때문이었다. 미사여구로 이루어진 이러한 결의 사항들에는 교육의 일반
적 유용성, 대학교 평의원들의 친절한 기부 행위에 동참할 템플턴 마을
사람들의 정치적·지리적 권리, 공기와 물이 건강에 좋은지 여부, 식품의
저렴함, 동네 사람들의 우월한 윤리적 상태 등이 짧게 열거되어 있었고
거기에는 한결같이 의장 마머듀크 템플과 서기 리처드 존스의 이름이 커
다란 로마자 대문자로 추가되어 있었다.

이 사업의 성공을 위해서는 다행스럽게도, 평의원들은 학교 설립이
라는 소망을 후원하기 위해 기부를 해야 할 가장 사소한 가능성이라도
발생하는 경우에 아낌없는 기부를 해달라는 호소를 거부하는 데에 익숙
하지가 않았다. 결국 템플 판사가 그에 필요한 땅을 증여하고 필요한 건
물을 자신의 비용으로 세우기로 결론을 내렸다. 둘리틀 씨는 치안판사의
임무를 받았다는 사실로 인해 이제 스콰이어 둘리틀이라고 불리고 있었
는데 그의 기술을 이번에도 다시 한 번 징발하게 되었다. 또 존스 씨의
과학도 다시 한 번 이 일에 도움이 되어주어야 했다.

우리는 이번에는 건축가들의 여러 가지 계책을 열거하지 않을 것이

다. 또한 유서 깊고 영예로운 '프리메이슨' 공제조합의 집회가 이미 소집되기도 했으므로 그렇게 하는 것이 점잖은 일도 아닐 것이다. 그 프리메이슨 조합원들의 선봉에는 리처드가 조합장의 자격으로 서 있었다. 그들이 그러한 집회를 소집한 이유는 분명히 여러 계획들 중 어떤 계획들을 자신들의 지혜로 그렇게 하는 것이 가장 좋다고 생각하여 승인하거나 거부하기 위해서였을 것이다. 그러나 어려운 문제가 곧 해결이 되었다. 그래서 정해진 날에 이 조합원들은 각자 작은 앞치마 비슷한 것을 앞에 두르고 갖가지 깃발들과 불가사의한 상징물들을 펼쳐 들고서 홀리스터 대위라는 사람이 운영하는 '볼드 드러군'이라는 여인숙 맨 위층에 있는, 매우 교묘하게 설계된 방으로부터 새 건축물을 짓기로 되어 있는 부지까지 아주 당당하게 행진을 했다. 이곳에서 리처드는, 템플턴에서 10마일 이내에 사는 모든 남자들의 절반 이상과 모든 여자들이 모인 가운데 상황에 어울리는 근엄한 모습으로 초석을 놓았다.

그다음 주 중에 또 한 번 주민 회의가 열렸는데 거기에는 물론 다수의 여성들도 빠지지 않았다. 그 자리에서는 '스퀘어 룰'*에 대한 하이럼의 능력이 실험 대상이 되었다. 건물의 뼈대는 잘 맞았고 건물의 골조는, 노동자들이 저녁에 집으로 돌아갈 때 말에서 떨어진 사람들이 몇 명 있다는 사실만 제외한다면, 단 한 번의 사고도 없이 들어 올려졌다. 이때부터는 공사가 매우 신속하게 진행되어 그 계절이 다 가기 전에 건물이 완성되었다. 아주 아름답고 균형 잡힌 모습으로 서 있는 그 건물은 이 마을의 자랑거리였고 건축가로 명성을 얻기를 열망하는 젊은이들의 연구 대

---

* 목재로 건물의 얼개를 세울 때 어떤 목재든지 이음매 부분에서는 동일하게 이어지도록 목재를 통일적으로 만들어 사용하는 것을 '스퀘어 룰 조립(square rule framing)'이라고 말한다.

상이었으며 이 영지의 모든 정착민들의 감탄의 대상이었다.

그것은 길고 좁은 목조 건물로 흰색 페인트칠이 되어 있었고 건물의 절반 이상이 창문으로 이루어져 있었다. 건물을 관찰하는 사람이 건물의 서쪽 편에 서서 떠오르는 해를 환히 다 보는 데 방해가 되는 장애물은 사소한 것 하나밖에 없었다. 그 건물은 사실 매우 쓸쓸하긴 하지만 막혀 있지는 않은 건축물이어서 햇빛이 자연스럽게, 또 쉽게 들어와 비추고 있었다. 건물의 앞면은 리처드가 설계하고 하이럼이 제작한 다양한 목재 장식물들로 꾸며져 있었다. 그러나 그중에서도 현관문, 즉 정문 바로 위, 2층 한가운데에 난 창문과 뾰족탑이 이 건물의 자랑거리였다. 전자는 코린트식과 이오니아식의 절충식인 콤퍼지트식 오더 양식으로 되어 있었다고 우리는 생각한다. 왜냐하면 그 창문은 매우 다양한 크기의 수많은 장식물로 구성되어 있었기 때문이다. 그 창문은 중앙에는 아치형으로 된 부분이 있었고 그 양쪽에는 정사각형의 작은 구획이 하나씩 있었으며 창문 전체가 무거운 창틀로 둘러싸여 있었다. 그 창틀은 소나무 목재로 깊게, 또 공들여서 만들어져 있었고 흔히 창문 전체에는 '8×10 사이즈'라고 불리는 크기의 유리 조각들이 엄청나게 많이 박혀 있었는데 그 유리 조각들의 색은 희미한 초록빛으로 보였다. 덧문들이 그 창문을 보호해주고 있었다. 그 덧문들은 원래는 초록색으로 페인트칠할 계획이었고 그렇게 했더라면 창문 전체의 색채 효과에 영향을 주었을 것이 거의 틀림없었다. 그러나 공공 자금이 부족해서 여전히 원래 칠해져 있던 색인 칙칙한 납빛을 띠고 있었다. 이러한 종류의 모든 사업에는 공공 자금의 부족이라는 현상이 항상 우발적으로 일어나는 듯이 보이기는 한다. '뾰족탑'은 자그맣고 둥근 지붕이었는데 그것은 지붕의 바로 한가운데에, 둥근 끌로 홈이 파이고 쇠시리로 장식된 네 개의 높다란 기둥 위에 솟아 있었다.

네 기둥의 꼭대기에 돔, 즉 둥근 지붕이 세워진 것인데 그것은 밑바닥이 없는 찻잔을 거꾸로 세워놓은 것 같은 형태를 하고 있었다. 그 거꾸로 된 찻잔 형태의 가운데에서 첨탑, 즉 나무로 된 작은 기둥 같은 것이 튀어나와 있었고 그것은 두 개의 쇠막대기로 고정되어 있었다. 그리고 그 두 개의 쇠막대기 끝에는 쇠로 된 동서남북이라는 글자가 각각 박혀 있었다. 또 뾰족탑의 맨 꼭대기에는 리처드가 어족(魚族) 중 한 마리를 흉내 내어 나무로 깎아 만든 것이 얹혀 있었는데 그것은 그가 '비늘색'이라고 부른 색으로 페인트칠되어 있었다. 리처드는 이 동물이 그 지방의 미식가들이 아주 좋아하는, '호수 물고기'라는 이름의 물고기를 감탄스러울 정도로 닮았다고 단언했는데 그 단언은 의심할 바 없이 사실이었다. 왜냐하면 그 물고기가 비록 풍향계의 용도로 사용하려고 제작되었지만 템플턴 주위의 산 속에 숨어 있는, 널따랗고 아름다운 수면이 있는 쪽을 동경하는 시선으로 변함없이 바라보는 것을 관찰할 수 있었기 때문이다.

평의원들이 제출한 학교 설립 허가원이 승인된 후 잠시 동안 이 학교의 이사들은 동부의 한 대학 졸업생을 고용해서 우리가 방금 묘사한 이 건물 안에서 지식을 갈망하는 젊은이들을 가르치게 했다. 이 건물의 윗부분은 하나의 방으로 되어 있어 축제일과 전시회에 사용하도록 되어 있었다. 건물의 아래층에는 두 개의 교실이 있었는데 그 교실들은 라틴어를 배우는 학생들과 영어를 배우는 학생들로 나누어 교육을 실시하는 데 사용될 계획이었다. 전자의 수가 아주 많았던 적은 결코 없었다. 물론 "주격은 페나, 소유격은 페니"라고 읽는 소리가 곧 그 교실의 창문에서 흘러나와 길 가는 사람들을 크게 즐겁게 해주고 그들에게 유익한 교훈을 준 것이 사실이긴 했다.

지혜의 여신 미네르바의 이 성전에서 열심히 공부한 학생 중 단 한 사람만이 베르길리우스를 번역하려고 시도해볼 만큼 라틴어에 숙달되었다고 알려졌다. 실제로 그는 연례 학예회에 출연해서 그 부근의 농부들인 자기 가족 전부를 엄청나게 기쁘게 했다. 이 학예회에서 그는 베르길리우스의 「목가」의 1장 전부를 암기해서 낭송했고 그것도 날카로운 판단력으로 대화 부분의 억양을 잘 지켜서 큰 효과를 거두었다. 그의 입에서 나온

> "티티리이 투 파틸리이 리이쿠반스 수브 테그미네에 파아기
> 실베스트렘 테누우이 무삼 메디타아리스 아아베니" —*

라는 소리는 그 건물에서 들린 최후의 라틴어 낭송 소리였다. 또 의심의 여지없이 그곳에서든 다른 어떤 곳에서든 사람들이 들을 수 있었던 최초의 라틴어 낭송 소리였던 것이 거의 틀림없기도 했다. 이때쯤 평의원들은 자신들이 시대를 너무 앞서가고 있다는 것을 깨닫게 되었다. 그래서 교장 겸 교사는 평교사로 경질되었고 그 평교사는 평이하고 익숙한 영어로 '서두를수록 속도는 더 느려진다'는 사실에 대해서 보다 겸허한 수업을 하기 시작했다.

이때부터 우리가 말하는 사건들이 일어난 시기까지 이 학교는 평범한 시골 학교였다. 또 이 건물의 커다란 교실은 때때로 특별 재판이 있을 때는 법정으로 사용되기도 했고 때로는 저녁에 신앙인들과 도덕적 성향이 있는 사람들의 회합 장소로 사용되기도 했다. 또 어떤 때에는 리처드의 후원 아래 열리는 무도회 장소로, 또 일요일이면 항상 예배 의식이 열

---

* 베르길리우스의 「목가」 1장의 첫 2행을 학생이 낭송하는 것을 우스꽝스럽게 묘사한 것.

158

리는 장소로 사용되었다.

메서디스트교파, 침례교파, 유니버설리스트교파나 신도가 더 많은 장로교파든 종파에 상관없이, 순회 설교하는 목사가 한 사람 우연히 인근에 있을 때에는 대개 예배를 집전해달라고 그를 초대하고는, 신도들이 해산하기 전에 모자에 헌금을 모아 그의 예배에 보답하는 것이 상례였다. 그러한 정규 목사가 나타나지 않을 때에는 재능이 많은 신도들 몇 명이 일종의 대화체 기도를 한두 번 바치고 보통 리처드 존스 씨가 스턴*의 설교를 하나 읽곤 했다.

이처럼 일관성 없이 성직자를 초대한 결과 우리가 이미 암시했듯이 신앙의 보다 심원한 요점들에 대해 매우 다양한 의견이 생겨났다. 각 교파를 신봉하는 신도들이 있었기 때문이었다. 물론 교파들도 그 신자들도 정식으로 조직이 되어 있거나 관리를 받고 있지는 않았다. 마머듀크가 받은 종교 교육에 대해서는 우리가 이미 언급한 적이 있지만 그의 신앙의 미심쩍은 성격이 그의 결혼으로 완전히 사라진 것은 아니었다. 엘리자베스의 어머니는 사실 판사의 어머니와 마찬가지로 성공회 신도였다. 그래서 고상한 기호를 지닌 마머듀크는 야간 모임에서 그 회의의 지도자들이 하느님과 친밀한 대화를 나눈다는 것이 비위에 거슬렸다. 그는 성공회의 열렬한 신도는 아니었지만 형식상으로는 분명히 그 교파의 신도였다. 반면에 리처드는 자신의 완고한 의견들을 굽히지 않듯이 자신이 속한 교회의 법규도 엄격하게 준수했다. 실제로 그는 설교단에 목사가 서 있지 않았던 일요일에 한두 번 성공회의 예배 의식을 도입하려 하기도 했다. 그러나 리처드가 그 의식을 극단적으로 수행하는 데 아주 열중

---

* 로렌스 스턴(1713~1768): 영국의 목사 겸 소설가. 대표작으로 『젠틀맨 트리스트럼 샌디의 삶과 견해』가 있다. 그의 설교는 매우 인기가 있었다.

했고 또 그의 태도에는 교황 같은 어떤 요소가 다분했기 때문에 두번째 안식일에는 대부분의 신도들이 그를 버리고 가버렸고 세번째 안식일에는 신도라고는 벤 펌프밖에 남지 않게 되었다. 펌프는 고교회파* 사람의 완고하고도 계몽된 정통적 관념을 그대로 지니고 있었기 때문이었다.

　독립전쟁 전 식민지에서는 모국의 신도들 몇 명이 지대한 관심을 갖고 영국국교회를 후원하고 있어서 영국국교에 속한 교회들 중 소수는 아주 충분한 기금을 갖고 있었다. 그러나 여러 주들이 독립한 후에는 잠시 동안 기독교 중에서도 이 교파는 사제들 중에서도 최고위직 성직자가 부족해서 쇠퇴하고 있었다. 그러다가 마침내 경건하고 적합한 성직자들을 선정해서 모국으로 파견했다. 권한을 부여받아 자신들의 교회의 일체성을 획득하여 보존할 수 있도록 하기 위해서였다. 성직자의 권한은 한 성직자로부터 다른 성직자에게 직접적으로만 전달될 수 있다고 생각되었기 때문에 그들은 영국에 직접 파견되어야 했다. 또 그들의 교회의 일체성은, 동일한 국가의 같은 민족으로서 동일한 교파에 속해 있다면 정당하게 보유해야 하는 것이었다. 그러나 예기치 못한 난관이 나타났다. 영국의 정책에 따라 그들은 선서를 해야 했는데 그 선서 문제가 그들의 서품을 가로막았기 때문이었다. 오랜 시간이 지난 뒤에야 영국성공회의 고위 성직자들은 양심적인 의무감을 느끼고 미국성공회가 그처럼 진지하게 구하던 권한을 미국성공회에 위임하기로 결정했다. 그다음에는 시간과 인내와 열정으로 모든 장애물이 극복되었다. 그래서 미국 교회가 특별히 선택한, 덕망 있는 인물들이 마침내 자신들의 교회에서 주교라는 가장 높은 직위를 부여받고 그들을 기다리는 주교 관구로 돌아오게 되

---

* High Church: 영국국교(성공회)에서 로마 가톨릭 교회의 신앙에 가장 가까운 종파를 말한다.

었다. 그리고 사제들과 부제들이 서품을 받게 되었다. 또 아직 조직화되지 못한 신생 분교구들에 거주하면서 일상적인 종교 의식의 혜택을 받지 못하는 신도들에게서 꺼져가는 신앙의 불길을 살려두기 위해 전도사들이 파견되었다.

그랜트 씨는 이런 무리에 속해 있었다. 그는 템플턴을 도읍지로 하는 카운티에 파견되었는데 이 마을에 주거를 정하도록 마머듀크가 진심으로 그를 초청하고 리처드가 비공식적으로 그를 압박했던 것이다. 그의 가족을 위해 자그마하고 소박한 집이 마련되어서 그 성직자는 독자에게 소개되기 불과 며칠 전에 이 마을에 등장했던 것이다. 그가 집전하는 의식이 이곳 주민들 대다수에게는 완전히 낯선 것이었고 앞서 다른 교파의 성직자가 학교를 떠맡음으로써 이곳의 현장을 장악하고 있었으므로 그가 도착한 후 첫 일요일은 조용히 지나가도록 묵인되었다. 그러나 이제 그의 호적수가 마치 유성처럼 대기를 자신의 지혜의 빛으로 가득 채우면서 떠나갔으므로 리처드는 "그랜트 신부님이 크리스마스이브에 템플턴 학교의 큰 교실에서 미국 성공회의 의식에 따라 공식 예배를 집전할 예정"이라고 알릴 수 있게 되었던 것이다.

이 예고로 여러 종파의 신도들 사이에는 큰 동요가 일어났다. 어떤 신도들은 성직자가 임무에 착수했다는 그 보고의 성격에 대해 궁금해하기도 하고 또 어떤 신도들은 비웃기도 했다. 그러나 그보다 훨씬 더 많은 숫자는 리처드가 그 방면으로 시험했던 여러 가지 전례를 생각해내고 또 종파심이라는 주제에 대한 마머듀크의 관념이 관대한, 아니 오히려 느슨한 것을 염두에 두고선 아무 말 하지 않는 것이 가장 현명할 것이라고 생각했다.

그러나 바로 지금 사람들은 놀라워하면서 이날 밤을 기다리고 있는 터였다. 그리고 이 중대한 날 아침 리처드와 벤저민이 마을 인근의 숲에서 각자 어깨에 큰 상록수 가지 다발을 메고 나오는 것을 마을 사람들이 목격했을 때 그들의 호기심은 조금도 줄어들지 않았다. 사람들은 존경할 만한 이들 두 사람이 학교로 들어가서 조심스럽게 문을 잠그는 것을 보았다. 그 후 그들의 행동은 온 마을 사람들에게 큰 비밀로 남아 있었다. 존스 씨는 이 신비한 일을 시작하기 전에 그날은 수업을 할 수가 없다고 교사에게 알려서 그 교사의 관리 아래 있는 운 좋은 학생들을 아주 기쁘게 했다. 마머듀크에게는 이 모든 준비 사항들을 편지로 알렸고 그와 엘리자베스는 그날 밤 의식에 참석하기 위해 때맞춰 도착하기로 특별히 정해져 있었다.

이 여담이 끝났으니 다시 우리의 이야기로 돌아가기로 하자.

9장

"이제 모두가 각각의 맛있게 조리된 요리에서
육류 — 닭고기 — 생선이 보여줄 수 있는 맛을 찬탄한다.
합당한 순서로 각 손님은 자신의 위치에 앉고
그의 가슴은 행복한 기대로 높이 고동치며
음식을 씹는 즐거움을 미리 맛본다."
―『헬리오가발리아드』

므시외 르 콰가 엘리자베스를 인도한 방은 디도의 유골을 담고 있다고 생각되는 그 항아리 아래에 난 문을 통해 거실과 이어져 있었다. 그 방은 널따랗고 규모도 매우 합당했다. 그러나 그곳의 장식물과 가구에서는 거실에서 볼 수 있었던 바와 마찬가지로 다양한 기호와 불완전한 제작 솜씨를 목격할 수가 있었다. 가구에 대해 말하자면 모린 천으로 만든 방석이 깔린 열두 개의 녹색 목재 안락의자가 있었는데 한 필의 모린 천에서 방석도 만들어지고 리마커블의 속치마도 만들어졌던 것이다. 식탁에는 음식이 차려져 있어서 식탁의 재목과 만듦새는 보이지 않았지만 식탁은 무겁고 크기도 컸다. 매우 큰 거울이 벽에 걸려 있었는데 거울의 틀에는 금도금이 되어 있었고 난로에서는 단단한 단풍나무, 아니면 사탕단풍나무가 기분 좋게 타고 있었다. 난롯불이 맨 먼저 판사의 주의를 끈 대상이었다. 그렇게 짐작하는 이유는 그가 그것을 보자마자 약간 화를 내며 리처드에게 이렇게 외쳤기 때문이었다.

"내 집에서 사탕단풍나무의 사용을 금지한 게 대체 몇 번이야. 열을 받아 스며 나오는 저 수액을 보는 게 난 괴롭단 말이야, 리처드. 정말이지 나처럼 광대한 삼림을 소유한 사람은 자기 마을 주민들에게 어떤 모범을 보이느냐에 대해 신중할 필요가 있단 말이지. 주민들이 이미 숲의 나무들을 베어 넘어뜨리고 있으니까 말이야. 마치 그들의 소중한 나무들이 무진장 존재하는 것처럼, 또 그 나무들이 무한정 존재하는 것처럼 말이야. 우리가 이런 식으로 계속 행동한다면 지금부터 20년 후 우리에게는 연료가 없을 걸세."

"이 구릉지대에서 연료 걱정이라니, 듀크 사촌!" 리처드가 조롱조로 외쳤다. "연료라고! 이런, 차라리 호수에서 물이 없어져서 물고기들이 죽을 거라고 예언하는 편이 더 낫겠네. 왜냐하면 난 땅에서 서리가 사라지면 통나무를 이용해 샘 한두 개를 마을로 끌어들일 작정이니까 말이야. 그런데 자넨 이런 문제들에 대해 항상 약간 야단법석을 떤단 말이야, 마머듀크."

"숲의 이런 보석들을, 자연의 이런 선물을, 위로와 부를 가져다주는 이러한 보고(寶庫)를 하찮게 난로에 사용하는 습관을 비난하는 게 야단법석이란 말인가? 하지만 난 땅에서 눈이 녹자마자 석탄을 찾으러 사람들 한 무리를 숲속으로 보내야겠네. 반드시 그렇게 하겠네."

"석탄이라고!" 리처드가 되풀이해 말했다. "대체 누가 석탄을 캐내려 할 거라고 자넨 생각하나? 석탄 한 부셸*을 찾아 헤매다가 열두 달 동안 연료로 쓸 수 있는 것보다 더 많은 나무뿌리를 파내버려야 하는 데 말이

---

* bushel: 무게나 부피를 잴 때 쓰는 단위로 1부셸은 약 27킬로그램에 해당한다.

지. 흥! 흥! 마머듀크, 이런 일을 관리하는 건 내게 맡겨야 하네. 난 이런 방면에는 타고난 재능이 있으니 말일세. 내 어여쁜 오촌 베스의 피를 따뜻하게 해주기 위해 이 불을 피우라고 지시한 사람도 나라네. 그리고 이건 정말 멋진 불이 아닌가."

"그럼 자네가 그런 동기 때문에 그랬다고 변명해야겠군그래, 디컨." 판사가 말했다. "그렇지만 신사 여러분, 우리가 식사를 늦추고 있군요. 엘리자베스, 애야, 네가 식탁 머리에 앉으렴. 리처드가 네 맞은편에 앉아서 나 대신 칠면조 써는 수고를 해주실 작정이야."

"아무렴 내가 해야지." 리처드가 외쳤다. "여기 썰어야 할 칠면조가 있고 난 이 세상 그 누구 못지않게 칠면조를, 아니 그런 일이면 거위도 잘 써는 방법을 알고 있다고 스스로 우쭐해하고 있거든. 그랜트 씨! 그랜트 씨는 어디 계십니까? 신부님, 식전 기도를 드려주시겠습니까? 음식이 전부 식어가고 있어요. 이런 추운 날씨에는 음식 한 가지를 불 위에서 금방 내려놓아도 5분 후에는 얼어버릴 겁니다. 그랜트 씨! 신부님께서 식전 기도를 해주시기를 바라고 있습니다. '우리가 받아먹을 음식에 대해 하느님께서 우리로 하여금 감사하게 해주시길.' 오세요. 앉으세요, 앉으세요. 넌 날개살을 먹니, 가슴살을 먹니, 베스 오촌?"

그러나 엘리자베스는 아직 자리에 앉지 않았고 또 날개살이나 가슴살을 받아먹을 준비도 되어 있지 않았다. 그녀의 웃음 띤 두 눈은 식탁에 배치된 것들과 선택된 음식과 그 질을 훑어보고 있었다. 아버지의 시선이 곧 딸의 궁금해하는 표정과 마주쳤다. 그는 미소를 띠며 말했다.

"애야, 우리가 얼마나 리마커블의 덕을 보고 있는지 너도 눈치챘겠지. 집안일을 돌보는 그 기술의 덕을 말이야. 리마커블이 정말 훌륭한 식사를 준비해주었구나. 공복 때문에 강렬해진 식욕을 충분히 채워줄 수 있을 정도로 말이다."

"이런!" 리마커블이 말했다. "판사님께서 만족하신다니 저도 기쁩니다. 하지만 소스를 너무 오래 끓였다는 걸 아시게 될 거예요. 엘리자베스 아씨께서 집에 오신다고 해서 제가 정말로 마음에 들게 꾸며보려 했지만요."

"내 딸이 이제 성인의 신분이 되었으니 지금 이 순간부터 내 집의 여주인이네." 판사가 말했다. "내 집에서 사는 사람은 모두 내 딸을 미스 템플이라고 부르는 게 옳은 일이야."

"무슨 말씀을!" 리마커블이 약간 놀라서 외쳤다. "이런 젊은 여성을 미스라고 부르는 걸 들어본 사람이 과연 있을까요? 판사님께 지금 부인이 계시다면 그분을 미스* 템플 말고 다른 이름으로 부르려고는 생각 안할 거예요. 하지만……"

"딸밖에 없으니 부탁인데 자넨 이제부터 내 딸에게 그 호칭을 써야 하네." 마머듀크가 그녀의 말을 가로막으며 말했다.

판사가 진정으로 불쾌해하는 듯이 보였고 또 그런 순간에는 그가 특히 위풍당당한 모습을 보였으므로 주의 깊은 가정부는 아무런 대답도 하지 않았다. 그리고 그랜트 씨가 방에 들어오자 일행은 모두 곧 식탁에 앉았다. 이 식사가 대체로 그 시대와 그 지방에 유행하던 양식에 따라 차려져 있었으므로 우리는 이 연회가 차려진 모습을 짧게 묘사해보려 한다.

식탁보와 냅킨은 가장 아름다운 능직물로 만들었고 크고 작은 접시들은 진짜 자기였는데 자기는 미국의 상업 발달 초기 시대였던 이때에는

---

* 17세기부터 사용된 이 '미스miss'란 표현은 처음에는 여주인, 부인을 뜻하는 '미스트리스mistress'의 약어(略語)로서 기혼, 미혼을 막론하고 모든 여성을 부르는 호칭이었다.

매우 사치스러운 품목이었다. 나이프와 포크는 세밀하게 닦아 윤을 낸 강철 제품이었고 밝은 빛의 상아에 끼워져 있었다. 마머듀크의 부로 식탁 위의 대부분의 것들이 마련되었으므로 그것들은 기분 좋은 것이었을 뿐만 아니라 우아하기까지 했다. 그렇지만 몇몇 큰 접시의 내용물과 그 접시들이 배치된 위치는 리마커블의 단독적 판단의 결과물이었다. 엘리자베스 앞에는 매우 큰, 구운 칠면조가 놓여 있었고 리처드 앞에는 삶은 칠면조가 놓여 있었다. 식탁 중앙에는 육중한 은 양념병이 한 쌍 서 있었고 네 가지 요리가 양념병들을 둘러싸고 있었다. 그중 한 가지 요리는 회색다람쥐 고기 프리카세*였고 또 한 가지는 기름에 튀긴 생선, 또 다른 한 가지는 삶은 생선, 마지막 한 가지 요리는 사슴 고기 스테이크였다. 이 요리들과 칠면조들 사이의 한쪽에는 곰의 거대한 등뼈에 붙은 살을 그대로 구운 것이 놓여 있었고 다른 한편에는 맛있는 고기인 삶은 양 다리 요리가 놓여 있었다. 이 많은 고기들 사이에는 그 계절에 그 지방에서 나는 온갖 종류의 채소들이 군데군데 놓여 있었다. 식탁의 네 귀퉁이는 빵 접시로 장식되어 있었다. 한 접시에는 '도넛'이라는 이름의, 기묘하게 배배꼬이고 복잡한 모양을 한 빵들이 쌓여 있었다. 또 다른 접시에는 검은색으로 보이는 물체가 쌓여 있었는데 그 검은색은 당밀 때문이었다. 그 빵은 당연히 '달콤한 빵'이라고 불렸는데 리마커블과 함께 일하는 사람들이 놀랄 만큼 좋아하는 빵이었다. 세번째 접시는 그 가정부의 말투를 빌리자면 "생강빵 덩어리들"**로 가득 차 있었다. 그리고 마지막 접시에는 '건포도 케이크'가 하나 놓여 있었다. 이 케이크는 수상쩍을 정도

---

* fricassee: 프리카세란 고기를 잘게 썰어 조리한 것에 화이트소스(밀가루에 버터, 우유를 섞어 만듦)를 친 요리를 말한다.
** caards of gingerbread: 생강빵에 꿀을 많이 넣어 빵이 덩어리진 것.

로 건포도와 색깔이 비슷한 물체에서 많은 건포도의 검은 윗부분이 드러나 보였던 까닭에 '건포도 케이크'라고 불렸다. 식탁의 각 모서리에는 작은 접시들이 있었는데 그 접시들에는 어정쩡한 색깔과 농도의 걸쭉한 액체가 가득 차 있었다. 또 그 액체에는 뭐라고 표현할 수 없는 어떤 물질로 된, 작고 검은 덩어리들이 얼룩덜룩하게 떠 있었다. 그런데 그 덩어리들을 리마커블은 자신의 '설탕절임 과자'라고 불렀다. 음식을 덜어 먹는 용도의 앞 접시는 모두 거꾸로 뒤집힌 상태로 놓여 있었고 그 위에는 나이프와 포크가 매우 정확히 교차되어 놓여 있었다. 또 접시 옆에는 그보다 작은 크기의 또 하나의 접시가 놓여 있었는데 거기에는 얼룩덜룩하게 보이는 파이가 하나 놓여 있었다. 그 파이는 삼각형의 사과 조각, 저민 고기, 호박 조각, 덩굴 월귤 열매 조각, 커스터드 조각 등을 결합해서 하나의 파이로 만든 것이었다. 브랜디, 럼주, 진, 포도주가 든 병들과 사과술과 맥주가 든 갖가지 형태의 주전자들과 쉿쉿 소리와 함께 김이 나오는 '플립'*이 든 용기 등이 그것들을 열어 손님들에게 권하기 좋을 만한 장소에 여기저기 놓여 있었다. 식탁이 꽤 컸지만 화려한 능직 식탁보가 보이는 곳이 거의 없었다. 요리가 담긴 접시들과 그와 관련된 병, 작은 접시와 받침 접시 들이 식탁에 가득 놓여 있었기 때문이었다. 아낌없이 가득 차린다는 것이 바로 이 식탁을 차린 목표인 듯이 보였는데 그 목표는 질서와 품격을 희생시킨 가운데 달성되어 있었다.

판사 자신뿐만 아니라 손님들도 모두 이런 종류의 식사에 완전히 익숙한 듯 보였다. 왜냐하면 모두 리마커블의 미각과 기술에는 지대한 영예가 될 것 같은 왕성한 식욕을 보이며 음식을 먹기 시작했기 때문이었

---

* flip: 맥주, 브랜디에 향료, 설탕, 달걀 등을 넣어 달군 쇠막대로 저어 만든 음료.

다. 손님들이 이처럼 식사에 열중한 것이 약간 놀라웠던 이유는 독일인과 리처드 두 사람 다 판사가 앉은 다른 식탁으로 가서 판사와 만나달라는 호출을 이미 받았기 때문이었다. 그러나 하르트만 소령은 유람 여행 중에는 어떤 규칙에도 구애받지 않고 먹고 마시는 습관이 있었고 존스 씨는 이미 시작한 업무가 무엇이든 간에 그 일을 먼저 처리한다는 불변의 규칙을 정해두고 있었다. 주인인 판사는 땔나무 문제에 자신이 흥분했던 점에 대해 사과를 하는 것이 필요하다고 생각하는 것처럼 보였다. 그래서 일행이 편안하게 자리에 앉아 각자의 나이프와 포크를 바쁘게 움직이고 있을 때 그는 이렇게 말했다.

"정착민들이 이 나라의 장대한 나무들을 낭비하는 모습은 충격적입니다, 므시외 르 콰. 귀하께서도 분명 알아차리셨겠지만 말입니다. 어떤 사람이 울타리 만들 목재가 필요하다고 소나무 한 그루를 베어 넘기는 걸 전 목격했지요. 그러고는 처음 벤 목재 조각들을 굴려서 골짜기로 떨어뜨리는 것도 목격했답니다. 그 목재가 거기서 썩게 내버려두는 거지요. 실은 그 소나무의 윗부분만 가져도 그의 목적에 충분히 합당한 울타리를 만들 수가 있었는 데도 말입니다. 또 그 나무의 밑동은 필라델피아의 시장에서 20달러를 받고 팔 수 있었을 텐데도 말입니다."

"그럼 제기랄, 대체 어떻게, 욕을 해서 미안합니다, 그랜트 씨" 하고 리처드가 끼어들었다. "그 불쌍한 놈은 자신의 통나무를 필라델피아의 시장까지 어떻게 운반해야 하는지 제발 대답해보시지요? 호주머니에 넣어 가나요, 허어! 마치 밤 한 줌이나 백옥나무 열매 한 바구니를 가지고 가는 것처럼요? 신부님께서 양쪽 호주머니에 소나무 통나무를 하나씩 넣고 중앙로를 걸어 올라가는 모습을 보고 싶군요. 흥! 흥! 듀크 사촌, 우리들 모두가 사용하기에 충분한 나무들이 있고 베지 않고 그냥 내버려둘 나무들도 충분히 있지 않나. 내가 저기 개간지에 서 있으면 바람이 어느 쪽으로 부는지 거의 분간할 수가 없다네. 나무들이 너무 무성하고 너무 키가 커서 말이네. 구름마저 없다면 전혀 알 수가 없지. 내가 마침 나침반의 서른두 가지 방향을, 말하자면 다 외우고 있는데도 말이야."

"예! 예! 스콰이어." 벤저민이 외쳤다. 그는 이제 막 들어와서 판사의 의자 뒤에 자리 잡고 서 있었다. 그래도 지금과 같은 발언을 할 경우에 대비해서 약간 떨어져 서 있었다. "위를 보셔얍지요, 위를요. 늙은 선원들은 이렇게 말합지요. '그놈이 위를 보지 않으면 선원이 되지 못할걸.' 나침반에 대해 말하자면 물론 그게 없으면 배의 키를 잡는다는 게 있을 수가 없습죠. 전 지붕 위에 있는 스콰이어의 망루를 주범 망대라고 부르는데 주범 망대를 시야에서 놓치는 일이 없다고 자신합죠. 하지만 진로를 잘 찾아가기 위해, 아시겠지만 나침반을 잘 설정해두고 사물의 방위와 거리를 확인합지요. 혹시라도 하늘이 잔뜩 흐려지거나 나무 꼭대기들이 하늘에서 들어오는 햇빛을 막을지도 모르니까 말입지요. 세인트 폴 교회의 뾰족탑이, 이제 우리가 그걸 똑바로 세워놓았으니까 말인데요, 숲을 통과할 때에는 큰 도움이 됩지요. 왜냐하면 맹세코 제가 예전에……"

"됐네, 벤저민" 하고 마머듀크가 그 말을 가로막았다. 그의 딸이 집사장의 스스럼없는 말에 불쾌감을 표시하는 것을 보았기 때문이었다. "허나 자네는 우리 일행 중에 숙녀가 한 분 계시다는 걸 잊어버리고 있군. 여성들은 대부분 자기들이 대화를 하는 걸 좋아하지 않나."

"판사님께서 진실을 말씀하셨습죠." 그의 습관인 시끄러운 웃음을 터뜨리며 벤저민이 외쳤다. "자, 여기 리마커블 프리티본스 부인이 있습죠. 그런데 이분의 혀에서 정지 장치를 떼어내기만 하면 수다가 흘러나

올 겁니다. 아마도 프랑스의 사나포선*이나 그 비슷한 것의 앞을 가로질러 갈 때 우리 배가 마침 바람이 불어가는 쪽으로 향하게 된 경우보다 더 나쁜 경웁지요. 마치 원숭이 열두 마리를 한 자루에 가득 채워 넣었을 때처럼 말입지요."

벤저민의 주장의 진실성에 대해 그 가정부가 얼마나 완벽한 사례를 제공했을지를 말하기는 불가능했다. 그녀가 감히 그러려고 했다면 말이다. 그러나 판사가 가정부를 엄격한 시선으로 바라보았으므로, 그의 분노를 사고 싶지는 않았지만 그래도 자신의 분노는 참을 수가 없었던 그녀는 몸을 뒤로 발딱 젖히면서 식당에서 밖으로 급히 뛰어나갔다. 그런데 몸을 뒤로 젖히는 동작이 너무나 격렬해서 그녀의 약한 신체가 중간쯤에서 거의 두 동강이 날 것처럼 보였다.

"리처드." 자신의 불쾌감이 원하던 결과를 낳은 것을 관찰하면서 마머듀크가 말했다. "내가 아주 운 나쁘게도 부상을 입힌 그 청년에 대해 무언가 말해줄 수 있나? 나는 그가 산에서 레더스타킹과 함께 사냥을 하는 걸 발견했네. 그 둘은 마치 한 가족처럼 보였다네. 하지만 그들의 예법에는 명확한 차이가 있다네. 그 청년은 이 구릉 지대에서는 거의 들을 수 없는 정선된 언어로 자기 생각을 말하고 있네. 그처럼 초라한 옷을 입고 그처럼 비천한 일에 종사하는 청년이 어떻게 그런 언어를 쓸 수 있을까 하는 생각에 난 아주 크게 놀랐지. 모히건도 그를 알고 있었지. 틀림없이 그는 내티의 오두막집에 거주할 거야. 당신도 그 젊은이의 언어에 주목했습니까, 므시외 르 콰?"

"물론이지요, 므시외 템플." 프랑스인이 대꾸했다. "그는 정말이지 훌

---

* privateer: 전시에 적의 상선을 나포할 권리를 부여받은 민간 무장선.

룽한 영어로 야기했지요."

"그 젊은이는 결코 놀라운 사례가 아닙니다." 리처드가 외쳤다. "일찍부터 학교에 다닌 아이들이 열두 살이 되기 전에 훨씬 더 말을 잘하게 된다는 걸 난 알고 있으니까요. 늙은 니어마이어의 아들 제어드 코우도 있었잖아요. 비버가 만든 댐*이 있는 초원에 맨 먼저 정착한 애 말입니다. 개는 열네 살 때 이미 거의 나처럼 훌륭한 필체로 글을 쓸 수 있었지요. 비록 내가 저녁마다 개를 좀 가르친 건 사실이지만요. 그러나 이 사냥꾼 신사가 다시 손에 고삐를 쥐는 일이 있다면 차꼬 딸린 대**에 집어넣어야 해요. 그는 지금까지 내가 만난 사람들 중 말 다루는 기술이 가장 서툰 녀석이었어요. 아마도 그는 평생 소 말고는 아무것도 몰아본 적이 없을걸요."

"그 점에서, 디컨, 넌 그 젊은이를 부당하게 평가하고 있어." 판사가 말했다. "그는 위급한 순간마다 훌륭한 분별력을 발휘하던걸. 넌 그렇게 생각지 않니, 베스?"

이 질문에는 특별히 얼굴을 붉히게 만들 만한 요소가 아무것도 없었지만 엘리자베스는 공상에 잠겨 있다가 화들짝 놀라 제정신이 들어서는 이마까지 얼굴을 붉히며 이렇게 대답했다.

"제게는, 사랑하는 아버지, 그 사람이 아주 능숙하고 민첩하고 용기 있게 보였어요. 하지만 아마 리처드 당숙은 제가 그 신사분만큼이나 무

---

* 비버들은 무리를 이루어 살며 댐과 수로와 굴을 만든다. 댐을 만드는 이유는 댐의 고요하고 깊은 물에 들어가 육식동물에게 희생되는 것을 피하고 음식과 자대를 물에 띄워놓기 위해서이다.

** stocks: 형구의 일종. 나무에 구멍을 파서 죄수의 두 발(때로는 두 손)을 끼어 움직이지 못하게 하고 공공장소에 앉혀 창피를 주기 위해 사용된다. 차꼬가 여러 개 달려 있어 한 번에 여러 명의 죄수를 고정시켜 놓을 수도 있다.

지하다고 말씀하시겠지요."

"신사분이라고!" 리처드가 그 말을 되풀이했다. "너희들은 학교에서 그런 녀석들을 신사라고 부르니, 엘리자베스?"

"남자분들은 모두 신사지요. 여성을 존중하고 배려하며 대하는 법을 아는 사람이라면 누구나요." 젊은 숙녀가 빠르게, 그리고 약간 건방지게 대꾸했다.

"상속녀 앞에서 셔츠 바람의 모습을 보이기를 주저한 점에 대해서는 그만 말하기로 하자고." 리처드가 므시외 르 콰에게 윙크하며 소리쳤다. 르 콰 씨는 한쪽 눈으로는 그 윙크에 화답하고 다른 한쪽 눈을 굴려 동정의 표정을 담아 젊은 숙녀 쪽을 향했다. "자, 자, 내겐 그는 전혀 신사같이 보이지 않았어. 그렇지만 그 젊은이를 위해 말하자면 방아쇠는 잘 당기더군. 조준도 정확했고. 수사슴을 쏘는 데는 능숙하더군, 하하! 마머듀크?"

"리차트"라고 하르트만 소령이 자신이 말을 건 대상인 신사를 향해 근엄한 얼굴을 돌리면서 매우 진지하게 말했다. "크 청년은 괜찮았소. 그는 당신의 생명과 나의 생명과 토미니 그랜트의 생명과 저 프랑스인의 생을 쿠했소. 그러니 리차트, 이 늙은 프리츠 하르트만이 머리를 카릴 지붕을 가지고 있는 동안에는 그 청년에게는 잠잘 침대가 없어지는 일이 결코 일어나지 않을 거요."

"자, 자, 좋으실 대로, 노신사분." 존스 씨가 대수롭지 않다는 표정을 지으려고 애쓰면서 대꾸했다. "원하신다면 소령님, 그를 소령님의 돌집에 묵게 하시지요. 아마도 그 젊은이는 평생 나무껍질로 지은 오두막집보다 더 좋은 집에서는 잠을 자본 적이 없을 겁니다. 레더스타킹의 오두막집 같은 그런 오막살이집에서야 자봤겠지만요. 제가 예언컨대 소령님은 그를 곧 버릇없게 만들어버리실 겁니다. 그가 잠깐 사이에 얼마나 오만해졌는지 누구든 눈으로 볼 수가 있었어요. 제가 제 말들이 대로 쪽으로 가도록 인도하는 동안에 그가 단지 내 말들의 머리 옆에 서 있었다는 이유만으로요."

"아니, 아니야, 내 오랜 친구여"라고 마머듀크가 말했다. "어떤 방식으로든 그 청년의 생활을 도와주는 것이 내 임무가 될 거네. 난 그에게 나만의 빚을 지고 있으니 말이야. 그가 내 친구들을 도와줌으로써 내게도 도움을 준 일 외에도 말이네. 그렇지만 그에게 내 도움을 수락하도록 설득하는 데는 약간 어려움이 있을 거라 예상하고 있네. 그가 평생 이 집에서 거주해달라는 내 제의에, 베스야, 명백히 싫어하는 모습을 보였잖니."

"사실, 아버지"라고 엘리자베스가 예쁜 아랫입술을 뾰족 내밀면서 말했다. "전 그 신사의 표정에서 그의 감정을 읽을 수 있을 만큼 자세하게는 관찰하지 못했어요. 그가 상처 때문에 아주 당연히 통증을 느낄 거라 생각했기 때문에 동정심을 느꼈지요. 하지만"이라고 말하고는 말을 이어가면서 엘리자베스는 호기심을 억누르며 집사 쪽을 흘깃 보았다. "아마도, 아버지, 벤저민이 그에 대해 무언가를 아버지께 말씀드릴 수 있을 거예요. 그가 마을에 살고 있었는 데도 벤저민이 그를 자주 보지 못했을 리는 없으니까요."

"예! 전 그 청년을 전에도 본 적이 있습죠." 벤저민이 말했다. 그에게는 말하라고 격려의 말을 해줄 필요가 거의 없었기 때문이었다. "그는 내티 범포의 뒤를 쫓으며 사슴을 찾아 산속 여기저기에서 바람의 방향에 따라 교묘한 동작으로 전진하는 그런 일을 해왔습죠. 마치 올버니 범선에 예인되는 네덜란드 대형 보트처럼 말입죠. 그는 좋은 소총도 가지고 다닙죠. 레더스타킹이 바로 지난 화요일 밤에 베티 홀리스터의 술집 난로 앞에서 그 젊은이가 야생 짐승들을 백발백중으로 맞힌다고 말하는 걸 제가 들었습니다요. 만약 그가 호숫가에서 계속 끙끙대고 있는 살쾡이를 죽일 수 있다면, 모진 서리와 깊이 쌓인 눈 때문에 사슴들이 물러가는 바람에 그것들이 떼를 지어 살게 되었으니 말인데요, 그도 꼭 필요하고 좋은 일을 하게 되는 겁지요. 이곳 살쾡이는 좋지 못한 동료 선원이니까 기독교도들의 항로에서 떠돌아다니지 못하도록 쫓아내야 합죠."

"그가 범포의 오두막에서 살고 있다고?" 약간 흥미를 보이면서 마머 듀크가 물었다.

"꼭 붙어서 정답게요. 수요일이 되면 그가 레더스타킹과 함께 있는 것이 수평선 위로 처음 보이기 시작한 지 3주째가 됩지요. 그들은 둘이서 늑대 한 마리를 포획해서 포상금을 받기 위해 그 머리 가죽을 가지고 왔지요. 범포 씨는 머리 가죽을 벗기는 데 능숙한 기술이 있습죠. 그리고 이곳 마을에서는 그가 기독교도들을 위해 일하면서 그 일을 배웠다고 말하는 사람들이 있습니다요. 만약 그 말이 사실이라면, 또 판사님이 이곳 호숫가 지방을 장악하고 계시니까 저도 이곳 호숫가에서는 일을 지휘할 수가 있으니, 글쎄 보면 아시겠지만 전 그 일로 조만간 그를 현문(舷門)에 끌어내어 매질을 할 겁니다요. 차꼬 달린 대 옆에 아주 훌륭한 기둥이 설치돼 있습지요. 아홉 갈래로 된 채찍에 대해 말하자면 전 제 두 손으로 그런 채찍을 하나 만들 수가 있습니다요. 예! 그리고 더 나은 채찍이 없으니 그걸 사용할 수밖에 없습지요."

"자넨 내티에 대해 들은 근거 없는 얘기들을 믿어서는 안 돼. 그는 이 산악 지대에서 생계를 이어갈 일종의 타고난 권리가 있으니까. 그리고 만약 마을의 게으름뱅이들이 때때로 악당이라는 평판이 자자한 자들을 괴롭히듯이 내티를 괴롭힐 생각을 한다 하더라도 그가 법의 강력한 힘으로 보호받고 있다는 사실을 그들은 알게 될 거네."

"소총은 펌보다 낫다"고 소령이 교훈적으로 말했다.

"그의 소총이 바로 그렇죠." 리처드가 손가락으로 딱 소리를 내며 외쳤다. "벤 말이 옳아요. 그리고 나는"이라고 이어지던 그의 말은 학교의 종루에 매달린 흔한 선박용 종이 울리는 소리에 중단되었다. 이 종은 이제 끊임없이 울림으로써 지정된 예배 시간이 되었다는 것을 알리고 있었다. "이 식사에 대해, 그리고 이분의 다른 모든 친절한 행위에 대해, 죄송하지만 그랜트 씨, 감사 기도를 해주시겠습니까, 신부님? 우리가 가야 할 시간입니다. 우리가 이 동네에서 유일한 성공회 신자들이니까요. 다시 말하자면 저와 벤저민과 엘리자베스가요. 마머듀크 같은 이도저도 아닌 신자는 이교도에 못지않게 나쁘다고 전 생각하니까요."

그 성직자는 일어나서 온순하지만 열렬하게 그 의식을 행했다. 그러고 나서 일행은 즉시 전부 교회로, 더 정확히 말하면 학교로 갈 채비를 했다.

10장

"그리고 기도하라고 죄 많은 사람을 부르면서
큰 소리로, 길게, 깊게, 그 종이 울렸다."
-뷔르거, 「난폭한 사냥꾼」 2장 11~12절(스콧 번역)

리처드와 므시외 르 콰가 벤저민이 수행하는 가운데 눈 속에 뚫린 보도로 학교로 나아가고 있는 동안 판사와 그의 딸과 성직자와 소령은 마을의 거리로 해서 동일한 장소로 우회해서 가고 있었다.

달이 이미 떠 있었고 둥근 달은, 동쪽의 산꼭대기에서 검은 윤곽을 보이며 서 있는 소나무들 위로 달빛을 쏟아붓고 있었다. 여러 다른 지방들에서라면 한밤중치고는 하늘이 맑고 밝다고 사람들이 생각했을 것이었다. 별들이 하늘에서 반짝거리고 있었다. 별들은 대기의 압도적인 광휘 때문에 무색해져서 마치 멀리서 타고 있는 불이 마지막으로 꺼져가며 내는 희미한 빛처럼 보였다. 달빛이 호수와 들판의 매끄럽고 흰 표면에 부딪친 후 광대하게 펼쳐진 눈밭의 홈 없이 깨끗한 색깔을 받아 밝아진 빛을 위쪽으로 반사하고 있었기 때문이었다.

엘리자베스는 썰매가 중심가를 따라 편안한 속도로 착착 움직이고 있는 동안 거의 모든 집의 문간 위에 붙어 있는 간판들을 읽는 데 열중하고 있었다. 그들이 앞으로 한 걸음씩 나아갈 때마다 그녀의 시선이 새로운 직업과 마주쳤을 뿐만 아니라 그녀의 귀는 낯선 이름들과 마주쳤다. 집들 자체도 변해버린 듯이 보였다. 이 집은 증축으로 변했고 저 집은 페인트칠을 했고 또 다른 집은 예전에 알던 집이 있던 터에 새로 건축되어 있었다. 원래의 집은 지상에 모습을 드러내자마자 거의 곧바로 허물어졌던 것이다. 그렇지만 모든 집들에서 그 안에 거주하는 이들이 쏟아져 나왔다. 모두 같은 장소로 향하고 있었는데 그들은 그곳에서 리처드와 벤저민이 두 사람의 동일한 기호(嗜好)에 따라 꾸며놓은 어떤 것을 볼 것이라고 예상하고 있었다.

우리의 여주인공은 밝고 부드럽고 아름다운 달빛 아래 정말 어느 정도 더 멋지게 보이는 건물들을 관찰한 뒤, 지나가는 사람들의 다양한 모습들 속에 자신이 알고 있는 어떤 모습이라도 있을까 찾아보려고 시선을 돌려 자세히 바라보았다. 그러나 그들은 망토나 외투에 감싸이거나 두건이나 스카프를 두르고 눈 속의 좁은 샛길을 미끄러지듯 지나가고 있었으므로 모두 비슷하게 보였다. 그런데 그들이 걸어가고 있던 샛길은 늘어선 집들 아래로 난 길이었는데, 쌓인 눈을 파내어 그들이 걷고 있던 깊게 파인 샛길을 만드는 과정에서 눈이 높이 쌓여 둑을 이루고 있었기 때문에, 그 집들도 거기에 절반쯤 가려져 있었다. 엘리자베스는 기억에 남아 있는 키나 걸음걸이를 한두 번 보았다고 생각했지만 그 키나 걸음걸이의 소유자는 거의 모든 집 문 앞에 놓여 있는 엄청난 목재 더미 뒤로 금세 사라져버렸다. 그들이 중심가에서 그 길과 직각으로 교차하는 길로 들어섰을 때에야 비로소 그녀는 자신이 아는 얼굴과 건물을 확실히 알아보게 되었다. 그런데 그들이 접어든 길은 만남의 장소로 바로 통하는 길이었다.

그녀가 알아본 그 집은 그 마을 중심가의 길모퉁이 한 곳에 서 있었다. 그 집은 그 간판은 물론이고 잘 다져진 문간을 보더라도 그곳에서 사람이 가장 많이 출입하는 선술집들 중 하나임이 분명했다. 그 건물은 단층이었지만 지붕에 난 창이나 페인트칠이나 창문의 덧문, 또는 열린 현관문을 통해 보이는 기분 좋은 느낌의 난로로 인해 편안한 분위기를 자아내고 있었다. 그런데 그러한 분위기는 그 주위의 다른 여러 건물들은 갖지 못한 어떤 것이었다. 그 건물의 간판은, 선술집임을 알리는 푯말에 매달려 있었는데 거기에는 기마병의 모습이 그려져 있었다. 그 기마병은 기병도(刀)와 권총을 차고 있었고 검은 털가죽 모자를 쓰고 있었다. 또 그가 타고 있는 사나운 말은 날뛰고 있는 형상으로 그려져 있었다. 이런 모든 세세한 사항들을 달빛의 도움을 받아 쉽게 볼 수가 있었다. 또 약간 읽기 어려운 글 한 줄이 검정색 페인트로 쓰여 있었지만 엘리자베스에게는 이 모든 것이 낯익었으므로 그녀는 쉽게 '볼드 드러군'*이라는 글씨를 읽을 수 있었다.

썰매가 그곳을 지나고 있을 때 이 주택의 문에서 한 남자와 한 여자가 나오고 있었다. 남자는 뻣뻣한 군대식 걸음걸이로 걸어왔는데 한쪽 다리를 절룩거리고 있었기 때문에 그 걸음걸이가 한층 더 강조되고 있었다. 하지만 여자는 자신이 만나게 될 대상에 대해 특별히 개의하지 않는 보조(步調)와 태도로 다가왔다. 달빛이 그녀의 통통하고 넓적하고 불그

---

* bold dragoon: 대담한 용기병(龍騎兵)이라는 뜻. 17세기 후반과 18세기 초반에는 대부분의 유럽 국가들의 군에 용기병(dragoon) 연대가 창설되어 있었는데 '용기병'은 경기병 부대나 그 부대원을 뜻한다. 이 '용기병'이라는 단어는 프랑스 군대의 용기병들이 지니고 다니던 'dragon'이라는 명칭의 화기에서 유래한 듯하다. 이 용어는 현대에도 기갑 연대, 또는 의장 기병 연대를 칭하는 명칭으로 사용되고 있다.

스름한 얼굴을 바로 비추고 있어서 그녀의 남성적인 얼굴 생김새를 드러내 보여주었다. 얼굴은 주름 장식 달린 모자 아래로 드러나 있었는데 결코 딱딱하지는 않은 그 얼굴의 윤곽을 부드럽게 하기 위해 모자를 쓴 것 같았다. 약간 격식을 차린 형태의 작은 검정 비단 보닛이 그녀의 머리 뒤쪽에 놓여 있었지만 그것은 그녀의 얼굴을 조금이라도 가리기 위한 것은 아니었다. 동쪽에서 비치는 달빛을 받은 그녀의 얼굴은 서쪽에서 뜨는 태양과 비슷하게 보였다. 그녀는 남성적인 큰 걸음으로 앞으로 다가와서 썰매를 가로막았다. 판사가 고삐를 잡고 있던, 그리스 왕과 같은 이름의 마부에게 말들을 멈추게 하라고 지시했으므로 쌍방은 곧 서로에게 가까워졌다.

"여러분에게 행운을, 그리고 집에 돌아오신 것을 환영해요, 편사님" 하고 여자가 강한 아일랜드 어투로 외쳤다. "정말이지 내게는 여러분은 항상 환영이랍니다. 정말이지! 리지 양도 있군요. 젊고 예쁜 아가씨로 성장했네요. 아가씨는 이제 젊은 남자들을 무척이나 고민하게 만들겠어요. 이 마을에 연대 같은 게 하나 주둔하고 있다면 말이죠. 오오! 하지만 이런 헛된 일에 대해 말하는 건 쓸모없는 일이지요. 종소리가 짝짓기하라고 우리를 부르고 있는 동안에는 말이지요. 우리가 언젠가 전혀 예상치 못하고 있을 때 예기치 않게 불려가는 것과 꼭 마찬가지로 말입니다. 안녕하세요, 소령님. 오늘 밤 진 토디* 한 잔을 만들어놓을까요? 아니면 소령님은 크리스마스이브와 그 저택에 도착한 첫날 밤에는 그곳에 머무시는 일이 많으니 만들어놓지 말까요?"

"만나서 반가워요, 홀리스터 부인." 엘리자베스가 대꾸했다. "우리가

---

* gin-toddy: 위스키나 럼 등 독한 술에 더운 물과 설탕을 넣은 음료.

저택 문을 출발하면서부터 제가 아는 얼굴을 찾아내려고 애썼지만 아주머니 외에는 한 분도 아는 분을 못 만났답니다. 아주머니 댁도 변함이 없더군요. 다른 집들은 모두 너무 많이 변해서 집터만 빼고는 전부 다 완전히 처음 보는 집들이네요. 아주머니께서는 제 당숙 리처드 씨가 페인트칠한 예전의 그 간판도 여전히 달아두셨네요. 아래쪽에 쓰인 이름까지요. 그 이름에 대해 이견이 있었다는 걸 기억하시겠지만요."

"대담한 용기병에 대해 말하는 거지? 그런데 그 용기병이 어떤 이름을 가질 수가 있겠니. 그 이름 말고 다른 이름으로는 한 번도 알려진 적이 없는데 말이야. 그건 여기 있는, 대위였던 내 남편이 증언할 수 있는 거지. 그분을 시중드는 건 즐거운 일이었지. 또 그분은 사람들이 가장 많이 필요로 하는 분이셨지. 오오! 하지만 갑작스러운 종말을 맞으셨어. 그렇지만 그 대의명분으로 인해 그분의 정당함이 증명되기를 바라야겠지. 또 저기 계신 그랜트 신부님도 바로 그 말을 반박할 분이 아니지. 그래, 그래, 스콰이어가 그분을 간판에 그리고 싶어 하셨고 그래서 나도 그분의 얼굴을 저기 걸어둘 수도 있겠다고 생각했었지. 왜냐하면 그분은 정말로 여러 번 우리와 함께 행운과 불운을 나눈 분이셨으니까 말이야. 두 눈은 대위의 눈처럼 크지도 않고 타는 듯하지도 않지만 구레나룻과 모자는 대위의 것과 마치 쌍쌍인 것처럼 비슷하지. 자, 자, 난 얘기하느라 여러분을 계속 추위 속에 두지는 않겠어요. 내일 예배가 끝난 뒤에 들러서 안부를 묻겠어요. 지금 현재를 최대한으로 이용하고 나서 모두에게 문이 열린 그 집으로 가는 게 우리의 본분이지요. 그러니 하느님께서 여러분을 축복하시고 여러분을 악에서 지켜주시기를. 제가 오늘 밤 진 음료를 만들어놓을까요 말까요, 소령님?"

이 질문에 독일인은 매우 간결하게 긍정적인 대답을 했다. 그러고는 불타는 듯한 얼굴을 한 이 술집 안주인의 남편과 판사 사이에 몇 마디 말이 오간 뒤에 썰매는 움직이기 시작했다. 썰매는 곧 학교 문에 도착했으므로 일행은 그곳에서 내려서 건물 안으로 들어섰다.

그러는 동안 존스 씨와 그의 두 동료는 이동할 거리가 훨씬 더 짧았으므로 썰매에 탄 일행보다 몇 분 더 빨리 지정된 장소 앞에 도착해 있었다. 리처드는 서둘러 교실로 들어가는 대신 이주민들의 놀라움을 즐기기 위해 두 손을 외투의 양쪽 호주머니에 넣고는 학교 앞에서 이리저리 걸어 다니는 척하고 있었다. 그러는 그의 모습은 마치 예식에 익숙한 사람 같았다.

마을 사람들은 한결같은 모습으로 건물 안으로 계속 들어갔다. 그들은 그러한 행사 때면 어떤 것에도 동요되지 않는, 예의 바른 태도로, 엄숙하게 들어가고 있었지만 한편으로 서두르고 있기도 했다. 그들은 호기심 때문에 약간 더 서두르고 있는 것이 거의 틀림없었다. 인근 지역에서 온 이들은 이 건물 내부를 관찰하려는 욕망을 만족시키기 전에 자신들의 말에 파란색과 흰색 담요를 덮어주느라 얼마간의 시간을 소비했다. 리처드는 이 사람들 거의 모두에게 다가가 가족의 건강과 안부를 물었다. 그가 아이들의 이름까지도 즉석에서 언급한 것을 보면 그들의 사정을 얼마나 훤히 알고 있는지 알 수 있었다. 또 그의 질문에 사람들이 대답하는 내용도 그가 두루두루 인기 있는 사람이라는 것을 입증해주었다.

마침내 이 마을에서 온 보행자들 중 한 명이 역시 걸음을 멈추고 새로 건축된 벽돌 건물을 골똘히 응시했다. 그 건물은 달빛 아래 그늘진 부분과 밝은 부분의 짙고 옅은 모습을 아름답게 보여주면서 눈밭에 긴 그림자를 던지고 있었다. 학교 앞에는 공공 광장으로 이용할 예정인 공터가 있었다. 존스 씨 맞은편에는 신축 중이지만 아직 완공되지 않은 세인트 폴 교회가 서 있었다. 이 건축물은 지난여름 이른바 기부금의 지원을 받아 세워진 것이었다. 그렇지만 그 돈의 전부, 아니 거의 전부는 지주의 호주머니에서 나왔다. 그 교회는 학교의 '긴 교실'보다 더 점잖은 예배 장소의 필요성이 있다는 확신에 따라, 또 완공 후에는 그 교회를 어떤 교파에 속하는 것으로 할 것인지 주민들이 결정할 수 있도록 그 문제를 공정하게 주민들에게 맡긴다는 암묵적 합의 아래 건립되었다. 비록 그 문제에 대해 공개적으로 논의된 바는 거의 없었지만 그 결정에 관심을 가진 신교도들 중 몇 사람이 이러한 기대로 인해 계속 강한 흥미를 지니고 있었던 것은 말할 나위가 없었다. 템플 판사가 특정 교파의 주장을 지지했다면 그 문제는 즉시 해결되었을 것이다. 반대하기에는 그의 영향력이 너무나 강력했기 때문이다. 그러나 그는 그 문제에 간섭하기를 정중히 거절했다. 그는 리처드의 편에 자신의 이름의 영향력을 빌려주는 일조차도 명확히 거부했다. 사실 리처드는 은밀히 자신의 교구 주교에게, 이 교회 건물과 그 신도들이 기분 좋게 미국 성공회 교회의 울타리 안으로 들어오게 되리라고 보증해두었던 것이다. 그러나 판사의 중립성이 명확히 확인되자 리처드는 자신이 완고한 교구민들과 논쟁해야 한다는 사실을 깨달았다. 그들로 하여금 자신과 같은 사고방식을 갖도록 설득하기 위해 그가 취한 첫 조치는 그들에게 다가가 설득을 시작하는 것이었다. 그들은 모두 그의 말을 인내심 깊게 들었고 대답할 때에도 단 한 사람도 논쟁이 될 만한 말은 한마디도 입 밖에 내지 않았다. 그래서 리처드는 이 정착지의 주민들을 다 거치고 난 후에는 그 문제가 자신에게 확실히 유리하게 결정되었다고 생각했다. 그는 또 쇠가 뜨거울 때 두드리길 원했으므로 그 문제를 당장 투표로 결정하기 위해 신문을 통해 회의를 소집했다. 그런데 단 한 사람도 투표에 참여하지 않았다. 리처드는 그날 그때까지 보낸 오후 중 가장 불안한 오후를 보냈다. 홀리스터 부인과 헛된 논쟁을 하며 보낸 것이다. 그녀가 자신이 믿는 감리교파가 새 예배당을 차지할, 가장 큰 권리가 있고 또 그럴 만한 가장 큰 가치가 있다고 강력하게 주장했기 때문이었다. 리처드는 이제 자신이 지나치게 낙관적이었다는 점을 인식했다. 또 무지하게도, 신중하고 총명한 주민들과 거래하는 모든 사람이 흔히 저지르는 실수를 자신도 저질렀다는 점도 인식했다. 그는 스스로 위장을 했다. 다시 말하자면 그가 아는 범위에서 아주 그럴듯하게 위장을 하고는 자신이 의도하는 바를 진척시키기 위해 한 걸음 한 걸음 나아갔다.

그 건물을 세우는 작업은 이미 만장일치로 존스 씨와 하이럼 둘리틀에게 일임되었다. 그들은 함께 그 저택과 학교와 교도소를 건축했다. 그들만이 그때 요구되는 것과 같은 건축물을 설계하고 세우는 방법을 알고 있었기 때문이었다. 일찌감치 이 건축가들은 자신들의 임무를 공평히 분담했다. 존스 씨에게는 모든 설계를 담당하는 임무가 배정되었고 둘리틀에게는 시공을 감독하는 수고가 배정되었다.

이러한 이점을 이용해 리처드는 속으로 창문을 고대 로마 건축양식의 아치형으로 해야겠다고 결정했다. 그것은 그의 희망을 실현하는, 첫 번째로 확실한 단계였다. 건물은 벽돌로 되어 있었으므로 그는 창틀을 끼우는 순간까지 자신의 설계를 숨길 수 있었다. 그 순간은 정말 행동을 개시하는 것이 필요한 순간이었다. 그는 아주 조심스럽게 자신의 희망을 하이럼에게 전달했다. 그러고는 그의 계획의 영적인 부분에 대해서는 조금도 언급하지 않고 건축미를 이유로 들어 그 점을 약간 격렬하게 밀어붙였다. 하이럼은 그의 말을 참을성 있게, 전혀 반박하지 않고 들어주었다. 그럼에도 리처드는 이 흥미로운 주제에 대한 자기 조수의 견해를 알 수가 없었다. 설계의 권리는 정식으로 존스 씨에게 위임되어 있었으므로 구두로는 직접적 반대가 전혀 없었지만 막상 시공 과정에서는 예기치 못했던 무수한 난점들이 발생했다. 처음에는 창틀을 만드는 데 필요한 적절한 자재가 부족하다는 것이었다. 그러나 이 반대 의견은 리처드가 설계도면에 연필로 창틀의 길이를 2피트가량 단번에 죽 내리그은 후 즉시 잠잠해졌다. 그다음에는 하이럼이 비용 문제를 언급했지만 리처드는 자기 사촌이 비용을 지불하고 자기 자신이 사촌의 회계 담당자라는 점을 그에게 상기시켰다. 이 마지막 암시는 영향력이 컸다. 그래서 질질 끌기만 했지 전혀 무익했던 무언의 반대가 제기된 후에는 공사가 원래의 설계대로 진척이 되도록 묵과되었다.

그다음 난점은 뾰족탑 문제에서 발생했다. 사실 리처드는 장엄한 런던의 세인트 폴 대성당을 장식하고 있는 첨탑들 중 좀 작은 것 하나를 본떠 그 뾰족탑을 설계했었다. 리처드가 비율을 지키는 데는 전혀 관심을 두지 않았으므로, 모방된 첨탑이 약간 어설펐던 것은 사실이었다. 그러나 많은 어려움을 겪은 끝에 존스 씨는 그 윤곽이 식초병과 아주 닮은 물체가 세워지는 것을 목격하는 만족감을 누렸다. 뾰족탑에 대해서는 창문보다 반대가 더 적었다. 왜냐하면 이주민들은 신기한 것을 좋아했고 이 뾰족탑은 전례가 없는 것이었기 때문이었다.

겨울 동안 힘든 공사가 이 부분에서 중단되었고 실내 장식이라는 어려운 문제가 남아 있어 앞으로 더 심사숙고를 거쳐야 했다. 리처드는 자신이 독서대와 성상 안치소를 설치할 것을 제안하게 된다면 가면을 벗어야 한다는 것을 잘 알고 있었다. 이러한 것들은 이 지방에서 자신이 속한 교회를 제외하고는 다른 어떤 교회에서도 사용하지 않는 설비들이었기 때문이다. 그러나 자신이 이미 획득한 이점들을 믿고서 그는 그 건물을 대담하게 세인트 폴 교회라고 이름 지었다. 하이럼은 현명하게도 이 호칭을 묵인했지만 그것을 '새 세인트 폴 교회'라고 부르라고 '새' 자를 살짝 추가했다. 그는 그 성인에게서 따온 이름보다는 영국의 대성당에서 따온 이름에 혐오감을 덜 느꼈기 때문이었다.

이 건축물을 찬찬히 관찰하기 위해 발길을 멈추었다고 우리가 앞에서 언급한 그 보행자는 둘리틀 씨, 또는 스콰이어 둘리틀이라고 아주 빈번히 불리는, 바로 그 신사였다. 그는 키가 크고 야윈 체격과 좀 날카로운 용모를 지니고 있었고 그의 얼굴은 외형적으로는 예의 바르지만 비열한 교활함이 뒤섞인 모습을 보여주고 있었다. 리처드가 그에게 다가갔고 므시외 르 콰와 집사장이 그의 뒤를 따랐다.

"좋은 밤이오, 스콰이어." 리처드가 고개를 꾸벅 숙이며 말했다. 그러나 그의 양손은 호주머니 안에서 까딱도 하지 않았다.

"좋은 밤입니다, 스콰이어." 하이럼이 고개를 돌리기 위해 몸의 방향까지 돌리면서 그 말을 반복했다.

"추운 밤이오, 둘리틀 씨. 추운 밤이오, 선생."

"조금 차갑지요. 추운 날씨가 지루하게 계속되는군요."

"정말이지, 우리 교회를 보세요, 허어! 달빛에 멋지게 보이지요. 돔의 주석이 얼마나 반짝거리는지. 확실히 또 다른 세인트 폴 교회의 돔은 런던의 매연 속에서 절대로 이처럼 반짝거리지는 않을 거요."

"이건 바라보기에 멋진 교회당이군요." 하이럼이 대꾸했다. "그리고 무슈어 르 콰우와 펭귈리엄 씨*도 그렇게 생각하시리라고 믿습니다."

"물론이지요!" 그 사근사근한 프랑스인이 외쳤다. "아즈 멋져요."

---

* 므시외 르 콰와 집사장을 하이럼 특유의 발음으로 말한 것.

"무슈어께서 그렇게 말씀하시리라 생각했지요. 우리가 지난번 먹은 당밀은 아주 맛있었지요. 마침 갖고 계시는 당밀이 더 있을 것 같지는 않은데요?"

"아! 예. 이서요, 선생." 므시외 르 콰가 어깨를 살짝 으쓱하면서 얼굴을 약간 찡그리며 대답했다. "더 있어요. 선생이 그걸 좋아한다니 아주 기쁘군요. 둘리트 부인은 건강이 괜찮으시겠지요?"

"그야 일어나 움직일 정도는 되지요." 하이럼이 말했다. "스콰이어께서는 교회당 내부 설계를 아직 끝내지 못하셨나요?"

"아니, 아니, 아니요." 리처드가 대답했다. 그는 빨리 말했지만 부정하는 말 한 마디 한 마디를 의미심장하게 끊어가며 말했다. "심사숙고가 필요하니까요. 채워 넣어야 할 공간이 아주 커서 우리가 그 공간을 멋지게 처리하는 방법을 모를까 봐 걱정입니다. 설교단 주위에 빈 공간을 넓게 둘 겁니다. 설교단을 벽에 붙일 작정이 아니니까요. 마치 요새 한쪽에 튀어나와 있는 초소처럼 말입니다."

"설교단 아래에 부제석을 두는 것은 규칙상 허용되지요." 하이럼이 말했다. 그러고는 자신이 너무 대담하게 말했다는 듯이 그는 덧붙였다. "나라마다 양식이 다르니까요."

"그건 그렇습죠." 벤저민이 외쳤다. "사실 스페인과 포르투갈의 해안을 따라 배를 타고 가다 보면 삐죽 나온 육지마다 수녀원이 하나씩 서 있는 걸 볼 수가 있습죠. 그런데 거기에는 세대박이 스쿠너선 위에서 볼 수 있는 것보다 더 많은 뾰족탑들과 현외(舷外) 장치들이 있습죠. 개 모양의 바람개비와 닭 모양의 풍향계 같은 것들입죠. 만약 훌륭하게 지어진 교회가 옳다면 결국 우리는 영국이란 나라로 가야 합죠. 본보기와 양식을 찾아서 말입지요. 폴 성당에 대해 말하자면 전 한 번도 그걸 본 적이 옳지만, 래드클리프 대로와 부두에서 시내 쪽으로 멀리 떨어져 있어서 말입죠. 그렇지만 누구나 그곳이 이 세상에서 가장 장엄한 장소라는 걸 알고 있습지요. 사실 전 저기 있는 이 교회가 그 성당과 같은 종류라는 것밖에는 다른 의견이 없습죠. 범고래가 고래의 일종인 것처럼요. 여기 계신 마운시어 러 코는 외국의 여러 지방에서 사셨고, 그래서 비록 고국에 계신 것과 같지는 않았겠지만 그래도 프랑스에서도 교회를 틀림없이 많이 보셨겠지요. 그래서 교회란 어때야 하는지를 마음속에서 약간 그려볼 수가 있으시겠지요. 이제 마운시어의 면전에서 물어봅죠. 이 교회는 대체로 봐서 멋진 작은 교회가 아닌지요?"

"이 환경에 아주 적절하지요." 프랑스인이 말했다. "바로 그 판단이 말이지요. 그러나 주로 가톨릭 국가에서 사람들이 이른바, 아아아하, 장엄한 대성당, 큰 교회를 세우지요. 런던의 세인트 폴 대성당은 아주 훌륭하고 아주 아름답고 아주 장엄하지요. 이른바 대성당이지요. 그러나 므시외 벤, 미안합니다만 노트르담 대성당만큼의 가치는 없지요."

"허어! 마운시어, 무슨 말씀을 하시는 겁니까?" 벤저민이 외쳤다. "세인트 폴 교회가 조금도 가치가 없다니요! 아마 로열 빌리 호가 빌리 드 파리 호만큼 좋은 선박이 아니라고도 생각하시겠네요. 하지만 로열 빌리 호는 빌리 드 파리 호 두 척이라도 아무 때나, 어떤 날씨에나 이겨 냈을 겁니다."

벤저민이 한쪽 팔을 휘둘렀고 그 팔 끝의 주먹이 므시외 르 콰의 머리의 반만 했기 때문에 리처드는 자신의 권위를 개입시킬 때가 되었다고 생각했다.

"쉿, 벤저민, 쉿." 그가 말했다. "자넨 므시외 르 콰의 말을 오해하고 있는 동시에 자네의 신분을 망각하고 있어. 이런, 여기 그랜트 씨가 오는

군. 예배가 시작되겠군. 자 들어갑시다."

그 프랑스인은 그 말에 동의하는 뜻으로 고개 숙여 인사하고는 동료를 따라갔다. 그는 벤저민의 응수를 좋은 기분으로 점잖게 받아들였는데 그의 기분에는 상대방의 무지에 대한 연민 외에는 다른 어떤 감정도 개입될 여지가 없었던 것이다.

하이럼과 집사장은 맨 뒤에 따라갔는데 집사장은 건물로 들어가면서 이렇게 투덜거렸다.

"프랑스 왕이 폴 대성당과 비교될 만한, 살 집이라도 가지고 있다면 그들의 수다를 참을 수가 있을 텐데 말입니다. 프랑스인이 영국 교회를 이런 식으로 헐뜯는 걸 듣는 일은 인간이 참을 수 있는 정도 이상이네요. 이런, 스콰이어 둘리틀, 전 하루에 그 배 두 척을 밧줄로 칭칭 감은 적이 있습죠. 두 척 다 말끔하게 건조된, 아늑한 프리깃함이었습죠. 고정된 로열마스트의 돛이 있고 새로 만들어진 대포들이 제자리에 배치되어 있었습죠. 너무 훌륭한 배들이라 영국인들만 거기에 타고 있었다면 악마라도 물리칠 수 있을 것 같았답니다."

이런 불길한 단어를 입에 담으며 벤저민은 교회로 들어갔던 것이다!

11장

"그리고 바보들이 조롱하러 왔다가
기도하러 남아 있었던 것이다."
— 골드스미스, 「황폐한 마을」 179행

리처드와 벤저민의 단합된 노력에도 불구하고 그 '긴 교실'은 지극히 인공이 가해지지 않은 성전이었다. 긴 의자들은 매우 조잡한 방식으로, 그것도 완전히 유용성에만 목적을 두고 만들어졌는데 신도들이 앉을 수 있도록 줄지어 배치되어 있었다. 한편으로는 페인트칠이 되지 않은 거친 상자가 임시 설교단으로 쓸 수 있도록 그 방의 세로 방향 가운데쯤에 벽에 기대어 놓여 있었다. 독서대 비슷한 것이 이 연단 앞에 놓여 있었고 저택에서 가져온 작은 마호가니 탁자가 흠 없이 깨끗한 능직 천에 덮여 제대 방향으로 약간 치우쳐서 놓여 있었다. 건물과 가구의 목조 부분이 잘 마르지 않은 데다 급히 마무리되어 있었는데, 그 목조 부분에 생긴 틈마다 소나무와 솔송나무 가지들이 꽂혀 있었다. 또 초벌 바르기가 된 벽의 갈색 면을 따라 꽃줄과 상형문자같이 생긴 것들이 아주 많이 눈에 띄었다. 약 열 개나 열다섯 개의 볼품없는 촛불만이 그 방을 밝히고 있었고 창문들에는 덧문이 달려 있지 않았으므로 커다란 난로에서 타고 있는 불길이 없었더라면 그 방은 크리스마스이브의 장엄한 의식을 거행하기에는 음산하고 쓸쓸하기만 한 장소였을 것이다. 그 방의 양쪽 끝 두 군데에서 탁탁거리며 타고 있던 난롯불은 때때로 나뭇가지들과 사람들의 얼굴을 번쩍거리며 비추어서 그 장면에 유쾌한 분위기를 부여해주고 있었다.

남성과 여성의 좌석은 설교단 바로 앞, 그 방의 중앙에 조성된 공간에 의해 분리되어 있었다. 몇 개의 긴 의자들이 이 공간에 정렬되어 있었고 거기에는 이 마을과 인근 지역의 주요 명사들이 앉아 있었다. 이러한 구별은, 혜택을 받은 소수의 사람들이 주장한 권리라기보다는 오히려 마을 사람들 중 더 가난하고 덜 세련된 사람들이 이유 없이 양보해서 생긴 것이었다. 긴 의자 하나는 템플 판사의 일행이 차지하고 있었는데 거기에는 그의 딸도 포함되어 있었다. 그리고 토드 의사를 제외하고는 아무도, 문자 그대로 이 예배당의 중요한 좌석에 앉음으로써 오만하다는 비난을 초래하기를 원하지 않는 듯이 보였다.

리처드는 서기 자격으로 또 하나의 탁자 뒤에 놓인 의자에 앉아 있었다. 한편 벤저민은 난롯불 위에 갖가지 땔나무를 쌓아올린 후 도움을 필요로 할지도 모르는 어떤 움직임이 있을 경우에 대비해 그의 가까이에 서 있었다.

신도들을 묘사하는 것은 우리 이야기의 한계를 크게 뛰어넘는 일이 될 것이다. 왜냐하면 그들의 의복은 사람 수만큼 가지각색이었기 때문이다. 대부분의 여자들에게서는 숲속의 거친 차림새에 더해 일상적으로 볼 수 있는 멋진 옷이나 장신구 이상으로 소중히 여기는 어떤 한 가지 옷이나 장신구, 아마도 지난날의 유품일지도 모르는 것으로 치장한 모습을 볼 수 있었다. 어떤 여자는 모직의 거친 검정 스타킹 위에 적어도 세 세대는 거쳐왔을 듯한 색 바랜 비단옷을 입고 있었으며, 어떤 여자는 거북살스럽게 꼭 맞는 드레스인 갈색의 조잡한 여성복 위에 무지개 색만큼이나 여러 가지 색깔로 된 숄을 두르고 있었다. 한마디로 말해 각자가 좋아하는 품목을 걸치고 있었고 남녀를 불문하고 모두 자신들이 가장 좋아하는 옷을 걸치고 나타났던 것이다. 물론 남녀 모두 기본적인 의복은 자신들의 집에서 직조한 거친 직물로 만든 것을 입고 있었다. 어떤 남자는 '해안 지역'에서 포병부대 의용병 중대 일원으로 근무할 때 입었던 군복을 입고 나타났다. 그 군복이 자기가 가진 가장 좋은 옷이라는 바로 그 이유 말고 다른 이유는 전혀 없었다. 몇몇 남자들, 특히 좀 젊은 축에 속하는 남자들은 몸에 딱 붙는 파란색 바지를 입고 있었는데 그 바지 옆 솔기를 따라 빨간색 천이 죽 덧대어져 있었다. 이 바지는 '템플턴 경 보병대'의 군장의 일부였는데 그들이 그것을 입은 이유는 '가게에서 구입한' 옷을 입은 모습을 보이려는 사소한 허영심 때문이었다. '라이플 프록코트'*를 입은 남자도 있었다. 흠 없는 흰색으로 가장자리와 주름을 댄 그 코트는 그 서늘한 느낌 때문에 오싹한 한기를 느끼게 했지만 실은 그 코트 아래에 감춰진, '집에서 만든' 갈색의 두꺼운 외투가 적당한 정도의 온기를 보존해주고 있었다.

신도들, 특히 그중에서도 이 마을에서 품위 있는 생활의 이점을 누리지 못하는 절반가량의 신도들의 얼굴에는 현저하게 일치된 표정이 나타나 있었다. 다만 햇볕에 노출되어 있었다는 것만 나타내는 누르스름한 피부를 그들 모두가 공통적으로 보여주고 있었다. 또 매우 예절 바르고

---

* 소총수의 제복.

주의 깊은 태도에 대체로 약빠른 표정이 뒤섞여 있는 모습도 공통적이었는데, 이번 경우에는 능동적으로 호기심을 보이는 표정도 한결같이 보여주고 있었다. 때때로 신도들 가운데에서는 위의 묘사와 완전히 다른 얼굴과 복장도 볼 수 있었다. 천연두로 얽은 자국이 있고 혈색이 좋고 다리에 각반을 하고 있고 착용자의 신체에 편안하게 맞는 외투를 입고 있는 사람이 있으면 그 사람은 분명히 잉글랜드에서 온 이주민이었다. 그는 지구상에서도 이 궁벽한 지방으로 우연히 발걸음을 옮겨왔던 것이다. 얼굴 생김새가 딱딱하고 혈색이 없으며 광대뼈가 튀어나와 있으면 그는 위의 사람과 유사한 상황에 처한 스코틀랜드 태생의 사람이었다. 키가 작고 검은 눈을 하고 있고 얼굴색이 거무스름한 스페인 사람 같은 남자는 마을의 미인들이 들어올 때마다 그들의 좌석을 마련해주기 위해 반복적으로 일어나곤 했는데 그는 실은 아일랜드 태생의 남자였다. 그는 최근 자기 무리를 떠나 템플턴에 정착해 상인이 되었다. 한마디로 말해 이 집회에는 유럽 북부 국가들의 절반을 대표하는 사람들이 참석해 있었던 것이다. 물론 잉글랜드 태생의 남자를 제외하고는 모두 의복과 외모에서 미국인들과 매우 동화되어 있었다. 잉글랜드 태생의 남자는 실제로 의복과 생활방식에서 자기 고향의 관습을 고수하고 있었을 뿐만 아니라 숲을 베어낸 개간지에서 또는 노포크의 평야에서 전에 하던 것과 같은 방식으로 평소 농사를 지었다. 그러나 그가 그렇게 한 것은 값비싸게 얻은 경험을 통해 유용한 교훈을 얻을 때까지만이었다. 그가 얻은 교훈은, 무엇이 자신들의 환경에 적합한가는, 뜻하지 않았던 관찰자나 아니면 체류자보다는 총명한 민족이 더 잘 알고 있다는 사실이었다. 사실 그 체류자는 아마도 너무 편견이 많아 농사 방식을 비교해보지도 않았을 것이고 또 아마도 너무 자만심이 강해서 배우려 하지도 않았을 것이다.

엘리자베스는 신도들의 관심이 자신과 그랜트 씨에게 분산되어 있다는 것을 곧 알아차렸다. 그랬으므로 수줍음 때문에 그녀는 우리가 앞에서 묘사한 바와 같은 신도들의 외관을 살짝살짝 엿보아서 관찰할 수밖에 없었다.

그러나 이제 쿵쿵 걸어 들어오는 소리가 점점 줄어들고 기침 소리나 그 밖에 신도들이 점차 경건하게 주의를 기울이기까지 하게 되는 사소한 예비적 행동들도 그쳤으므로 그녀는 자기 주위를 돌아볼 만큼 대담해졌다. 점차로 모든 소음이 약해졌고 마침내 기침을 억누르는 소리가 나서 이제 특이한 행동은 피해야 한다는 것을 모두가 알게 되었다. 그러고는 매우 깊은 정적이 그 방에 가득 차게 되었다. 난롯불이 방 안으로 뜨거운 열기를 내뿜으며 탁탁거리며 타는 소리만 들렸고 각자의 얼굴과 모든 이의 시선은 성직자에게 향했다.

바로 이 순간에 격렬하게 발을 구르는 소리가 아래쪽 출입구에서 들렸다. 그 소리는 마치 새로 온 사람이, 보행자의 다리에 반드시 달라붙게 마련인 눈을 사지로부터 털어내고 있는 소리처럼 들렸다. 그다음에는 아무런 발소리가 들리지 않더니 곧바로 모히건이 나타났고 뒤따라 레더스타킹과 젊은 사냥꾼이 나타났다. 그들은 모카신*을 신고 있었으므로 방 안을 가득 채우고 있던 침묵만 아니었다면 그들의 발소리는 들리지도 않았을 것이었다.

인디언은 매우 엄숙하게 마루를 가로질러 가다가 판사 옆의 빈 좌석을 보고는 자신의 위엄을 스스로 인식하고 있음을 보여주는 태도로 그 자리에 앉았다. 그는 자신의 얼굴을 부분적으로 가릴 정도로 담요를 몸

---

* 북아메리카 원주민이 신었던 신으로 뒤축이 없고 가벼운 가죽으로 만들었다.

에 바싹 두르고는 예배가 진행되는 동안 꼼짝도 않고, 그러나 매우 주의 깊은 태도로 앉아 있었다. 내티는 자신의 인디언 동료가 그처럼 거리낌 없이 차지한 자리를 지나 난로 가까이에 놓여 있던 통나무 끝에 앉았다. 그는 양다리 사이에 소총을 세워두고는 깊은 생각에 빠진 채 내내 그 자리에 앉아 있었다. 그런데 그의 생각이란 것이 그다지 유쾌한 성질의 생각은 아닌 듯이 보였다. 청년은 신도들 사이에서 앉을 좌석 하나를 발견했다. 그러고는 또다시 침묵이 방 안에 가득 찼다.

그랜트 씨가 이제 일어나서 히브리 예언자의 장엄한 선언을 낭독하며 의식을 시작했다. "야훼께서 당신의 거룩한 성전에 계신다. 온 세상은 그의 앞에서 잠잠하여라."* 신도들에게 일어나라고 가르쳐주기 위해 존스 씨가 모범을 보인 것은 불필요한 일이 되었다. 성직자의 장엄한 의식이 마치 마술처럼 신도들을 일어나게 만들었기 때문이었다. 잠시 쉬었다가 그랜트 씨는 그의 의식 중 장엄하고 매력적으로 권유하는 부분을 계속해서 읽어나갔다. 그가 의식의 이 첫머리 부분을 천천히 읽어가는 동안 그의 낮고 굵지만 다정한 어조 외에는 아무 소리도 들리지 않았다. 그러던 중 운 나쁘게도 무언가 불완전하다는 생각이 리처드의 머리에 떠올랐으므로 그는 자기 자리를 떠나 발소리를 죽이며 그 방에서 걸어 나갔다.

사제가 기도와 신앙 고백을 하며 무릎을 꿇었을 때, 신도들은 자신들의 자리에 다시 앉을 때까지만 그의 모범을 따랐다. 그 후부터는 그날 저녁의 의식이 진행되는 동안 성직자의 어떤 노력도 신도들을 집단적으로 움직이도록 할 수 없었다. 때때로 몇몇 사람들이 일어나기는 했지만

---

* 「하바쿡서」 2장 20절.

압도적으로 대부분의 신도들은 몸을 편 상태로 계속 앉아 있었다. 그들이 주의를 기울인 것은 사실이었지만 그것은 그 의식을 자신들이 참여해야 할 예식이라기보다는 하나의 구경거리로 보는 그러한 종류의 주의였다. 이처럼 자신의 서기에게 버림받았지만 그래도 그랜트 씨는 계속해서 낭독을 했다. 그러나 어떤 응답도 들리지 않았다. 각각의 기원 후에는 짧지만 장엄한 휴지가 이어졌다. 그래도 그 어떤 목소리도 기도의 감동적 언어를 반복하지 않았다.

엘리자베스의 입술이 움직였지만 헛되이 움직였을 뿐이었다. 대도시의 교회에서 거행되는 의식에 익숙했기 때문에 그녀는 이 상황의 어색함을 아주 고통스럽게 느끼고 있었다. 그런데 그때 부드럽고 낮은 여자의 목소리가 사제의 말을 따라 하는 것을 들었다. "우리는 마땅히 해야 할 일을 하지 않았나이다." 템플 양은 그곳에서 자기와 같은 여성들 중 한 명이 타고난 수줍음을 극복할 수 있었다는 것을 발견하고 깜짝 놀라 고백의 기도를 하는 그 여성이 있는 방향으로 시선을 돌렸다. 그녀는 자신에게서 조금밖에 떨어지지 않은 곳에서 한 젊은 여성이 무릎을 꿇고 있는 것을 보았다. 그 여성은 온순한 얼굴을 겸손하게 기도서 위로 숙이고 있었다. 엘리자베스로서는 처음 보는 이 낯선 여성의 외모는 가냘프고 연약했다. 그녀의 의복은 단정하게 잘 어울렸고 그녀의 얼굴은 창백하고 약간 흥분해 있었지만 그 상냥하고 우울한 표정으로 강렬한 흥미를 불러일으켰다. 젊은 조수가 두번째와 세번째 응답을 했을 때 한 남성의 남자다운 목소리가 그 방의 반대편에서 울려나왔다. 템플 양은 그 젊은 사냥꾼의 목소리를 즉시 알아차리고는 수줍음을 극복하려고 애쓰면서 자신의 낮은 목소리를 그 두 사람의 목소리에 보태었다.

이러는 동안 벤저민은 내내 기도서의 책장들을 아주 부지런히 넘겨가며 서 있었지만 어떤 예상치 못한 난관 때문에 해당 부분을 찾을 수가 없었다. 그러나 성직자가 고백의 끝부분에 도달하기 전에 리처드가 문간에 다시 나타났고 그는 방을 가볍게 가로질러 가면서 응답을 시작했다. 그의 목소리에는 단지 다른 이들에게 들리지 않을까 하는 걱정만 배어 있었다. 그는 손에 덮개가 없는 작은 상자를 들고 있었는데 그 상자의 한 면에는 검정 페인트로 '8×10'*이라는 숫자가 쓰여 있었다. 그는 그것을 설교단에 놓았는데 성직자의 발판으로 거기에 둔 것이 분명했다. 그리고 그는 자기 자리로 돌아가서 낭랑하게 "아멘"이라고 시간에 맞춰 응답할 수 있었다. 존스 씨가 이 특이한 짐을 들고 들어오자 신도들의 눈은 아주 자연스럽게 창문 쪽을 향했었다. 그러고는 마치 그의 '총괄적인 매개 행위'에 익숙한 것처럼 그들은 다시 사제에게 끝으로, 그리고 호기심 섞인 주의를 기울이며 몸을 굽혔다.

그랜트 씨는 오랜 경험을 통해 현재의 임무를 수행할 자격을 감탄스러울 정도로 훌륭하게 갖추게 되었다. 그는 지금 자기 의식을 지켜보는 사람들의 성격을 잘 이해하고 있었다. 그들은 주로 소박한 습관을 가진 사람들이었고 종교적 의견에서 세밀한 구별과 미세한 차별에 깊이 몰두하고 있었으므로 형식적 요소 같은 어떤 현세적 도움을 자신들의 영적 예배에 도입하는 일을 엄중히 경계했을 뿐만 아니라 그런 일을 혐오스럽게 생각하는 일이 빈번했다. 그는 지식의 많은 부분을 인간성이라는 위대한 책을 공부한 결과 획득했던 것이다. 사실 그 책은 이 세상에 넓게 펼쳐져 있었기 때문이다. 그는 무지와 논쟁하는 일이 얼마나 위험한지 알고 있었으므로 명령하는 것을 피하려고 한결같이 노력했다. 그의

---

* 가로 8인치, 세로 10인치의 크기를 말한다.

분별 있는 이성이 사람들을 인도하려 애쓰는 것이 가장 현명하다고 자신에게 가르친 경우에조차도 그렇게 했던 것이다. 정통적 신앙에 대한 그의 믿음은 성직자의 복장에 의존하는 것이 아니었다. 상황에 따라 필요하다면 그는 서기의 도움 없이도 신앙으로 열렬하게 기도할 수 있었다. 그는 또 얇은 흰색 보의 도움 없이도 타고난 설득력에서 우러나오는 매혹적인 태도로 항상 매우 복음적인 설교를 할 수 있다고도 알려져 있었다.

지금 그는 여러 부분에서 자신의 신도들이 보이는 편견에 양보하고 있었다. 그래서 그가 의식을 끝냈을 때 그의 설교를 처음 들은 사람은 누구나 그 의식이 가톨릭교회의 것과 덜 비슷하고 그보다는 덜 불쾌하며 또 그것이 경건한 예배에 대한 자기 자신의 관념에 더 적합하다고 생각지 않은 사람은 없었다. 그것은 형식을 중심으로 하는 의식에서 그들이 기대할 수 있는 것과 비교해서 그러하다는 뜻이었다. 리처드는 그날 밤 그 성직자가 자신의 종교적 계획을 이루는 데 매우 강력한 협조자라는 점을 깨달았다. 설교할 때 그랜트 씨는 승화된 교의에 근거한 신비적 교리와, 윤리에 근거한 융통성 있는 행동 규칙 사이에서 중도를 지키려고 노력했다. 그런데 신비적 교리는 매일 그 교리에 대한 믿음을 고백하는 사람들을 가장 불합리한 모순에 빠지게 하는 반면 융통성 있는 행동 규칙은 구세주를 한 윤리학파의 교사 수준으로 격하하게 되었다. 사실 교리를 설교하는 것은 필요했다. 왜냐하면 그것 이외의 그 무엇도 그의 설교의 청중인 그 논쟁적인 사람들을 만족시킬 수가 없었기 때문이었다. 또 그들은 사제가 침묵했다면 사제가 속하는 교파의 교의의 피상적인 성질을 그가 암암리에 인정하는 것으로 해석했을 것이기 때문이었다. 이주민들은 무수한 종류의 종교적 교사들 가운데에서 살고 있었으므로 교파가 자체의 독특한 가르침을 주장하는 상황에 익숙해져 있다고 우리는 이미 말한 적이 있다. 그래서 어떤 교사가 이 흥미로운 주제에 무관심하다는 것을 그들이 알게 되었다면 그것은 그 교사의 영향력에 대해 몹시 해로운 결과를 초래했을 터였다. 그러나 그랜트 씨는 기독교 신앙 중 보편적으로 수용된 의견들을 자신이 속한 교회의 교리들과 아주 적절히 뒤섞었기 때문에 그 누구도 그의 추론의 영향력을 완전히 벗어날 수는 없었지만 그의 혁신적 사상에 놀란 사람은 거의 없었다.

"인간의 품성은 그 피조물의 교육, 기회, 물리적·도덕적 조건 등에 영향을 받으므로 우리가 그처럼 아주 다양한 인간의 품성을 고찰해 볼 때, 친애하는 청중 여러분" 하고 그는 진지하게 결론을 내렸다. "성향이 그처럼 매우 상이한 교의들이 계시 종교에서 나온다는 것은 사실 어떤 놀라움도 자아낼 수 없습니다. 그러나 그러한 계시는 오랜 세월이 흐르는 동안 모호해지고 그 교리들은 흔히 그것들이 처음 공표된 나라들의 관습에 따라 비유로, 또 은유가 풍부하고 상징이 가득한 언어로 전달되었습니다. 학자들이 마음이 순수한 나머지 어쩔 수 없이 의견이 다를 수밖에 없었던 부분들에 대해서는, 배움이 부족한 사람들은 필연적으로 상충된 의견을 가질 수밖에 없을 것입니다. 그러나 우리에게는 다행히도, 나의 형제들이여, 하느님의 사랑의 샘은, 너무나 순수해서 흘러나올 때 오염되는 것을 용인하지 않는 그러한 원천에서 흘러나옵니다. 그 사랑의 샘은 생명을 주는 그 물을 마시는 이들에게로 흘러갑니다. 그 샘은 정의로운 이들의 평화이며 영원한 생명입니다. 그것은 모든 시간을 통해 지속되고 삼라만상에 가득 차 있습니다. 하느님의 사랑의 작용에 신비가 있다면 그것은 하느님의 신비입니다. 하느님의 본질과 권능과 권위를 명확히 안다면 확신은 할 수 있을지도 모르지만 신앙은 가질 수가 없습니다. 만약 우리가 인간의 지혜로 추론한 내용과는 일치하지 않는 교리를 믿도록 요구받는다면 그러한 것이 무한한 지혜가 명령하는 바임을 절대로 잊지 맙시다. 우리가 나아갈 길을 바르게 가리키고 우리의 방황하는 발걸음을 그 문으로 인도하기에 충분한 정도의 지식만은 밝혀져 있다는 것으로 우리에게는 충분합니다. 그 문이란 영원한 날의 빛을 향해 열리게 될 바로 그 문입니다. 그때는 참으로, 세밀한 구별을 일삼는 현세의 논쟁으로 인해 널리 펼쳐져 있는 그 얇은 막이 천국의 영적인 빛에 의해 흩어져 사라질 것이라고 겸손하게 바라는 바입니다. 또 우리의 시련의 시간이 하느님 은총의 도움으로 일단 승리의 환호 속에서 지나가고 나면 그다음에는 영원한 지혜의 시간과 무한한 결실의 시간이 올 것입니다. 지금 희미하게 보이는 모든 것을 우리가 신장된 능력으로 명확히 보게 되기를 바랍니다. 그리고 우리의 현재의 감관으로 볼 때는 자비와 정의와 사랑에 대한 우리의 제한된 관념에는 부합되지 않는 듯이 보이는 것도 진리의 빛이 비추어주면 명백하게 전지하신 하느님의 암시로, 또 전능하시고 자비로우신 분의 행위로 드러날 것입니다.

우리들 각자가 그분의 유아기를 관찰하고 그분의 소년 시절의 열정을 회상함으로써, 나의 형제여, 얻을 수 없는 겸허의 교훈이 무엇이 있겠습니까. 부모의 엄격한 행위들이 비록 같은 행위들이지만 괴로움을 당하는 아이의 눈에는, 또 이미 단련된 남자의 눈에는 얼마나 다르게 보이겠습니까. 궤변가가 자신의 세속적 지혜에서 나온 무모한 이론으로 영감의 긍정적 명령을 밀어내려고 할 때 그는 자신의 나약한 지성이 나중에는 신장될 것을 기억해야만 합니다. 그러고는 잠시 멈추어야 합니다. 그는 드러난 것에서뿐만 아니라 부분적으로 감추어진 것에서도 하느님의 지혜를 느껴야 합니다. 한마디로 말해 그는 자신의 이성에 대한 자만 대신 겸손을 가져야 합니다. 그는 신앙을 가지고 살아야 합니다!

이 주제를 고찰하다 보면 크게 위로가 되고, 나의 청중이여, 또 반드시 우리를 겸손하게 만들고 우리에게 득이 되는 교훈들을 가져다줍니다. 이 교훈들을 적절히 활용하면 마음이 순화되고 의지가 약한 사람이 그의 길을 갈 때 그를 강하게 해줍니다. 하느님의 거처의 문간에 우리의 오만한 성질에서 생겨난 의심을 내려놓을 수 있다는 것은 고마운 위로가 됩니다. 하느님의 거처의 문이 장엄하게 열리면 그러한 의심은 떠오르는 태양 앞에서 사라지는 아침 안개처럼 흔적도 없이 사라져버릴 것입니다. 그러한 것은 우리에게 인간의 능력의 불완전성을 각인시킴으로써, 또 우리에게 많은 약점들에 대해 경고를 해줌으로써 겸손이라는 교훈을 우리에게 가르쳐줍니다. 사실 우리의 그 많은 약점들 때문에 우리는 우리 종족의 대적(大敵)인 악마의 공격을 받기가 쉽습니다. 그러한 사실은, 우리의 허영심이 자진해서 우리가 매우 강하다는 믿음을 갖도록 비위를 맞추어줄 때가 바로 우리가 약해지는 위험에 처하는 때라는 것을 증명해줍니다. 그러한 사실은 우리에게 지성의 허세를 강력히 지적해 보여주고 또 구원을 가져다주는 신앙과 철학적 신학의 추론 사이의 엄청난 차이를 보여줍니다. 또 그러한 사실은, 우리가 자기반성을 어떤 일이 선행인지 아닌지를 시험하는 일에 한정하도록 가르쳐줍니다. 선행이라는 말을 우리는 회개의 결실로 이해해야 합니다. 그 결실 중 가장 주요한 것은 사랑입니다. 거기에는 우리로 하여금 궁핍한 이들을 도와주고 고통 받는 이들을 위로해주게 하는 그 사랑뿐만 아니라 보편적 박애에서 우러나오는 감정도 포함됩니다. 박애에서 우러나오는 이러한 감정은 사랑하라고 우리를 가르쳐서 모든 사람을 관대하게 판단하도록 만들기 때문입니다. 이 두 가지는 독선의 뿌리를 공격하고 다른 이들을 비난하는 것을 삼가도록 우리에게 경고해줍니다. 사실 우리 자신의 구원도 아직 확실하지 않기 때문입니다.

형제 여러분, 이 주제를 고찰함으로써 저는 무엇이 적절한지에 대한 교훈을 얻고자 합니다만 그 교훈을 가장 강력하게 가르쳐주는 것은 바로 겸손입니다. 우리 신앙의 주요하고 본질적인 요점들에 대해서는 여러 부류의 기독교도들 사이에 거의 이견이 없습니다. 그들은 모두 구세주의 속성을 인정하고 그분의 중재를 믿고 있기 때문입니다. 그러나 이단이 모든 교회를 오염시켜왔고 그러한 논쟁의 결과가 바로 분열입니다. 이러한 위험을 방지하고 당신의 제자들의 화합을 보장하기 위해서 그리스도께서는 당신의 가시적인 교회를 세우고 그 직무를 위임하신 것 같습니다. 현명하고 거룩하신 분들, 우리 종교의 교부들께서는 난해한 언어로 표현된 내용을 풀어서 계시된 진리를 밝혀내었습니다. 그리고 그분들의 체험과 연구의 결과는 복음의 계율이란 형태로 구체화되었습니다. 우리가 이미 관찰한 바와 같이 인간성이 나약하다는 점에서 볼 때는 이 계율이 유익하다는 점은 명백합니다. 하느님께서 당신의 무한한 지혜로 이 계율을 우리에게 유익하게 하시기를, 그리고 이 계율의 가르침과 전례를 경청하는 모든 이들에게도 유익하게 하시기를. 그리고 이제……" 등등.

이렇게 자신의 의식(儀式)과 직무를 영리하게 언급하며 그랜트 씨는 설교를 끝맺었다. 신도들은 설교가 이어지는 내내 그것을 매우 주의 깊게 경청했다. 그러나 그의 기도에 대해서는 그와 같이 완벽한 경의를 보이며 응답하지는 않았다. 이것은 그 성직자가 넌지시 언급한 그 전례를 의도적으로 얕보아서는 아니었다. 자기네 조상들의 교리적 성격으로 인해 독특한 민족인 그들 자신이 존재하게 되었으므로 그러한 민족의 습관으로서 그러한 행동을 보였을 뿐이었다. 하이럼과 이 '회의'의 한두 주요 구성원들 사이에 개인적으로 불만스러워하는 여러 가지 표정이 교환

되었지만 바로 그 시각에는 그러한 감정이 더 이상 표현되지 않았다. 그래서 신도들은 그랜트 씨의 축복을 받은 후에 말없이, 그리고 아주 예의 바르게 흩어졌다.

12장

"당신의 교의와 박식한 교회의 교리로
도덕적 아름다움으로 빛나는 건축물을 세울 수도 있을 것이다.
그러나 하느님의 강력한 손만이 마음속에서
악마를 없앨 수 있을 것만 같다."
－『듀오』

신도들이 흩어지고 있을 때 그랜트 씨는 엘리자베스와 그녀의 아버지가 앉아 있는 곳으로 다가갔다. 그는 우리가 앞 장에서 언급한 그 젊은 여성을 데리고 와서 자기 딸이라고 소개했다. 그 지역의 예법과 훌륭하고 가치 있는 사교적 예의에 근거하여 그녀는 한껏 따뜻하고 솔직한 환대를 받았다. 젊은 두 여성은 즉시 각자가 서로를 위로해주는 데 필요한 존재라는 것을 느꼈다. 판사도 사제의 딸을 처음 보았는데 그 의복과 성별과 나이가 충분히 자기 자식을 기쁘게 하는 데 기여할 것이 거의 틀림없는 여성이라 생각하고 기뻐했다. 그의 딸은 지금 도시에서 교제하던 이들과 떨어져 처음으로 친구가 없어 쓸쓸해할 것이기 때문이었다. 반면 엘리자베스는 이미 이 젊은 기도자의 상냥함과 신앙심 깊은 태도에 강한 인상을 받고 있었으므로 그녀 스스로 편한 태도를 취해서 소심한 손님의 약간 당황한 마음을 없애주었다. 그들은 즉시 친해졌다. 그래서 그

'학교'에서 사람들이 빠져나가던 10분 동안 이 젊은 사람들 사이에는 그 다음 날을 위한 약속이 이루어졌다. 그뿐만 아니라 성직자가 이렇게 말하면서 그들의 말을 가로막지 않았더라면 그들은 십중팔구 그 겨울의 절반에 대한 계획까지 세웠을 것이었다.

"천천히, 천천히 하세요, 친애하는 템플 양. 그러지 않으면 제 딸로 하여금 그 일에 과도하게 골몰하게 만드실 겁니다. 얘가 제 집의 주부라는 사실을 잊고 계시는군요. 템플 양이 너무나 친절하게 제안해주시는 그 신청들의 절반가량에라도 루이자가 응한다면 제 집의 가사를 돌볼 사람이 없어질 겁니다."

"그러면 그 가사일을 완전히 소홀히 해버리면 안 될까요, 신부님?" 엘리자베스가 그의 말을 가로막았다. "집에 두 분밖에 안 계시잖아요. 제 아버지 집은 두 분이 계시기에 충분할 뿐만 아니라 두 분 같은 손님을 맞이하기 위해 문을 활짝 열 텐데요. 이런 황량한 곳에서는 사교적 교류는 미덕이니까 냉정한 형식 때문에 거절해서는 안 되지요, 신부님. 그리고 새로 개척된 지방에서는 손님이 주인에게 오히려 호의를 베푸는 것이므로 환대는 미덕이 아니라고 아버지께서 말씀하시는 걸 전 자주 들었답니다."

"템플 판사님께서 이 전례를 행하시는 태도만 봐도 진정 그런 생각을 갖고 계시다는 것을 확실히 알 수가 있지요. 그러나 우리는 지나치게 염치없이 굴어서는 안 되니까요. 아가씨께서 우리를, 특히 제 여식을 자주 보게 될 것이라는 점은 의심하지 마세요. 저는 이 카운티에서 멀리 떨어진 지역들도 자주 방문해야 하는데 그동안에는 제 딸을 자주 보시게 될 겁니다. 하지만 이러한 신도들에게 설득력을 얻으려면" 하고 그는 이 대화를 호기심을 가지고 지켜보면서 여전히 머뭇거리고 있는 몇 사람에게 흘깃 눈길을 돌리면서 말을 계속했다. "성직자라면 템플 판사님 댁 같은 훌륭한 저택에 머물러서 신도들의 시기나 불신을 불러일으켜서는 안 되니까요."

"그렇다면 신부님께서는 이 집을 좋아하신다는 말씀이네요." 리처드 가 소리쳤다. 그는 난롯불을 끄는 일과 사소하지만 필요한 다른 할 일을 지시하다가 이곳으로 다가와서 마침 성직자의 말 중 끝부분을 듣게 되었 던 것이다. "마침내 취미가 고상한 한 분이 계시다는 것을 알게 되어 반 갑습니다. 그런데 여기 있는 이 듀크는 말입니다. 이 집에 대해 말할 때 주제넘게도 그가 날조할 수 있는 온갖 악명을 다 동원하거든요. 그는 아 주 괜찮은 판사이긴 하지만 목수일은 아주 젬병이지요, 정말이지. 자, 신 부님, 자, 오늘 밤 전례(典禮)는 우리가 자주 보는 어떤 전례에 못지않게 훌륭했다고 과장 없이 말할 수 있다는 생각이 드는군요. 제 생각으로는 그 옛날 트리니티 성당*에서 제가 본 그 어떤 전례에 못지않게 아주 훌 륭했습니다. 정확히 말하자면 오르간만 제외하고요. 하지만 그래도 이곳 에는 아주 멋진 곡조로 성가를 이끌어가는 학교 선생이 있으니까요. 전 에는 저도 성가를 이끌어가곤 했지만 요즘에는 베이스 부분만 노래를 하지요. 베이스 부분에는 기량을 보여줄 만한 여지가 많고 또 성량이 풍 부하고 낮고 굵은 목소리를 자랑할 만한 멋진 기회를 제공하니까요. 벤 저민도 멋진 베이스로 노래하지요. 물론 말할 때는 목소리가 아주 클 때 가 많지만요. 자네 벤저민이 「비스케이 만, 오」라는 노래를 부르는 걸 들 은 적이 있나?"

---

* 1678년 뉴욕 맨해튼 지역에 최초로 세워진 영국성공회 교회를 말하는 듯하다. 이 교회는 큰불로 전소되어 1788년에 재건되었으나 또다시 폭설로 인해 무너져 1848년에 세번째 로 건축되었다.

"오늘 저녁 그 노래를 일부나마 불렀다고 생각하는데"라고 마머듀크가 웃으며 말했다. "그의 목소리는 때때로 아주 뛰어난 떨리는 음을 냈지. 펭귄럼 씨는 한 가지만 잘하는 사람들이 대개 그렇듯 다른 노래는 모르는 것 같네. 그가 노래 하나를 굉장히 편애하는 게 확실하고 또 그 노래에 대해 엄청난 자신감을 갖고 있는 것도 확실해. 그는 마치 북서풍이 호수 위를 휩쓸고 지나가는 것처럼 노래를 부르니까 말이야. 이런, 어서 가시지요 신사 여러분. 우리가 갈 길이 뚫려 있고 썰매도 기다리고 있으니까요. 안녕히 가십시오, 그랜트 씨. 잘 가요, 젊은 아가씨. 내일 저 코린트식 지붕 아래서 엘리자베스와 함께 저녁 식사를 하기로 했다는 걸 잊지 마시길."

일행은 헤어졌다. 그때 리처드는 층계를 내려가면서 르 콰 씨에게 성가 영창이라는 주제에 대해 세밀하고 장황하게 연구 보고를 하고 있었다. 그는 「비스케이 만, 오」의 곡조에 대해 특히 그의 친구 벤저민의 창법과 관련을 지어 그 곡조를 극찬하면서 연구 보고를 끝맺었다.

앞에 나온 대화 도중 모히건은 머리를 담요로 감싼 채 자기 자리에 그냥 앉아 있었다. 그는 떠나가는 신도들이 그 늙은 추장의 존재에 무관심한 것과 마찬가지로 주위의 사물에 무관심한 듯이 보였다. 내티도 자신이 처음 앉았던 통나무에 계속 앉아 있었다. 한 손으로는 머리를 괴고 다른 한 손으로는 소총을 들고 있었는데 그 소총은 그의 무릎에 아무렇게나 가로놓여 있었다. 그의 얼굴에는 불편한 표정이 나타나 있었는데 전례 도중 그가 때때로 주위를 불안하게 힐긋힐긋 둘러본 모양으로 봐서는 언짢아할 만한 특이한 원인이 무언가 있는 것이 명백했다. 그러나 그가 계속 앉아 있었던 것은 인디언 추장에 대한 경의 때문이었다. 그가 표하는 경의는 비록 사냥꾼다운 거친 태도와 뒤섞여 있었지만 그래도 그는 모든 경우에 추장에게 극진한 경의를 표하고 있었다.

나이 많은 이 두 숲속 거주민들의 젊은 동료도 역시 타다 꺼진 나무 뒤에 서 있었는데 십중팔구 동료들 없이 혼자 떠나기가 싫었기 때문이었을 것이다. 그 방에는 이제 이들과 성직자와 그의 딸 외에는 아무도 없었다. 대저택에서 온 일행이 사라지자 존이 일어났다. 그는 담요를 머리에서 떨어뜨리면서 고개를 흔들어 얼굴을 가리고 있던 무수한 검은 머리카락을 뒤로 넘겼다. 그러고는 그랜트 씨에게 다가가면서 손을 내밀고는 근엄하게 이렇게 말했다.

"신부님, 감사합니다. 달이 뜬 후 신부님께서 하신 설교는 위로 올라갔고 위대한 영도 기뻐했습니다. 신부님께서 자녀들에게 하신 말씀을 그들은 기억할 것이고 그래서 착한 사람들이 될 것입니다." 그는 잠시 말을 멈추었다가 인디언 추장의 위엄을 보이며 일어나면서 이렇게 덧붙였다. "칭가치국이 살다가 그의 부족을 따라 지는 해를 향해 여행하게 되고 그래서 그의 몸에 숨이 남은 채로 위대한 영이 호수들과 산들을 넘어 그를 데려간다면 그는 자기 부족민들에게 오늘 들은 훌륭한 설교를 말해줄 겁니다. 그러면 그들은 그의 말을 믿을 겁니다. 왜냐하면 모히건이 지금까지 거짓말을 한 적이 있다고는 그 누구도 말할 수 없기 때문입니다."

"그는 하느님의 선하신 자비에 의지해야지요." 그랜트 씨가 말했다. 그에게는 이 인디언의 오만한 의식이 약간 이단적으로 들렸기 때문이었다. "그러면 그분의 자비가 결코 그를 떠나지 않을 테니까요. 마음이 하느님에 대한 사랑으로 가득 차면 죄를 지을 여지가 없습니다. 그렇지만 젊은이, 자네가 오늘 저녁 구해준 다른 사람들과 마찬가지로 나도 산 위에서 있었던 일로 자네에게 빚을 졌네. 그뿐만 아니라 아주 당혹스러운 순간에 자네가 정중하고 경건한 태도로 전례를 도와준 데 대해 감사도 표해야겠네. 우리 집에서 때때로 자네를 만날 수 있다면 기쁘겠네. 아마도 그때 나누게 될 나와의 대화가, 자네가 선택한 듯이 보이는 그 길을 가는 데 자네에게 힘이 될지도 모르지 않나. 이 삼림지대에서 자네 같은 나이와 외모를 지닌 청년이 우리의 거룩한 전례에 조금이라도 익숙하다는 것을 발견하게 되니 너무나 뜻밖이라네. 그 덕분에 우리 사이의 거리가 좁아진 것 같고 그래서 우리가 이제는 서로 낯선 사람이 아니라고 난 느끼고 있다네. 자넨 이 전례를 상당히 잘 알고 있는 것 같던데. 나도 봤지만 자넨 기도서도 없었지 않은가. 물론 친절한 존스 씨가 방의 여기저기에 몇 권을 놓아두긴 했었지만 말일세."

"우리 교회의 전례를 제가 모른다면 이상한 일이겠지요, 신부님." 청년이 겸손하게 대답했다. "전 이 교회에서 세례를 받았고 지금까지 아직 한 번도 다른 교회의 공적 의식에 참석한 적이 없으니까요. 제가 다른 어떤 교파의 의식에 참석한다면 오늘 밤 이곳 사람들이 우리 교회의 의식을 이상하다고 생각한 만큼 저도 이상하다고 생각할 겁니다."

"자넨 날 매우 기쁘게 해주는군, 친애하는 젊은이." 성직자가 상대의 손을 꽉 잡고 정답게 흔들면서 외쳤다. "자네 이제 나와 함께 집으로 가야겠네. 정말 그래야 하네. 내 여식도 내 생명을 구해준 데 대해 아직 자네에게 감사 인사를 못했잖은가. 못 간다는 변명의 말은 듣지 않겠네. 이 유덕한 인디언분과 거기 있는 자네 친구도 우리와 함께 가기로 하지. 이런! 이 나라에서 이 친구가 국교에 반대하는* 교파들의 교회에 들어가지 않고 성년이 되었다는 걸 생각만 해도!"

---

* 미국에 국교가 있었던 적은 없지만 미국 성공회의 성직자들은 다른 교파들을 흔히 반대 파라고 부르고 있다!(1832년 작가 주).

"아니, 아닙니다." 레더스타킹이 그의 말을 가로막았다. "난 오두막 집으로 가야 합니다. 그곳에는 여러분이 아무리 교회에 가고 흥겹게 놀더라도 내가 잊지 않고 해야 할 일이 있으니까요. 이 젊은이에게 환영 인사를 하기 위해 그와 함께 가시지요. 그는 성직자들과 교제한다거나 그런 문제들에 대해 이야기하는 데 익숙하니까요. 늙은 존도 마찬가지지요. 옛날 독립전쟁 시기에 모라비아 교도들이 그를 기독교도로 개종시켰으니까요. 하지만 난 소박하고 무식한 인간이라 한창때에는 프랑스군과 미개인들에 대항해 싸우며 국왕과 그분의 나라를 위해 봉사하기도 했지만 태어나서 지금까지 한 번도 책을 들여다보거나 글자 한 자 배운 적이 없으니까요. 실내에서 하는 그런 공부가 무슨 소용이 있는지 전혀 알지도 못하지요. 이렇게 반쯤 대머리가 될 때까지 살아오면서 젊은 시절에는 한 철에 비버 2백 마리를 쏘아 잡은 적도 있지만 말입니다. 그것도 그 철에 잡은 다른 사냥감은 셈에 넣지도 않고 말이지요. 신부님이 제가 드리는 말씀을 의심하신다면 저기 있는 칭가치국에게 물어보셔도 되지요. 왜냐하면 전 델라웨어 지방의 한복판에서 그런 일을 했고 저 노인은 제 말 한 마디 한 마디가 다 사실이란 걸 알고 있으니까요."

"내 친구여, 당신이 한창때에는 용감한 병사였고 기술 좋은 사냥꾼이었다는 걸 전 의심하지 않습니다"라고 성직자가 말했다. "그러나 다가오는 그 죽음에 대해 당신을 준비시키기 위해서는 더 많은 것이 필요합니다. '젊은 사람들은 죽을 수도 있지만 노인들은 죽지 않을 수가 없다'는 격언을 들으셨을 겁니다."

"내가 영원히 살기를 기대할 만큼 그런 터무니없는 바보는 아니라고 확신한다오." 늘 그러하듯이 소리 없이 웃으면서 내티가 말했다. "내가 그랬듯이 숲속에서 야생동물들을 추적하고 무더운 계절에는 호수에서 흘러나오는 물이 흐르는 시냇가에 사는 사람이라면 그 누구도 그럴 필요는 없소. 난 강한 체질을 타고났소. 눈으로도 분명히 확인할 수 있겠지만 나 스스로 그렇게 말할 수밖에 없소. 왜냐하면 사슴이 소금기를 핥으러 오는 샘을 지키고 있는 동안 오논다가* 호수의 물을 백 번이나 마셨기 때문이오. 그때는 그 샘에서 말라리아에 효과 있는 해바라기 씨앗들을 볼 수가 있었소. 그 씨앗들은, 오래된 크럼혼 호수에서 똑똑히, 또 아주 많이 볼 수 있는 방울뱀들만큼이나 많았고 또 똑똑히 보였지. 그래도 난 영원히 살 거라 기대한 적은 한 번도 없었소. 물론 가먼 플래츠**가 황무지였던 것을 본 사람들도 살아 있고, 아 그렇지! 게다가 그들은 박식하고 또 종교에도 정통한 사람들이오. 이젠 일주일 동안을 찾아봐도 가먼 플래츠에서 소나무 그루터기 하나도 볼 수 없겠지만 말이오. 그런데 그 나무들의 목재는 나무들이 죽은 후에도 땅속에서 백 년 가까이나 썩지 않는 거란 말이오."

"이 일은 단지 이 세상의 일일 뿐입니다, 나의 다정한 벗이여." 그랜트 씨가 대꾸했다. 그는 새로 알게 된 사람의 안녕에 대해 관심을 갖기 시작했다. "그렇지만 저는 당신이 영원한 세상에 대해 준비가 되도록 만들고 싶습니다. 공적 예배를 드리는 장소에 참석하는 것이 당신에게 부과된 의무입니다. 오늘 밤 당신이 참석한 걸 보고 제가 기뻐한 것처럼 말입니다. 당신이 하루의 힘든 사냥을 하러 나가는 데 탄약 재는 쇠꼬챙이

---

* Onondaga: 오논다가 족은 이로쿼이 족의 한 부족인데 오논다가는 그들이 살았던 마을의 이름이기도 하다. 오논다가 족은 뉴욕 주 중심부 오논다가 카운티와 그 주변에 살았다.
** German Flatts: 뉴욕 주 허키머 카운티(Herkimer County)에 소재한 마을 이름이다. 내티가 제대로 된 교육을 받지 못한 사실을 드러내려고 '저먼 플래츠'를 '가먼 플래츠'라고 발음한 것으로 표현한 듯하다.

와 부싯돌을 안 가지고 간다면 부주의한 일이 아니겠습니까?"

"그렇다면 틀림없이 숲속에서는 경험이 없는 일꾼일 거요." 내티가 또 한 번 웃으며 말을 가로막았다. "그 일꾼은 어린 양물푸레나무로 쇠꼬챙이를 다듬어 만들 줄 모르고 산에서 부싯돌을 찾아낼 줄도 모르는 녀석이겠지. 아니, 아니오. 난 영원히 살 거라고 기대한 적이 한 번도 없소. 그리고 이 산악 지대에서 시간은 30년 전의 상황과는, 아니 그 문제에 대해 말하자면 10년 전의 상황과는 달리 변하고 있다는 걸 나도 알지요. 힘이 정의를 만들지요. 그리고 법이 노인 한 사람보다 더 강하지요. 그 노인이 아주 박식한 사람이건 다만 나 같은 사람이건 간에 말이지요. 내가 과거에는 사냥개들을 따라 달릴 수가 있었지만 지금은 사냥감들의 통로에 그냥 서 있는 일을 더 잘하니 말이오. 아아! 정착지에 설교하는 성직자들이 들어오면 사냥감이 부족해지고 화약 가격이 올라간다는 걸 예전엔 결코 몰랐다오. 게다가 화약은 탄약 재는 쇠꼬챙이나 인디언의 부싯돌처럼 쉽사리 만들어지는 게 아닌데 말이지요."

성직자는 자신이 비교 대상을 운 나쁘게 잘못 선택해서 상대에게 논쟁거리를 제공했다는 것을 알아차리고는 매우 현명하게 그 논쟁을 포기했다. 그러나 보다 적절한 순간에 그 논쟁을 다시 시작하겠다고 굳게 결심했다. 젊은 사냥꾼에게 아주 성심껏 조금 전의 요청을 되풀이하자 청년과 인디언은 그와 그의 딸과 함께 그들의 집으로 가는 데 동의했다. 사실 그 집은 존스 씨의 배려로 그들의 임시 거처로 제공된 것이었다. 레더스타킹이 오두막집으로 돌아가겠다는 의지를 굽히지 않았으므로 그 학교 건물 문간에서 그들은 헤어졌다.

그랜트 씨가 앞에서 길을 인도해 갔는데 그랜트 씨는 그 마을의 어느 거리를 따라 조금 가다가 양쪽 차단봉이 열려 있는 곳을 지나 들판

212

으로 들어섰다. 그는 다시 보도로 들어섰는데 한 사람이 겨우 걸어갈 수 있을 정도로 폭이 좁은 길이었다. 달은 이미 높이 떠 골짜기로 달빛을 수직으로 내리 비추었고, 일행의 분명한 그림자가 은빛 눈이 쌓인 둑에 비치게 해 그들이 휙휙 지나가는 모습을 보여주었다. 그것은 마치 공기로 된 형상들이 지정된 만남의 장소로 미끄러져 가는 모습처럼 보였다. 한 줄기 바람도 느껴지지 않았지만 밤은 여전히 가혹할 정도로 추웠다. 보도가 아주 단단히 다져져 있었으므로 일행 중 한 명인 그 상냥한 여성도 그 꼬불꼬불한 길을 따라 편하게 걸어가고 있었다. 그러나 그녀의 가벼운 발자국이 밟을 때에도 서리가 낮게 빠직거리는 소리를 냈다.

고급 모직물로 된 사제복을 입은 사제는 온화하고 인정스러운 얼굴을 때때로 길동무들에게 돌리곤 했는데 그의 얼굴에는 걱정을 억제하는 표정이 나타나 있었다. 그러한 표정은 그의 얼굴의 특징이었다. 그가 이 특이한 무리 중 가장 앞장서 가고 있었고 그 뒤에는 인디언이 걸어가고 있었다. 인디언은 머리에 아무것도 쓰지 않았는데 머리카락이 얼굴 여기저기를 덮었으며 머리를 제외한 신체의 나머지 부분은 담요 안에 감춰져 있었다. 그의 얼굴 근육은 일상적으로 엄격하고 침착한 표정을 보이도록 굳어져 있었는데 그 거무스레한 얼굴이 달빛 아래 드러나 있었다. 그래서 달빛이 그의 얼굴에 비스듬히 비칠 때 그는 체념한 노년의 화신처럼 보였다. 한 세기의 대부분 동안 겨울의 폭풍우가 그에게 몰아쳤지만 아무런 영향도 미치지 못한 그런 노인 같았다. 그러나 그가 고개를 돌릴 때 달빛이 어둡고 활활 타는 듯한 그의 두 눈을 바로 비추자 그 눈은 억제되지 않은 격정과 공기처럼 자유로운 사상 이야기를 들려주었다. 그랜트 양이 그 뒤를 따르고 있었는데 그 계절의 모진 추위를 견디기에는 너무 얇은 옷을 입고 있는 그녀의 신체는 델라웨어 족 추장의 야성적인 옷차림이나 어색한 시선과 두드러진 대비를 이루고 있었다. 그들이 걸어가는 동안 그 젊은 사냥꾼은, 자신도 그 무리에서 결코 하찮은 인물은 아니었지만, 부드러운 하늘빛에 지지 않는 눈동자를 가진 그랜트 양의 상냥한 얼굴이나 모히건의 얼굴을 보면서 인간의 외모의 차이에 대해 생각해보게 되었다. 그가 그들의 얼굴과 시선이 마주친 순간 이 두 사람은 각각 고개를 들어 그들의 길을 밝혀주던 그 빛나는 천체를 바라보고 있었다. 주택가 뒤편 약간 떨어진 곳에 자리한 들판을 가로지르는 길을 따라 그들이 걸어가는 동안 분위기는 대화로 활기를 띠었고 또 대화는 주제에 따라 시들해지거나 활발해지거나 했다. 제일 먼저 말을 시작한 사람은 성직자였다.

"정말" 하고 그가 말했다. "자네 나이에 쓸데없는 호기심으로라도 자기가 교육받은 교회가 아닌 다른 교회를 찾고 싶은 마음이 들 법도 한데, 그런 적이 한 번도 없는 청년을 만난다니, 이거 너무나 특이한 상황이라 그처럼 운 좋게 제어된 자네의 인생 이력을 알고 싶은 강한 호기심을 느끼게 되는군. 자네는 틀림없이 훌륭한 교육을 받았으리라 생각되네. 자네의 예의범절과 언어를 보면 정말 명백히 드러나니까 말이네. 자네는 어느 주 태생인가, 에드워드 군? 자네가 템플 판사에게 말한 이름이 에드워드라고 생각하는데."

"이 주 태생입니다."

"이 주라고! 자네 말씨로는 짐작하기가 어려웠다네. 자네 말씨는 내가 아는 어떤 지방의 말투와도 특별히 닮은 데가 없어서 말이네. 그렇다면 자넨 주로 도시에 거주했나 보군. 왜냐하면 이 나라에는 도시를 제외하고는 우리 교회의 훌륭한 전례가 지속적으로 거행될 만큼 운이 좋은 지역이 없거든."

성직자가 자신의 말투로 자신이 어느 지방 출신인지 너무나 명확하게 드러내고 있는 동안 젊은 사냥꾼은 그의 말을 들으며 미소를 짓고 있었다. 그러나 십중팔구 그의 현재 상황과 관련된 이유들 때문에 그는 대답을 하지 않았다.

"난 자네를 만나 기쁘다네, 젊은 친구. 왜냐하면 난 솔직한 마음을 가진 사람이, 자네도 분명 그런 사람일 거라고 생각하는데 말이지, 확립된 교리와 경건한 전례가 지닌 장점들을 모두 보여줄 수 있을 거라 생각하니까 말이야. 오늘 밤 내가 내 청중들의 기분에 따를 수밖에 없었던 상황을 자넨 알아챘을 거야. 친절한 존스 씨는 내가 성찬식 기도문을 다 낭독하길 바랐고 또 사실 아침 전례의 기도문도 다 낭독해주길 바랐지. 하지만 다행히도 저녁 미사 때에는 그렇게 낭독할 필요가 없었다네. 만약 그렇게 했더라면 오늘 저녁 새로 온 청중들이 지루해했겠지. 그러나 내일은 성체성사를 집전할 계획이네. 자넨 영성체를 하는가, 젊은 친구?"

"하지 않습니다." 약간 당황하면서 청년이 대답했다. 그랜트 양이 무심결에 발걸음을 멈추고 놀라서 그에게 시선을 돌렸으므로 그의 당황한 감정은 조금도 누그러지지 않았다. "제가 그럴 자격이 없는 건 아닐까 걱정이 되어섭니다. 지금까지 한 번도 제대에 가까이 다가가본 적이 없습니다. 또 그러고 싶지도 않고요. 세속적인 관심사가 너무나 많이 제 마음을 사로잡고 있다는 걸 알고 있으니까요."

"판단은 각자의 몫이니까." 그랜트 씨가 말했다. "그렇지만 한 청년이 지금까지 한 번도 거짓 교리에 휘둘리지 않고 그처럼 오랜 세월 동안 우리 전례의 장점들을 순수한 상태로 누려왔다면 영성체를 하러 제대 앞으로 나와도 괜찮을 거라고 난 생각한다네. 그렇지만 젊은이, 지금은 장엄한 경축일이니 이 경축일이 조롱감이 아니라고 합당하게 생각할 때까지는 아무도 이날을 경축해서는 안 되네. 오늘 밤 템플 판사에 대한 자네의 태도에서 원한을 보았는데 그건 인간의 격정 중에서도 최악에 근접한 것이었네. 이제는 얼어붙은 이 시내를 건너야 한다네. 우리 모두가 지나가도 얼음이 깨어지지 않고 틀림없이 안전할 거라 생각되네. 미끄러지지 않게 조심해라, 얘야." 이렇게 말하면서 그는 좁은 길로 자그만 둑을 내려가 호수로 흘러들어가는 작은 시내를 건너갔다. 그러고는 딸이 그 시내를 건너는 것을 보기 위해 몸을 돌렸다가 그 청년이 앞장서 오면서 딸의 발걸음을 친절하게 인도해주는 것을 보았다. 일행 모두 안전하게 시내를 건너자 그는 맞은편 둑으로 올라가서는 이야기를 계속했다. "친애하는 젊은이, 어떤 상황에서도 그러한 감정이 일어나도록 내버려두는 것은 나쁜 일이라네, 아주 나쁜 일이라네. 특히 현재의 경우에는 그러하다네. 왜냐하면 판사의 잘못이 고의적인 것은 아니니까 말이네."

"신부님 말씀에는 좋은 점이 있습니다." 모히건이 갑자기 걸음을 멈추면서 말했다. 그래서 뒤에 따라오던 사람들도 저절로 걸음을 멈추게 되었다. "그건 미퀸의 말씀입니다. 백인이라면 자기 조상들이 지시한 대로 행동해도 되겠지요. 그러나 '젊은 독수리'의 핏속에는 델라웨어 족 추장의 피가 흐르고 있습니다. 그 피는 붉고 또 그 피가 흘러 얼룩을 남겼다면 그것은 밍고*의 피로만 씻어낼 수 있습니다."

그랜트 씨는 인디언이 끼어들자 놀라서 걸음을 멈추면서 그를 똑바로 대면했다. 사제의 온화한 얼굴이 추장의 흉포하고 단호한 표정을 마주보게 되었다. 사제의 얼굴에는 자신의 구세주가 설파한 종교를 믿는다고 고백한 사람이 원한의 감정을 갖고 있다는 말을 듣고 느낀 공포심이 고스

---

* 그의 원수(작가 주).

란히 드러나 있었다. 두 손을 머리 부근까지 올리면서 그는 외쳤다.

"존, 존! 바로 이게 당신이 모라비아 교도들에게 배운 종교란 말이오? 그러나 아니겠지. 그렇다고 여길 정도로 난 그렇게 무자비한 생각을 하지는 않겠소. 모라비아 교도들은 경건하고 점잖고 온화한 사람들이니 그런 격정을 결코 용납했을 리가 없소. 구세주의 말씀에 귀 기울여보시오. '그러나 내가 너에게 말한다. 네 원수를 사랑하여라. 너를 저주하는 사람들을 축복하여라. 너를 미워하는 사람들에게 선행을 베풀어라. 심술궂게 너를 이용하고 박해하는 사람들을 위해 기도하여라.' 이것이 바로 하느님의 계명이오, 존. 그리고 그러한 감정을 기르려고 노력하지 않고는 아무도 그분을 뵐 수가 없소."

인디언은 성직자의 말에 주의 깊게 귀를 기울였다. 이상하게 번뜩이던 그의 눈빛이 점차 부드러워지고 그의 근육도 이완되어 평상시의 평정을 되찾았다. 그러나 그는 고개를 약간 흔들면서 그랜트 씨에게 걸음을 계속하라고 위엄 있게 몸짓을 하고는 말없이 사제의 뒤를 따랐다. 성직자는 마음의 동요 때문에 눈에 깊이 파묻힌 길을 이상할 정도로 급히 걸어갔고 인디언은 겉보기에는 힘들이지 않는 것 같으면서도 그와 보조를 맞추어 가고 있었다. 그러나 젊은 사냥꾼은 여성의 발걸음이 점점 지체되어 마침내 앞서가는 두 사람과 뒤에 가는 두 사람 사이에 약간의 거리가 생긴 것을 목격하게 되었다. 그 상황을 알아챘지만 그녀의 발걸음을 늦출 만한 새로운 장애물을 아무것도 발견할 수 없게 되자 청년은 자기가 도와주겠다고 제의를 했다.

"피곤하신 것 같군요, 그랜트 양." 그는 말했다. "눈에 발이 푹푹 빠지기도 하고 또 아가씨는 우리 남자들의 보조에 맞추기가 어려우시지요. 제발 눈이 딱딱하게 얼어붙은 곳을 밟으시고 제 팔을 잡으세요. 저기 저 불빛이 아가씨 부친의 집인 듯하군요. 하지만 아직 약간 멀리 떨어져 있는 것 같네요."

"전 상당히 잘 걸을 수 있어요"라고 그랜트 양이 낮고 떨리는 목소리로 대답했다. "하지만 전 저 인디언의 태도에 깜짝 놀랐어요. 오오! 그분이 달을 바라보면서 우리 아버지에게 말할 때 그분의 눈이 무서웠거든요. 하지만 제가 잊고 있었네요. 그분이 당신 친구분이라는 걸 말예요. 또 그분의 말투를 들으면 당신의 친척일지도 모르는데 말예요. 그렇지만 당신에게 전 두려움이 없어요."

젊은 남자는 눈이 쌓인 둑에 올라섰는데 그 둑이 그의 체중을 단단히 떠받치고 있었기 때문에 눈은 무너지지 않았다. 그는 길동무가 따라오도록 부드럽게 이끌어주었다. 그녀의 팔을 이끌어서 자신에게 팔짱을 끼게 하면서 그는 머리에서 모자를 들어 올렸다. 그래서 그의 검은 머리카락이 넓은 이마 위로 멋진 고수머리를 이루어 흘러내렸다. 그는 마치 자신의 마음속 깊은 곳의 생각을 들여다보라고 부탁이라도 하듯이 의식적으로 자랑스러워하는 태도를 보이면서 그녀 옆에서 걷고 있었다. 루이자는 그의 신체를 슬쩍 엿보기만 하고는, 그와 팔짱을 낀 덕에 크게 빨라진 속도로 조용히 따라 걸어가고 있었다.

"당신은 이 특이한 부족에 대해 거의 모르시는 것 같군요, 그랜트양." 그가 말했다. "그렇지 않다면 인디언에게는 복수가 미덕이라는 걸 알고 계실 텐데 말입니다. 그들은 남이 자기를 해치면 그에 복수하지 않고 지나가서는 절대로 안 되는 것이 자신의 본분이라고 믿도록 가르침을 받지요. 그리고 손님을 환대해야 한다는 더 강력한 주장 외에는 그 무엇도 그들의 원한으로부터 사람들을 보호해주지 못하지요. 그들이 지배력을 갖고 있는 지역에서는 말입니다."

"틀림없이" 하고 그랜트 양이 무심결에 그의 팔에서 자신의 팔을 빼내며 말했다. "당신은 그런 부정한 감정을 교육받지는 않으셨겠지요."

"아가씨의 훌륭한 부친께는 내가 교회의 신앙을 갖도록 교육받았다고 말씀드리는 것으로 충분한 대답이 될 겁니다." 그가 대답했다. "그러나 당신께는 이런 대답을 덧붙이겠습니다. 내가 용서에 대한 심오하고 실용적인 교훈을 배웠다고 말입니다. 이 문제에 대해서는 내가 스스로를 비난할 근거가 거의 없다고 믿고 있습니다. 앞으로도 그런 근거가 더욱더 적어지도록 노력할 것입니다."

이렇게 말하면서 그는 걸음을 멈추고는 다시금 그녀를 돕기 위해 자신의 팔을 내민 자세로 서 있었다. 그가 말을 마치자 그녀는 조용히 그의 제의를 받아들였고 그들은 다시 걷기 시작했다.

그랜트 씨와 모히건은 그랜트의 거주지 문 앞에 이미 도착해 문간 근처에서 두 젊은 길동무들이 도착하기를 기다리며 서 있었다. 그랜트 씨는 대화 도중 그 인디언에게서 발견한 사악한 성향을 자신의 훈계로 바로잡으려고 진지하게 노력하는 중이었다. 그의 훈계를 인디언은 충심으로, 또 공손하게 주의를 기울이며 경청하고 있었다. 젊은 사냥꾼과 숙녀가 도착하자 그들은 건물 안으로 들어갔다.

그 집은 마을에서 조금 떨어진 곳에, 들판 한가운데 서 있었고 나무 그루터기들로 둘러싸여 있었다. 그 그루터기들이 눈 위로 힐끗힐끗 보였는데 눈이 거의 2피트 두께로 쌓여 있었으므로 그루터기들은 꼭대기 부분에 새하얀 눈을 모자처럼 쓰고 있었다. 그 집 가까이에는 나무 한 그루, 관목 한 그루 보이지 않았으므로 그 집은 외부적으로는 음산하고 미완성인 듯한 모습을 보여주었다. 그러한 모습은 새로 개척된 지방에 급히 세워진 주택들에서 아주 흔히 볼 수 있는 것이었다. 그렇지만 그 집

외관의 매력 없는 특성은 다행히도 내부의 세련된 산뜻함과 기분 좋은 따뜻함으로 경감되었다.

그들은 응접실로 꾸며진 방으로 들어갔다. 그러나 조리 설비가 갖춰진 커다란 벽난로를 보면 그것이 때때로 가사의 용도로도 사용된다는 것을 알 수 있었다. 난로에서는 밝은 불길이 타고 있어 루이자가 내놓은 촛불에서 나오는 불빛을 불필요하게 만들고 있었다. 왜냐하면 난로의 불길로도 그 방의 얼마 안 되는 가구를 쉽게 볼 수 있었고 또 자세히 바라볼 수도 있었기 때문이었다. 마루 한가운데에는 천 조각들로 만들어진 양탄자가 깔려 있었는데 그것은 그 당시 실내 용품에 많이 사용되었고 지금도 계속해서 사용되는 제작 방식으로 만들어진 것이었다. 그 양탄자 가장자리가 시야에 노출되어 있었는데 그것은 흠 한 점 없이 깨끗했다. 구식 마호가니 책장뿐만 아니라 차탁과 재봉대에서는 과거에는 더 유복하게 살았던 듯한 분위기를 약간 엿볼 수 있었지만 의자와 식탁과 그 밖의 가구는 매우 간소하고 저렴하게 제작된 것들이었다. 벽면에는 뜨개질한 작품들과 스케치들이 몇 점 걸려 있었는데 뜨개질한 작품들은 도안의 면에서는 장점이 약간 모호했지만 솜씨는 아주 훌륭했다. 반면 스케치들은 도안과 솜씨 모두 결함이 있었다.

뜨개질 작품 하나에는 무덤에서 젊은 여성이 슬퍼하는 모습이 묘사되어 있었고 그 배경에는 아치형 창문들이 나 있는 교회가 서 있었다. 그 무덤에는 몇몇 인물들의 이름과 그들의 출생일과 사망일이 새겨져 있었는데 그들의 성은 모두 그랜트였다. 이 기록을 아주 잠깐만 훑어보더라도 젊은 사냥꾼이 이 성직자의 가정적 상황을 깨닫기에는 충분했다. 사냥꾼은 그것을 보고 성직자가 홀아비이며 그와 함께 사는 그 순진하고 겁 많은 처녀가 성직자의 여섯 자녀 중 유일한 생존자임을 읽을 수가 있었다. 이 두 사람의 온순한 기독교도들이 행복하기 위해 서로에게 의지하고 있다는 사실을 알게 되자 딸이 아버지에게 보이는 조용하지만 상냥한 관심이 더 매혹적으로 보였다.

이러한 관찰은, 일행이 기분 좋은 난롯불 앞에 앉는 동안 이루어졌다. 그동안에는 대화가 중단되었기 때문이었다. 그러나 각자가 편안하게 자리를 잡고 난 후, 또 루이자가 빛바랜 비단으로 된 얇은 외투와 집시풍 모자를 벗고 자기 아버지와 청년 사이에 있는 의자에 앉은 후에는 그녀의 아버지가 대화를 다시 시작했다. 그런데 루이자의 집시풍 모자는 그 계절에 적절하다기보다는 오히려 그녀의 얌전하고 순진한 얼굴에 더 잘 어울리는 것이었다.

"내 생각으로는 젊은 친구" 하고 성직자가 말했다. "자네가 받은 교육이 복수심을 조장하는 그 원칙들을 대부분 근절시켰으리라고 본다네. 자네가 혈통에 따라 물려받았을지도 모르는 그 원칙들을 말이네. 왜냐하면 내가 존의 표현에서 이해하는 바로는 자네가 델라웨어 부족의 혈통을 어느 정도 이어받은 것 같으니 말이야. 제발 부탁이니 내 말을 오해하지 말게. 왜냐하면 장점을 구성하는 것은 피부색도 아니고 혈통도 아니니까 말일세. 그리고 이 땅의 본래의 소유자들과 동족 관계를 주장하는 사람이 전혀 양심의 가책 없이 이 언덕들에 발을 들여놓을 권리가 없다고는 생각하지 않네."

모히건은 화자에게 위엄 있게 몸을 돌리고는 인디언 특유의 의미심장한 몸짓을 하면서 이렇게 말했다.

"신부님, 당신은 아직 인생의 전성기를 지나지 않았습니다. 당신의 사지는 젊지요. 가장 높은 언덕으로 올라가서 당신 주위를 둘러보시오. 당신이 보는 모든 것이, 뜨는 해에서 지는 해에 이르기까지, 위대한 샘의 원천에서부터 '꼬부라진 강'*이 구릉지대에 감춰진 곳에 이르기까지, 그 모든 것이 다 그의 것이오. 그는 델라웨어 족의 혈통을 지니고 있고 그의 권리는 강력하오. 그러나 미퀸의 형은 정의롭소. 그는 이 지방을 두 지역으로 양분할 것이오. 강이 저지대를 갈라놓고 있듯이 말이오. 그러고는 '젊은 독수리'에게 말할 것이오. 델라웨어 족의 자손이여! 이 지방을 가져라, 그것을 보존하라, 그리고 너의 조상의 땅에서 추장이 되어라."

"절대로!" 젊은 사냥꾼이 외쳤다. 너무나 격렬하게 외쳤기 때문에 성직자와 그의 딸이 인디언의 말을 열중해서 주의 깊게 경청하고 있던 분위기를 깨뜨려버렸다. "숲속의 이리도 그 인간이 황금에 욕심을 부리는 것보다 자기 먹잇감에 대해 더 탐욕스럽지는 않을 겁니다. 게다가 그 남자가 슬며시 부자가 된 과정은 뱀의 움직임만큼이나 교활하지요."

"참게, 참게, 젊은이, 참게." 그랜트 씨가 그의 말을 가로막았다. "이런 분노의 격정을 억제해야 하네. 자네가 템플 판사에게 우연히 부상을 당한 일이 자네에게 대를 이어 저질러진 부당 행위에 대한 의식을 더 강화해준 것 같군. 그러나 명심하게. 앞에 말한 부상은 고의적인 것이 아니었고 뒤에 말한 부당 행위는 정치적 변화의 결과라는 걸 말일세. 사실 정치적 변화가 일어나는 과정에서 왕들의 자만심이 아주 납작해졌고 강력한 나라들이 지구상에서 일소되지 않았는가. 지금 필리스틴인들은 어디 있는가? 그들이 이스라엘의 자손들을 그처럼 빈번히 노예로 삼았었지만 말이네. 또 그 도시 바빌론은 어디 있는가? 사치와 악행에 빠져 있

---

* 서스쿼해나Susquehannah는 꼬부라진 강이라는 의미이다. 해나hannah, 또는 해녁 hannock은 원주민인 인디언들의 여러 방언에서 '강'을 의미한다. 그래서 버지니아 주 같은 남쪽 지방에서도 래피해녁Rappehannock이라는 강을 발견할 수 있다(작가 주).

었고 오만에 취해 스스로 나라들의 여왕이라 칭했던 그 바빌론 말이야. 우리의 탄원 기도의 구절을 기억하게. 그 기도에서 우리는 '우리의 원수와 박해자와 비방자를 용서하고 그들의 마음을 변화시키는 것이 주님의 마음에 흡족하시길'이라고 전능하신 하느님께 기도하지 않는가. 원주민들에게 부당 행위를 가한 죄를 템플 판사에게 물을 수도 있겠지만 그러려면 한 민족 전체에게도 공동으로 그 죄를 물어야 하네. 또 자네 팔은 금방 힘을 회복할 게 아닌가."

"이 팔요!" 청년이 격렬히 흥분해서 마루를 왔다 갔다 하면서 되풀이했다. "신부님께서는 제가 그 인간을 살인자라고 믿는다고 생각하십니까? 오, 아닙니다! 그는 그러한 죄를 저지르기에는 지나치게 교활하고 비겁하지요. 그렇지만 그와 그의 딸이 자신들의 부를 마음껏 흥청망청 누리라지요. 징벌의 날이 올 겁니다. 아니, 아니, 아니요." 마루 위를 보다 침착하게 걸으면서 그가 말을 계속했다. "내게 부상을 입힐 의도를 그가 갖고 있었다고 모히건은 의심했지요. 그러나 그런 하찮은 일은 두 번 생각할 가치도 없는 일입니다."

그는 자리에 앉아서 무릎 위에 놓여 있던 두 손에 얼굴을 파묻었다.

"원주민이 격정에 사로잡힐 때 원주민의 유전적 천성으로 흔히 저런 격렬한 행동을 보일 때가 있단다, 애야." 그랜트 씨가 두려워하는 자기 딸에게 낮은 어조로 말했다. 그의 딸이 공포에 질려 그에게 매달려 있었기 때문이었다. "너도 들었겠지만 그는 인디언과 혼혈이거든. 그래서 교육에 의한 순화로도 우리 교회의 훌륭한 전례로도 그러한 나쁜 점이 완전히 뿌리 뽑힐 수는 없었던 거야. 하지만 그래도 그를 잘 보살펴주고 또 시간이 가면 그에게 많은 변화가 일어날 거야."

성직자가 비록 낮은 어조로 말하고 있었지만 청년은 그가 한 말을 들었다. 그래서 그는 고개를 들고 뜻 모를 미소를 지으며 더 침착하게 말했다.

"제 거친 태도나 제 거친 의복을 보고 놀라지 마세요, 그랜트 양. 전 격정에 빠졌던 것뿐입니다. 그걸 억누르려 애써야 했는데 말입니다. 아가씨 아버님 말씀대로 그걸 제 안에 흐르는 피의 탓으로 돌릴 수밖에 없네요. 비록 제 혈통을 자발적으로 비난하지는 않으려 합니다만 말이죠. 왜냐하면 제게 남은 것 중 자랑할 것은 혈통밖에 없으니까요. 그래요! 전 델라웨어 족 추장의 혈통을 이어받은 사실이 자랑스러워요. 그분은 인간성을 더 고상하게 향상시킨 전사였으니까요. 이 나이 드신 모히건이 그분의 친구셨으니까 그분의 미덕에 대해 증언해주실 겁니다."

그랜트 씨는 여기서 이야기를 다시 시작했다. 그러고는 청년이 더 침착해지고 늙은 추장이 자기 말을 경청하는 것을 알게 되자 용서의 의무에 대해 완벽하고 신학적인 논의를 시작했다. 대화가 한 시간 이상 계속되었을 때 방문자들은 자리에서 일어났다. 자신들을 환대해준 사람들과 호의적인 작별 인사를 교환한 후 그들은 그 집을 떠났다. 문 앞에서 그들은 헤어졌다. 모히건은 마을로 바로 가는 길을 택했고 청년은 호수 쪽으로 갔다. 성직자는 자기 집 현관에 서서 늙은 추장의 모습이 그 나이에 비해서는 놀라울 정도로 빠른 걸음걸이로 눈이 깊이 쌓인 길을 따라 미끄러지듯 걸어가는 것을 주시하고 있었다. 담요에 둘러싸여 무슨 덩어리같이 보이는 그의 모습 위로 그의 곱슬곱슬하지 않은, 검은 머리카락이 겨우 드러나 있었다. 그리고 은빛 달빛 아래에서 보니 그의 담요의 모습이 때때로 눈과 한데 어우러져 있는 듯이 보이기도 했다. 그 집 뒤편에는 호수가 내려다보이는 창문이 하나 있었다. 루이자의 아버지가 집에 들어왔을 때 그는 딸이 이곳에서 동쪽의 산이 있는 방향으로 어떤 물체를 골똘히 응시하고 있는 것을 발견했다. 그는 그 장소로 다가가서 젊은 사냥꾼이 반마일쯤 떨어진 거리에서 얼음장 위에 또다시 눈이 얼어붙어 있는 넓은 들판을 가로질러 놀라울 정도로 빠른 걸음으로 걸어가고 있는 것을 보았다. 사냥꾼은 한 지점을 향해 가고 있었는데 그곳에는 레더스타킹이 사는 오두막집이 위치해 있다는 것을 성직자는 알고 있었다. 그 집은 호숫가, 바위 아래 있었고 그 바위 위에는 소나무들과 솔송나무들이 우거져 있었다. 그다음 순간에 그 야성적으로 보이는 모습은 위에 드리워져 있는 나무들이 만든 그늘 속으로 들어가서 시야에서 사라졌다.

"야만인의 성향이 저 놀라운 종족 안에서 얼마나 오랫동안 지속되는지를 보면 불가사의할 정도야." 선량한 성직자가 말했다. "그렇지만 그는 이미 시작했으니까 잘 견디면 그래도 그의 승리는 완벽한 것이 되겠지. 그가 다음 번에 방문하면 '우상숭배의 위험에 대항하라'는 설교를 해야 한다고 내게 일깨워주렴, 루이자."

"물론이에요, 아버지. 아버지께서는 그 사람이 그의 조상이 예배하던 대상에 다시 빠져버릴 위험에 처해 있다고 생각하지는 않으시겠지요!"

"그렇단다, 애야." 사제는 딸의 엷은 황갈색 머리카락에 다정하게 손을 얹으며 또 미소를 지으며 대답했다. "그의 백인 혈통이 그것을 막을 거야. 하지만 우리의 격정에 대한 우상숭배란 것도 있으니까 말이야."

13장

"그리고 나는 1쿼트들이 술잔으로 마시리라.
보리 낟가리의 건강을 빌며."

―작자 미상, 「보리 낟가리」

템플턴의 두 주요 도로가 교차하는 네거리 한 모퉁이에, 우리가 이미 언급했듯이 '볼드 드러군'이라는 이름의 술집이 서 있었다. 원래의 설계도에서는 마을은 골짜기를 힘차게 흘러내려가는 그 작은 시내를 따라 뻗어 있도록 정해져 있었다. 또 호수에서 학교로 통하는 거리는 그 마을의 서쪽 경계선이 되도록 설계되어 있었다. 그러나 편의를 선택하다 보면 가장 잘 정리된 계획까지도 헛되이 되어버리는 경우가 흔하다. 홀리스터 씨, 아니 그 인근의 시민군을 지휘하게 된 결과 그가 홀리스터 대위라고 불리게 되었으므로, 홀리스터 대위의 집은 초창기에는 중앙로를 바로 마주 보는 형태로 건축되었고 표면상으로는 중앙로가 더 이상 뻗어나가지 못하도록 울타리를 그 사이에 세워두었다. 그러나 말을 타는 사람들과 그 후에는 말을 여러 마리 부리는 사람들이 서쪽으로 가는 통로를 단축시키기 위해 이 건물의 끝부분에 난 통로를 이용하기 시작했다. 그러다가 얼마 지나지 않아 정식 간선도로가 이 길을 따라 나도록 설계되고 집들이 점차 이 간선도로 양쪽에 들어서게 되어 그 후에는 원래의 설계와는 달라진 도로의 위치를 바로잡는 것이 실질적으로 불가능하게 되었다.

마머듀크의 정식 설계가 이처럼 변경된 후 그에 따라 두 가지 구체적 결과가 발생했다. 중앙로는 원래 길이의 절반쯤 생긴 후에 갑자기 그 폭이 정확히 절반으로 줄어들었다. 또 하나의 결과는 '볼드 드러군'이 대저택 다음으로 이 장소에서 단연코 가장 눈에 띄는 건물이 된 것이었다.

이 선술집은, 건물이 이처럼 눈에 띄는 데다 남자 주인과 여주인의 성격이 영업에 도움이 되었으므로 장래의 모든 경쟁업체들에 대해 유리한 위치를 점하게 되었고 그처럼 유리한 위치는 그 어떤 상황이 와도 극복할 수 없는 절대적인 것이 되었다. 그렇지만 이 술집을 이겨보려는 노력을 누군가 하긴 했다. 이 술집과 대각선으로 마주 보는 길모퉁이에 새 건물이 서 있었던 것이다. 그 건물의 거주자들은 모든 종류의 대항을 억누르려는 목적으로 그것을 건축했다. 그것은 목조 주택으로 유행하는 건축양식으로 꾸며져 있었고, 지붕과 난간이 대저택을 모방해서 건축된 세 동의 건물 중 하나였다. 위층 창문들은 추운 공기의 유입을 막기 위해 거친 판자들로 막혀 있었고 판자들은 못으로 고정된 상태였다. 아래층 방들에는 유리창이 있는 것을 볼 수 있었지만 그 건물은 완공되었다고는 도저히 말할 수 없는 것이었다. 그러나 건물 안에서 활활 타는 난로 불빛을 보면 그 안에 이미 사람이 살고 있다는 것을 알 수 있었다. 건물 외부를 보면 정면과 거리에 노출된 부분에는 흰색 페인트칠이 되어 있었다. 옆집과 연결될 벽면에는 스페인 흙*이 조잡하게 발라져 있었다. 문

---

* 도료로도 사용되는 짙은 적갈색 흙.

앞에는 두 개의 높은 기둥이 서 있었고 기둥들은 꼭대기에 들보가 얹혀 있어 서로 연결되어 있었다. 그리고 들보에는 거대한 간판이 매달려 있었다. 간판 테두리는 소나무 판자 위에 새겨진 기묘한 무늬들로 장식되어 있었고 간판 표면에는 돌로 된 상징물들이 붙어 있었다. 이 불가사의한 상징물들 위에 커다란 글자로 '템플턴 커피점, 호텔'이라고 쓰여 있었고 그 아래에는 '해버컥 푸트와 조슈어 냅 운영'이라고 쓰여 있었다. 이것이 바로 '볼드 드러군'의 무시무시한 경쟁업체였다. 마을에 새로 세워진 상점인 모자 상점의 문 위에서, 또 제혁 공장 대문 위에서도 이 당당한 이름들을 볼 수 있다고 우리가 덧붙여 말한다면 독자들은 이곳이 '볼드 드러군'의 두려운 경쟁업체라는 것을 보다 쉽게 간파할 수가 있을 것이다. 그러나 너무 많은 것을 잘하려고 시도한 때문에, 아니면 '볼드 드러군'이 쉽사리 흔들릴 수 없는 확고한 평판을 이미 누리고 있었기 때문에 템플 판사와 그의 친구들뿐만 아니라 마을 사람들도, 우리가 방금 지칭한 그 강력한 회사에 빚을 지고 있지 않은 사람들이라면 대부분 그러한 술집이 필요한 모든 경우에 홀리스터 대위의 술집에 항상 모여들었다.

오늘 밤에도 다리를 저는 노병과 그의 배우자는 학교에서 돌아와 집에 들어오자마자 문간에서 나는 저벅거리는 발소리로 손님들이 다가오고 있다는 사실을 알아차렸다. 손님들은 거의 틀림없이 방금 목격한 교회 의식이라는 주제에 대해 서로의 의견을 비교해보려는 목적으로 모여들고 있었을 것이었다.

'볼드 드러군' 술집, 아니 일반적 호칭으로는 '볼드 드러군 바'의 내부는 넓은 방이었고 세 벽면을 따라 긴 의자들이 붙어 있었다. 그리고 네 번째 벽면에는 벽난로가 있었다. 벽난로는 두 개였는데 벽난로 양쪽의 석벽이 엄청나게 커서, 한두 개의 문과 구석의 작은 방이 들어선 공간을 제외하고는 그것들이 위치한 벽면을 전부 차지할 정도였다. 그리고 그 작은 방은 말뚝을 촘촘히 박아 만든 자그마한 울타리로 막혀 있었고 그 안은 술병들과 유리잔들로 넉넉하게 장식되어 있었다. 이 성역의 입구에 홀리스터 부인이 매우 엄숙한 태도로 앉아 있었고 그녀의 남편은 한쪽 끝이 조금 탄 큰 막대기로 통나무들을 이리저리 옮기면서 난롯불을 휘 젓는 데 골몰해 있었다.

"자, 하사님." 노병이 통나무들을 가장 적절한 방식으로 옮겨놓았다 는 생각이 들자 여주인이 말했다. "불을 들쑤시는 건 이제 그만하시우. 이제 불이 저렇게 알맞게 타고 있으니 더 쑤셔봤자 소용이 없을 것 같 수. 저기 저 탁자에 유리잔들이 있고 여기 난롯불 앞에 의사가 생강을 넣은 사과술을 마시는 잔이 있잖수. 그것들을 카운터에 갖다놓겠수? 곧 편사님과 소령님과 존스 씨가 오셔서 밤늦게까지 계실 거니까 말이우. 벤 저민 품프*와 변호사들은 치지 않더라도 말이우. 그러니 이 안을 말끔히 정돈해주시우. 또 플립 만드는 쇠막대기를 둘 다 석탄 속에 넣어두시우. 그리고 그 게으른 검둥이 년 주드에게 부엌을 청소하지 않으면 내가 그년 을 이 집에서 쫓아낼 거고 그러면 그년은 '커피점'을 하는 그 신사들과 살 게 될 거라고 말해두시우. 그들에게 행운이 있기를. 아아, 하사님, 이 그랜 트 씨가 하고 있듯이 그렇게 자주 벌떡 일어났다 앉았다 하지 않고도 편 안히 앉아 있을 수 있는 예배에 참석할 수 있는 건 큰 특권이 분명하우."

"우리가 서건 앉건 그런 데 참석하는 건 언제나 특권이오, 홀리스터 부인. 아니면 예전에 훌륭한 화이트필드 씨**가 하루의 피곤한 행군을 마

---

* '펌프'를 사투리처럼 잘못 발음한 것이다.
** George Whitefield(1714~1770): 복음주의파 전도사로 1738년, 1739~41년, 1744~ 48년 미국 식민지를 방문했는데, 영국과 미국에서 모두 큰 영향력을 발휘하고 있었다.

친 후 그랬듯이 무릎을 꿇고 기도할 수 있는 것도 특권이오. 옛날 모세처럼 오른쪽과 왼쪽에서 그의 손을 받쳐주는 사람들이 있는 가운데 두 손을 하늘로 들어 올리고 말이오." 그녀의 남편이 대꾸했다. 그러면서도 그는 그녀가 하라고 지시한 일들을 침착하게 수행하고 있었다. "이스라엘인들이 그날 아말렉인들과 치른 건, 베티, 아주 용감한 전투였소. 그들은 평원에서 전투를 했던 것 같소. 왜냐하면 모세가 언덕으로 올라가 그 전투 양상을 내려다보며 일심불란하게 기도했다고 나와 있으니 말이오. 내 비록 지식이 적지만 그때 이스라엘인들이 주로 자기들의 말(馬)에 의지했다고 판단이 되는군. 왜냐하면 여호수아가 검 끝으로 적을 무찔렀다고 쓰여 있으니 말이오.* 그 대목에서 다시 유추하자면 그들은 기병이었을 뿐만 아니라 잘 훈련된 병력이기도 했던 것 같소. 사실 성서에는 그들이 선택된 사람들이었다고까지 쓰여 있소. 의용군이었을 가능성이 높지. 왜냐하면 미숙한 기병들은 검 끝으로 적을 칠 수 있는 경우가 거의 없거든. 특히 그 무기가 어느 쪽으로든 굽었을 때는 말이지."

"쳇! 당신은 왜 그런 사소한 문제에 대한 성서 구절에 신경을 쓰우, 이봐요." 여주인이 그의 말을 가로막았다. "물론 그들과 함께 계셨던 분은 하느님이시지. 그분은 항상 유대인들 편이었잖수. 그들이 배반하기 전까지는 말이우. 여호수아가 어떤 종류의 부하들을 거느렸는지는 거의 문제가 되지 않잖수. 올바른 명령을 내리기만 하면 되었으니까 말이우. 그 빌어먹을 시민군조차도, 하느님께서 내 욕설을 용서해주시기를, 그 시민군이 그렇게 비겁해서 그분을 돌아가시게 했지만 그 옛날이었다면 시민군이 이겼을 거유. 그 병사들이 훈련에 익숙하다고 생각할 만한 이유가

---

* 『구약성서』 「출애굽기」 17장 8~13절 참조.

없지만 말이우."

"홀리스터 부인, 당신이 좀 전에 말한 그때에 경험 없는 병력치고는 시민군의 좌측 부대보다 더 잘 싸운 병력은 자주 본 적이 없다고 난 말하지 않을 수 없소. 그들은 당당하게 다시 모여들었소. 그것도 북소리도 없이 말이오. 그런데 그런 건 포화 아래에서 하기에는 결코 쉬운 일이 아니오. 그러고는 그분이 쓰러질 때까지는 확고하게 싸웠소. 그렇지만 하여튼 성서에는 불필요한 단어는 하나도 포함되어 있지 않소. 그리고 그 기병들은 검의 칼날로 적을 치는 방법을 알고 있었으니 훈련을 잘 받은 병사들이 틀림없다고 난 주장하겠소. 칼날이라는 그 한 단어보다 더 사소한 문제들에 대해서도 수많은 훌륭한 설교들이 이루어진 바 있소. 만약 그 성서 구절이 특정한 일을 지칭하려고 쓰인 게 아니라면 '검으로'라고 쓰여 있지 왜 '칼날로'라고 쓰여 있었겠소? 그런데 거꾸로 칼날로 치려면 오랜 연습이 필요한 거요. 어이쿠! 화이트필드 씨라면 그 '칼날'이라는 단어를 가지고 얼마나 긴 논쟁을 벌였을까! 대위님에 대해 말하자면 그분이 보병들을 재편성하지 말고 기병수비대를 소집하기만 했더라면 기병들이 칼날이 어떤 것인지 적에게 보여주었을 텐데. 왜냐하면 그 기병들 중에는 임관된 장교는 없었지만 이렇게 말할 수는 있다고 생각하는데……" 노병은 목 부근의 넥타이를 빳빳해지게 매만지면서 또 훈련 담당 하사관의 태도로 일어나면서 말을 계속했다. "그들은 협곡이 있는데도 불구하고 자신들의 전투력을 향상시킬 수 있는 사람의 인솔을 받고 있었다고 말이지."

"말을 당신 뜻대로 몰고 갈 수가 있었수?" 하고 여주인이 소리쳤다. "그분이 탄 그놈이, 다람쥐처럼 민첩했는데도 불구하고 바위와 바위 사이를 건너뛸 수가 거의 없었다는 걸, 홀리스터 씨, 당신 스스로 알고 있는데도 말이우? 오오! 말해봤자 소용이 없지. 그분이 돌아가신 후 이렇게 오랜 세월이 지났으니까. 그분이 오래 사셔서 참된 빛을 볼 수 있었다면 좋으련만. 하지만 용감한 인물에게는 자비가 내리잖겠수. 자유를 위해 싸우다가 말안장 위에서 죽는 그런 인물에게는 말이우. 하여튼 사람들이 그분을 위해 세워준 묘비는 보잘것없었지. 그리고 그분처럼 세상을 떠난 많은 훌륭한 사람들을 세워준 묘비도 그랬지. 하지만 우리 간판은 그분과 아주 비슷한 거유. 대장장이가 그 간판을 매달 갈고리를 만들어줄 수 있는 동안에는 그 간판을 계속 달 거유. 이 술집과 올버니 사이에 커피점들이 아무리 많이 생기더라도 말이우."

이 집 문 앞에 있는 작은 층계참에서 발을 굴러 눈을 털고 있던 사람들이 갑자기 그 일을 끝내고 이 술집에 들어오지 않았더라면 이 유덕한 부부가 하던 산만한 대화가 어디까지 이어졌을지 말하기란 불가능했을 것이다.

그때부터 10분이나 15분 동안 여러 사람들이 그날 밤 '볼드 드러군'의 난로 앞에서 교훈을 받거나 교훈을 주려는 목적으로 모여들었기 때문에 긴 의자들은 마침내 여러 가지 직업을 가진 사람들로 거의 다 차버렸다. 닥터 토드와 초라하고 꾀죄죄하게 보이지만 신사인 체하는 젊은 남자가 그 술집 안에서 가장 안락한 구석에 놓인, 길고 등이 높은 목제 의자를 차지했다. 담배를 헤프게 피우고 있던 그 젊은 남자는 당시 유행하는 형태로 만든, 수입 직물로 된 외투를 입고 프랑스제의 큰 은 회중시계를 자주 꺼내 보였는데 그 시계에는 털을 엮어 만든 사슬과 은 열쇠가 달려 있었다. 그 남자는 자신이 진정한 신사들보다 열등한 꼭 그 정도만큼 주위 장인들보다는 우월해 보였다.

사과술이나 맥주가 담긴 갖가지 갈색 머그잔들이 난로의 육중한 장작 받침쇠들 사이에 놓였고, 화제가 생기거나 술잔이 이 사람 저 사람에게 돌려지는 가운데 손님들은 작은 그룹을 형성하게 되었다. 그 누구도 혼자 술을 마시는 사람은 보이지 않았고 어떤 경우에도 같은 종류의 술을 한 잔 이상 마시는 것이 필요하다고 생각되지도 않았다. 그러나 유리잔이나 머그잔을 이 손에서 저 손으로 돌리다가 그 과정에 공백이 생기거나 술잔의 소유권을 존중하고자 하는 생각이 들면, 통상적으로 그 술의 비용을 부담한 사람에게 술이 아주 조금 남은 잔을 되돌려주곤 했다.

술을 마실 때마다 한결같이 축배를 들었고 때때로 자신이 특히 천성적으로 재치가 뛰어나다고 생각하는 누군가가, "한턱을 내는 사람이 그의 부친보다 더 훌륭한 사람이 되기를 바란다"라거나, 아니면 "그가 죽으면 좋겠다고 그의 친구들이 모두 바랄 때까지 그가 살기를 바란다"는 등의 감정을 표현하려고 애쓰곤 했다. 반면 그보다 겸손한 술친구는 아주 당당하고 엄숙한 태도로 "자, 건강을 비네"라고 말하는 것으로, 아니면 그와 비슷한 포괄적인 다른 소망을 표현하는 것으로 만족했다. 술잔을 나를 때마다 노병인 주인은 왕에게 술잔을 따라 올리는 사람의 관례를 흉내 내어 "당신 다음에 마시는 것이 예의"라는 권유에 따라 자기가 주는 술을 먼저 마시라는 요구를 받았다. 그는 보통 그 요구에 따랐는데 그때 그는 먼저 "바랍니다"라는 소망을 표현한 후 술에 입술을 살짝 적셨다. 그는 "바랍니다"라고만 소망을 표현함으로써 듣는 이들이 상상력을 발휘해서 무슨 좋은 일이든지 각자가 가장 바람직하다고 생각하는 것으로 나머지 말을 채워 넣게 내버려두었다. 이러한 활동이 진행되는 동안 여주인은 자신의 고객들이 요구하는 대로 다양한 혼합물들을 혼자서 뒤섞느라 바쁘게 움직였다. 그녀는 그러는 동안에도 때때로 카운터에 다가온 마을 사람들과 인사를 주고받으며 그들 가족의 건강 상태를 물어보았다.

　마침내 공통적인 갈증이 어느 정도 충족되었으므로 이제는 보다 일
반적인 성질의 대화를 나누는 순서가 되었다. 의사의 상대는 마을에 두
명뿐인 변호사 중 한 사람이었는데 사람들이 의사와 그 변호사가 공개
적인 이야기를 계속할 자격을 가장 잘 갖추었다고 생각하고 있었으므로
그 두 사람이 주로 이야기를 했다. 때때로 둘리틀 씨가 모험적으로 한마
디씩 소견을 말했는데 그는 교육이라는 부러운 관점에서만 그들보다 열
등하다고 생각되고 있었다. 변호사가 다음의 발언을 하자 이 두 화자를
제외한 모든 사람들이 일제히 조용해졌다.

　"그러니까 토드 선생님, 선생님이 오늘 저녁 레더스타킹 아들의 어
깨에서 녹탄 한 발을 떼어내는 중요한 수술을 수행하셨다고 알고 있는데
요?"

　"그렇소." 상대방이 작은 머리를 높이 들면서 거드름을 피우며 대꾸
했다. "저 위 판사 댁에서 뭐 그런 사소한 일을 했지요. 하지만 그 탄알
이 신체를 관통했더라면 큰일이었을 테지만 그렇지 않아 다행히도 사소
한 일로 끝났지요. 어깨는 그다지 치명적인 부분이 아니니까요. 그래서
그 젊은이가 곧 괜찮아질 거라고 생각해요. 그러나 환자가 레더스타킹의
아들이라는 건 몰랐는데요. 내티에게 아내가 있었다는 건 금시초문이군
요."

　"아내가 있다고 해서 반드시 아들이라는 결과가 생기는 건 결코 아
니지요." 상대방이 윙크를 하면서 술집 안을 짓궂게 주욱 둘러보면서 대
답했다. "법적으로는 '사생아'*라는 것도 있다는 걸 여러분도 아시리라

* 변호사는 '사생아'라는 단어를 영어가 아니라 라틴어인 filius nullius라고 말했다.

생각합니다만."

"이봐요, 털어놓고 이야기하시우." 여주인이 소리쳤다. "표준 영어로 털어놓고 이야기하란 말이우. 기독교도들로 가득 찬 방 안에서 무엇 때문에 인디언 말을 한단 말이우? 아무리 행동하는 게 야만인들보다 조금밖에 나은 게 없는 불쌍한 사냥꾼에 대해 이야기한다 해도 말이우. 아아! 선교사들이 그들이 살아 있는 동안 그 불쌍한 놈들을 개종시켜야할 텐데. 그러면 피부색이 무슨 색인지 머리에 난 게 고수머리인지 보통 머리카락인지 별로 문제가 되지 않을 테니까 말이우."

"오! 그건 라틴어였어요. 인디언 말이 아니라. 홀리스터 부인." 변호사가 윙크와 짓궂은 표정을 반복해 보여주며 대답했다. "그리고 토드 선생님은 라틴어를 아시니까요. 아니면 이분이 어떻게 약단지와 약 서랍장에 붙어 있는 상표를 읽으시겠습니까? 아니, 아니요, 홀리스터 부인. 의사 선생님은 내 말을 알아들으십니다. 그렇잖습니까, 선생님?"

"에헴. 그야 그다지 잘못 알아듣는다고는 생각지 않습니다만" 하고 엘너선이 익살맞은 표정을 지으며 상대방의 얼굴 표정을 흉내 내려고 애쓰면서 대답했다. "라틴어는 이상한 언어지요, 여러분. 자 이 술집 안에서 스콰이어 리핏을 제외하고는 '파르 아브'*란 말이 영어로 오트밀 죽을 의미한다는 걸 믿을 수 있는 사람은 없을 거라 생각합니다만."

이번에는 변호사가 박식함을 자랑하는 이런 말에 크게 당황했다. 왜냐하면 비록 그는 실제로 동부의 한 대학에서 학사학위를 받았지만 자기 술친구가 사용한 용어에 약간 어리둥절했기 때문이다. 그렇지만 공개된 술집에서, 그것도 그처럼 많은 자신의 고객들 앞에서 남보다 학식이

---

* 'Far. Av.'는 fabrina avena의 생략어로 라틴어로 fabrina는 meal, avena는 oats를 뜻한다. 합하면 oatmeal(오트밀 죽)이란 뜻이다.

부족한 듯이 보이는 일은 위험한 것이었다. 그래서 그는 마치 의사와 자신만이 이해하는 멋진 농담이 그 말에 숨어 있는 것처럼 그 문제에 대해 매우 태연한 표정을 짓고 아는 체하는 표정으로 웃었다. 듣고 있던 사람들은 이 모든 것을 주의 깊게 관찰하면서 동의한다는 표정을 서로 교환했다. 그러고는 그의 말을 들은 사람들이 감탄하고 있다는 증거로서 "달변가"라느니 "그 뜻을 아는 사람이 있다면 그건 바로 스콰이어 리핏이라고 생각한다"느니 하는 표현들을 술집 안 여러 곳에서 들을 수가 있었다. 이처럼 고무되자 변호사는 의자에서 일어나 난로에 등을 돌리고 일행을 마주보며 말을 계속했다.

"내티의 아들, 아니면 누구의 아들인지는 모르겠지만, 그 젊은이가 이 문제를 여기서 중단하지 않기를 전 바라고 있습니다. 이 나라는 법의 나라입니다. 그래서 전 이 문제가 공정하게 심리되는 걸 보고 싶습니다. 10만 에이커의 땅을 소유하고 있는, 아니면 소유하고 있다고 주장하는 사람이라고 해서 다른 사람보다 한 사람의 신체에 총을 쏠 권리가 더 큰지 어떤지 심리를 해야지요. 이 일에 대해 어떻게 생각하십니까, 닥터 토드?"

"오! 선생님, 내가 조금 전에도 말했듯이 그 신사가 곧 괜찮아질 거라는 의견을 난 갖고 있습니다. 상처가 치명적인 부분에 난 게 아니니까요. 또 탄알을 아주 빨리 빼냈고 그 어깨도 말하자면 잘 치료했으니까 그러지 않았을 경우에는 위험했겠지만 지금은 큰 위험은 없다고 생각하는데요."

"이보세요, 스콰이어 둘리틀" 하고 변호사가 목소리를 높이며 말을 이었다. "귀하께서는 치안판사이시고 어떤 게 법이고 어떤 게 법이 아닌지 알고 계시잖습니까. 그래서 귀하에게 묻겠는데요. 사람을 쏜 일이 그처럼 아주 쉽게 해결될 수 있는 문제입니까? 만약, 선생님, 그 젊은이에게 아내와 자녀가 있다면요. 만약 그가 선생님처럼 기술자라면요. 또 만약 그의 가족이 그에게 생계를 의존하고 있다면요. 만약 그 탄알이 살을 뚫고 나가기만 하지 않고 어깨뼈를 부러뜨려서 그를 영원히 불구로 만들었다면요. 전 여러분 모두에게 묻겠습니다. 신사 여러분. 사실 이런 경우라면 배심원들이 이른바 상당한 액수의 배상금을 주라는 평결을 내리지 않겠느냐고요?"

이 가상의 상황에 대해 변호사가 말끝을 전반적으로 그곳 사람들 모두에게 돌렸으므로 하이럼은 처음에는 자신이 대답을 해야 한다고 생각하지 않았다. 그러나 청중의 시선이 기대에 차서 자신을 향하고 있는 것을 발견하고는 사법적 판단을 내리는 자신의 신분을 상기했다. 그러고는 합당한 정도로 심사숙고하며 위엄을 부리며 말했다.

"물론, 혹시라도 어떤 사람이 다른 사람에게 총을 쏜다면" 하고 그가 말했다. "그리고 만약 그 사람이 고의로 그런 짓을 한다면, 또 만약 법이 그것을 인지하고 또 배심원들이 그에게 유죄 판결을 내린다면 그 사건은 주 교도소에 갇힐 만큼 중범죄라고 판명될 가능성이 높지요."

"그럴 겁니다, 선생님." 변호사가 대꾸했다. "법이란, 신사 여러분, 자유국가에서는 사람을 차별하지 않는 그 무엇입니다. 모든 사람이 본성상 평등한 것처럼 법의 관점에서도 사람들이 평등하다는 점은 우리의 조상들로부터 우리에게 전해 내려온 큰 축복 중 하나지요. 어떤 사람들은 재산을 가지고 있을 수도 있습니다. 어떻게 해서 그렇게 되었는지는 아무도 모르지만 말이지요. 그러나 그들이 법을 어길 특권이 있는 건 아닙니다. 이 주에서 가장 가난한 시민에게 그런 특권이 없는 것과 마찬가지로 말입니다. 이것이 제 의견입니다, 신사 여러분. 만약 어떤 사람이 이 문제를 제소하고 싶어 한다면 거기서 무언가를 얻을 수 있을 것 같다고 생각합니다. 그건 상처에 바른 연고 값을 지불하는 데도 도움이 되겠지요. 하하! 의사 선생님?"

"그야" 하고 의사가 대답했다. 그는 대화가 흘러가는 방향을 약간 불편해하는 듯 보였다. "난 여러 사람들 앞에서 템플 판사님의 약속을 받았습니다. 하긴 내가 그분의 말을 그분의 약속어음만큼이나 쉽게 믿긴 하지만요. 그렇지만 여러 사람들 앞에서 한 약속이니까요. 어디 보자. 그분이 나의 치료에 대해 그분의 지갑에서 충분히 보상해주겠다고 말씀하셨을 때 그 자리에는 마운시어 러 쿼우, 스콰이어 존스, 하르트만 소령, 페티본 양, 그 밖에도 한두 명의 흑인 하인들이 있었지요."

"그 약속은 치료를 하기 전에 이루어졌습니까, 아니면 그 후였습니까?" 변호사가 물었다.

"치료하기 전에도 후에도 약속했던 것 같습니다." 분별 있는 의사가 대답했다. "물론 내가 붕대를 감기 전에 그분이 그렇게 말씀하셨던 건 확실합니다만."

"그렇지만 그분의 지갑에서 선생님에게 보상할 거라고 그분이 말씀하신 듯이 보이는데요, 의사 선생님." 하이럼이 말했다. "그런데 법으로 사람이 그런 약속을 지키게 만들 수 있는지는 잘 모르겠군요. 그분이 선생님에게 6펜스짜리 동전이 들어 있는 자기 지갑을 주면서 거기에서 선생님의 보수를 꺼내 가라고 말할 수도 있으니까요."

"그렇게 한다면 그건 법의 관점에서 보면 보상이 아니지요." 변호사가 그의 말을 가로막았다. "그건 이른바 '응분의 보상'이 아니지요. 또 그 지갑은 보상을 대행하는 물건으로 간주되어서는 안 되고 그 사람 자신의 신체 일부로 간주되어야 합니다. 적어도 이번 경우에는 말입니다. 저는 소송을 하느냐 마느냐는 그 약속을 지키느냐 여부에 달려 있다는 의견입니다. 그래서 이분이 만약 보상을 받지 못한다면 전 아무런 비용을 받지 않고 이분을 지원해주겠다고 약속하는 바입니다."

이 제안에 의사는 대답을 하지 않았지만 그가 마치 증인의 수라도 세어두려는 듯이 주위를 대충 훑어보는 것을 사람들은 관찰할 수 있었다. 만약 필요하게 되면 후일에 이 약속을 입증하기 위해서 그러는 것처럼 보였다. 템플 판사를 상대로 소송을 제기하는 문제와 같이 중대한 문제는, 그것도 이처럼 공개적인 장소에서 그것을 논의한다는 것은 현재 이곳에 모인 사람들에게는 그다지 기분 좋은 일은 아니었다. 그래서 짧은 침묵이 이어졌다. 그 침묵은 문이 열리고 다름 아닌 내티가 들어왔을 때에야 비로소 깨졌다.

그 늙은 사냥꾼은 자신의 불변의 벗인 소총을 손에 들고 있었다. 그리고 절대로 안 벗겠다는 태도로 모자를 한 옆으로 비뚜름하게 쓰고 있던 변호사를 제외하고는 거기 모인 사람들 모두가 모자를 벗고 있었지만 내티는 그의 옷차림이나 외모의 어떤 부분도 조금도 바꾸지 않은 채 난로 앞으로 다가갔다. 사람들은 그가 죽인 사냥감을 화제로 그에게 몇 가지 질문을 했고 그는 쾌히, 또 얼마간 흥미를 가지고 대답해주었다. 술집 주인과 내티 사이에는 그들이 젊은 시절 둘 다 군인이었다는 이유로 진심에서 우러나온 마음의 교류가 있었는데 주인이 그에게 음료 한 잔을 권했다. 그런데 내티가 그것을 받아드는 태도로 판단하건대 그것은 결코 달갑지 않은 잔은 아니었다. 그 숲의 거주자는 자기도 술잔을 받자 난로 양쪽에 쌓인 통나무 더미들 중 하나의 끝부분에 가서 조용히 앉았다. 그러고는 그가 들어와서 잠깐 대화가 중단되었던 사실을 사람들은 금세 잊어버린 듯했다.

"흑인들의 증언은 채택될 수가 없지요, 선생님"이라고 변호사가 말을 이어갔다. "그 사람들은 모두 존스 씨의 소유니까요. 존스 씨가 그들의 시간을 소유하고 있으니까요. 그렇지만 템플 판사님이나 아니면 다른 어떤 사람의 경우라도 누군가에게 총을 쏜 데 대해, 또 더불어 그의 치료에 대해 보상을 하게 만들 수 있는 길은 있습니다. 길이 있다니까요, 여러분. 그것도 '오심 정정 법원'*으로 가지 않고도 말입니다."

"그리고 당신은 아주 큰 잘못을 저지르게 될 거유, 토드 씨" 하고 여주인이 소리쳤다. "혹시라도 당신이 그 문제로 템플 판사님을 고소한다면 말이우. 왜냐하면 그분은 저 언덕의 소나무처럼 긴 지갑을 가지고 있고 또 상대하기 쉬운 분이니까 말이우. 여러분이 그분의 기분만 배려해 준다면 말이우. 그분은, 템플 판사님은 좋은 분이고 친절한 분이고 당신이 법에 호소해서 그분을 겁먹게 하려 한다고 해서 그런 엉뚱한 일을 해 줄 만한 분이 절대 아니라우. 그분에 대해 반대할 이유를 난 한 가지밖에 갖고 있지 않다우. 그건 자신의 영혼에 대해 너무나 무관심하다는 거라우. 그분은 감리교 신자도, 가톨릭 신자도, 또 장로교 신자도 아니고 그냥 아무 신자도 아니니까 말이우. 그리고 '이 세상에서 정식 교회의 깃발 아래 훌륭한 전투를 하려 들지 않는 사람이 선택받은 이들과 함께 천국에 불러들여질 것이라고' 생각하기는 어려우니까 말이우. 그 말은 저기 있는 내 남편 대위가 늘 하는 말이지만 말이우. 여러분은 저 사람을 대위라고 부르지만 내가 알기로는 대위라는 그 이름에 합당한 분은 한 분밖에 없다우. 레더스타킹, 당신이 어리석게도 그 청년이 그 문제를 재판

---

* 이 이야기의 배경이 되는 시대에 이 같은 종류의 법원은 '탄핵심리와 오심 정정 법원'이라고 불렸는데 이 법원은 1846년 폐지되고 그 업무는 상소법원으로 이관되었다. 상소법원은 우리나라의 고등법원 같은 곳이다.

에 부치게 하지 않을 거라 바라고 있수. 그렇게 하면 당신네 둘 다에게 운 나쁜 시간이 될 거니까 말이우. 그러면 당신네들은 양처럼 온순한 동물의 가죽을 분쟁의 뼈로 바꾸어버리는 게 될 테니까 말이우. 그 청년이 어깨에 다시 소총을 멜 수 있게 될 때까지 내 기꺼이 무료로 술을 먹을 수 있게 해주겠수."

"어, 그거 참 후한 생각이오"라는 말이 몇 사람의 입에서 한꺼번에 터져 나왔다. 왜냐하면 이 사람들은 아낌없이 베푸는 제의를 결코 거절하지 않는 사람들이기 때문이었다. 그러는 동안 사냥꾼은 그의 매우 남다른 그 소리 없는 웃음을 지으며 입을 열었다. 사냥꾼이 자기 젊은 동료의 부상을 언급하는 말을 듣고 분노를 느낄 것이라고 사람들은 추측했지만, 그는 그런 분노를 조금도 표현하지 않고 자기 기분에 빠져 웃고 나서는 이렇게 대답했다.

"판사가 썰매에서 내렸을 때 그의 활강총으로 아무것도 할 수 없을 거라는 걸 난 알았소. 큰 호수에서 잘 쏠 수 있는 활강총을 난 지금까지 한 가지밖에 본 적이 없소. 그건 프랑스제 오리 사냥총이었지. 그건 총열이 내 라이플보다 절반은 더 길어서 백 야드* 떨어진 곳에서도 거위를 멋지게 쏠 수가 있었지. 하지만 사냥감을 아주 끔찍한 모양으로 만들어놨다오. 게다가 그 총을 호수 위에서 운반해 다니려면 배가 필요했지. 내가 포트 나이아가라에서 윌리엄 경**과 함께 프랑스인을 상대로 한 전투에 나갔을 때 사수들은 모두 소총을 사용하고 있었지. 사실 소총도 그걸 장

---

* 1야드는 3피트, 약 0.914미터.
** William Shirley(1694~1771): 식민지 시기 매사추세츠 주지사였다. 1755년 브래독의 패배 후 식민지에서 영국군 사령관이 되었다. 그는 포트나이아가라를 공격한 원정에 실패한 후 주지사직과 사령관직에서 모두 면직되었다.

전하는 방법과 확실하게 조준할 줄 아는 사람의 손에서는 무시무시한 무기였지. 대위는 알고 있었소. 자기가 셜리의 부대에 소속된 병사였다고 했거든. 그 병사들은 보병에 지나지 않았지만 말이지. 그분은 우리가 프랑스군과 이로쿼이 족을 그 전쟁 중 일어난 격투에서 어떻게 박살내야 하는지 알고 있을 수밖에 없었소. 칭가치국은 영어로 '큰 뱀'이란 뜻인데, 저 위 오두막에서 나와 함께 살고 있는 그 늙은 존 모히건 말이오. 그는 그때에는 뛰어난 전사였는데 우리와 함께 전투에도 나갔지. 그도 역시 그 전투에 대해 전부 이야기해줄 수 있을 거요. 물론 그는 총을 한두 번 이상은 절대 발사하지 않고 발사한 다음에는 도끼를 어깨 위로 들어 올려서는 내려찍고 그다음에는 머리 가죽을 벗기러 달려들었지만 말이오. 아! 그 이후 시대가 엄청나게 변했구려. 물론, 의사 선생, 그때는 가면 플래츠에서 요새로 가는 길에 모호크 강변의 작은 보도 외엔 아무것도 없었다오. 기껏해야 짐말들이 지나갈 수 있는 소로였지. 이제는 강변을 따라 넓은 도로를 만들고 거기에 차단봉을 설치하려는 논의가 있다고 합디다. 먼저 길을 만들고 그다음에는 그걸 차단봉으로 갈라놓는다는 말이지! 난 한 사냥철에 카앗스킬 산맥* 뒤쪽, 그 정착지 가까운 곳에서 사냥을 했는데 개들이 큰 간선도로에 다다르면 냄새를 맡지 못하는 경우가 많았다오. 간선도로에서는 왕래가 너무 잦았으니까 말이지. 물론 그 짐승들이 아주 좋은 품종이었다고는 말할 수 없지만 말이지. 늙은 개 헥터는 옷세고 호수에서 아주 멀리 떨어진 곳에서도, 그것도 1마일 반이나 떨어진 곳에서 가을에 사슴 한 마리가 있는 걸 냄새 맡을 수 있다오. 인디언들에 대한 보조금으로 그 지방을 측량하고 있을 때 내가 그 개를 얼

---

* 캐츠킬 산맥(Catskill Mountains)을 말함. '카앗스킬'이라는 발음은, '저먼 플래츠'를 '가먼 플래츠'라고 발음한 것과 마찬가지로 내티의 특유한 발음을 나타낸다.

음 위에서 천천히 왔다 갔다 하게 훈련시켰으니까 말이오."

"내 생각으로는 내티, 당신의 벗인 그 개를 그 나쁜 사람의 이름을 따서 부르는 건 칭찬할 일이 아니라 유감스러운 일 같수. 님루드란 이름이 그 녀석에게는 더 어울리는 것 같은데. 그 이름이 성서에서 온 것이니만큼 더 기독교적이기도 하고. 내가 세례를 받기 전날 밤 하사님이 내게 님루드에 대한 장을 읽어주셨단 말이우. 어떤 거든 성서에 나온 일을 들으니 굉장히 위안이 되었다우."

"옆에서 보면 올드 존과 칭가치국은 전혀 딴사람 같소." 사냥꾼이 자신의 울적한 회상에 고개를 저으며 이렇게 대꾸했다. "'58년 전쟁'에서는 그는 한창때의 장년이었고 키도 지금보다 3인치는 더 컸다오. 우리가 디스코*군에 이겼던 날 아침 여러분이 그를 보았다면, 내가 봤듯이 말이오, 여러분은 그를 그때까지 보았던 어떤 인디언에 못지않게 잘생긴 인디언이라고 말했을 거요. 그는 허리에 천을 두르고 각반을 하고 있었다는 것만 제외하면 완전히 벌거벗고 있었소. 그리고 여러분은 그처럼 당당한 모양으로 채색된 인간을 결코 본 적이 없을 것이오. 그의 얼굴의 한 면은 붉은색, 다른 면은 검은색으로 채색되어 있었소. 그의 머리는 정수리에 머리카락 몇 오라기를 남겨둔 것 외에는 말끔하게 면도가 되어 있었고 정수리에는 독수리 깃털 한 타래를 꽂고 있었소. 그 깃털은 공작의 꼬리에서 뽑아낸 것인 듯 밝은 색이었지. 그는 양 옆구리에도 채색을 하고 있었는데 그 옆구리가 해골처럼 보였지. 갈빗대와 모든 게 말이오. 왜냐하면 칭가치국은 그런 것들에 대단한 취미가 있었거든. 그래서 그의 대담하고 불같은 얼굴과 그의 칼과 도끼 등이 더해졌기 때문에 난 이 지상에

* 디스코 남작(Baron Dieskau, 1701~1767): 프랑스군에 소속되어 전투에 참가했던 독일인으로 1755년 9월 8일 포트에드워드에 대한 공격에서 부상당하고 패배해서 생포되었다.

서 그보다 더 사나운 전사는 본 적이 없다오. 그는 남자답게 자신의 임무도 완수했지. 왜냐하면 난 그다음 날 그가 장대에 열세 개의 머리 가죽을 달아놓은 걸 봤거든. 그래서 난 '큰 뱀'에 대해 이 말은 확실히 하겠소. 그가 항상 정정당당하게 행동했고 그 자신의 손으로 죽이지 않은 어떤 사람의 머리 가죽도 벗긴 적이 없다고 말이오."

"자, 자" 하고 여주인이 외쳤다. "어쨌든 전투는 전투고 그 일에는 여러 가지 방식이 있는 거니까 말이우. 물론 신체에서 숨이 나갔는데도 그 시체에 난도질하는 걸 내가 즐긴다고는 말할 수가 없지만 말이우. 또 그런 걸 교리로 변호할 수 있다고도 생각지 않지만 말이우. 하사님, 당신이 그런 사악한 작업에 도움을 준 적이 결코 없었으면 한다우."

"내 병졸들의 질서를 유지하고 병력을 사수하거나 병졸들을 지휘하는 게 내 의무였으니까." 퇴역 군인이 대답했다. "난 그때 요새에 있었고 또 내 자리를 거의 떠나지 않았으니까 야만인들을 거의 보지 못했다오. 그들은 우리 측면에서, 또는 전면에서 계속 격투를 벌이고 있었으니까 말이오. 그렇지만 다른 사람들이 '위대한 뱀'에 대해—그게 그의 별명이었지—언급하는 걸 들은 기억이 있소. 왜냐하면 그는 유명한 추장이었거든. 그러나 그가 기독교의 대의에 동조해 교화되어 올드 존이라는 이름을 갖게 되리라고는 결코 예상치 못했다오."

"오! 모라비아교도들이 그를 기독교도로 만들었다오. 그들은 항상 델라웨어 족과 지나칠 만큼 친밀했으니까 말이오." 레더스타킹이 말했다. "내 의견으로는 델라웨어 족을 그냥 내버려두었더라면 두 강의 원류에 대해 지금처럼 그런 일도 일어나지 않았을 것이고 이 언덕들도 그 정당한 소유자가 훌륭한 사냥터로 그냥 유지했을 거요. 그 소유자는 너무 늙어서 소총을 메고 다니지 못할 정도도 아니고 그의 시력은 비상하는 물수리처럼 정확하니까 말이오."

　문간에서 다시 발을 구르는 소리가 나서 그의 말은 중단되었다. 그리고 곧 대저택의 일행이 들어왔고 그 뒤로 다름 아닌 그 인디언이 따라 들어왔다.

14장

"1쿼트*들이 술잔, 1파인트**들이 술잔, 반 파인트들이 술잔,
1질***들이 술잔, 반 질들이 술잔, 니퍼킨**** 술잔이 있고
또 갈색 사발도 있다. —
보리 낟가리를 위해 건배하자,
나의 용감한 소년들아, .
보리 낟가리를 위해 건배하자."
−작자 미상 「보리 낟가리」.

새로운 손님들의 출현에 얼마간 사소한 동요가 일어났다. 그동안 변
호사는 살그머니 그 술집에서 도망쳐버렸다. 실내에 있던 남자들은 대부
분 마머듀크에게 다가가 그가 내민 손을 잡고 악수하며 "판사님께서 건
강하시기를" 바란다는 인사를 했다. 한편 하르트만 소령은 모자와 가발
을 한 옆에 벗어두고 가발 대신 따뜻하고 뾰족한 모직 나이트캡을 쓰고
는 등널이 있는 긴 의자의 한쪽 끝에 아주 조용하게 자리를 잡았다. 그
긴 의자는 조금 전에 거기 앉았던 사람들이 버려두고 간 것이었다. 그가
그다음에 담배 상자를 꺼내자 술집 주인이 깨끗한 파이프를 그에게 주

---

* 1쿼트는 4분의 1갤런, 약 1.14리터.
** 1파인트는 2분의 1쿼트, 약 0.473리터.
*** 1질은 4분의 1파인트, 약 0.118리터.
**** 1니퍼킨은 8분의 1파인트들이 잔. .

었다. 소령은 담배 연기를 일으키는 데 성공하자 길게 한 모금 뿜어내었다. 그러고는 카운터를 향해 고개를 돌리고 말했다.

"페티,* 토디를 가져와요."

그러는 동안 판사는 거기 있던 사람들 거의 모두와 인사를 주고받은 후 소령 옆에 자리를 잡았고 리처드는 부산을 떨며 실내에서 가장 편안한 자리로 가서 앉았다. 르 콰 씨가 가장 늦게 자리에 앉았는데 그는 여러 번 움직여서 그곳에 있는 어떤 사람에게 가는 약간의 열이라도 자신이 결코 가로막고 있지 않다는 걸 확인할 때까지는 감히 자신의 의자를 고정하려고 하지 않았다. 모히건은 한 벤치 끝에 카운터와 조금 가까운 자리를 차지했다. 이러한 움직임들이 가라앉자 판사는 유쾌하게 말했다.

"자, 베티, 자네가 모든 경쟁자들을 물리치고 어떤 역경에서도, 모든 종파의 신도들 가운데서도 인기를 유지하고 있다는 걸 난 알고 있네. 설교는 어떻게 생각하는가?"

"그게 설교였나유?" 여주인이 외쳤다. "그게 이치에 맞았다고밖에는 말할 수가 없네유. 하지만 기도문은 굉장히 거북했다우. 쉰아홉이나 된 몸이 교회당 안에서 그렇게 많이 움직인다는 건 절대 사소한 문제가 아니란 말이지우. 그랜트 씨는 하여튼 경건한 사람같이 보였고 그분의 말씀도 겸선했지유. 또 경건하기도 하구유. 여기, 존, 위스키를 탄 사과술 한 잔 있수. 인디언은 목이 타지 않아도 사과술을 마시는 법이잖수."

"그건 유창한 설교였다고"라고 적절히 신중하게 하이럼이 말했다. "말할 수밖에 없습니다. 그리고 그 설교가 상당한 만족감을 주었다고 저는 생각하는 편입니다. 그러나 빼버리는 편이 좋았을 부분이나 삽입했더

---

* '베티'를 독일어처럼 된 발음으로 잘못 부른 말.

라면 좋았을 내용도 있었지요. 그래도 그건 미리 쓴 설교였으니까 목사가 초고 없이 설교할 때와는 달리 쉽게 수정할 수가 없었겠지요."

"그렇다우! 그게 문제지유, 편사님." 여주인이 외쳤다. "사람이 어떻게 일어서서 설교를 할 수가 있다우? 자기가 하고 있는 말이 전부 글로 쓰여 있는데 말이우. 다른 기병들이 두고 간 말을 지키는 기병이 다른 데로 갈 수 없이 말뚝에 매여 있는 것과 같이 그 사람도 그 글에 매여 있으니까 말이우."

"자, 자"라고 마머듀크가 조용히 하라고 손을 흔들면서 외쳤다. "말은 그 정도로 충분해요. 그랜트 씨가 우리에게 말해주었듯이 그런 화제에 대해서는 여러 가지 생각을 가질 수 있는 법이고 내 의견으로는 그분은 매우 현명하게 설교를 했습니다. 그래, 조셉, 자네가 개량한 부동산을 새로 온 이주민에게 팔고 이 마을로 이사 와서 학교를 열었단 말을 들었다네. 그런데 현금으로 받았는가 아니면 물물교환을 한 건가?"

그가 이렇게 말을 건 남자는 마머듀크 바로 뒷좌석에 앉아 있었다. 판사의 폭넓은 관찰력을 모르는 사람이라면 그 남자가 눈에 띄지 않았을 것이라고 생각할 수도 있었으리라. 그는 마르고 볼품없는 모습을 하고 있었고 얼굴 표정이 불만스러워 보였다. 그의 태도에서는 전체적으로 극히 주변머리 없는 듯한 분위기가 풍겼다. 판사가 이렇게 말을 걸자 그는 준비 자세로 몸을 조금 돌리고 뒤틀다가 이렇게 대답했다.

"그야 일부는 현금으로, 일부는 물물교환이었지요. 펌프릿에서 온 사람에게 그걸 팔았는데 그는 저축한 돈이 좀 있는 사람이었지요. 그는 개간지는 에이커당 10달러, 삼림지는 에이커당 원가에다 1달러씩 더 얹어주기로 했지요. 그리고 건물들의 평가는 전문가들에게 맡기기로 합의했지요. 그래서 전 에이저 마운태규를 고용하고 그는 앱설럼 베먼트를 고용했고 그들 둘은 또 늙은 스콰이어 내프털리 그린을 고용했지요. 그래서 그들은 회의를 갖고 건물들의 가치를 80달러로 판단했지요. 개간지 12에이커에 에이커당 10달러, 삼림지 88에이커에 1달러씩, 그래서 전문가들에 대한 비용을 지불하고 나니 총 286달러 반이 되었지요."

"흠흠" 하고 마머듀크가 말했다. "자네가 개간했던 그 토지에 대해서는 얼마를 지불했는가?"

"그야, 판사님께 돌아가는 몫을 제외하고는 우리 형 팀에게 흥정을 붙여준 비용으로 100달러를 지불했지요. 그렇지만 그 토지에 제가 60달러를 들여 새 집을 지었으니까 60달러를 더해야지요. 그리고 모지즈가 나무를 베고 뼈개고 씨를 뿌린 것에 100달러를 지불했지요. 그래서 총 260달러가량이 들었어요. 그렇지만 그 토지에서 큰 수확을 거뒀고 또 원래 든 비용보다 26달러 반을 벌었으니 제가 그 토지로 상당히 이익이 되는 거래를 했다는 결론을 내리고 있지요."

"그렇지. 허나 자네는 그 거래가 없었어도 그 수확은 자네 거라는 사실을 잊었군그래. 자넨 26달러를 받고 스스로 그 토지에서 쫓겨났군그래."

"오! 판사님께서 깨끗이 정리해주시는군요." 그 남자가 영리하게 계산을 했다는 표정으로 말했다. "그 사람은 한 멍에에 매인 말들을 내놓았지요. 그건 누가 사도 150달러의 가치는 있는 것이었지요. 갓 만든 짐마차도 함께요. 그 위에 현금 50달러와 유효한 80달러짜리 어음과 여자용 안장을 주었지요. 그건 7달러 반의 가치가 있는 것이었어요. 그러니 우리 사이에는 12실링만 더 계산하면 됐지요. 전 그가 마구 한 벌을 내놓고 대신 소와 수액 짜는 통을 받아 가면 했지요. 그는 그러지 않으려고 했어요. 그렇지만 제가 끝까지 설득해서 그렇게 받아냈지요. 그는 제가 그 짐마차와 말을 사용하기 전에 마구를 사야 한다고 생각했지요. 그렇지만 저도 한두 가지는 안다구요. 그 마구가 그에게 무슨 소용이 있는지 저도 알고 싶었단 말입니다! 저는 그에게 155달러에 마차를 되사가라고 제안했어요. 그런데 제 아내가 버터 만드는 양철통이 있었으면 한다고 말했지요. 그래서 전 우수리 대신 그 양철통을 받았지요."

"그럼 자넨 이번 겨울 시간을 어떻게 보낼 생각인가? 시간이 돈이라는 걸 명심해야 하지 않나."

"글쎄요. 선생이 모친을 만나러 아래 지방으로 내려갔으니까, 그런데 모친이 그곳에서 돌아가실 것 같다고 사람들이 그러더라구요. 그래서 제가 그분이 돌아올 때까지 학교를 맡는 데 동의했답니다. 봄에 상황이 더 나빠지지 않으면 장사를 해볼까 생각하고 있지요. 아니면 아마 제너시로 이사갈지도 모르구요. 그쪽에서는 상인들이 아주 성공적으로 장사를 하고 있다는 소문이 있으니까요. 최악의 상황이 되면 제가 하던 일을 할 수밖에요. 전 구두 제작 일을 배웠거든요."

마머듀크는 그를 이곳에 남아 있으라고 설득하려 애쓸 만큼 그와의 교제가 충분한 가치가 있다고는 생각하지 않는 듯 보였다. 왜냐하면 그가 그 사람에게 더 이상 말을 걸지 않고 주의를 다른 화젯거리로 돌려버렸기 때문이었다. 잠깐 이야기가 중단된 후에 하이럼이 과감히 질문을 던졌다.

"판사님은 주의회에서 어떤 소식을 가져오셨습니까? 이번 회기에는 의회가 많은 일을 하지는 않았을 듯한데요. 아니면 아마도 프랑스인들이 최근 전투를 더 많이 일으키지는 않았는지요?"

"프랑스인들은 최근 국왕을 참수한 후* 오직 전투만 하고 있소." 판

---

* 1793년 1월 21일에 루이 16세가 참수당한 사건을 말한다.

사가 대답했다. "국민성이 변한 듯 보인다오. 우리가 전쟁을 하는 동안 난 프랑스 신사들을 많이 알게 되었소. 그리고 그들은 내게는 모두가 매우 인도적이고 선량한 사람들로 보였소. 그러나 이 자코뱅 당원들은 불도그처럼 피에 굶주려 있소."

"저 아래 요력 읍내에 로샘보우*라는 군인이 있었다우." 술집 여주인이 소리쳤다. "그 사람도 아주 훌륭한 사람이었다우. 그의 말도 또 훌륭했다우. 우리 하사님이 영국군 포병대 때문에 다리에 부상을 입은 곳도 거기였다우. 그 포병대에 불운이 있기를!"

"아! 불쌍한 우리 왕!" 므시외 르 콰가 중얼거렸다.

"주의회는 이 나라가 매우 필요로 하는"이라고 마머듀크가 말을 이었다. "여러 가지 법을 통과시켰소. 그 밖에 통과시킨 법으로는 우리의 몇몇 시내와 작은 호수에서 적절한 철이 아닌 때에는 언제든 예인망을 끌어올려 물고기를 잡는 것을 금지하는 법이 있소. 또 다른 법으로는 번식기의 몇 달 동안은 사슴을 사냥해서 잡는 것을 금지하는 법도 있소. 이런 법들은 분별 있는 사람들이 소리 높여 요구한 거요. 나도 또한 목재의 불법적 벌채를 형사 범죄로 처벌하는 법을 통과시키는 걸 단념하지 않고 있소."

그 사냥꾼은 이러한 상세한 설명을 숨을 죽이고 주의 깊게 경청했다. 그러고는 판사가 말을 마치자 그는 공공연히 조롱하는 투로 웃었다.

---

* 로샹보 백작(1725~1807)은 1781년 요크타운의 포위 공격이 벌어졌을 때 6천 명의 프랑스 병력을 지휘했다.
로샹보 백작의 원 이름은 장 밥티스트 도나티엔 드 비뫼르 드 로샹보Jean-Baptiste Donatien de Vimeur, comte de Rochambeau로 프랑스의 귀족이자 장군으로서 미국 독립전쟁에 참여해 독립군을 지원한 프랑스 원정군의 최고사령관이었다. 본문에서는 로샹보Rochambeau를 영어식으로 부른 것이다.

"판사님의 법을 만들 수는 있겠지만, 판사님"이라고 그가 소리쳤다. "그러나 길고긴 여름철 내내 산을 지킬 사람들을, 아니면 밤에 호수를 지킬 사람들을 어디서 찾을 수가 있겠습니까? 사냥감은 사냥감일 뿐이고 그걸 발견하는 사람이 죽일 수가 있는 거지요. 내 확실한 지식으로는 이 산간 지방에서는 40년 동안 그것이 법이었지요. 그리고 난 한 가지 오래된 법이 두 가지 새 법만큼의 가치가 있다고 생각합니다. 무경험자가 아니라면 아무도 새끼를 데리고 있는 암사슴을 죽이고 싶어 하지는 않을 겁니다. 그의 사슴 가죽신이 낡아졌거나 그의 각반이 너덜너덜해지지만 않았다면요. 왜냐하면 그 암사슴의 살은 기름기가 없고 맛이 없을 테니까요. 그렇지만 때때로 호숫가에 주욱 서 있는 바위들 틈에서 소총 소리가 울릴 때는, 마치 50정의 총이 한꺼번에 발사된 것처럼 말이지요. 그럴 때는 방아쇠를 당긴 사람이 어디에 서 있는지 분간하기가 어려울 겁니다."

"존엄한 법으로 무장을 하고 있으니까, 범포 씨" 하고 판사가 근엄하게 대답했다. "부단히 경계하는 치안판사는 지금까지 널리 행해지던, 그래서 이미 사냥감을 부족하게 만드는 나쁜 일을 많이 방지할 수가 있다네. 내가 살아서 그날을 보기를 희망한다네. 사냥감에 대한 사람의 권리가 그의 농장에 대한 권리만큼 존중받을 날을 말이네."

"판사님의 권리와 판사님의 농장은 전부 다 새로운 거지요." 내티가 외쳤다. "그렇지만 법은 평등해야 하고 어떤 사람에게만 더 평등해서도 안 됩니다. 난 사슴 한 마리를 쐈지요. 지난 수요일이 그로부터 2주째 되는 날이었지요. 그런데 그 사슴은 눈 둔덕을 허우적거리며 나아가다가 잡목림으로 된 울타리를 넘었지요. 난 따라가다가 잔가지들 사이에 숨어서 내 소총의 발사 장치를 잡고는 숨어 있었지요. 그놈이 마침내 출발할 때까지 말입니다. 그런데 누가 내게 그 사슴의 값을 치르고 사갈 것인지 알고 싶네요. 그건 훌륭한 수사슴이었으니까요. 만약 울타리가 없었다면 그놈에게 한 방을 더 쏘아야 했을 겁니다. 그리고 난 지금까지 평생 동안 한 번도 날개가 없는 것을 세 번 연속해서 쏜 적이 없지요. 아니, 아니, 판사님. 사냥감을 부족하게 만드는 건 농부들입니다. 사냥꾼들이 아니란 말입니다."

"사슴은 옛날 전쟁 때처럼 풍부하지가 않지요, 펌포." 소령이 말했다. 그는 담배 연기가 자욱한 가운데에서도 주의 깊게 대화를 듣고 있었던 것이다. "크러나 이 땅은 이제 사슴이 살기에는 적당하지 못하고 기독교도들이 살기에만 적당하지요."

"이런, 소령님, 난 소령님이 정의와 공정의 옹호자라고 믿습니다. 비록 대저택에 아주 자주 가시지만 말이지요. 그러나 생계유지를 위한 어떤 사람의 정직한 직업이 법으로 저지된다는 건 곤란한 문젭니다. 그리고 그것도, 정의가 시행되고 있는 경우에는 그 사람이 주중 어느 요일에나 사냥이나 낚시를 할 수 있고 또 그가 그러고 싶은 마음이 생기는 경우에는 이 영지에서 가장 좋은 평지에서 그럴 수 있는데도 말입니다."

"난 당신 말을 이해하오, 레터스토킨트" 하고 소령이 기묘한 의미를 담은 표정으로 검은 눈동자로 사냥꾼을 응시하면서 대답했다. "크러나 당신은 예전에는 크처럼 크게 걱정하면서 앞일을 생각할 만큼 그렇게 분별이 킾지는 않았잖소."

"아마 그럴 필요가 별로 없었겠지요." 사냥꾼이 약간 부루퉁하게 말했다. 그는 침묵에 잠기면 얼마 동안은 그 침묵을 깨지 않았다.

"판사님이 프랑스인들에 대해 무슨 말씀을 하고 있었어요." 대화가 한동안 중단된 후 하이럼이 말했다.

"예, 그랬지요." 마머듀크가 대답했다. "프랑스의 자코뱅 당원들이 급하게 이런저런 방자한 행위를 자행하고 있는 것 같습니다. 그들은 그런 살인 행위들을 계속하고 있습니다. 그런 행위는 처형이라는 이름으로 그럴듯하게 포장되고 있습니다. 그들이 자국의 왕비의 죽음*을 그들의 긴 범죄 리스트에 추가했다는 걸 여러분은 들으셨을 겁니다."

"극악무도한 인간들!" 므시외 르 콰가 경련을 일으키듯이 깜짝 놀라는 태도로 자신의 의자에서 갑자기 몸을 돌리면서 또다시 중얼거렸다.

"라 방데 주(州)는 공화국 군대에 의해 황폐해져버렸고 그곳 주민 수백 명이 한꺼번에 총살되었습니다. 그들의 감정적 성향이 왕당원이었기 때문이지요. 라 방데는 프랑스 남서부의 한 지방인데 아직도 계속 부르봉 왕가에 애착심을 가지고 있는 지역이지요. 틀림없이 므시외 르 콰는 그 일을 잘 알고 계실 것이니 그걸 더 정확하게 설명해주실 수 있겠지요."

"아니, 아니, 아니요, 친애하는 친구여." 그 프랑스인이 대답했다. 그는 감정을 억누른 목소리로, 그러나 급히 말을 했는데 오른손으로는 마치 자비를 구하는 듯한 손짓을 하고 있었고 왼손으로는 두 눈을 가리고 있었다.

"프랑스에서는 최근 수많은 전투가 있었소." 마머듀크가 말을 이었다. "그리고 격노한 공화당원들이 너무 자주 승리를 거뒀소. 그러나 그들이 영국군으로부터 툴롱**을 탈환한 일이 유감스럽다고는 말할 수가 없소. 왜냐하면 그들은 그곳을 소유할 정당한 권리를 가지고 있기 때문이

---

* 마리 앙투아네트는 1793년 10월 16일에 참수당했다.
** 툴롱은 지중해에 면한 프랑스의 항구이자 요새이며 해군기지이다. 이곳은 1793년 12월 17일 공화당 군대에 함락되었다.

오."

"아아하!" 므시외 르 콰가 벌떡 일어나며 두 팔을 아주 힘차게 휘두르면서 외쳤다. "영국군이라!"

그 프랑스인은 자신이 외친 말을 스스로 반복하면서 몇 분 동안 계속해서 아주 민첩하게 술집 안을 돌아다녔다. 그러다가 자기 감정의 모순적 성격에 압도되어 그는 갑자기 술집 밖으로 뛰어나갔다. 그러고는 그가 마치 달에서 명예라도 따오려는 듯이 두 팔을 공중에 휘두르면서 눈길을 힘들게 걸어 자신의 작은 가게로 가는 모습이 보였다. 그의 이탈은 놀라움을 거의 자아내지 못했다. 왜냐하면 마을 사람들은 이미 그의 태도에 익숙했기 때문이었다. 그러나 하르트만 소령은 술잔을 들고 이렇게 말하면서 이번 방문 기간 동안 처음으로 터놓고 웃었다.

"처 프랑스인은 미쳤어. 그러나 처 사람은 아무컷도 마시지 않는다는 점에서는 캔찮군. 크는 키쁨에 취했군."

"프랑스군은 훌륭한 병사들이지요." 홀리스터 대위가 말했다. "그들은 저 아래 요크 읍에서 우리 군대를 친절히 잘 도와주었지요. 저는 군대의 대규모 움직임에 대해서는 무지한 인간이지만 그들의 증원부대가 없었더라면 우리 각하께서 콘월리스까지 행진할 수 없었을 거라 생각합니다."

"당신은 진실을 말했수, 하사님." 그의 아내가 끼어들었다. "나도 당신이 언제나 그와 똑같은 일을 하기를 바란다우. 프랑스인들은 아주 용감한 사람들이라우. 내가 수레를 멈추었을 때, 당신이 정규군이 프랑스군과 섞이지 않게 하기 위해 앞에서 힘차게 나아가고 있을 때였지 그때가. 그때 그 신사들의 연대가 행진하며 지나가고 있었잖수. 그래서 내가 그 군인들에게 그들의 마음에 드는 걸로 술을 나눠주었잖수. 그때 내가 보수를 받았수? 분명히 받았지. 그것도 확실하고 유효한 크라운 은화로 말이우. 빌어먹을, 그 병사들은 자기네들끼리 약간의 유럽 돈을 모아줄 수가 있었다우. 돈보다는 사랑 때문에 말이우. 오오! 이런 벌 받을 소리를 하고 이런 허영심으로 가득 찬 얘기를 한 데 대해 하느님께서 날 용서해주시기를. 그렇지만 프랑스군을 위해 이 말은 해야겠수. 그들은 확실한 은화로 지불했다는 걸 말이우. 한 잔의 술은 그들에게 아주 큰 효과가 있었다우. 그들은 대개 술잔에 술이 한 방울밖에 남지 않은 상태로 잔을 돌려주었으니 말이우. 그런데 그건 기분 좋은 장사였답니다, 판사님. 보수는 좋았고 손님들은 지나치게 까다롭지가 않았으니까 말이유."

"번창하던 장사였지요, 홀리스터 부인." 마머듀크가 말했다. "그런데 리처드는 어떻게 된 거지요? 앉자마자 벌떡 일어나더니 너무 오랫동안 자리를 비우고 있어 어디서 얼어 죽었나 걱정이 되는군요."

"그런 걱정은 마소, 듀크 형." 그 신사 자신이 외쳤다.

"사람이 사업 때문에 때때로 따뜻해지기도 하는 법이지. 이 산간지방에 닥쳐온 가장 추운 밤에도 말이지. 베티, 우리가 교회에서 나올 때 당신 남편이 내게 말하길 당신네 돼지들이 옴에 걸렸다고 했다오. 그래서 난 그것들을 살펴보러 나갔다가 그 말이 사실이란 걸 알았다오. 내가 건너가서, 의사 선생님, 선생님 댁 사환에게 소금 한 파운드를 저울에 달아달라고 해서 그걸 이 집 음식 찌끼와 뒤섞고 있었다오. 그 돼지들이 일주일 후에는 상태가 괜찮아질 거라는 데 회색 큰 다람쥐가 아니라 사슴의 등심고기를 내기로 걸겠소. 그리고 이제, 홀리스터 부인, 난 쉿쉿 김나는 소리가 나는 플립 한 잔을 마실 준비가 되어 있소."

"물론이우. 난 댁이 바로 그걸 바랄 걸 알고 있었다우." 여주인이 말했다. "다 섞어두었고 이제 끓으려 한다우. 여보 하사님, 쇠막대 좀 이리

256

주겠수? 아니 그거 말구 저쪽 난로 위에 있는 거 말이우, 검정색 말이우. 보일 거유. 아! 지금 당신이 집은 바로 그거유. 버찌처럼 붉은지 아닌지 보시우."

음료가 데워지자 리처드는 자신이 막 능숙하게 일을 처리했다고 생각하는 남자들이 즐기는 경향이 있는, 특히 그들이 그 술을 좋아하는 경우에 즐기는, 그런 종류의 술을 한 모금 마셨다.

"오! 자네 플립을 섞는 데 특이한 재주가 있군그래, 베티." 리처드가 음료를 마시다 숨을 돌리기 위해 잠시 쉴 때 이렇게 외쳤다. "바로 그 쇠막대도 독특한 풍미가 있어. 이봐요, 존. 마시세요, 이봐요 드시라구요. 나와 당신과 토드 의사가 바로 오늘 밤에 그 청년의 어깨를 훌륭하게 치료했잖습니까. 듀크, 자네가 이곳에 없는 동안 내가 노래를 하나 지었다네. 할 일이 없었던 어느 날 말이지. 그러니 내가 자네에게 한두 마디 노래해주겠네. 비록 곡조는 아직 확실히 정하지 않았지만 말이지.

인생이 무엇인가? 걱정으로 가득 찬 무대가 아니라면.
그 무대에서 각자는 나름대로 애써 일해야 하지.
그렇다면 즐겁게 지내자. 그리고 우리가 매우 드물다고 생각될 뿐만 아니라
하루 종일 웃고 노래할 수 있는
한 무리의 좋은 친구들임을 증명하자.
그렇다면 즐겁게 지내자.
그리고 어리석음을 떨쳐버리자.
슬픔은 검은 머리를 백발로 만들어버리니까.

자, 듀크, 이 노래를 어떻게 생각하나? 여기에는 한 연이 더 있다네. 마지막 행만 미완성이고. 마지막 행에 대해서는 아직 운을 정하지 못했다네. 자, 존 영감, 이 곡에 대해서는 어떻게 생각하는가? 자네들의 출정 노래만큼이나 멋지지, 하하!"

"멋지네요." 모히건이 말했다. 그는 소령과 마머듀크가 내는 술잔이 지나갈 때마다 적절한 경의를 표하며 나눠 마시고 있었던 데다가 또 여주인이 내는 술도 아주 많이 나눠 마시고 있었던 터였다.

"프라보! 프라보! 리처트." 소령이 소리쳤다. 그의 검은 두 눈에서는 눈물이 넘쳐흐르고 있었다. "프라비씨모!* 좋은 노래요. 그러나 내티 펌포가 더 좋은 노래를 알고 있지. 레터스토킨트, 노래할 거요? 자, 여보케, 숲에 태한 노래 같은 걸 해보지 않으려나?"

"아니, 아니요, 소령." 사냥꾼이 침울하게 고개를 흔들면서 대꾸했다. "난 오래 살다 보니 이 구릉지대에서 사람의 눈으로 볼 수 없을 거라고 생각했던 것까지 보게 되었다오. 그래서 내게는 노래하고 싶은 심정은 조금도 남아 있지 않다오. 만약 이곳에서 주인 겸 지배자가 될 권리를 가지고 있는 사람이 목이 마를 때 눈 녹은 물로 갈증을 풀 수밖에 없다면 그의 은혜로 살아온 사람들이 즐겁게 노는 건 어울리지 않는 일이지. 마치 이 세상에 햇빛과 여름 외에는 아무것도 없는 듯이 노는 건 말이지."

말을 마치고 레더스타킹은 다시 고개를 무릎에 떨어뜨리고 두 손으로 딱딱하고 주름진 얼굴을 가렸다. 리처드가 극심하게 추운 밖의 공기에서 더운 술집으로 들어와 술을 많이, 그리고 자주 나눠 마신 까닭에

---

* "아주 좋다"는 뜻의 이탈리아어 'bravissimo'를 거센소리로 잘못 발음한 것이다.

그와 다른 손님들 사이에 존재했을지도 모르는 신분의 차이는 독한 술로 인해 사라져버렸다. 그리고 그는 이제 이렇게 외치며 거품이 흘러넘치는 플립 두 잔을 사냥꾼에게 내밀고 있었다.

"즐겁다고! 야아! 즐거운 크리스마스를 보내게, 여보게! 햇빛과 여름이라! 아니! 당신 눈이 멀었군, 레더스타킹. 지금은 달빛과 겨울이란 말일세. 이 안경을 받고 눈을 뜨게.

그러니 즐겁게 지내자.
그리고 어리석음을 떨쳐버리자.
슬픔은 검은 머리를 백발로 만들어버리니까.

존 영감이 어떤 식으로 그의 떨리는 목소리를 변조시키는지 한번 들어보시오. 인디언의 노래는 결국 얼마나 빌어먹게도 지루한 음악인지요, 소령님. 그들이 노래를 곡조를 붙여서 하기는 하는지 궁금한데요?"

리처드가 노래하고 이야기를 하는 동안 모히건은 그의 머리와 신체의 부드러운 움직임으로 박자를 맞추면서 지루하고 단조로운 음조의 소리를 내고 있었다. 그는 몇 개의 단어만 사용하고 있었고 그가 입 밖에 낸 단어들은 그의 토착어였다. 따라서 그 단어를 이해하는 사람은 그 자신과 내티뿐이었다. 리처드에게는 주의를 기울이지 않고 그는 일종의 야성적이고 침울한 가락을 계속해서 노래했다. 그 가락은 때로는 상당히 높은 음으로 갑자기 올라가기도 하고 그러다가 다시 낮고 떨리는 음으로 낮아지기도 했다. 그런데 그 낮고 떨리는 음이 그의 노래의 특징을 이루고 있는 듯이 보였다.

그곳에 있던 사람들의 관심은 이제 대폭적으로 나누어져서 뒤쪽에 앉은 사람들은 자기들끼리 소집단을 구성해서 여러 가지 문제들을 토의했다. 주로 옴에 걸린 돼지의 치료 문제나 그랜트 신부의 설교가 화제가 되었다. 한편 닥터 토드는 그 젊은 사냥꾼이 당한 부상의 성격을 마머듀크에게 설명하려고 노력했다. 모히건은 노래를 계속했는데 그러는 동안 그의 얼굴은 멍한 표정을 띠어갔다. 그렇지만 그의 빽빽하고 텁수룩한 머리털과 어우러져 그의 얼굴은 사납고 잔인하다고 할 만한 표정을 띠어갔다. 그의 음조는 점차 더 높아지다가 곧 사람들의 대화를 전체적으로 중지시킬 정도로 큰 소리가 되었다. 사냥꾼은 이제 다시 고개를 들고 그 늙은 용사에게 델라웨어 부족어로 다정하게 말을 건넸다. 독자들을 위해 우리는 그 말을 마음대로 영어로 번역하겠다.

"자넨 왜 자네의 전투와 또 자네가 죽인 용사들에 대해 노래하는가, 칭가치국? 사실상 최악의 원수는 자네 가까이 있고 그가 젊은 독수리로 하여금 그의 권리를 누리지 못하게 막고 있는데 말이지. 나도 자네 부족의 어떤 용사에 못지않게 수많은 전투에 참여해 싸웠지만 지금 같은 시간에 내 공훈을 자랑할 수는 없는데 말이야."

"매눈이여"라고 인디언이 말했다. 그는 자기 자리에서 불안정한 걸음걸이로 비틀거리며 일어났다. "나는 델라웨어 족의 위대한 뱀이오. 나는 밍고들을 추적할 수가 있소. 마치 쏙독새 무리의 수많은 알에 남몰래 다가가 방울뱀처럼 그것들을 일격에 쳐 죽이는 살무사처럼 말이오. 백인이 칭가치국의 도끼를 일몰 직전 태양이 빛날 때의 옷세고 호수의 물결처럼 번쩍거리게 만들어주었지만 지금 이 도끼는 마쿼*들의 피로 붉게 물들어 있소."

---

* '밍고'와 함께 '이로쿼이 족 인디언'을 말한다. 7장 앞부분 참조.

"그런데 자네는 왜 밍고 용사들을 죽였는가? 그건 자네 조상의 후손들이 이 사냥터들과 호수들을 계속 점유할 수 있도록 하기 위해서가 아니었는가? 그리고 그 장소들은 장엄한 회의에서 불을 먹는 사람에게 주어진 것이 아니었는가? 그리고 용사의 피가 젊은 추장의 혈관에 흐르고 있지 않은가? 그리고 그는 소리 높여 말해야 하지 않는가? 비록 이곳은 그의 목소리가 이제 너무 낮아서 아무도 들을 수 없는 곳이긴 하지만 말일세."

사냥꾼의 호소는 그 인디언의 혼란스러운 정신적 기능을 어느 정도 되살린 듯이 보였다. 왜냐하면 인디언은 대화를 듣고 있던 사람들 쪽으로 얼굴을 돌리고 판사를 골똘히 응시했기 때문이다. 그는 고개를 흔들어 머리카락을 뒤로 넘기고는 미친 듯한 분노의 표정으로 이글거리는 두 눈을 드러내었다. 그는 제정신이 아니었다. 그의 손은 자기의 도끼를 풀려는 헛된 노력을 하는 듯이 보였다. 왜냐하면 그의 도낏자루는 혁대에 그대로 매여 있었기 때문이었다. 그러다가 그의 두 눈은 점차 멍해졌다. 리처드가 바로 그 순간 그의 앞에 술잔을 들이밀자 그의 얼굴은 백치처럼 씩 웃는 모습으로 바뀌었다. 그러고는 두 손으로 술잔을 움켜쥐며 의자 뒤쪽으로 풀썩 주저앉아 물릴 정도로 술을 마셨다. 그러고는 술잔을 한 옆으로 치우려는 노력을 했지만 그것은 완전히 취한 사람의 무기력한 동작일 뿐이었다.

"피를 뿌리지 마시오!" 인디언의 얼굴이 잔인하게 변한 순간 그 표정을 지켜보면서 사냥꾼이 외쳤다. "이 사람은 술이 취해서 아무런 해도 끼칠 수 없습니다. 모든 미개인들은 이런 식으로 행동하지요. 그들에게 술을 줘보시오. 그러면 그들은 개처럼 돼버립니다. 자, 자, 정의가 실행될 시간이 올 겁니다. 그러니 인내심을 가져야지요."

내티는 여전히 델라웨어 부족어로 말하고 있었으므로 물론 다른 사람들은 그의 말을 이해하지 못했다. 그가 결론을 내리자마자 리처드가 소리쳤다.

"자, 존 영감은 금방 취해버리니까요. 그에게 헛간에 잠자리를 마련해주시오, 대위. 비용은 내가 지불할 테니까요. 나는 오늘 밤은 부자라오. 듀크보다 10배는 더 부자지요. 그는 비록 토지와 군대 부지와 고정 부채와 채권과 저당권이 많긴 하지만 말이오.

와서 즐겁게 지내자.
그리고 어리석음을 떨쳐버리자.
슬픔은 검은 —

마셔, 하이럼 왕. 마셔 두나싱.* 이봐 마셔. 오늘은 크리스마스이브니까. 자네도 알다시피 이때는 일 년에 한 번밖에 오지 않으니까 말이야."

"히이! 히이! 히이! 스콰이어께서 오늘 밤 상당히 음악적이시군요." 하이럼이 말했다. 그런데 그의 얼굴에는 긴장이 풀어졌다는 놀라운 조짐이 나타나기 시작했다. "우리가 조만간 거기에 교회를 세울 거라 생각하는데요, 스콰이어?"

"교회라고, 둘리틀 씨! 우리는 그걸 대성당으로 만들 거요! 주교도 사제도 부제도 교회 위원도 제의실과 성가대석도 있는 대성당 말이오. 오르간과 오르간 주자와 송풍기도 있고! 벤저민의 표현처럼 맹세코 우린 그 교회의 반대편에 뾰족탑도 세울 거요. 그래서 그걸 두 개의 교회

---

* 하이럼의 성이 둘리틀Doolittle이므로 그 성에서 리틀을 빼고 우스개로 나싱nothing을 붙여 부른 것이다.

로 만들 거요. 어때, 듀크, 자네가 비용을 대겠나? 하하! 내 사촌 판사님, 비용을 대시겠어요?"

"자네가 너무 크게 떠들어서, 디컨" 하고 마머듀크가 대답했다. "닥터 토드께서 무슨 말을 하고 있는지 들을 수가 없잖은가. 그 상처가 그의 팔이 위험해질 정도로 곪을 게 거의 확실하다고 자네가 말했다고 생각하는데, 이 추운 날씨에도 말이지?"

"그건 말이 안 되지요, 판사님, 전혀 말이 안 되지요." 엘너선이 말했다. 그는 가래를 뱉어내려 했지만 단지 약간의 거품 같은 물질을 눈송이처럼 난로 속으로 뱉어버리는 데 성공했을 뿐이었다. "그렇게 잘 치료한 상처가, 그것도 탄알이 제 호주머니 안에 있는데, 곪는다는 건 완전히 말이 안 되지요. 제 생각으로는, 판사님께서 그 젊은이를 판사님 댁에서 살게 하는 문제에 대해 말씀하시니까 말인데요, 제가 그 일에 대해 단 한 가지 비용만 청구한다면 형편이 아주 좋겠다는 거지요."

"한 가지 비용이면 충분할 거라고 생각하네." 마머듀크가 그의 얼굴에 그처럼 자주 떠오르는 예의 그 짓궂은 미소를 띠며 대답했다. 그의 그런 미소는 보는 사람으로 하여금 그가 상대방의 성격에 대해 매우 즐거워하고 있는지 아니면 그 자신의 은밀한 해학을 즐거워하고 있는지 의심하게 만드는 것이었다.

술집 주인은 그 인디언을 그의 여러 헛간들 중 한 군데에 무사히 눕힐 수가 있었다. 그곳에서 존은 자신의 담요를 덮고 남은 밤 동안 계속 잠들어 있게 되었다.

그러는 동안 하르트만 소령이 점차 시끄럽게 떠들며 익살맞은 이야기를 하기 시작했다. 유리잔에 든 술과 머그잔에 든 술이 계속 나오는 가운데 흥청거리는 술자리는 밤늦게까지, 아니 새벽까지 이어졌다. 새벽이 되자 퇴역 군인인 독일인이 대저택으로 돌아가고 싶다는 의향을 표시했다. 그 자리에 있던 사람들 대부분은 이미 물러간 뒤였지만 마머듀크는 자기 친구의 습관을 너무 잘 알고 있었기 때문에 더 일찍 자리를 옮기자는 제안을 하지 않았던 것이다. 그러나 소령이 그 제안을 하자마자 판사는 열렬히 그 제안에 찬성했고 그래서 그 세 사람은 떠날 준비를 했다. 홀리스터 부인은 문간까지 직접 그들을 따라 나오며 자기 술집을 가장 안전하게 떠나는 방법에 대해 손님들에게 주의를 주었다.

"존스 씨에게 기대시우, 소령님." 그녀가 말했다. "존스 씨는 젊으니까 소령님이 기댈 수 있을 거유. 자, 하여튼 여러분을 이 보울드 드러군에서 볼 수 있어서 즐거웠네유. 크리스마스이브를 경쾌한 마음으로 보내는 것이 나쁠 것은 없지유, 분명히. 왜냐하면 슬픔이 언제 우리에게 닥칠지 알 수 없으니까유. 그러니 안녕히 가세요, 편사님. 그리고 여러분 모두 내일 아침 즐거운 크리스마스를 보내세유."

신사들은 할 수 있는 한 점잖게 작별을 고하고 길의 가운데가 사람들이 많이 다녀 잘 다져진 통로였으므로 그곳을 택해 대저택의 정문에 도착할 때까지 꽤 잘 나아갔다. 그러나 판사 소유지에 들어서자마자 그들은 약간의 사소한 난관에 부딪혔다. 우리는 여기서 그 이야기를 하기 위해 말을 돌리지는 않을 것이다. 다만 아침이 되자 눈 속에서 사람들이 서로 다른 방향으로 엇나가서 잡다하게 만들어진 진로들의 흔적들을 볼 수 있었다는 것만 언급하겠다. 그리고 그들이 현관문까지 나아가는 동안 한번은 마머듀크가 길동무들을 놓치고 나서 이런 진로들 중 하나를 추적하다 어떤 장소에서 그들을 발견하기도 했다. 그 장소에서 그는 그들이 머리 외에는 아무것도 보이지 않는 상태로 눈 속에 빠져 있는 것을 발견했던 것이다. 그때 리처드는 아주 명랑한 곡조로 이렇게 노래 부르

264

고 있었다.

"와서 즐겁게 지내자.

그리고 어리석음을 떨쳐버리자.

슬픔은 검은 머리를 백발로 만들어버리니까."

15장

"그 배가 그날 비스케이 만에 정박해 있었을 때, 오!"
─작자 미상 「비스케이 만, 오」 2장 15~16행

'볼드 드러군'에서의 장면이 벌어지기 전에 이미 하인들은 엘리자베스를 대저택으로 안전하게 모셔왔다. 그녀는 그곳에서 여주인으로서 남은 밤 시간을 자신의 기분에 가장 적합한 방식으로 즐겁게 보내거나 하고 싶은 일을 하면서 보내게 되었다. 촛불들은 대부분 꺼져 있었다. 그러나 벤저민이 식기 찬장 위에 아주 신중하고 질서정연하게 놓인 네 개의 육중한 놋쇠 촛대에 네 개의 큰 촛불을 한 줄로 나란히 켜놓았으므로 거실은 독특하게 편안하고 따뜻한 분위기를 띠었고 그것은 그녀가 떠나온 학교 교실의 음산한 모습과는 대조를 이루었다.

리마커블은 그랜트 씨의 설교를 들은 청중 가운데 한 명이었는데 그녀는 판사의 말에 적지 않게 자극을 받아 분개한 상태로 대저택으로 돌아왔다. 그러나 이제는 그녀가 심사숙고하기도 하고 종교의식의 영향도 받아 약간 누그러져 있었다. 리마커블은 엘리자베스가 젊다는 것을 생

266

각해내고 현재의 상황에서는 자신이 그때까지 당연한 것으로 누려왔던 그 권한을 간접적으로나마 행사하는 일이 어려운 과제가 아니라고 생각했다. 지배를 당한다거나 어쩔 수 없이 부림을 받아 복종을 해야 한다는 생각은 결코 참을 수가 없었다. 그래서 그녀는 이미 이 가정에서의 자신의 신분이라는 미묘한 문제에 대해 당장 결말을 지어줄 노력을 해보기로 마음속에서 여러 번 되풀이해 결정을 내린 상태였다. 엘리자베스는 방 안을 이리저리 걸어 다니면서 자신의 어린 시절과 자신의 신분의 변화와 아마도 그날의 사건에 대해서도 깊이 생각에 잠겨 있었다. 그런 엘리자베스의 검고 당당한 시선과 마주칠 때마다 가정부는 경외심을 느꼈다. 어떤 인간이 자신에게 그러한 감정을 유발할 수 있다고는 인정하고 싶지 않았지만 그것이 사실이었다. 그러나 그 감정 때문에 그녀는 엘리자베스에게 다가가지 못했고 얼마 동안 말을 꺼낼 수가 없었다. 마침내 그녀는 인간의 모든 차이점을 없애는 데 적당하고 또 자신의 능력을 발휘할 수 있는 그러한 화제를 꺼냄으로써 그 이야기를 시작하기로 결심했다.

"그랜트 신부님이 오늘 밤 우리에게 하신 설교는 꽤 장황했지요"라고 리마커블이 말했다. "성직자들은 보통 설교를 재치 있게 잘하는 사람들이지요. 하지만 그 사람들은 자기 생각을 글로 미리 써놓잖아요. 그러니 그건 큰 특권이지요. 그 사람들이 즉석 설교를 할 때에는 그렇게 천성적으로 말을 잘하지는 못한다고 생각해요. 그야 서서 예배드리는 교파*의

---

* 서서 예배드리는 교파의 원어는 standing order인데 이것은 확립된 교파라고 번역될 수 있다. 16세기와 17세기에 종교박해를 피해 영국에서 미국으로 떠나온 청교도들은 교회의 여러 문제와 운영에서 외부의 어떤 지시도 받지 않고 오직 예수 그리스도의 복음과 성서의 말씀에 근거하여 독립적으로 운영되는 각각의 지역 교회를 설립했고 이러한 교회들을 조합교회(Congregational church)라고 했다. 또 이러한 교회들은 17세기 말에는

성직자들은 즉석 설교도 잘하지만요."

"그런데 아주머니는 어떤 교파를 서서 예배드리는 교파라고 구별하시는 건가요?" 템플 양이 약간 놀라며 물었다.

"그야 장로교파와 조합교회파와 또 침례교파지요, 지금으로서는. 또 기도할 때 무릎을 꿇지 않는 모든 교파들이지요."

"그렇다면 그런 규칙에 따르면 아주머니는 우리 아버지와 같은 종파에 속하는 사람들을 앉아서 예배드리는 교파라고 부르겠네요?" 엘리자베스가 말했다.

"그런 분들이 소위 퀘이커교도라는 이름 말고 다른 이름으로 불리는 걸 전 정말로 한 번도 들은 적이 없어요." 약간 불편한 심기를 드러내면서 리마커블이 대꾸했다. "저는 절대로 그분들을 다른 이름으로는 부르지 않을 거예요. 왜냐하면 제 평생 판사님이나 그분 가족 누구에 대해서도 비난하는 말을 한 적이 없거든요. 전 퀘이커교도들을 항상 중요시해왔어요. 그분들은 너무나 말솜씨가 훌륭하시고 똑똑하신 분들이니까요. 그런데 아가씨 아버님이 어떻게 해서 성공회를 믿는 가정과 혼인을 맺으셨는지 제겐 놀라운 일이에요. 왜냐하면 그분들은 종교적인 면에서 완전히 정반대이니까요. 한 교파는 예배 시간 동안 조용히 앉아 있고 또 대부분 아무 말도 하지 않는 반면 성공회 신도들은 모든 종류의 행동을 다 하잖아요. 그래서 전 때때로 그 신도들을 보는 게 상당히 음악적이라고 생각한답니다. 전 저 아래 지방에서 살 때 한 번 성공회 의식에 가본

이미 'Standing order'라고 불리고 있었다. 조합교회는 당시 청교도들의 대표적 교파로서 사회적 특권을 누리며 승승장구하고 있었다. 이 소설의 배경은 1793~94년이므로 소설에서 리마커블은 'standing order'라는 단어를 들은 적이 있겠지만 그것의 본래의 뜻과 다른 의미로 사용하고 있는 듯하다.

적이 있거든요."

"아주머니는 교회의 전례에서 장점을 찾아내셨군요. 그런 점이 지금까지 나의 관심을 끈 적은 없는데 말예요. 내 방의 난로에 불이 지펴져 있는지 알아봐주시면 감사하겠어요. 여행으로 피곤해져서 잠을 자야겠으니까요."

리마커블은 저택의 젊은 여주인에게 방문만 열면 스스로 난로를 볼 수 있지 않느냐고 말하고 싶은 이상한 기분을 느꼈다. 그러나 분별심이 분노를 극복했다. 그래서 자신의 위엄을 달래기 위해 잠깐 한숨을 돌린 뒤에 그녀는 요구대로 일을 수행했다. 리마커블의 보고가 긍정적이었으므로 젊은 숙녀는 난로에 장작을 채우고 있던 벤저민과 가정부에게 각각 잘 자라는 인사를 하고 물러갔다.

템플 양이 나가고 바로 문이 닫힌 순간 리마커블은 일종의 알쏭달쏭하고도 모호한 이야기를 시작했다. 그 이야기는 그 자리에 없는 인물의 자질을 욕하는 것도 칭찬하는 것도 아니었지만 서서히 매우 불만스러운 묘사에 가까워지고 있는 듯이 보였다. 집사장은 대답을 하지 않고 자기가 하는 일을 아주 근면하게 계속했다. 그 일이 순조롭게 끝나자 그는 온도계를 흘끗 보았다. 그러고 나서는 찬장의 서랍 하나를 열어 술이 어느 정도 들어 있는 술병을 꺼냈다. 그 술은 그가 피우고 있던 엄청난 양의 난롯불의 도움을 받지 않고서도 그의 신체의 온기를 유지하기에 충분할 만한 분량이었다. 그는 자그마한 탁자를 난로 가까이 끌어다놓고 편리하게 술을 마시는 데 필요한 술병과 유리잔을 그 위에 차려놓았다. 또 의자 두 개를 이 편안한 자리 옆에 가져다놓고 나서야 벤저민은 처음으로 자신의 동료를 관찰하는 듯이 보였다.

"자" 하고 그가 소리쳤다. "자, 리마커블 부인, 이 의자에 닻을 내리시오.* 밖은 허물이 벗어질 정도로 춥다오, 정말이지. 이보시오. 그렇지만 바람이 불든 안 불든 내가 무엇을 걱정하겠소, 그렇잖소? 벤에게는 모두 같은 거라오. 검둥이들은 아래에서 황소 한 마리도 통째로 구울 만큼 활활 타는 난로 앞에서 기분 좋게 배부르게 먹고 있소. 온도계는 지금 55도를 가리키고 있지만 좋은 단풍나무 장작에 어떤 효력이 있다면 난 술 한 잔을 다 마시기 전에 온도가 10도나 더 올라가도록 그 장작을 땔 거요. 그래서 스콰이어가 베티 홀리스터의 따뜻한 술집에서 집에 돌아오면 배의 삭구에 질 나쁜 타르를 한번 쓱싹 칠한 사람의 손처럼 방 안이 뜨겁게 느껴지도록 말이요. 자, 부인, 여기 이 의자에 닻을 내리고 우리의 새로운 상속녀를 어떻게 생각하는지 내게 말해보시오."

"아니, 내 생각으로는 펭귈럼 씨……"

"펌프, 펌프라니까요." 벤저민이 가로막았다. "오늘은 크리스마스이브요, 리마커블 부인. 그러니 알잖소, 날 펌프라고 부르는 게 좋다는 걸 말이오. 그게 더 짧은 이름이고 또 내가 여기 이 병의 술을 핥아먹을 정도로 다 퍼마셔버릴 거니까 말이오. 그러니 날 펌프라고 부르는 편이 좋을 거요."

"이거 놀랍군요!" 리마커블이 큰 소리로 웃으며 외쳤다. 그 웃음은 마치 그녀의 신체의 모든 관절을 다 떨어져 나가게 할 것만 같이 보였다. "당신은 음악적인 사람이네요, 벤저민. 그럴 생각이 날 때는 말예요. 하지만 내가 조금 전에 말했듯이 이제 이 집안에서는 상황이 바뀔 거라 생각이 되네요."

"바뀌다니!" 집사장이 술병을 노려보며 외쳤다. 그 술병의 술이 놀

---

* 벤저민은 젊은 시절 선원이었으므로 그의 말에는 선원이 사용하는 용어들이 다수 포함되어 있다.

라울 정도로 빠르게 비워지고 있어서 술병은 컷글라스로 된 그 본래의 깨끗한 모양을 드러내고 있었다. "그건 별로 문제가 되지 않는다오, 리마커블 부인. 내가 식품 창고 열쇠를 내 호주머니에 지니고 있는 한은 말이지요."

"어떤 사람이 만족하지 못할 정도로"라고 가정부가 말을 계속했다. "이 집에 좋은 먹을 것과 마실 것이 충분하지 않다고는 말할 수가 없네요. 벤저민, 술잔에 설탕을 조금 더 넣어요. 왜냐하면 스콰이어 존스가 식품을 풍부하게 공급해주기 때문이지요. 그렇지만 주인이 바뀌면 법도 바뀌는 거니까요. 그래서 당신과 내가 장래에 그 문제로 불확실한 시절을 맞이하게 된다고 해도 난 놀라지 않을 거예요."

"인생이란 바람이 부는 것처럼 불확실하다오." 벤저민이 설교하는 태도로 말했다. "그리고 바람보다 더 변덕스러운 건 아무것도 없다오, 리마커블 부인. 마침 무역풍을 만나지 않는다면 말이지, 알겠소? 무역풍을 만나면 양쪽에, 갑판 위와 아래에 가벼운 보조 돛을 달고 선실 사환이 타륜을 잡고도 한 번에 한 달가량을 달릴 수가 있다오."

"인생이 정말로 불확실하다는 걸 난 알아요." 말동무의 기분에 맞춰 얼굴 표정을 딱딱하게 만들면서 리마커블이 말했다. "이 집안에서 곧 권리 문제에 큰 변화가 일어날 거라 예상해요. 그래서 젊은 남자가 당신 위에 군림하게 될 거고 내 위에 군림하기를 바라는 사람도 있을 거예요. 그런데 당신이 이렇게 오랫동안 확고한 위치를 누리고 있었으니까, 벤저민, 그런 게 참기 힘든 일이 될 거라는 생각이 드네요."

"근무 기간에 따라 승진이 이루어져야 하지요." 집사장이 말했다. "만약 윗사람이 내 거처로 일손을 한 명 보낸다면, 아니면 새로 온 사환을 배의 고물에 배치한다면 난 수로 안내선을 바람 부는 쪽으로 돌려놓는 속도보다 더 빠르게 내 직책을 사직해버릴 거요. 비록 스콰이어 디킨스가……" 디킨스라는 명칭은 벤저민이 리처드 디컨을 흔히 틀리게 부르는 이름이었다. "친절한 신사고 정말 진심으로 함께 항해하고 싶은 좋은 분이기는 하지만 그래도 난 스콰이어에게 말할 거요, 알겠소? 쉬운 영어로, 그게 내 모국어니까 말이오. 만약 그분이 어떤 건방진 놈을 내 위에 군림하게 만들 생각을 하고 있다면, 난 물론 사직하겠다고 말이오. 난 일찌감치 일을 시작했소, 프리티본스 부인. 그리고 남자답게 열심히 일해서 지금에 이르렀소. 난 작은 간지 범선에서 느슨해진 측판을 끌어당기고 밧줄과 쇠사슬을 둘둘 감으면서 6개월 동안 일했소. 그때부터 난 같은 업종에 종사하며 여러 번 항해 중인 배의 이물이나 고물 쪽에서 일했다오. 앞이나 뒤에서 일하며 몇 번이나 항해를 했다오. 그런데 그 업종이란 게 결국은 어둠 속에서 맹목적으로 항해하는 그런 종류의 일일 뿐이었소. 그 업종에서 일하다 보면 별을 보고 배를 조종하는 것 말고는 배우는 게 거의 없었다오. 자! 그러니 알겠지만, 난 중간 돛대에 어떻게 윤활유를 발라야 하는지, 또 당당한 중간 돛대의 돛을 어떻게 밧줄로 묶어야 하는지 배웠다오. 그리고 나서 난 선실에서 선장의 그로그술*을 배합하는 것과 같은 이런저런 사소한 일을 했다오. 바로 거기서 난 술에 대한 나만의 기호를 갖게 됐다오. 자네도 자주 보았겠지만 내 기호는 훌륭하지. 자, 우리가 더 잘 알게 된 걸 위해 건배!"

리마커블은 그 건배 인사에 화답하는 뜻으로 고개를 끄덕이고는 자기 앞에 놓인 음료를 홀짝 마셨다. 왜냐하면 그 술이 충분히 달게 배합되기만 했다면 그녀는 이따금 소량의 술을 마시는 데 이견이 없었기 때

---

* 물 탄 술, 또는 물 탄 럼주를 뱃사람들이 부르던 말.

문이었다. 이 유덕한 한 쌍의 남녀는 이처럼 정중하게 예의를 차린 후에
대화를 계속했다.

"당신은 인생에 경험이 많지요, 벤저민. 왜냐하면 성서에도 나와 있
듯이 '배를 타고 바닷속으로 내려간 사람들은 하느님이 하신 일을 본다'
는 말도 있으니까요."

"그렇소! 그 문제에 대해 말하자면 쌍돛대 범선과 스쿠너선*을 타고
내려간 사람도 마찬가지지요. 그런데 그 말은 악마가 한 일을 가리키는
지도 모른다오. 바다란, 리마커블 부인, 지식의 면에서는 남자에게 매우
큰 유익을 가져다주지요. 왜냐하면 바다에서 남자는 국가들의 됨됨이
와 어떤 나라의 형태를 볼 수 있으니까요. 이제, 내 생각으로는, 여기 있
는 나 자신은 말이지요. 뱃사람이 된 몇몇 사람들에게는 내가 그냥 무식
한 남자에 지나지 않겠지만 말이오. 난 러 오그 곶에서 피니시데어 곶**
까지 해안을 따라 내려가면서 보게 되는 갑이나 섬 중에서 내가 그 이름
을 모르거나 다소간 모르는 곳은 없다고 생각한다오. 물에 색깔이 날 때
까지, 이보시오, 충분히 넣으시오. 여기 설탕이 있소. 그건 단맛이 난다
오, 당신이 아직 붙들고 있는 그놈은 말이오, 프리티본스 부인. 그렇지만
내가 좀 전에 말했듯이 해안을 처음부터 끝까지 따라 내려가면서 지나가
게 되는 그 지역을 난 여기서 볼드 드러군까지 가는 길만큼이나 잘 알고
있다오. 그리고 그 비스케이 만은 정말 굉장한 곳이라오. 어휴! 그곳에서
부는 바람 소리를 당신이 들을 수만 있다면 좋으련만. 때로는 한 사람의
머리털이 그의 머리에 제대로 붙어 있게 하기 위해 두 사람이 그걸 붙잡
고 있어야 하는 경우도 있다오. 순풍을 받고 달려 그 만을 통과하는 건

---

* 두 개 이상의 마스트를 가진 세로돛 범선.
** 프랑스 북부 코탕탱 반도에 소재한 라 아그 곶과 스페인 북서부에 소재한 피니스테레 곶.

이 지방의 도로들을 여행하는 것과 거의 비슷한 일이라오. 산의 비탈을 올라갔다가 반대편 비탈로 내려오는 것과 같단 말이오."

"어서 말해줘요!" 리마커블이 외쳤다. "정말 바다의 파도가 산처럼 높이 치솟는가요, 벤저민?"

"자, 내가 말해주겠소. 그러나 먼저 그로그술을 맛봅시다. 에헴! 이 지방에서 만드는 이 술은 적절한 종류의 것이라고 말하지 않을 수 없소. 하긴 이곳은 서인도제도와 아주 가까워서 럼주를 사러 조금만 뛰어갔다 오면 되니까 말이지. 이보시오, 맹세코, 만약 간지가 해터러스 곶과 로건 바이트 사이 어딘가에 위치해 있다면 럼주를 싸게 살 수 있을 거요. 바다에 대해 말하자면 비스케이 만*에서는 파도가 잔물결로 치는 경우가 많소. 남서풍이 불 때만 아니라면 말이지. 그때는 파도가 상당히 심하게 엎치락뒤치락하지. 비록 큰 파도를 보려면 좁은 바다에서는 안 되지만 말이지. 서풍이 불 때 서쪽 대양의 제도로 나가보시오. 좌현 측에서 육지가 보이도록, 또 뱃머리를 남쪽으로 해서 말이오. 그러고는 중간 돛대의 돛을 바싹 말아 올린 상태로, 아니면 앞돛을 말아 올리고 앞돛대의 중간 돛대에 지삭범을 단 상태로, 그 위에 뒷돛대의 세로돛에도 지삭범을 달고는 배를 멈춰보시오. 배가 바다에서 전복되지 않게 하려고 그렇게 하는 거라오. 배가 그 무게를 견딜 수 있기만 하다면 말이오. 그러고는 산 같은 파도를 보고 싶다면 여덟 시간가량 거기 머무는 거지요. 자, 이보시오. 난 보디시 프리깃함**을 타고 거기 바다 위에 있었다오. 그때는

---

* 비스케이 만은 대서양 북동부, 켈트 해 남쪽에 위치한 만이다. 이 만은 프랑스 서해안 브레스트에서 남쪽으로 스페인과의 국경까지, 또 스페인 북부 해안에서 서쪽으로 오르테갈 곶까지의 해안 지역을 따라 위치해 있다.

** 서기 60년에 로마군에 대항해서 반란을 일으킨 영국 여왕 보아디케아Boadicea의 이름을 따서 명명된 군함. 프리깃함은 1750~1850년경에 건조되었던 군함으로 상중 두 갑

한 조각 하늘, 아마도 큰 돛대의 돛만 한 하늘 같은 것 말고는 아무것도 볼 수가 없었지. 그러고는 또 우리 군함의 바람막이 피난처 아래쪽에는 영국 해군 전체를 다 삼킬 수 있을 만큼 큰 구멍이 나 있었지."

"오! 자비를 베푸소서! 당신은 두렵지 않았나요, 벤저민? 그리고 어떻게 무사히 빠져나왔나요?"

"두려웠느냐고! 도대체 어떤 사람이 약간의 짠물이 머리에 덮친다고 해서 두려워할 거라고 생각하오? 빠져나오는 문제에 대해 말하자면, 파도가 충분히 친 후, 그리고 우리의 갑판을 꽤 잘 씻어내린 후에, 우리는 일꾼들을 모두 소집했소. 왜냐하면 알겠지만 선실에 있던 교대조들은 해먹에서 자고 있었기 때문이오. 마치 가장 편안한 침실에 있는 것처럼 말이오. 그래서 우리는 파도가 잔잔해지는 시간을 기다렸다가 그 배의 타륜을 바람이 불어가는 쪽으로 힘들여 움직이고 앞돛을 떨어뜨리고 나서 세로돛의 앞면 밑 모퉁이에 매인 밧줄을 배 위로 끌어올렸지. 그래서 우리가 배를 앞으로 나아가도록 했을 때 내가 묻겠소, 프리티본스 부인, 그 배가 나아갔느냐고? 나아가다마다요! 그 배가 높은 파도 위에서 이리저리 도약하는 걸 내가 봤다고 말하는 게 절대 거짓말이 아니오, 이보시오. 마치 다람쥐가 이 나무에서 저 나무로 날듯이 도약하는 것처럼 말이오."

"이런, 파도에서 깨끗이 빠져나왔다고요!" 리마커블이 뼈만 앙상한 두 손을 놀라서 쫙 펴고 야윈 두 팔을 들어 올리면서 외쳤다.

"파도에서 빠져나오는 건 그리 쉬운 문제가 아니었다오, 이보시오. 왜냐하면 물보라가 일어나 무엇이 바다고 무엇이 물안개인지 분간할 수

판에 포를 장비한 목조 쾌속 범선이다.

가 없었기 때문이라오. 그래서 거기서 우리는 모래시계가 두 번 정도 다 내려갈 만한 시간* 동안 배를 앞으로 나아가게 했다오. 중위가 직접 배의 조타를 지휘했고 선장 외에도 네 명의 조타수들이 타륜에 매달려 있었고 총기고에서는 여섯 명의 앞 갑판 담당 선원들이 삭구를 느슨하게 풀고 있었다오. 그래도 그 군함은 너무나 훌륭하게 움직여주었소! 오! 그건 잘 나아가는 배였소, 부인! 그 한 척의 프리깃함이 이 브리튼 섬에서 제일 좋은 저택보다 더 살 만한 가치가 충분히 있었다오. 내가 영국 국왕이라면 난 그 배를 런던브리지 위로 끌어올려 궁전으로 꾸미게 하겠소. 무엇 때문이냐고? 누군가 편안하게 살 경제적 여유가 있다면 그건 바로 국왕 폐하이기 때문이지."

"그것 참! 그런데 벤저민" 하고 상대방이 외쳤다. 그녀는 집사가 처했던 위험한 상황에 대한 이 이야기에 자신을 잊을 정도로 경악한 상태였다. "그때 당신은 무엇을 했나요?"

"하다니! 물론 우리는 억센 놈들답게 우리의 임무를 수행했다오. 자, 만약 마운시어 러 코와 같은 나라 사람들이 그 군함에 승선해 있었다면 그들은 그 작은 섬들 중 어떤 한 섬의 해변을 들이받게 만들었을 거요. 그러나 우리는 육지를 따라 배를 달리다가 피코 산맥에서 조금 떨어진 곳에서 바람이 불어가는 쪽을 향해 그 배가 운항을 멈춘 걸 알아차렸다오. 그리고 난 이날까지 우리가 어떻게 해서 거기에 도달했는지, 우리가 그 섬으로 뛰어 내렸는지 아니면 배의 방향을 바꿔 그 섬을 빙 돌았는지 절대로 알지 못한다오. 하여튼 우리가 그곳에 있었고 그곳에, 느슨해진 돛 아래 우리가 누워 있었지. 돛은 앞으로 드리워져 처음에는 한 방향으

---

* 약 1시간.

로 그다음에는 반대 방향으로 왔다 갔다 하다가 때로는 뱃머리를 쑥 내밀게 만들기도 하고 바람이 불어오는 쪽을 향하게 만들기도 했지. 바람이 미친 듯이 불다가 잠잠해질 때까지 말이오."

"정말 놀랍군요!" 리마커블이 외쳤다. 그녀에게는 벤저민이 사용한 용어들이 대부분 완전히 난해한 것이었지만 폭풍우가 사납게 휘몰아쳤다는 것은 막연히나마 알고 있었다. "그렇게 뱃사람이 된다는 건 틀림없이 무시무시한 생활일 거예요! 그러니 당신이 이와 같이 안락한 가정을 떠날 수밖에 없다는 생각을 그처럼 모욕적으로 느낀다는 것에 난 놀라지 않아요. 그렇다고 해서 우리가 그 일을 그다지 걱정한다는 건 아니지요. 우리가 살 만한 집은 넘치도록 많으니까요. 그러니까 판사님과 내가 합의해서 이곳에서, 그분 댁에서 살기로 했을 때에는 언제든 여기 계속 머물 생각은 전혀 없었어요. 템플 부인이 죽은 지 약 한 주 후에 이 가족이 어떻게 지내는지 보기 위해 내가 우연히 들렀어요. 밤에 집으로 돌아갈 생각이었지요. 그러나 이 가족이 너무나 슬퍼하고 있어서 잠시 머무르면서 그들을 도와줄 수밖에 없었어요. 난 미혼녀였고 그들이 너무나 절실히 도움을 필요로 했으니까 난 이 상황이 괜찮다고 생각을 했지요. 그래서 내가 지체하며 머물렀던 거예요."

"그래서 당신은 같은 장소에 오랫동안 닻을 내리고 있었군요, 부인. 배가 이제는 순항하고 있다는 걸 당신이 틀림없이 알게 된 것 같군요, 부인."

"당신은 말을 얼마나 이상하게 하는지요, 벤저민. 당신이 하는 말은 한마디도 믿을 수가 없네요. 판사님과 스콰이어 존스 두 분 다 그처럼 긴 세월 동안 상당히 훌륭하게 행동하셨지요. 그렇지만 우리가 이제 그와는 반대되는 행동을 목격할 거라는 걸 알아요. 판사님이 멀리 가셔서 딸을 집으로 데려오실 예정이라는 걸 들었지만 그런 행동거지를 예상하지는 못했어요. 내 생각으로는 벤저민, 그 딸이 매우 추한 여자라는 게 드러날 것 같아요."

"추하다니!" 집사장이, 거의 분명히 졸려서 그렇다고 생각될 정도로 감기기 시작하던 두 눈을 놀라서 크게 뜨며 마지막 단어를 되풀이했다. "맹세코, 이보시오, 그분을 추하다고 하느니 차라리 보디시 호를 꼴사나운 프리깃함이라고 부르겠소. 대체 당신은 뭘 갖고 싶은 거요? 그분의 두 눈은 아침 하늘과 저녁 하늘에 빛나는 별처럼 빛나고 있지 않소! 그리고 그분의 머리칼은 방금 타르 칠을 한 번 한 배의 쇠사슬처럼 검고 반짝거리지 않소! 그분은 팽팽히 잡아당겨진 돛을 달고 잔잔한 물결 위로 움직이는 일급 전함처럼 당당하지 않소! 이런, 이보시오, 보디시 호의 이물 장식도 그분에 비하면 어릿광대 같소. 내가 선장이 말하는 걸 자주 들은 바에 따르면 그 이물 장식은 위대한 왕후의 모습이라고 하는데도 말이오. 그리고 왕후란 항상 아름다운 분들이 아니오, 이보시오? 사실 누가 왕이 되고 싶어 할 거라고 생각하시오, 잠자리를 함께하는 사람을 아름다운 여자로 선택하지 못한다면 말이오?"

"말을 점잖게 하세요, 벤저민." 가정부가 말했다. "그러지 않으면 당신과 함께 얘기하지 않겠어요. 그녀가 바라보기에 아름답다는 걸 부정하진 않아요. 하지만 그녀가 품위 없는 행동을 보여줄 것 같다고 난 주장하겠어요. 그녀는 자기 자신이 너무 훌륭해서 누군가와 이야기를 나눠서는 안 된다고 생각하는 것처럼 보여요. 스콰이어 존스께서 내게 한 말 때문에 난 그녀와 함께 있으면 완전히 매혹될 거라고 어느 정도 기대했었어요. 그런데 내가 판단하기로는 로위지 그랜트가 벳시 템플보다 행동거지가 훨씬 더 훌륭해요. 템플 양은 나와 이야기조차도 하지 않으려 했어요. 내가 그 애에게 집에 돌아와서 엄마 생각이 나니 느낌이 어떠냐고 물어보려고 했을 때 말예요."

"아마 그분은 당신 말을 이해하지 못했을지도 모른다오, 이보시오. 당신은 말을 가장 잘하는 사람이 절대 아니지 않소. 그리고 또 리지 양은 훌륭한 런던 출신 숙녀의 지도로 표준 영어를 계속 써왔잖소. 그래서 그 문제에 대해 말하자면 영어를 나 자신만큼, 또는 어떤 토박이 영국 국민 못지않게 잘 말하지 않소. 당신은 자신이 어느 정도로 교육을 받았는지 잊었나 보군. 그런데 이 젊은 여주인은 학식이 많은 분이잖소."

"여주인이라고!" 리마커블이 외쳤다. "사람을 검둥이로 취급하지 말아요, 벤저민. 그녀는 내 여주인이 아니고 앞으로도 절대로 그렇지 않을 거예요. 그리고 말에 대해 말인데, 난 나 자신이 뉴잉글랜드 출신으로서는 그 누구에게도 뒤지지 않는다고 생각해요. 난 에섹스군*에서 태어나고 자랐어요. 그리고 항상 사람들이 베이스테이트**는 발음이 좋기로 이름난 주라고 말하는 걸 들어왔어요."

"나도 그 베이스테이트에 대해 자주 들었소." 벤저민이 말했다. "그렇지만 내가 거기 간 적이 있다고는 말할 수가 없고 그 주가 정확히 어디에 위치하는지도 알지 못하오. 그러나 거기에는 좋은 정박지가 있고 대구를 잡는 데도 절대 나쁜 장소가 아니라고 생각하오. 그러나 크기에 대해 말하자면 그 주는 비스케이 만, 아니면 아마도 토베이***와 비교하면 슬루프형 범선에 실은 보트만도 못할 거요. 또 언어에 대해 말하자면 바

---

　* 미국의 여러 주에 에섹스 카운티라는 동명의 카운티들이 많지만 문맥으로 볼 때 매사추세츠 주에 위치한 에섹스 카운티를 말하는 듯하다.
　** 매사추세츠 주의 별칭.
*** 잉글랜드 남서부 라임베이의 서쪽 끝에 있는 만이자 천연항이다.

람이 불 때 사용하는 속도 측정기처럼 사전을 속속들이 검사해서 사용하는 그런 언어를 듣고 싶다면 당신은 워핑으로 가서 런던 사람들이 자신들의 전문용어를 말할 때 그들의 말에 귀를 기울여야 한다오. 그렇지만 리지 양이, 이보시오, 당신에게 뭐 그다지 대단한 잘못을 하지는 않은 것 같은데. 그러니 술을 한 모금 더 마시고 정직한 사람답게 용서하고 잊어버리시오."

"아니요, 정말이지! 난 그런 일을 하지 않겠어요, 벤저민. 이런 대우는 내가 처음 받는 거라 참지 않을 거예요. 난 잠자리와 양 스무 마리 외에도 마음대로 쓸 돈이 150달러 있어요. 그리고 젊은 여자를 면전에서 이름으로 불러서는 안 되는 그런 집에 살기를 간절히 바라지는 않아요. 난 그 애를 내가 부르고 싶은 대로 여러 번 벳시라고 부르겠어요. 여기는 자유로운 나라니까 아무도 날 막을 수는 없어요. 난 정말로 여름이 되면 그만둘 작정이었어요. 그렇지만 내일 아침에 그만두겠어요. 그리고 그냥 내가 좋은 대로 말을 하겠어요."

"그 문제에 대해서는 리마커블 부인" 하고 벤저민이 말했다. "당신 말을 부인할 사람은 여기 아무도 없다오. 왜냐하면 마개가 빠져 있을 때 당신의 혀를 멎게 하는 것은 바르셀로나제 손수건으로 허리케인을 막는 것만큼이나 어려울 거라고 생각하니까 말이오. 이것 보시오, 그 베이스테이트의 해변을 낀 지역에서 사람들이 원숭이를 많이 사육하는가요?"

"당신이 바로 원숭이예요, 펭컬럼 씨." 노발대발한 가정부가 소리쳤다. "아니면 곰이든지요! 검고 지저분한 곰 말예요! 그리고 점잖은 여성과 한 집에 살기에는 맞지 않는 곰 말예요. 난 이제 다시는 당신의 말벗이 되어주지 않겠어요. 내가 혹시라도 판사님 댁에서 30년을 산다고 해도 말예요. 그런 얘기는 이 세상에서 유복한 사람의 저택 거실에서보다는 부엌에서 하는 게 더 걸맞은 거예요."

"이봐요, 피티, 패티, 아니 프리티본즈 부인, 아마 난 곰 같은 그런 인간일지도 모르오. 나와 맞붙어 싸우러 온 사람들이 그렇게 생각하는 경향이 있으니 말이오. 그러나 난 절대로 원숭이는 아니지. 무슨 말을 하는지 한마디도 모르면서 지껄여대는 원숭이라니. 앵무새도 열두 가지 언어로, 아마 베이스테이트 사투리로, 아니면 아마 그리스어나 고지 독일어로, 정직한 남자가 아는 것에 대해 대화를 하려 하겠지만 앵무새가 스스로 하는 말의 의미를 알고나 있겠소? 이보시오, 그건 대답을 못 하겠지? 선장이 명령을 내리면 수습 사관은 고함을 쳐서 명령을 전할 수는 있겠지만 그 사관을 혼자서 표류하게 둬보라지. 그리고 자기 머리로 생각해서 배를 조종하게 내버려둬보라지. 그때 신출내기들이 모두 그놈을 비웃는 모습을 사람들이 보게 되지 않는다면 내 그로그술을 끊겠소."

"정말 당신 그로그술을 끊으세요!" 매우 분개해서 자리에서 일어나 촛불을 하나 잡으면서 리마커블이 말했다. "당신 지금 술에 취해 흔들거리니까 말예요, 벤저민. 당신에게 무슨 적절치 못한 말을 듣기 전에 난 이 방에서 나가겠어요."

가정부는 자기 생각으로는 상속녀의 태도보다 위엄이 덜하지 않는 그런 태도로 물러갔다. 그녀는 거실을 나가서 문을 닫으면서 "술고래" "주정뱅이" "짐승 같은 놈" 등의 욕설을 총 쏘는 것처럼 다다다 퍼부었다.

"대체 누구 보고 취했다는 거요?" 벤저민이 사납게 일어나 리마커블을 향해 움직이면서 소리쳤다. "자넨 숙녀를 친절하게 대해야 한다고 얘기하지! 자넨 그냥 툴툴거리고 흠을 잡는 데나 맞는 인간이야. 도대체 자넨 행동과 말을 어디서 배워야 할까? 자네의 그 빌어먹을 베이스테이트에서 배워야겠군, 허어!"

여기까지 말하고 벤저민은 의자에 벌렁 자빠져서 곧 어떤 기분 나쁜 소리를 터뜨렸다. 그 소리는 다름 아닌 그가 좋아하는 동물인 곰의 으르렁거리는 소리와 상당히 비슷했다. 그러나 오늘날의 세련된 지성을 가진 사람들의 부자연스럽게 현학적인 유머에 적합한 언어를 사용하자면 "잠의 신 모르페우스의 품에" 완전히 안기기 전에 그는 "원숭이" "앵무새" "소풍" "뱃사람의 술잔" "통역" 등의 인상적인 단어들을 큰 소리로 읊조리며 그런 경멸적인 단어들을 적절한 간격을 두고 하나하나 끊어 발음했다.

우리는 그의 말의 의미를 설명하거나 또 그의 문장들을 연결하려고 노력하지 않을 것이다. 그래서 한 남자가 원숭이에 대해 당연히 느낄 것이라고 추정되는 그러한 냉정한 경멸의 감정을 표출하면서 그가 그 단어들을 표현했다고 알려주는 것만으로 우리의 독자들은 만족해야만 할 것이다.

그리고 집사장은 두 시간가량 잠들어 있다가 리처드와 하르트만 소령과 이 저택의 주인이 떠들썩하게 들어오는 소리에 잠에서 깼다. 벤저민은 혼란스러운 신체 기능을 겨우 집중해서 앞의 두 사람이 각자의 방으로 가는 길만 겨우 안내해주고는 사라져버렸다. 그래서 그 집의 문을 안전하게 잠그는 일은 그 집의 안전에 가장 관심이 많은 사람에게 맡겨버렸다. 그런데 그 정착지의 초기 시절에는 자물쇠와 빗장을 안전하게 걸어 잠그는 일이 거의 없었다. 그래서 마머듀크도 자기 집의 거대한 난로들을 한번 살펴보자마자 곧 잠자리에 들었다. 이 신중한 행동을 끝으로 우리 이야기의 첫째 날 밤의 막이 내리게 된다.

16장

"파수꾼 (방백으로): 반역입니다, 주인님들 —
　　　　　그렇지만 가까이 서시지요."
　　　　　　　　　　-『헛소동』, 3막 3장 106~107행.

　술잔치를 벌이다가 그날 밤 늦게 '볼드 드러군'을 떠난 사람들 중 몇
명은 운이 좋았다. 왜냐하면 그들이 눈의 둔덕을 통과해서 각자의 집으
로 향하는 각각의 미로를 헤치고 나아갈 때 그 계절의 혹한의 위험성이
급속히 줄어들고 있었기 때문이었다. 새벽이 가까워지자 엷은 구름이 하
늘을 가로질러 질주하며 휙휙 스쳐 지나가기 시작했고 자욱이 올라가는
수증기 뒤로 달이 졌다. 그 수증기는 먼 바다에서 온, 보다 따스한 대기
를 싣고 맹렬히 북쪽으로 몰려가고 있었다. 떠오르는 해는 보다 짙고 점
점 더 불어나는 구름 기둥들에 가려 흐릿하게 보였다. 그런 한편 힘차게
골짜기를 올라온 남풍은 틀림없는 해빙의 증후들을 몰고 왔다.

　꽤 늦은 아침이 되어서야 엘리자베스는 햇빛이 반대편 언덕들에 비
추기 시작한 지 오랜 시간이 지난 후에 동쪽 산에 떠오른 희미한 붉은
여명을 보고서 과감히 저택에서 나왔다. 크리스마스이브에 술 마시고 흥

청거리던 사람들이 느지막이 아침 식사를 하러 식탁에 나타나기 전에 주변 사물을 밝은 빛으로 한 번 보아서 자신의 호기심을 만족시키기 위해서였다. 나지막한 소나무들로 이루어진 작은 수풀 쪽으로 열린 작은 울타리 안에서 그녀는 급속히 풀리고는 있지만 아직은 심한 추위를 막기 위해 외투 자락을 몸에 더 가까이 끌어당기고 있었는데, 그 소나무들은 최근까지만 해도 그곳에 서 있던 무성한 큰 나무들을 베어낸 자리에서 자라나고 있던 것들이었다. 그때 그녀는 존스 씨의 목소리를 듣고 깜짝 놀랐다.

"메리 크리스마스, 네게 메리 크리스마스를, 베스." 그가 소리쳤다. "아아, 허어! 일찍 일어나는구나, 지금 보니. 그렇지만 내가 널 앞지를 거라는 걸 난 알고 있었지. 내가 지금까지 머문 집들 중에서 거기 사는 모든 사람들에게, 남자든 여자든 아이든, 또 귀하든 천하든, 흑인이건 백인이건 황인종이건 간에 말이지, 첫번째로 크리스마스 인사를 받지 못했던 집은 없었단다. 허나 잠깐 기다려. 내가 코트를 걸칠 때까지만. 내가 보니 넌 개량 공사가 된 곳들을 둘러보려고 하는구나. 그런데 그런 건 나만큼 잘 설명할 수 있는 사람이 없지. 내가 그것들을 다 설계했으니 말이야. 듀크와 소령은 한 시간이나 더 자야 홀리스터 부인의 지독한 증류주에서 깨어날 수 있을 거야. 그러니 난 내려가서 너와 함께 가겠다."

엘리자베스가 몸을 돌려 보니 자신의 오촌이 잠잘 때 쓰는 나이트캡을 쓰고 침실 창문으로 고개를 내밀고 있었다. 남보다 뛰어나고 싶은 그의 열성 때문에 그는 날씨를 무시한 채 창밖으로 고개를 내밀 수밖에 없었다. 그녀는 웃고는 그와 함께 가겠다고 약속을 하고 집 안으로 다시 들어갔다. 그러고는 크고 중요한 봉인지를 몇 개 붙여 단단하게 싼 꾸러미를 하나 손에 들고 그 신사를 만날 수 있게 시간에 맞춰 다시 나타났다.

"자, 베씨, 자" 하고 그녀의 팔을 당겨 자신의 팔짱을 끼게 하면서 그가 외쳤다. "눈이 녹기 시작했지만 아직은 단단해서 밟고 갈 수가 있을 거야. 바로 이 공기에서 옛날 펜실베이니아의 냄새를 맡을 수 있지 않니? 이곳은 기후가 나쁘단다, 애야. 글쎄 어젯밤 해 질 녘에는 한 남자의 열정을 꽁꽁 얼어붙게 만들 만큼 날씨가 추워서 정말이지 온도계가 영하 18도 가까이로 내려갔단다. 그러고는 9시나 10시쯤에는 추위가 누그러지기 시작했지. 12시에는 상당히 온화해졌고 그러고는 밤새도록 여기서 난 너무 더워 침대 위에서 담요도 덮지 못할 정도였단다. 어이! 애기! 메리 크리스마스, 애기. 이봐, 내 말 들려, 이 검둥이 놈! 네게 5실링짜리 은화를 주지. 그러니 만약 신사분들이 내가 돌아오기 전에 일어나시면 나와서 내게 알려줘야 해. 절대로 듀크가 내 기선을 제압하게 만들지는 않을 거니까 말이야."

그 흑인은 눈에서 돈을 집고는 적절히 경계하겠다고 약속을 하고는 은화를 공중으로 빙글빙글 돌리며 20피트가량 높이로 집어던졌다가 그것이 떨어질 때 손바닥으로 다시 잡았다. 그러고는 그는 행복한 얼굴 표정만큼이나 쾌활한 기분으로 자기가 받은 선물을 보여주러 부엌으로 들어갔다.

"오, 안심하세요, 아저씨." 젊은 숙녀가 말했다. "아버지를 잠깐 들여다보았더니 한 시간은 더 주무실 것 같아요. 그리고 적당히 조심하시기만 하면 아저씨께서 이 시즌의 영예를 모두 차지하실 거예요."

"이런, 듀크가 네 아버지인데 말이야, 엘리자베스. 그런데 듀크는 사소한 일에서도 선두에 서는 걸 좋아하는 사람이지. 그런데 나 자신에 대해 말하자면 난 그런 일에는 관심이 없어. 그게 경쟁이 될 때를 제외하고는 말이지. 왜냐하면 그 자체로는 조금도 중요하지 않은 일이라도 경쟁이 될 때는 중요해질 수도 있거든. 네 아버지에게도 그렇단다. 그는 일 등이 되는 걸 좋아하지. 그러나 나로 말하자면 난 네 아버지와 경쟁자로 싸울 뿐이란다."

"모든 게 아주 분명해요, 아저씨." 엘리자베스가 말했다. "이 세상에 아저씨 외에 아무도 없다면 아저씨께서는 영예 같은 것에 조금도 관심이 없으실 거예요. 그러나 이 세상에는 다른 사람들이 아주 많이 있으니까 물론 아저씨께서는 그들 모두와 싸우셔야겠지요. 경쟁이 될 때는 말예요."

"바로 그렇단다. 넌 영리한 처녀로구나, 베스. 그리고 너를 가르친 선생들이 너를 자랑스러워하게끔 하는 학생이로구나. 널 그 학교로 보낸 것은 바로 내 계획이었어. 왜냐하면 네 아버지가 처음 그 일을 언급했을 때 내가 도시에 사는 현명한 친구에게 조언을 구하는 사적인 편지를 썼으니까 말이다. 그 친구가 네가 다닌 바로 그 학교를 추천해주었단다. 늘 그렇듯이 듀크는 처음에는 약간 고집을 부렸지만 진실을 알고 나서는 어쩔 수 없이 널 보낼 수밖에 없었지."

"자, 듀크의 결점들은 이제 그만하세요, 아저씨. 그분은 제 아버지시니까요. 그리고 우리가 올버니에 있는 동안 아버지께서 아저씨를 위해 무슨 일을 하셨는지 아신다면 아버지의 인격에 대해 더 좋은 쪽으로 생각하실 거예요."

"나를 위해서라고!" 걸어가다가 곰곰이 생각하기 위해 잠시 발길을 멈추면서 리처드가 외쳤다. "오! 그가 날 위해 새로운 네덜란드 식 교회당의 설계도를 가져왔나 보지. 그렇지만 난 거기엔 그다지 관심이 없어. 왜냐하면 사람이 어떤 종류의 재능이 있다면 그 어떤 외국식 설계에서도 거의 도움을 받지 않는 법이거든. 자신의 두뇌가 가장 훌륭한 건축가니까 말이야."

"절대 그런 일이 아니에요." 호기심을 자극하는 듯이 자기는 다 알고 있다는 표정으로 엘리자베스가 말했다.

"아니라고! 어디 보자. 아마 그가 새로운 유료 도로에 관한 법안에 건설 감독자로 내 이름을 올렸나?"

"아마 그러셨을지도 몰라요. 하지만 제가 언급한 일은 그런 직위에 대한 게 아니에요."

"그런 직위라니!" 존스 씨가 그녀의 말을 반복했다. 그는 호기심으로 들뜨기 시작했다. "그럼 그 일은 직위에 관한 것이겠군. 그게 시민군에서 일하는 직책이라면 난 그걸 받지 않을 거야."

"아니, 아니에요. 시민군에서 일하는 직책이 아니에요." 엘리자베스가 교태를 부리듯이 손에 쥔 꾸러미를 보여줬다가 다시 그것을 뒤로 감췄다. "그건 영예롭지만 보수도 있는 직위랍니다."

"영예롭지만 보수도 있다고!" 리처드가 괴로울 정도로 긴장감을 느끼며 되풀이해 말했다. "내게 그 서류를 보여주렴, 얘야. 이를테면 그건 할 일이 조금이라도 있는 직위냐?"

"바로 맞히셨어요, 디컨 아저씨. 그건 이 카운티의 법률 집행직이에요. 적어도 우리 아버지께서 그렇게 말씀하셨어요. 이 서류 꾸러미를 크리스마스 축하 선물로 아저씨에게 드리라고 제게 주실 때 말예요. '확실히 디컨을 기쁘게 할 어떤 일이 있다면' 하고 아버지께서 말씀하셨지요. '그건 이 카운티의 최고위 법률 집행관 자리에 앉는 거야'라고 말이죠."

"법 집행관이라고! 말도 안 되는 소리!" 그 성급한 신사가 그녀의 손에서 서류 꾸러미를 낚아채면서 외쳤다. "이 카운티에는 그런 직위가 절대 없어. 어! 뭐야! 이건 단언컨대 리처드 존스 에스콰이어를 이 카운티의 보안관으로 임명하는 위임장이네. 자, 이건 확실히 듀크의 친절이로 군. 듀크가 따뜻한 가슴을 가지고 있고 친구들을 절대로 잊지 않는다고 말할 수밖에 없어. 보안관이라니! ……카운티의 수석 보안관이라니! 이 단어의 어감도 멋지지만, 베스, 직무는 그보다 더 멋지게 해낼 거야. 듀크는 뭐니 뭐니 해도 사려분별이 깊은 사람이고 인간성을 철저히 파악하고 있어. 난 분명히 그에게 아주 감사해야 할 거야." 리처드가 말을 계속했다. "물론 그도 앞으로 알게 될 테지만 나도 언젠가는 그에게 그만큼의 보답을 하겠지만 말이지. 내가 그에 대해 내 직위에 따른 어떤 임무를 수행할 기회를 가질 수만 있다면 말이야. 난 그 임무를 원만하게 수행할 거야, 베스야. 단언컨대 난 그 임무를 원만하게 수행할 거야. 이 지겨운 남풍이 왜 이렇게 눈에 눈물이 나게 하는지 모르겠네."

"자, 리처드 아저씨"라고 처녀가 웃으면서 말했다. "이제 아저씨께서는 할 일을 찾게 되실 거라 생각해요. 아저씨께서 예전부터 이 새로 개척된 지방에서는 아무 할 일이 없다고 불평하시는 걸 전 자주 들었잖아요. 제 눈에는 할 일이 지천에 널려 있는 것처럼 보였지만 말예요."

"할 일이라고!" 리처드가 그녀의 말을 되풀이해 말했다. 그는 코를 풀고 왜소한 신체를 한껏 꼿꼿이 펴고 심각한 표정을 지었다. "모든 건 체계에 달려 있어. 난 오늘 오후에 당장 자리 잡고 앉아서 이 카운티의 조직을 체계화해야겠다, 애야. 너도 알다시피 부관들이 있어야 해. 난 이 카운티를 여러 지구로 나누고 지구마다 부관을 둘 거야. 그리고 이 마을에도 부관 한 명을 둘 거야. 이 마을을 내 본부로 해야겠어. 어디 보자. 오! 벤저민이 있었지! 그래, 벤저민은 좋은 부관이 될 거야. 그는 시민권도 가지고 있으니까 말이지. 말을 탈 수만 있다면 감탄스러울 정도로 부관으로 적합한데 말이야."

"예, 보안관님." 그의 길동무가 말했다. "그리고 벤저민은 밧줄 다루는 법을 아주 잘 알고 있으니까 다른 방면에서 그의 수고를 필요로 할 경우가 혹시라도 생긴다면 매우 숙달된 솜씨를 발휘할 거예요."

"아니" 하고 상대방이 말을 가로막았다. "난 우쭐해하고 있어. 사람을 교수형에 처하는 데는 그 누구보다도 낫다는, 다시 말하자면, 어, 오! 그래, 그런 유감스러운 곤경에서는 벤저민이 아주 잘할 거라는 점에 대해 말이지. 만약 그렇게 해보라고 그를 설득할 수만 있다면 말이야. 난 그를 절대로 설득할 수가 없을 거야. 사람을 교수형에 처하도록 그를 설득하거나 그에게 말 타는 법을 가르칠 수는 절대로 없을 거야. 다른 부관을 찾아야겠군."

"자, 아저씨, 이 모든 중요한 용건들을 처리할 여유 시간이 충분하니까 지금은 아저씨께서 수석보안관이라는 걸 잊으시고 정중하게 절 안내해주시는 데 약간의 시간을 쓰시기를 간청할게요. 아저씨께서 제게 보여주시기로 하셨던 훌륭한 요소와 개선된 요소들은 다 어디에 있어요?"

"어디라니! 이런, 어디에나 다 있지. 여기에 난 새 도로를 몇 군데 설계했지. 그리고 그 도로들이 개통되고 그 나무들을 다 베어 넘기고 도로들에 건물들이 빽빽이 들어서면 훌륭한 도시가 되지 않겠니? 그런데 듀크는 아주 완고하지만 그래도 아낌없이 주는 친구거든. 그래, 그래. 난 간수 한 명 외에도 적어도 부관을 네 명은 거느려야겠어."

"우리 산책길 방향으로는 도로가 하나도 보이지 않네요." 엘리자베스가 말했다. "이 소나무 관목들 사이로 난 짧은 가로수 길들을 도로라고 부르지 않는다면 말예요. 분명히 아저씨께서는 우리 앞에 있는 저 숲속에, 또 이 늪지에 아주 빠른 시일 내에 주택들을 건설할 생각은 아니겠지요."

"우린 우리 도로들을 동서남북으로 쭉쭉 뻗게 만들어야 한단다, 얘야. 그래서 나무들, 언덕, 못, 나무 그루터기 등을, 아니 사실상 후세를 제외하고는 모든 걸 무시해야 한단다. 그러한 것이 바로 네 아버지의 뜻이란다. 그리고 네 아버지는 너도 알다시피……"

"아저씨를 보안관으로 만들어주셨지요, 존스 씨." 숙녀가 그의 말을 가로막았다. 그녀의 어조는 그 신사가 금지된 주제를 언급하고 있다는 걸 아주 명백하게 말해주고 있었다.

"나도 그걸 알아, 나도 그걸 알아." 리처드가 소리쳤다. "그리고 내 힘으로 되는 일이라면 듀크를 왕으로 만들겠어. 그는 마음이 고결한 친구니까. 게다가 그를 훌륭한 왕으로 만들겠어. 다시 말하자면 만약 그에게 훌륭한 총리가 있는 경우에는 말이야. 그런데 여기 누가 있지? 덤불에서 목소리가 들리잖니. 이들이 해로운 일을 공모하고 있다는 걸 내 위임장을 걸고 보증하지. 가까이 가서 이 문제를 조금 조사해보자."

이 대화가 이어지는 동안에 이 일행이 계속 길을 가고 있었으므로 리처드와 그의 종질녀는 집에서 어느 정도의 거리를 걸어와서 마을 뒤편에 있는 광활한 공간에 도달한 터였다. 그곳은 이들의 대화에서 짐작할 수 있는 바와 같이 도로를 건설하고 장래에 주택들을 건설하기로 이미 설계와 계획이 되어 있는 장소였지만 사실 그곳에서 찾아볼 수 있는 유일한 토지 개량 공사의 흔적이라고는 거대한 소나무들이 울창한 숲의 가장자리를 따라 보이는 방치된 개간지뿐이었다. 그 개간지에는 동일 품종의 관목들이 자라고 있거나 그런 나무의 싹이 움터 나오고 있었는데 그것들은 눈으로 덮인 들판의 여기저기 자그만 상록수 덤불들을 형성할 만큼의 높이로 자라고 있었다. 이 나무 비슷한 관목들의 꼭대기로 바람이 획 소리를 내며 힘차게 불어가고 있었기 때문에 이 두 사람의 발소리를 상대방이 들을 수가 없었고 또 그들의 모습은 나뭇가지들에 가려져 있었기 때문에 상대방이 볼 수가 없었다. 이렇게 바람과 나뭇가지의 도움을 받아 엿들으려는 이 두 사람은 젊은 사냥꾼과 레더스타킹과 인디언 추장이 모여 진지하게 의논을 하고 있는 장소로 가까이 다가갔다. 젊은 사냥꾼은 다급한 태도를 보이고 있었고 대화의 주제를 매우 중요하게 생각하는 듯이 보였다. 한편 내티는 상대방이 하는 말을 그의 평상시의 주의력 이상의 주의력을 기울여 듣고 있는 듯이 보였다. 모히건은 한쪽으로 약간 비켜서 있었는데 고개는 가슴께까지 푹 숙이고 머리카락은 앞쪽으로 늘어져 있어서 그의 얼굴이 거의 다 가려져 있었다. 그의 자세는 전체적으로 수치까지는 아니라 하더라도 깊은 낙담을 나타내고 있었다.

"우리 다른 곳으로 가요." 엘리자베스가 속삭였다. "우리는 침입자니까 이 사람들의 비밀을 들을 권리가 없어요."

"권리가 없다니!" 리처드는 그녀가 물러가지 못하도록 팔로 힘차게 그녀의 팔짱을 꼭 끼며 그녀와 같은 어조로 약간 성급하게 대꾸했다. "넌 잊었니, 얘야. 이 카운티의 평화를 보존하고 법의 집행을 감독하는 것이 내 임무라는 걸 말이다. 이들 방랑자들은 자주 약탈 행위를 저지르지 않니. 비록 존이 어떤 일이든 남모르게 저지를 거라고는 생각지 않지만 말이다. 불쌍한 친구! 그는 어젯밤 꽤 많이 취했었지. 그래서 아직도 숙취에서 깨어나지 못한 것 같구나. 더 가까이 다가가서 이 사람들이 무슨 말을 하는지 들어보자꾸나."

숙녀는 내키지 않아 했지만 리처드가 이겼다. 그가 자신의 훌륭한 의무감에 고무되어 있었다는 것은 의심할 바가 없었다. 그래서 그들은 곧 말소리를 분명히 들을 수 있는 곳까지 가까이 갔다.

"새를 잡아야만 해"라고 내티가 말했다. "무슨 수단을 써서라도 말이야. 아아! 야생 칠면조가 이 지방에 지나치게 드물지 않았던 그런 때도 내게는 있었는데 말이야, 이 친구야. 그렇지만 지금 그것을 잡으려면 버지니아 협곡으로 가야만 하지. 확실히 메추라기와 보기 좋게 살찐 칠면조의 맛은 달라. 비록 내 입맛에는 비버의 꼬리와 곰의 넓적다리와 궁둥이가 최고의 음식이지만 말이지. 그렇다 해도 사람마다 기호가 다르니까. 난 마지막 한 푼까지, 마지막 남은 실링까지 전부 바로 오늘 아침 마을을 가로질러 올 때 그 프랑스인 장사꾼에게 탄약을 사기 위해 줘버렸어. 게다가 자네도 한 푼도 없으니까 우리는 그걸 한 번밖에 쏠 수가 없어. 빌리 커비가 사냥을 나와 있는데 바로 그 칠면조를 향해 방아쇠를 당기려 한다는 걸 난 알고 있다네. 존은 단 한 번의 발포에 대한 판단력이 진정 뛰어나지. 그리고 난 어째선지 내가 특별한 걸 쏴야 할 때마다 손이 너무나 떨려서 자주 겨냥이 빗나간다네. 그런데 내가 이번 가을에 새끼들을 데리고 있던 암곰을 쏘아 죽였을 때는 그것들이 엄청나게 굶주려 있었지만 그래도 그것들을 한 방에 한 마리씩 쏘아 넘어뜨렸다네. 게다가 나무 뒤에 숨으면서 탄약을 장전했지. 그렇지만 이건 아주 다른 일이야, 올리버 군."

"이게" 하고, 청년이 마치 자기 자신의 가난을 쓰디쓰게 즐기는 듯이 들리는 어조로 외쳤다. 그러면서 그는 1실링을 자기 눈앞에 들어 보이고 있었다. "이게 내가 가진 재산 전붑니다. 이것과 내 소총이 말이지요! 이제 난 정말 숲에서 사는 인간이 되었군요. 그래서 오직 사냥의 결과에 의지할 수밖에 없게 되었군요. 자, 내티 영감님, 마지막 한 푼을 그 새에 걸어보지요. 영감님의 조준 실력이라면 성공하지 못할 리가 없지요."

"난 오히려 존이 했으면 싶은데, 이 친구야. 조마조마해서 말이야. 자네가 그걸 그렇게나 욕심내니 말이야. 그래서 내가 새를 빗맞힐 거라는 확신이 드네. 저들 인디언들은 아무 때나 총을 잘 쏘지 않는가. 그들의 마음을 어지럽히는 건 아무것도 없지 않나. 이봐 존, 여기 1실링이 있네. 내 소총을 가져가서 그들이 그 나무 그루터기에 묶어 내놓은 큰 칠면조를 쏘게. 올리버 군이 그놈을 몹시 갖고 싶어 하지 않나. 그런데 내가 그놈을 지나치게 갖고 싶어 한다면 분명히 난 아무것도 하지 못할 거네."

인디언은 우울하게 고개를 돌렸다. 그러고는 잠깐 깊은 침묵 속에서 자신의 동료들을 날카롭게 바라보다가 대답했다.

"존이 젊었을 때는 그의 총알은 그의 시력 못지않게 곧게 나아갔지. 밍고의 여자들은 그의 소총 소리에 울부짖었고 밍고의 전사들은 여자처럼 겁에 질렸지. 그가 총을 두 번 쏜 적이 한 번이나 있었던가! 독수리도 칭가치국의 오두막집 위로 지나갈 때는 구름 위로 피해 날아갔지. 그의 날개 아래에는 여자들이 가득했지. 그러나 보시오." 목소리를 지금까지의 낮고 슬픈 어조에서 격하게 흥분된 어조로 높이며 두 손을 내밀며 그가 말했다. "이 손이 늑대의 울부짖음에 떠는 사슴처럼 떨리고 있소. 존은 늙었는가? 일흔 살이 되어도 모히칸 족이 여자처럼 겁먹은 적이 있었던가? 아니! 백인이 노년기를 가져다주었소. 럼주가 백인이 사용하는 도끼요."

"그렇다면 왜 그걸 사용해요, 영감님?" 젊은 사냥꾼이 외쳤다. "천성이 그처럼 고결한 사람이 왜 자기 자신을 짐승으로 만들어서 악마의 간계에 도움을 줍니까!"

"짐승이라고! 존은 짐승인가?" 인디언이 천천히 대답했다. "맞아. 넌 결코 거짓말을 하지 않았어, 불을 먹는 사람의 아들아! 존은 짐승이야. 옛날에는 이 구릉지대에 인가는 거의 없었지. 사슴이 백인의 손을 핥았고 새들이 그의 머리 위에 앉곤 했지. 그것들은 그에게는 낯선 것이었지. 우리 조상들은 함수호의 호반에서 왔어. 그들은 럼주 앞에서 도망쳤지. 그들은 자신들의 조상의 땅에 돌아가서는 평화롭게 살았지. 그들이 도끼를 들었을 때는 그것을 밍고의 머릿속에 박기 위해서였어. 그들은 회의를 하기 위해 밝혀놓은 불 주위에 모여들었지. 그리고 그들이 말한 것은 그대로 실천되었어. 그때는 존이 우두머리였지. 그러나 경박한 눈빛의 전사들과 상인들이 그들을 따라왔지. 전사들은 긴 칼을 가져왔고 상인들은 럼주를 가져왔어. 그 양은 산 위의 소나무들보다 더 많았지. 그리고 그들은 우리의 회의를 해산시키고 땅을 차지했지. 악령이 그들의 술항아리에 들어 있었어. 그리고 그들은 악령을 풀어놓았지. 맞아, 맞아. 자넨 결코 거짓말을 하지 않아, 젊은 독수리여. 존은 기독교도지만 또 짐승이야."

"용서해주세요, 늙은 전사여." 청년이 그의 손을 움켜잡으면서 외쳤다. "제가 영감님을 비난해서는 절대 안 되지요. 하느님의 저주는 그러한 종족을 파멸시킨 탐욕에 내려야지요. 기억하세요, 존. 제가 당신과 같은 종족이고 그것이 이제는 저의 가장 큰 자랑거리라는 걸 말입니다."

모히건의 근육은 약간 느슨하게 풀어졌고 그는 보다 온화하게 말했다.

"넌 델라웨어 족이지, 애야. 난 네 말을 듣지 않은 거니까 괜찮아. 존은 총을 쏠 수가 없으니까."

"저 청년이 인디언의 혈통을 지니고 있다고 나도 생각했어." 리처드가 속삭였다. "어젯밤 그가 내 말을 서투르게 다루는 방식을 보고 말이야. 너도 알다시피, 애야, 인디언들은 마구를 절대 사용하지 않으니까 말이야. 그러나 저 가련한 친구가 원한다면 그가 칠면조를 두 번 쏘게 해줄 거야. 내가 그에게 1실링을 더 줄 테니까. 아마 내가 그 대신에 쏘겠다고 제안해야 할지도 모르지만 말이야. 사람들이 저쪽 덤불숲에서 크리스마스 경기를 준비하고 있다는 걸 알겠구나. 저기서 웃음소리가 들리니말이다. 그런데 이 녀석은 칠면조에 대해 기묘한 취미를 가지고 있구나. 칠면조가 맛은 있지만 말이다."

"잠깐, 리처드 아저씨." 엘리자베스가 그의 팔을 붙들면서 외쳤다. "저 신사에게 1실링을 주는 게 괜찮은 일일까요?"

"또 신사라는구나! 저 녀석 같은 혼혈아가 돈을 거절할 거라고 생각하니? 아니, 아니, 애야. 녀석은 그 돈을 받을 거다. 아무렴! 럼주도 받을걸. 그가 럼주에 대해 그렇게 많이 설교하긴 하지만 말이다. 그렇지만 난 그 청년에게 칠면조를 얻을 기회를 주겠다. 왜냐하면 그 빌리 커비는 이 지방에서 최고의 사수 중 한 명이니까 말이야. 다시 말하자면 우리가 그, 그 신사를 제외한다면 말이다."

"그렇다면" 하고 엘리자베스가 말했다. 그녀는 리처드를 말리려 해도 힘으로는 그를 당하지 못한다는 것을 알았다. "그렇다면 아저씨, 제가 말하겠어요." 그녀는 결단을 내린 태도로 자기 친척보다 앞으로 나아가서 세 사람의 사냥꾼들을 둘러싸고 있는 작은 원형의 덤불숲 안으로 들어갔다. 그녀의 출현은 그 청년을 깜짝 놀라게 했다. 그래서 그는 처음에는 분명히 물러가려는 동작을 취하다가 냉정을 되찾고는 모자를 들어 올려 인사를 하고는 자기 소총에 기댄 자세를 다시 취했다. 그러나 엘리자베스의 출현이 전혀 예상치 못한 것이었음에도 불구하고 내티와 모히건은 둘 다 아무런 감정도 드러내지 않았다.

"칠면조를 쏘는" 하고 엘리자베스가 말했다. "오래된 크리스마스 경기가 사람들 사이에 아직도 시행되고 있다는 걸 알았어요. 제가 새를 가질 기회가 있는지 시험해보고 싶어요. 여러분 중 어느 분이 이 돈을 받으시겠어요? 그리고 제가 보수를 지불하면 제게 자기의 소총으로 도움을 주시겠어요?"

"이게 숙녀를 위한 경기인가요!" 젊은 사냥꾼이 외쳤다. 그는 쉽사리 오해할 수가 없는, 힘을 준 목소리로 급히 말했다. 그런데 그의 급한 어조는, 그가 감정 외에는 아무것도 아랑곳하지 않는 상태로 말한다는 것을 보여주었다.

"왜 안 되지요? 만약 이것이 비인간적인 경기라면 그 죄는 남성에게만 국한되는 것이 아니지요. 그렇지만 저도 다른 사람들과 마찬가지로 제 기분이란 게 있으니까요. 전 당신의 도움을 요청하는 것이 아니라" 하면서 내티에게 몸을 돌리고 그의 손에 1달러*를 떨어뜨려주며 말했다. "숲속의 이 늙은 노병은 숙녀를 위해 총을 한 번 발사하는 걸 거부할 만큼 예의가 없지는 않을 거예요."

레더스타킹은 그 돈을 자신의 주머니 속에 떨어뜨려 넣고는 자기의 소총을 던져 올리면서 총포에 재어놓은 탄약을 새로이 확인했다. 그러고는 처음으로 늘 하던 방식으로 웃으며 소총을 어깨에 걸치고는 말했다.

"빌리 커비가 나보다 앞서 그 새를 얻지 못한다면, 그리고 프랑스 상인의 탄약이 습기 찬 오늘 아침 늦게 발화되지만 않는다면 아가씨는 몇 분 후에 지금까지 판사님 댁에서 먹어본 어떤 칠면조에 못지않게 훌륭한 칠면조가 총에 맞아 죽은 걸 보게 될 겁니다. 모호크 강과 스코하리 강

---

* 미국 독립전쟁(1775~1783) 전부터 북아메리카 대륙의 13개 영국 식민지에서는 유럽 각국의 경화(영국 실링 포함)와 함께 각 식민지가 주조한 은화들도 유통되었다. 미국에서 이 경화들은 1857년까지는 법적으로 인정받는 화폐였다. 미국 조폐국이 은화를 주조하기 시작한 해는 1794년이므로 엘리자베스가 내티에게 준 경화는 식민지에서 주조된 1달러짜리 은화일 것이라고 추측된다.

가에 사는 네덜란드 여자들이 흥겨운 놀이를 보러 가는 걸 무척이나 기대하고 있다는 걸 난 알고 있지요. 그러니 친구, 자넨 숙녀분에게 퉁명스럽게 대해선 안 되네. 자, 앞으로 갑시다. 우리가 지체한다면 최고의 새를 빼앗길 거요."

"그렇지만 영감님보다 내게 먼저 권리가 있어요. 그러니 나 자신의 운을 먼저 시험해보겠어요. 실례를 용서해주시겠지요, 템플 양. 제가 그 새를 갖기를 바라는 큰 이유가 있답니다. 제가 예의가 없는 것처럼 보일지도 모르지만 제게 특별한 대우를 해달라고 요구하지 않을 수 없습니다."

"정당하게 당신 것이라면 뭐든지 요구하세요." 숙녀가 대답했다. "우리는 지금 둘 다 모험을 하고 있고 이분이 제 기사님이니까요. 전 저의 행운을 이분의 손과 눈에 맡깁니다. 앞장서시지요, 레더스타킹 님. 그러면 우리가 뒤따를 테니까요."

내티는 젊고 황홀할 정도로 아름다운 엘리자베스가 솔직하게 말하는 태도에 기뻐하는 듯이 보였다. 그녀가 그처럼 특이한 방식으로 그에게 그러한 임무를 맡겨주었기 때문이었다. 내티는 유쾌한 기분을 나타내는 그 자신의 특유한 표정으로 그녀가 그에게 말을 걸 때 보여주었던 그 밝은 미소에 화답하고는 유쾌한 웃음소리가 떠들썩하게 들려오는 장소를 향해 눈을 헤치며 나아갔다. 그의 동료들도 말없이 따라갔는데 청년은 엘리자베스를 향해 자주 불안한 시선을 던졌다. 그런데 리처드가 몸짓으로 엘리자베스를 붙들어 지체시켰다.

"내 생각으로는 템플 양" 하고, 그들의 말소리가 다른 사람들에게 들리지 않을 정도의 거리가 되자마자 그가 말했다. "만약 네가 정말로 칠면조를 갖기를 바란다면 넌 그 임무를 위해 낯선 사람을 택하지 않았겠지. 그것도 레더스타킹 같은 사람을 말이야. 그런데 난 네가 진심으로 그런다는 걸 믿을 수가 없을 정도야. 왜냐하면 지금 이 순간 여러 개의 닭장에 가둬놓은 쉰 마리의 칠면조를, 그것도 살찐 정도가 다 다른 것들을 내가 가지고 있고 넌 그중에서 마음 내키는 대로 어떤 성질의 칠면조든 선택할 수가 있으니까 말이다. 내가 벽돌 부스러기를 주면서 지금 실험을 해보고 있는 칠면조도 여섯 마리나 있고……"

"됐어요, 디컨 아저씨." 숙녀가 그의 말을 가로막았다. "전 그 새를 정말 갖고 싶어요. 그리고 제가 이 레더스타킹 씨에게 부탁드린 건 제가 너무나 그걸 갖고 싶기 때문이에요."

"넌 내가 이리를 멋지게 쏜 일에 대해 들은 적이 있니, 엘리자베스야? 그 이리가 네 아버지의 양을 훔쳐서 달아나고 있었는데 말이야." 리처드가 불쾌하다는 태도로 자세를 곧추세우며 말했다. "그 이리는 양을 등에 태우고 있었는데 이리의 머리가 반대편 방향을 향하고 있었다면 난 그걸 쏘아 죽일 수가 있었을 거야. 그런데 사실은……"

"아저씨가 양을 죽였지요. 전 그 일을 다 알고 있어요, 아저씨. 하지만 이 카운티의 수석보안관이 이러한 경기에 참가하는 게 점잖은 일일까요?"

"넌 분명히 내가 실제로 내 두 손으로 총을 쏘려고 했다고 생각하지는 않겠지?" 존스 씨가 말했다. "그렇지만 따라가서 사격하는 걸 보자. 이 새로 개척된 지방에서는 여성에게 어떤 불유쾌한 일이 일어날 염려는 없고 특히 네 아버지의 딸에게, 그것도 내가 있는데 그럴 염려는 전혀 없으니까 말이야."

"우리 아버지의 딸은 아무것도 염려하지 않아요, 아저씨. 더욱더 특히 이 카운티의 최고위 법률 집행관님의 호위를 받고 있을 때는 말예요."

그녀는 그의 팔을 잡았고 그는 덤불들 사이의 미로같이 꼬불꼬불한 길을 지나서 그 마을의 청년들 대부분이 크리스마스 사격 경기에 참가하기 위해 모여 있는 장소로 그녀를 인도했다. 내티와 그의 동료들은 이미 그들보다 앞서 그곳에 도착해 있었다.

17장

"내 짐작으로는 이 모든 색다른 행렬을 보니
시민들이 오늘 경기를 하는 것 같소."
―스콧, 『호반의 여인』, 5권 20장 31~32행

크리스마스용 칠면조를 조준해 맞히는 오래된 경기는 이 새로운 나라에 정착한 이주민들이 거의, 아니 결코, 소홀히 하지 않는 몇 가지 경기들 중 하나이다. 그것은 한 민족의 일상적 관습과 연관되어 있는 것이었다. 왜냐하면 이 민족은, 그들이 숲의 나무들을 베어 넘기고 있을 때 사슴이 그 숲을 헤치고 미끄러지듯 나아가거나 곰이 개간지의 공기를 냄새 맡고 침입자가 어디까지 침입해 들어왔는지 영리한 눈빛으로 살피기 위해 그들의 야생의 초원에 들어오면 자주 도끼나 낫을 치워두고 소총을 잡은 사람들이기 때문이었다.

오늘 행사에서는 그랜트 씨에게 공정한 기회를 허용해주기 위해 그날의 통상적인 놀이가 약간 급히 진행되었다. 왜냐하면 그랜트 씨의 유식한 설교는 이 젊은 경기자들에게는 현재 관심을 끄는 그 놀이 못지않게 특별한 즐거움의 대상이었기 때문이었다. 칠면조들의 주인은 자유민인 흑인이었는데 그는 이 행사를 위해 여러 가지 사냥감을 준비해두고 있었다. 그리고 그 사냥감들은 미식가의 식욕을 자극하기에 감탄스러울 만큼 적절한 것들로서 온갖 연령층의 다양한 경쟁자들의 자금과 기술에 아주 적합한 것들이었다. 그는 보다 젊고 보다 실력이 낮은 사수들에게 품질이 좀 열등한 몇몇 새들을 이미 내놓고 있는 터였는데 사격이 이미 어느 정도 진행되면서 사냥감의 흑인 소유주에게 큰 금전적 이익을 가져다주었다. 경기 순서는 지극히 간단했고 이해하기도 쉬웠다. 칠면조를 큰 소나무 그루터기에 끈으로 묶어두고 사수들이 서 있는 곳에서 보이는 그루터기의 면을 도끼로 평평히 깎아 과녁 역할을 하게 만들어두었다. 그 과녁을 기준으로 각 사수의 점수를 확인하게 되어 있었다. 그루터기와 발사 장소 사이의 거리는 백 야드로 정확히 측정해두었다. 1피트라도 길거나 짧으면 참가자들의 권리를 침해한 것으로 간주되었다. 사냥감의 주인인 흑인은 칠면조마다 스스로 정한 가격과 그것을 딸 수 있는 조건을 써서 붙여두었다. 그러나 가격과 조건을 정한 후에는 이 지방에서 널리 통용되는 공적(公的) 정의의 엄격한 원칙에 따라 그는 금전을 제공하기로 결정한 모든 모험가들에게 참가를 허용하지 않을 수 없었다.

그곳에 모인 군중은 스무 명 내지 서른 명가량의 젊은 남성들과 마을의 모든 소년들로 구성되어 있었는데 젊은이들 대부분은 소총을 소지하고 있었다. 투박하지만 따뜻한 옷을 입은 어린 소년들은 두 손을 허리춤에 찔러 넣고 보다 유명한 사수들 주위에 모여 서 있었다. 그들은, 그 사수들이 이전 행사 때 얼마나 훌륭한 기술을 발휘했는지 자랑 삼아 하는 이야기를 열심히 경청했고 이 놀라운 사격 행위들을 마음속으로 이미 열심히 배우는 중이었다.

주로 이야기를 하는 사수는 내티가 이미 빌리 커비라고 언급한 남자였다. 이 사람의 직업은 토지를 개간하거나 나무를 베는 것이었는데 그는 키가 매우 컸고 태도 자체가 그의 성격을 드러내고 있었다. 그는 시끄럽고 떠들썩하고 무모한 청년이었지만 온화한 눈빛은 통명스럽고 위협적으로 말을 하는 그의 성향과는 정반대였다. 여러 주 동안 그는 전혀 아무것도 하지 않으면서 이 카운티의 여러 선술집을 빈둥거리며 전전하곤 했다. 그러지 않으면, 술과 식사를 얻기 위해 사소한 일을 하면서도 자신의 노동력을 사용하고자 하는 사람들과 그 노동의 가격에 대해 시비를 벌이곤 했다. 그는 자주 자신의 독립성을 조금이라도 훼손하거나 자신의 임금을 1센트라도 깎는 것보다는 차라리 아무 일도 하지 않는 쪽을 택했다. 그러나 이런 성가신 문제들이 만족스럽게 해결되면 그는 자신의 도끼와 소총을 메고 두 팔을 배낭의 어깨끈 사이로 밀어 넣고는 헤라클레스 같은 장사의 걸음걸이로 숲으로 들어가곤 했다. 그의 첫번째 목적은 자신이 개간할 구역의 경계를 파악하는 것이었다. 그래서 그는 그 경계를 빙 둘러 걸어 다니며 경계 부분에 위치한 나무들에 도끼로 표시를 하여 기억을 새롭게 하곤 했다. 그다음에 그는 심사숙고하는 태도로 자신이 개간할 구역의 중심부로 나아가서 불필요한 옷을 벗어던지면서 가장 가까이에 있는 나무 한두 그루를 위로 쳐다보면서 아는 체하는 눈빛으로 추정하곤 했다. 그런데 언뜻 보기에 그 나무들은 바로 구름 속까지 솟아 있는 것 같았다. 그러고 나서 그는 자신의 힘을 처음으로 시험해보기 위해 통상적으로 가장 장대한 나무 한 그루를 선택하고는 낮은 곡조로 휘파람을 불면서 늘쩍지근한 태도로 그 나무를 향해 다가갔다. 그러고는 마치 펜싱 사범이 경례를 하는 듯한 자세로 도끼를 과시하듯 휘두르면서 나무껍질을 도끼로 가볍게 타격하고는 자신과 나무 사이의 거리를 측정해보곤 했다. 한 순간의 휴지는 수세기 동안 그곳에 우거져 있던 숲이 곧 무너져 내릴 것을 알리는 불길한 징조였다. 그가 힘을 주어 기운차게 몇 번 내려치면 곧 그 나무가 천둥치는 소리를 내며 쓰러지는 소리가 뒤따라 들렸다. 나무는 마지막 이음매가 끊어지면서 처음에는 우지끈 소리를 내며 위협적으로 무너지다가 그다음에는 나뭇가지들이 주위의 다른 나무들 꼭대기를 내려치며 찢어 헤치더니 마지막으로는 지진에 못지않은 충격을 주며 땅에 쓰러졌다. 그 순간부터 도끼 소리가 끊임없이 들리면서 나무가 쓰러지는 소리가 멀리서 폭격이 연속되는 소리와 같게 되었다. 그러고는 겨울의 아침처럼 갑작스럽게 햇빛이 숲속 깊은 곳까지 비쳐들곤 했다.

　여러 날, 여러 주, 아니 여러 달 동안 빌리 커비는 열정을 가지고 힘써 일했고 그것은 마술같이 보이는 효과를 나타냈다. 그의 열정을 보면 그의 타고난 정신이 어떤 것인지 알 수 있었다. 마침내 그의 도끼질이 끝나면 그가 목청껏 큰 소리로 참을성 있는 자신의 황소들을 부르는 소리를 들을 수가 있었다. 그 목소리가 너무나 커서 마치 한 무리의 사냥개들이 짖는 소리처럼 이 구릉지대를 통해 울려 퍼지는 것이었다. 날씨가 화창한 여름날 저녁이면 그의 목소리가 템플턴 골짜기를 가로질러 상당히 먼 곳까지 들렸다. 그의 외침은 메아리가 되어 산에서 산으로 전해지다가 마침내 멀리 떨어진 호수 위로 돌출해 있는 바위에 부딪쳐서는 희미한 메아리로 변해 사라지곤 했다. 그가 쌓아놓은 목재, 아니 이 지방의 언어를 사용하자면 그가 벌목한 목재를 그의 능숙한 솜씨와 헤라클레스 같은 힘으로만 가능한 방식으로 신속히 운송해놓고 나면 이 삯일꾼은 자기 노동의 도구들을 끌어 모은 후 목재 더미에 불을 붙이고는 납작 엎드린 숲의 불길 아래로 행진해서 나오곤 했다. 그러한 그의 모습은 마치 먼저 적을 정복하고는 자신의 정복을 마무리하는 마지막 공격으로 불을 붙이는 도시의 정복자처럼 보였다. 그다음에는 오랫동안 빌리 커비가 훈련되지 않은 동물들을 타고 달리는 경주에 기수로 나선다든가 닭싸움장에서 닭싸움을 붙이는 사람으로 나타난다든가 또 드물지 않게 현재 진행 중인 것과 같은 경기의 주인공으로 나선다든가 하면서 선술집들 주변을 어슬렁거리는 모습을 볼 수 있었다.

그와 레더스타킹은 소총 다루는 기술을 두고 오랫동안 시기심 섞인 경쟁을 해왔다. 내티도 오랜 경험을 가지고 있었지만 이 나무꾼은 흔들리지 않는 담력과 민첩한 관찰력이 있었으므로 사람들은 통상적으로 그가 내티의 적수가 된다고 생각했다. 그렇지만 지금까지 그들 사이의 경쟁은 여러 번의 사냥 원정에서 그들이 거둔 성공을 비교한다든지 단순히 실력을 자랑하는 것에 국한되어 있었다. 그래서 현재의 행사가 그들이 최초로 공개적으로 충돌하게 된 경우였다. 내티와 그의 동료들이 경기자들이 있는 곳으로 다시 돌아오기 전에 이미 빌리 커비와 칠면조 주인 사이에는 가장 정선된 새를 사격할 수 있는 가격에 대한 이런저런 흥정이 오간 터였다. 그러나 가격은 한 번 사격에 1실링*으로 이미 결정되어 있었다. 지금까지 부과된 가격 중 가장 높은 금액이었다. 칠면조 주인인 흑인이 이 경기의 조건을 이용해 가능한 한 자신은 손실을 보지 않으려고 신중을 기했기 때문이었다. 칠면조는 이미 표적에 묶여 있었고 몸통 주변에 쌓인 눈에 완전히 가려져 있었으며 빨갛게 부풀어 오른 머리와 긴 목외에는 아무것도 보이지 않았다. 만약 눈 속에 묻힌 부분이 탄알에 맞

---

* 미국 독립전쟁 전에는 각 지방에서는 동화(銅貨) 말고는 어떤 통화도 주조되지 않았지만 지방마다 자체 화폐가 있었다. 뉴욕 주에서는 1스페인 달러를 8실링으로 나누었는데 1실링은 영국 돈 6펜스보다 조금 더 가치가 있었다. 현재 미합중국은 십진법 통화제도를 채택하고 그 통화를 표시하는 경화(硬貨)를 발행하고 있다(1832년 작가 주).

는다면 그 새는 여전히 현재 주인의 소유물로 남게 되지만 탄알이 새의 보이는 부분, 즉 머리와 목의 깃털 하나라도 건드리게 되면 그 동물은 성공을 거둔 그 모험가에게 상으로 주어지게 될 것이었다.

칠면조의 주인인 흑인이 이러한 조건을 큰 소리로 선포했는데 그는 자기 마음에 드는 그 새와 약간 위험할 정도로 가까운 곳에, 눈 속에 앉아 있었다. 바로 그때 엘리자베스와 그녀의 친척이 떠들썩한 경기자들에게 다가갔다. 예기치 못한 방문에 유쾌하게 떠들며 논쟁하던 소리가 두드러지게 낮아졌다. 그 소리는 잠깐 잠잠해졌으나, 젊은 숙녀의 얼굴에 호기심 어린 관심이 나타나 있는데다 그녀가 미소 띤 태도를 보이고 있어서 그날 아침의 자유분방한 분위기가 조금 전처럼 되살아났다. 그러한 관객이 그 자리에 있었기 때문에 경기자들의 언어와 맹렬한 기세가 조금 순화된 것은 물론이었다.

"거기 얘들아, 방해가 안 되도록 비켜서"라고 나무꾼이 외쳤다. 그는 사격 지점에 자리를 잡는 중이었다. "방해가 안 되도록 비켜서, 이 어린 장난꾸러기들아. 그러지 않으면 내 총알이 너희를 관통하게 될 거야. 자, 브롬, 자네 칠면조에게 작별 인사를 하고 비켜주게."

"잠깐!" 그 젊은 사냥꾼이 외쳤다. "나도 기회를 얻고 싶은 후보자요. 여기 내가 내는 1실링이 있소, 브롬. 나도 한번 사격해보고 싶소."

"사격하는 거야 얼마든지 환영하지만" 하고 커비가 외쳤다. "만약 내가 저 칠면조 수컷의 깃털을 헝클어뜨리면 자네가 어떻게 저걸 가져갈 수가 있겠는가? 절대로 오지 않을 기회를 얻으려고 돈을 지불할 만큼 자네의 사슴 가죽 쌈지에는 돈이 그렇게 많단 말인가?"

"내 쌈지에 돈이 얼마나 풍부한지 당신이 어떻게 아시오?" 청년이 사납게 말했다. "여기에 내가 내는 1실링이 있소, 브롬. 그러니 내게도 사격할 권리를 줄 것을 요구하는 바요."

"심술궂게 굴지 말게, 젊은이." 상대방이 말했다. 그는 매우 침착하게 총에 부싯돌을 장착하고 있었다. "소문에 들으니 자넨 왼쪽 어깨에 구멍이 났다더군. 그러니 브롬이 반값에 자네에게 한 번 발사할 기회를 줄 수도 있을 거라 생각하네. 내가 자네에게 기회를 준다 해도 그 새를 맞히려면 예리한 사수라야 해, 정말이지, 젊은이. 그런데 난 자네에게 그런 기회를 줄 마음이 전혀 없단 말이지."

"큰소리치지 말게, 빌리 커비." 내티가 자기 소총의 개머리를 눈 속에 던져 넣고 총신에 기대면서 말했다. "자넨 저놈을 한 번밖에 쏘지 못할 걸세. 왜냐하면 이 청년이 표적을 놓친다 해도, 사실 그의 팔이 너무나 뻣뻣하고 아파서 그가 표적을 놓친다 해도 놀라운 일은 아닐 거네만, 멋진 총과 노련한 판단력을 가진 사수가 자네 다음에 쏠 거라는 걸 알게 될 테니까 말일세. 내가 과거에는 잘 쏘았지만 지금은 그만큼 잘 쏘지 못한다는 게 사실일지도 모르지. 하지만 백 야드는 긴 소총으로 쏘기에는 짧은 거리에 불과하네."

"이런, 레더스타킹 영감. 영감도 오늘 아침 사격할 건가요?" 무모한 그의 적수가 외쳤다. "자, 공정한 경기는 귀중한 거지요. 내가 영감님보다 낫지요, 영감님. 그러니 바짝 마른 목구멍이나 아니면 멋진 저녁 식사 둘 중 하나를 위해, 자, 나갑니다."

흑인의 얼굴에는 자신의 금전적 모험이 야기할 수도 있는 모든 관심뿐만 아니라 그 경기가 다른 사람들의 마음속에 자아낸 것과 동일한 강렬한 흥분이 나타났다. 물론 그가 바라는 결과가 다른 사람들이 바라는 것과 아주 다르다는 것은 확실했다. 나무꾼이 천천히, 흔들림 없이 자신의 소총을 들어 올리는 동안 흑인은 이렇게 고함쳤다.

"공정한 경기야, 빌리 커비. 뒤로 물러서. 쟤들을, 소년들을 뒤로 물러서게 해. 검둥이에게 공정한 경기를 보여줘. 자세를 바로 해, 칠면조야. 고개를 흔들어, 이 바보야. 저들이 겨냥을 하는 게 보이지 않니?"

이렇게 외친 의도는 사수의 주의를 산만하게 하려는 것이었지만 아무런 효과를 거두지 못했다. 나무꾼의 냉정은 그다지 쉽게 흔들리지 않았고 극도로 신중하게 겨냥을 했다. 잠시 동안 사방이 고요해진 가운데 그는 총을 발사했다. 칠면조의 고개가 금방 한쪽으로 꺾이는 모습이 보였고 두 날개가 순간적으로 퍼덕거리며 펼쳐졌지만 칠면조는 곧 눈 속에서 안정적인 자세를 취하고는 시선을 불안하게 이리저리 돌렸다. 심호흡을 한 번 들이마실 정도의 시간 동안 아무런 소리도 들리지 않았다. 그러고는 흑인의 소리에 침묵이 깨어졌다. 흑인은 웃으면서 온갖 종류의 익살맞은 행동을 하며 몸을 흔들다가 기쁨이 지나친 나머지 눈 속으로 넘어져 굴렀다.

"잘했어, 칠면조야." 그가 벌떡 뛰어 일어나며 외쳤다. 그러고는 자기 새를 포옹하는 시늉을 하며 말했다. "난 내 칠면조들에게 자세를 바로 하라고 말했지. 그것들이 살짝 피하는 걸 봤지? 1실링 더 줘, 빌리. 그리고 한 번 더 발사해."

"아니, 이번엔 내가 쏴야 해요." 젊은 사냥꾼이 말했다. "당신 이미 내 돈을 갖고 있지 않소. 표적을 그냥 두고 내가 운을 시험해보게 해주시오."

"아! 그러면 돈을 내버릴 뿐이야, 젊은 친구." 내티가 말했다. "칠면조의 머리와 목은 풋내기에다 어깨를 다친 사수에게는 너무 작은 표적이라네. 내가 발사를 하게 두는 게 제일 좋을 걸세. 그러면 아마 우린 그 새에 대해 숙녀 분과 어떤 해결을 볼 수도 있을 거네."

"기회는 내 것입니다." 젊은 사냥꾼이 말했다. "비켜주시오. 내가 발사를 할 수 있게."

마지막 발사에 대한 논쟁은 이제 잦아들었다. 칠면조의 머리가 그 순간에 그것이 있었던 바로 그 자리가 아닌 다른 자리에 놓여 있었더라면 칠면조는 분명히 죽었을 것이라는 결론이 내려졌기 때문이었다. 그 청년이 사격 준비를 하고 있었지만 그에 대해서는 그다지 큰 동요가 일어나지 않았다. 그는 계속해서 서두르는 태도로 조준을 하고는 막 방아쇠를 당기려 했다. 바로 그때 내티가 그를 저지했다.

"자네 손이 떨리는군, 이 친구." 내티가 말했다. "그리고 자넨 지나치게 열심인 것 같구먼. 총알로 인한 상처는 체력을 약화시키기 쉽지. 내 판단으로는 자넨 보통 때만큼 잘 쏘지 못할 거네. 그래도 총을 발사해보겠다면 급히 발사해야 하네. 손이 떨려 조준이 어긋날 틈이 생기기 전에 말이야."

"공정한 경기요"라고 흑인이 다시 소리쳤다. "공정한 경기. 검둥이에게 공정한 경기를 해주세요. 내티 범포 같은 사람이 젊은이에게 조언할 권리가 있답디까? 사수들이 쏘게 내버려둬요. 비켜주세요."

청년은 아주 급히 총을 발사했다. 그러나 칠면조는 꼼짝도 하지 않았다. 탄알을 조사하는 사람들이 '표적'을 검사하고 돌아왔을 때 그들은 그가 그루터기를 맞히지 못했다고 선언했다.

엘리자베스는 그의 얼굴 표정이 변하는 것을 지켜보고는 그의 동료들보다 훨씬 더 뛰어나 보이는 사람이 그런 사소한 실패를 그처럼 두드러지게 느끼는 것에 놀라지 않을 수 없었다. 그러나 그녀를 위해 싸우는 투사가 이제 경쟁에 참가할 준비를 하고 있었다.

두번째 모험자의 실패로 브롬은 그전보다는 훨씬 정도가 덜했지만 이번에도 흥분했는데, 내티가 총을 쏘러 자리에 서는 순간 그의 흥분은 식어버리고 말았다. 그의 피부는 커다란 갈색 반점들이 나타나 얼룩덜룩해져서 타고난 칠흑 같은 광택이 완전히 사라졌다. 그의 엄청나게 큰 입술은 가지런한 아래위 치아를 중심으로 점차 굳게 다물어졌다. 그런데 그 치아는 그때까지는 그의 얼굴에서 검은 돌에 박힌 진주들처럼 반짝거리고 있던 것들이었다. 언제나 그의 얼굴에서 가장 눈에 띄던 부분이었던 콧구멍은 팽창되다 못해 이제는 얼굴의 대부분을 뒤덮고 있는 형국이었다. 다른 한편 갈색의 앙상한 두 손은 무의식적으로 자기 주변에 있는, 얼어붙은 눈의 표면을 움켜쥐고 있었다. 그 순간의 격앙된 감정이 추위에 대한 그의 타고난 공포를 완전히 압도했기 때문이었다.

이러한 불안의 징후가 흑인인 칠면조 주인의 얼굴에 드러나는 동안, 이 특이한 감정을 유발한 장본인은 마치 자신의 사격술을 구경할 사람이 단 한 사람도 없는 것처럼 침착하고 냉정했다.

"난 스코하리 강변의 네덜란드인 정착지에 내려간 적이 있었지." 내티가 말했다. 그는 자기 소총의 발사 장치에서 가죽으로 된 안전장치를 조심스럽게 빼냈다. "지난번 전쟁이 일어나기 직전에 말이지. 그런데 그때 청년들이 사격 시합을 벌이고 있었어. 그래서 나도 끼었지. 그날 내가 꽤 많은 네덜란드인들의 눈을 뜨게 해줬다는 생각이 든다네. 왜냐하면 그날 뿔로 만든 화약통과 탄알 세 파운드와 지금까지 약실에서 발화했던 어떤 화약에 못지않게 좋은 화약 한 파운드를 다 내가 땄거든. 아이! 그들은 독일어로 엄청나게 욕설을 해댔지. 그들이 어떤 술 취한 네덜란드 사람 얘기를 내게 해줬는데 그 사람이 내가 호수로 돌아가기 전에 내 목숨을 빼앗겠다고 했다는 거야. 그렇지만 만약 그가 악한 의도로 소총을 어깨에 얹었다면 하느님께서 그를 벌하셨을걸. 하느님께서 벌하지 않으시고 또 그가 표적을 맞히지 못했다면 그가 쏜 걸 그대로 돌려줄, 아니 그보다 더 심하게 돌려줄 사람을 내가 알고 있으니까 말이야. 훌륭한 사격 솜씨를 감안하기만 한다면 말이지."

이때쯤 늙은 사냥꾼은 자신의 용무를 수행할 준비가 되어 있었다. 그는 오른다리를 뒤로 멀리 내밀고 왼팔을 소총의 총신을 따라 뻗치면서 새를 향해 총을 올렸다. 모든 사람의 시선이 사수에서 표적으로 급히 옮겨갔다. 그러나 각자의 귀가 소총의 총성을 들을 것을 기대하고 있던 순간 그들은 부싯돌의 딱딱거리는 소리에 실망했다.

"딱딱, 딱딱거리는 소립니다." 흑인이 웅크리고 있던 자세에서 미치광이처럼 자기 새 앞으로 벌떡 뛰어 일어나며 소리쳤다. "딱딱거리는 소리는 발사와 마찬가지예요. 내티 범포의 총이 딱딱거렸어요. 내티 범포는 칠면조를 맞히지 못했어요."

"내티 범포가 검둥이를 맞힐 거네." 분개한 늙은 사냥꾼이 말했다. "자네가 길을 비키지 않으면 말이야, 브롬. 딱딱거리는 소리가 발사로 계산된다는 건 상황의 논리와 반대되는 말이야, 이봐. 딱딱거리는 소리는 부싯돌이 강철 약실에 부딪치는 소리일 뿐이고 발사는 새의 갑작스러운 죽음의 원인이니까 말이지. 그러니 내 앞에서 비켜, 이봐. 내가 크리스마스용 칠면조를 쏘는 방법을 빌리 커비에게 보여주게 해달라고."

"검둥이에게 공정한 경기를 보여주시오." 흑인이 외쳤다. 그는 계속해서 확고하게 자신의 위치를 유지하면서 청중들의 정의감에 호소했다. 자신의 낮은 사회적 신분으로 인해 자연스럽게 그럴 수밖에 없었던 것이다. "딱딱거리는 소리가 발사와 마찬가지라는 걸 사람들이 죄다 알아요. 존 씨에게 결정을 맡겨요. 젊은 숙녀분에게 결정을 맡겨요."

"확실해요." 나무꾼이 말했다. "이 지역에서는 그것이 경기의 법칙이오, 레더스타킹. 만약 당신이 다시 발사하려면 1실링을 더 지불해야 합니다. 나도 다시 한 번 운을 시험해보려고 합니다. 그러니 브롬, 여기 내 돈을 받아. 다음번에는 내가 발사를 할 거야."

"숲속의 법칙을 자네가 나보다 더 잘 알기는 뭘 알아, 빌리 커비!" 내티가 대꾸했다. "자넨 손에 소몰이 막대기를 들고 이주민들과 함께 들어왔고 난 두 발에 모카신을 신고 내 어깨에 멋진 소총을 메고 아주 오래전의 전쟁 때 들어왔는데 말이지. 누가 제일 잘 알겠느냐 말이지! 이봐, 내가 방아쇠를 당길 때는 누구도 딱딱거리는 소리가 발사와 마찬가지라고 말할 필요 없어."

"존 씨에게 결정을 맡겨요." 겁을 먹은 흑인이 말했다. "그분은 모르는 게 없으니 말입니다."

이처럼 리처드의 지식에 호소하는 말은 너무나 그를 우쭐하게 했기 때문에 무시할 수 없었다. 그런 까닭에 그는 엘리자베스가 세심하게 마음을 써서 물러가 있던 그 장소에서 약간 앞으로 나와 그 주제와 자신의 지위에 맞게 진지한 태도로 다음과 같은 의견을 제시했다.

"너새니얼 범포가 에이브러햄 프리본의 칠면조를 쏠 권리가 있는지 없는지,라는 문제에 대해 견해차가 있는 것 같습니다. 전술한 너새니얼이 그 권리에 대해 1실링을 지불하지 않고도 말입니다." 이 사실은 너무나 명백해서 부인할 수가 없는 것이었다. 그래서 청중이 그의 전제를 이해할 수 있도록 잠깐 뜸을 들인 후에 리처드는 말을 계속했다. "제가 이 문제를 결정하는 게 타당한 것 같습니다. 제게 이 카운티의 치안을 유지할 책임이 있으니까요. 그리고 손에 치명적인 무기를 들고 있는 사람들이 말다툼하며 악의를 품고 격분하도록 부주의하게 내버려두어서는 안 되니까요. 지금 논의 중인 문제에 관해서는 문서로든 구두로든 합의된 사항이 없는 듯이 보입니다. 그러므로 우리는 유추를 통해 판단을 내려야할 것입니다. 그런데 유추란 말하자면 어떤 일을 다른 일과 비교하는 것이지요. 그런데 결투에서는 쌍방이 다 총을 발사하는데 일반적으로 딱딱거리는 소리도 발사한 것이라는 규칙이 있습니다. 그러므로 발사를 하지못한 편이 다시 발사할 권리를 가지는 것이 규칙이 된다면 어떤 사람이무방비한 칠면조에게 하루 종일 딱딱거리며 서 있어도 된다는 말이 되니 그건 제게는 이치에 맞지 않는 듯이 보입니다. 따라서 너새니얼 범포가 자신의 기회를 상실했고 자신의 권리를 갱신하려면 다시 1실링을 지불해야 한다는 게 제 의견입니다."

이 의견이 그처럼 높은 신분의 사람에게서 제시되었고 효과적으로개진이 되었으므로 그 말은 모든 불평을 침묵시켰다. 왜냐하면 조금 전에는 레더스타킹 자신을 제외하고는 구경꾼들 전부가 매우 흥분해서 어느 한쪽 편을 들기 시작했기 때문이었다.

"엘리자베스 양의 생각도 들어봐야 한다고 생각하는데요." 내티가말했다. "여자들이 아주 좋은 조언을 한다는 걸 난 알고 있으니까요. 인디언들이 어이없이 말을 잇지 못할 때는 여자들이 그렇게 했으니까요. 만약 엘리자베스 양이 내가 져야 한다고 말한다면 난 포기하기로 하겠소."

"그러시다면 전 이번은 할아버지께서 패자라고 판단을 내리겠어요." 템플 양이 말했다. "그렇지만 할아버지께서 내야 할 비용을 제가 지불해서 기회를 갱신해드리겠어요. 브롬이 그 새를 1달러에 제게 팔지 않겠다면 말이에요. 팔겠다면 그 불쌍한 제물의 생명을 구하기 위해 전 그에게그 돈을 지불하겠어요."

청중들 중 그 누구도 이 제안에 즐거워하지 않는 것이 분명했고 심지어는 흑인 자신조차도 모험을 구경하는 것에 사악한 흥분을 느끼고 있었다. 그러는 동안 빌리 커비가 한 번 더 총을 발사하려고 준비하고 있는 가운데 내티는 지극히 불만스러운 태도로 이렇게 투덜거리면서 발사 장소를 떠났다.

"인디언 상인들이 이 지방에 오지 않게 된 뒤로는 호수 기슭에서는 좋은 부싯돌을 파는 데가 없단 말이야. 그래서 사람이 그런 부싯돌을 구하러 모래톱으로 들어가거나 구릉지대의 시내를 따라가본다 해도 그것들이 모두 경작지 아래 묻혀 있지 않은 때가 열 번에 한 번밖에 없지. 아아! 사냥감이 드물어지고 사람이 생계를 유지하기 위해 최상의 탄약을 필요로 하는 바로 그때 온갖 나쁜 일이 마치 천벌처럼 그에게 닥쳐오지. 그렇지만 난 부싯돌을 바꾸겠어. 빌리 커비가 저런 표적을 겨냥하는 안목이 없다는 걸 난 아니까."

그 나무꾼은 이제 자신의 명성이 자신의 주의력에 달려 있다는 것을 완전히 깨달은 듯이 보였다. 또한 그는 성공을 보장하는 어떤 수단도 소홀히 하지 않았다. 그는 자신의 소총을 끌어올리고 여러 번 반복해서 조준을 다시 했지만 여전히 발사를 꺼리는 듯이 보였다. 이러한 불길한 동작들이 계속되는 동안은 브롬에게서조차도 아무런 소리도 들려오지 않았다. 그러다가 마침내 커비가 총을 발사했지만 조금 전과 마찬가지로 이번에도 성공하지 못했다. 그러자 흑인의 환성이 한 인디언 부족의 고함 소리처럼 덤불을 뚫고 인근 숲의 나무들 사이까지 울려 퍼졌다. 그는 고개를 처음에는 한쪽으로, 그다음에는 다른 쪽으로 흔들면서 웃었는데 체력이 다해 더 이상 웃지 못하는 것처럼 보일 때까지 계속 웃었다. 그는 춤도 추었다. 두 다리가 눈 속에서 움직이다가 지칠 때까지 계속 추었다. 간단히 말해 그는 지각없는 흑인의 환희를 특징적으로 보여주는 그런 격렬한 환희를 전부 표출하고 있었다.

나무꾼은 자신의 모든 기교를 발휘했지만 실패하자 그 노력에 상응하는 정도의 실망을 느꼈다. 그는 먼저 극도의 주의력을 발휘해서 칠면조를 조사하고는 자신의 총알이 깃털을 스쳤다고 거듭 주장했다. 그러나 군중의 의견은 그의 의견과 반대였다. 왜냐하면 군중은 "흑인을 위해 공정한 경기를 해주세요"라는 흑인의 자주 반복된 외침에 귀를 기울이고 싶어 했기 때문이었다. 그 새를 차지할 권리를 주장하는 것이 불가능하다는 것을 알게 되자 커비는 사나운 태도로 흑인에게 방향을 돌리고는 이렇게 말했다.

"아가리 닥쳐, 이 까마귀야. 백 야드 떨어진 곳에서 칠면조 머리를 맞힐 수 있는 사람이 대체 어디 있어? 쏜 내가 바보지. 그걸로 마치 소나무가 넘어지는 것처럼 소동을 부릴 필요 없어. 맞힐 수 있는 사람을 내게 데려와봐."

"이쪽을 봐, 빌리 커비." 레더스타킹이 말했다. "사람들을 표적에서 비켜서게 해. 그러면 내가 지금보다 전에 사격을 더 잘한 남자를, 그것도 그가 야만인들과 야생 짐승들에게 쫓기고 있을 때 더 잘한 남자를 자네에게 보여주겠네."

"아마도 그의 권리가 우리 권리에 선행하는 사람이 있는 모양이지요, 레더스타킹." 템플 양이 말했다. "만약 그렇다면 우리의 특권을 포기해야겠네요."

"영감님이 언급한 사람이 저라면" 하고 젊은 사냥꾼이 말했다. "전 한 번 더 사격하는 걸 거절하겠어요. 제 어깨에 아직도 힘이 없다는 걸 알았으니까요."

엘리자베스는 그의 태도를 주시하고는 가난을 의식하고 수치스러워하는 감정을 드러내는 엷은 홍조가 그의 뺨에 나타난 것을 분간할 수 있다고 생각했다. 그녀는 더 이상 아무 말도 하지 않고 자신의 투사가 운을 시험해보도록 내버려두었다.

내티 범포는 분명히 자신의 적이나 사냥감을 향해 지금보다 더 중요한 발포를 수백 번이나 했지만 그가 지금보다 더 잘하려고 더 열심히 노력한 적은 한 번도 없었다. 그는 총을 세 번이나 들어 올렸다. 한 번은 사정거리를 조정하기 위해, 한 번은 거리를 계산하기 위해, 또 한 번은 칠면조가 쥐 죽은 듯이 조용한 분위기에 겁을 먹고 자기 적이 누군지 살피려는 듯 고개를 재빨리 돌렸기 때문이었다. 그러나 네번째에 그는 마침내 총을 발사했다. 포연과 총성과 일시적인 충격으로 인해 대부분의 구경꾼들은 그 결과를 즉각 알 수 없었다. 그러나 엘리자베스는 자신의 투사가 그의 소총 끝을 눈 속에 떨어뜨리고 입을 벌리고 예의 그 소리 없는 웃음을 웃고 나서는 아주 냉정하게 자신의 총에 탄약을 재장전하는 것을 보았을 때 그가 성공했다는 것을 알아차렸다. 소년들이 표적으로 달려가서 칠면조를 공중으로 들어 올렸다. 그것은 죽어 있었고 총에 맞아 머리 부분이 조금밖에 남아 있지 않았다.

"그놈을 가져와 이 숙녀의 발아래 놓아주오. 난 그분의 대리로 이 일을 했으니까 말이오. 그러니 그 새는 그분의 소유물이오."

"그리고 할아버지께서는 훌륭한 대리자였다는 걸 증명하셨어요." 엘리자베스가 대답했다. "너무나 훌륭하셔서, 리처드 아저씨, 아저씨께서 이분의 자질을 기억해주시길 권하고 싶어요." 그녀는 말을 멈추었다. 그러고는 기쁨으로 빛나던 그녀의 얼굴이 보다 심각하고 진지한 표정으로 바뀌었다. 그녀가 젊은 사냥꾼에게 몸을 돌리고는 여성다운 매력적인 태도로 이렇게 덧붙여 말할 때에는 얼굴을 약간 붉히기까지 했다. "그렇지만 제가 제 운을 시험해본 것은 다만 레더스타킹 할아버지께서 널리 알려진 기술을 발휘하는 모습을 보기 위해서였어요. 그러니 어깨 부상 탓에 당신이 직접 사격해서 성공할 수 없었으니까 그에 대한 자그만 화해의 표시로 이 새를 받아주시겠어요?"

이 선물을 받을 때의 청년의 표정은 무어라고 형언할 수가 없는 것이었다. 그는 그 반대로 행동하고 싶은 강력한 내적 충동과는 반대로 그녀의 부추김에 굴복하는 것처럼 보였다. 그는 머리 숙여 인사를 하고는 말없이 그녀의 발치에서 제물을 들어 올렸지만 계속 침묵을 지키고 있었다.

엘리자베스는 흑인에게 그의 손실에 대한 보상으로 은화 한 개를 주고는 자신의 동반자에게 집으로 돌아갈 준비가 되었다는 의사를 표시했다. 그런데 그 은화는 흑인의 근육을 다시 풀어지게 하는 데 어느 정도 효과를 발휘했다.

"잠깐만 기다려, 베스야." 리처드가 외쳤다. "이 경기의 규칙에 불확실한 점이 있으니 내가 그걸 확실히 해두는 것이 타당할 거야. 만약 여러분이 위원들을 지명해서 오늘 오전에 저를 방문하게 해주신다면, 신사 여러분, 제가 일련의 규칙을 서면으로 작성하겠습니다……" 그는 약간 분개하면서 말을 멈추었다. 왜냐하면 그 순간 어떤 사람이 이 카운티의 수석보안관의 어깨에 친숙하게 손을 얹었기 때문이었다.

"메리 크리스마스, 디컨." 템플 판사가 말했다. 그는 아무도 눈치채지 않게 이 일행에게 다가와 있었던 것이다. "만약 자네가 매일 이런 정중한 일을 하는 기분에 사로잡히게 된다면 난 내 딸을 주의 깊게 감시하지 않을 수 없네. 자네의 취미에 감탄하지 않을 수 없군. 숙녀에게 이런 장면을 보여주다니 말이야!"

"이 애 스스로 고집을 부려서 여기 온 거라네, 듀크." 실망한 보안관이 외쳤다. 그는 사람들에게 인사말을 할 최초의 기회가 사라진 것에 대해, 많은 사람들이 그보다 훨씬 더 큰 불행에 대해 느끼는 것과 같은 비통한 감정을 느끼고 있었다. "그리고 이 애가 그런 고집스러운 성격을 부모에게 물려받은 거라고 말하지 않을 수 없네. 난 이 애에게 개선된 장소들을 보여주려고 데리고 나왔다네. 그렇지만 이 애는 총 쏘는 소리를 처음 듣자마자 눈 속을 달려 이곳까지 재빨리 와버렸다네. 꼭 마치 기숙사가 있는 일류 학교에서 교육받은 것이 아니라 산속의 오두막에서 자라난 것처럼 말이야. 템플 판사, 난 이런 위험한 놀이는 법으로 막아야 한다고 정말로 생각하네. 아니 이런 놀이들을 이미 관습법으로 고발할 수도 있다고 생각이 되는데."

"자, 자네가 이 카운티의 보안관이니 이 문제를 검토하는 건 자네 임무에 맞는 일이겠지." 미소 띤 표정으로 마머듀크가 대답했다. "베스가 임명장을 전달하는 자기 임무를 수행한 것 같으니 자네가 그걸 호의적으로 받아주길 바라네."

리처드는 자신이 손에 쥐고 있던 서류 꾸러미로 흘긋 눈길을 돌렸다. 그러자 실망감으로 인해 일어났던 약간의 분노가 즉시 사라져버렸다.

"아! 듀크, 나의 친애하는 사촌"이라고 그가 말했다. "조금만 이쪽으로 와봐. 자네에게 하고 싶은 말이 있으니까 말야." 마머듀크는 그의 말에 따랐고 보안관은 그를 조금 떨어진 덤불 속으로 데려가서 이렇게 말을 이어갔다. "먼저, 듀크, 자네가 친절하게 카운티 의회와 주지사에게 힘을 써준 데 대해 감사를 표하겠네. 자네가 그래주지 않았다면 내가 아무리 훌륭한 장점을 가지고 있더라도 별로 소용이 없었으리라는 걸 확신하니까 말야. 그렇지만 우린 이종사촌지간이 아닌가. 우린 이종사촌지간이야. 그러니 자넨 날 자네의 말처럼 부려도 되네. 날 타든지 몰고 가든지 말이네, 듀크. 난 완전히 자네의 소유네. 그러나 내 변변찮은 의견으로는 레더스타킹의 이 젊은 동료에게는 주의를 기울일 필요가 있어. 그는 아주 위험할 정도로 칠면조를 좋아하는 성향이 있으니까 말이네."

"그를 내가 관리하도록 맡겨주게, 디컨." 판사가 말했다. "그러면 내가 실컷 먹게 해줘서 그의 식욕을 치료해줄 테니까. 난 바로 그와 이야기하고 싶네. 경기자들에게로 돌아가세."

18장

템플 판사가 리처드가 자신을 데리고 물러갔던 장소에서 나와 그 청년이 자기 소총에 기대서서 발치에 놓인 죽은 칠면조를 응시하고 있던 장소로 다가갔을 때 판사가 자기 딸의 팔을 잡아서 자기 팔짱을 끼게 했다는 사실은, 그와 젊은 사냥꾼 사이에 오갔던 대화로 야기된 효과를 전혀 감소시키지 않았다. 마머듀크의 출현으로 그 경기가 중단되지는 않았다. 운을 건 모험의 조건에 관한 떠들썩하고 시끄러운 논쟁으로 경기는 다시 시작되었다. 그 조건은 조금 전의 칠면조보다 훨씬 더 열등한 품질의 칠면조의 목숨과 관련된 것이었다. 레더스타킹과 모히건만이 자신들의 젊은 동료 곁으로 다가가 있었다. 그들이 비록 그처럼 많은 군중과 바로 가까이 있긴 했지만 그 대화에 관계된 이들만이 다음과 같은 대화를 들을 수 있었다.

"내가 자네에게 큰 부상을 입혔네, 에드워즈 군." 판사가 말했다. 그러나 이 말을 들은 당사자가 무슨 이유에서인지 갑자기 깜짝 놀라 판사는 잠시 말을 멈추었다. 청년이 아무 대답도 하지 않았으므로, 또 청년의 얼굴에 나타났던 강렬한 감정이 점차 사라졌으므로 판사는 말을 계속했다. "하지만 내게는 다행히도 내가 한 일에 대해 자네에게 어느 정도 보상할 능력이 있다네. 내 친척인 리처드 존스가 관직의 임명장을 받아서 앞으로는 내가 그의 도움을 받을 수 없게 되었을 뿐만 아니라 지금 당장은 펜으로 나를 크게 도와줄 사람이 없게 되었다네. 자네의 겉모습은 그렇지만 자네의 태도를 보면 자네가 받은 교육을 충분히 짐작할 수 있지. 또 어깨를 다쳤으니 앞으로 얼마 동안은 노동을 할 수도 없을 걸세." (마머듀크는 점점 흥분하면서 자기도 모르게 퀘이커교파*의 언어를 다시 쓰고 있었다.) "내 집 문은 자네에게 열려 있네, 젊은 친구. 왜냐하면 이 신생 국가에서는 우리가 사람에 대한 의심을 품지 않기 때문이고 또 악한 성향의 사람들의 물욕을 별로 자극하려 하지도 않기 때문이지. 적어도 한 계절 동안은 내 조수가 되어주게. 그리고 자네의 수고에 합당한 보수를 받아주게."

판사의 태도나 제의에는 청년이 보여주는 거의 혐오에 가까운 싫은 표정의 원인이 될 만한 것은 아무것도 없었다. 그런데도 청년은 그런 표정으로 판사의 말을 듣고 있었다. 그러나 자제를 하려고 강력히 노력한 끝에 그는 이렇게 대답했다.

"정직하게 생계를 유지하기 위해서라면 전 판사님이나 아니면 다른 어떤 사람을 위해서라도 일할 겁니다. 왜냐하면 제 궁핍이 극심하고 심지어는 겉으로 보아 알 수 있는 정도보다도 훨씬 더 심하다는 걸 감추려

* 퀘이커교도들은 프렌즈라고도 불린다. 퀘이커교파의 원래 명칭이 'The Religious Society of Friends'이기 때문이다.

고 꾸며대지 않을 테니까요. 그렇지만 그런 새 임무가 보다 중요한 제 용건에 너무 지나치게 방해가 될까 봐 걱정이 됩니다. 그러니 판사님의 제안을 거절하고 전처럼 생계를 위해 제 소총에 의지할 수밖에 없겠군요."

리처드는 여기서 기회를 틈타 젊은 숙녀에게 이렇게 속삭였다. 그녀는 이 장면에서 약간 피해 서 있었기 때문이었다.

"이게, 너도 알다시피, 베스야, 미개한 상태를 벗어나지 않으려 하는 혼혈아의 타고난 성향이지. 방랑 생활에 대한 그들의 애착은 억제할 수 없는 거라고 난 정말 믿고 있어."

"그건 불안정한 생활이오." 마머듀크가 보안관의 발언에 귀를 기울이지 않고 말했다. "또 현재의 고통보다 더 많은 나쁜 일들을 가져오는 생활이오. 이 사냥꾼들의 불안정한 생활이 이 세상을 살아가는 데에도 굉장히 불리할 뿐만 아니라 보다 신성한 일의 영향력에서도 완전히 멀어지게 한다고 내가 자네에게 말하더라도 그 말을 믿어주게, 젊은 친구. 난 자네보다 경험이 많으니까 말일세."

"아니, 아닙니다, 판사님." 레더스타킹이 그의 말을 가로막았다. 그는 지금까지는 사람들의 눈에 보이지 않거나 무시당하고 있던 터였다. "그를 판사님의 오두막집에 환영하며 들이시오. 그렇지만 그에게 진실을 말해주시오. 난 40년이나 되는 세월을 숲에서 살았고 어느 때는 나무들 사이에 바람이 불어 쌓인 가랑잎들이 이룬 작은 둑보다 조금이라도 더 큰 개간지에서 비쳐 나오는 등불은 보지도 못한 채 5년 연속 산 적도 있다오. 그렇지만 당신들이 아무리 잘 발전시켰고, 또 사슴 사냥 관련법을 엄격하게 제정했다 해도 예순여덟의 나이에 나보다 더 쉽게 생계를 유지할 수 있는 사람을 판사님이 어디서 찾을 수 있을지 알고 싶다오. 그리고 정직성에 대해, 아니면 인간과 인간 간에 올바른 일을 하는 데 대해 말하자면 판사님의 영지에서 가장 장황한 말을 하는 집사에게도 등을 돌리지 않겠소."

"자넨 예외적인 인물이지, 레더스타킹." 판사가 그 사냥꾼에게 온화하게 고개를 끄덕이며 대꾸했다. "왜냐하면 자넨 자네 같은 부류의 사람에게서는 특이한 자제력과 자네의 나이에 걸맞지 않은 불굴의 정신을 가지고 있으니까 말일세. 하지만 이 청년은 숲속에서 허비하기에는 너무 귀중한 요소들을 갖추고 있다네. 자네에게 우리 가족과 함께 살아달라고 간청하네. 자네의 팔이 다 나을 때까지만이라도 말일세. 여기 있는 내 딸이 내 집의 여주인인데 말이야, 이 애도 자네를 환영한다고 말해줄 걸세."

"물론이지요." 엘리자베스가 이렇게 말했지만 그녀의 진심 어린 태도는 여자다운 삼가는 태도 때문에 약간 억제되어 있었다. "불운한 일을 당한 사람들은 어느 때든 항상 환영하지만 우리 자신이 그 불운의 원인이라고 느낄 때에는 두 배로 더 환영한답니다."

"맞습니다." 리처드가 말했다. "그리고 자네가 칠면조 고기를 좋아한다면 칠면조들이 우리 안에 많이 있다네. 그것도 최상의 종류로 말이지, 틀림없다네."

마머듀크는 자신이 이처럼 교묘히 지원을 받고 있다는 것을 알고는 자기의 유리한 위치를 극력 밀고 나갔다. 그는 조수직에 수반되는 임무를 상세하게 설명하기 시작했고 부수적으로 보수뿐만 아니라 사업가들이 중요하다고 생각하는 모든 사항들까지도 언급했다. 청년은 극도로 흥분한 상태로 그의 말에 귀를 기울였다. 그의 마음속에서 상반된 감정들이 서로 싸우고 있다는 것은 명백했다. 때때로 그는 그러한 신분의 변화를 열렬히 원하는 듯이 보이기도 했다. 그러다가도 또다시 이해할 수 없는, 혐오스럽다는 표정이 대낮의 태양을 가리는 검은 구름처럼 그의 얼굴을 스치고 지나가기도 했다.

인디언의 태도에는 침울한 자기비하의 표정이 아주 강력하게 드러나 있었는데, 그는 판사의 제안을 경청하고 있었다. 그리고 그의 관심은 판사가 한 마디 한 마디 할 때마다 더 커졌다. 그는 점차 이 일행에 더 가까이 다가왔고, 자신의 젊은 동료의 표정에 아주 뚜렷한 항복의 표시가 나타난 것을 예리한 눈빛으로 탐지하자마자 그의 수치스러워하던 자세와 표정은 당장에 전형적인 인디언 용사의 태도와 표정으로 바뀌었다. 그는 매우 위엄 있게 이 일행에게 더 가까이 다가가면서 이렇게 말했다.

"네 아버지의 말을 들어라." 그는 말했다. "그의 말은 사려 깊은 것이다. 젊은 독수리와 위대한 땅의 추장이 함께 식사를 하게 하라. 그들로 하여금 서로의 가까이에서 두려움 없이 잠들게 하라. 미퀸의 자녀들은 피를 좋아하지 않는다. 그들은 정의로우니 올바른 일을 할 것이다. 인간들이 하나의 가족을 이룰 수 있기까지 태양은 여러 번 뜨고 져야만 한다. 그것은 하루에 이루어질 과업이 아니라 오랜 세월에 걸쳐 이루어지는 과업이기 때문이다. 밍고들과 델라웨어 족은 태어날 때부터 원수들이다. 그들의 피는 인디언들의 오두막집에서 결코 섞일 수 없다. 전투할 때 그들의 피는 결코 같은 흐름을 이루어 흘러가지 않을 것이다. 무엇이 미퀸의 형제와 젊은 독수리를 적으로 만든단 말인가! 그들은 동일한 부족이다. 그들의 선조는 같다. 기다림을 배워라, 내 아들이여. 넌 델라웨어 족의 일원이고 인디언 용사는 참고 기다리는 법을 안다."

이러한 상징적인 연설은 그 젊은이에게 매우 중요한 것처럼 보였다. 왜냐하면 그는 점차로 마머듀크의 설명에 굴복했고 마침내는 그의 제안에 동의했기 때문이었다. 그러나 그는 그 일을 실험적으로만 해보기로 결정했다. 그리고 만약 당사자들 중 어느 한쪽이 그 계약을 무효화하는 것이 적절하다고 생각하는 경우에는 그 사람의 마음대로 그렇게 할 수 있도록 결정이 되었다. 그 청년이 그 제안을 수락하는 것을 현저하게 싫어했고 그런 태도를 제대로 숨기지도 못했다는 사실은 그를 모르는 이들에게는 적지 않은 놀라움을 야기했다. 그와 같은 상황에 처한 대부분의 사람들은 그런 제안을 예기치 못한 등용이라고 생각할 것이기 때문이었다. 하여튼 청년의 그러한 행동은 사람들에게 청년에게 불리한 인상을 남겼다. 일행이 헤어졌을 때 그들은 아주 자연스럽게 그 문제를 화제로 삼았는데 우리는 이제 그 대화에 대해 이야기하려고 한다. 먼저 판사와 그의 딸과 리처드의 대화부터 시작하려 한다. 그들은 대저택으로 천천히 되돌아가는 중이었다.

"난 이 불가해한 청년과 대화할 때 우리 구세주께서 '너희에게 악의적으로 대하는 사람들을 사랑하라'고 명하신 거룩한 계명을 명심하려고 분명히 노력했어." 마머듀크가 말했다. "우리 집에 그 나이의 청년을 겁에 질리게 할 만한 것이 어떤 게 있는지 모르겠다. 그게 네 존재와 얼굴이 아니라면 말이야, 베스."

"아니, 아니." 아주 단순하게 리처드가 말했다. "그건 베스가 아니지. 그렇지만 듀크 자넨, 문명된 생활을 견딜 수 있는 혼혈아를 알았던 적이 있어? 그 문제에 대해 말하자면 그들이 다름 아닌 미개인들보다 더 나쁘지. 넌 그가 얼마나 어기죽거리는 자세로 서 있었는지 알아차렸니, 엘리자베스? 그리고 그의 눈에 얼마나 야성적인 표정이 나타났는지도?"

"전 그의 눈빛이나 그의 무릎 모양에는 관심을 기울이지 않았어요. 물론 그의 그런 모습이 약간 더 겸손했더라면 그만큼 더 좋았겠지만요. 사실, 아버지, 전 아버지께서 인내라는 기독교적 미덕을 정말로 최대한으로 발휘하셨다는 생각이 들어요. 저도 그가 우리 가족의 일원이 되기로 동의하기 한참 전에 그의 태도에 혐오감을 느꼈으니까요. 정말 그와 관계를 맺게 된 것이 우리에게 아주 영광스러운 일이 되었네요. 그를 어떤 방에 머물게 해야 하죠, 아버지? 또 신(神)이나 먹고 마실 만한 훌륭한 음식과 술을 그가 먹으려면 어떤 식탁에서 먹어야 하나요?"

"벤저민과 리마커블과 같이 먹어야지." 존스 씨가 말을 가로막았다. "넌 분명히 그 청년을 흑인들과 함께 식사하게 하지는 않겠지! 그가 인디언의 혼혈이라는 건 사실이지만 원주민들은 흑인들을 아주 경멸하니까 말이야. 아니, 아니. 그는 흑인들과 빵 한 조각을 나눠 먹느니 차라리 굶어 죽을 거야."

"난 오로지 아주 기꺼이 그에게 우리와 함께 식사하자고 권유하겠네, 디컨." 마머듀크가 말했다. "자네가 제안하는 그 모욕적인 상황을 제공하려 하기보다 말일세."

"그렇지요, 아버지." 약간 꾸민 듯한 태도로 엘리자베스가 말했다. 그녀는 마치 자신의 의지에 반해서 아버지의 명령에 복종하는 듯한 태도를 취했던 것이었다. "그가 신사로서 대접을 받는 것이 아버지의 기쁨이니까요."

"물론이지. 그가 신사의 지위를 차지하게 되어 있으니까 말이지. 그의 위치에 합당한 대우를 받도록 해주자. 그가 그런 대우를 받기에 어울리지 않는다는 걸 우리가 알게 될 때까지는 말이야."

"자, 자, 듀크." 보안관이 외쳤다. "자넨 그를 신사로 만드는 것이 결코 쉬운 문제가 아니라는 걸 알게 될 거야. 옛 속담에도 있지 않나. '한 사람의 신사를 만드는 데는 세 세대의 시간이 필요하다'는 속담 말이야. 우리 아버지는 모든 사람들이 다 알고 있었지. 우리 조부는 의학박사셨고 증조부는 명예 신학박사셨지. 그리고 그분의 부친은 잉글랜드에서 이곳으로 오셨다네. 그분의 혈통이 실제로 어떤 것이었는지는 절대로 알 수 없었네만 어쨌든 런던의 위대한 상인이었거나 위대한 시골 변호사였거나 아니면 주교의 막내아들이거나 셋 중 하나였다네."

"이건 정말 미국인의 진정한 족보로군." 마머듀크가 웃으며 말했다. "거기에 대해서는 아주 잘 얘기할 수가 있지. 바다 건너의 일을 이야기하게 될 때까지는 말이야. 바다 건너의 일은 모든 게 명료하지 못하니까 틀림없이 최상급 형용사를 사용하게 되지. 자넨 자네의 잉글랜드 출신 조상이 위대하다고 확신하고 있지, 디컨, 그분의 직업이 무엇이었든지 간에 말이야?"

"확실히 그렇지." 상대방이 대꾸했다. "늙은 숙모님이 그분에 대해 다달이 말씀하시는 걸 들었거든. 우리는 훌륭한 가문 출신이라고, 템플 판사. 그리고 영예로운 지위만 누리고 살아왔다고."

"옛날에 훌륭한 가문 태생이었다는 것을 그처럼 불충분하게 설명한 이야기에 자네가 만족한다는 게 놀랍군그래, 디컨. 족보를 따지는 미국인들은 대부분 자신들의 전설적 이야기들을 마치 동화처럼 세 명의 형제가 있었다는 것으로 시작하지. 그 세 명 중 마침 그들 자신보다 세속적 도구들을 더 잘 갖추고 있는 사람을 동일한 성을 가진 모든 사람의 조상으로 만들려고 특히 주의를 기울이면서 말이야. 그렇지만 이곳에서는 예의 바르게 행동할 줄 아는 사람은 모두가 평등하지. 그리고 올리버 에드워즈는 수석보안관과 판사와 동등한 자격으로 우리 가족의 일원이 되는 것이네."

"이거 참, 듀크, 이런 걸 공화주의가 아니라 민주주의라고 말해야겠군. 하지만 난 아무 말도 않겠네. 단지 그가 법을 지키도록 하게. 그러지 않으면 이 나라의 자유도 건전한 속박 아래 놓여 있다는 걸 그에게 보여 줄 테니까."

"물론이지, 디컨. 내가 형을 선고해야 자네가 집행을 할 테니까 말이지! 그런데 베스는 이 새 식구를 어떻게 생각하는지. 우리는 이 문제에서는 결국 숙녀들에게 복종해야 하니까 말이야.

"오! 아버지" 하고 엘리자베스가 대답했다. "이 문제에서는 제가 무슨 템플 판사 같은 분과 아주 비슷하다고 생각해요. 그래서 제 의견을 쉽게 바꿔서는 안 될 것 같다는 생각이 드네요. 그렇지만 진심으로 말씀 드리자면 미개인의 혼혈아를 가족으로 받아들이는 게 약간 놀라운 사건이긴 하지만, 그가 누구든 아버지께서 호의를 베푸는 게 적절하다고 생각하신다면 전 그 사람을 분명히 존중할 거예요."

판사는 딸의 팔을 끌어당겨 자기 팔짱을 더 꼭 끼게 하고는 미소를 지었다. 그러는 동안 리처드는 앞장서서 저택 뒤에 있는 자그만 안뜰의 문을 지나 걸어 들어가면서 습관적으로 수다를 떨며 모호한 경고를 연발했다.

한편 숲에 사는 사람들은 마을의 변두리를 따라 말없이 자신들의 길을 가고 있었다. 그 세 명의 사냥꾼은 성격 차이에도 불구하고 숲에 사는 사람들이라는 흔한 명칭으로 불릴 자격이 있었기 때문에 그렇게 부른 것이다. 그들이 호수에 이른 후 호수의 얼어붙은 표면 위를 걸어 자신들의 오두막집이 있는 산기슭을 향해 가고 있을 때야 비로소 청년은 이렇게 외쳤다.

"한 달 전만 해도 대체 누가 이런 일을 예측할 수 있었겠어요! 제가 마머듀크 템플 아래에서 일하는 데 동의했다는 걸요! 우리 종족의 가장 큰 원수의 집에 함께 살기로 말입니다! 그렇지만 제가 무슨 더 나은 선택을 할 수가 있었겠어요? 제 고용살이가 오래 걸릴 리가 없어요. 또 그 것에 굴복했던 동기가 사라지게 되면 전 두 발에 붙은 먼지처럼 그걸 떨 어버릴 겁니다."

"그가 밍고라서 네가 그를 원수라고 부르느냐?" 모히건이 말했다. "델라웨어 족 용사는 조용히 앉아서 위대한 영의 시간을 기다린다. 그 용사는 절대 여자가 아니므로 아이처럼 소리치지 않는다."

"저, 난 의심스럽네, 존" 하고 레더스타킹이 말했다. 그 일이 진행 되는 동안 처음부터 끝까지 그는 의심스럽고 확신할 수 없다는 강력한 태도를 드러냈다. "이 땅에 새 법이 생겼다는 소문이 있으니 이 산에도 새로운 법이 생겼다고 난 확신하네. 그들이 이 나라를 너무나 많이 변화 시킨 나머지 어디가 호수고 어디가 시내인지 잘 모를 지경이 됐네. 난 그 런 말만 유창하게 하는 인간들은 믿을 수가 없다고 말할 수밖에 없네. 왜냐하면 백인들이 인디언 땅을 차지하길 가장 절실하게 원할 때에도 그 들이 말은 공정하게 하는 걸 여러 번 봤으니까. 나 자신도 백인이고 요크 부근에서, 그것도 정직한 부모에게서 태어났지만 이 말은 해야겠네."

"전 복종하겠어요"라고 청년이 말했다. "제 신분을 잊어버리겠어요. 제가 델라웨어 족 추장의 후손이라는 걸, 모히건 할아버지, 기억하지 말 아주세요. 그 추장이 한때는 이 웅대한 구릉지대와 이 아름다운 계곡들 과 우리가 밟고 있는 이 호수의 주인이었지만 말이지요. 그래요, 그래요. 전 그의 노예가 되겠어요, 그의 노예란 말이지요! 그건 영예로운 노예 생 활이 아닌가요, 할아버지?"

"할아버지라고!" 인디언이 엄숙하게 되풀이했다. 그러고는 그가 크 게 흥분하면 늘 그렇게 하듯이 잠시 걸음을 멈추면서 말했다. "그래. 존 은 늙었네. 내 형제의 아들이여! 만약 모히건이 젊다면 그의 소총이 잠잠할 때가 있을 것인가? 사슴이 어디에 숨든 그가 찾아내지 못하겠는가? 그러나 존은 늙었다네. 그의 손은 여자의 손이 되었고 그의 도끼는 자귀*가 되었다네. 이젠 빗자루와 바구니가 그의 원수들이 되었네. 그가 그것들만 쳐서 만들어내니 말이야. 기아와 노년은 함께 온다네. 보오, 매눈! 젊을 때 그는 여러 날이 지나도 아무것도 먹지 않아도 괜찮았다네. 그러나 이젠 불에 작은 나뭇가지를 던져 불길을 일으켜주지 않으면 불길은 꺼질 지경이 되었다네. 미퀀의 아들의 손을 잡게. 그러면 그가 자네를 도와줄 걸세."

"나도 과거의 내가 아니라고 고백할 수밖에 없네, 칭가치국." 레더스타킹이 대꾸했다. "그렇지만 지금도 때때로 한 끼 식사는 걸러도 된다네. 우리가 '비치 숲' 속에서 이로쿼이 족을 추적할 때 그들은 앞에 있던 사냥감을 쫓고 있었지. 난 그때 월요일 아침부터 수요일 해 질 녘까지 먹을 게 조금도 없었지. 그러다가 펜실베이니아 주의 경계에서 그때까지 인간이 본 그 어떤 사슴에 못지않게 살찐 수사슴을 쐈지. 델라웨어 족이 그걸 먹는 걸 보았다면 자네 마음도 흡족했을 걸세. 왜냐하면 난 그 당시 델라웨어 부족과 함께 수색을 하고 다니면서 함께 격투를 하기도 했거든. 아아! 인디언들은, 친구, 꼼짝 않고 있으면서 하느님이 그들에게 사냥감을 보내주기만을 기다리고 있었다네. 하지만 난 이리저리 찾아다니다가 사슴을 내몰아서 그게 열두 걸음 뛰어가기도 전에 쐈 죽였지. 난 너무나 힘이 없었고 너무나 굶주려서 사슴 고기를 먹을 때까지 기다릴 수가 없었다네. 그래서 사슴 피를 충분히 마셨지. 그리고 인디언들은 그 사슴 고기를 날것으로 먹었다네. 존도 거기 있었지. 그러니 존은 알고 있

---

* 나무를 깎아 다듬는 연장.

개척자들 329

지. 반면에 지금은 굶주림이 내겐 점점 견디기 어려워진다고 고백하겠네. 비록 내가 어느 때든 절대로 많이 먹지는 않지만 말이네."

"그만하면 알아들었어요, 여러분." 청년이 소리쳤다. "어디서나 내 희생이 요구된다는 걸 느낍니다. 그리고 희생을 할 겁니다. 그러니 간청이니 더 이상 말하지 말아주세요. 이 화제를 이젠 참을 수가 없어요."

그의 동료들은 침묵했다. 그들은 곧 그 오두막집에 도착했다. 그들은 어떤 복잡하고 교묘한 잠금 장치들을 푼 후에 그 집으로 들어갔다. 그런데 겉보기에 그 잠금 장치들은 가치가 별로 없는 어떤 재산을 지키기 위해 설치되어 있는 듯이 보였다. 인가에서 멀리 떨어진 이 집의 한쪽 통나무 벽에는 엄청나게 많은 양의 눈이 쌓여 있었고 다른 한쪽 벽면에는 바람에 본래의 나무들에서 꺾여 나온 관목 부스러기와 참나무와 밤나무 가지들이 던져져 쌓여 있었다. 오두막집 옆 바위가 위치한 면에서 나무토막들을 찰흙으로 발라 만든 굴뚝 위로 가느다란 연기 기둥이 올라가고 있었다. 연기 기둥은, 연기가 방출되는 지점에서부터 언덕이 절벽의 돌출부에서 뒤로 멀리 펼쳐지기 시작하는 지점까지 쌓인 눈을 물결무늬의 어두운 색조로 물들이고 있었다. 절벽 돌출부의 토양은 나무들이 거대하게 자라도록 자양분을 제공해주었고 그 거대한 나무들은 절벽 아래의 자그마한 땅을 향해 드리워져 있었다.

그날의 남은 시간은 새로 개척된 지방에서 그러한 날들이 흔히 지나가듯이 그렇게 지나갔다. 이주민들이 그랜트 씨의 두번째 설교를 듣기 위해 다시 학교에 모여들었던 것이다. 그리고 모히건도 그의 설교를 들은 청중에 끼어 있었다. 그러나 성직자가 신도들에게 성찬대로 나오라고 초대했을 때 그 인디언을 집중적으로 응시했지만 지난밤의 굴욕이 여전히 늙은 추장의 마음속에서는 너무나 생생했으므로 그는 움직일 수가 없었다.

사람들이 흩어지는 동안 오전 내내 모여들던 구름은 짙고 우중충해져 있었다. 이 호기심 많은 신도들이 절반가량이나 각자의 오두막집에 도착하기도 전에 비가 이미 억수같이 쏟아지고 있었다. 그런데 신도들의 오두막집은 산의 골짜기나 우묵한 곳마다 자리 잡고 있거나 다름 아닌 언덕 꼭대기에 높이 자리 잡고 있었다. 눈이 빠르게 녹으면서 나무 그루터기의 검은 가장자리들이 드러나기 시작했다. 통나무와 관목으로 된 울타리의 윤곽은, 그 전에는 흰 눈 더미가 길게 선을 이루어 골짜기를 가로질러 다시 산으로 올라간 모습으로만 관찰할 수 있었지만 이제는 눈이 녹아서 울타리의 본모습이 드러나기 시작했다. 그리고 거대한 눈과 얼음 덩어리가 녹아 검은 나무 그루터기에서 떨어지면서 그루터기들은 일시적으로 더 뚜렷하게 보였다.

엘리자베스는 아버지의 편안한 저택 따뜻한 거실에 아늑하게 자리 잡고 루이자 그랜트와 함께 지속적으로 변하는 바깥의 풍경을 감탄하면서 내다보고 있었다. 조금 전만 해도 얼어붙은 눈의 색깔로 반짝거리던 마을조차도 마지못해 그 가면을 벗었고 집들은 검은 지붕과 연기에 그을린 굴뚝을 드러내었다. 소나무들은 눈의 덮개를 떨쳐버렸고 거의 초자연적이라고 말할 수 있는 변화를 통해 모든 것이 그 고유의 색채를 띠기 시작한 듯이 보였다.

19장

"그럼에도 불구하고 가난한 에드윈은
결코 비천한 청년이 아니었다."
—비티, 『음유시인』, 1권, 16장 1행

1793년 크리스마스 날 해 질 녘은 폭풍우가 몰아쳤지만 비교적 따뜻했다. 어둠이 마을의 사물들을 다시금 엘리자베스의 시야에서 가렸을 때 그녀는 창가에서 몸을 돌렸다. 그녀는 검은 소나무들의 꼭대기에 빛의 가장 작은 자취라도 머물러 있는 동안은 창가에 남아 있었던 것이다. 낮 동안 잠깐 흘깃 보았던 삼림지대의 경치에 그녀의 호기심은 채워졌다기보다는 오히려 더 자극이 되었다.

이 저택의 젊은 여주인은 그랜트 양의 팔짱을 꼭 끼고 거실을 천천히 이리저리 걸어 다니면서 자신의 기억에 다시 급히 떠오르는 장면들에 대해 깊이 생각하고 있었다. 아마도 그녀는 때로는 자신의 사색의 성역에서, 자신의 상황에서 추론할 수 있는 것과 너무나 이상할 정도로 모순되는 예의범절을 보인 한 남자가 자기 아버지의 가족이 되게 만든 이상한 사건들을 곰곰이 생각하고 있는지도 몰랐다. 거실은 아주 컸으므로 온도를 내리려면 하루가 걸렸는데 거실의 그 꺼져가는 열기가 그녀의 뺨을 원래의 색조보다 더 빨갛게 물들였다. 한편 루이자의 온화하고 우울한 얼굴은 엷은 색조를 띠어 밝아졌다. 그 색조는 마치 질병으로 인한 홍조처럼 그녀의 아름다움에 애처로움을 더해주었다.

아직도 템플 판사의 향기로운 포도주를 둘러싸고 앉아 있던 신사들의 시선은 거실 한쪽 끝에 놓인 식탁에서부터, 식탁을 넘어 거실에서 아래위로 말없이 움직이는 모습들에게로 향하곤 했다. 리처드의 입에서는 유쾌한 이야기가 때로는 시끄러울 정도로 끊임없이 흘러나왔다. 그러나 하르트만 소령은 아직 자신의 환락의 정점에 다다를 정도로 흥분하지는 않았고 마머듀크는 성직자인 손님의 존재를 지나치게 존중했으므로 그의 성격에서 적지 않은 부분을 차지하는 그 무해한 유머도 즐기지 못하고 있었다.

덧문이 닫히고 나서 사라지는 햇빛의 대체물로 거실 여기저기에 촛불이 놓인 후 반 시간 동안 여기 모인 사람들은 그렇게 시간을 보냈고 또 계속 그런 상태로 시간을 보내고 있었다. 벤저민이 한 아름 안은 땔나무의 무게로 비틀거리면서 나타난 것이 이 장면을 처음으로 방해한 사건이 되었다.

"이거 웬일인가, 펌프 집사장!" 신임 보안관이 고함쳤다. "듀크의 최상의 마데이라산 백포도주가 이 해빙기에 체열을 유지할 만큼 충분한 온기를 제공하지 않는단 말인가? 여보게, 판사님이 자신의 너도밤나무와 단풍나무에 대해 까다롭다는 걸 명심하게. 벌써 이 소중한 나무들이 부족할까 봐 염려하기 시작하셨으니까 말일세. 하하하! 듀크, 자넨 친절하고 마음이 따뜻한 친척이지. 난 의무상 그걸 인정하겠네. 하지만 자넨 결국 이상야릇한 관념을 갖고 있지. '와서 즐겁게 지내자. 그리고 어리석은 생각을 떨쳐버리자.'"

집사장이 그의 짐을 던지듯 내려놓는 동안 이렇게 노래를 시작한 리처드의 음조는 점차 낮아져 콧노래가 되었다. 집사장은 자기에게 질문을 한 사람에게 진지한 태도로 몸을 돌리고는 이렇게 대답했다.

"이런, 이보십시오, 스콰이어 디킨스. 아마도 저기 식탁 주변은 따뜻한 장소겠지요. 비록 그 포도주는 저의 체열을 올릴 만한 물건은 아니지만요. 좋은 땔나무나 뉴캐슬산 석탄 같은 것 외에는 진짜 자메이카산 럼주만이 제 체열을 높여주는 유일한 것이니까요. 하지만 제가 날씨에 대해 아는 게 있다면, 아시겠지만 지금은 아주 아늑하게 지낼 시간이고 현창들을 닫고 난롯불을 이리저리 휘저을 시간입지요. 아마도 제가 27년 동안 선원 생활을 하고 또 여기 이 삼림지대에서 7년을 보낸 게 아무 소득도 없지는 않을 겁니다, 신사 여러분."

"아니, 날씨가 변할 가능성이 충분하단 말인가, 벤저민?" 이 집의 주인이 물었다.

"바람의 방향이 바뀌었습니다, 각하." 집사가 대답했다. "그리고 바람의 방향이 바뀌면 이곳 기후에서는 변화를 기대해도 됩니다. 전 로드니의 함대에 속한 군함 한 척에서 일한 적이 있습죠, 아시겠지만 말입니다. 우리가 저기 계신 마운시어 러 코와 같은 나라 사람인 드 그라스에게 이겼을 때쯤이지요. 그곳에서 바람은 남쪽과 동쪽으로 불고 있었지요. 전 밑의 선실에서 해병대 대위에게 줄 뜨거운 브랜디 한 모금을 혼합하고 있었지요. 그 대위는 아시겠지만 바로 그날 선실에서 식사를 했으니까요. 대위가 이 술로 인해 화끈해진 속을 총기고에 있는 소화기로 끄고 싶어 했을 정도라고 생각하는데요. 그래서 제가 꽤 여러 번 맛을 본 후 제 마음대로 술을 혼합했을 때, 왜냐하면 그 대위의 마음에 들게 하기가 어려웠으니까요 말이지요. 철썩 하고 앞돛이 돛대에 부딪쳤고 윙 하고 배가 휙 돌았지요. 마치 빙 도는 소형 보트처럼 말이지요. 그때 우리 배의 키가 내려져 있었던 게 다행이었어요. 왜냐하면 배가 후진하며 속도를 더해가자 이물이 바람 불어가는 쪽으로 돌아갔거든요. 그것은 그 함대의 모든 군함이 실제로 한 일이나 아니면 할 수 있었던 일 이상이었지요. 그러나 그 배는 바닷속의 움푹 들어간 곳에서 무리를 한 나머지 배 위에 물이 많이 들어왔지요. 제 평생 그렇게 많은 맑은 물을 한 번에 삼킨 건 그때가 처음이었답니다. 그 순간 마침 제가 선미의 승강구를 쳐다보던 중이었거든요."

"벤저민, 자네가 부종으로 죽지 않은 게 놀랍군그래." 마머듀크가 말했다.

"그럴 수도 있었지요." 늙은 뱃사람이 싱글거리며 말했다. "하지만 치료제를 찾으러 구급상자를 뒤질 필요도 없었지요. 왜냐하면 그 술에는 물이 들어가 해병대 함장의 입맛에는 맞지 않게 되어버렸다고 생각했고 또 언제 바닷물이 덮쳐 그 술을 내 입맛에도 맞지 않게 만들어버릴지 몰랐기 때문에 제가 즉석에서 그 머그잔의 술을 다 마셔버렸기 때문이지요. 그러고는 모든 승무원이 양수기 쪽으로 소집되었고 거기서 우리는 열심히 양수기로 물을 퍼내기 시작했지요……"

"이런, 그런데 날씨는?" 마머듀크가 그의 말을 가로막으며 물었다. "바깥 날씨는 어떻겠는가?"

"그야, 이곳 바람이 하루 종일 남쪽에서 불어왔고 이제는 잠잠해졌네요. 마치 바람통에서 최후의 돌풍이 나온 것처럼 말이지요. 산맥을 따라 북쪽으로 한 줄기 번개가 번쩍이고 있는데 방금 번쩍인 번개는 손바닥 크기보다 더 넓지는 않았습지요. 그러고는 마치 큰 돛대의 돛을 밧줄로 묶듯이 구름이 그 앞에서 날아가고 있고 별들이 시야에 나타나고 있네요. 마치 장작을 쌓아올리라고 우리에게 경고하는 듯이 반짝거리는 불빛과 등대처럼 말입지요. 그러니 제가 날씨에 대한 재판관이라면 난롯불을 피울 시간이 되었다고 말하겠습니다. 그러지 않으면 아침의 보초꾼들이 가보기도 전에 저기 있는 포트와인 병들이나 여기 저장고에 있는 포도주 숙성용 병들 중 절반이 추위에 깨어져버릴 겁니다."

"자넨 분별 있는 보초일세그려." 판사가 말했다. "숲의 나무들에 대해서는 자네가 하고 싶은 대로 하게. 적어도 오늘 밤만은 말일세."

벤저민은 명받은 대로 했다. 또한 두 시간도 경과하지 않아서 그의 예방책이 빈틈없는 것이었다는 사실이 아주 명백해졌다. 남풍은 정말 잠잠해졌고 그다음에는 통례적으로 심상치 않은 날씨 변화를 예고하는 정적이 뒤따랐다. 이 가족이 잠자리에 들기 오래전에 추위가 이미 살을 에는 듯이 심해졌다. 그리고 므시외 르 콰가 밝은 달빛 아래 자기 집으로 가기 위해 그 저택을 나올 때, 그는 이럴 경우에 대비해 현명하게도 미리 준비해간 여러 가지 의복도 있긴 했지만 그에 덧붙여 신체를 감쌀 담요를 달라고 부탁하지 않을 수가 없었다. 성직자와 그의 딸은 그날 밤 이 저택에서 머물기 위해 남아 있었다. 그런데 지난밤에 지나치게 술을 마시고 즐긴 나머지 신사들은 각자의 방으로 일찍 물러갈 수밖에 없었다. 자정이 되기 오래전에 이미 가족 전부가 각자의 방으로 물러가 보이지 않게 되었다.

북서풍이 울부짖는 소리가 건물들 주변에서 들리고 또 그 소리가 그러한 상황에서 늘 그렇듯 지극히 편안하다는 느낌을 가져다줄 때쯤, 엘리자베스와 그녀의 친구는 아직 잠이 든 상태는 아니었다. 그 편안한 느낌은, 그들이 난롯불이 아직 희미하게 빛나고 있고 커튼과 덧문과 깃털

이불 등이 모두 적절한 온도를 유지하는 데 도움을 주는 방에 있었기 때문에 더 강렬한 것이 되었다. 한번은 분명히 잠들기 직전 마지막으로 졸리는 단계에서 엘리자베스의 눈이 떠졌을 때 노호하는 바람 소리에 실려 슬픈 듯 긴 울부짖음 소리가 들려왔다. 개 짖는 소리라고 하기에는 너무도 야성적이었지만 그래도 밤이 개의 경계심을 일깨워서 개가 놀라서 울부짖는 동안 밤이 그 소리에 감미로움과 엄숙함을 부여해주는 순간에 들을 수 있는 바로 그 충성스러운 동물의 우는 소리와 닮아 있었다. 루이자 그랜트의 신체는 본능적으로 젊은 상속녀의 신체에 더 가까이 밀착되었다. 그러자 상속녀는 자기 친구가 아직 깨어 있는 것을 알고 낮은 목소리로, 마치 자기의 목소리로 인해 어떤 마력이 깨어지는 것을 두려워하는 듯이 말했다.

"멀리서 들려오는 저 울음소리는 슬픈 듯하면서도 아름답기조차 하네요. 저 소리는 레더스타킹의 오두막집에 있는 사냥개들의 소리일까요?"

"저건 이리들의 울부짖음이에요. 이리들이 대담하게도 산에서 호수까지 내려와 있거든요." 루이자가 속삭였다. "이리들은 불빛이 있어야만 마을에 다가오지 못하지요. 우리가 이곳에 온 후 어느 날 밤에는 이리들이 배가 고파서 바로 우리 집 현관문까지 왔답니다. 오! 그날 밤은 정말 무시무시했지요! 그렇지만 템플 판사님은 부유하셔서 아주 많은 보초꾼들을 배치하고 계시니까 이 저택에서는 두려워할 필요가 없지요."

"템플 판사님의 모험심이 다름 아닌 숲까지도 길들이고 계시는군요!" 엘리자베스가 이불을 차 던지고 침대에서 어느 정도 일어나면서 외쳤다. "문명이 너무나 급속히 자연의 발자국을 밟아 뭉개고 있군요!" 그녀는 말을 이어갔다. 그동안 그녀의 시선은 자기 방의 편리한 시설뿐만 아니라 사치품들도 훑어보고 있었다. 그리고 귀로는 또다시 멀리 호수에서 들려오는, 자주 되풀이되는 그 울부짖음을 듣고 있었다. 그러나 자기 친구가 겁이 많아서 그 소리를 듣는 것을 고통스러워한다는 걸 깨닫고는 엘리자베스는 다시 자기 자리에 누웠다. 그러고는 깊은 잠에 빠져 자기 신분의 변화와 함께 이 지방에 일어난 변화에 대해서도 곧 잊게 되었다.

그다음 날 아침 그 방의 여성들은 난롯불을 피우기 위해 방에 들어온 하녀의 소리에 잠이 깨었다. 그들은 일어나서 맑고 차가운 공기 속에서 가벼운 몸단장을 끝냈다. 차가운 공기가 템플 양의 따뜻한 방의 모든 방어막까지도 뚫고 침입해 있었기 때문이었다. 엘리자베스는 옷을 다 차려입자 창가로 다가가 커튼을 젖혔다. 그러고는 덧문을 열어젖히고는 멀리 마을과 호수를 내다보려고 애쓰고 있었다. 그러나 유리창에 두껍게 덮인 성에가 빛은 투과시켰지만 시야는 가로막고 있었다. 그녀는 내리닫이 창의 창틀을 올렸다. 그러자 참으로 장려한 장면과 마주치고 그녀의 눈에는 아주 기쁜 빛이 나타났다.

티 없이 흰 눈으로 덮여 있던 호수의 표면이 거무스레한 빙판으로 변해 있었고 그 빙판은 잘 닦인 거울처럼 솟아오르는 태양의 빛살을 반사하고 있었다. 집들에 덮인 눈도 호수의 눈처럼 얼어붙어 집들은 얼음의 의상을 입고 있었다. 그러나 그 얼음은 집들 위에 덮여 있었으므로 거울이 아니라 강철처럼 빛났다. 지붕마다에 매달려 있는 아주 큰 고드름들은 찬란하게 빛나는 햇빛을 잡아 그 빛을 서로서로 반사하고 있는 듯이 보였다. 이때 고드름 하나하나는 햇빛을 바로 받는 쪽에서는 금빛 광채를 내며 빛나고 있었는데, 햇빛을 받지 않는 쪽에서는 이 금빛 광채가 배경의 어스레한 그늘 속으로 점차 녹아들어 사라지고 있었다. 그러나 템플 양의 시선을 가장 강하게 끌어당긴 것은 멀리서 산들이 겹겹이 솟아 있는 가운데 그 산들을 뒤덮고 있는, 끝도 없는 숲의 모습이었다. 소나무와 솔송나무의 거대한 가지들은 그것들이 떠받치고 있는 눈의 무게로 휘어져 있었고 그 나무들의 꼭대기는 떡갈나무, 너도밤나무, 단풍나무 들의 부풀어 오른 꼭대기 위로 솟아 있었다. 그 모습은 마치 은으로 된 둥근 지붕에서 솟아나온 번쩍이는 은으로 된 뾰족탑들 같았다. 서쪽으로 펼쳐진 경치의 가장 끝 쪽은 밝은 빛이 물결 모양으로 굽이치는 모습으로 경계를 이루었다. 마치 자연의 질서를 뒤엎고 무수히 많은 태양들이 지금 당장이라도 지평선 위로 솟아오르려는 듯한 모습이었다. 이 풍경의 앞쪽에는 호숫가를 따라 마을 가까운 쪽으로 나무 한 그루 한 그루마다 다이아몬드가 점점이 박혀 있는 듯이 보였다. 산비탈에는 햇살이 아직 닿았을 리 없지만 산비탈도 유리 같은 표면으로 장식되어 있었고 그 표면은, 태양이 처음 닿았을 때의 반짝임에서부터 솔송나무의 거무스레한 잎의 반짝임에 이르기까지, 그 수정 같은 표면을 통해 온갖 명암의 반짝거림을 보여주고 있었다. 한마디로 말해 호수와 산들과 마을과 숲이 각각 그 자체의 빛깔로 물든 빛, 또 그 자체의 위치와 크기에 따라 다채로운 빛을 발산하고 있었으므로 경치 전체가 떨리는 광채로 가득 찬 하나의 장면을 보여주었다.

"봐요!" 엘리자베스가 외쳤다. "봐요, 루이자. 창가로 어서 와서 이 기적적인 변화를 보아요."

그랜트 양은 그 말대로 했다. 그러고는 열린 창으로 잠시 말없이 몸을 굽히고 내다보다가 마치 자기 목소리를 믿기가 두려운 듯이 낮은 목소리로 말했다.

"변화가 정말 경이롭군요! 그분이 이처럼 빨리 저런 변화를 일으킬 수 있었다는 게 놀라워요."

엘리자베스는 자기 친구처럼 많은 교육을 받은 사람의 입에서 그처럼 신에 대한 회의적인 감정이 담긴 말이 나오는 걸 듣고는 아연실색해서 뒤돌아보았다. 그렇지만 그랜트 양의 온순하고 푸른 두 눈이 경치를 보고 있는 것이 아니라 정장을 잘 차려입은 청년의 모습을 바라보고 있는 것을 알고는 놀랐다. 그 청년은 건물의 현관 앞에서 그녀의 아버지와 진지하게 대화를 나누며 서 있었다. 두번째로 다시 바라보고서야 그녀는 수수하지만 평범한 신사의 복장을 한 젊은 사냥꾼의 모습을 알아볼 수가 있었다.

"마법이 지배하는 이 지방에서는 모든 것이 기적적이라고 말할 수 있어요." 엘리자베스가 말했다. "그리고 모든 변화 중에서 이 일이 가장 덜 경이로운 일이 아닌 건 분명해요. 배우들도 무대의 장면들처럼 독특하거든요."

그랜트 양의 얼굴이 붉어졌다. 그러고 나서 그녀는 창밖을 향하고 있던 머리를 안쪽으로 돌렸다.

"전 단순한 시골 처녀예요, 템플 양. 제가 변변치 못한 친구라고 아가씨가 생각하게 될까 봐 걱정돼요." 그녀가 말했다. "제가, 제가 아가씨가 하는 말을 전부 이해하는지는 잘 모르겠어요. 그렇지만 정말이지 전 아가씨가 제가 에드워즈 씨의 변화를 알아차리기를 바랐다고 생각했어요. 그분의 출생을 생각한다면 그건 더 놀라운 일이 아닌가요? 그분에게 인디언 혈통이 섞여 있다는 소문이잖아요."

"그분은 고상한 미개인이지요. 그만하고 내려가서 추장님에게 차를 대접하자고요. 왜냐하면 난 그분이 포카혼타스*의 손자는 아니라 하더

---

* 포카혼타스(1595~1617)는 인디언 소녀로 존 스미스 선장이 그녀의 아버지 포우하탄의 명령에 따라 살해당하려던 참에 그의 목숨을 구해주었다고 전해진다.

라도 필립 왕*의 후손은 맞는다고 생각하니까요."

숙녀들은 거실에서 템플 판사를 만났다. 그러자 판사는 딸에게 자기네 새 식구의 외모에 일어난 변화에 대해 말해주기 위해 딸을 한 옆으로 데리고 갔다. 물론 그녀는 이미 알고 있었다.

"저 청년은 자신의 예전 상황에 대해 이야기하는 걸 싫어하는 듯이 보이는구나." 마머듀크가 말을 이었다. "그러나 태도에서도 분명히 볼 수 있지만 그와 대화를 해봐도 예전엔 좋은 시절이 있었던 것 같구나. 그래서 청년의 출생에 관해서는 정말 리처드의 의견에 동의하는 쪽으로 기울어지고 있단다. 인디언 관리관들이 자녀들을 매우 칭찬할 만한 방식으로 교육하는 일이 드물지 않았으니까 말이다. 또……"

"아주 좋네요, 사랑하는 아버지." 딸이 웃으며 그의 말을 가로막고는 시선을 돌리면서 말했다. "전부 아주 훌륭하네요, 아마도요. 하지만 전 모호크 족의 언어를 한마디도 알아듣지 못하니까 그분은 싫어도 참고 영어로 말해야겠네요. 그리고 그분의 행동에 대해서는 아버지의 통찰력으로 잘 제어하실 거라 기대하고 있어요."

---

* 왐퍼노애그Wampanoag 족 연합의 대추장이었던 메타콤(1638년경~1676)을 가리킨다. 식민지 이주민들은 그를 필립 왕이라고 불렀다. 1620년 청교도들이 플리머스에 상륙했을 때 그곳은 메타콤의 부친 매서소이트 대추장의 영토였다. 부친 매서소이트와 형 왐수타가 사망 한 뒤 그는 1662년 대추장이 되었다. 왐퍼노애그 족과 청교도들의 갈등이 계속되던 가운데 한 인디언을 죽였다는 이유로 메타콤과 가까운 두 사람이 청교도들의 법정에서 재판을 받고 처형되자 메타콤은 더 이상 백인들과 우호 관계를 유지할 수 없다고 판단하고 청교도들에게 "내게 나라가 없어질 때까지 살지는 않으려고 결심했다"는 유명한 선언을 하고 1675년 6월 백인들과 전쟁을 시작했다. '필립 왕의 전쟁'이라고 알려진 이 전쟁은 미국 식민지 역사상 가장 치열한 전쟁 중 하나였고 백인들도 많은 희생을 치렀다. 결국 왐퍼노애그 족 연합은 대패했고 메타콤은 참수되었다. 그의 머리는 장대에 매달려 플리머스에 25년 동안 걸려 있었다. 미국 작가 워싱턴 어빙은 19세기 초에 그를 용감무쌍하고 정의와 자유를 위해 싸운 애국자로 묘사했다.

"그래! 하지만 베스" 하고 판사가 손으로 그녀를 부드럽게 붙잡으면서 말했다. "저 친구의 과거 생활에 대해서는 아무 말도 하면 안 된다. 내게 부탁한다면서 특별히 그렇게 해달라고 간청했단다. 지금 당장은 아마도 팔의 부상 때문에 약간 심술이 나 있는지도 모르겠다. 부상은 아주 경미해 보이니까 다음번에는 터놓고 더 많이 말할지도 모르겠구나."

"오! 전 지식에 대한 그 칭찬할 만한 갈증에 대해서는 그다지 관심이 없어요. 그런 건 호기심이라고 불리지요. 전 그가 콘스톡이나 콘플랜터*나 아니면 다른 어떤 유명한 추장의 아들이라고 믿을 거예요. 아마도 다름 아닌 큰 뱀의 아들일지도 모르지요. 그리고 그를 그러한 사람으로 대할 거예요. 그가 잘생긴 머리를 빡빡 밀고 제 귀걸이 중 가장 좋은 여섯 쌍 정도를 빌려서 달고 다시 자신의 소총을 메고는 갑자기 등장했던 것처럼 갑자기 사라지는 게 좋겠다고 생각할 때까지는 말이에요. 그러니 어서 가요, 사랑하는 아버지. 손님을 환대하는 의식을 잊지 말아야지요. 그가 우리와 함께할 짧은 시간 동안만이라도 말예요."

템플 판사는 딸의 우스갯소리에 미소를 짓고는 그녀의 팔을 잡고 아침 식사가 준비된 식당으로 들어갔다. 그런데 그곳에는 이미 젊은 사냥꾼이 가능한 한 과시하는 태도를 보이지 않고 이 가정에 익숙해지려는 결의를 보여주는 태도로 앉아 있었다.

이것이 템플 판사의 가정에 이 특이한 구성원이 합류하게 된 사건의 전말이었다. 일단 이 청년이 이 가정의 일원이 되는 과정이 끝났으므로

---

* 콘스톡은 쇼니 족 추장으로 1774년 10월 10일 오늘날의 웨스트버지니아 주에서 있었던 포인트 플레전트의 전투에서 백인 이주민들에게 패했다. 콘플랜터는 세네카 족 추장이었는데 프랑스와 인디언 전쟁(French and Indian War)에서 프랑스군과 연합해서 영국군에 대항해 싸웠다. 후에 그는 영국군과 합류해서 미국 독립전쟁 때 변경 지방의 정착지들을 대상으로 약탈 행위를 하기도 했다.

우리 이야기의 주제에 따라, 이 청년이 마머듀크가 자신에게 부여한 일을 근면하고 총명하게 수행하도록 잠시 내버려두고 다른 이야기를 좀 해야겠다.

하르트만 소령은 습관에 따라 이 저택을 방문한 후 석 달 동안 오지 못한다고 작별 인사를 하고 떠나갔다. 그랜트 씨는 이 지방의 멀리 떨어진 지역들을 순회하면서 대부분의 시간을 보내야 했으므로 그의 딸은 이 대저택에 거의 항상 머무는 손님이 되었다. 리처드는 그의 체질적인 열성을 발휘해서 새로운 직책에 따른 임무를 수행하기 시작했다. 그리고 모험가들이 농장을 일굴 땅을 달라고 끊임없이 신청하고 있어서 마머듀크도 할 일이 많았으므로 그 겨울은 순식간에 지나가버렸다. 호수는 젊은이들의 주요한 놀이터였다. 숙녀들은 리처드가 몰아주는, 말 한 필이 끄는 그들의 작은 썰매에 타고 호수로 가서 언덕의 맑은 공기 속에서 운동을 하는 혜택을 누리기도 하면서 많은 시간을 보냈다. 또 눈의 상태가 스케이트를 타도 괜찮을 때에는 에드워즈가 스케이트를 타고 동행하기도 했다. 그 청년의 침묵은 시간이 지나고 자신의 상황에 익숙해지자 점차 완화되었다. 물론 세밀히 관찰하는 사람이라면 여전히 그에게 쓰라리고 강렬한 감정을 느끼는 순간이 자주 있다는 것을 명백히 알 수 있었을 것이다.

엘리자베스는 그 후 석 달 동안 산비탈 여기저기에 넓은 개간지가 많이 나타나는 것을 보았다. 그곳들은 여러 정착민들이 그 지방 언어로 표현하자면 '자기들의 터전을 마련한' 곳이었다. 한편으로는 밀과 잿물통들을 싣고 마을을 통과하는 무수히 많은 썰매들이 이 모든 노동이 헛된 것이 아니었다는 점을 명백히 입증해주고 있었다. 간단히 말해 이 지방 전체가 번창하는 개척지의 부산스러운 모습을 보여주고 있었다. 보통 그러한 개척지의 큰길로는 조잡한 가재도구를 첩첩이 쌓아올린 썰매들이 빽빽이 달려가곤 했다. 그리고 그런 썰매들 위에서는 가재도구 틈에서 새로운 지방에 왔다는 흥분에 들떠 기뻐서 미소 짓는 여자들과 아이들의 얼굴이 보이곤 했다. 그렇지 않은 경우에는 그 썰매들은 농산물을 신고 올버니의 공동 시장으로 서둘러 달려가는 것들이었다. 그런데 이 썰매들의 모습은, 상당한 재산과 행복을 찾아 이 황량한 산악 지대로 들어오도록 이주민들을 유혹하는 함정의 구실을 하기도 했다.

이 지방의 번영과 함께 장인들이 부를 축적해가고 마치 오래전 자리 잡은 마을처럼 풍습과 관습을 나날이 점점 더 많이 갖춰가는 가운데 이 마을에서는 상업이 활발하게 이루어지고 있었다. 우편물을 배달하는 사람, 또는 사람들이 그를 부르는 명칭으로 말하자면 '우편배달부'는 역마차를 운행할 생각이라는 이야기를 많이 했다. 그리고 겨울 동안 사람들은 그가 자신의 작은 썰매에 승객 한 명을 태우고 눈의 둔덕을 통과해 모호크 강으로 가는 모습을 한두 번 보기도 했다. 사실은 정기 마차가 주 2회 빛의 속도로, 숙련된 마부의 채찍질로 지휘를 받으며 '남쪽 지방'에서부터 이 강둑을 따라 이미 운행되고 있던 터였다. 봄이 가까워지자 친척들을 만나러 '오래전 개척된 주들'로 갔던 몇몇 가족들이 눈이 쌓인 기간을 피할 수 있는 시기에 돌아왔다. 그들이 한 동네 사람들 전부를 함께 데려오는 경우도 많았다. 그 사람들은 이 지방 정착민들의 묘사에 혹해서 코네티컷과 매사추세츠의 농장들을 떠나 이 삼림지대에서 자신들의 운을 시험해보려는 이들이었다.

이 기간 동안 내내 올리버 에드워즈는 낮 동안에는 마머듀크를 위해 착실하게 일했다. 한편 그의 갑작스러운 신분 상승은 그 변화무쌍한 지방에서는 아무런 놀라움도 자아내지 않았다. 그러나 그는 밤 시간은 자주 레더스타킹의 오두막집에서 보냈다. 그 세 사냥꾼의 친밀한 관계가 어떤 비밀스러운 분위기로 지속된 것은 사실이지만 세 당사자들 모두가 지극한 열성과 관심을 가지고 왕래한 것도 사실이다. 모히건조차도 이 대저택에 거의 오지 않았고 내티는 한 번도 오지 않았다. 그러나 에드워즈는 틈이 날 때마다 예전의 거주지를 방문하려고 노력했다. 그는 자주 그곳에서 눈길을 헤치고 어두운 밤 시간에 돌아오곤 했다. 그러지 않으면, 가족들이 모두 잠자리에 드는 시간이 지나서까지 그곳에서 지체하게 되는 경우에는 아침에 해가 뜰 무렵 돌아오곤 했다. 그의 이러한 방문은 그 사실을 알고 있던 사람들에게 분명히 많은 억측을 불러일으켰지만 그에 대해 의견을 말하는 사람은 아무도 없었다. 다만 때때로 리처드가 속삭이듯이 이렇게 말하곤 했을 뿐이다.

"인디언과 백인의 혼혈아가 그 미개한 습성을 결코 버릴 수 없다는 건 조금도 놀랄 만한 일이 아니지. 그리고 그와 같은 혈통을 가진 사람 치고는 이 청년은 합리적으로 예상할 수 있는 것보다 훨씬 더 개화된 거야."

20장

"저리 가! 내가 노래하며 어슬렁거리게 내버려두지도 마!
우리에겐 걸어가야 할 수많은 산길들이 있으니까."
—바이런, 『차일드 해롤드의 순례』, 2권 35장 1~2행

추운 날씨와 눈이 녹을 만한 따뜻한 날씨가 번갈아 찾아오고 폭풍우가 되풀이해 찾아왔던 까닭에 거대한 더미를 이루며 쌓였던 눈은 단단해져서 성가실 정도로 오래 녹지 않을 것처럼 보였지만, 봄이 점차 다가옴에 따라 그러한 눈 더미도 보다 온화한 산들바람과 보다 따뜻해진 태양에 굴복하기 시작했다. 때로는 천국의 문이 열리는 것처럼 보이기도 했다. 온화한 공기가 대지 위에 퍼져서 생물과 무생물들이 모두 깨어나려 했고 몇 시간 동안은 봄의 즐거움이 모든 사람과 동물들의 눈에서 반짝거리고 빛나기도 했고 들판마다 봄의 즐거움이 환하게 빛나기도 했다. 그러다가 오싹 떨게 만드는 돌풍이 북쪽에서 불어와 이 화창한 장면에 다시금 찬물을 끼얹곤 했다. 햇빛을 가로막는 검고 음울한 구름 역시 화창한 날씨에 대항해 나타나는 자연의 움직임과 같은 정도로 차갑고 울적한 모습을 보였다. 두 계절 사이의 이러한 투쟁이 날이 갈수록 더 잦

아지는 동안 대지는 싸움의 희생자처럼 겨울의 활기찬 반짝임을 서서히 잃어갔지만 아직 봄의 모습을 보여주지는 못했다.

이런 음산한 분위기가 몇 주 동안 이어졌다. 그동안 이 지방의 주민들은 점차 자신들의 일을, 눈이 쌓였던 시기의 사교적이고 번잡한 활동에서 다가오는 계절에 필요한 고된 가사 노동으로 바꾸고 있었다. 이 마을은 이제 더 이상 방문자들로 붐비지 않았고 몇 달 동안 가게들에 활기를 불어넣었던 활발한 거래도 사라지기 시작했다. 큰길은 통행하기 어려운 진창길이 되어 눈이 밟히고 다져져 반들거렸던 모습을 잃었으며 쾌활하고 시끄럽던 여행자들도 눈에 띄지 않았다. 겨울 동안 여행자들은 썰매를 타고 큰길을 미끄러지듯 달려가곤 했다. 간단히 말하자면 모든 것이, 대지뿐만 아니라 대지의 품에서 위로와 행복의 원천을 찾던 사람들에게서도 거대한 변화가 일어나려 한다는 사실을 나타내고 있었다.

루이자 그랜트는 이제 이 대저택의 일상적인 구성원이 되었는데 이곳의 젊은 가족 구성원들도 이러한 완만하게 파동치는 변화를 무심하게 관찰하는 이들은 결코 아니었다. 눈이 덜 녹아 도로를 통과할 수 있을 때에는 그들은 주로 겨울에 할 수 있는 놀이를 함께 했다. 그러한 놀이들 중에는 날마다 썰매를 타고 산과 그 산에서 20마일 이내의 모든 골짜기를 달리는 일뿐만 아니라 얼어붙은 호수의 품에서 즐기는 몇 가지 정교하고 다채로운 오락거리도 포함되어 있었다. 리처드의 마차를 타고 소풍을 갈 때도 있었다. 그럴 때면 해빙 후에 변함없이 생겨나는 유리같이 반들반들한 빙판 위로 그의 마차는 날아가듯 달려가곤 했다. 그때 리처드는 자신의 네 마리 말과 함께 바람보다 더 빨리 달렸다. 그리고 또 가슴을 조마조마하게 하는 위험한 '회전목마'에게도 이용될 기회를 제공했다. 한 마리 말이 끄는 작은 썰매들과 스케이트를 신은 신사들이 밀어주는 손썰매도 각각 차례로 사용해서 놀곤 했다. 간단히 말하자면 이 가족은 산악 지대에서 보내는 겨울의 지루함을 달래줄 수 있는 모든 위안거리를 다 이용했던 것이다. 엘리자베스는 자신이 아버지의 장서의 도움을 받고 있으므로 이 계절이 자신이 예상했던 것보다 훨씬 덜 지루하다고 아버지에게 기꺼이 인정했다.

추운 날씨와 눈이 녹을 만한 따뜻한 날씨가 부단하게 반복되는 바람에 가장 날씨가 좋을 때에도 위험한 도로들의 상태는 바퀴 달린 수송 수단이 절대로 통과할 수 없을 정도가 되었지만, 이 가족의 습관으로 보아 야외에서의 운동이 어느 정도는 필요했으므로 수송 수단을 대신해 승마용 말이 사용되었다. 숙녀들은 작지만 발을 단단히 딛고 선 말을 타고는 또다시 산악 지대의 샛길을 통과해 한적한 골짜기마다 다 들어가보려고 시도했다. 그런데 그러한 골짜기들 중에는 어떤 이주민이 모험심으로 정착해 있는 곳도 있었다. 이렇듯 소풍을 나갈 때 가족 중 어떤 신사 한 사람이나, 아니면 각자 다른 일을 하고 있는 신사들이 한꺼번에 시간이 날 때는 가족 중 신사들 모두가 숙녀들과 동행하곤 했다. 젊은 에드워즈는 매시간 자신의 상황에 더 익숙해졌고 드물지 않게 이 일행과 태연하고 유쾌하게 어울렸다. 그러한 시간은 짧은 시간이나마 그의 마음에서 모든 불유쾌한 생각을 몰아내주곤 했다. 습관과 젊음의 쾌활함이 그의 꺼림칙한 감정의 비밀스러운 원인을 제압하고 있는 듯이 보였다. 그렇지만 그가 마머듀크와 처음 알게 되었을 때 며칠 동안 그들이 대화를 할 때마다 특징적으로 그의 얼굴에 나타나곤 했던 표정과 동일한, 현저한 혐오의 표정이 그가 마머듀크와 교류할 때 순간순간 그의 얼굴에 스치곤 했다.

보안관이 자신과 함께 마차를 타고 어떤 언덕으로 가자고 오촌 질녀와 그녀의 젊은 친구를 설득한 것은 3월 말쯤이었다. 그 언덕은 특유한 모습으로 호수 위로 덮이듯 돌출해 있다는 소문이 있었다.

"그 밖에도 베스" 하고 끈질긴 리처드가 말을 이었다. "우린 잠시 길을 멈추고 빌리 커비의 '사탕단풍나무 숲'도 볼 거야. 그는 랜섬의 토지의 동쪽 끝에서 제어드 랜섬을 위해 단풍당을 만들고 있거든. 이 카운티에서 바로 그 커비보다 솥을 더 잘 다루는 일꾼은 없단다. 자네도 기억하지, 듀크, 바로 우리 캠프장에서 그가 일을 처음 시작했을 때 내가 그를 고용했다는 걸 말이야. 그러니 그가 자기 일에 대해 어느 정도 잘 알고 있다는 건 놀라운 일이 아니지."

"그는 나무도 잘 합지요, 빌리는 말입죠." 벤저민이 말했다. 그는 보안관이 말에 오르는 동안 고삐를 잡고 있었다. "또 그는 앞 갑판의 선원이 말린스파이크*를 다루거나 아니면 재봉사가 다리미를 다루는 것과 아주 비슷하게 도끼를 잘 다루지요. 그는 혼자 잿물 솥을 화덕에서 들어올릴 수 있다는 소문이 있습지요. 물론 그가 그렇게 하는 걸 제 자신의 두 눈으로 본 적이 있다고 말할 수는 없지만요. 하지만 그런 말이 있습지요. 전 그가 만든 단풍당을 본 적이 있습지요. 그런데 그건 아마도 오래되고 화려한 중간 돛대의 돛처럼 희지는 않았지만 저 안에 있는 제 친구 프리티본즈 부인이 말하기를 진짜 당밀의 맛이 난다고 했습지요. 그리고 보안관님께는, 스콰이어 디킨스, 리마커블 부인이 자신의 견과 분쇄기에서 분쇄하는 단것에 대해 남다른 기호를 가지고 있다는 사실을 말씀드릴 필요도 없겠지요."

벤저민의 재치 있는 말에 뒤이은 높은 웃음소리에는 결코 그다지 조

---

* 밧줄의 꼬임을 푸는 데 쓰는, 끝이 뾰족한 쇠막대.

화롭지 않은 목소리인 벤저민 자신의 웃음소리도 섞였는데 그 웃음은 이 두 사람의 기질이 서로 맞는다는 사실을 매우 충분하게 예증해주고 있었다. 그렇지만 일행 중 다른 사람들은 그 말의 요점을 대부분 놓치고 있었다. 왜냐하면 그 순간 그들은 자기 말에 타고 있거나 숙녀들이 말에 타는 것을 도와주고 있었기 때문이었다. 모두가 말 등에 안전히 타고 난 후 그들은 매우 질서정연하게 마을을 통과해 갔다. 그들은 므시외 르 콰의 집 문 앞에서 잠시 멈추어 그가 자신의 말에 올라타기를 기다렸다. 그다음에 주택들이 모여 있는 자그마한 구역을 빠져나오자 그들은 마을의 중심지에 위치한 주요한 큰길 중 하나를 택했다.

밤마다 된서리가 내렸고 그다음 날 낮의 열기가 그 서리를 흩뜨리는 역할을 했으므로 기수들은 도로 가장자리를 따라 한 사람씩 나아가지 않을 수가 없었다. 도로 가장자리에는 잔디가 나 있고 땅이 단단해서 말들이 발을 안전하게 디딜 수가 있었기 때문이었다. 지표면은 차갑고 습기차고 음산해 보여 보는 사람의 속까지 오싹하게 만들었지만 식물의 생장을 보여주는 아주 사소한 징후들이 눈에 보였다. 멀리 떨어진 곳에, 산악지대의 여러 부분에서 개간지들을 볼 수 있었고 그 개간지들 위에는 대부분 눈이 여기저기 산재해 있었다. 물론 여기저기에서 눈이 사라진 부분들도 볼 수 있었는데 그곳에서는 흰 눈이 계절에 굴복해서 녹아버린 후 밝고 생기 있는 초록빛 밀이 솟아나 농부의 희망을 타오르게 하고 있었다. 대지와 하늘의 대비보다 더 두드러진 것은 아무것도 없었다. 왜냐하면 대지가 우리가 지금 묘사한 그런 황량한 경치를 보여주었던 반면 따뜻하고 활기를 돋우는 태양은 구름이 한 조각밖에 떠 있지 않은 하늘로부터 열기를 나누어주고 있었기 때문이었다. 태양은 대기를 통해서도 열기를 나누어주었는데 대기는 눈에 보이는 지평선의 색깔을 파란 바다처럼 보일 정도로 연하게 만들어놓았다.

리처드는, 특이한 능력을 발휘할 필요가 없는 다른 모든 경우에 그랬듯이 이번 경우에도 일행을 이끌고 가고 있었다. 그는 앞으로 나아가면서 자신의 노련한 목소리로 일행에게 활기를 불어넣으려 했다.

"이건 자네의 단풍당에 정말 적합한 날씨군, 듀크." 그가 소리쳤다. "서리 내리는 밤과 햇볕 잘 드는 낮이라. 이 따뜻한 아침에 수액이 단풍나무 속에서 마치 물방아를 돌린 물이 솟아오르듯이 힘차게 올라가고 있을 거라고 난 장담하네. 판사, 자네가 소작인들이 단풍당을 제조하는 데 좀더 많은 과학적 기술을 도입해주지 않는 건 애석한 일이지. 그런 일은 프랭클린 박사처럼 박식하지 않아도 할 수 있는 일인데 말일세, 판사님. 할 수 있단 말이지, 템플 판사님."

"여보게 존스, 내가 가장 관심을 쏟고 있는 일은" 하고 마머듀크가 대꾸했다. "위안과 풍요를 주는 이 거대한 자원의 원천을 다름 아닌 사람들의 방종한 행동으로부터 보호하는 걸세. 이 중요한 목표가 달성된 후에야 비로소 그 품목을 제조하는 방법 가운데 개선해야 할 부분에 우리의 관심을 돌릴 적절한 때가 오겠지. 그러나 자네도 알다시피, 리처드, 난 이미 우리의 단풍당을 정제 공정을 거치게 해두었지 않나. 그래서 그 결과 저기 들판의 눈처럼 흴 뿐만 아니라 순도가 극도로 높아져서 설탕 같은 품질까지 갖게 된 단풍당 덩어리들을 생산하고 있지 않은가."

"설탕 같건 송진 같건 아니면 다른 무엇 같건 간에, 템플 판사, 자넨 꽤 큰 사탕보다 더 큰 덩어리는 만든 적이 없지 않은가." 보안관이 대답했다. "그런데 이보게, 내가 단언하건대 그 어떤 실험도 그것이 실용적 용도로 귀착되기 전에는 공정한 시험을 받았다고 할 수 없는 거라네. 여보게, 만약 내가 10만 에이커, 아니 그 문제에 대해 말하자면 자네처럼

20만 에이커의 토지를 소유하고 있다면 마을에 설탕 연구소를 지을 걸세. 나라면 이 문제를 연구하도록 박식한 사람들을 초빙할 걸세. 그런 사람들을 찾기는 쉬우니까 말일세, 여보게. 맞아, 여보게, 그런 사람들은 찾기가 어렵지 않아. 이론과 실제를 접합하는 사람들 말이지. 그리고 나라면 어리고 잘 자라는 나무들이 있는 숲을 선택해서 사탕 한 개 크기의 단풍당 덩어리들을 만들지 않고, 빌어먹을, 듀크, 건초 더미처럼 큰 덩어리들을 만들 걸세."

"그러고는 사람들이 말하는 것처럼 중국을 다니는 배 한 척의 화물을 전부 구입하시겠지요." 엘리자베스가 소리쳤다. "아저씨의 잿물 솥을 찻잔들로 바꾸고 호수의 거룻배들을 찻잔 받침들로 바꾸고 저쪽에 있는 석회 굽는 가마에서 케이크를 구워 이 카운티 사람 전부를 다과회에 초대하시겠지요. 천재의 계획은 얼마나 경이로운지요! 정말 아저씨, 세상 사람들은 템플 판사가 그 실험을 공정하게 했다고 믿고 있어요. 물론 판사님이 아저씨의 근사한 착상에 어울리는 그런 크기의 틀에서 단풍당 덩어리들을 제조하지는 못하셨지만 말예요."

"네가 비웃어도 좋아, 엘리자베스. 비웃어도 좋다니깐, 아가씨." 리처드가 자신의 안장에서 일행을 마주 볼 정도로 몸을 크게 돌리며 자신의 채찍으로 위엄 있는 몸짓을 하며 반박했다. "하지만 자네의 네덜란드인 하녀 한 명이 차를 마실 때 혀 밑에 밀어 넣는 그런 작은 덩어리보다 커다란 사탕 덩어리가 하나의 명제를 더 훌륭하게 예증해주는 건 아닐까 하고 난 상식에, 양식에, 아니 이 두 가지보다 더 중요한 미각에 호소하는 거야. 미각은 타고난 다섯 가지 감각 중 하나니까 말이야. 모든 일을 하는 데는 두 가지 방법이 있지. 올바른 방법과 그릇된 방법이지. 자네가 지금 사탕을 만들고 있다는 걸 난 인정하겠어. 그리고 자넨 아마도 각설탕도 만들고 있을지도 모르지. 그러나 문제는 자네가 가능한 한 최상의 사탕을, 또 가능한 한 최상의 각설탕을 만들고 있느냐 아니냐 하는 거라고 난 생각하네."

"자네가 정말 옳네, 리처드." 마머듀크가 진지한 태도로 말했다. 그러한 태도는 그가 이 문제에 얼마나 큰 관심을 갖고 있는지를 증명하고 있었다. "우리가 사탕을 제조하고 있는 것은 두말할 나위 없이 사실이지. 그리고 얼마만큼, 또 어떤 방식으로 제조하고 있느냐 하는 질문은 상당히 유용하네. 작은 농장들과 대농장들이 이 분야의 사업에 헌신하게 될 그날을 볼 때까지 살고 싶네. 이 모든 풍요로움의 원천인 단풍나무 자체의 속성에 관해서는, 또 괭이와 쟁기를 사용해 이 나무를 가꿈으로써 이 사업이 얼마만큼이나 개선될지에 대해서도 알려진 게 거의 없으니까 말일세."

"괭이와 쟁기라고!" 보안관이 고함쳤다. "자넨 일꾼에게 이렇게 단풍나무 뿌리 부근을 괭이로 파도록 시킬 셈인가?" 그는 그 지방에서도 바로 그 지역에서 자주 발견할 수 있는 당당한 단풍나무 한 그루를 가리키면서 말했다. "나무를 괭이로 가꾼다고! 자네 미쳤나, 듀크? 이건 석탄을 찾아 헤매는 일 다음으로 어리석은 일이네! 흥! 흥! 내 친애하는 사촌님, 이치를 따르게. 그리고 사탕단풍나무 숲 관리를 내게 맡기게. 여기 르 콰 씨가 계시지. 이분은 서인도제도에 가본 적이 있기 때문에 사탕이 제조되는 걸 직접 보셨네. 이분에게 그곳에서 사탕이 어떻게 제조되는지 이야기를 해보시라고 하지. 그러면 자넨 그 문제의 원리에 대한 이야기를 경청하게 될 걸세. 자, 르 콰 씨, 서인도제도에서는 사탕을 어떤 방법으로 만들지요? 템플 판사가 말한 것과 비슷한 방식인가요?"

질문을 받은 신사는 그다지 사납지 않은 기질의 작은 말에 타고 있었다. 그는 말등자*의 길이를 너무 짧게 하고 말을 타고 있어서 그들 일행이 그때 지나고 있던 숲길의 작은 오르막길을 올라가고 있을 때 그의 두 무릎은 그의 턱에 위험할 정도로 가까워져 있었다. 그래서 그는 대답을 하면서 적당한 몸짓을 하거나 품위를 지킬 여지가 없었다. 산길이 가파르고 미끄러웠기 때문이었다. 그리고 비록 그 프랑스인의 얼굴 양쪽에는 드물게 큰 두 눈이 있었지만 그 두 눈은 그 순간 그의 앞길에 가로놓인 장애물인 덤불이며 잔가지, 쓰러진 나무 들에 대해 그에게 미리 경고해줄 능력이 절반만큼도 없는 것처럼 보였다. 한 손은 이러한 위험 요소들을 막는 데 사용하고 다른 한 손은 자기 말이 다루기 힘들 정도로 속도를 내고 있는 것을 제어하기 위해 고삐를 잡은 상태로 그 토박이 프랑스인은 다음과 같이 대답했다.

"사탕이라고요! 마티니크에서는 사탕을 만들지 않아요. 그렇지만…… 그렇지만 사탕을 만드는 건 나무가 아니랍니다. 아, 아, 이른바…… 이 길은 악마의 길이라는 게 어울리겠군…… 산책을 하기에는 뭐라고 하나, 지팡이가 있어야겠군."

"사탕수수란 말씀이지요." 신중한 프랑스인이 자기 자신만 이해한다고 생각하고 내뱉은 그 저주의 말에 미소를 지으며 엘리자베스가 말했다.

"맞아요, 아가씨, 사탕수수지요."

"그렇지, 그렇지요." 리처드가 소리쳤다. "사탕수수가 그것의 통속적인 명칭이지요. 하지만 진짜 용어는 사카룸 오피시나룸이지요. 또 우리가 사탕이라고 하는 것, 딱딱한 단풍당은 애서 사카리눔이고요. 이것이

---

* 말을 타고 앉아 두 발로 디디게 되어 있는 물건.

바로 학명인데, 르 콰 씨, 틀림없이 당신이 잘 알고 있는 용어겠지요."

"이건 그리스어예요, 아니면 라틴어예요, 에드워즈 씨?" 엘리자베스가 청년에게 속삭였다. 마침 그는 그녀와 그녀의 동반자들을 위해 덤불을 헤치며 길을 열어주고 있는 중이었다. "아니면 아마 그보다 더 박식한 용어일지도 모르겠네요. 그걸 해석하려면 당신에게 물어봐야겠지요."

청년의 검은 눈이 묻는 사람 쪽을 힐끗 보았는데 그 눈의 분노에 찬 표정이 순식간에 바뀌고 있었다.

"아가씨의 의심을 기억하고 있다가, 템플 양, 다음번에 내 늙은 친구 모히건을 방문할 때 물어보겠습니다. 그러면 그의 능력이나 레더스타킹의 능력으로 그 의심을 해결할 수 있을 겁니다."

"그렇다면 에드워즈 씨는 그들의 언어에 정말 무지하다는 말씀이신가요?"

"조금도 모르는 건 아닙니다. 그렇지만 존스 씨의 심오한 학식이 제겐 더 친숙하지요. 아니면 오히려 므시외 르 콰의 은근한 허구가 더 익숙하고요."

"프랑스어를 할 줄 아세요?" 숙녀가 급히 말했다.

"이로쿼이 족이 흔히 사용하고 캐나다 지역에서도 도처에서 사용하는 언어지요." 그가 미소 지으며 대답했다.

"아! 하지만 그들은 밍고들이고 당신의 적이잖아요."

"전 괜찮을 겁니다. 더 나쁜 적만 없으면 말이지요." 청년은 이렇게 말하고는 말을 타고 앞으로 돌진해 나가며 그 종잡을 수 없는 대화를 끝냈다.

그러나 리처드는 아주 활기차게 이야기를 계속해나갔다. 그러는 사이에 그들은 그 산꼭대기에 있는, 훤히 트인 산림지에 이르렀다. 그곳에서는 솔송나무와 소나무들이 전부 사라지고 그들의 논쟁 주제였던 바로 그 단풍나무들이 작은 숲을 이루어 그 높고 쭉 곧은 몸통들과 퍼져나간 줄기들을 자랑하며 당당하고 오만한 모습으로 땅을 뒤덮고 있었다. 이 숲, 또는 덤불숲에서 잔 나무들은 완전히 제거되어 있었다. 단풍 수액을 끓이기 위한 소박한 설비들과 뭉뚱그려 이곳은 '덤불숲'이라고 불리고 있었다. 그리고 여러 에이커에 이르는 드넓은 공간이 개간되어 있었다. 그 모습은 마치 거대한 신전의 둥근 천장 같았다. 단풍나무들은 이 신전의 기둥, 단풍나무들의 꼭대기는 기둥머리의 대접받침, 하늘은 아치에 비유할 수 있을 듯했다. 나무마다 뿌리 가까이에 아무렇게나 깊게 절개가 되어 있었고 그 절개된 틈 속으로 오리나무나 옻나무 껍질로 만든 작은 관이 꽂혀 있었다. 또 이 지극히 파괴적이고 졸렬한 설비에서 흘러나오는 수액을 모으기 위해 린덴, 즉 참피나무를 파서 조잡하게 만든 구유 모양의 통이 각 나무의 뿌리 근처마다 놓여 있었다.

일행은 이 평지에 도착하자 말이 한숨 돌리게 하기 위해, 또 그들 중 몇 명에게는 이 광경이 완전히 새로운 것이었으므로 그 액체 모으는 방식을 구경시키기 위해 잠시 길을 멈추었다. 비길 데 없이 졸렬한 시를 다음과 같이 노래하는, 낭랑하고 맑은 목소리가 나뭇가지들 아래에서 울려나오자 그들은 순간적인 침묵으로부터 깨어났다. 시구의 내용을 계속 확대해나간다면 코네티컷의 강에서부터 온테리오 호숫가까지 다 포괄할 기세였다. 곡조는 물론 가락*도 친숙했다. 이 가락은 처음에는 미국 국민을 조롱하는 가사에 붙여졌다는 소문이 있지만 그 후 상황이 변함에 따라 너무나 영광스러운 곡조로 인식이 되었으므로 운율적으로 반복되는

---

* 독립전쟁 때 미국인이 애창한 국민가인 「양키 두들」의 곡조를 가리킨다.

그 곡조를 듣는 미국인이라면 누구든 가슴속에서 전율을 느끼게 되는 터였다.

"동부의 주들은 사람으로 가득 차 있고
서부는 숲으로 가득 차 있답니다,
언덕은 소 우리 같고
길은 물건들로 가득 차 있지요.

그러니 흘러가라, 나의 달콤한 수액아,
그리고 난 너를 보글보글 끓게 하리라.
또 나무꾼의 성급한 낮잠을 깨우지도 마.
네 액체가 흐려질까 두려우니까.

단풍나무는 소중한 것.
그건 연료고 식량이고 목재니까.
그리고 네 힘든 하루의 일이 끝나면
그 수액이 널 경쾌하게 만들어줄 테니까.
그러니 흘러가라,

그리고 한 잔 술이 없다면 남자가 무엇이겠소?
한 잔의 차가 없다면 그의 아내는 무엇이겠소?
그러나 한 잔의 술도, 한 잔의 차도 이 꿀벌이 없으면
안 된다오.
그러니 흘러가라."

누군가가 이 졸렬한 시구를 낭랑하게 노래하는 동안 리처드는 채찍으로 자기 말의 갈기를 때려가며 박자를 맞추었고 그런 몸짓을 하는 동안 고개와 신체도 그에 따라 움직였다. 그 노래가 끝날 때쯤에는 그가 콧노래로 후렴을 따라 하는 소리를 들을 수 있었고 후렴이 마지막으로 반복될 때에는 "달콤한 수액아"라는 부분에서 갑자기 입을 열어 노래를 할 뿐만 아니라 한 번 더 되풀이하는 소리도 들을 수 있었다. 그래서 화음에는 큰 도움이 되지 않았지만 소음의 '효과'를 내는 데에는 지대한 도움이 되었다.

"정말 잘했어!" 보안관이 그 노래의 곡조와 같은 음조로 고함을 질렀다. "정말 좋은 노래야, 빌리 커비. 그리고 아주 잘 불렀어. 자넨 이 가사를 어디서 구했는가, 여보게? 가사가 더 있는가? 내게 가사 적은 걸 줄 수 있나?"

단풍당을 끓이는 사람은 말을 탄 사람들에게서 조금 떨어진 곳에 있는 자신의 '야영지'에서 바쁘게 일하고 있다가 아주 무심하게 고개를 돌리고는 일행이 자신에게 다가오는 동안에 감탄스러울 정도로 냉담하게 그들을 바라보았다. 각자가 말을 타고 가까이 가자 그는 각자에게 고개를 끄덕여 보였다. 그 태도는 지극히 온화하고 친절했지만 대체로 평등의 미덕을 얼마간 보여주었다. 왜냐하면 숙녀들에게조차도 그는 자신의 인사 방식을 조금도 바꾸지 않았기 때문이었다. 그는 숙녀들에게도 자신이 모자를 쓰고 있는 데 대한 사과의 표시로 모자 끝에 손을 살짝 대지도 않았고 우리가 방금 언급한 그 동작 외의 다른 어떤 동작도 취하지 않았다.

"어떻게 돼갑니까, 어떻게 돼갑니까, 보안관님?" 나무꾼이 말했다.

"마을에 무슨 좋은 소식이 있습니까?"

"글쎄, 여느 때와 비슷하다네, 빌리." 리처드가 대꾸했다. "그런데 이게 어찌 된 일인가? 자네의 솥 네 개와 수액 받는 통과 쇠 냉각통은 어디에 있단 말인가? 자넨 이렇게 되는대로 단풍당을 만들고 있단 말인가! 자네가 이 지역 최고의 단풍당 제조자들 중 한 사람이라고 생각했는데 말일세."

"전 바로 그런 사람입니다. 스콰이어 존스." 커비가 말했다. 그러면서도 그는 자기 일을 계속하고 있었다. "전 이 옷세고 구릉지대에 사는 그 누구에게든 도움을 줄 겁니다. 벌목과 나무 자르기, 단풍 수액을 끓여 졸이기, 벽돌 굽는 가마를 관리하기, 울타리용 목재를 쪼개기, 잿물 만들기, 진주회* 만들기 등에 대해서 말이지요. 또 옥수수 밭을 괭이로 제초하는 것도요. 물론 첫번째 업무에 거의 집중하고 있지만요. 도끼를 잡는 게 제겐 가장 자연스러운 일이라는 걸 알고 있으니까요."

"당신은 무슨 업무든 다 잘하는 사람인가보군요, 비일 씨." 므시외르 콰가 말했다.

"어떻다고요?" 커비가 말했다. 그는 순박한 표정으로 쳐다보며 말했는데 그 표정은 그의 엄청나게 큰 체격과 남성적인 얼굴과 결합되어 약간 우스꽝스럽게 보였다. "만약 당신이 거래를 하려 한다면, 마운시어, 당신이 이 계절이 끝날 때까지 찾게 될 어떤 단풍당에 못지않은 좋은 단풍당이 여기 있습니다. 이건 저먼 플래츠에서 나무그루터기들이 싹 제거되었듯이 불순물이 싹 제거된 것이지요. 그래서 진짜 단풍당의 맛이 난다니까요. 이런 건 요크에서 사탕이라며 팔아도 될 겁니다."

---

* 나무 태운 재를 정제해서 얻는 칼륨 화합물.

그 프랑스인은 커비가 단풍당 덩어리들을 나무껍질로 만든 지붕 아래 쌓아둔 곳으로 다가가서 그것의 가치에 정통한 사람의 눈으로 그 품목을 검토하기 시작했다. 마머듀크는 이미 말에서 내려 작업장과 나무들을 아주 세밀하게 관찰하고 있었는데 단풍당의 제조가 부주의한 방식으로 수행되고 있는 데 대해 자주 불만스러운 표정을 내비치고 있었다.

"자넨 이런 일에 경험이 많지, 커비." 그가 말했다. "자네는 단풍당을 만드는 데 어떤 과정을 거치는가? 내가 보니 솥이 두 개밖에 안 되는군."

"두 개라도 2천 개나 마찬가집니다, 판사님. 전 품위 있는 방식으로 단풍당을 제조하는 사람이 아닙니다. 그런 사람들은 지체 높은 분들을 위해 그걸 만들지요. 그렇지만 진짜 달콤한 단풍당을 얻고 싶으시다면 제가 그 필요에 부응할 수 있습니다. 먼저 전 나무를 선택하고 그다음에는 제 나무들을 찔러서 관을 달지요. 이를테면 2월 말쯤이나 아니면 이 부근의 산에서는 아마 3월 중순이 지나야 되겠지요. 그렇지만 여하튼 수액이 잘 흐르기 시작하는 바로 그때……"

"자, 이 나무의 경우에는" 하고 마머듀크가 그의 말을 가로막았다. "자넨 이 나무의 품질을 증명하는 어떤 외부적 징후를 보고 선택했는가?"

"물론 모든 일에는 판단 기준이 있지요." 커비가 솥에 있는 액체를 기운차게 저으며 말했다. "솥을 언제, 얼마만큼 저을지를 알려면 요령이 있어야 하지요. 그건 배워야만 하는 겁니다. 로마는 하루아침에 건설된 것이 아니니까요. 또 그 점에 대해서 말하자면 템플타운도 마찬가지지요. 물론 이곳이 급속히 성장하는 마을이라고 할 수는 있지만 말이지요. 전 지금까지 발육이 부진한 나무나 나무껍질이 괜찮으면서도 신선해 보이지 않는 나무에는 도끼를 대어본 적이 없습니다. 나무들에게도 동물들처럼 질병이 있거든요. 또 허약한 나무를 베는 것이 무슨 소용이 있겠습니까? 급히 달리게 하려면 절름거리는 말을 선택하지 않고 또 벌목한 것을 옮기게 하려면 몹시 흥분한 황소를 선택하지 않는 것과 같지요……"

"자네 말이 다 옳네. 허나 질병의 징후는 어떤 것인가? 병든 나무와 건강한 나무를 자넨 어떻게 구별하는가?"

"누가 열이 나는지 누가 감기에 걸렸는지 의사가 어떻게 분간하지요?" 리처드가 말을 가로막았다. "피부를 진찰하고 맥을 짚어보고 아는 거지요, 확실히."

"확실히 그렇지요." 빌리가 말을 이었다. "스콰이어의 말씀이 그다지 터무니없는 게 아닙니다. 사물의 외관을 보고 알지요, 정말 분명해요. 자, 수액이 막힘없이 흐르기 시작하면 전 솥을 걸지요. 그러고는 수액을 끓일 준비를 하지요. 첫번째 끓일 때는 좀 센 불에 끓이지요. 수액의 정수를 얻을 때까지 말이지요. 그렇지만 그것이 당밀의 성질을 띠기 시작하면, 이 솥에 있는 이것처럼 말이지요, 불을 너무 세게 때어서는 안 되지요. 불이 세면 단풍당을 태우게 되니까요. 그리고 탄 단풍당은 아주 단맛은 고사하고 맛이 나쁘지요. 그래서 한 솥에서 국자로 퍼서 다른 솥으로 옮기곤 하지요. 그래서 휘젓는 막대기를 넣었다가 꺼내면 막대기에 실 같은 모양으로 딸려 나올 때까지 말이지요. 그런 걸 다루려면 조심스러운 손길이 필요하지요. 다 끓인 수액에서 물기를 제거하는 데도 방법이 있답니다. 그것이 낱알 모양으로 된 후에 진흙을 솥에 넣는 거지요. 하지만 사람들이 항상 그걸 실천하지는 않지요. 어떤 사람들은 그렇게 하고 또 어떤 사람들은 그러지 않으니까요…… 자 마운셔, 우리 거래를 할 수 있을까요?"

"난 당신에게, 빌 씨, 한 파운드에 10수*를 지불하겠소."

"안 돼요. 전 현금을 받고 싶습니다. 전 제 단풍당의 가격을 절대로 깎아주지 않습니다. 하지만 당신이니까, 마운셔" 하고 빌리가 달래는 듯한 미소를 지으며 말했다. "만약 당신이 이 당밀을 싸게 사시겠다고 하면 전 럼주 1갤런**과 셔츠 두 벌을 만들 수 있는 옷감을 받는 데 동의하겠습니다. 이건 정말 좋은 겁니다. 전 당신이든 어떤 사람이든 속이지 않아요. 또 내가 마셔보니 사탕단풍나무 숲에서 만든 것 중 거의 최고의 당밀이거든요."

"르 콰 씨는 당신에게 10펜스를 내겠다고 했는데요." 젊은 에드워즈가 말했다.

당밀 제조업자는 그 말을 한 사람을 아주 거침없는 태도로 응시했지만 아무런 대답도 하지 않았다.

"그래요." 그 프랑스인이 말했다. "10페니요. 고마우이, 청년. 아! 내 영어 실력이라니! 항상 어휘를 잊어버린다니깐."

나무꾼은 약간 불쾌해하면서 이 사람 저 사람을 바라보았다. 그러고는 그들이 자기를 놀림감으로 여기고 아주 재미있어 하고 있다는 판단을 내린 것이 명백해 보였다. 그는 한 솥에 걸쳐져 있던 거대한 국자를 잡고는 끓고 있는 액체를 아주 부지런히 휘젓기 시작했다. 잠시 동안 국자를 깊이 담갔다가 그것을 공중에 들어 올려서 걸쭉하고 선명한 액체가 다시 솥으로 떨어지게 한 후에 마치 아직 국자에 남아 있는 액체를 식히려는 듯 그것을 갑자기 한 바퀴 돌리고는 국자의 우묵한 부분을 르

---

* 수는 프랑스의 옛 동전, 특히 5상팀이나 10상팀짜리 동전.

** 영국에서는 4.546리터, 미국에서는 3.7853리터를 말함.

콰 씨에게 내밀면서 이렇게 말했다.

"맛보세요, 마운셔. 그러면 이것이 당신이 제시하는 가격보다 더 가치가 있다고 말씀하실 겁니다. 당밀 자체가 그 가격을 요구할 테니까요."

고분고분한 프랑스인은 몇 번 소심하게 국자의 우묵한 부분에 입을 갖다 대려고 시도한 끝에 마침내 그 입이 델 것 같은 액체를 상당히 많이 삼키고 말았다. 그는 손으로 가슴을 찰싹찰싹 때리다가 잠깐 동안 숙녀들을 매우 비참한 표정으로 바라보았다. 그러고는 빌리가 후에 그 이야기를 자세히 했을 때의 용어를 사용하자면 "양가죽으로 된 북을 빨리 두드리는 어떤 북채라도 그 프랑스인이 한두 바퀴 돌 때의 다리 동작보다 더 빨리 움직이지는 못했을 것이네. 그다음에는 그렇게 심하게 프랑스어로 욕설과 폭언을 내뱉는 모습을 본 것은 그때가 처음이었지. 하지만 그 사람은 자기가 전통이 오래된 나라에서 온 교활한 사람으로서 나무꾼에게 농담을 해도 별 탈 없이 넘어갈 거라고 생각한 게 잘못이었지."

커비가 아무것도 모르는 듯한 태도로 다시 솥 안의 내용물을 휘젓기 시작했으므로 구경하는 사람들은 르 콰 씨의 일시적인 고통에 그가 개입된 것을 전혀 모를 뻔했다. 그러나 그 분별 없는 친구는 자신의 혀를 사용해 볼을 부풀게 만들고는 지나치게 정교해서 오히려 자연스럽지 않은 순박한 표정으로 일행에게 시선을 던졌기 때문에, 모두가 그의 개입을 알게 되었다. 르 콰 씨는 곧 냉정과 예의 바른 태도를 회복했다. 그는 비상하게 격앙된 순간에 자신도 모르게 내뱉은 한두 마디 난폭한 표현에 대해 숙녀들에게 짤막하게 사과하고는 다시 자신의 말에 올라탔다. 그러고는 그 방문이 끝날 때까지 눈에 띄지 않는 곳에 계속 머물렀다. 커비가 꾀를 쓴 덕택에 거래라는 주제에 대한 모든 협상이 당장 급격히 종결되어버린 셈이었다. 이런 일이 일어나는 내내 마머듀크는 이 숲을 이리저리 돌아다니며 자기가 좋아하는 나무들과 이 나무꾼이 단풍당을 제조하는 파괴적인 방식에 대해 의견을 말하곤 했다.

"무절제한 방식이 이 지방에 널리 퍼져 있는 것을 목격하니 내 마음이 아프군." 판사가 말했다. "이곳에서는 이주민들이 자신들이 즐길 수도 있는 고마운 것들을 소홀히 다루고 있네. 성공을 거둔 모험가들이 그것들을 낭비하고 있기 때문에 말이지. 자네 자신도 그런 비난을 면할 수 없네, 커비. 자넨 이 나무들에 끔찍한 상처를 내고 있기 때문이지. 나무를 칼로 살짝 절개만 해도 동일한 목적을 달성할 수 있는데도 말일세. 이 나무들은 수세기 동안 성장해온 것들이고 일단 사라지면 그 누구도 살아 있는 동안은 이 손실이 교정되는 걸 보지 못할 거라는 걸 자네가 명심해주길 간곡히 부탁하네."

"이런, 전 모르겠는데요, 판사님." 판사의 대화 상대가 대꾸했다. "이 산악 지대에 풍부한 어떤 것이 있다면 그건 바로 나무들이라고 생각됩니다. 나무를 베는 게 죄가 된다면 전 청산해야 할 계산이 상당히 많은데요. 왜냐하면 바마운트 주와 요크 주*를 둘 다 계산에 넣는다면 전 제 두 손으로 1천 에이커의 거의 절반에 달하는 지역에서 나무를 베었으니까요. 그리고 전 제 도끼를 손에서 놓기 전에 그 지역 전체의 나무를 다 벨 때까지 살 수 있기를 바랍니다. 나무 베는 일은 제게는 아주 자연스러운 일로 여겨지고 그 밖의 다른 일을 바라지도 않습니다. 하지만 이처럼 많은 사람들이 이 개척지로 들어오는 걸 보니 이번 철에는 단풍당이 부족해질 거라고 생각한다고 제어드 랜덤이 말했으니까 올봄 한 철 동안은 단풍나무숲을 쳐내고 단풍당을 만들겠다고 결론을 내린 겁니다. 잿

---

* 버몬트 주와 뉴욕 주.

물에 관해서는 무슨 좋은 소식이 있나요, 판사님? 잿물 끓이는 솥이 아직 효과가 있는가요? 사람이 그걸로 먹고살 수 있을 정도로요? 제 생각으로는 사람들이 강을 사이에 두고 계속 싸운다면 잿물 끓이는 솥이 효과가 있을 것 같긴 한데요."

"자넨 판단력 있게 추론을 하는군, 윌리엄." 마머듀크가 대답했다. "낡은 세계가 전쟁으로 격동하고 있는 한, 그동안에는 미국의 추수도 계속될 걸세."

"이런, 그건 아무에게도 아무런 이익을 가져다주지 않는 불길한 바람이군요, 판사님. 이 나라가 번창하는 상태에 있다고 전 확신합니다. 또 비록 판사님이 나무들에 큰 기대를 걸고 계시고 어떤 사람들이 자기 자식을 소중히 여기듯이 나무를 소중히 여기신다는 걸 저도 알고 있지만 제 눈에는 나무들은 늘 보기 싫은 것들이지요. 제가 그것들에 대해 제 의지대로 작업할 특권이 없다면 말이지요. 제게 그런 특권이 있는 경우에는 나무들이 제 마음에 더 들지 않는다고는 말할 수가 없네요. 오랜 전통을 가진 나라들에서 온 이주민들이 자기 나라의 부유한 사람들이 거대한 참나무와 느릅나무들을 현관문과 농장 주위에 서 있게 하거나 자신들의 농장 여기저기 흩어져 있게 해두고 그저 바라보기만 한다는 말을 들었지요. 나무통을 아주 많이 만들 수 있는 그런 나무들을요. 그런데 전 나무들이 무성하게 뒤덮고 있는 나라는 어떤 나라도 그다지 발전된 나라라고 부르지 않습니다. 그루터기들은 다른 문제지요. 그것들은 땅을 그늘지게 하지 않으니까 말이지요. 그 밖에도 그루터기들을 캐내면 돼지보다 큰 건 무엇이든지 막아주는 울타리가 되어주기도 하니까요. 제멋대로 날뛰는 가축이 들어가기에는 높은 울타리가 되니까요."

"그런 문제들에 대한 견해는 나라마다 크게 다르다네." 마머듀크가 말했다. "그렇지만 내가 이 나라의 고결한 나무들을 소중히 여기는 건 장식물로 여겨 그러는 게 아니라 그것들의 유용성 때문이라네. 우리는 숲에서 나무들을 마구 베고 있지. 마치 단 일 년 만에 우리가 파괴한 것을 되돌려놓을 수 있는 것처럼 말이네. 그러나 숲뿐만 아니라 그 숲 안에 있는 사냥감까지도 법에 의해 주목받을 시간이 다가오고 있다네."

위안을 주는 이런 의견을 말하고 마머듀크는 다시 말에 올랐고 기수들은 단풍당 작업장을 지나 리처드가 보여주겠다고 약속한 풍경이 있는 곳으로 나아갔다. 나무꾼은 숲 한가운데에 홀로 남겨져서 자기 일을 계속했다. 그들이 산길을 내려갈 예정인 지점에 도달했을 때 엘리자베스는 고개를 돌려 보고는 생각했다. 커비의 거대한 솥들 아래에서 희미하게 빛나고 있는, 약한 불길, 솔송나무 껍질들로 덮인 그의 작은 솥 모양 오두막집, 확고하고 아는 체하는 태도로 그가 국자를 휘두를 때 보이는 그 거대한 몸집, 거기에 배경을 이루고 있는 장엄한 나무들과 그 나무들에 달린 관과 구유 모양의 통들이 더해져서 이 모두가 문명의 최초 단계에서 이루어지는 인간 생활에 대한, 비현실적이 아닌 광경을 구성하고 있다는 생각을 그녀는 했던 것이다. 아마도 그 장면에 포함되어 있던, 그 어떤 낭만적 요소도 숲을 통해 울리는 커비의 목소리의 강력한 음조 때문에 훼손되지는 않았을 것이다. 마침 그때 그는 다른 곡조에 맞춰 또다시 노래를 시작했던 것이다. 그 노래는 앞서의 노래보다 더 정확하다고는 말할 수 없을 정도였다. 노래 가사 중 그녀가 이해할 수 있었던 것은 다음과 같은 것뿐이었다.

"그리고 그 당당한 숲이, 기운차게 소리쳐 부르는
내 황소들의 소리에 맞춰 넘어지고 있을 때,

아침부터 밤까지 나는 소리치고 있네.

워우, 저 뒤로, 어이, 이려라고.

우리의 노동이 함께 끝날 때까지

나의 힘과 가축의 도움으로

또 호두나무 껍질에 의해

모기들로부터 보호받아……

가거라! 그러면 토지를 사려는 너희 젊은이들은

고지에서 자라는 참나무를 선택하라.

그렇지 않으면 마른 땅에서 자라는 은빛 소나무를.

그건 내겐 거의 문제가 되지 않으니."

21장

"빨리! 맬리즈, 빨리! 이런 이유의 서두름 때문에
그대의 활기 있는 근육이 팽팽히 긴장된 적은 한 번도 없었다."
—스콧, 『호수의 숙녀』, 3권 13장 3~4행

우리 이야기의 배경이 되는 그 옛 시절에는 옷세고의 길은 주요한 큰길들을 제외하고는 숲속의 소로보다 나을 것이 별로 없었다. 마차의 왕래로 생긴 길 가장자리에 바짝 붙어 자라고 있던 키 큰 나무들이 한낮이 아닌 때에는 햇빛을 차단했다. 또 증기가 천천히 발산되는 데다가 이 지방 전체를 몇 인치에 이르는 깊이로 덮고 있는, 식물의 분해로 형성된 풍요로운 옥토가 더해져서 여행자들이 어떻게 발을 붙이고 나아가든 무심하기만 한 지반이 조성되어 있었다. 이러한 불리한 점들에다 자연 발생적인 울퉁불퉁한 지표면이 더해지고 또 푸석푸석한 흙이 흘러내려가 미끌미끌한 거대한 나무뿌리들이 드러났을 뿐만 아니라 그러한 나무뿌리와 나무 그루터기들이 길 위에 부단히 다시 나타났기 때문에 그 샛길은 지나가기 어려울 뿐만 아니라 위험하기까지 했다. 그런데도 경험이 없는 사람들이 보면 간담이 서늘해질 수도 있는, 이러한 수많은 장애물들 가운데서도 지금 말을 타고 있는 사람들은, 자신들이 탄 말이 진창길을 뚫고 애써 나아가거나 어두운 길을 따라 불확실한 보조로 빨리 걸어가고 있는 동안 아무런 불안한 감정을 표현하지 않았다. 숲길의 여러 곳에서 나무들에 표시가 되어 있었고 때로는 벌목된 소나무의 잔해가 나타나기도 했는데 그것들이 이 길이 도로임을 나타내는 유일한 표시였다. 벌목된 소나무들은 지표면에 가까운 지점에서 바싹 절단되어 사방팔방으로 20피트 가까이 뻗어 있는 맨 밑바닥의 뿌리만 드러나 있는 형국이었는데, 여행자에게 이곳이 큰길의 중심이라는 것을 알려주기 위한 표지로 그런 나무뿌리들을 그렇게 내버려둔 것이 분명했다.

이런 길 가운데 한 곳으로 능동적인 보안관은 일행을 안내해 들어갔다. 그는 처음에는 그들이 사탕단풍나무 숲에서 내려온 길인 소로에서 나와 둥근 통나무들로 만들어진 작은 다리를 건너 그 새로운 길로 들어섰던 것이다. 다리를 이루고 있는 통나무들은 소나무 재목으로 된 침목들 위에 고정되지 않은 상태로 놓여 있었고 그 통나무들 사이에는 여러 군데에 상당히 넓은 틈이 있었다. 리처드의 작은 말은 이러한 틈에 이르면 통나무에 코를 대었다가 사람처럼 영리하게 그 어려운 통로를 잘 건너갔다. 그러나 템플 양이 타고 있는 혈통 좋은 암망아지는 그처럼 조심성 있는 동작을 경멸했다. 그 망아지는 유별나게 조심성 있게 한두 걸음 걷다가 그다음에 가장 넓은 틈에 이르자 두려움 모르는 자기 여주인의 제어와 채찍에 복종해 다람쥐처럼 활기차게 그 위험한 통로를 뛰어 건너갔다.

"천천히, 천천히, 애야." 마머듀크가 말했다. 그도 리처드와 같은 방식으로 뒤따르고 있던 중이었다. "이곳은 승마술의 재주를 뽐낼 만한 지방이 아니란다. 우리 지방의 거친 길을 안전하게 여행하려면 아주 신중해야 한단다. 뉴저지의 평원에서는 너의 승마술을 연마해도 안전하지만 옷세고의 구릉지대에서는 당분간 승마술 연마를 중지해야 한다."

"그렇다면 당장 제 안장을 버리는 게 더 낫겠어요, 아버지." 그의 딸이 대답했다. "이 미개척지가 다 개간될 때까지 제 안장을 치워두어야 한다면 그땐 전 이미 늙어 있을 거고 그러면 아버지께서 제 승마술 재주라고 부르시는 걸 그만둘 수밖에 없을 테니까요."

"그렇게 말하지는 마라, 애야." 그녀의 아버지가 대답했다. "헌데 네가 이 다리를 건널 때처럼 다시 한 번 모험을 한다면 너는 절대로 늙을 때까지 살 수가 없을 것이다. 그러면 난 혼자 남아서 오만하게 굴다가 가버린 너의 죽음을 애통해하겠지, 나의 엘리자베스. 이 지방이 자연의 잠 속에 놓여 있었을 때 이 지방을 보았다면, 내가 보았듯이 말이지, 그래서 이 지방의 급속한 변화를 목격했다면, 인간이 필요로 하는 것을 공급하기 위해 이곳이 잠에서 깨어났을 때 말이지, 넌 잠시 동안 네 성급한 성질을 억제할 수가 있을 텐데. 비록 네 말(馬)을 억제하지는 말아야 하지만 말이지."

"아버지께서 이 삼림 지대를 처음 찾으셨던 시기에 대해 말씀하시는 걸 들은 기억이 나요. 하지만 기억이 희미하고 그것도 어린 시절의 혼란스러운 잡다한 영상들과 뒤섞여 있어요. 이곳은 아직도 황량하고 불안정하게 보이는데 그때는 틀림없이 천 배나 더 황량했겠네요. 아버지께서 그 당시 아버지의 모험적 계획에 대해 어떻게 생각하고 계셨는지, 또 어떤 느낌을 가지셨는지 다시 한 번 말씀해주시겠어요, 아버지?"

엘리자베스가 열렬한 애정을 품고 이 말을 하고 있는 동안 젊은 에드워즈는 판사 옆에 더 바싹 붙어 말을 몰면서 판사의 생각을 읽는 듯한 표정으로 그의 표정을 검은 눈동자로 주시했다.

"넌 그때 어렸지 애야. 하지만 내가 아무도 살고 있지 않던 이 산악 지대를 처음으로 답사하기 위해 너와 네 엄마 곁을 떠났던 때를 틀림없이 기억하고 있을 거다." 마머듀크가 말했다. "그렇지만 한 남자로 하여금 부를 축적하기 위해 고난을 견디게 몰아대는 그 모든 은밀한 동기를 네가 느끼지는 못할 거야. 내 경우에는 그 동기들이 하찮은 것은 아니었단다. 그래서 하느님께서 기쁘게 내 노력에 미소를 보여주셨던 거지. 내가 비록 이 험한 땅에서 개척지를 일구어내느라 고통과 기아와 질병에 시달리긴 했지만 그런 불평스러운 일들에 실패라는 불행을 추가하지는 않게 되었단다."

"기아라니요!" 엘리자베스가 그 단어를 되풀이하며 말했다. "이곳은 풍요의 땅이라고 생각했는데요! 기아와도 싸워야 하셨던가요?"

"바로 그랬단다, 애야." 그녀의 아버지가 말했다. "지금 주위를 둘러보고는 여행이 가능한 계절 동안 이 산악 지대 곳곳의 황량한 숲길에서 바리바리 실려 나오는 농산물을 보는 사람들은 이 삼림 지대의 소작인들이 숲속의 얼마 안 되는 열매로 연명해야만 했던 때로부터 겨우 5년밖에 지나지 않았다는 사실을 거의 믿을 수가 없을 거야. 게다가 그 소작인들은 굶고 있는 가족을 위해 식량을 얻으려고 미숙한 기술로 짐승을 사냥하기까지 해야 했단다."

"맞아!" 리처드가 외쳤다. 그는 나무꾼의 노래의 음조를 소리 내어 따라 부르려고 노력하던 중에 판사 얘기의 마지막 부분을 우연히 엿듣게 되었던 것이다. "그때는 기아의 시기*였지, 베스 오촌. 나도 그 가을에

*이러한 산만한 대화로 가공의 작품의 흥취를 가로막는 데 대해 작가는 이러한 대화가 사실과 관련이 있기 때문에 그렇게 한다고밖에는 다른 더 나은 변명을 할 수가 없다. 작가가 이처럼 오랜 세월이 지난 후에 자신의 작품을 검토해볼 때 이 작품에 일반 독자의 정

개척자들 371

족제비처럼 여위었지. 내 얼굴도 말라리아에 걸린 사람의 얼굴처럼 창백했지. 저기 계신 므시외 르 콰도 말리고 있는 중인 호박처럼 여위었지. 르 콰 씨, 전 당신이 아직도 그때의 상태에서 완전히 회복되지는 못하셨다고 생각하고 있지요. 벤저민은, 가족 중 누구보다도 굶주림을 참는 걸 못 견뎌 했다고 생각이 됩니다. 굶주림을 참는 건 한대지방에서 적은 양의 그로그 술을 할당 받는 것보다 더 참기 힘든 일이라고 욕설을 했으니까요. 벤저민은 아주 조금이라도 굶기면 통탄스러울 정도로 욕설을 하지요. 난 그때 자네 곁을 떠나 살찌기 위해 펜실베이니아로 갈까 말까 생각했다네, 듀크. 하지만, 빌어먹을, 하고 난 생각했지. 우린 이종사촌간이니 난 결국 죽든 살든 그와 함께해야겠다고 말이지."

"자네의 친절을 잊지 않고 있다네." 마머듀크가 말했다. "우리가 혈연간이어서가 아니라 말이지."

"하지만 아버지" 하고 의아하게 여긴 엘리자베스가 외쳤다. "실제로 고통이 있었나요? 모호크 강변의 그 아름답고 비옥한 골짜기가 있었잖아요? 그 골짜기에서 아버지께서 필요로 하신 식량을 공급해줄 수가 없었나요?"

"그 시절은 궁핍의 시기였단다. 생활필수품들은 유럽에서 높은 가격에 팔리고 있었고 투기꾼들은 그런 것들을 손에 넣으려고 탐욕스럽게 매달리고 있었지. 이주민들은 늘 모호크 강의 계곡을 따라 동부에서 서부

당한 기대를 만족시키는 데 전혀 적합하지 않은 사건들에 대한 언급이 너무 많아 이 작품이 훼손되었다고 고백할 수밖에 없다. 이러한 사건들 중 하나가 이 장의 첫머리에 가볍게 언급되어 있는 것이다. 지금부터 30여 년 전 작가의 매우 가깝고 소중한 인척, 즉 작가의 누나이며 작가에게 어머니와 같은 존재였던 여성이 이 이야기에 언급된 바로 그 산악 지대에서 말을 타고 가다가 말에서 떨어져 사망했다. 그녀와 같은 연령층의 여성들 중 황야에서 우연히 일어난 일로 희생된, 이 감탄할 만한 여성보다 그 당시에 더 널리 알려지고 더 널리 사랑받은 여성은 거의 없었다(1832년 작가 주).

로 이주해가고 있었는데 그들이 메뚜기 떼처럼 생존에 필요한 것들을 휩쓸어 가버렸단다. 저면 플래츠에 사는 사람들도 그다지 나은 상황이 아니었지. 그들 자신도 궁핍했으니까 말이다. 하지만 그들은 자기들의 양식 중 살기 위해 반드시 먹지는 않아도 되어서 남긴 양식을 조금 비축해두었단다. 독일인의 성격으로는 당연한 일이었지. 가난한 사람들을 학대하는 일 같은 건 없었어. 그들은 그때 투기꾼이라는 단어를 몰랐어. 수많은 건장한 남자들이 모호크 강변의 방앗간에서 가져 나온 식량 자루의 무게 때문에 허리가 굽은 채 이 산악 지대의 험난한 산길을 걸어가는 모습을 난 보았단다. 그건 반쯤 아사 상태에 있는 자기 자식들에게 먹이기 위해서였지. 그들이 자신의 오두막집에 가까워질 때에는 마음이 너무나 가벼워서 30마일을 걸어온 일도 아무것도 아닌 것처럼 보일 정도였지. 명심해라, 애야. 그때는 우리 지방의 아주 초창기 개척기였다는 걸 말이다. 그때는 우리에게 방앗간도 곡식도 길도 없었고 개간지도 별로 없었던 시기였지. 우리에게 늘어나는 건 아무것도 없었지. 먹여 살려야 할 식구 외에는 말이지. 왜냐하면 그 불길한 순간에도 활발한 이민 정신은 가만히 있지 않았거든. 아니, 전반적으로 궁핍한 상황이 동부에까지 확대되어 이주해오는 모험자들의 수가 증가하는 추세였지."

"그러면 사랑하는 아버지, 아버지께서는 어떻게 이 끔찍한 재해에 맞서셨어요?" 엘리자베스가 말했다. 그녀는 열렬히 공감한 나머지 자기 부친의 어투를 무의식적으로 따라 쓰고 있었다. "아버지께 고통은 아니라 하더라도 책임은 틀림없이 부과되었을 텐데요."

"실제로 그랬단다, 엘리자베스." 판사가 대답했다. 그는 마치 자기의 예전 감정에 대해 숙고하는 것처럼 잠시 말을 멈추었다가 다시 계속했다. "그 끔찍한 시기에 빵을 달라고 매일 나를 쳐다보는 사람들이 수

백 명이 있었단다. 이주민들은 자기 가족의 고통과 그들 앞에 놓인 암울한 전망 때문에 모험심과 노력할 마음이 마비되어버렸지. 배고픔 때문에 그들은 먹을 것을 찾아 숲으로 갔지만 밤이 되면 절망에 사로 잡혀 쇠약하고 힘없는 상태로 돌아와 잠을 이루지 못했지. 그 시기는 넋 놓고 있을 시간은 아니었단다. 난 펜실베이니아의 곡창 지대에서 밀을 여러 척의 배에 잔뜩 실을 만큼 많이 구입했단다. 그 밀을 올버니에서 배에서 내려 다시 작은 배에 나눠 싣고 모호크 강을 거슬러 올라왔지. 또 거기서부터는 짐말에 실어 이 황야까지 운반해서 내 휘하의 사람들에게 배급해주었단다. 예인망을 만들어 호수와 강의 바닥까지 훑었지. 그런데 우리에게 호의적인, 기적 같은 어떤 일이 일어났단다. 무수히 많은 청어들이 급속히 흐르는 서스쿼해나 강의 구불구불한 흐름을 통해 5백 마일을 헤엄쳐 왔다는 사실을 발견했거든. 그래서 호수는 무수한 청어들로 활기를 띠고 있었지. 마침내 이 물고기들을 잡아 적당한 양의 소금과 함께 사람들에게 나눠주었지. 그리고 그 순간부터 우리는 다시 번영하기 시작했단다."*

"맞아"라고 리처드가 외쳤다. "그리고 내가 물고기와 소금을 나눠준 사람이었단다. 그 불쌍한 사람들이 식량을 받으러 왔을 때 그때는 벤저민이 내 부관이었는데 벤저민은 내 주위에 밧줄을 쳐서 그들이 가까이 오지 못하게 해야 했단다. 그들은 파, 마늘 종류밖에 먹지 못해서 그들에게서 마늘 냄새가 너무 심하게 났거든. 그래서 내가 식량의 양을 재고 있을 때 그 냄새 때문에 자주 짜증이 났지. 그때 넌 어린아이였단다, 베스. 그래서 그 일에 대해서는 아무것도 몰랐지. 너와 네 어머니가 괴로움을 당하지 않게 하기 위해 아주 세심하게 주의를 기울였거든. 그해에

* 이 모든 것은 문자 그대로 사실이다(1832년 작가 주).

374

는 내 돼지들과 칠면조의 품종이 끔찍할 정도로 열등해졌지."

"아니, 베스" 하고 판사가 보다 더 유쾌한 어조로, 자기 사촌이 말을 가로막은 것을 무시하면서 외쳤다. "어떤 지방의 개척에 대해 말로만 듣는 사람은 그 개척 과정의 노고와 고통에 대해서는 거의 아무것도 모른단다. 이 지역이 지금 네 눈에는 황량한 미개척지로 보일지도 모르지만 내가 처음 이 구릉지대에 발을 들여놓았을 때에는 정말 어땠는지! 내가 도착하던 날 아침에 체리 밸리의 농가들 근처에 내 일행을 남겨두고 사슴이 다니는 길을 따라 이 산의 정상까지 말을 타고 갔지. 그 정상을 그때부터 나는 마운트 비전이라고 불렀단다. 왜냐하면 그때 내 눈이 그곳에서 본 광경은 내겐 마치 꿈속의 환상 같았거든. 해가 이미 높은 산봉우리 위로 솟아올라 있어서 그러한 광경을 대부분 드러내 보여주고 있었지. 나뭇잎들이 떨어져 있었지. 난 어떤 나무에 올라가 그 고요한 황야를 바라보며 한 시간 동안 앉아 있었단다. 끝없이 이어진 숲에서는 호수가 유리 거울처럼 위치해 있는 곳을 제외하고는 공지라고는 단 한 군데도 볼 수가 없었지. 호수는 계절이 바뀜에 따라 이동하는, 무수히 많은 들새들로 덮여 있었단다. 그러다가 너도밤나무 가지에 앉아 있던 상황에서 난 곰 한 마리가 새끼들을 데리고 물을 마시러 호숫가로 내려오는 것을 보았단다. 내 여정 중에 사슴이 숲길을 통해 미끄러지듯 달리는 건 여러 마리 본 적이 있었지만 내가 숲길을 가는 동안에 사람의 흔적은 찾아 볼 수 없었지. 높은 나무 위의 그 전망대에서도 말이지. 개간지도 오두막집도 구불구불한 길도 지금은 볼 수 있지만 그때는 아무것도 거기에 존재하지 않았지. 산들이 첩첩이 솟아 있는 모습과 골짜기 외에는 아무것도 없었지. 나뭇가지들로 덮인 골짜기에는 한 나무에서 시든 잎들이 여기저기에 떨어져 있어서 좀 생기 있는 모습이었는데 그 나무는 무척이나 싫어하면서 자신의 이파리들과 이별한 듯이 보였단다. 서스퀘해나 강도 그 당시에는 높다랗고 울창한 숲에 가려져 있었지."

"그런데 아버지는 혼자셨어요?" 엘리자베스가 물었다. "혼자인 상태로 그 밤을 보내셨나요?"

"그렇지 않았단다, 애야." 그녀의 아버지가 대답했다. "즐거움과 쓸쓸함이 뒤섞인 느낌으로 한 시간 동안 그 장면을 유심히 바라본 후에 난 그 높은 나뭇가지에서 내려와 산을 내려갔지. 말(馬)은 제 걸음이 닿는 곳에 자라고 있는 잔가지들을 뜯어 먹으라고 거기 내버려두고 내려와, 난 호숫가와 지금의 템플턴이 자리 잡고 있는 그 장소를 답사했단다. 보통 이상으로 키 큰 소나무 한 그루가 지금 내 집이 위치한 곳에 서 있었지. 그리고 거기서부터 호수까지 나무들 사이로 이랑이 주욱 나 있었는데 거기서 호수에 이르기까지 내 시야를 막는 것은 거의 아무것도 없었단다. 그 소나무 가지들 아래에서 난 혼자서 저녁 식사를 했지. 내가 호수의 동쪽 기슭 가까운 지점에서, 산 아래로부터 연기가 소용돌이치며 올라오는 것을 본 것은 식사를 막 마친 때였지. 그건 내가 그때 본 것들 중 사람이 가까운 곳에 있다는 유일한 징후였지. 고생고생해서 난 그 장소까지 갔지. 그리고 그곳에서 어설프게 만든 통나무집을 한 채 발견한 거야. 그 집은 바위 아래쪽에 바싹 붙여서 지어져 있었고 거주자가 있다는 흔적을 보여주었지. 비록 그 집 안에서 거주자를 찾아내지는 못했지만 말이지."

"그건 레더스타킹의 오두막집이었지요." 에드워즈가 재빨리 말했다.

"사실이네. 비록 내가 처음에는 그곳이 인디언들의 거주지라고 생각했지만 말이네. 그렇지만 내가 그 주변에서 서성거리고 있노라니까 내티가 나타났지. 그가 죽인 수사슴의 사체를 메고 비틀거리면서 말이지. 우리는 그때부터 서로 알게 됐지. 그 전에는 그런 사람이 숲에 살고 있다는 말을 들은 적이 없었다네. 그는 돛이 달린 자신의 카누를 호수에 띄워 호수 아래쪽에서 호수를 건너 내가 말을 매어놓은 곳까지 데려다주고는, 말이 아침까지 얼마 안 되나마 나뭇잎을 따먹을 수 있는 장소를 가리켜 보여줬지. 그러고는 나는 되돌아와 그 사냥꾼의 오두막집에서 그날 밤을 보냈다네."

템플 양은 판사가 이 말을 하는 동안 젊은 에드워즈가 아주 주의 깊게 듣는 것에 너무나 깊은 인상을 받은 나머지 자기 아버지에게 질문을 계속하는 일을 잊어버렸다. 그러나 청년 자신이 이 대화를 계속했다. 그는 이렇게 질문했던 것이다.

"그리고 레더스타킹은 집주인으로서 어떤 식으로 접대의 의무를 수행했습니까, 판사님?"

"그야 소박하지만 친절하게 대했지. 밤늦게까지 말이네. 그는 밤이 늦어서야 내 이름과 목적을 알게 되었는데 그다음에는 그의 친절한 태도가 아주 눈에 뜨일 정도로 감소되었다네. 아니 그런 태도가 사라졌다고 말하는 것이 더 나을 것이네. 나는 그가 이주민들이 들어오는 것을 자신의 권리에 새로운 변화가 일어나는 일이라고 생각했다고 믿고 있네. 왜냐하면 그는 그 조치에 대해 큰 불만을 표시했기 때문이지. 비록 그 나름의 혼란스럽고 모호한 태도로 표시하긴 했지만 말이지. 나 자신은 그의 반대 이유를 거의 이해하지 못했지만 그 이유가 주로 사냥을 중단시키는 것과 관계가 있다고 생각했네."

"그때 판사님은 그 토지를 이미 구입하신 상태였습니까? 아니면 구입하실 목적으로 그곳을 조사하시던 중이었습니까?" 에드워즈가 약간 갑작스럽게 물었다.

"그때 그 토지는 내 소유가 된 지 몇 년이 지난 상태였다네. 내가 그 호수를 찾은 것은 이 토지에 사람들을 살게 하려는 목적이 있었기 때문이었지. 내티는 나를 호의적으로 대했지만 내 여행의 성격을 안 후에는 차갑게 대했다고 난 생각했네. 그렇지만 난 그가 쓰는 곰 가죽 위에서 잠을 잤다네. 그리고 아침이 되어 다시 나의 측량 기사들과 합류했지."

"그는 인디언의 권리에 대해서는 아무 말도 하지 않았습니까, 판사님? 백인들이 이 지방을 점유하고 있는 것과 관련해서 레더스타킹은 그들의 소유권이 정의롭지 못하다고 이의를 제기하는 데 아주 열심이니까요."

"내 기억으로는 그가 그 권리에 대해 말한 것 같네. 그렇지만 난 그의 말을 명확하게 이해하지 못했다네. 그래서 그가 한 말을 잊어버렸을지도 모르네. 왜냐하면 인디언의 권리는 오래전 그 옛 전쟁이 끝났을 때 이미 무효화된 거니까 말일세. 그리고 만약 그것이 전혀 무효화되지 않았다 하더라도 난 영국 총독들의 공유지 양도 증서에 따라 이 토지를 소유하고 있고 이 증서는 우리 주 의회의 법령에 따라 확인된 거니까 말이네. 그러니 이 지방의 어떤 법정도 내 권리에 영향을 줄 수가 없다네."

"의심할 바 없이, 판사님, 판사님의 권리는 법적이면서도 정당하겠지요." 청년은 차갑게 대답한 뒤 자기 말을 세우고는 이 주제가 다른 것으로 바뀔 때까지 계속 아무 말도 하지 않았다.

존스 씨는 어떤 대화든 자신이 참견하지 않은 채 아주 긴 시간 동안 계속되도록 내버려두는 경우가 거의 없었다. 그는 템플 판사가 자신의 측량 기사들이라고 지칭한 그 일행 중 한 사람이었던 것처럼 보였다. 그래서 그는 젊은 에드워즈가 물러간 후 잠시 대화가 중단된 기회를 포착해 그 대화를 다시 시작했고 그와 함께 그들이 그다음에 어떻게 행동했는지에 대해서도 그 나름의 방식으로 이야기했다. 그러나 판사의 묘사는 흥미로웠지만 리처드의 이야기는 흥미롭지 않았으므로 그의 말을 기록하는 작업을 우리는 사절할 수밖에 없다.

그들은 곧 약속된 경관을 볼 수 있는 장소에 도착했다. 그것은 옷세고 호수 주변에서 볼 수 있는, 그림같이 아름답고 색다른 경치 중 하나였지만 눈이 오지 않는 계절, 이런한 경치를 보여주는 여름철에 가야만 그 경치의 아름다움을 만끽할 수 있는 곳이었다. 마머듀크는 미리 자기 딸에게 지금 계절이 겨울철이고 겨울이 경관에 어떤 영향을 미치는지에 대해 경고해둔 바가 있었다. 그래서 그곳의 경치가 앞으로 어떨 것인지 생각하며 서둘러 눈길을 던지고는 일행은 집으로 걸음을 돌렸다. 그들은 보다 순조로운 계절에 이곳에 두번째로 말을 타고 오는 수고를 한다면 그곳의 아름다운 경치로 인해 충분한 보답을 받게 될 것이라고 전적으로 확신하고 있었다.

"봄은 미국에서는 한 해 중 음울한 시절이란다." 판사가 말했다. "그리고 그건 이 산악 지대에서는 특히 더 그렇단다. 겨울은 구릉지대라는 요새로 퇴각하는 듯이 보이지. 마치 자기 영토의 성채로 퇴각하듯이 말이야. 그러고는 지루한 포위 공격을 받은 후에라야 비로소 내쫓긴단다. 그 포위 공격 기간 중에는 때때로 겨울과 봄, 둘 중 어느 한쪽이 승리하는 것처럼 보이곤 한단다."

"아주 공정하고 적절한 비유네요, 템플 판사." 보안관이 말했다. "그리고 동장군의 휘하에 있는 수비대는 무섭게 소티를 하지요. 제가 소티라고 한 말의 의미를 아실 겁니다, 므시외. 영어로는 돌격이지요.* 그래

_____

* 소티sortie는 프랑스어로 돌격이라는 의미인데 영어로는 샐리sally라고 한다.

서 때때로 봄 장군과 그의 군대를 다시 저지대로 몰아내지요."

"그렇지요, 보안관." 프랑스인이 대답했다. 그러나 그의 퉁방울눈은, 자기가 타고 있는 그 짐승의 불안정한 발걸음을 주시하고 있었다. 당시에는 곳곳에 나무뿌리와 구멍과 통나무 다리와 진창길이 있는 길이 바로 큰길이었는데 그의 말은 그런 장애물들 사이에서 더듬거리며 나아가고 있었던 것이다. "당신 말을 이해하지요. 저지대는 한 해의 절반 동안은 결빙되어 있으니까요."

르 콰 씨의 잘못된 이해를 보안관은 인식하지 못했다. 일행 중 다른 사람들은 변화무쌍한 계절의 세력에 굴복했다. 이 계절은 이미 기수들에게 이러한 온화한 날씨가 조금이라도 더 오래 지속되리라고 기대해서는 안 된다는 것을 가르쳐주고 있었기 때문이었다. 기마 여행이 시작되었을 때 지배적이었던 명랑한 대화의 분위기 대신 말없이 생각에 잠긴 분위기가 이어졌다. 바람 한 점 일지 않는데도 하늘에는 여러 방향에서 구름이 언뜻 보기에도 빠르게 모여들기 시작했던 것이다.

그들의 앞길에 나타난, 개간된 언덕을 말을 타고 지나가는 동안 템플 판사는 주의 깊은 시선으로 자기 딸에게 폭풍우의 접근을 알려주었다. 눈을 동반한 질풍이 이미 호수의 북쪽 경계를 이루고 있는 산을 어둡게 만들었고 그들의 혈관 속 피를 활기차게 흐르게 만들어주었던 쾌적한 기분은 이미 다가오는 북서풍의 영향력으로 둔화되고 있었다.

일행은 모두 이제 최대한 빨리 마을로 가려고 바쁘게 서두르고 있었다. 그러나 길이 나빠서 그들은 자주 자기 말들의 성급한 걸음을 저지하지 않을 수가 없었다. 말들이, 보통 걸음보다 더 빠른 보조는 허용하지 않는 장소로 자꾸 그들을 태우고 갔기 때문이었다.

리처드가 계속해서 맨 앞에서 나아갔고 그 뒤를 르 콰 씨가 따랐다.

르 콰 씨 뒤에는 엘리자베스가 따랐다. 젊은 에드워즈와 그녀의 아버지 사이의 대화가 끝난 이후 그는 아주 서먹서먹한 태도를 보였는데 그녀도 그런 태도에 동화된 것처럼 보였다. 마머듀크는 딸의 뒤를 따르면서 자주 그녀에게 말을 다루는 방법에 대해 애정 깃든 경고를 해주었다. 그들이 음산하고 어두운 숲을 뚫고 길을 찾아 나아가는 동안 청년으로 하여금 계속 루이자 그랜트 옆에 있게 만든 것은 아무래도 루이자가 그의 도움에 크게 의지했기 때문이었을 것이다. 햇빛도 이 숲을 뚫고 들어오는 경우가 거의 없었고 그들을 둘러싼 울창한 삼림으로 인해 대낮의 밝은 빛도 어둡고 음산한 기운을 띠었다. 기수들이 움직이고 있는 장소에는 아직도 바람이 한 점도 도달하지 못하고 있었다. 그 대신 자주 폭풍우의 전조가 되는 쥐 죽은 듯한 고요가, 그들이 이미 광포한 폭풍우에 노출된 상황일 때보다 그들의 상황을 더욱더 넌더리나게 만들어주고 있었다. 갑자기 젊은 에드워즈가 고함치는 소리가 들렸다. 그 목소리는 다름 아닌 사람들의 영혼 속에까지 경고를 전달하면서 듣는 사람들을 공포로 오싹하게 만드는 그런 섬뜩한 울림을 지니고 있었다.

"나무! 나무! 채찍질! 살려면 박차를! 나무! 나무!"

"나무! 나무!" 리처드도 말[馬]에 일격을 가하면서 되풀이했다. 그 짐승은 타격을 당하자 놀라 거의 1로드* 가까이 뛰어오르며 태풍처럼 진흙탕 물을 공중으로 튀어 오르게 만들었다.

"나무! 나무!" 프랑스인도 고함쳤다. 그는 자기 말의 목 위로 몸을 굽히면서 눈을 질끈 감으며 발뒤꿈치로 그 짐승의 갈비뼈를 걷어찼다. 그가 너무나 빠른 속도로 그런 동작을 취했기 때문에 말은 리처드의 엉

---

* 약 5미터.

덩이 부근까지 놀라운 속도로 그를 태우고 달려갔다.

엘리자베스는 자신의 암망아지를 제어하며 무의식적이지만 놀란 모습으로 바로 그들의 위험의 원인이 된 대상을 쳐다보았다. 그러면서 나무가 딱딱 부러지며 숲의 정적을 깨우는 소리에 귀를 기울였다. 그러나 바로 다음 순간 그녀의 아버지가 그녀의 고삐를 움켜잡고는 외쳤다.

"하느님 내 아이를 보호하소서!" 그리고 그녀는 그의 힘찬 팔에 이끌려 자신이 앞으로 급히 나아가고 있는 것을 느꼈다.

그 숲의 가장 장대한 나무 중 한 그루가 무너져 내려 그들의 길 바로 앞에 쓰러지는 동안, 나뭇가지들이 꺾인 후 바람이 몰려오는 듯한 소리가 나고 그다음에는 천둥이 치는 듯한 굉음과 대지 자체를 떨게 만드는 충격이 이어졌다. 그동안 일행은 각자 자기 안장의 앞가지로 몸을 굽혔다.

템플 판사는 힐끗 눈길을 돌려 자신의 딸과 앞서 가던 사람들이 안전하다는 것을 충분히 확인했다. 그러고는 나머지 사람들의 운명을 알아보기 위해 그는 겁을 내면서 불안하게 시선을 돌려보았다. 젊은 에드워즈가 쓰러진 나무의 반대편에 서 있었는데 그의 신체는 안장 위에서 가장 멀찌감치 뒤로 젖혀져 있었다. 또 그의 왼손은 아주 힘 있게 고삐를 위로 끌어올리고 있었고 오른손은 그랜트 양의 고삐를 바싹 잡고 있었는데 그녀의 말의 머리가 그것의 몸체 아래쪽으로 끌어당겨져 들어가 있을 정도였다. 두 사람의 말은 둘 다 공포에 질려 마디마디 부르르 떨며, 콧김을 뿜으며 서 있었다. 루이자 자신은 자기 말의 고삐를 포기하고는 두 손으로 얼굴을 바싹 감싸고는 안장에서 앞으로 몸을 굽힌 채 앉아 있었다. 그녀는 체념과 절망이 기이하게 뒤섞인 태도를 보여주고 있었다.

"자네들은 안전한가?" 그 순간의 무시무시한 침묵을 먼저 깨뜨리며 판사가 소리쳤다.

"하느님의 은총으로요." 청년이 대답했다. "하지만 이 나무에 가지들이 달려 있었더라면 우리는 죽음을 당했을 겁니다."

그의 말은 안장 위에서 서서히 무너지는 루이자의 모습으로 인해 중단되었다. 그가 팔로 받쳐주지 않았더라면 그녀는 땅으로 굴러 떨어졌을 것이었다. 그러나 공포만이 목사의 딸이 받은 유일한 상해였다. 그래서 엘리자베스의 도움을 받아 그녀는 곧 의식을 회복했다. 그녀에게 기운을 차리게 하느라 약간의 시간을 허비한 후 그 젊은 숙녀는 자신의 안장 위에 다시 앉혀졌고 양쪽에서 템플 판사와 에드워즈 씨가 부축을 해주었으므로 그녀는 천천히 나아가고 있는 일행을 뒤따를 수 있게 되었다.

"나무가 갑자기 쓰러지는 것이"라고 마머듀크가 말했다. "숲속에서는 가장 위험한 사고지. 왜냐하면 그런 일은 예측할 수가 없으니까. 바람이 그렇게 만드는 것도 아니고 그 어떤 외부적이거나 가시적인 원인도 없으니까 말이야. 그런 게 있다면 우리가 조심해 대비할 수 있을 텐데 말이지."

"나무가 쓰러지는 이유는, 템플 판사, 아주 명백하지요." 보안관이 말했다. "나무는 늙고 썩어가지요. 그리고 나무는 결빙될 정도의 추위 때문에 점차 약해져서 마침내 무게 중심을 유지하는 데 한계가 오게 되지요. 그러면 그 나무는 틀림없이 쓰러지지요. 그 어떤 것에 대해서든 수학적 확실성보다 더 큰 강제력이 무엇이 있는지 난 알고 싶어요. 난 수학을 공부했으……"

"정말 그래, 리처드." 마머듀크가 그의 말을 가로막았다. "자네 추론이 사실이야. 그런데 내 기억을 어느 정도 믿을 수 있다면 예전에 이런 일이 있었을 때 내가 그런 추론을 해주었던 것 같은데. 그렇지만 이런 위험에 사람이 대비할 수 있는 방법이 무엇이란 말인가? 자넨 숲속을 돌아다니면서 참나무들의 뿌리 부분을 측정하고 무게중심을 계산할 수가 있는가? 그 대답을 내게 해주게, 여보게 존스. 그러면 자네가 이 지방에 도움을 줄 수 있다고 말해주겠네."

"그걸 자네에게 대답해달라니, 여보게 템플!" 리처드가 대답했다. "충분한 교육을 받은 사람은 자네에게 어떤 것이든지 대답할 수가 있다네, 여보게. 썩은 나무를 제외하고 이런 식으로 쓰러지는 나무들이 있는가? 썩은 나무의 뿌리에 다가가지 않도록 조심하게. 그러면 자네는 매우 안전할 걸세."

"그런 방법을 쓴다면 우리는 숲에 절대로 들어가지 못할 걸세." 마머듀크가 말했다. "하지만 다행히도 대개의 경우 바람이 이 위험한 나무들을 쓰러지게 만드는 경우가 대부분이라네. 주변의 개간지들로 인해 바람의 기류가 숲속으로 들어올 수 있기 때문이지. 방금 전처럼 나무가 쓰러지는 경우는 아주 드물다네."

이때쯤 루이자의 기운이 아주 많이 회복되었기 때문에 일행은 더 빠른 보조로 나아갈 수가 있게 되었다. 그러나 그들이 집 안에 안전하게 들어가기 오래전에 이미 그들은 눈보라를 만났다. 그래서 그들이 대저택 현관문 앞에서 말에서 내렸을 때에는 템플 양의 모자에 달린 검정 깃털은 축축한 눈을 흠뻑 맞아 눈의 무게로 인해 축 늘어져 있었고 신사들의 외투에도 눈이 흩뿌려져 있었다.

에드워즈가 루이자가 말에서 내리는 것을 도와주고 있을 때 마음이 따뜻한 그 처녀는 열정적으로 그의 손을 잡고 이렇게 속삭였다.

"이제, 에드워즈 씨, 당신은 우리 아버지와 저, 두 사람의 생명의 은인이에요."

이어서 북서쪽에서 눈보라가 휘몰아쳤다. 그래서 해가 지기도 전에 봄의 자취는 전부 다 사라져버렸다. 호수와 산과 마을과 들판이 또다시 일제히 눈부신 눈의 장막으로 덮여버렸기 때문이었다.

22장

"남자들과 소년들과 소녀들은
사람이 살지 않는 마을을 버린다. 그리고 열광한 무리들이
달콤한 광란에 몰려나와 평원에 흩어져 있다."
—서머빌, 『사냥』, 2권 197~99행

이 시기부터 4월 말에 이르기까지 날씨는 급속하고 대폭적인 변화의 연속이었다. 어느 날은 봄의 따스한 대기가 골짜기를 따라 살금살금 다가오면서 기운을 돋우는 태양과 연합하여 식물의 세계를 남몰래 깨우려는 듯이 보이기도 했다. 그러다가도 그다음 날에는 북쪽에서 불어오는 험악한 돌풍이 호수를 가로질러 휩쓸고 지나가며 돌풍의 적인 온화한 대기와 태양이 남겨놓은 흔적을 깡그리 지워버리곤 했다. 그렇지만 마침내 눈이 사라지고 사방에서 초록빛 밀밭을 볼 수 있는 시기가 왔다. 밀밭 여기저기에서는 시커멓게 탄 나무 그루터기들이 보였다. 그것들은 지난 계절에 숲속의 가장 당당한 나무들을 떠받치고 있던 것들이었다. 쟁기들이 사용될 수 있는 곳이라면 어디에서나 그 유용한 연장들이 움직이는 모습도 보였다. 단풍당 만드는 야영지에서 나는 연기가 단풍나무 숲 위로 올라가는 모습도 이제는 더 이상 보이지 않았다. 호수는 얼어붙

은 들판 같은 아름다운 모습을 잃어버렸지만 여전히 거무스레하고 음울한 덮개가 호수의 물을 감추고 있었다. 호수의 물이 아직 흐르지 못하고 있었으므로 물은 아직도 구멍이 숭숭 뚫린 얼음장 아래 숨겨져 있었고 그 얼음장은 물에 흠뻑 젖어 있어서 그 부분들이 떨어져 나가지 않고 겨우 붙어 있게 할 정도의 강도밖에 지니고 있지 않았다. 큰 기러기 떼가 이 지방을 지나가는 모습도 보였다. 그 기러기들은 얼마 동안 얼음장 아래 감춰진 물 언저리에서 맴돌고 있었는데 휴식처를 찾고 있는 것 같았다. 그러다가 차가운 얼음장으로 인해 물에 접근할 수 없다는 것을 알고는 북쪽으로 날아가버리곤 했다. 그러면서 그들은 마치 자연의 완만한 활동에 불평을 터뜨리듯이 대기 속으로 조화롭지 않은 비명을 질러대곤 했다.

한 주 동안 옷세고 호수의 거무스레한 얼음장은 두 마리의 독수리가 아무런 훼방을 받지 않고 차지하고 있었다. 그 독수리들은 얼음장 한복판에 내려앉아 자기들의 확실한 영토를 노려보며 앉아 있었다. 이처럼 하늘의 왕자들이 버티고 있는 동안 철새 떼들은 숲에서 보호를 받으려는 듯이 구릉지대로 방향을 돌림으로써 이 얼어붙은 평원을 횡단하지 않으려고 했다. 한편 독수리들은 머리에 흰 얼룩이 있는 이 호수의 텃새들을 경멸하는 표정으로 위쪽으로 쫓아냈다. 그러나 이 새들의 왕들조차도 쫓겨나야 하는 시간이 왔다. 호수의 낮은 쪽 끝단에, 그리고 강물의 유입으로 가장 추운 날씨가 계속되는 동안에도 얼음이 얼지 않았던 거무스레한 지점 주위에 구멍이 하나 생겨 점차 커져가고 있었다. 또 상쾌한 남풍이 이제는 계곡 위로 거리낌 없이 살랑살랑 불어대고 있었는데 그 남풍이 물 위에 흔적을 남겼다. 아직 완전히 파도라고 할 수 없었지만 파도 비슷한 물결이 얼어붙은 빙판의 가장자리 위로 소용돌이치기 시작했다. 빙판 가장자리에는 눈이 얼어붙어 테두리를 형성하고 있었는데 눈의 결정체로 된 그 테두리가 천천히 북쪽으로 물러나고 있었다. 한 걸음 전진할 때마다 바람과 물결의 힘이 더 강해져서 마침내는 몇 시간의 사투 끝에 몹시 거친 잔물결이 빙판 전체를 움직이게 만드는 데 성공했다. 그때 그 빙판은 시선이 닿지 않는 곳으로 급속히 밀려났는데 그 광경은 이처럼 겨울의 잔재가 추방됨으로써 이곳의 경치에 일어난 놀라운 변화만큼이나 매혹적이었다. 동요하던 최후의 얼음장이 멀리에서 사라지고 있던 바로 그때 독수리들은 몸을 일으켜 넓고 완만하게 곡선을 그리면서 구름 위로 날아올라갔다. 그러는 동안 호수에서는 마치 다섯 달 동안의 속박에서 해방된 것이 기뻐서 법석이라도 떠는 듯이 파도가 물결 위에 남아 있던 작은 눈 조각들을 공중으로 내던지고 있었다.

그다음 날 아침 엘리자베스는 흰털발제비들의 유쾌한 지저귐에 잠에서 깨어났다. 제비들은 그녀의 방 창문 위에 매달린 작은 상자들 주위에서 티격태격하며 재잘거리고 있었다. 그리고 리처드가 봄이라는 계절 자체의 전조인 듯이 생기 띤 목소리로 큰 소리로 불러대고 있었다.

"일어나! 일어나! 아름다운 아가씨야! 갈매기들이 이미 호수 위에서 떠다니고 있고 창공에는 비둘기들이 가득 날아다니고 있단다. 하늘에 비둘기들이 너무 가득해서 태양을 엿볼 구멍을 찾으려면 한 시간 동안 찾아야 할 거야. 일어나! 일어나! 게으른 자들 같으니라고! 벤저민이 탄약을 점검하고 있으니 아침 식사만 하고 나면 산으로 비둘기 사냥을 하러 떠날 수가 있단다."

이 활기찬 간청을 거절할 수는 없었다. 그래서 몇 분 만에 템플 양과 그녀의 친구는 거실로 내려갔다. 거실의 문들이 열어젖혀져 있었고 맑은 봄날 아침의 따뜻하고 부드러운 공기가 그 방을 환기시키고 있었다. 그런데 그 방은 군함의 전 사환이 너무나 꾸준하고 부지런하게 불침번을 서가면서 그처럼 오랜 시간 인위적인 따뜻함을 유지해주었던 곳이었다. 신사들은 각자 사냥꾼 복장을 하고 조급하게 아침 식사를 기다리고 있었다. 존스 씨는 남쪽으로 난 문으로 여러 번 다가가보곤 이렇게 소리치곤 했다.

"봐, 베스 오촌! 봐, 듀크! 남쪽의 비둘기들이 횃대를 박차고 나왔어! 비둘기들이 시시각각 아주 빽빽하게 늘어나고 있어. 여기 이 비둘기 떼는 끝이 보이지 않을 정도로 수가 많다네. 숲에는 크세르크세스의 군대를 한 달 동안 먹일 수 있을 만큼 충분한 식량이 있고 이 지방 사람들 전부의 침대를 만들 만큼 충분한 깃털도 있네. 크세르크세스는, 에드워즈 씨, 그리스 왕이었소. 아니 터키인이거나 페르시아인이었지. 그는 그리스를 정복하기를 원했다오. 무뢰한인 이 비둘기들이 가을에 돌아와 우리 밀밭을 침략하려고 하는 것과 꼭 마찬가지로 말이오. 떠납시다! 떠납시다! 베스, 난 이놈들에게 총알 세례를 퍼부어주고 싶어 참을 수가 없구나."

이 소원에 마머듀크와 젊은 에드워즈는 둘 다 한결같이 동감하고 있는 듯이 보였다. 사냥을 즐기는 남자들에게는 그러한 광경이 유쾌하게 보였기 때문이었다. 그래서 숙녀들은 곧 아침 식사를 급히 끝낸 뒤 그 일행을 떠나보냈다.

창공에 비둘기들이 가득 차 있었다면 온 마을도 또한 남자, 여자, 아이, 할 것 없이 모두 분주히 움직였다. 사내들과 청년들이 총신의 길이가 거의 6피트에 이르는 프랑스제 오리 사냥용 총에서부터 흔한 승마용 권총에 이르기까지 모든 종류의 화기를 손에 쥐고 있는 것을 볼 수 있었다. 활과 화살을 가지고 있는 소년들도 많았다. 어떤 활과 화살은 소박한 어린 호두나무 가지로 만들었고 또 어떤 것들은 옛날의 격발식 활을 조잡하게 모방한 것이었다.

마을의 집집에서 명백히 드러나고 있는, 사람들이 생활하고 있는 징후에 놀란 새들은 직선을 이루어 날아오다가 일제히 산으로 몰려갔다. 산기슭 가까이의 산비탈에서 그들은 빽빽이 무리를 지어 흘깃거리며 내다보고 있었는데 그것들의 빠른 움직임과 믿을 수 없을 만큼 많은 숫자는 둘 다 경이로울 정도였다.

시초의 개척기에는 산의 가파른 비탈에서 서스쿼해나 강둑에 이르는 경사면을 가로질러 큰길이 나 있고 큰길 양쪽에는 여러 에이커에 이르는 개간지가 조성되어 있었다고 우리는 이미 언급한 적이 있다. 그 개간지 위에, 또 동쪽의 산비탈을 따라, 그리고 산비탈에 난 위험한 길을 따라 사람들이 각각 자리를 잡고 나서 잠시 후 공격이 시작되었다.

사냥꾼들 중에는 키가 크고 여윈 레더스타킹의 모습도 보였다. 그는 소총을 팔에 걸고 들판을 걷고 있었는데 그의 개들이 바로 뒤에서 그를 뒤따르고 있었다. 개들은 그때 죽은 새들이나 상처받은 새들에게 다가가서 냄새를 맡고 있었다. 하늘을 날던 비둘기 떼 중 총에 맞아 땅에 떨어지는 새들이 생겼기 때문이었다. 그러다가 개들은 자기네 주인의 다리 밑에 웅크리고 앉았다. 그 모습은 마치 개들도 이 낭비적이고 경기 정신에 어긋난 사냥에 대한 주인의 감정에 공감하고 있는 것만 같았다.

보통 이상으로 많은 새 떼들이 들판을 그늘지게 만들면서 구름처럼 개간지 위를 재빨리 날아가자 평원으로부터 일제 사격이 가해지면서 총성이 빨라졌다. 그러고는 한 정의 총에서 발사된 가벼운 포연이 나뭇잎이 떨어진 산의 덤불들 사이에서 올라오곤 했다. 공포에 질린 새들의 은신처에 죽음의 총알이 날아오며 일제 사격을 가하자 새들이 날아올랐다.

그러나 총알을 피하려는 새들의 노력은 아무런 소용이 없었다. 화살뿐만 아니라 모든 종류의 날아가는 무기들이 새 떼 가운데에서 난무했다. 새들은 수가 너무나 많았고 또 너무나 낮게 날고 있었기 때문에 산비탈에 있는 사람들이 손에 긴 장대를 쥐고도 새들을 쳐서 땅에 떨어뜨릴 수 있을 정도였다.

이런 소동이 벌어지는 동안 존스 씨는 동료들이 사용하는, 시시하고 평범한 파괴 수단을 경멸하고 있었으므로 벤저민의 도움을 받아 보통 이상으로 치명적인 성격의 공격을 하기 위해 준비를 하고 있었다. 예전에 군대에서 습격을 할 때 사용하던 방법의 잔재를 뉴욕 주 서부의 여러 지역에서 때때로 볼 수 있었는데 그중 하나가 개척 시대의 템플턴에서도 발견되었다. 그것은 한 파운드 중량의 탄알을 넣어서 쏠 수 있는 작은 회전포였다. 그것은 한 백인 전투부대가 인디언 정착지를 습격하던 중 내버리고 간 것이라고 사람들은 생각하고 있었다. 그 백인 군인들은 인디언 정착지를 습격하다가 아마도 편의상, 아니면 필요에 따라 그런 거추장스러운 물건은 숲속에 내버리고 가는 것이 좋겠다고 생각한 모양이었다. 이 소형 대포의 녹을 닦아 두었는데 이제 그것을 작은 바퀴들이 달린 수레 위에 얹어두었으므로 실제로 사용할 준비를 마친 것이었다. 몇 년 동안 이것은 이 산악 지대에서 특별한 축하를 하기 위해 사용되어왔던 유일한 도구였다. 7월 4일 아침이면 이 소형 대포가 구릉지대에서 울리는 소리를 들을 수 있었고 홀리스터 대위조차도 이것의 크기를 감안할 때 이것은 결코 보잘것없는 축포가 아니라고 단언했던 것이다. 홀리스터 대위를 언급하는 이유는 이 지방에서도 특히 이 부근에서는 그가 이러한 모든 행사에 대한 최고의 권위자였기 때문이다. 포의 점화구와 포구의 크기가 별로 다르지 않았기 때문에 이 대포로 축포를 쏘았을 때 대포에 대한 인상이 약간 더 나빠진 것은 사실이다. 그럼에도 불구하고 리처드는 거창한 구상에 따라 자신의 민첩한 적수들에게 죽음의 병기를 쏘아 던지는 데 이러한 도구가 중요하다고 제안했던 것이다. 말을 이용해 회전포를 탁 트인 공간으로 끌고 왔다. 보안관이 포대를 설치하는 데는 그곳이 가장 적당하다고 생각했기 때문이었다. 그러고는 펌프 씨가 포탄을 장전하기 위해 앞으로 나아가서 화약 위에 몇 줌의 오리 사냥용 탄알을 얹었다. 그다음에는 집사장이 자기 총을 발사할 준비가 되었다고 알렸다.

포신이 모습을 보이자 이렇다 할 일이 없던 모든 구경꾼들의 시선이 그곳으로 집중되었다. 구경꾼들은 주로 소년들이었는데 그들의 환희와 기쁨의 외침이 사방에 가득 찼다. 대포는 높은 곳을 조준하고 있었는데 리처드는 타고 있는 석탄 한 덩어리를 집게로 집고서는 그루터기 위에 끈기 있게 앉아서 자신이 주목할 만한 가치가 있는 새 떼가 나타나기를 기다리고 있었다.

새들의 수가 엄청나게 많았기 때문에 산탄과 화살을 발사하고 소년들이 외쳐대는 소리도 골짜기를 따라 끊임없이 날아가는 그 거대한 비둘기 집단에서 작은 비둘기 떼가 갈라져 나오게 하는 것 이상의 효과를 가져 오지는 못했다. 그 비둘기 집단의 모습은 마치 비둘기류 전체가 그 하나의 통로를 통해 쏟아져 나오고 있는 듯이 보이기까지 했다. 비둘기들이 들판 위에 너무나 많이 떨어져 흩어져 있어서 사람들이 서 있는 사냥터조차도 퍼덕거리는 그 제물들로 덮여 있을 정도였지만 누구도 감히 떨어진 비둘기들을 거둬들이려 하지 않았다.

레더스타킹은 이 모든 소동을 말없이, 그러나 불편하게 지켜보았지만 자신의 감정을 발설하지 않고 참아내다가 사냥에 회전포까지 도입되는 것을 보자 이렇게 말했다.

"새 나라에 정착하는 과정에 이런 일까지 일어나다니!" 그는 말했다. "난 이곳에서 좋이 40년 동안 비둘기들이 나는 모습을 지켜봐왔지만 당신네들이 개간지를 조성할 때까지는 그 비둘기들을 잡거나 해치려는 사람은 아무도 없었소. 그것들이 숲으로 날아 들어오는 모양을 보는 게 참 좋았는데. 그것들은 사람에게 친구가 되어주었으니 말이오. 그것들은 아무것도 해치지 않았으니까. 말하자면 독 없는 줄무늬뱀처럼 무해했지. 하지만 이제 이런 괴상한 것들이 윙 하고 공중을 날아가는 소리를 들으니 슬픈 생각이 드는군. 왜냐하면 이런 건 다만 마을의 개구쟁이들을 모두 불러내려는 짓일 뿐이라는 걸 난 아니까 말이오. 이런! 하느님께서는 당신의 피조물이 무익하게 허비되는 걸 두고 보시지 않을 거요. 그러니 다른 동물들뿐만 아니라 비둘기들을 위해서도 곧 정의를 실현하실 거요. 올리버 씨도 여기 있지만 그도 다른 사람들과 마찬가지로 사악하오. 마치 자신이 다름 아닌 밍고 전사들을 사격해서 쓰러뜨리고 있는 듯이 새 떼들에 총을 발사하고 있으니 말이오."

사냥꾼 중에는 빌리 커비도 있었는데 그는 낡은 소총으로 무장하고 거기에 장전을 하고 있었다. 그러고는 공중을 쳐다보지도 않고 발포하면서 자신의 총에 희생된 새들이 자기 몸 위로도 떨어지는데도 신이 나서 고함을 지르고 있었다. 그는 내티의 말을 듣고는 자기가 대답하기로 작정했다.

"뭐라고요! 레더스타킹 영감" 하고 그가 소리쳤다. "비둘기 몇 마리가 죽었다고 투덜대다니요! 영감님이 만약 제가 그랬듯이 밀을 두 번, 세 번씩 밭에 뿌려야 한다면 그놈들에 대해 그렇게 무거운 감정을 느끼지 않을 거요. 만세, 애들아! 깃털을 흩어버려. 이건 칠면조 머리와 목을 쏘는 것보다 더 좋은 놀이오, 영감."

"자네한텐 더 좋겠지, 아마도. 빌리 커비." 분개한 늙은 사냥꾼이 대답했다. "또 소총 총신에 탄알을 넣을 줄도 모르고 정확히 조준하면서 총신을 다시 들어 올릴 줄도 모르는 사람들은 모두 좋겠지. 하지만 이런 낭비적인 방식으로 새 떼에게 총을 쏘는 것은 사악한 짓일세. 한 마리의 새를 쏘아 잡을 줄 아는 사람이라면 아무도 이런 짓을 하지는 않아. 만약 누군가가 비둘기 고기를 몹시 먹고 싶어 한다면 이런! 다른 모든 짐승의 고기와 마찬가지로 그 고기도 사람이 먹게 되어 있겠지. 하지만 스무 마리를 죽여서 한 마리만 먹는 그런 식은 아니어야 한다네. 내가 그런 걸 먹고 싶을 때는 난 숲으로 가서 내가 좋아하는 것을 찾아내지. 그러고는 나뭇가지 위에 앉은 그 새를 쏘지만 다른 새는 깃털 하나도 안 건드려. 같은 나무에 백 마리가 앉아 있다 해도 말이지. 자넨 그렇게 할 수 없을 걸, 빌리 커비. 자네가 해보려고 해도 그렇게 할 수 없을 걸세."

"그게 도대체 뭐란 말이오, 키다리 영감! 이 활기 없는 그루터기 같은 영감!" 나무꾼이 외쳤다. "영감은 그 칠면조 일 이후 말이 많아졌네요. 하지만 영감이 한 번의 발사를 선호한다면 혼자 날아온 저 새를 지금 쏘아보겠소."

들판의 먼 지점에서 사격 소리가 들리자 한 마리의 비둘기가 놀라 자기가 속한 새 떼에서 아래로 처지게 되었는데 그 새는 끊임없는 소총 소리에 겁에 질려 이 논쟁자들이 서 있는 곳으로 점점 다가오고 있었다. 그 새는 번개처럼 날쌔게 대기를 가르며 두 날개로 총알이 나는 소리와 비슷한 소리를 내면서 먼저 한쪽에서 휙 날아왔다가 그다음에는 반대쪽으로 휙 날아가는 동작을 되풀이하며 다가오고 있었다. 나무꾼에게는 운이 나쁘게도, 그의 허풍에도 불구하고 그는 그 새가 다가오고 있는 동안 총을 발사하기에는 너무 늦은 때가 되어서야 비로소 그 새를 발견하게 되었다. 그래서 새가 바로 그의 머리 위로 날아가고 있는 운 나쁜 순간에 그는 방아쇠를 당겼다. 그 새는 조금 전과 다름없는 속도로 계속 날아가고 있을 뿐이었다.

나무꾼이 발포했을 때 내티는 팔에서 소총을 내려놓았다. 그리고 공포에 질린 새가 그의 시선과 일직선을 이루면서 호수의 기슭 가까이로 낮게 비행할 때까지 잠시 기다렸다가 매우 빠른 속도로 소총을 들어 올려 발사했다. 그 결과를 초래한 것은 우연이었을 수도 있고 기술이었을 수도 있지만 두 가지 요소의 결합이었던 것은 거의 틀림없었다. 그 비둘기는 날개가 부러져서 공중에서 선회하다가 호수 속으로 떨어졌다. 소총이 발사되는 소리에 그의 개 두 마리가 그의 발치에서 달려 나갔다. 그리고 몇 분 후 '암캐'가 아직도 살아 있는 그 새를 물고 왔다.

레더스타킹의 경이로운 공적은 들판에 있는 사람들의 입을 통해 아주 빠르게 퍼졌고 사냥꾼들이 그 보고의 진실을 알기 위해 모여들었다.

"뭐라고요?" 젊은 에드워즈가 말했다. "영감님이 정말 날아가는 비둘기를 단 한 발로 쏘아 죽이셨나요, 내티 영감님?"

"내가 전에 못에서 물속으로 뛰어드는 아비*들도 쏘아 죽인 적이 있지 않니, 이 녀석아?" 사냥꾼이 대답했다. "이렇게 사악한 방식으로 하느님의 피조물들에게 총을 발사하는 것보다는 화약과 탄알을 낭비하지 않고 쏘고 싶은 것만 쏘아 죽이는 것이 훨씬 낫지 않은가 말이야. 그런데 난 새 한 마리를 잡으러 나왔고 또 내가 사냥한 고기가 조금만 있으면 만족하는 이유를 자네는 알고 있지 않나, 올리버 군. 자, 이제 한 마리를

* 물새의 일종.

잡았으니 난 집으로 가겠네. 왜냐하면 자네들 모두가 이런 낭비적 방법을 실천하는 걸 보는 게 난 싫으니까 말일세. 마치 가장 사소한 존재이지만 사용되기 위해 만들어진 것이 아니라 파괴되기 위해 만들어지기라도 한 듯 마구잡이로 파괴하고 있으니 말이지."

"말씀 잘하셨습니다, 레더스타킹." 마머듀크가 외쳤다. "지금이 바로 이러한 파괴 작업에 종지부를 찍을 때라는 생각이 들기 시작하네요."

"당신의 개간지들에나 종지부를 찍으시지요, 판사님. 비둘기뿐만 아니라 숲도 그분의 작품이 아닙니까? 사용하시오. 그러나 낭비하지는 마시오. 숲은 짐승과 새들이 숨을 수 있도록 만들어진 게 아니었습니까? 그런데 인간이 그것들의 고기나 가죽이나 깃털을 갖고 싶어 하게 되자 숲이 바로 그것들을 찾을 수 있는 장소가 된 거지요. 하여튼 난 내가 잡은 고기를 가지고 오두막집으로 가겠소. 저 무해한 것들을 한 마리라도 손대기 싫으니 말이오. 저것들은 마치 혀만 있으면 자기네 생각을 말하겠다는 듯한 눈으로 나를 쳐다보면서 여기 땅바닥에서 바들바들 떨고 있잖소."

이러한 감정을 토로하며 레더스타킹은 소총을 어깨에 둘러메고 자기 개들을 거느리고 앞길에 놓여 있는, 상처 입은 새들을 한 마리라도 밟지 않으려고 매우 조심하면서 개간지를 가로질러 걸어갔다. 그는 곧 호숫가의 덤불숲속으로 들어가서 시야에서 사라졌다.

내티의 윤리의식이 판사에게 어떤 인상을 남겼든지 간에 그것은 리처드에게는 전혀 아무런 인상도 남기지 않았다. 그는 사냥꾼들이 모인 기회를 이용해 '단번에' 파괴할 계획을 세웠다. 그는 자신의 대포 양쪽에 일직선으로 구식 소총을 가진 남자들을 전투 대형으로 정렬시키고 자신의 발사 신호를 기다리라는 지령을 내렸다.

"여러분, 준비하시오." 벤저민이 말했다. 그가 이번 행사에서 리처드의 전속부관 역할을 맡고 있었던 것이다. "준비하시오, 여보게들. 스콰이어 디킨스께서 발사를 시작하라는 신호를 올리면, 아시겠지만 일제히 사격을 개시하시오. 조심해서 낮게 발사하시오, 여러분. 그러면 반드시 새 떼를 관통하게 될 겁니다."

"낮게 발사하라고!" 커비가 고함쳤다. "저 늙은 바보 말을 들어보게나! 우리가 낮게 발사하면 나무 그루터기나 맞히지 비둘기 털끝도 건드리지 못할 텐데 말이지."

"자네가 어떻게 아나, 이 풋내기야?" 벤저민이 전투 직전의 장교에게는 매우 어울리지 않게 격노해서 소리쳤다. "자네가 어떻게 아는가, 이 고래 같은 작자야? 난 5년간이나 보디시 호를 타고 항해를 했잖은가? 그때 낮게 발사해서 적을 관통하는 것이 복무 규정이었단 말이지. 조준을 하고 침묵하게, 여보게들. 명령을 내리면 따르기나 하라고."

소총수들의 큰 웃음소리는 리처드의 보다 위압적인 목소리에 잠잠해졌다. 리처드가 주목하고 자신의 신호에 복종하라고 요구했던 것이다.

마을 사람들은 그날 아침 템플턴의 골짜기 위로 이미 수백만 마리의 비둘기들이 지나갔다고 추측했다. 그러나 바로 그때 다가오고 있던 비둘기 떼와 비슷한 것을 본 적은 한 번도 없었다. 그것은 이 산에서 저 산까지 걸쳐 하나의 새파란 집단을 이루어 날아오고 있었는데 그 끝이 어딘지 알기 위해 남쪽 언덕 너머로 시선을 던져보아도 끝이 보이지 않았다. 이 비둘기 떼의 대열의 정면은 명확하게 직선을 이루고 있었는데 새 떼의 비행이 너무나 질서정연했기 때문에 그 직선은 아주 살짝만 톱니바퀴처럼 들쭉날쭉한 모양을 하고 있었다. 비둘기 떼가 다가오자 마머듀크조차도 레더스타킹의 도덕적 훈계를 잊어버리고 다른 사람들과 마찬가지로 자신의 소총을 잡고 발사 태세를 취했다.

"발사!" 보안관이 대포의 뇌관을 타오르는 한 덩어리의 석탄으로 쾅 치며 소리쳤다. 벤저민의 장약 절반이 점화구를 통해 새어나왔으므로 소총 부대의 일제 사격이 회전포의 포성을 앞질렀다. 이 소형 화기들의 일제 사격을 받자 새 떼의 정면에 위치해 있던 비둘기들이 위로 휙 날아 오름과 동시에 뒤에 있던 무수히 많은 새들이 놀라울 만큼 신속히 앞자리를 채웠다. 그래서 그 작은 대포의 포구에서 하얀 연기 기둥이 분출했을 때에는 더 많은 수의 물체들이 미끄러지듯 그 앞자리를 향해 몰려오는 중이었다. 대포의 포성이 산악 지대를 따라 메아리치다가 마치 멀리서 울리는 천둥소리처럼 북쪽으로 사라지는 동안 겁에 질린 이 한 무리의 새 떼는 당장 하나의 동요하는 무질서한 덩어리로 변해버렸다. 하늘은 변칙적으로 비행하는 비둘기들로 가득 찼다. 비둘기들은 가장 키 큰 소나무들 꼭대기에서도 훨씬 더 위로 켜켜이 날아오르고 있었는데, 아무도 감히 그 위험한 고갯길 너머로 나아가려 하지 않았다. 그러다가 갑자기 그 새 떼의 우두머리 몇 마리가 골짜기를 가로질러 세차게 날기 시작해서 마을 바로 위로 날아갔다. 그러자 그들 뒤에 있던 수십만 마리가 그 우두머리들을 본받아 같은 방향으로 날아가버렸으므로 그 평원의 동쪽 지대에는 그들을 박해하던 인간들과 살해당한 비둘기들만 남게 되었다.

"승리요!" 리처드가 외쳤다. "승리요! 우리가 들판에서 적을 몰아냈소."

"그렇지 않네, 디컨." 마머듀크가 말했다. "들판은 죽은 비둘기들로 뒤덮여 있다네. 그래서 레더스타킹처럼 나도 사방에서 비둘기의 눈만 보게 된다네. 죄 없이 고통당한 비둘기들이 공포에 질려 고개를 돌릴 때의 그 눈 말일세. 떨어진 새들 중 딱 절반은 아직 살아 있지. 그러니 이젠

이 경기를 끝낼 때라고 생각하네. 이걸 경기라고 할 수 있다면 말이지."

"경기라고!" 보안관이 소리쳤다. "이건 왕자가 할 만한 경기지. 이곳에는 청색 군복의 병사들이 수천 명이나 널브러져 있으니 이 마을의 할머니들은 누구든 달라고 부탁하기만 하면 고기를 넣은 파이를 거저먹을 수 있게 되는 거지."

"이거 원. 다행히도 우리가 계곡의 이쪽 편에서 새들을 공포에 질리게 해서 몰아냈군." 마머듀크가 말했다. "그러니 살육에는 당연히 종지부를 찍어야 해, 당분간이라도. 애들아, 비둘기 대가리 백 개마다 6펜스씩 줄 테니 가서 열심히 대가리를 따서 마을로 가져오렴."

이 임시방편은 바라던 효과를 가져왔다. 그곳에 있던 모든 소년들이 상처 입은 새들의 목을 비틀어 따기 위해 부지런히 일하기 시작했기 때문이었다. 템플 판사는, 그 순간의 흥분이 지나간 뒤에 자기가 다른 이들의 고통을 대가로 쾌락을 산 것을 알게 된 많은 사람들이 느꼈던 것과 같은 종류의 느낌을 지니고 자기 집으로 물러갔다. 말등마다 죽은 비둘기들이 실렸다. 그리고 이렇게 처음으로 한바탕 경기를 치른 후에는 남은 사냥철 동안 몇몇 할 일 없는 사람들에게는 비둘기 사냥이 고정적인 할 일이 되어버렸다. 그렇지만 리처드는 그 후에도 여러 해 동안 그 대포를 쏜 일에 대해 떠벌리곤 했다. 벤저민도 그날 그들이 죽인 비둘기의 수는 로드니가 승리를 거두었던 그 잊을 수 없는 전투에서 죽은 프랑스 군인들의 수와 거의 비슷하다고 근엄하게 단언하곤 했다.

23장

"도와주십쇼, 나리님들.
여기 그물에 물고기 한 마리가 걸려들어 있어요.
마치 가난한 사람의 권리가 법망에 걸려 있는 것처럼요."
—『페리클레스』, 2권 1장 116~17행

봄은 이제 처음 다가올 때 지루하고 우물쭈물했던 것과는 반대의 속도로 급히 지나가고 있었다. 날마다 한결같이 온화한 날씨가 찾아왔고 밤은 서늘하지만 이제는 더 이상 영하의 기온으로 사람들을 추위에 떨게 하지도 않았다. 호숫가를 따라 쏙독새들이 침울한 음조로 지저귀는 소리가 들려왔고 초원과 작은 호수들에서는 그곳에 서식하는 수천 마리의 벌레와 새들이 내는 음악 소리가 들려왔다. 이 지방 토산인 포플러의 잎사귀들이 숲속에서 떨리는 것을 볼 수 있었고 숲속의 여러 나무들의 생기 있는 초록빛 색조가 소나무와 솔송나무의 변치 않는 빛깔과 뒤섞이고 있었으므로 산비탈마다 갈색 빛깔이 사라지기 시작하고 있었다. 더디 나오는 참나무의 싹조차도 다가오는 여름을 약속하며 부풀어 오르고 있었다. 명랑하게 파닥거리는 지빠귀, 사교적인 울새, 부지런한 작은 굴뚝새가 모두 다 노래 부르며 날아다니며 들판에 활기를 불어넣는 모습을 볼 수 있었다. 한편 높이 솟아오르는 물수리는 이미 옷세고 호수의 넘실거리는 물 위로 떠다니면서 타고난 탐욕스러운 식성을 드러내며 먹 잇감이 나타날까 주시하고 있었다.

이 호수에 사는 물고기들은 그 수가 많고 맛이 좋기로 널리 알려져 있었다. 그래서 얼음이 사라지자마자 호수 기슭에서 수많은 작은 배들이 띄워졌다. 그리고 어부의 낚싯줄이 호수 속의 가장 깊은 동굴들에서도 가장 깊숙한 구석까지 드리워져서 인간이 교묘하게, 또는 기술적으로 고안해낸 온갖 종류의 미끼로 부주의한 물고기들을 유혹하고 있었다. 그러나 이주민들의 수가 많고 또 그들이 성급했기 때문에, 낚싯바늘과 낚싯줄을 이용해서 느리지만 확실하게 물고기를 잡는 일은 그들에게 맞지가 않았다. 그래서 보다 파괴적인 방법들이 사용되었다. 템플 판사가 획득한 법규에 따라 이제 농어잡이가 허용된 계절이 왔으므로 보안관은 그 계절에서도 맨처음 오는 캄캄한 밤을 틈타 고기잡이를 직접 즐기려는 뜻을 밝혔다.

"그리고 너도 와야 해, 베스야." 이 계획을 발표하면서 리처드는 말했다. "그리고 그랜트 양과 에드워즈 씨도. 내가 여러분에게 이른바 고기잡이라고 하는 것이 어떤 것인지 보여주겠어. 듀크가 호수 송어를 잡으러 갈 때 하듯이 조금씩, 조금씩, 조금씩 입질하는 그런 물고기들이 아니라 이 말씀이지. 거기서 듀크는 쨍쨍 내리쬐는 햇볕 속에서 여러 시간을 앉아 있거나 아니면 아마도 겨울에도 가장 추운 날에 덤불숲에서 바람을 피하며 얼음에 난 구멍 위에 몸을 굽히고 있곤 하지. 그러고는 몸으로 그런 모든 고행을 하고서도 단 한 마리의 물고기도 잡지 못하곤 하지. 아니, 아니. 내게 좋은 후릿그물만 줘. 길이가 50길*이나 60길 정도

---

* 한 길은 183센티미터.

되는 걸로 말이지. 왁자지껄 농담을 할 한 패의 쾌활한 뱃사공들과 함께 말이야. 그동안 벤저민이 배의 키를 잡을 테고 말이지. 그러면 우리는 물고기들을 수천 마리씩 배 위로 끌어당기게 될걸. 난 그런 걸 고기잡이라고 하지."

"아! 디컨" 하고 마머듀크가 외쳤다. "자넨 낚싯바늘과 낚싯줄을 가지고 노는 즐거움을 거의 모르는군. 안다면 자넨 물고기들을 더 아껴서 조금씩 잡을 텐데. 자네가 호수에서 밤의 파티를 지휘할 때 굶주린 가구가 열 몇 가구나 먹을 만큼의 물고기를 뒤에 남기고 오는 걸 난 알고 있다네."

"그 문제에 대해서는 반박하지 않겠네, 템플 판사. 오늘 밤 난 갈 거네. 그리고 여기 있는 일행이 참석해주기를 청하오. 그래서 우리 둘 중 누구 편을 들지 이들이 결정하게 하세나."

리처드는 그날 오후 내내 그 중요한 행사를 준비하느라 바빴다. 지는 해의 마지막 햇빛이 사라지고 초승달이 대지 위로 그림자를 던지기 시작하는 바로 그때 고기잡이 일행은 배를 타고 호수의 서쪽 기슭에 위치한 한 지점을 향해 출발했다. 그곳은 마을에서 반마일 이상 떨어진 거리에 위치해 있었다. 지면은 단단했고 도로 상태도 괜찮고 건조했다. 마머듀크는 딸과 딸의 친구와 젊은 에드워즈와 함께 넓고 잔잔한 호수의 어귀에 있는, 높다랗고 풀이 무성한 기슭에서 호수를 가로질러 움직이는 검은 물체를 주시하며 서 있었다. 그러던 중 그 물체는 서쪽 언덕의 그늘로 들어가서 시야에서 사라졌다. 육로로 해서 목적 지점까지 돌아가는 거리는 1마일 정도였다. 그는 이렇게 말했다.

"이제 우리가 움직여야 할 시간이야. 우리가 그 지점에 도달하기 전에 달이 질 거야. 그러면 그때 디컨의 기적적인 그물 끌어올리기가 시작될 거야."

밤공기는 따뜻했고 그들이 길고 지루한 겨울을 막 빠져나온 터였으므로 공기는 그들에게 쾌적하고도 상쾌했다. 판사의 젊은 동반자들은 그 장면과 자기들이 기대하는 오락에 고무되어 판사의 뒤를 따라갔다. 판사는 옷세고 호수의 기슭을 따라, 또 마을의 변두리를 통과해서 그들을 앞장서 이끌고 갔다.

"보세요!" 젊은 에드워즈가 말했다. "저 사람들이 벌써 불을 피우고 있네요. 불이 잠깐 동안 가물거리다가 다시 꺼지는군요. 마치 개똥벌레처럼요."

"이제는 불이 타오르고 있어요." 엘리자베스가 소리쳤다. "사람들의 형체가 불빛 주위로 움직이고 있는 걸 볼 수가 있어요. 성급한 제 오촌 디컨 아저씨가 저 밝은 불길을 일으키는 데 힘을 썼다고 단언하겠어요. 리마커블의 금목걸이가 아니라 제 보석들을 걸고 단언해요. 보세요. 불이 다시 희미해지지요. 저분의 재치 있는 계획들이 대부분 그랬던 것처럼 말예요."

"네가 사실을 추측했구나, 베스." 그녀의 아버지가 말했다. "그가 작은 나뭇가지 한 아름을 장작더미 위에 던졌어. 나뭇가지들은 불이 붙자마자 다 타버렸지. 하지만 그러는 동안 그 불빛으로 그들은 더 나은 연료를 찾을 수가 있었지. 그 불이 더 확고한 불길로 타오르기 시작하는 걸 보면 알지. 저 불은 이제 어부의 진정한 등대가 되었네. 불이 얼마나 아름답게 작은 원형의 빛을 수면에 던지고 있는지 어디 보렴."

불이 나타나자 보행자들은 더 부지런히 걷기 시작했다. 숙녀들조차도 그물을 견인하는 그 매력적인 모습을 간절히 보고 싶어 했기 때문이었다. 그들이 고기잡이 일행이 상륙한 낮은 지점 위쪽으로 솟아오른 기

숲에 도달했을 때에는 달은 이미 서쪽 소나무 꼭대기 뒤로 져버린 뒤였다. 별들도 대부분 구름에 가려졌으므로 모닥불에서 나오는 불빛 외에는 다른 빛은 거의 없었다. 마머듀크의 제안에 따라 그의 동반자들은 호숫가로 내려가기 전에 한숨을 돌리고 아래쪽에 있는 사람들의 대화에 귀를 기울이고 그 일행을 관찰하기로 했다.

일행은 리처드와 벤저민을 제외하고는 모두가 모닥불을 둘러싸고 앉아 있었다. 리처드는 연료로 쓰려고 그 장소까지 질질 끌고 온 썩은 그루터기의 뿌리에 앉아 있었고 벤저민은 두 손을 허리에 얹고 있었는데 그가 불길에 너무나 가까이 있었으므로 수면을 부드럽게 휩쓸고 지나가는 밤바람이 부는 대로 불길이 장작더미 위로 너울거리는 동안 연기가 때때로 그의 근엄한 얼굴을 가리곤 했다.

"글쎄, 보세요, 스콰이어"라고 집사장이 말했다. "스콰이어께서는 무게가 20, 30파운드 나가는 호수의 물고기를 잡는 것을 중대한 문제라고 하시겠지만 삽같이 생긴 상어를 끌어당긴 적이 있는 사람에게는, 아시겠지만 이런 건 결국 보잘것없는 종류의 고기잡이입죠."

"난 잘 모르겠는데, 벤저민." 보안관이 대꾸했다. "그물로 옷세고 호수의 천 마리의 농어를 끌어당기는 게, 창꼬치, 작은 창꼬치, 작은 농어, 메기, 호수송어, 잉어는 제외하고도 말이지, 절대로 보잘것없는 수확은 아니지. 정말이야. 상어를 찔러 죽이는 것도 놀이가 될 수 있겠지만 그걸 잡은 후에는 그게 무슨 소용이 있느냐고? 한데 내가 방금 열거한 물고기들은 어느 것이든지 다 임금님 식탁에 내놓아도 괜찮은 거란 말이지."

"글쎄요, 스콰이어"라고 벤저민이 대꾸했다. "이 문제의 철학적 원리에 대해 말씀드릴 테니 한번 들어보십쇼. 우리가 넓은 대양에서 볼 수 있는 그런 물고기가 여기 이 작은 호수에서 살고 또 이곳에서 잡을 수 있다고 하면 그게 이치에 맞는 말일까요? 이 작은 호수는 깊이가 사람이 익사할 정도도 될까 말까 하지만 반면에 대양에서는, 모든 사람이 알고 있듯이, 다시 말하자면 뱃사람으로 일해본 모든 사람이 알고 있듯이, 고래와 돌고래들을 볼 수가 있지요. 그리고 그것들은 길이가 저기 저 산의 소나무만큼이나 되잖아요."

"침착하게, 침착하게." 마치 자기가 총애하는 하인의 체면을 세워주고 싶은 듯이 보안관이 말했다. "글쎄, 저 소나무들 중에는 키가 2백 피트나 그 이상 되는 것도 있으니까 말이지."

"2백 피트든 2천 피트든 다 마찬가지지요." 벤저민이 소리쳤다. 그의 태도를 보면 지금과 같은 주제에 대해서는 그를 올러대어 자신의 의견을 버리게 하기가 쉽지 않다는 것이 분명했다. "제가 대양에서 살면서 제 눈으로 보지 않았나요? 대양에서는 길이가 저기 저 소나무 키만 한 고래들을 만나게 된다고 말씀드렸지요. 또 제가 사실이라고 주장하는 것이 어떤 것인지도 말씀드렸지요."

이러한 대화는 그보다 훨씬 더 길었던 토론의 끝부분임이 분명했는데 이 대화가 이어지는 동안 빌리 커비의 거대한 몸집이 모닥불 한쪽 편에 크게 자리 잡고 있는 모습이 보였다. 그곳에서 그는 자기 가까이 있는 나무토막들에서 뜯어낸 잗다란 나무 가시들로 이를 쑤시면서 벤저민의 주장을 불신한다는 뜻으로 때때로 고개를 가로젓고 있었다.

"이 호수에는"이라고 나무꾼이 말했다. "가장 큰 고래도 헤엄칠 수 있을 만큼 물이 충분하다고 난 생각하네. 사람들이 허풍만 떨었지 그런 큰 고래가 실제로 있는지는 잘 모르겠지만 말이네. 또 소나무에 대해 말하자면 내가 그것에 관해 무언가를 알고 있는 게 당연하다고 생각한다네. 난 내 도낏자루 길이의 60배나 되는 높은 소나무들을 수없이 많이 벴지. 도끼날은 길이에 치지 않고도 말이야. 그리고 베니, 나는 믿는다네. 마을 바로 너머 저 비전 산의 계곡에 서 있는 늙은 소나무를, 자네가 쳐 다보기만 하면 그 나무를 볼 수 있지. 달이 아직 그 소나무 꼭대기에 걸려 있으니까 말이야. 그런데 이제 난 믿는다네. 바로 그 소나무를 호수에 서도 가장 깊은 곳에 옮겨 심는다 해도 지금까지 만들어진 선박들 중 가장 큰 선박이라도 그 위로 떠갈 수 있을 만큼 물이 충분할 거라고 말이네. 그 소나무 위쪽의 가지들을 건드리지도 않고 말이지. 난 그렇게 믿고 있다네."

"자넨 지금까지 선박을 본 적이 있는가, 커비 달인?" 집사장이 으르렁거렸다. "이봐 자네가 선박을 본 적이 있는가 말일세? 아니면 여기 이 조그만 담수호에서 참피나무로 만든 거룻배나 목선보다 더 큰 배를 본 적이 있느냐 말일세?"

"물론 본 적이 있지." 단호하게 나무꾼이 말했다. "본 적이 있고 그게 거짓말이 아니라고 말할 수가 있네."

"자넨 영국 선박을 본 적이 있는가, 커비 달인? 전선에서 싸우는 그런 영국 군함 말이야, 이 사람아? 자네가 대체 어디에 갔다가 정식으로 건조된 선박을 봤단 말인가? 이물의 물결 헤치는 부분과 선미재, 용골 옆판과 현연재, 배다리와 승강구, 또 배수구와 후갑판과 앞갑판, 그래, 또 평갑판, 이런 것들을 갖춘 선박을 말이야? 이봐, 말할 수 있으면 말해봐. 자네가 대체 어디에서 의장을 완전히 갖춘, 정식으로 건조되고 갑판을 댄 배를 봤는지를 말일세?"

일행은 모두 이러한 압도적인 질문에 아주 깜짝 놀랐다. 리처드조차도 나중에 "벤저민이 글자를 읽을 줄 모르는 게 유감천만이었어. 그렇지 않으면 그는 틀림없이 영국 해병대의 귀중한 장교가 됐을 텐데 말이지.

영국 해병대가 바다에서 프랑스군에 그처럼 쉽게 이긴 건 조금도 놀라운 일이 아니야. 가장 낮은 직급의 선원조차도 배의 여러 부분들에 대해 그처럼 잘 알고 있었으니까 말이야"라고 논평했을 정도였다. 그러나 빌리 커비는 두려움을 모르는 인간이었고 낯선 용어에 대해서는 큰 경계심을 품고 있었다. 벤저민이 이렇게 유창하게 질문을 던지는 동안 그는 이미 일어나서 모닥불에 등을 돌리고 서 있었다. 집사장이 말을 마치자 모든 예상을 뒤엎고 그는 다음과 같이 기운차게 대답했던 것이다.

"어디라니! 그야 노스 리버에서지. 또 아마도 챔플레인 호수에서였겠지. 그 호수에는 조지 국왕이 소유하고 있는 가장 튼튼한 배도 고전하게 만들 수 있는, 포를 장비한 범선들이 떠 있었지, 이봐. 그 범선들에는 언뜻 보아 90피트나 되는, 멋지고 단단한 소나무로 만든 돛대가 있었지. 내가 버몬트 주에서 그런 소나무들을 많이 베어내고 있었으니까 알고 있지. 내가 그런 범선의 선장이고 자넨 그렇게 떠벌리는 보디시에 타고 있다면 좋겠네. 그러면 우리는 훌륭한 양키의 소질이 어떤 것인지, 또 바몬트 사람의 가죽이 영국 사람의 가죽만큼 두꺼운지 어떤지를 금방 알게 될 텐데 말이야."

벤저민이 이 도전을 듣고 터뜨린 시끄러운 웃음소리가 고기를 잡는 지점에서 반 마일 이상 떨어져 있는 맞은편 언덕에 부딪쳐 메아리로 되울려왔다. 그리고 그들의 양옆을 감싸고 있던 숲은 그 그늘에서 울려나오는 소리로 인해 마치 조롱하는 악마들로 가득 차 있는 듯이 보였다.

"호숫가로 내려가자." 마머듀크가 속삭이듯 말했다. "그러지 않으면 불화가 싹틀 거다. 벤저민은 대담무쌍한 허풍선이고 커비는 호인이지만 경솔한 나무꾼이니까 말이야. 커비는 미국인 한 사람이 영국인 여섯 사람을 대적할 수 있다고 생각하거든. 디컨이 말이 없는 게 놀랍구나. 저런 최고도의 기술을 시험해볼 기회가 있는데도 말이지."

템플 판사와 숙녀들의 출현으로 어부 일행은 화해하지는 못했다 하더라도 적어도 적대적인 말싸움은 중단하게 되었다. 존스 씨의 지시에 복종해서 어부들은 배를 띄울 준비를 했다. 그 배는 이곳을 내려다볼 때 배경에서 이미 보았던 것이었는데 고물의 작은 평갑판 위에 그물이 조심스럽게 놓여 있어 쓸 준비가 되어 있다는 것까지 그들은 이미 보아 알고 있었다. 리처드는 걸어온 일행이 늦게 왔다고 비난을 퍼부었다. 그러고는 이 일행의 모든 거친 감정은 가라앉고 고요가 찾아왔다. 그 고요는, 호수의 아름다운 수면 위에 감도는 고요만큼이나 온화하고 평온한 것이었다. 그런데 다름 아닌 그 호수에서 그들은 가장 귀중한 물고기들을 막 훔쳐내려 하고 있었던 것이다.

밤은 이제 너무나 캄캄해져서 모닥불의 불빛이 미치지 않는 곳에 있는 사물들은 불분명할 뿐만 아니라 거의 전부 보이지 않게 되어버렸다. 모닥불의 번쩍이는 빛이 수면 위에서 춤을 추며 수면 여기저기에 닿아 수면 위에 흔들리는 붉은 줄무늬를 만들고 있었으므로 약간 떨어진 곳에 있는 수면이 반짝거리는 모양은 분간할 수가 있었다. 그렇지만 호숫가에서 1백 피트가량 떨어진 곳의 수면에는 꿰뚫고 들어갈 수 없는 암흑의 경계선이 자리 잡고 있었다. 한두 개의 별이 구름 틈새를 뚫고 반짝거리고 있었고 희미하게 가물거리는 마을의 불빛들이 보였는데 그것들은 마치 헤아릴 수 없이 먼 거리에서 가물거리는 듯했다. 때때로 모닥불이 사그라지고 있어서, 아니면 지평선의 안개가 걷히고 있어서 호수 건너편에 있는 산의 윤곽을 그 융기한 모양을 따라 살펴볼 수가 있었지만 그 산의 그림자는 널따랗고 짙게 호수 한가운데로 던져져 있었다. 그래서 산이 위치한 쪽의 어둠을 세 배나 더 짙게 만들고 있었다.

보안관이 직접 관장하는 것이 적당하다고 생각할 때만 제외하고는 벤저민 펌프가 변함없이 리처드의 배의 키잡이 겸 그물 던지는 사람의 역할을 하고 있었다. 그리고 현재의 경우에는 빌리 커비와 커비의 체력의 절반 정도밖에 안 되는 한 청년에게 노를 젓는 임무가 할당되었다. 나머지 조수들에게는 밧줄을 끌어당기는 임무가 부여되었다. 임무가 신속하게 할당된 후 리처드는 배를 '저어 나가라'는 신호를 보냈다.

엘리자베스는 바닥이 평평한 이 배가 호숫가로부터 밧줄을 풀어가면서 나아가는 움직임을 주시했다. 그러나 배는 순식간에 어둠 속으로 사라졌기 때문에 그다음부터는 배의 진전 상황을 알려면 그녀의 귀에 의존할 수밖에 없게 되었다. 이 모든 기동 작전들이 수행되는 동안 리처드가 그들에게 보장한 바에 따르면 "농어들을 겁먹지 않게 하기 위해" 모두는 짐짓 아주 조용하게 행동하는 체해야 했다. 왜냐하면 농어들은 얕은 물로 몰려오고 있었고 어부들의 소리에 방해받지만 않는다면 불빛을 향해 다가올 것이기 때문이라는 것이었다.

벤저민의 목쉰 소리만 어둠 속에서 울려나오는 것이 들렸다. 그는 위압적인 어조로 "좌현의 노를 저어" "우현으로 노를 저어" "함께 힘을 내저어, 이보게들" 등의 명령과 또 그의 후릿그물을 적당하게 치는 데 필요한 다른 명령들을 내리고 있었던 것이다. 고기잡이 과정의 이러한 필요한 부분을 실행하는 데 오랜 시간이 지나갔다. 왜냐하면 벤저민은 그물을 던지는 자신의 기술을 매우 자랑으로 여기고 있었고 또 사실상 이 고기잡이의 성공은 대부분 올바른 판단에 의거해 그물을 제대로 치느냐 여부에 달려 있었기 때문이었다. 마침내 집사장이 '막대기' 또는 '스트레처'*를 던

---

* 어망 끝에 붙은, 어망을 펼치는 막대기.

질 때 물속에서 텀벙거리는 소리가 크게 났다. 그러고는 그가 쉰 목소리로 "출발!"이라고 외친 소리가 배가 돌아오고 있음을 알려주었다. 그때 리처드는 모닥불에서 불이 붙은 나무토막을 하나 집어 들고 고기잡이의 본거지 위쪽에 있는 어떤 지점으로 달려갔다. 본거지 아래쪽에 배가 출발한 지점이 있었는데 리처드가 올라간 지점은 본거지와 배가 출발한 지점의 고도 차이만큼이나 본거지에서 위로 올라간 곳에 위치해 있었다.

"스콰이어를 위해 배를 완전히 육지에 붙이게나, 여보게들." 집사장이 말했다. "그러고는 여기 이 못에서 어떤 물고기들이 서식하는지 보자고."

드리워진 그물이 스치는 소리 대신에 이제는 재빨리 노를 젓는 소리와 배에서 풀려나가는 밧줄 소리를 들을 수 있었다. 곧 배가 불빛이 미치는 범위 안으로 질주해 들어왔다. 배는 곧 물가로 견인되었다. 몇 사람이 밧줄을 끌어당기기 위해 열렬히 손을 내밀었고 양쪽의 밧줄을 잡아당기려는 사람들의 수가 같았으므로 어부들은 천천히, 그러나 확고하게 그물을 끌어당기기 시작했다. 리처드는 가운데에 서서 필요에 따라 더 세게 끌어당기라거나 힘을 늦추라거나 하는 명령을 양쪽편 사람들에게 번갈아 내리고 있었다. 구경꾼들은 리처드 가까이 자리를 잡고 서서 이러한 작업의 전 과정을 명확히 보고 있었다. 작업은 서서히 끝나가고 있었다.

모든 사람이 이제 기탄없이 자신들의 모험의 성과에 대한 의견을 생각나는 대로 말하고 있었는데, 어떤 이들은 그물이 깃털처럼 가벼운 상태로 들어왔다고 단언했고 또 어떤 이들은 그물에 통나무들이 가득 걸린 것 같다고 단언하기도 했다. 밧줄들의 길이가 수백 피트였으므로 보안관은 이러한 상반된 의견들이 별로 중요하지 않다고 생각했다. 그래서 그는 처음에는 한쪽 밧줄이 있는 곳으로 갔다가 그다음에는 다른 밧줄 쪽으로 갔다가 하면서 자기 스스로 판단을 내릴 수 있게 각각의 밧줄을 살짝 잡아당겨보기도 했다.

"이런, 벤저민" 하고 이런 식으로 처음 밧줄을 잡아당겨볼 때 그가 외쳤다. "자넨 그물을 제대로 치지 않았군. 내 새끼손가락으로도 그물을 움직일 수 있을 정도니 말이야. 만져보니 밧줄이 느슨하군."

"고래를 본 적이 있습니까, 스콰이어?" 집사장이 응수했다. "제 말은 만약 저기 저 그물을 잘못 쳤다면 이 호수에서 도대체 무엇 때문에 물고 기가 잡혔을까요? 사실이지 전 기함의 후갑판 위에 밧줄과 쇠사슬을 도 르래에 제대로 잘 꿰어 동여맸듯이 그물도 그렇게 제대로 잘 던졌으니까 요."

그러나 리처드는 곧 자신의 실수를 깨달았다. 빌리 커비가 그의 앞 에서 두 발을 물속에 담근 채 서서 호수 쪽으로 45도 각도로 몸을 굽히 고는 그런 자세를 유지하기 위해 엄청나게 힘을 쓰고 있는 모습을 보았 던 것이다. 그는 항의를 그치고 반대편 밧줄을 당기고 있는 일행에게로 다가갔다.

"어망의 막대기들이 보이는군." 존스 씨가 외쳤다. "거둬들이게, 여보 게들. 끝내버려. 그물을 끌어올려, 그물을 끌어올려."

이 기운찬 목소리에 엘리자베스가 시선을 모아 바라보니 후릿그물에 달린 두 개의 막대기의 양쪽 끝이 어둠 속에서 드러나는 것이 보였다. 그물 양쪽 막대기들이 들어 올려지자 그물이 깊은 자루 형태를 띠고 있 는 것이 보였다. 육지의 남자들은 서로 바싹 붙어 구경하고 있었다. 어부 들은 눈에 띌 정도로 힘을 더 크게 쓰고 있었고 바로 이 순간에 최대의 힘을 발휘하라고 그들을 독려하는 리처드의 목소리가 들려왔다.

"지금이 바로 그때요, 친구들." 그가 외쳤다. "그물의 양끝을 땅으로 끌어올립시다. 우리가 끌어올린 모든 물고기가 우리 것이오. 끝내버려!"

"그물을 마저 끌어올리자고." 벤저민이 그 말을 되풀이했다. "만세! 이여차, 이여차, 영차!"

"그물을 끌어올려!" 커비가 고함쳤다. 그가 너무나 힘을 크게 쓰고 있어서 그의 뒤에 있는 사람들은 그의 손을 통과해 나온 밧줄의 느즈러진 부분을 거둬들이는 것 외에는 아무런 할 일이 없을 정도였다.

"막대기, 어이!" 집사장이 고함쳤다.

"막대기, 어이!" 커비가 다른 편 밧줄을 잡아당기며 되풀이했다.

육지의 남자들도 물가로 달려가 어떤 이는 위쪽의 밧줄을 잡고 어떤 이들은 아래쪽 밧줄, 즉 끌어당기는 쪽 밧줄을 잡고서는 매우 활발하게, 또 열중해서 밧줄을 끌어당기기 시작했다. 후릿그물이 수직적인 상태를 유지하게 해주는 작은 부구(浮球)들이 깊은 반원형 곡선을 형성하고 있는 모양이 구경꾼들에게 명확히 보였고, 그 반원형 곡선의 크기가 점차 작아지면서 자루 모양의 그물이 나타났다. 물속에서 때때로 퍼덕거리는 소리가 들려서 그물에 잡힌 포로들이 불안해한다는 것을 알려주고 있었다.

"끌어당겨, 여보게들!" 리처드가 고함쳤다. "놈들이 풀려나려고 발버둥치는 걸 볼 수 있군. 끌어당겨. 이건 수고를 보상해줄 그물이니까."

그물이 끌어당겨져 일꾼들의 손을 통과하고 있었으므로 이제는 여러 종류의 물고기들이 그물망에 얽혀 있는 광경을 볼 수가 있었다. 그리고 물가에서 조금 떨어진 호수 속에서는 겁먹은 물고기들이 그물 속에서 요동치는 소리가 요란하게 들렸다. 수백 마리의 물고기들의 흰 옆구리 부분이 수면에서 빛났고 모닥불 불빛에 비쳐 번쩍거렸다. 그러다가 소음과 환경 변화에 기겁을 한 물고기들은 다시금 자유를 찾으려고 헛되이 애쓰면서 밑바닥으로 돌진하곤 했다.

"만세!" 리처드가 외쳤다. "한두 번만 세게 끌어당겨, 여보게들. 그러면 무사히 끝나는 거야."

"기운차게, 여보게들, 기운차게!" 벤저민이 소리쳤다. "생선탕을 끓일 수 있을 만큼 큰 호수송어가 보이네."

"저리가, 이 잔챙이야!" 빌리 커비가 그물망에서 메기 한 마리를 집어 꺼내 무시하는 태도로 호수로 되던지면서 말했다. "끌어당겨, 여보게들. 끌어당겨. 여기 온갖 종류의 물고기가 다 있네. 여기 농어 천 마리가 없다면 하느님께서 날 거짓말쟁이라고 꾸짖으시길 빕니다!"

그 광경에 사리 분별을 잊고 흥분해서, 또 계절도 잊어버리고 나무꾼은 물이 허리에 차오를 때까지 물속으로 달려 들어가서는 저항하는 물고기들을 그 고유의 환경으로부터 자신의 앞쪽으로 몰아내기 시작했다.

"기운차게 끌어올리게, 여보게들" 하고 마머듀크가 소리쳤다. 그는 그 순간의 흥분에 굴복해서 두 손을 그물에 대고 적지 않은 힘을 보탰다. 에드워즈는 그보다 앞서 달려가 있었다. 산더미같이 많은 물고기들이 자갈이 많은 호숫가에서 천천히 구르고 있는 광경을 보고 그도 또한 숙녀들의 곁을 떠나 어부들과 합류하지 않을 수가 없었던 것이다.

그물을 육지로 끌어올릴 때 어부들은 세심한 주의를 기울였다. 그들은 많은 수고 끝에 그물에 잡힌 물고기 떼 전부를 호숫가의 우묵한 곳에 안전하게 끌어올릴 수 있었다. 그곳에서 물고기들은 치명적인 새로운 환경 속에서 퍼덕거리다가 방치되어 짧은 생존을 마감하게 되었던 것이다.

엘리자베스와 루이자조차도 호수 한가운데에서 이처럼 바깥으로 끌어내어져 포로처럼 자신들의 발치에 놓인 2천 마리의 물고기들을 보고 크게 흥분했을 뿐만 아니라 매우 만족스러워했다. 그러나 그 순간의 감정이 사라지자 마머듀크는 두 손으로 무게가 2파운드 정도 나갈 만한 농어 한 마리를 집어 들었다. 그러고는 침울하게 생각에 잠겨 그것을 잠시 바라보다가 딸에게 몸을 돌리고는 이렇게 말했다.

"이건 하느님의 정교한 선물들을 무시무시하게 낭비하는 일이야. 베스야, 너는 이 물고기들이 네 앞에 저렇게 산더미처럼 쌓여 있는 것을 보고 있지만 이것들은 내일 저녁이면 템플턴의 가장 보잘것없는 식탁에서조차도 퇴짜 받는 음식이 될 거다. 그렇지만 이 물고기들은 높은 품질과 독특한 풍미가 있어서 다른 나라에서라면 왕자나 미식가의 식탁에서도 호사스러운 음식으로 여겨질 만하단다. 이 세상에는 옷세고 호수의 농어보다 더 맛있는 물고기는 없지. 이 농어는 청어의 기름진 맛과 연어의 난단한 살의 맛을 둘 다 지니고 있으니 말이야."

"하지만 틀림없이, 아버지"라고 엘리자베스가 큰 소리로 말했다. "이 농어들은 이 나라에 큰 축복이 되고 가난한 이들에게는 아주 큰 도움이 되는 물고기잖아요."

"가난한 이들은 항상 많이 있을 경우에는 낭비를 하고 내일에 대비하는 일이 거의 없지. 그렇지만 이런 방식으로 동물들을 파괴하는 데 대해 어떤 변명을 할 수가 있다면 그건 농어를 잡을 때에도 해당되겠지. 겨울 동안에는 너도 알다시피 농어는 얼음 덕분에 우리의 공격으로부터 완전히 보호를 받게 되지. 그것들은 낚싯바늘에는 걸려들지 않는 경향이 있고 무더운 계절에는 사람 눈에 띄지 않으니까 말이야. 그런 무더운 계절에는 농어들은 호수의 깊고 서늘한 물속에 틀어박힌다고 사람들은 추측하지. 그것들을 후릿그물로 포획할 수가 있는 지점들 주위에서 며칠 동안이라도 그것들을 발견할 수 있는 때는 봄과 가을뿐이란다. 하지만 미개척지에 있던 다른 모든 보물들과 마찬가지로 이 농어들도 벌써 사라지기 시작하고 있단다. 인간의 파괴적인 낭비 앞에서 말이야."

"사라지다니! 듀크! 사라지다니!" 보안관이 외쳤다. "자네가 이걸 나타나는 거라 부르지 않는다면 자네가 무엇을 그렇게 부를지 난 모르겠네. 여기에는 천 마리는 좋이 되는 은빛 민물고기들과 수백 마리의 잉어들과 많은 양의 치어들이 있어. 하지만 이런 건 항상 자네가 취하는 전형적인 태도지. 처음에는 나무들에 대해, 그다음에는 사슴들에 대해, 또 그다음에는 단풍당에 대해 그랬고 그 밖의 여러 가지에 대해서도 자넨 끝까지 그럴 거네. 어느 날 자네는 반 마일마다 강이나 호수가 있는 지방의 운하에 대해 말하지. 단지 물이 자네가 흘렀으면 하고 바라는 방식으로 흐르지 않는다는 이유로 말이야. 그다음에는 탄광에 대해 무슨 말을 하지. 나처럼 시력이 좋은 사람이라면 누구나, 다시 말하자면 좋은 시력이 있으면 누구나 런던 시민들에게 50년 동안 연료를 공급하고도 남는 양의 목재가 있다는 걸 볼 수 있는데도 말이지. 그렇지 않나, 벤저민?"

"그야, 그 문제에 대해 말하자면 스콰이어" 하고 집사장이 말했다. "러넌*은 절대 작은 장소가 아닙지요. 그것을 강의 한쪽 편에만 있는 그런 도시로 가상해서 처음부터 끝까지 주욱 펼쳐놓는다면 여기 이 호수 같은 걸 다 덮을 만한 넓이가 될 겁니다요. 물론 지금 보이는 저 숲이 그들의 수요를 충족시키고도 남을 거라고 감히 말하겠습지요만. 러넌 사람들이 주로 석탄을 땐다는 걸 감안하면 말입지요."

"이제 우리는 드디어 석탄의 문제에 도달했군, 템플 판사." 보안관이 벤저민의 말을 가로막았다. "난 아주 중요한 문제를 자네에게 전달해야겠네. 하지만 그걸 내일로 연기하겠네. 자네가 영지의 동부로 말을 타고

---

* 영국 런던.

갈 예정이라는 걸 알고 있으니 말일세. 그리고 내가 자네와 함께 출발해서 자네의 몇 가지 계획을 실현할 수 있는 장소까지 안내해야 하니 말이지. 이젠 그만 이야기하세. 다른 사람들도 듣고 있으니 말이야. 하지만 오늘 밤 한 가지 비밀이 내게 드러났네, 듀크. 그건 자네의 재산 전부를 합한 것보다 자네의 안녕에 더 중요한 거라네."

마머듀크는 이 중요한 정보를 듣고 웃었다. 그는 다양한 형태로 전달되는 이런 정보에 이미 익숙했기 때문이었다. 보안관은 그가 자기 말을 믿지 않는 것을 동정이라도 하는 듯이 아주 위엄 있는 태도로 그들 앞에 놓인, 당장 더 급히 처리해야 할 일을 계속해서 수행했다. 그물을 끌어당기는 노동이 아주 힘들었으므로 그는 자기 부하들 중 한 무리에게는 통상적인 분할에 대한 준비 작업으로 물고기들을 던져 쌓기 시작하라고 지시했다. 한편 또 하나의 무리는 벤저민의 감독에 따라 두번째로 물고기들을 잡아 올리기 위해 후릿그물을 손질했다.

24장

"한편 그 배의 가장자리에서는, 말하기 끔찍하지만요!
세 명의 선원이 자기들의 용감한 갑판장과 함께 추락했지요."
— 폴코너, 『난파선』, 2권 354~55행

어부들이 포획물의 공평한 분배를 위한 준비 작업을 하고 있는 동안
엘리자베스와 그녀의 친구는 호숫가를 따라 이 무리에게서 조금 떨어진
곳으로 산책을 하러 나섰다. 모닥불에서 때때로 타오르는 가장 밝은 섬
광도 미치지 못하는 어떤 지점에 다다른 후 그들은 몸을 돌려 그들이 두
고 온, 그 분주하고 활발히 움직이는 일행을 주시하면서, 또 망각의 어둠
처럼 다른 모든 피조물을 덮어 가리고 있는 듯이 보이는 어둠을 주시하
면서 잠시 걸음을 멈추었다.

"이건 정말 연필로 그려야 할 주제예요." 엘리자베스가 외쳤다. "저
나무꾼이 의기양양해하면서 보통보다 더 큰 물고기를 내 오촌 아저씨인
보안관에게 보여줄 때의 저 얼굴을 관찰해봐요. 그리고 봐요, 루이자. 저
모닥불 불빛 옆에서 우리 아버지께서 이 파괴적인 고기잡이에 대해 고
찰하고 계시는 저 모습이 얼마나 훌륭하고 사려 깊어 보이는지 말예요.

아버지께서는 실제로 이 풍요와 낭비의 날 뒤에 징벌의 날이 올 거라고 생각하시는 것처럼 우울해 보이시지요! 이런 모습을 그리면 훌륭한 그림이 되지 않을까요, 루이자?"

"내가 그런 모든 재주에 대해서는 무지한 걸 알잖아요, 템플 양."

"날 이름으로 불러줘요." 엘리자베스가 그녀의 말을 가로막았다. "여긴 예의를 차릴 장소도 아니고 또 그럴 현장도 아니잖아요."

"저어, 그렇다면 실례지만 내가 의견을 말해본다면" 하고 루이자가 소심하게 말했다. "정말 좋은 그림이 될 거라고 생각해요. 저 커비가 자기 물고기에 대해 보이는 이기적이면서도 진지한 태도는 에드워즈 씨의 얼굴 표, 표정과 훌륭한 대조를 이룰 것 같아요. 그것을 뭐라고 불러야 할지 잘 모르겠어요. 하지만 그건, 그건, 내가 무슨 말을 하고 싶은지 당신은 알 거예요, 사랑하는 엘리자베스."

"날 너무 과대평가하고 있군요, 그랜트 양." 상속녀가 말했다. "난 남의 생각을 간파하거나 표정을 해석하는 사람이 결코 아니잖아요."

이 말을 한 사람의 태도에는 분명히 가혹하거나 냉정한 요소는 전혀 없었다. 그럼에도 불구하고 그 말은 대화를 저지했다. 그리고 그들은 여전히 팔짱을 끼고, 그러나 깊은 침묵을 지키며 일행에서 더욱더 먼 곳으로 계속해서 산책을 했다. 엘리자베스가, 아마도 그녀의 마지막 말의 온당치 못한 표현을 의식했거나 아니면 아마도 그녀의 시선으로 마주친 새로운 대상에 흥분해서 먼저 어색하게 중단되었던 대화를 다시 시작했다. 그녀는 이렇게 외쳤던 것이다.

"봐요, 루이자! 우리끼리만 있는 게 아니에요. 호수 반대편에서 모닥불을 피우고 있는 어부들이 있어요. 우리 바로 맞은편에 말예요. 저곳은 레더스타킹의 오두막집 앞이 틀림없어요!"

주위가 대체로 어두운 가운데 그 어둠을 뚫고 동쪽의 산 바로 밑에서 작고 가물거리는 불빛을 똑똑히 볼 수가 있었다. 물론 그 불빛이 때때로 시야에서 사라졌기 때문에 그 불빛은 다시 살아나려고 애쓰고 있는 것처럼 보이긴 했다. 그들은 그 불빛이 움직이다가 눈에 띄게 낮은 곳으로 내려오는 것을 관찰했다. 그것은 마치 누군가가 그 불빛을 들고 호수 기슭의 비탈길을 내려와 호숫가로 향하고 있는 것처럼 보였다. 호숫가에서 아주 짧은 시간 불꽃이 점차 커지고 더 밝아지다가 남자의 머리통만 한 크기가 되었다. 그리고 그것은 둥근 불꽃이 되어 확고하게 계속 빛나고 있었다.

산마루 아래에서, 그것도 그러한 궁벽하고 인적이 드문 곳에서, 말하자면 마술에 의해서인 듯 불빛이 점화되었으므로 그 불빛의 아름답고 독특한 모습에 대한 흥미가 배가되었다. 그 불빛은 그들과 같은 편 무리의 크고 흔들거리는 모닥불보다 훨씬 더 명료하고 밝았고 완벽하게 그리고 한결같이 그 크기와 형태를 유지했으므로 자신들의 모닥불과는 전혀 닮아 보이지 않았다.

가장 잘 통어되는 마음을 지닌 사람들조차도 유해한 인상을 받게 되는 순간이 있다. 그런데 유년기에는 그러한 인상을 받는 것을 피할 수 있는 사람들이 거의 없다. 그래서 엘리자베스는 마을에서 레더스타킹에 대해 퍼졌던, 근거 없는 나쁜 소문들을 기억해내고는 자기 자신의 나약함에 대해 미소를 지었다. 그녀와 같은 생각이, 같은 순간에 그녀의 친구에게도 떠올랐다. 왜냐하면 루이자는 그들 가까이의 기슭 위쪽의 덤불숲과 나무들을 겁먹은 시선으로 몰래 훔쳐보며 낮은 목소리로 이렇게 말하면서 친구에게 더 바싹 몸을 기댔기 때문이었다.

"이 내티라는 분의 이상야릇한 습관에 대해 사람들이 말하는 걸 들은 적이 있어요, 템플 양? 젊은 시절에 그분은 인디언 용사였대요. 아니면 야만인들과 동맹을 맺은 백인이었대요. 물론 둘 다 같은 말이지만요. 그래서 그분이 옛날의 전쟁 때에 인디언들이 백인들을 습격할 때 인디언들과 함께한 적이 많았다고 사람들은 생각한대요."

"그런 일이 전혀 없었을 것 같지는 않지요." 엘리자베스가 대답했다. "그 점에서 그분은 혼자가 아니니까요."

"물론 그렇지요. 하지만 그분이 자기 오두막집을 그처럼 조심스럽게 지킨다는 건 이상하지 않아요? 그분은 오두막집을 떠날 때마다 항상 놀랄 만큼 단단히 문을 잠근답니다. 몇 번인가는 마을의 아이들이나 심지어는 남자들이 폭풍우로 인해 그 집에 좀 대피하려고 했는데 그분은 무례한 태도로 위협까지 하면서 그 사람들을 자기 집 문간에서 몰아냈다고 해요. 그런 건 확실히 이 지방에서는 이상야릇한 일이잖아요."

"그건 물론 손님에 대해 그다지 호의적인 태도는 아니지요. 하지만 문명화된 생활 관습에 대한 그분의 반감도 우리는 기억해야만 해요. 며칠 전에 우리 아버지께서 이 지역을 처음 찾아오셨을 때 그분이 아버지를 얼마나 친절하게 대접해주었는지 말씀하시는 걸 당신도 들었잖아요." 엘리자베스는 잠시 말을 멈추었다가 다시 말을 이으면서 특이하게 짓궂은 표정으로 미소를 지었다. 그러나 물론 어둠으로 인해 그녀의 친구는 그 미소의 의미를 알 수가 없었다. "그 밖에도 그분이 에드워즈 씨의 방문을 허락하시는 건 확실하니까 말예요. 그리고 사실 에드워즈 씨는 미개인과는 거리가 멀다는 걸 우리 둘 다 알고 있잖아요."

이 말에 루이자는 아무런 대답도 하지 않고 자신의 의견을 말하는 계기가 된 그 물체를 계속해서 응시했다. 이제는 조금 전의 그 밝고 둥근 불꽃 외에도 밝긴 하지만 먼저 나타난 불꽃보다는 희미한 불빛도 볼 수 있었다. 나중에 나타난 불빛은 위쪽 끝에 있는 먼젓번의 불꽃과 지름이 같았지만 아래쪽으로 수 피트 퍼진 후에는 점차 가늘어져서 마침내 꺼지기 직전의 상태가 되었다. 그 두 개의 불빛 사이의 어두운 공간이 명확히 보이다가 그다음에는 나중에 나타난 불빛이 먼저 나타난 불빛 바로 아래에 놓였다. 그래서 이 두 개의 불빛은 감탄부호를 거꾸로 뒤집어 놓은 것과 비슷한 모양을 이루게 되었다. 그러다가 나중에 나타난 불빛은 먼저 나타난 불빛이 호수에 반영된 것에 지나지 않는다는 점이 곧 명확해졌다. 그리고 그 물체는 그것이 무엇이든 간에 호수를 가로질러, 아니 오히려 호수 위로 나아가고 있다는 점도 명백해졌다. 왜냐하면 그 물체는 그들과 직선을 이룬 곳의 수면 몇 피트 위에 떠 있는 것처럼 보였기 때문이었다. 그 물체의 움직임은 놀라울 정도로 빨라서 숙녀들은 불꽃의 흔들리는 빛을 분간하기 전까지는 그것이 움직이고 있다는 사실조차 거의 깨닫지 못할 지경이었다. 그 물체가 다가오면서 조금 전의 그 일정한 형태가 없어지고 크기만 점점 더 커지고 있었다.

"저것은 초자연적인 물체처럼 보이는군요!" 루이자가 원래의 일행을 향하여 되돌아가기 시작하면서 속삭였다.

"저건 아름다워요!" 엘리자베스가 감탄해서 외쳤다.

그들은 흔들리고 있었지만 번쩍번쩍 빛나는 불길을 이제 분명히 볼 수가 있었다. 그것은 호수 위로 우아하게 미끄러지듯 다가오면서 수면에 그 빛을 던지고 있었는데 그 빛으로 수면이 살짝 물들 정도였다. 한편 하늘은 캄캄해서 불꽃과 너무나 명확한 대비를 이루고 있었다. 어둠은 마치 명확한 물질적 실체를 가지고 있는 듯이 보였으므로 마치 흑단 바탕에 막 나타난 불꽃이 박혀 있는 것 같았다. 그러나 이러한 모습은 점차 사라지고 횃불의 불빛이 그 앞의 대기를 밝게 비춰주어서 그 밖의 배경은 그전 어느 때보다 더 꿰뚫을 수 없는 듯이 보이는 어둠 속에 잠겨 버렸다.

"어이! 내티 영감, 당신이요?" 보안관이 고함을 질렀다. "노 저어 들어오시오, 영감님. 그러면 영감에게 주지사의 식탁에 놓아도 좋을 만큼 맛있는 물고기를 한 아름 주겠소."

불빛이 갑자기 방향을 바꾸나 했더니 길고 홀쭉하게 만들어진 배가 어둠 속에서 흔들리며 나타났고 번쩍거리는 붉은빛이 레더스타킹의 햇볕에 탄 얼굴을 비추었다. 키가 큰 그가 약해 보이는 배 안에 똑바로 서서 노련한 사공의 세련된 솜씨로 고기 잡는 긴 작살을 휘두르고 있는 모습이 보였다. 그는 작살의 중간을 잡고 나무껍질로 만든 작은 카누가 물속이라기보다는 물 위로 해서 앞으로 나아가는 데 도움을 주기 위해 먼저 작살의 한쪽 끝을 물속에 던졌다가 그다음에 다른 쪽 끝을 던졌다 하고 있었다. 그 배의 뒤쪽 끄트머리에 어떤 형체가 있는 것을 희미하게 볼 수 있었다. 그 형체는 배의 움직임을 인도하면서 굳이 힘든 수고를 할 필요가 없다고 느끼는 사람의 편안한 태도로 노를 젓고 있었다. 레더스타킹은 자신의 작살로 가볍게 짧은 막대기를 쳤다. 낡은 쇠테로 짜 맞춰진 조잡한 바닥 깔판 위에 놓인 그 막대기 위에는 불길의 연료로 쓰이는 소나무 옹이들이 놓여 있었다. 그리고 불길이 번쩍거리며 높이 타오르면서 잠시 모히건의 거무스레한 얼굴과 검고 번득이는 두 눈을 비추었다.

그 배는 미끄러지듯 호숫가를 따라가다가 마침내 고기잡이 근거지의 맞은편에 도달했다. 그러고는 다시 방향을 바꾸어 육지를 향해 계속 다가왔는데 그 움직임이 너무나 우아하면서도 빨라서 그 배가 그 자체의 진전을 조절할 수 있는 능력을 가지고 있는 듯이 보일 정도였다. 카누가 통과하는 그 물길에도 거의 물결이 일지 않았고 그 가벼운 배가 힘차게 질주해서 자갈이 많은 호숫가에 도달해서 그 배의 절반 길이까지 육지에 올라갔을 때에도 충돌하는 소리도 전혀 나지 않았다. 그때 내티는 상륙을 용이하게 하기 위해 뱃머리에서 한두 걸음 뒤로 물러나 있었다.

"가까이 오시오, 모히건." 마머듀크가 말했다. "가까이 오시오, 레더스타킹. 당신의 카누에 농어를 잔뜩 실으시오. 이처럼 무수히 많은 물고기들이 여기 포획되어 있는데 창으로 물고기를 공격한다면 부끄러운 일이 아니겠소. 이 물고기들은 음식으로서의 가치를 상실할 거요. 소비할 사람들의 수가 부족하기 때문에 말이오."

"아니, 아니요, 판사님." 내티가 대꾸했다. 그는 키 큰 모습으로 좁은 호숫가를 성큼성큼 활보하다가 물고기들이 산더미처럼 쌓여 있는, 풀이 무성한 자그만 구덩이로 올라가보기도 했다. "난 그 누구든 낭비적인 방식으로 포획한 건 먹지 않소. 난 뱀장어나 송어를 내 창으로 찔러 잡소. 내가 그것들을 먹고 싶으면 말이오. 하지만 난 이런 죄받을 방식의 고기잡이를 거들고 싶진 않소. 유럽의 여러 나라에서 지금까지 생산된 것들 중 최상의 소총을 준다 해도 말이오. 만약 그 물고기들이 비버처럼 모피가 있다면, 아니면 사슴처럼 그들의 가죽을 무두질할 수 있다면 당신의 그물로 수천 마리씩 그것들을 포획하는 데 찬성하는 말을 할 수도 있소. 하지만 하느님께서 그것들을 사람의 먹이로 만드셨고 그 외에는 어떤 다른 이유로도 만드셨다고 이해할 수가 없으므로 먹을 수 있는 양보다 더 많이 잡는 걸 난 죄받을 짓이고 낭비하는 짓이라고 말하겠소."

"당신의 논리가 바로 나의 논리요. 이번 한 번은, 사냥꾼 영감, 우리의 의견이 일치하는군요. 그리고 나는 우리가 보안관의 마음을 바꿀 수 있으면 좋겠다고 진심으로 바란다오. 이 그물의 반쯤 되는 크기의 그물만 있으면 한 번의 어획량으로도 온 마을 사람들이 일주일 동안 먹을 만큼의 물고기를 공급할 수 있을 텐데 말이오."

레더스타킹은 서로의 뜻이 이처럼 동질적인 데 대해 기쁘게 여기지도 않고 의심스럽게 고개를 저으며 이렇게 대답했다.

"아니, 아니요. 우리는 별로 같은 마음이 아니라오, 판사. 같은 마음이라면 당신은 좋은 사냥터를 그루터기들이 가득 찬 목초지로 바꾸지는 않았을 거요. 당신은 법규에 따라 물고기도 잡고 사냥도 하지요. 하지만 동물이 살 기회가 어느 정도 있었을 때 내가 그걸 잡아서 먹어야 그 고기가 더 맛있게 느껴진다오. 그런 이유로 난 항상 단 하나의 탄알만 사용하오. 내가 쏘는 게 새든 다람쥐든 간에 말이오. 그 밖에도, 그렇게 하면 탄알도 절약되지요. 사람이 총을 쏠 줄 알면 어떤 짐승을 쏘더라도 한 개의 탄알이면 충분하지요. 명이 질긴 동물들을 제외하고는 말이오."

보안관은 크게 분개하며 이런 의견들을 듣고 있었다. 그러고는 공평성에 대한 그의 우유부단한 관념이 시키는 대로 두 손에 크기가 큰 송어를 한 마리씩 들고 가서 네 개의 물고기 더미에 연달아 한 마리씩 놓아줌으로써 물고기의 분배를 위한 마지막 채비를 마치자 울화를 터뜨렸다.

"아주 엉뚱한 동맹을 맺으셨네, 정말! 한 지역의 지주이며 소유주인 템플 판사가 불법 거주자이며 전문적 사슴 사냥꾼 너새니얼 범포와 이 주의 사냥감을 보존하기 위해서 말이오! 하지만 듀크, 내가 물고기를 잡을 때는 난 물고기를 잡을 뿐이네. 그러니 갑시다, 여보게들. 다시 한 번 그물을 끌어당기러 말이오. 그리고 우린 내일 아침에 우리의 포획물을 반입하러 짐마차와 달구지를 보낼 거요!"

마머듀크는 보안관의 뜻에 아무리 반대해도 소용이 없을 것이라는 점을 이해하고 있는 듯이 보였다. 그래서 그는 모닥불에서 발길을 돌려 사냥꾼들의 카누가 있는 곳으로 어슬렁거리며 걸어갔다. 숙녀들과 올리버 에드워즈는 그보다 먼저 이미 그곳으로 가 있었다.

숙녀들은 호기심으로 이 장소로 다가오게 되었지만 청년이 그곳으로 간 것은 그와는 다른 동기가 있어서였다. 엘리자베스는 카누의 재료인 양물푸레나무 목재와 목재 위에 덮인 얇은 나무껍질을 찬찬히 살펴보았다. 그녀는 그 깔끔하면서도 소박한 솜씨에 감탄했고 또 자신의 생명을 그처럼 부서지기 쉬운 배에 맡길 만큼 대담한 인간이 있다는 데 놀라워했다. 그러나 청년이 그 배의 부력과 탁월한 안전성에 대해 그녀에게 설명해주었다. 그는 그 배를 올바르게 관리할 때는 안전하다고 하면서 덧붙여 물고기를 창으로 찔러 잡는 방법을 너무나 열렬한 말투로 묘사해주었기 때문에 그 배를 타는 일이 위험하다고 걱정스러운 태도를 취했던 엘리자베스는 갑자기 마음이 바뀌어 그 배를 타고 누릴 수 있는 오락에 참여하고 싶은 욕구가 생겼다. 그녀는 심지어 자기 아버지에게 과감히 그런 취지의 제안을 하기까지 했다. 그런 제안을 하면서도 그녀는 자기 자신의 소망을 일소에 부치며 자기가 여성스러운 변덕에 따라 행동하고 있다고 스스로를 비난했다.

"그렇게 말하지 마라, 베스." 그녀의 아버지가 대답했다. "난 네가 어리석은 여성의 근거 없는 두려움 같은 건 갖지 않길 바란단다. 이런 카누는 기술과 흔들리지 않는 담력을 가진 이들에게는 가장 안전한 종류의 배란다. 난 이보다 훨씬 더 작은 카누에 타고 오네이다 호수의 가장 폭이 넓은 곳을 횡단한 적이 있단다."

"그리고 난 온테리오 호수를 횡단했소." 레더스타킹이 판사의 말을 가로막으며 말했다. "그것도 카누 안에 인디언 여자들을 태우고 말이오. 하지만 델라웨어 족 여자들은 노를 젓는 데 익숙하고 이런 종류의 배에서는 능숙한 조수가 되지요. 이 젊은 숙녀가 노인이 아침 식사 거리로 송어를 작살로 잡는 걸 보고 싶다면 카누에 함께 타고 나가는 걸 환영하겠소. 존도 같은 말을 할 거요. 그가 이 카누를 만들었고 어제 막 진수했으니까 말이오. 왜냐하면 난 빗자루나 바구니 만들기 같은 사소한 작업이나 그 비슷한 인디언의 수공예에는 별로 관심이 없으니까 말이오."

내티는 초대의 말을 마치며 친절하게 고개를 끄덕이면서 엘리자베스를 향해 특유의 의미심장한 웃음을 지었다. 그러나 모히건은 인디언 고유의 품위 있는 태도로 다가와 그녀의 부드럽고 흰 손을 자신의 거무스레하고 주름진 손바닥으로 잡고 이렇게 말했다.

"오시오, 미퀀의 소녀여. 그러면 존도 기쁠 것이오. 이 인디언을 믿으시오. 그의 손은 확고하지 못하지만 그의 두뇌는 노련하다오. 젊은 독수리도 갈 거니까 그 어떤 해로운 일도 자기 누이를 다치지 못하게 보살펴 줄 거요."

"에드워즈 씨"라고 엘리자베스가 살짝 얼굴을 붉히면서 말했다. "당신 친구 모히건이 당신 대신 약속을 하셨어요. 당신 그 약속을 이행할 거죠?"

"필요하다면 내 목숨을 걸겠소, 템플 양." 청년이 열정적으로 소리쳤다. "겉보기에는 약간 염려스러울 만하지만 사실상의 위험은 전혀 없지요. 그렇지만 체면치레로 제가 당신과 그랜트 양과 함께 가겠소."

"저하고요!" 루이자가 소리쳤다. "아뇨, 저하고는 아니에요, 에드워즈 씨. 또 당신도 저 허술한 카누에 자신을 맡기려는 건 분명히 아니겠지요."

"그렇지만 난 그럴 거예요. 이젠 더 이상 걱정을 하지 않으니까요." 엘리자베스는 이렇게 말하고 배에 올라가서는 인디언이 가리킨 자리에 앉았다. "에드워즈 씨, 당신은 여기 남아 있어도 좋아요. 이렇게 부서지 기 쉬운 배에는 세 사람이면 충분한 것 같으니까요."

"네 명도 탈 수 있지요." 청년이 이렇게 외치면서 그녀 옆으로 성큼 뛰어올랐다. 그가 너무나 맹렬한 힘으로 배에 올라탔으므로 배의 약한 구조물이 뒤흔들려 거의 산산조각이 날 정도였다. "죄송합니다, 템플 양. 이 훌륭한 카론들로 하여금 당신의 수호신 없이도 당신을 삼도내*로 데 려가게 내버려두지 않아서요."

"선한 수호신인가요, 악한 수호신인가요?" 엘리자베스가 물었다.

"당신에겐 선하지요."

"그리고 내 수호신이고요." 처녀가 불쾌감과 만족감이 기이하게 뒤 섞인 태도로 덧붙여 말했다. 그러나 카누의 움직임이 그녀에게는 새로운 생각이 일어나게 했고 젊은이에게는 다행히도 이야기의 주제를 바꿀 좋 은 구실을 제공해주었다.

모히건이 그의 작은 배를 인도하는 태도가 너무나 느긋하고 우아했 으므로 엘리자베스에게는 그들 일행이 마술에 의해 물 위로 미끄러지듯 나아가는 듯이 보였다. 작살을 이용한 가벼운 몸짓으로 레더스타킹은 가 고 싶어 하는 방향을 알려주었다. 자신들의 고기잡이가 성공하기를 바 라는 마음에서 일행은 한결같이 깊은 침묵을 지켰다. 호수의 이 지점에 서는 수심이 일정하게 얕아지고 있었으므로 이 점에서는 호숫가로부터 산이 거의 수직의 절벽을 이루며 솟아 있는 곳과는 완전히 달랐다. 그런 곳에서는 아주 큰 배들이 활대가 소나무들과 맞물린 상태로 정박해 있 을 수도 있었지만 이곳에서는 얼마 안 되는 골풀이 호수 위로 고개를 내

---

* 그리스 신화에서 카론은 죽은 사람들의 영혼을 삼도내를 건너 황천으로 데려다주는 나 루터지기이다.

밀고는 살랑거리며 스쳐가는 밤바람에 휘어진 고개가 흔들릴 때마다 수면 위에 부드럽게 물결을 일으키고 있었다. 농어를 발견할 수 있는 곳, 또는 그물을 쳐서 성공할 수 있는 곳은 이런 얕은 지점뿐이었다.

엘리자베스는 수천 마리의 농어들이 떼를 지어 호숫가의 얕고 따뜻한 물속에서 헤엄치고 있는 광경을 보았다. 그들의 배에서 너울거리는 횃불의 불빛이, 옷세고 호수의 투명한 물이 마치 또 다른 대기권인 것처럼 호수의 신비를 적나라하게 드러내주었기 때문이었다. 순간순간 그녀는 레더스타킹의 위협적인 작살이 자신의 발아래에서 떼를 지어 돌진하고 있는 무수한 농어들에게 날아가는 광경을 보기를 기대하고 있었다. 이곳에서는 그 창이 빗맞을 리가 없는 듯 보였고 또 그녀의 아버지가 이미 말했듯이 이곳에서 얻게 될 포획물은 어떤 미식가에게라도 적합할 듯이 보였다. 그러나 내티는 특이한 습관을 가지고 있었고 또 특이한 취미도 가지고 있는 듯이 보였다. 그는 키가 컸고 또 똑바른 자세로 서 있었으므로 카누 바닥에 앉아 있는 사람들보다 훨씬 더 멀리 볼 수가 있었다. 그는 고개를 주의 깊게 사방으로 돌려보다가 자주 몸을 앞으로 굽히고 시선을 집중하곤 했다. 그 모습은 마치 횃불이 미치는 범위 너머에 있는 주위의 물속을 꿰뚫어보고 싶어 하는 것처럼 보였다. 마침내 그의 조마조마한 조사 작업이 성공적으로 마무리되었다. 그는 호숫가 쪽으로 서서 작살을 흔들며 신중한 어조로 말했다.

"배를 농어 바깥쪽으로 저어, 존. 여기 무리에서 빠져나온 호수송어가 보이는군. 얕은 물에서 이런 물고기를 보는 일은 드문데 말이야. 여기 작살을 내밀면 맞힐 만한 거리에 있어."

모히건은 손을 흔들어 알았다는 신호를 보냈다. 그리고 바로 그다음 순간 카누는 '농어 떼의 항로'에서 벗어나 깊이가 거의 20피트 되는 수역으로 들어갔다. 몇 개의 추가적인 옹이가 카누의 깔판 위에 놓여 있었는데 불빛이 그 틈을 관통해 호수의 바닥까지 비추고 있었다. 그때 엘리자베스는 유별나게 큰 물고기 한 마리가 작은 통나무 조각들과 막대기들 위로 떠다니는 것을 보았다. 그 물고기가 지느러미와 꼬리를 거의 알아보지 못할 정도로 살짝 흔들고 있었기 때문에 그녀가 있는 곳에서는 겨우 그것의 존재를 식별할 수 있을 정도였다. 호수의 비밀이 이처럼 특이하게 노출된 사실에 호기심이 일어난 당사자들은 토지의 상속녀와 호수의 왕자 둘 다인 듯했다. 왜냐하면 '호수송어'가 곧 수평에서 몇 도 정도 머리와 몸을 들어 올렸다가 다시 수평 위치로 내림으로써 자신이 관심이 있다는 것을 알려주었기 때문이었다.

엘리자베스가 호기심에서 카누의 뱃전 너머로 몸을 굽히느라 바스락거리는 소리가 난 것을 듣고 내티가 낮은 목소리로 "쉿, 쉿" 하고 말했다. "그건 겁이 많은 물고기라네. 그리고 작살을 던져 맞히기에는 먼 거리지. 내 작살은 14피트밖에 안 되고 그놈은 수면에서 18피트는 좋이 되는 깊이에 있으니 말이야. 하지만 한번 맞혀보겠네. 그놈은 무게가 10파운드나 나가는 물고기니까 말이야."

이렇게 말하면서 레더스타킹은 그의 무기의 균형을 잡으며 조준을 했다. 엘리자베스는 반짝거리며 윤이 나는 미늘들이 천천히, 또 고요히 물속으로 들어가는 모습을 지켜보았다. 그런데 물의 굴절작용으로 미늘은 물고기가 있는 실제 방향과는 각도가 많이 떨어진 곳을 향해 날아갔다. 그리고 그녀는 표적이 된 물고기도 그들을 보았다고 생각했다. 그것은 그 위치를 변경하지는 않았지만 꼬리와 지느러미를 더 자주 흔드는 것처럼 보였기 때문이었다. 그다음 순간에 내티의 키 큰 몸집이 물가로 굽혀져 있었고 그의 작살 손잡이는 호수 속으로 사라지고 없었다. 길고 검은 선을 그리며 미끄러지듯 날아가는 무기와 급속히 날아가는 그 무기 뒤에서 거품이 이는 작은 소용돌이가 일어나는 모습을 쉽게 볼 수 있었다. 그러나 그 손잡이가 자체의 반동으로 공중으로 다시 날아와 주인이 손에 그것을 다시 잡고는 미늘을 맨 위쪽으로 던져 올리고 나서야 비로소 엘리자베스는 그 타격이 성공을 거둔 것을 알게 되었다. 아주 큰 물고기 한 마리가 미늘이 달린 강철 작살에 꿰뚫려서 그 꿰뚫린 위치에서 곧 요동을 치며 카누의 바닥 쪽으로 다가왔다.

"이걸로 됐네, 존." 내티가 손가락 하나로 자신의 포획물을 들어 올려 횃불 앞에 드러내 보이면서 말했다. "오늘 밤에는 또다시 작살로 물고기를 잡지 않겠네."

인디언은 또다시 손을 흔들면서 간단하고 강력한 한마디로 대답했다.

"좋아."

엘리자베스는 벤저민의 쉰 목소리와 세차게 노 젓는 소리를 듣고 황홀경에서 깨어났다. 그녀는 물고기를 잡는 이러한 장면에 의해, 또 그런 특이한 방식으로 호수 바닥을 응시하던 도중 황홀경에 빠져 있었던 것이다. 그런데 후릿그물을 끌어당기는 사람들이 탄 육중한 배가 그물 자락을 질질 끌면서 카누가 떠 있는 지점으로 다가오고 있었다.

"물러나시오, 물러나시오, 범포 선장." 벤저민이 외쳤다. "당신 배의 돛에 달린 불빛이 물고기들을 겁먹게 했어요. 그놈들이 그물을 보고 측심을 피해 가고 있어요. 물고기도 말만큼이나 많이 알지요. 아니 그 문제에 대해 말하자면 더 많이 알고 있지요. 물속에서 자랐으니까 말이지요. 물러나쇼, 범포 선장, 물러나쇼, 이보시오. 후릿그물에서 멀리 떨어져 정박하시오."

모히건은, 고기잡이를 방해하지 않고 어부들의 움직임을 관찰할 수 있는 지점으로 작은 카누를 저어가서는 카누가 물 위에 고요히 정박해 있도록 내버려두었다. 그래서 그 카누는 마치 공중에 떠 있는 상상의 배처럼 보였다. 고기잡이배에 탄 패거리 중에는 기분이 언짢은 사람들이 많은 것처럼 보였다. 왜냐하면 벤저민의 지시가 빈번했을 뿐만 아니라 지시를 내리는 목소리가 주로 불만스러운 어조였기 때문이었다.

"좌현으로 돌리지 않겠소, 커비 달인." 예전의 선원이 소리쳤다. "좌현으로 돌리게, 잘해. 영국 함대에서 가장 오래 근무한 제독도 여기 이 그물을 제대로 치라고 하면 당황할 거네. 항적이 타래송곳 같으니. 우현으로 돌리게, 이봐, 노를 우현으로 돌려, 진지하게."

"들어봐, 펌프 씨"라고 커비가 말했다. "난 정중한 말씨와 점잖은 대접을 좋아하는 사람이오. 사람과 사람 간에는 그렇게 하는 게 맞지. 우리가 어이 하면서 가길 바라면 그렇게 말하게. 그러면 난 어이 하며 갈 테니까. 이 패거리를 위해서 말이지. 허나 난 말 못 하는 가축처럼 혹사당하는 데는 익숙하지 않소."

"누가 말 못 하는 가축이란 말인가!" 벤저민이 그의 무서운 얼굴을 카누에서 나오는 번쩍거리는 불빛 방향으로 돌리면서 사납게 되풀이해 말했다. 그의 얼굴에는 온통 혐오스럽다는 표정뿐이었다. "만약 자네가 고물로 와서 배의 항로를 지휘하고 싶다 해도 와서 제기랄, 자네가 잘도 배를 조종하겠네. 이제는 고물의 자리에서 그물을 한 번만 더 끌어올리면 되네. 그러면 우리는 이 일에서 해방되는 거지. 힘을 내 노를 저으라고 응? 배를 한두 길만 더 앞으로 질주시키라고. 그리고 내가 자네 같은 부적격자와 다시 한 번 배를 같이 타는 걸 보게 된다면, 그래 날 배에 대해서는 멍청이라고 욕해, 그뿐이야."

나무꾼은 십중팔구 자신의 노동이 빨리 끝날 거라는 기대에 고무되어 노를 다시 잡고는 크게 흥분한 상태로 노를 한 번 저었다. 그러자 배에서 그물이 풀렸을 뿐만 아니라 집사장까지도 동시에 배에서 떨어져버렸다. 벤저민은 배의 고물에 후릿그물이 동여매어져 있는 작은 발판 위에 서 있었는데 나무꾼의 정력적인 팔이 노를 저으면서 배가 한 번 급격히 선회하자 신체의 균형을 완전히 잃어버렸던 것이다. 불빛들이 적절히 배치되어 있었으므로 카누와 호숫가로부터 고기잡이배의 사물들을 분간할 수가 있었다. 물 위로 육중하게 떨어지는 소리가 나자 모든 사람들의 시선이 집사장에게 집중되었다. 사람들은 잠시 동안 그가 허우적거리는 모습을 볼 수 있었다.

홍겹다는 듯한 큰 소리가 웃음의 합창처럼 터져 나와 동쪽 산을 따라 메아리쳐 울리다가 바위들과 숲 사이로 멀리, 그 유쾌함을 조롱하는 듯이 사라졌다. 예상처럼 집사장의 몸이 천천히 사라지는 것을 볼 수 있었다. 그러나 그가 떨어질 때 일어났던 가벼운 물결이 잔잔하게 가라앉기 시작하고 물결이 마침내 그의 머리까지 완전히, 그리고 고요히 뒤덮었을 때에는 조금 전과 아주 다른 감정이 목격자들의 가슴에 가득 찼다.

"자네 별일 없나, 벤저민?" 리처드가 호숫가에서 외쳤다.

"저 얼간이 같은 놈이 헤엄을 전혀 못 치네!" 커비가 일어나서 옷을 벗으면서 소리쳤다.

"가까이 노를 저어주세요, 모히건." 젊은 에드워즈가 소리쳤다. "불빛으로 그가 어디 있는지 볼 수 있을 겁니다. 그를 찾기 위해 제가 물에 뛰어들겠어요."

"오! 그를 구해주세요! 제발 그를 구해주세요!" 엘리자베스가 공포에 질려 머리를 숙여 카누의 뱃전에 갖다 대면서 말했다.

모히건이 강력하고 능숙하게 노를 저었으므로 카누는 바로 집사장이 추락한 지점에 도달하게 되었다. 그리고 레더스타킹이 크게 고함을 질러 자기가 그를 보았다고 알렸다.

"제가 물에 뛰어드는 동안 배가 흔들리지 않게 해주세요." 또다시 에드워즈가 소리쳤다.

"천천히, 이 친구야, 천천히 해." 내티가 말했다. "내가 자네가 건지는 것보다 절반 정도의 시간에 그 녀석을 작살로 건져 올릴 테니까 말이야. 그러면 아무도 위험하지 않을 테니까."

벤저민은 수면과 호수 바닥의 중간 정도에 떠 있었는데 그는 두 손으로 뜯긴 골풀을 움켜쥐고 있었다. 엘리자베스는 같은 인간이 넓고 넓은 호수의 물속에 이처럼 늘어져 있는 모습을 보았을 때 심장의 피가 얼어붙는 것만 같았다. 그의 신체는 언뜻 보기에 서서히 잔잔해지는 물결의 파동으로 움직이고 있었고 그 불빛으로, 또 물이라는 매개체를 통해 보았을 때 그의 얼굴과 두 손은 이미 죽음 같은 빛깔로 물들어 있었다.

바로 그 순간 그녀는 내티의 작살의 번쩍거리는 미늘들이 조난자의 머리를 향해 다가가서 신속하고 교묘하게 조난자의 땋아 늘인 머리카락과 외투의 망토를 얽어매는 것을 보았다. 이제 벤저민은 천천히 들어 올려지고 있었는데 그의 얼굴이 불빛이 있는 쪽으로 뒤집어지고 수면에 가까워지는 광경을 보니 송장같이 보였고 소름이 끼쳤다. 벤저민의 콧구멍이 대기에 접했다는 사실을 그의 한 번의 호흡으로 알 수 있었다. 그 호흡은 돌고래라도 자랑스러워할 만큼 거친 것이었다. 잠시 동안 내티는 집사장의 고개만 수면 위로 나온 상태를 그대로 유지하면서 작살로 그를 떠받치고 있었다. 그동안 그의 두 눈이 천천히 뜨였고 마치 자신이 전인미답의 새로운 나라에 도착한 것처럼 생각하는 듯이 주위를 응시하고 있었다.

이 사건들을 설명하다 보니 이렇게 길어졌지만 사실은 모든 편이 함께 행동하고 말을 했으므로 사건 발생에 소비된 시간은 훨씬 더 짧았다. 고기잡이배를 작살 끝이 있는 쪽으로 가져오고 벤저민의 신체를 들어 올려 배에 태우고 일행 모두가 호숫가에 도달하는 데는 1분밖에 걸리지 않았다. 한편 리처드는 걱정이 되어 자기가 총애하는 조수를 만나러 물속으로 뛰어들기까지 했다. 커비는 리처드의 도움을 받아 움직이지 않는 잡사장을 호수 기슭으로 옮겨서 모닥불 앞에 앉혔다. 그때 보안관은 계속해서 물에 빠진 사람을 소생시키기 위해 당시 사용되고 있던, 가장 정평 있는 조치를 실시하라고 지시했다.

"빌리, 마을로"라고 그가 소리쳤다. "달려가 현관문 앞에 놓인 큰 럼주 통을 가져오게. 내가 그 통에 있는 술을 식초로 만들고 있는 중이거든. 빨리 다녀오게, 이보게. 식초를 비우느라 시간을 낭비하지 말게. 그리고 르 콰 씨의 가게에 들러 담배 한 꾸러미와 담뱃대 여섯 개를 사오게. 또 리마커블에게 소금 약간과 그녀의 플란넬 속치마를 하나 달라고 하게. 또 토드 의사에게 그의 랜싯을 보내달라고 하고 또 그를 직접 오라고 하게. 그리고 허어! 듀크, 자넨 뭐하고 있나? 자넨 배에 물이 가득 찬 사람에게 럼주를 먹여 질식시키려 하나? 내가 그의 손바닥을 펴는 걸 도와주게. 손바닥을 좀 두드려봐야겠네."

그동안 내내 벤저민은 근육이 굳어버리고 입이 닫히고 두 손은 골풀을 움켜쥔 상태로 앉아 있었다. 그는 추락하는 순간 당황해서 골풀을 움켜쥐었었는데 사실은 그것을 진정한 선원답게 꽉 쥐고 있었으므로 그의 신체가 수면으로 다시 떠오르지 못했던 것이다. 그러나 그의 두 눈은 떠져 있었고 모닥불 주위의 무리들을 골똘히 응시하고 있었다. 그러는 동안 그의 폐는, 마치 한 순간 정지를 당한 일을 보충하려는 듯이 대장장이의 풀무처럼 거칠게 활동하고 있었다. 그가 아주 완강하고 단호하게 계속 입을 굳게 다물고 있었으므로 공기가 그의 콧구멍을 통해 드나들 수밖에 없었다. 그래서 그는 숨을 쉰다기보다는 오히려 콧바람을 뿜어내고 있었는데 너무나 거세게 콧바람을 뿜고 있었으므로 보안관의 황급한 지시를 정당화하는 것은 그 자신의 과도한 흥분 외에는 아무것도 없었다.

마머듀크가 집사장의 입에 갖다 댄 술병은 마술처럼 효과를 발휘했다. 그의 입이 본능적으로 열렸고 그의 두 손이 골풀을 떨어뜨리고 술잔을 잡았기 때문이었다. 또 그의 두 눈은 수평적인 응시를 그만두고 하늘을 올려다보았으며 그 사람 전체가 잠시 동안 새로운 감각에 몰두했다. 집사장의 술 마시는 버릇에는 유감스러운 일이겠지만 그가 물에 빠졌다가 건져진 다음에 숨을 쉬는 일이 필요했던 것처럼 술을 한 모금 마신 뒤에도 숨을 쉬는 것은 필요했다. 그래서 마침내 그가 술병을 손에서 놓지 않을 수 없는 시간이 왔던 것이다.

"이런, 벤저민!" 보안관이 고함쳤다. "자넨 사람 놀라게 만드는군! 자네처럼 물에 빠진 경험이 많은 사람이 그렇게 어리석게 행동하다니! 방금 전 그렇게 물을 많이 마셨는데 지금 또 이렇게……"

"그로그술을 잔뜩 마셨습죠"라고 집사장이 그의 말을 가로막았다. 그의 얼굴은 이제 놀라울 정도로 신속히 타고난 본모습을 되찾아가고 있었다. "하지만 보십쇼, 스콰이어. 전 제 뚜껑을 꼭 닫고 있었기 때문에 제 물통 속으로 들어간 물은 아주 적었습지요. 들어봐, 커비 달인! 난 인생의 대부분을 선원으로 살아왔고 강과 호수에서도 어느 정도 배를 탄 경험이 있지. 하지만 지금 이 일은 자네를 위해서 말하겠네. 무슨 말이냐 하면 자넨 지금까지 노잡이 자리에 걸터앉았던 사람들 중 가장 서투르고 미숙한 인간이라는 걸 말이야. 동료 선원으로 자넬 택하는 사람들은 자네와 항해해도 되겠지만 난 달갑잖다네. 그러니 난 이제 호숫가를 자네와 함께 절대 걷지도 않을 걸세. 왜냐고? 자넨 저기 저 물고기 한 마리를 잡느니보다는 오히려 사람을 익사시킬 거니까. 인간이 표류하고 있는데, 그것도 아무런 구명대도 없는 상태에서 말이지, 자넨 인간에게 밧줄 조각 하나도 던져주지 않았잖은가! 내티 범포, 악수를 합시다. 당신이 인디언이고 머리 가죽을 벗기는 인간이라고 말하는 사람들도 있지만 당신은 내게 호의를 베풀어주었소. 그러니 당신은 날 친구로 생각해도 되오. 물론 늙은 선원의 땋은 머리를 잡아 끌어당기는 것보다는 밧줄을 고리로 만들어내려 보낸다든가 아니면 내 몸 아래로 팽팽한 가로 밧줄을 내려보내 끌어올렸으면 더 깔끔했겠지만. 하지만 당신이 사람들의 머리카락을 잡아 끌어올리는 데 익숙할 거라고는 생각하오. 또 그렇게 해서 당신이 내게 해를 입히기보다는 날 구해주었으니 글쎄, 같은 거지요, 아시겠지만."

마머듀크는 아무도 대답을 못하게 막고는 상황의 지휘를 맡아 그의 사촌의 모든 반대를 당장에 침묵시킬 정도로 위엄 있고 분별 있게 일을 처리했다. 벤저민은 육로로 마을까지 급송되었고 그물은 되는대로 해변으로 끌어올려졌기 때문에 물고기들은 이번 한번은 그물망에서 무사히 벗어날 수가 있었을 정도였다.

전리품의 분배는 일상적인 방법으로 이루어졌다. 일행 중 한 명을 포획한 물고기들에 등을 대고 서게 해서 그의 등 뒤에 있는 각각의 물고기 더미의 주인 이름을 임의로 말하게 했던 것이다. 빌리 커비는 커다란 체구로 모닥불 옆 풀밭에 큰대자로 누웠다. 그가 아침까지 그물과 물고기들을 지킬 보초가 되었던 것이다. 그리고 나머지 일행은 마을로 돌아가기 위해 고기잡이배에 타고 출발했다.

모닥불이 시야에서 사라지기 전 일행이 보니 나무꾼은 고기를 숯불에 구우며 저녁 식사를 준비하고 있었다. 배가 호수를 건너 호수 기슭에 가까이 가고 있을 때 모히건의 카누의 횃불이 동쪽에 있는 어두운 산 아래에서 다시금 빛났다. 그러다가 그 횃불의 움직임이 갑자기 그치고 타다 남은 나무토막들이 공중에 흩어졌다. 그러고 나서는 밤과 숲과 산이 결합하여 그곳을 아주 캄캄하게 만들어버림에 따라 모든 것이 캄캄한 상태가 되어버렸다.

엘리자베스의 생각은 그녀 자신과 루이자의 머리 위를 숄로 가려주고 있는 청년에게서 사냥꾼과 인디언 용사에게로 옮겨갔다. 그리고 그녀는 그처럼 상이한 습관과 기질을 지닌 남자들이 마치 공통된 충동 때문이기라도 한 듯 함께 모여 살고 있는 그 오두막집을 한 번 찾아가보고 싶은 호기심이 일어나는 것을 느꼈다.

25장

그다음 날 아침 존스 씨는 해가 뜰 때 일어나서 자신의 말과 마머듀크의 말에 안장을 얹으라고 지시하고는 특이하게 중요한 어떤 업무를 수행해야 한다는 듯 거드럭거리는 표정으로 판사의 방으로 갔다. 방문이 잠겨 있지 않았으므로 리처드는 스스럼없이 들어갔다. 왜냐하면 그런 스스럼없는 태도가 그들 사촌 간에 서로를 대하는 특징이었을 뿐만 아니라 보안관의 통상적인 태도이기도 했기 때문이었다.

"자, 듀크, 말을 타러 가자고." 그가 큰 소리로 말했다. "그러면 내가 어젯밤 암시적으로 한 말의 의미를 자네에게 설명해주겠네. 「시편」에서 다윗이 말하기를, 아니, 그건 솔로몬이었어. 하지만 모두 가족이었으니까. 솔로몬이 말하기를 모든 일에는 때가 있다고 했어.* 그래서 내 보잘것

---

* 「전도서」 3장 1~8절 참조. 「전도서」는 예전에는 솔로몬의 저술이라고 생각되었다. 솔로몬은 다윗의 아들이며 기원전 10세기경 이스라엘 왕이었다.

없는 의견으로는 고기잡이 모임은 중요한 문제들을 논의할 시간이 아닌 것 같아. 허어! 이런, 대체 무엇 때문에 이렇게 괴로워하는 거지, 마머듀크? 어디가 아픈가? 내가 맥을 한 번 짚어보겠네. 우리 할아버지께서 자네도 알다시피……"

"몸은 아주 건강하다네, 리처드." 판사가 자기 사촌의 손을 뿌리치며 그의 말을 가로막았다. 리처드가 토드 의사의 고유의 임무를 막 수행하려던 참이었기 때문이다. "하지만 마음이 병들었다네. 우리가 호숫가에서 돌아온 후 어젯밤에 온 파발꾼 편으로 편지를 여러 통 받았다네. 그런데 그 가운데 이 편지도 있었네."

보안관은 그 편지를 받아 들었지만 편지의 내용에 시선을 돌리지는 않았다. 왜냐하면 그는 깜짝 놀라서 상대의 모습을 자세히 살펴보고 있었기 때문이었다. 리처드의 시선은 자기 사촌의 얼굴에서부터 편지와 소포와 신문 들로 뒤덮인 탁자로 옮아갔다가 그다음에는 방과 방에 있는 모든 것으로 옮아갔다. 침대 위에는 사람이 앉았던 흔적이 있었지만 이불이 흐트러지지 않은 채로 있었을 뿐만 아니라 그 밖의 모든 것들도 이 방의 주인이 불면의 밤을 보냈다는 것을 나타내고 있었다. 양초들은 촛대에 초를 끼우는 구멍 부분까지 다 타 있었고 양초들이 부스러기까지 다 타다가 꺼진 것이 명백해 보였다. 마머듀크는 방의 커튼은 쳐놓은 채, 그러나 봄날 아침의 부드러운 공기가 들어오도록 덧문과 내리닫이 창문을 다 열어두고 있었다. 그러나 그의 창백한 뺨과 떨리는 입술과 움푹 들어간 눈은 전체적으로 판사의 보통 때의 침착하고 남자답고 쾌활한 얼굴과는 너무나 다른 모습이었으므로 보안관은 소스라치게 놀라 시시각각 점점 더 당황하고 있었다. 마침내 리처드는 자기가 여전히 열어보지 않은 채로 가루로 만들어버릴 듯이 심하게 구겨 들고 있는 편지에 시선을 던질 겨를이 생겼다.

"이런! 특별 선편으로 부친 편지군!" 그가 외쳤다. "그것도 영국에서 온 거네! 허어! 듀크, 틀림없이 정말 중요한 소식이 있는 게로군!"

"읽어보게"라고 마머듀크가 마음이 심하게 동요되어 마루 위를 왔다 갔다 하면서 말했다.

리처드는 보통 소리 내어 생각하는 버릇이 있었으므로 편지를 읽을 때마다 그 내용의 일부를 남에게 들릴 정도로 저도 모르게 소리 내어 읽는 습관이 있었다. 그런 식으로 그의 입에서 새어나온 편지의 내용과 함께 보안관이 읽어 내려가면서 말한 소견을 그대로 독자에게 묘사하려 한다.

"'1793년 2월 12일 런던에서.' 이 배는 엄청나게 오랜 시간 항해를 했군! 허긴 바람이 2주 전까지는 6주 동안 북서풍이었으니까 말이지. '판사님, 8월 10일 자, 9월 23일 자, 12월 1일 자 판사님의 서한은 적절한 때에 잘 수령했습니다. 그리고 첫번째 서한에 대해서는 회항하는 우편선 편으로 즉시 답장을 드렸습니다. 마지막 서한을 수령한 후 저는……" 여기서 보안관이 입속으로 우물거리는 소리를 냈으므로 긴 대목이 잘 들리지 않게 되었다. "'말씀드리기 가슴 아프지만,' 음, 음, 아주 안됐군, 정말이지. '그러나 자비로운 하느님께서 안배하실 것을 믿습니다……' 음, 음, 음. 이 사람은 선량하고 경건한 그런 사람인 것 같군, 듀크. 영국 국교의 신도인 게 틀림없어, 아마도. 음, 음…… '선박은 작년 9월 1일이나 그 즈음에 팔머스를 출발했고,' 음, 음, 음. '혹시라도 이 고통스러운 문제에 대해 어떤 일이라도 밝혀지면 반드시……' 음, 음, 음. 변호사치고는 정말 친절한 사람이군. '그러나 현재로서는 더 이상 알려드릴 내용이 없습니다.' ……음, 음. '국민회의*는' 음, 음…… '불운한 루

---

* 1789년 일어난 프랑스 혁명 당시 1792년 9월부터 1795년 10월까지 열렸던 프랑스 국민
  회의를 말한다. 이 시기 처음에는 로베스피에르가 정권을 잡고 있다가 1794년 7월 반대

440

이'…… 음, 음, '미국의 워싱턴의 본보기를 따라'…… 워싱턴은 매우 분별 있는 사람이라고 단언하네. 그리고 자네가 좋아하는 미친 민주주의자들 중 한 명도 아니고 말이지. 음, 음…… '우리의 용감한 해군은' 음음, '우리의 매우 영명하신 군주의 지휘 아래,' 그래, 아주 훌륭한 분이지, 그 조지 국왕 말이야, 하지만 졸렬한 조언자들을 두었지. 음, 음, '앤드루 홀트.' 앤드루 홀트라, 아주 분별 있는 인정 많은 사람이군, 이 앤드루 홀트 씨 말이야. 하지만 나쁜 소식을 보내주었군. 다음엔 무얼 할 건가, 마머듀크 사촌?"

"내가 어떻게 할 수가 있겠는가, 리처드? 시간과 하늘의 뜻에 맡길 수밖에는? 여기 코네티컷 주에서 온 또 한 통의 편지가 있네. 하지만 내용은 방금 읽은 편지와 같다네. 영국에서 온 소식에서는 단 한 가지 위안이 되는 내용을 추측할 수 있다네. 그건 배가 출항하기 전에 그가 내 마지막 편지를 수령했다는 거지."

"이건 아주 나쁜 소식이군, 정말! 듀크, 아주 나쁜 소식이야, 정말이지! 그래서 이 집에 날개를 달아주려는 내 모든 계획이 물거품처럼 사라져버렸다네. 난 자네에게 아주 중요한 성질의 어떤 일을 알려주기 위해 말을 타고 나갈 계획을 세웠었다네. 자네가 광산을 얼마나 중요시하는지 자네도 알잖은가."

"광산에 대해서는 더 이상 말하지 말게." 판사가 가로막았다. "이행해야 할 신성한 의무가 있네. 그것도 지체 없이 말이지. 난 오늘 하루 종일 전력을 다해 편지를 써야 한다네. 그러니 자네가 내 조수가 되어줘야 해, 리처드. 이처럼 비밀스럽고 중요한 문제에 대한 일을 올리버에게 시

파에게 체포되어 처형되었다. 국민회의는 프랑스 제1공화국이 수립된 후 수년 동안 행정부 역할을 수행했다.

키면 안 되잖겠는가."

"안 되지, 안 되지, 듀크"라고 보안관이 판사의 손을 꽉 쥐며 소리쳤다. "난 바로 지금은 자네의 하인이네. 우린 이종사촌간이 아닌가. 결국은 혈연이 우정을 유지하는 최상의 접착제가 아닌가. 자, 자, 은광에 대해서는 지금 당장은 서두를 게 없네. 다음번에 가봐도 상관없지. 우리 더키 밴을 불러야겠지?"

마머듀크는 이 간접적 질문에 동의를 표했고 보안관은 승마 여행에 대한 자신의 모든 계획을 포기했다. 그러고는 거실로 돌아와 더크 밴 더 스쿨 씨에게 즉시 오라고 요청하기 위해 심부름꾼을 급히 보냈다.

그 당시 템플턴 마을은 두 명의 변호사만을 부양하고 있었다. 그중 한 명은 '볼드 드러군' 술집에서 우리 독자들에게 이미 소개된 바 있다. 다른 한 명이 바로 리처드가 더크, 또는 더키 밴이라고 허물없이 친밀한 호칭으로 부른 그 신사였다. 매우 선량한 마음씨, 자신의 직업과 관련한 꽤 괜찮은 능력, 그리고 상황을 고려할 때 꽤 괜찮은 정도의 정직성 등이 이 사람의 인격을 이루고 있는 주요 요소들이었다. 그는 이주민들에게 스콰이어 밴 더 스쿨이라고 알려져 있었고 때로는 "그 네덜란드인," 또는 "정직한 변호사"라는, 파격적이지만 아첨하는 듯한 호칭으로 알려져 있었다. 우리는 우리의 등장인물들 중 그 누구에 대해서도 독자들의 판단을 흐리게 만들기를 바라지 않는다. 그러므로 우리는 앞서 말한 밴 더 스쿨 씨의 별칭에 포함된 형용사가 그 뒤의 명사와 바로 연결되어 사용되고 있었다고 덧붙여 말할 필요가 있다고 느끼고 있다.* 우리와 의견을 같이하는 전통적인 사람들에게라면 이 세상의 모든 장점은 비교적이

---

* "정직한 변호사"에서 "정직한"은 "변호사"와 연결되어 사용된다는 의미로 모든 면에서 정직하다고 할 수는 없지만 변호사로서는 정직한 편이라는 의미를 함축하고 있는 듯하다.

라는 말을 할 필요도 없을 것이다. 그리고 사람의 자질이나 인격에 관계된 어떤 것에 대해 단언하는 경우에는 그 말에 "상황에 따라"라는 단서를 붙여 이해해야 한다고 우리는 단호히 말하고 싶다.

그때부터 그날 내내 판사는 그의 사촌과 변호사와 함께 자기 방에 틀어박혀 있었고 그의 딸 외에는 다른 누구도 그 방에 들어오지 못하게 했다. 그처럼 명백하게 마머듀크를 괴롭히고 있던 깊은 비탄은 엘리자베스에게도 어느 정도 전달이 되었다. 왜냐하면 낙담한 표정이 그녀의 지적인 얼굴을 그늘지게 만들었고 그녀의 활기차고 명랑한 기분도 눈에 띄게 가라앉았기 때문이었다. 그날 한번은 젊은 에드워즈가 이 가족의 윗사람들에게 일어난 갑작스러운 변화를 이상하게, 그러면서도 예리하게 지켜보던 도중 엘리자베스의 뺨 위로 저도 모르게 한 방울의 눈물이 떨어지고 그녀의 빛나는 두 눈에도 눈물이 그렁그렁해서 그 눈빛에서 항상 볼 수는 없던 어떤 부드러움을 보여주고 있다는 사실을 간파하게 되었다.

"무슨 나쁜 소식이라도 받았습니까, 템플 양?" 그가 특이한 관심이 담긴 목소리로 물었다. 그러한 목소리는 자수를 놓던 루이자 그랜트로 하여금 재빨리 고개를 들게 만들었는데 그녀는 자신의 재빠른 동작에 곧 스스로 얼굴을 붉히고 말았다. "만약 제가 짐작하듯이 당신 아버지께서 좀 떨어진 곳에 있는 어떤 대리인을 불러오셔야 한다면 제가 도움을 드리고 싶은데요."

"우리가 나쁜 소식을 들은 것은 분명해요." 엘리자베스가 대답했다. "그래서 우리 아버지께서 단기간 집을 떠나 계셔야 해요. 제가 우리 오촌 리처드 아저씨께 그 업무를 맡기라고 아버지를 설득할 수 없다면 말예요. 그런데 또 바로 이 시기에 아저씨께서 이 카운티의 행정을 돌보지 못하신다면 그것도 또 부적절한 일이겠지요."

청년은 잠시 말을 멈추었다. 그러고는 이렇게 말을 계속했는데 그때 피가 서서히 그의 관자놀이 쪽으로 몰려 올라왔다.

"만약 그것이 제가 수행할 수 있는 그런 성질의 업무라면……"

"그건 우리가 잘 아는 사람에게만 맡길 수 있는 일이에요. 우리 가족에게만 말이에요."

"물론이지요, 절 아시잖습니까, 템플 양!" 그가 흥분해서 덧붙여 말했다. 그는 흥분의 감정을 거의 드러내지 않았지만 그들이 솔직히 대화를 나눌 때면 때때로 저도 모르게 그런 감정을 보이곤 했던 것이다. "제가 당신 집에 다섯 달이나 살았는데 남이라니요!"

엘리자베스도 자수를 놓고 있다가 자신의 모슬린천을 매만지는 척하며 고개를 한쪽으로 기울였다. 그러다가 제어할 수 없을 정도로 흥미로운 표정을 지었는데 그때 그녀의 손은 흔들리고 얼굴은 상기되고 두눈의 물기도 말라버렸다. 그러면서 이렇게 말했다.

"우리가 당신을 얼마나 알고 있나요, 에드워즈 씨?"

"얼마나라니요!" 청년이 시선을 그 말을 한 사람에게서 루이자의 온화한 얼굴로 옮기면서 되풀이해 말했다. 루이자의 얼굴도 호기심으로 빛났다. "얼마나라니요! 제가 이처럼 오랫동안 당신과 한 집에 살았는데 저를 모르신단 말씀인가요?"

엘리자베스의 고개가 그 부자연스러운 위치에서 천천히 제자리로 돌아왔다. 혼란스러운 표정과 흥미로운 표정이 아주 강렬하게 혼합되었던 표정이 미소로 바뀌었다.

"우리는 당신을 알아요, 정말이에요. 당신의 이름은 올리버 에드워즈 씨지요. 당신이 제 친구 그랜트 양에게 당신이 인디언 원주민이라고 알려췄다고 알고 있어요······"

"엘리자베스!" 루이자가 소리쳤는데 그녀는 얼굴이 새빨개졌고 사시나무처럼 바들바들 떨고 있었다. "내 말을 잘못 이해했어요, 템플 양. 난, 난······ 그건 추측일 뿐이에요. 게다가 에드워즈 씨가 원주민들과 친척이라 해도 우리가 왜 이분을 비난해야 하나요! 어떤 점에서 우리가 더 나은 건가요? 적어도 제가, 떠돌아다니는 가난한 성직자의 자식인 제가 더 나은 점이 뭐가 있지요?"

엘리자베스는 의심스러워하며 고개를 흔들고는 웃기까지 했지만 대답은 하지 않았다. 그러다가 그녀의 친구가 자기 아버지의 가난과 노동에 대해 생각하면서 얼굴에 우울한 표정이 가득한 모습을 보고는 이렇게 계속해서 말했다.

"아니, 루이자, 겸손이 지나쳐요. 교회 성직자의 딸보다 더 우월한 사람은 없어요. 나도 에드워즈 씨도 사실 당신을 따라갈 수가 없어요. 그가," 그녀는 다시 미소 지으며 이렇게 덧붙여 말했다. "드러나진 않았지만 실은 왕이 아닌 한에서는 말이죠."

"왕 중의 왕이신 그리스도의 충실한 종은, 템플 양, 지상에서 그 누구에게도 못지않아요." 루이자가 말했다. "하지만 그의 영예는 그 자신의 것이지요. 전 다만 친구도 없고 가난한 사람의 자식에 지나지 않아요. 그래서 그리스도의 종이란 것 외에는 다른 어떤 영예도 주장할 수가 없어요. 그렇다면 제가 왜 에드워즈 씨보다 더 높은 위치에 있다고 생각해야 하나요? 단지······ 단지······ 아마도 그분이 존 모히건과 아주, 아주 먼 친척 관계이기 때문에 그런가요?"

루이자가 그의 혈통을 옹호하면서 자신이 그와 늙은 인디언 용사 사이의 인척 관계를 인정하기 싫어한다는 사실을 무심코 드러내고 있을 때 아주 포괄적인 의미를 담은 눈짓이 상속녀와 청년 사이에 오갔다. 그러나 그들의 친구의 순진함에 대해서는 둘 다 미소 짓는 것조차도 스스로에게 허용하지 않았다.

"잘 생각해보니 이곳에서 제 위치가 약간 모호하다는 건 인정하지 않을 수 없습니다." 에드워즈가 말했다. "물론 제가 제 혈통으로 그것을 자초했다고 말할 수도 있겠지만요."

"그것도 이 땅의 본래 주인들 중 한 사람의 혈통이지요!" 엘리자베스가 외쳤지만 그녀는 그가 원주민의 혈통을 지녔다고는 거의 믿고 있지 않는 것이 분명했다.

"제 외모에 제 혈통의 특징이 그처럼 아주 명확하게 각인되어 있습니까? 전 피부가 거무스레하지만 그다지 붉지는 않은데…… 일반적인 사람들보다 더 붉지는 않지요?"

"지금 당장은 더 붉은 편이지요."

"틀림없이, 템플 양" 하고 루이자가 소리쳤다. "당신은 에드워즈 씨를 자세히 살펴보았을 리가 없어요. 이분의 눈은 모히건의 눈보다도, 심지어는 당신 자신의 눈보다도 더 검지는 않아요. 그의 머리도 그처럼 검지 않고요."

"그렇다면 나도 아마도 같은 혈통을 가졌다고 주장할 수가 있겠네요. 그렇게 생각할 수 있다면 내 마음에는 큰 위안이 될 거예요. 왜냐하면 늙은 모히건이 옛날에 이 땅을 점유하고 있었던 어떤 사람의 망령처럼 이 땅을 이리저리 걸어 다니는 것을 볼 때 나는 슬퍼지고 이 땅에 대한 나 자신의 점유권이 얼마나 하찮은지 느끼게 된다고 인정할 수밖에 없으니까요."

"그렇게 생각하시다니요!" 청년이 숙녀들을 깜짝 놀라게 만들 만큼

격하게 외쳤다.

"그렇답니다, 정말"이라고 엘리자베스가 놀라워하며 시간을 잠깐 지체했다가 대답했다. "하지만 제가 무얼 할 수 있겠어요? 우리 아버지께서 무엇을 하실 수 있겠어요? 만약에 우리가 그 노인에게 집과 생계비를 드린다 하더라도 그분의 습관 때문에 우리의 제안을 거부하실 수밖에 없을 거예요. 또한 우리가 이 개간지와 농장들을 또다시 사냥터로 전환시킬 수도 없을 거예요. 우리가 어리석게도 그러한 걸 바랄지라도 말이지요. 레더스타킹은 그렇게 되기를 바라시겠지만 말이지요."

"당신은 사실을 말씀하시는군요, 템플 양" 하고 에드워즈가 말했다. "당신이 무얼 할 수 있겠어요, 정말! 그렇지만 당신이 할 수 있고 하실 거라고 내가 확신하는 한 가지 일이 있습니다. 당신이 이 아름다운 계곡들의 여주인이 되면 말입니다. 가난한 이들에게 은혜를 베풀고 궁핍한 이들에게 자비를 베풀기 위해 당신의 부를 사용하십시오. 정말이지, 당신은 그 이상을 할 수는 없을 겁니다."

"그렇게 한다면 아주 많은 걸 하는 거지요." 이번에는 루이자가 미소 지으며 말했다. "하지만 분명히 그녀의 손에서 그러한 일의 지시를 받을 사람이 생기겠지요."

"난 분별없는 여자처럼 결혼을 거부하려는 건 아니에요. 사실은 그런 여자들은 아침부터 밤까지 결혼에 대한 꿈만 꾸고 있죠. 하지만 난 독신 생활을 서약하지 않았으면서도 이곳에서 수녀처럼 살고 있어요. 내가 대체 이 삼림지대 어디에서 남편감을 찾아내겠어요?"

"템플 양, 당신을 아내로 맞기를"이라고 에드워즈가 재빨리 말했다. "열망할 권리를 가진 남자는 아무도 없습니다. 아무도 없습니다. 그래서 당신이 자신과 대등한 사람이 당신을 얻으려고 할 때까지 기다릴 거라는 걸 난 압니다. 그렇지 않으면 당신을 아는 모든 사람에게 사랑받으며, 존중받으며, 그리고 칭찬받으며 살아가다가 또 그렇게 세상을 떠나겠지요."

젊은이는 여성에 대한 정중한 태도를 보이기 위해 해야 할 말은 전부 다 했다고 생각하는 듯이 보였다. 왜냐하면 그는 자리에서 일어나 모자를 집어 들고 그 방에서 급히 나갔기 때문이었다. 루이자는 아마도 그가 필요 이상으로 많은 말을 했다고 생각한 모양이었다. 왜냐하면 그녀는 자신에게도 들릴 듯 말 듯 아주 낮은 소리로 한숨을 쉬고는 다시 자신의 자수감 위로 고개를 숙였기 때문이었다. 템플 양은 더 많은 말을 듣고 싶어 했을 수도 있다. 왜냐하면 그녀의 시선은 잠시 동안 그 젊은이가 나간 문에 계속 고정되어 있었기 때문이었다. 그러다가 그녀는 자기 친구를 새빨리 힐긋 쳐다보았다. 그다음에 이어진 긴 침묵은, 스물세 살 청년의 존재가 열여덟 살도 안 된 두 처녀의 대화에 얼마나 많은 묘미를 더해줄 수 있는지 드러내 보여주었다.

에드워즈 씨가 그 저택에서 걸어 나가기보다는 오히려 달려 나가다가 맨 처음 마주친 사람은 몸집이 작고 어깨가 떡 벌어진 변호사였다. 그는 큰 서류 꾸러미를 겨드랑이에 끼고 코 위에 녹색 안경을 걸치고 또 마치 추가적인 시력 보조 기구로 사기 행위를 간파하는 자신의 능력을 늘리기라도 하려는 듯 양 옆구리에 돋보기들을 달고 있었다.

밴 더 스쿨 씨는 충분한 교육을 받은 사람이었지만 이해력이 느렸다. 그래서 그는 보다 민활하고 영민한 동종업계 종사자들과의 충돌로부터 괴로움을 당해온 결과 말과 행동을 신중하게 하게 되었다. 그들은 그와는 달리 동부의 법정에서 그들의 영업의 기초를 쌓았고 빈틈없는 태도가 뿌리 뽑기 어려울 정도로 몸에 배어 있었던 것이다. 그가 아주 겁먹은 듯이 보이기까지 하는, 극도로 조직적이고 꼼꼼한 방식을 사용했기 때문에 이 신사의 신중함은 행동에도 드러나 있었다. 그리고 그의 말은 부언 설명을 많이 하는 어투였으므로 그의 말을 듣는 사람들이 그 말의 의미를 한참 동안 탐색해보아야 할 경우가 빈번했다.

"좋은 아침입니다, 밴 더 스쿨 씨"라고 에드워즈가 말했다. "여기 이 저택에서는 오늘이 바쁜 날인 것 같습니다."

"좋은 아침입니다, 에드워즈 씨. 만약 이게 당신 이름이라면 말이지요. 왜냐하면 당신은 외부에서 온 사람이니까 우리에겐 당신 자신의 증언 외에는 그것이 당신 이름이라는 다른 증거가 없으니까요. 당신이 템플 판사에게 그 이름을 댔다고 전 알고 있으니까요. 좋은 아침입니다. 오늘은 저 저택에서는 바쁜 날이 될 게 분명해요. 하지만 당신처럼 분별 있는 사람에게는 외관상 그렇더라도 사실은 그렇지 않은 경우가 많다는 말씀을 드릴 필요도 없겠지요. 물론 당신은 분명히 이런 사실을 저절로 알게 되었겠지만 말입니다."

"당신은 베껴 쓸 필요가 있는, 중요한 서류들을 가지고 계십니까? 제가 어떤 식으로든 도움이 되어드릴 수 있을까요?"

"베껴 쓸 필요가 있는 서류들은 있지요. 당신이 분명히 서류의 외관을 보고 알 수 있는 바와 같이 말이지요. 당신의 두 눈은 젊으니까요."

"그렇다면 제가 변호사님의 사무실로 함께 가서 가장 급한 것들을 받아오도록 하지요. 그러면 밤까지는 다 베낄 수가 있을 겁니다. 아주 급하다면 말이지요."

"내 사무실에서 당신을 만난다면 항상 반가울 겁니다. 공손한 예의에 입각하여 의무상으로, 당신이 지금 거처하는 저택에서 사람을 누구든 의무적으로 만나야 하는 것은 아닙니다만. 그럴 마음이 내키지 않는다면 말입니다. 하여간 그 저택은 성 같은 대저택이지요. 아니면 어떤 다른 장소에서 만나도 반가울 겁니다. 그러나 이 서류들은 극도의 기밀 서류들이므로, 그런 것이므로 다른 어떤 사람도 읽을 수 없습니다. 템플 판사의 엄숙한 명령에 따라 읽으라는 지시를 받지 않은 한에서는 말이지요. 그래서 아무도 볼 수 없습니다. 의무상, 내 말 뜻은 맡은 의무상이란 거지요. 그 서류들을 읽을 필요가 있는 사람들을 제외하고는 말이지요."

"그러면 변호사님, 제가 아무런 도움도 될 수 없다는 걸 알았으니 이제 작별 인사를 드리겠습니다. 그렇지만 지금 당장은 제가 아주 한가하다는 걸 기억해주시길 간청합니다. 그리고 템플 판사님께도 그 사실을 넌지시 비추셔서 세계의 어느 지역으로 가는 일이든 상관없으니 제 도움을 받으시라고 그분께 제안해주시기를 바랍니다. 그곳이…… 그곳이…… 템플턴에서 먼 곳만 아니라면 괜찮습니다."

"내가 당신 이름으로, 당신 자신이 제안한 조건과 함께, 당신의 대리자로서, 그 뜻을 전달하겠소. 좋은 아침이오. 그러나 행동을 개시하는 건 잠시 멈추시오, 에드워즈 씨, 이름이 그렇다고 하니깐 말입니다. 출장을 가겠다는 당신 제안을 최종 계약서에 포함시키길 바라십니까? 그에 대한 보수는 전일에 선불로 이미 받으셨지요. 그리고 그건 구속력이 있으니까요. 아니면 출장 가겠다는 말씀을 그냥 도움을 드리겠다는 제안으로 계약에 포함시킬까요? 그러면 그런 도움에 대해서는 조건 조항의 이행에 따른 보수가 지불되어야 하지요. 쌍방간 향후 작성될 계약서에 따라서요."

"아무래도…… 아무래도 좋습니다." 에드워즈가 말했다. "그분이 곤란한 상황에 처하신 것 같으니 전 도와드리고 싶은 거지요."

"동기는 좋군요. 겉보기에는 말이지요. 그런데 겉보기란 것은 거짓일 때가 종종 있으니까요. 첫인상으로는 동기가 좋군요. 그리고 귀하의 면

450

목이 서는 일이기도 하구요. 내가 당신의 희망 사항을 판사님께 말씀드리겠어요, 젊은 신사. 당신은 지금 신사로 보이니 말입니다. 바로 오늘 오후 5시까지 반드시 그에 대한 대답을 알려주겠어요, 하느님께서 허락하신다면 말이지요. 또 당신이 내게 그럴 기회를 준다면 말이지요."

에드워즈 씨의 상황과 신분이 모호했으므로 그는 이 변호사에게는 특별한 의심의 대상이었다. 그 결과 청년도 그와 같은 어정쩡하고 조심스러운 말투에 너무나 익숙해 있었으므로 당면한 대화에 대해 그 어떤 특이한 혐오감도 느끼지 않았다. 그는 변호사가 템플 판사의 개인 비서로부터도 자기 업무의 성질을 숨기려는 의도를 지니고 있다는 것을 당장 간파했다. 밴 더 스쿨 씨가 자신의 말을 가장 명료하게 전달하기를 원할 때일수록 그 신사의 말의 의미를 이해하는 일이 어렵다는 것을 청년은 너무나 잘 알고 있었으므로 그로부터 무언가를 알아내려는 생각을 전부 포기했다. 더구나 변호사가 무언가를 캐물으려고 하는 태도를 피하려고 애쓰고 있다는 것을 알아차렸을 때에는 더욱더 그럴 수밖에 없었다. 그들이 저택 대문 앞에서 헤어진 후 변호사는 젠체하면서 서두르는 태도로 서류 꾸러미를 오른손에 꽉 쥐고서는 자기 사무실을 향해 걸어갔다.

청년이 판사의 인격에 대해 특이하고도 뿌리 깊은 편견을 지니고 있었다는 것을 우리 독자들 모두가 틀림없이 명백히 알게 되었을 것이다. 그러나 그에 저항하는 어떤 원인으로 인해 지금의 그의 마음은 자기 후원자의 현재의 감정 상태와 그의 남모르는 불안에 대한 강력한 관심으로 가득 차 있었다.

그는 변호사의 뒷모습을 응시하며 서 있다가 서류 꾸러미를 든 사람과 그 비밀스러운 꾸러미가 들어가고 사무실 문이 닫힌 뒤에야 저택으로 천천히 돌아와 자기 사무실의 일상적인 업무를 처리하면서 자신의 호기심을 잊어버리려고 애썼다.

　판사가 가족들 앞에 다시 나타났을 때 그의 쾌활함에는 우울한 기색이 섞여 있었고 그러한 기색은 여러 날 동안 그의 남자다운 이마에 남아 있었다. 그러나 봄이 마술이라도 부리듯이 깊어가자 그는 일시적인 무감각 상태에서 깨어났고 여름이 오자 그의 미소는 되살아났다.

　여름날의 더위와 만물을 성장시키는 잦은 소나기 덕분에 믿을 수 없을 만큼 짧은 기간에 초목들이 다 성장했다. 초목들의 싹은 텄지만 봄이 머뭇거리는 바람에 너무나 오랫동안 성장이 지체되었던 터였다. 숲도 미국의 숲에 나타날 수 있는 온갖 색조의 초록빛을 띠고 있었다. 개간된 들판의 그루터기들은 이미 밀속에 파묻혀 보이지 않았고 그 대신 밀이 여름 바람이 살랑거릴 때마다 물결치며 반짝거리면서 벨벳처럼 변하는, 다양한 빛깔을 보여주었다.

　그의 사촌이 낙담해 있을 동안 내내 존스 씨는 큰 배려심을 발휘해서 보안관의 가슴속에서 시시각각 더 절실해지고 있는 사업에 판사가 관심을 갖도록 밀어붙이는 일을 자제하고 있었다. 볼드 드러군 술집에서 조섬이라는 이름으로 우리의 이야기에 소개되었던 남자와 보안관의 잦은 비밀 회담으로 판단해본다면 그 사업은 또한 매우 중요한 문제가 되어가고 있었다.

　마침내 보안관은 과감히 그 문제를 다시 언급했다. 그리고 7월 초의 어느 날 저녁 마머듀크는 그다음 날 보안관이 원하는 대로 답사를 하자는 약속을 했다.

26장

"계속 말씀하세요, 사랑하는 아버지!
아버지의 말씀은 서쪽에서 불어오는 산들바람 같아요."
—밀턴, 『벨샤자』, 3권 73~74행

리처드의 생각 속에서 그처럼 오랫동안 가장 중요한 위치를 차지하고 있었던 탐사를 하기 위해 마머듀크와 리처드가 말에 오른 시간은 온화하고 따스한 아침나절이었다. 그런데 같은 시각 엘리자베스와 루이자도 걸어서 소풍을 가기 위해 옷을 차려입고 거실에 나타났다.

그랜트 양은 머리에 초록빛 비단으로 된, 산뜻한 작은 모자를 쓰고 있었는데 그녀의 겸손한 두 눈이 모자의 그늘 아래로 살짝 보였다. 반면 템플 양은 챙 넓은 밀짚모자를 들고 자기 아버지 소유의 넓은 방들을 그것들의 여주인다운 걸음걸이로 이리저리 걸어 다니고 있었다. 그녀가 밀짚모자의 한쪽 리본을 쥐고 있어서 모자가 매달려 흔들거렸다. 그 모자는 그녀의 매끈한 이마 언저리에 아주 풍성하게 곱슬곱슬한, 윤기 나는 머리 타래를 덮어 감추게 될 것이었다.

"이런, 너 산책하려는 모양이구나, 베스!" 판사가 소리쳤다. 그는 잠시 동작을 멈추고 자기 딸의 여자다우면서도 품위 있는 아름다운 모습에 아버지답게 애정을 표하며 미소를 지었다. "7월의 더위를 명심해라, 내 딸아. 정오 전에 되돌아올 수 있는 거리보다 더 멀리 가는 모험을 하지도 마라. 네 양산은 어디 있니, 애야? 네가 특별히 조심해서 보호하지 않으면 이 태양과 남쪽에서 부는 산들바람 때문에 네 이마의 광택이 사라져버릴 거야."

"그렇게 되면 전 제 친척에게 면목이 서겠네요." 딸이 미소 지으며 대답했다. "리처드 아저씨는 어떤 숙녀라도 부러워할 만한 건강미를 지니고 계시잖아요. 지금은 우리 두 사람 사이에 닮은 점이 너무 적어서 처음 보는 사람들은 우리가 같은 자매의 자식들이라는 걸 모를 거예요."

"손자들이라는 거지, 네 말뜻은, 베스 오촌." 보안관이 말했다. "허나 가자고, 템플 판사. 시간은 사람을 기다리지 않으니까 말이지. 그리고 만약 자네가 내 조언을 받아들인다면, 이보게, 오늘부터 열두 달이 지나면 자넨 자네 딸을 위해 그 애의 낙타털 숄로 우산을 만들어주면서 우산살을 순은으로 만들 수가 있을 거네. 난 나 자신을 위해서는 아무것도 바라지 않는다네, 듀크. 자넨 이미 지금까지 내겐 좋은 친구였으니까. 그 밖에도 내가 가진 모든 것은 베스에게 돌아갈 거니까 말이네. 이봐, 어느 슬픈 날 말이지. 자네나 내가 이 세상을 떠나는 날까지는 짧은 시간만 남아 있을 수도 있고 긴 시간이 남아 있을 수도 있지. 하여튼 우리는 오늘 하루 동안 말을 타야 하네, 판사. 그러니 앞으로 가자고. 아니면 지금 말에서 내려서 가지 않겠다고 당장 말하게나."

"진정해, 진정해, 디컨." 판사가 자신의 말을 잡아당기며 또다시 딸에게로 몸을 돌리며 대답했다. "산으로 갈 예정이라면 애야, 숲속으로 너무 깊이 들어가지 마라. 간청이니 말이다. 왜냐하면 숲속에 들어가도 무사히 나올 때도 많지만 때로는 위험하기 때문이란다."

"이 계절에는 그렇지 않아요, 아버지." 엘리자베스가 말했다. "왜냐하면 사실을 말하자면 루이자와 저는 언덕으로 산책을 나갈 예정이니까요."

"이 계절이 겨울보다 덜 위험하다는 거지, 얘야. 하지만 그래도 너무 멀리 가는 모험을 하면 위험할 수도 있단다. 하긴 네가 단호하긴 하지만 네 어머니를 아주 많이 닮았으니 조심성은 있을 거다."

아버지의 시선은 자기 딸에게서 마지못해 거두어졌다. 그리고 판사와 보안관은 말을 타고 천천히 대문을 빠져나가서 마을의 건물들 사이로 사라졌다.

이런 짤막한 대화가 오가는 동안 젊은 에드워즈는 주의 깊게 경청하며 서 있었다. 그의 손에는 낚싯대가 들려 있었는데 그 여름날의 날씨가 아주 좋았으므로 그도 또한 야외에서 운동하는 즐거움을 누리려는 유혹을 받았기 때문이었다. 말을 탄 사람들이 대문을 나가서 모퉁이를 돌아가자 그는 이미 거리를 향해 걸어가고 있던 젊은 여성들에게 다가가서 막 말을 걸려고 했다. 바로 그때 루이자가 걸음을 멈추더니 재빨리 말했다.

"에드워즈 씨가 우리에게 말을 걸려고 하시네, 엘리자베스."

다른 여성도 또한 걸음을 멈추고 청년에게로 몸을 돌렸다. 그녀의 태도는 공손하지만 약간 차가웠다. 그 태도로 인해 거리낌 없이 그들에게 다가가던 그의 태도가 눈에 띄게 위축되었다.

"당신 아버지께서 당신이 보호자 없이 언덕을 산책하는 걸 불만스러워하시는군요, 템플 양. 제가 보호자 역할을 해도 될까요?"

"우리 아버지께서 올리버 에드워즈 씨를 그분의 불만을 표현하는 도구로 선택하셨나요?" 숙녀가 그의 말을 가로막았다.

"이런! 제 말뜻을 오해하시는군요. 제가 불만이라는 말 대신 불안해하신다고 말씀드렸어야 했나 봅니다. 전 그분의 고용인입니다, 아씨. 그러니 당신의 고용인도 되지요. 다시 한 번 말씀드리지만 허락해주신다면 제 낚싯대 대신 엽총을 들고 산에서 가까이에서 지켜드리겠습니다."

"고마워요, 에드워즈 씨. 하지만 아무런 위험도 없는 곳에는 아무런 보호자도 필요하지 않지요. 우리가 아직 이 자유로운 언덕을 경호원의 수행을 받으며 돌아다녀야 할 지경까지는 되지 않았어요. 그렇지만 그러한 경호원이 필요하다면 저기 오네요…… 여기야, 브레이브…… 브레이브…… 내 멋진 브레이브!"

이미 언급한 적 있는 거대한 맹견이 개집에서 나타났다. 그 개는 제멋내로 내버려두어 게을러진 태도로 하품을 하며 몸을 뻗쳤다. 그러나 자기 여주인이 또다시 "이리 와, 브레이브. 전에는 네가 너의 주인을 잘 섬겼지만 주인의 딸에 대해서는 어떤 식으로 의무를 다하려는지 어디 보자꾸나"라고 말하며 부르자 개는 마치 그녀의 언어를 이해하는 듯이 꼬리를 흔들며 위엄 있는 걸음걸이로 그녀 옆으로 걸어왔다. 그러고는 거기 앉아서 그녀 자신의 아름다운 얼굴에서 빛나고 있는 그 총명함보다 별로 열등하지 않은 총명함을 과시하며 그녀의 얼굴을 쳐다보았다.

그녀는 다시 걷기 시작해서 몇 걸음 가다가는 또다시 멈추고는 달래는 어조로 이렇게 덧붙였다.

"당신은 언덕에서 우리를 보호하는 것과 같은 정도로 우리에게 도움을 줄 수 있어요. 그리고 내 짐작으로는 당신 자신에게는 더 유쾌한 방법으로 말이지요, 에드워즈 씨. 저녁 식탁에 놓게 당신이 좋아하는 농어 한 꿰미만 잡아다 주세요."

그들이 다시 걷기 시작했을 때 템플 양은 청년이 이런 거절을 어떻게 감당하는지 보려고 뒤돌아보지 않았다. 그러나 루이자는 그들이 대문에 도착하기 전까지 바로 그 사려 깊은 용건으로 몇 번이나 고개를 돌려보았다.

"유감이지만, 엘리자베스"라고 그녀가 말했다. "우리가 올리버의 기분을 상하게 한 것 같아요. 그 사람은 아직도 조금 전 그 자리에 그냥 서서 낚싯대에 기대고 있네요. 아마 우리가 오만하다고 생각할지도 몰라요."

"그가 올바로 생각하는 거예요"라고 템플 양이 마치 깊은 생각에서 깨어나고 있는 듯이 큰 소리로 말했다. "그렇다면 그가 올바로 생각하는 거예요. 우리는 너무 오만해서 상황이 그처럼 모호한 젊은이의 그러한 특별한 관심은 허용할 수 없으니까요. 뭐라고! 자기를 우리의 가장 사사로운 산책의 동료가 되게 해달라고! 우리의 행동은 오만이에요, 루이자. 하지만 여성 특유의 오만이지요."

몇 분이 지나서야 비로소 올리버는, 루이자가 마지막으로 그를 보았을 때 취하고 있었던 그 명상적인 자세에서 깨어났다. 그러나 깨어나면서 그는 급히 뭔가 종잡을 수 없는 말을 중얼거렸다. 그러고는 낚싯대를 어깨에 걸치고는 마치 황제 같은 태도로 보도를 성큼성큼 걸어 내려가 대문을 나와 마을의 거리 중 하나를 따라갔다. 그러고는 마침내 호숫가에 이르렀다. 호숫가의 이 지점에는 템플 판사와 그의 가족이 사용할 수 있도록 배들이 정박되어 있었다. 젊은이는 소형 경장 범선에 훌쩍 뛰어올라 노를 잡고는 강건한 두 팔로 호수를 가로질러 레더스타킹의 오두막집을 향해 노를 저어갔다. 4분의 1마일쯤 노를 저어가자 그의 쓰라린 심사는 좀 가라앉아 있었다. 내티의 집 앞 호숫가에 가지런히 자란 덤불숲이 자기 옆으로 미끄러지듯 지나가는 것을 보자 그의 몸은 약간 더웠지만 그의 마음은 상당히 가라앉았다. 덤불숲이 지나가는 모양은 청년 자신의 노력으로 지나가는 것처럼 보이는 게 아니라 마치 그것이 스스로 움직이는 것 같았다. 그런데 템플 양의 행동의 동기가 된 것과 똑같은 이유가 이 청년처럼 훈육 받고 교육 받은 남자의 마음에 떠올랐을 수도 있었다. 그리고 만약 사실이 그러했다면 엘리자베스에 대한 에드워즈의 평가는 내려가기보다는 올라갔을 것이 매우 확실하다.

청년은 이제는 노를 물에서 올려놓고 배를 육지에 바싹 갖다 대었다. 그 배는 그곳에서 스스로 지어낸 물결에 부드럽게 흔들리며 놓여 있었다. 그런 동작들을 하면서도 청년은 처음에는 무언가를 수색하는 듯이 사방을 흘깃흘깃 둘러보다가 작은 호루라기를 입에 대고 불어 길고 날카로운 소리를 내었다. 그 소리는 오두막집 뒤의 바위들 사이에서 메아리치며 울렸다. 이 비상 신호에 내티의 사냥개들이 나무껍질로 만든 개집에서 달려 나와 반쯤 미친 듯이 경중경중 뛰며 길게, 슬픈 듯이 짖기 시작했다. 물론 그들은 사슴 가죽으로 된 끈에 묶여 있었으므로 자유자재로 움직일 수는 없었다.

"조용해, 헥터, 조용해." 올리버는 이렇게 말하고는 또다시 호루라기를 입에 대고 불어 조금 전보다 더욱더 날카로운 소리를 냈다. 개들이 그의 목소리를 듣고 개집으로 되돌아간 후라 이번의 호루라기 소리는 아무런 반응이 없었다.

에드워즈는 뱃머리를 호숫가로 끌어당겨서 배에서 내려 물가를 걸어 올라가 오두막집 문에 다다랐다. 문의 빗장이 금방 풀렸으므로 그는 안으로 들어간 후 문을 닫았다. 그 시간에 그 한적한 장소에서는 마치 그곳의 황무지를 인간의 발이 지금까지 한 번도 밟은 일이 없는 것처럼 사방이 고요했다. 마을에서 끊임없이 울리는 망치 소리가 호수를 가로질러 희미하게 들려왔다. 그러나 개들은 특권을 가진 사람들 이외에는 아무도 이 금지된 땅에 다가오지 않았다는 것에 만족해하면서 자기들의 보금자리에 웅크리고 있었다.

15분 정도가 지나자 청년이 다시 나타났다. 그는 문의 빗장을 다시 잠그고 사냥개들에게 다정하게 말을 건넸다. 자기들이 잘 알고 있는 말투를 듣고 개들이 밖으로 나왔고 암캐는 그의 몸으로 덤벼들었다. 암캐는 올리버에게 마치 자기를 감옥에서 풀어달라고 애원이라도 하는 듯이 낑낑거리기도 하고 짖기도 했다. 그러나 올드 헥터는 가벼운 바람에 코를 들고는 길게 울부짖기 시작했다. 그 소리는 1마일 떨어진 거리에서도 들을 수가 있을 정도였다.

"허어! 무슨 냄새를 맡았니, 이 숲의 노병아?" 에드워즈가 외쳤다. "짐승이라면 대담한 놈이고 사람이라면 뻔뻔스러운 놈이겠구나."

그는 오두막집 옆에 쓰러져 있던 소나무 등을 뛰어넘어 남쪽에서 이 오두막을 보호해주고 있는 자그만 언덕을 올라갔다. 그곳에서 그는 하이럼 둘리틀의 형체를 흘낏 보았다. 그 형체는 그 건축가로서는 유별나게 재빠른 움직임을 보이면서 덤불숲 사이로 사라지고 있었다.

"저 녀석이 여기서 무엇을 탐내는 거지?" 올리버가 투덜거렸다. "저 녀석은 이 부근에는 용건이 없을 텐데. 호기심이 아니라면 말이지. 이 숲에서는 호기심이 풍토병이긴 하지만. 그래봐야 내가 효과적으로 방어할테니까. 개들이 녀석의 못생긴 얼굴을 좋아하게 되어 녀석을 눈감아준다 해도 말이야." 청년은 이렇게 혼잣말을 내뱉으면서 오두막집 문으로 되돌아가 꺾쇠 안으로 작은 쇠사슬을 넣어 맹꽁이자물쇠로 쇠사슬을 잡아매 빗장을 확실히 채웠다. "그 녀석은 협잡꾼이니 자신이 흉악한 뜻을 품고 다른 사람의 집에 침입하는 것 같은 일을 할 수도 있다는 걸 분명히 알고 있는 게 틀림없어."

이렇게 단단히 빗장을 채운 것에 크게 만족한 모습으로 청년은 또다시 사냥개들에게 말을 걸었다. 그러고는 호숫가로 내려가 배를 띄우고는 노를 잡고 호수 가운데 쪽으로 배를 저어 나아갔다.

옷세고 호수에는 농어 낚시터로 유명한 장소가 몇 군데 있었다. 그 중 한 군데는 그 오두막집의 거의 맞은편에 있었고 이보다 더욱더 유명한 또 한 군데는 호수 안쪽으로 뾰족 나온 곳 가까이 있었다. 그곳은 처음 언급한 장소보다 위쪽으로 1마일 반 정도 떨어진 거리에, 산마루 아래, 또 오두막집과 같은 쪽에 위치해 있었다. 올리버 에드워즈는 자신의 작은 배를 저어 첫번째 장소로 가서 잠시 동안 앉아 있으면서 오두막집 문을 감시하며 그곳에서 계속 낚시를 할지 더 훌륭한 포획물을 잡을 목적으로 낚시터를 옮길지 망설이고 있었다. 그러면서 주위를 둘러보다가 그는 자신의 늙은 친구들의 밝은 빛 나무껍질 카누가 우리가 방금 언급한 그 곳에서 물 위에 떠 있는 것을 보았다. 카누에는 두 사람이 타고 있었는데 그들이 모히건과 레더스타킹이라는 것을 그는 당장 알아보았다. 이것으로 문제는 해결되었다. 청년은 잠깐 사이에 노를 저어 자기 친구들이 낚시질하고 있는 곳으로 가서는 자신의 배를 인디언의 가벼운 배에 묶어두었다.

노인들은 환영의 뜻으로 고개를 끄덕이면서 올리버를 맞이했지만 둘 중 아무도 자기 낚싯줄을 물에서 꺼내거나 자기가 하던 일을 조금이라도 바꾸지는 않았다. 에드워즈는 자기 배를 단단히 매어두고는 낚싯바늘에 미끼를 끼우고 아무 말도 하지 않고 호수 속으로 던졌다.

"이 친구, 자네 노를 저어 오두막을 지나오다가 거기 잠깐 들렀나?" 내티가 물었다.

"네, 모든 게 안전하다는 걸 알았어요. 그렇지만 그 목수 겸 치안판사인 둘리틀 씨, 아니 사람들이 부르는 대로 하면 스콰이어 둘리틀이 숲속에서 어슬렁거리고 있었어요. 오두막을 떠나기 전에 문을 단단히 잠갔어요. 그리고 그는 너무 겁쟁이라 사냥개들에게 다가오지는 못할 거라고 생각해요."

"그 남자에 대해서는 좋게 말할 거리가 별로 없다네." 내티가 말했다. 그러면서 그는 농어 한 마리를 끌어올리고 낚싯바늘에 미끼를 끼웠다. "그놈은 끔찍할 정도로 오두막집에 들어오고 싶어 해. 그래서 내 면전에서도 그래도 되겠느냐고 물어보다시피 했지. 하지만 난 불확실한 대답을 하며 확답을 피했지. 그러니 솔로몬도 모르는 일인데 그가 알 리가 없는 거지. 그런 인간에게 법을 해석해달라고 부탁하는 일은 법이 너무 많아서 생기는 일이야."

"그 인간은 바보라기보다는 오히려 악당인 것 같아 걱정이에요." 에드워즈가 소리쳤다. "단순한 사람인 보안관을 앞잡이로 이용하고 있거든요. 그래서 전 그 인간의 뻔뻔스러운 호기심으로 인해 언젠가는 우리가 큰 어려움에 빠질까 봐 걱정이에요."

"만약 그가 오두막집에 대해 너무 지나친 생각을 품고 있다면, 친구, 내가 그놈을 쏘아버리겠네." 레더스타킹이 매우 단순하게 말했다.

"안 돼요, 안 돼요, 내티. 영감님은 법이 있다는 걸 명심하셔야 해요." 에드워즈가 말했다. "그렇지 않으면 우리 때문에 영감님이 곤란한 상황에 빠질 테니까요. 그리고 그렇게 되면, 영감님, 우리 모두에게 불행한 일인 동시에 괴로운 사건이 될 겁니다."

"그럴까, 친구!" 사냥꾼이 다정하고 관심 어린 표정으로 청년을 향해 눈을 치켜뜨면서 외쳤다. "자넨 혈관에 참된 피가 흐르고 있지 않는가, 올리버 군. 그리고 나는 템플 판사의 면전에서, 아니면 이 나라의 어떤 법정에서든 그걸 증명해주겠네. 어떤가, 존? 내가 올바른 말을 하고 있는가? 이 친구는 확고부동하고 올바른 혈통을 지니고 있는가?"

"그는 델라웨어 족이지." 모히건이 말했다. "그리고 내 형제야. 젊은 독수리는 용감하고 그리고 그는 추장이 될 것이다. 그 어떤 불행도 일어날 수가 없다."

"자, 자"라고 청년이 성급하게 외쳤다. "거기에 대해서는 더 이상 말하지 마세요, 다정한 친구들이여. 두 분은 편파적인 판단으로 저를 실제보다 훌륭하게 생각하시지만 사실 제가 그처럼 훌륭한 인간이 아니라고 해도 전 평생 동안 두 분의 것입니다. 가난할 때처럼 부유할 때에도 말이지요. 우리 다른 문제에 대해 이야기해요."

늙은 사냥꾼들은 그의 희망에 따랐다. 늘 그렇게 하는 것이 그들의 법인 듯이 보였다. 잠시 동안 깊은 침묵이 흘렀다. 그동안 각자는 자신의 낚싯바늘과 낚싯줄을 매만지느라 매우 바쁘게 움직였다. 그러나 에드워즈는 이야기를 다시 시작하는 것이 자기에게 달려 있다고 느낀 것이 거의 틀림없는 태도로, 또 자기가 무슨 말을 하는지도 모르는 사람의 태도로 곧 이렇게 말했다.

"호수가 정말 아름다우면서도 고요하고 유리처럼 투명하네요. 호수가 지금 이 순간보다 더 고요하고 잔잔한 걸 본 적이 있어요, 내티 영감님?"

"난 웃세고 호수를 알고 지내온 세월이 45년이네." 레더스타킹이 말했다. "그리고 난 호수에 대해 이 말은 하겠네. 무슨 말이냐 하면 이 땅에서 이보다 더 맑은 물이나 더 좋은 낚시터는 어디서도 찾아볼 수가 없다는 거지. 그래, 그래…… 난 예전엔 이곳을 독차지했었지. 그리고 여기서 즐거운 시간을 보냈지. 낚을 물고기는 원 없이 잡을 수 있을 만큼 많았고 육지에도 쓸데없이 간섭하는 녀석들은 없었으니까. 델라웨어 족 사냥단이 언덕을 넘어오거나 아니면 아마도 강탈을 목적으로 그 도둑놈들인 이로쿼이 족이 척후병을 보낸 일을 제외하고는 말이지. 여기서 서쪽으로 더 떨어진 곳에 프랑스인 한두 명이 평지에 무단 침입해 살면서 인디언 여자들과 결혼한 일도 있었지. 또 체리 밸리에서 스코틀랜드계 아일랜드인 몇 사람이 이 호수로 와서 내 카누를 빌려 농어를 많이 잡거나 호수송어를 잡으려고 낚싯줄을 드리우곤 했지. 하지만 이곳은 대체로 즐거운 곳이었지. 이곳에서 날 방해하는 건 별로 없었으니까. 존이 찾아오곤 했으니까 존은 잘 알지."

이렇게 동의를 구하는 말을 듣자 존은 자신의 검은 얼굴을 돌리고는 한 손을 품위 있게 앞으로 내밀어 동의의 뜻을 표하면서 델라웨어어로 이렇게 말했다.

"이 땅은 내 민족의 소유였소. 우리는 회의를 열어 이 땅을 나의 형제 불을 먹는 사람에게 주었소. 델라웨어 족이 주는 것은 강물이 흐르는 한 유효하오. 매눈*은 그 회의에서 담배를 피우고 있었소. 우리는 그를 사랑했으니까 말이오."

"아니, 아니, 존." 내티가 말했다. "난 추장이 아니었소. 난 학식도 전혀 없었고 백인이었으니까 말이오. 하지만 그 당시 이곳은 편안한 사냥터였지, 친구. 오늘날까지도 그랬을 거네. 마머듀크 템플의 돈과 법을 교활하게 적용한 일만 없었다면 말이지."

"틀림없이 적막하면서도 즐거운 풍경이었을 겁니다." 에드워즈가 호

---

* 레더스타킹을 말함.

숫가와 산 너머로 시선을 던지면서 말했다. 황금빛 옥수수가 그득히 열려 있는 산의 개간지들이 생명의 조짐으로 숲에 상쾌한 기운을 더해주고 있었다. "말을 건넬 사람도 없고 영감님의 기분을 망칠 사람 한 사람도 없이 이 산과 아름다운 물이 넘실거리는 이 호숫가를 돌아다니실 때 그 풍경이 말이지요."

"즐거웠다고 내가 말하지 않았나." 레더스타킹이 말했다. "그래, 그래…… 나무에 이파리들이 매달려 나부끼기 시작하고 호수에서는 얼음이 다 녹았을 때 이곳은 또 하나의 낙원 같았지. 난 53년 동안 숲에서 돌아다녔고 40여 년 동안 숲을 내 집으로 삼았지. 그동안에 내가 이곳보다 더 좋아한 장소는 한 군데밖에 없었다고 말할 수가 있네. 그런데 그곳은 보기에만 그랬고 사냥이나 낚시에는 적합하지 않은 곳이었다네."

"그런데 그곳이 어디였어요?" 에드워즈가 물었다.

"어디냐고! 물론 저 위 캐츠킬 산맥에 있는 곳이지. 난 이리 가죽을 얻으러, 또 곰을 잡으러 그 산맥으로 자주 올라갔었지. 한 번은 사람들이 퓨마로 박제를 만들어달라고 돈을 주기도 했지. 그래서 내가 자주 거기 갔단 말이지. 그 산속에 내가 세상의 떠들썩한 짓거리를 보고 싶을 때면 올라가곤 하던 장소가 하나 있었지. 정강이 피부가 까지거나 뒤축 없는 신이 닳을 만큼 열심히 거기 올라간 사람들은 누구나 충분한 보답을 받았지. 자네도 캐츠킬 산맥을 알지, 친구? 자네가 요크로부터 강을 따라 주욱 올라올 때 왼쪽에 그 산맥이 있는 걸 틀림없이 봤을 테니까 말이네. 거기서 보면 그것이 맑은 하늘처럼 파랗게 보였을 거네. 봉우리마다 구름이 떠 있었지. 마치 인디언들이 회의 때 피운 모닥불 앞에 앉은 인디언 추장의 머리 위로 연기가 소용돌이치며 올라가듯이 말이야. 그런데 높은 봉우리와 둥근 산꼭대기라고 불리는 곳이 있었어. 그것들은 뒤쪽으로 기댄 모양을 하고 있었는데 다른 산들보다 훨씬 더 위에 위치해 있었기 때문에 마치 아이들에게 둘러싸인 아버지와 어머니처럼 보였지. 그렇지만 내가 말하는 장소는 강 옆에 있는 장소야. 그곳에서는 산의 능선 하나가 다른 것들에서 약간 돌출해 있었고 그 아래로는 천 피트 가까운 높이의 깎아지른 듯한 바위산이 버티고 있었지. 그 바위산이 아주 기복이 심하게 오르락내리락하며 아래쪽으로 뻗쳐져 있어서 그 바위산 가장자리에 서서 위에서 아래로 뛰어내려도 괜찮겠다고 생각하는 사람은 바보밖에 없을 걸세."

"거기 가면 무엇이 보이나요?" 에드워즈가 물었다.

"천지 만물이 보이지!" 내티가 낚싯줄의 끝을 물속으로 떨어뜨리며 한 손으로는 자기 주위로 둥글게 원을 휙 그리면서 말했다. "천지 만물 전부지, 친구. 마지막 전쟁 때 본이 소퍼스를 불태웠을 때* 난 그 산에 있었다네. 그리고 난 고지에서 선박들이 나오는 걸 똑똑히 볼 수가 있었지. 마치 내가 서스쿼해나 강으로 노 저어 들어오는, 참피나무로 만든 저 거룻배를 똑똑히 볼 수 있는 것과 꼭 같이 말이지. 비록 그 선박들이 거룻배보다 스무 배나 더 멀리 내게서 떨어져 있었지만 말이야. 그때 난 서스쿼해나 강을 70마일의 거리까지 볼 수가 있었어. 강의 폭이 8마일이나 되었지만 그때 강이 내 발아래 있는 걸 보니 마치 도르르 말린 대팻밥 같았어. 그곳에서는 또 구교부지(舊交付地)인 햄프셔의 산도, 그 강의 유역인 고지대도, 또 하느님이 하신 모든 일과 인간이 할 수 있는 모든 일을 다 볼 수 있었지. 시선이 미치는 한 멀리까지 말이야. 인디언들이 내 시력이 좋다고 내 이름을 매눈이라고 지은 걸 자네도 알지 않나, 친구. 평

---

* 영국군 장군 존 본이 1777년 10월 16일 뉴욕 주의 에소퍼스를 불태운 일을 말한다. 에소퍼스는 킹스턴의 옛 이름이다.

지에서 산꼭대기까지 다 보였지. 지금의 올버니가 있는 그 지역도 자주 갔었지. 또 소퍼스에 대해 말하자면! 영국군이 그 마을을 불태우던 그 날, 그 연기가 너무나 가까이에서 올라오는 듯이 보여서 여자들의 비명소리까지 들린다는 생각이 들 정도였어."

"그런 웅장한 경치를 보게 되다니 그곳은 틀림없이 힘들게 올라갈 가치가 있는 곳이었겠어요!"

"공중에 1마일 정도 올라가서 사람들의 농장과 집을 발아래로 내려다보고 강들이 그냥 리본처럼 보이고 비전산보다 더 큰 산들이 발아래로 푸른 풀로 만든 건초 더미들처럼 보이는 것이 누군가에게 만족감을 준다면 난 그 장소를 그에게 추천하겠네. 내가 처음 숲속으로 살려고 들어갔을 때 난 여러 번 약해지는 시간을 경험하곤 했지. 그때는 외로움을 느꼈지. 그러고 나면 난 캐츠킬 산맥으로 들어가서 사람들이 살아가는 모습을 보기 위해 방금 말한 그 산에서 며칠을 보내곤 했지. 그렇지만 내가 그런 동경을 마지막으로 느낀 후 이제 오랜 세월이 흘렀다네. 그리고 난 울퉁불퉁한 바위산을 올라가기에는 이제 너무 늙었지. 하지만 그 산에서 2마일 정도 못 미친 곳에 또 다른 장소가 있다네. 그곳을 난 최근에 캐츠킬 산맥보다 더 좋아하게 되었다네. 그곳에서는 나무들이 바람에 흔들리고 있고 자연스럽기 때문이었지."

"그러면 그곳은 어딘가요?" 에드워즈가 물었다. 사냥꾼의 소박한 묘사에 그의 호기심이 강한 자극을 받았기 때문이었다.

"그야 뭐, 산속에 폭포가 하나 있는데 서로 가까이 위치한 두 개의 작은 못의 물이 넘쳐서 바위 위로 흘러내려 계속 떨어지고 있지. 물의 흐름이 세차서 아마도 물레방아라도 돌릴 수 있을 만하다네. 미개척지에서 물레방아처럼 그렇게 쓸모없는 것이 필요하기만 하다면 말이지. 하지만 그처럼 비약하는 폭포를 만드신 손이 물레방아도 만들었을 리는 없다네! 그곳에서는 물이 바위들 사이로 구불구불 굴곡을 이루며 흐르고 있지. 처음에는 아주 느린 흐름이어서 송어가 그곳에서 헤엄을 칠 수 있을 정도라네. 그러다가 멀리 도약하려는 동물처럼 갑자기 튀어나가며 달려가다가 산이 사슴의 갈라진 발굽처럼 갈라지는 곳에 이르게 되지. 그곳에는 깊은 계곡이 형성되어 있어서 그 시냇물이 그 웅덩이로 굴러 떨어지게 되지. 첫번째 경사면은 거의 2백 피트 정도가 되지. 그때 물이 바닥에 닿기 전에 보면 물은 마치 눈보라칠 때의 눈송이 같다네. 그리고 거기서 시냇물은 다시 모여서 새롭게 흐르기 시작하지. 그러고는 아마도 평평한 바위 위로 50피트 정도 졸졸거리며 흘러가다가 또다시 100피트 정도 낙하한다네. 그때 물은 바위 턱에서 바위 턱으로 껑충거리며 낙하하는데 처음에는 이쪽 방향으로 낙하하다가 그다음에는 저쪽 방향으로 낙하한다네. 그러면서 그 계곡에서 벗어나려고 애쓰다가 마침내 평지에 이르게 된다네."

"전에는 이런 장소에 대한 이야기를 한 번도 들은 적이 없어요. 책에 나와 있지 않던데요."

"난 평생 책을 읽은 적이 없지"라고 레더스타킹이 말했다. "그리고 도시와 학교에서 생활한 사람이 숲의 경이에 대해 어떻게 알 수 있겠는가! 아니, 아니, 친구. 그분이 세상을 만드신 이래로 저 산에서는 그 작은 시내가 계속 졸졸 흐르고 있었지만 지금까지 그 시내를 목격한 백인은 열두 명도 안 된다네. 바위는 마치 석조 건축물처럼 폭포의 양쪽에서 반원형으로 완만한 곡선을 그리고 있고 폭포 바닥에서 위로 50피트에 이르도록 수많은 바위 턱들이 있지. 그래서 내가 첫번째 경사면의 아랫부분에 앉아 있고 내 사냥개들이 쏟아지는 폭포수 뒤쪽에 있는 동굴들로 달려 들어갈 때 보니 개들은 토끼보다 조금도 더 커 보이지 않았지. 내 판단으로는 친구, 지금까지 내가 숲에서 마주친 작품들 중 그곳이 최고의 작품처럼 보인다네. 그리고 미개척지에서 얼마나 자주 하느님의 손길을 볼 수 있는지는 그 누구도 모른다네. 생계를 위해 그곳을 헤매는 사람들을 제외하고는 말이지."

"그 시내는 어떻게 되나요? 그게 어느 방향으로 흘러가지요? 그건 델라웨어 강의 지류인가요?"

"뭐라고?" 내티가 말했다.

"그 시내는 델라웨어 강으로 흘러들어가나요?"

"아니, 아니. 그건 오래된 허드슨 강으로 흘러들어가지. 그리고 그 시내는 산에서 빠져나올 때까지는 즐겁게 흐른다네. 난 완만한 경사를 이루고 있는 바위에 오랜 시간 앉아 있었다네, 이보게. 그러면서 물거품을 내며 흘러가는 물이 내 곁을 쏜살같이 질주해 가는 것을 지켜보았다네. 그러고는 그 물은 비록 미개척지에서 흐르도록 창조된 것처럼 보이지만 그것이 선박 아래에서 흐르거나 짠 바다에서 물결치게 될 때까지는 시간이 얼마나 걸릴까 생각해보았다네. 그곳은 사람을 엄숙하게 만드는 그런 장소지. 거기서는 '높은 봉우리'의 동쪽에 위치한 계곡을 바로 아래로 내려다볼 수 있지. 그곳에 가을이 오면 그 깊은 계곡에, 산비탈을 따라 수천 에이커의 숲이 눈앞에 펼쳐진다네. 그 숲은 마치 만 가지 색깔의 무지개처럼 물들어 있지만 사람 손으로 물들인 건 아니라네. 하느님께서 섭리로 정하신 것이지."

"표현력이 풍부하시군요, 레더스타킹 영감님!" 청년이 외쳤다.

"뭐라고?" 내티가 되풀이해 말했다.

"그 광경을 회상하시다 보니 마음이 편해지셨나 보네요, 영감님. 그곳을 보신 지 몇 년이나 지났어요?"

사냥꾼은 대답하지 않았다. 그 대신 귀를 수면 가까이로 숙이고는 숨을 죽인 채 마치 먼 곳에서 나는 소리를 듣고 있는 듯 주의 깊게 귀를 기울이면서 앉아 있었다. 마침내 그는 고개를 들고는 말했다.

"내가 저 사냥개들을 내 두 손으로, 그것도 무두질하지 않은 사슴 가죽으로 만든 새 끈으로 묶어두지 않았더라면 난 늙은 헥터가 짖는 소리가 산에 부딪쳐 울리는 소리를 들었다고 엄숙히 맹세할 수가 있는데."

"그건 불가능해요." 에드워즈가 말했다. "내가 헥터가 개집에 있는 걸 본 지 한 시간도 지나지 않았거든요."

이때쯤 모히건도 소리에 주의를 기울였다. 청년이 말없이 귀를 기울이고 있었음에도 불구하고 그는 서쪽에 있는 산에서 들려오는 몇 마리 소의 우는 소리밖에는 아무 소리도 들을 수가 없었다. 그는 노인들을 보았다. 내티는 손을 나팔 모양으로 만들어 귀에 대고 있었고 모히건은 몸을 앞으로 굽히고 있었는데 한 팔을 얼굴과 같은 높이로 올리고 주의하라는 신호로 집게손가락을 위로 올리고 있었다. 에드워즈는 노인들이 상상으로 목소리를 들었다고 생각하면서 소리 내어 웃음을 터뜨렸다.

"웃고 싶으면 웃어, 이보게"라고 레더스타킹이 말했다. "사냥개들이 개집에서 나와서 사슴을 사냥하고 있네. 이런 문제에서는 아무도 날 속일 수가 없지. 나라면 비버 가죽을 준대도 그런 일이 일어나지 않게 했으련만. 그렇다고 해서 내가 법에 대해 걱정하는 건 아니지! 하지만 사슴 고기는 이제 조금밖에 남지 않았고 그 말도 못 하는 것들은 오래 달리다 보니 살이 빠졌지만 아무 소득도 없었지. 자, 이제 사냥개들 소리가 들리나?"

에드워즈는 개가 큰 소리로 짖는 게 분명하게 들려오자 흠칫 놀랐다. 그 소리는, 언덕이 사이에 있어 멀리서 들리는 소리 같다가 개들이 지나가던 바위산 사이에서 울리는 혼돈스러운 메아리로 변했다가 곧바로 낮고 굵게, 그러나 힘없이 짖는 소리로 변해서 호숫가의 숲 아래에서 울려 퍼지고 있었다. 사냥개들의 짖는 소리는 놀라울 만큼 급히 변해갔고 그의 눈이 물가를 대충 훑어보고 있는 동안 그들과 가까운 지점에서 오리나무와 말채나무의 가지들이 잡아 뜯기는 소리가 그의 주의를 끌었다. 그리고 그다음 순간 당당한 수사슴 한 마리가 호숫가로 튀어나와 호수 속으로 들어가버렸다. 높다란 울부짖음이 뒤따랐고 헥터와 암캐가 덤불숲 사이의 틈을 뚫고 질주해 나와서 호수 속으로 따라 뛰어들어 가슴이 물에 잠길 정도까지 용감하게 물속으로 들어갔다.

27장

사슴과 사냥개들이 둘 다 완전히 시야에 들어왔을 때 "난 그걸 알
았어…… 난 그걸 알았어!"라고 내티가 소리쳤다. "사슴이 바람에 냄새
를 풍기며 그들 옆을 지나갔지. 그건 저 불쌍한 악당들에게는 도저히
참을 수가 없는 것이었어. 그러나 난 저것들을 이 속임수에서 풀어주어
야 해. 그러지 않으면 저것들은 내게 많은 말썽을 부릴 거야. 자아, 자
아…… 물가로 올라와, 이 녀석들아…… 올라와…… 어서? ……오! 저
리가, 늙은 헥터. 그렇잖으면 널 잡기만 하면 내 탄약 재는 쇠꼬챙이로
네 가죽을 벗겨버리겠어."

개들은 주인의 목소리를 알고 있었다. 그래서 마치 사냥을 포기하는
것이 싫지만 버티기도 두려운 듯이 빙 돌면서 헤엄을 치다가 마침내 명
령에 복종해서 땅으로 돌아왔다. 그러고는 땅 위에 올라와서는 짖는 소
리로 대기를 가득 채웠다.

그동안 사슴은 공포에 몰려 호숫가와 배들 사이 거리의 절반쯤까지 헤엄을 쳐서 가 있었다. 그러다가 공포심으로 인해 새로운 위험을 목격하게 되었다. 내티의 목소리에 사슴은 헤엄쳐 가다가 갑자기 몸을 돌려 방향을 바꾸고는 잠시 동안 다시 급히 헤엄쳐 와서 사냥개들에게 용감히 맞서려는 듯이 보였다. 그러나 이쪽 방향으로의 퇴로는 완전히 차단되어 있었다. 그래서 두번째로 몸을 돌리고는 사슴은 비스듬한 방향으로 호수 가운데를 향해 서둘러 나아갔다. 호수의 서쪽 기슭에 상륙하려는 의도인 듯했다. 그 수사슴이 코를 공중에 높이 쳐들고 마치 갤리선의 이물처럼 가느다란 목 앞에 물결을 일으키면서 낚시꾼들 옆으로 헤엄쳐 지나갈 때 레더스타킹은 카누 안에서 앉음새를 매우 불편하게 고치기 시작했다.

"정말 당당한 놈이로군!" 그가 외쳤다. "정말 멋진 뿔이야! 누구라도 옷을 나뭇가지에 다 걸어두고 저놈을 잡으려고 뛰어들 만하군. 어디 보자. 7월이면 마지막 달인데. 분명 사슴 고기가 맛이 들 땐데." 이렇게 말하면서 내티는 배 안에 있던 배의 밧줄 끝을 노 하나에다가 동여매었다. 그 밧줄은 배에서 닻줄 역할을 하는 것이었다. 그러고 나서 그는 갑자기 일어나면서 부표를 던지고는 외쳤다. "힘차게 노 저어, 존! 배를 나아가게 해. 저놈은 바보야. 사람을 이런 식으로 유혹하다니."

모히건이 청년의 배를 카누에서 떨궈버리고는 노를 한 번 저어 그 가벼운 배를 물 위에서 유성처럼 미끄러져 나아가게 했다.

"기다려요!" 에드워즈가 외쳤다. "법을 명심하세요, 영감님들. 여러분은 마을이 훤히 보이는 곳에 있어요. 또 템플 판사가 금렵기에 사슴을 사냥하는 사람은 모두 무차별적으로 고소하려고 단호히 결정했다고 알고 있어요."

이 충고는 너무 늦었다. 카누는 이미 청년의 소형 범선에서 멀리 와 있었고 두 사냥꾼은 사슴을 추격하는 데 너무 깊이 몰두하고 있어서 그의 목소리가 들리지도 않았다.

그 수사슴은 이제 추격자들에게서 50야드 정도밖에 떨어져 있지 않았다. 그것은 씩씩하게 물길을 헤치고 나아가고 있었는데 공포에 질려 힘들게 헤엄을 치고 있었으므로 한 번 숨을 내쉴 때마다 콧김을 내뿜었다. 한편 그 카누는 자체의 움직임으로 파동을 치며 올라갔다 내려갔다 하고 있었으므로 마치 파도 위에서 춤을 추고 있는 듯이 보였다. 레더스타킹은 소총을 들고는 장약을 다시 확인했지만 자신의 사냥감을 쏘아 죽여야 할지 말지를 결정하지 못한 채 서 있었다.

"쏠까, 존? 아니면 말까?" 그가 말했다. "저 말 못 하는 놈을 쏜다는 게 별로 좋지 않은 것 같기도 하고 말이지. 쏘지 않겠어. 저놈은 자신의 본성에 따라 물로 들어갔네. 그게 바로 하느님께서 사슴에게 준 분별력이지. 내가 저놈에게 호수에서 노는 법을 보여주지. 그러니 존, 힘껏 노를 저으면서 사슴이 방향을 돌릴 때를 주의하게. 사슴을 잡는 건 쉽지만 저놈들이 몸을 돌릴 때는 뱀 같거든."

인디언은 자기 친구의 기발한 생각에 웃었지만 계속해서 노를 저어 카누를 앞으로 나아가게 했다. 카누의 빠른 속도는 그의 힘에서보다는 주로 그의 기술에서 나오는 것이었다. 이제 노인들은 둘 다 말할 때 델라웨어 족의 언어를 사용하고 있었다.

"와아!" 모히건이 외쳤다. "사슴이 고개를 돌리네. 매눈, 자네 작살을 들어 올리게!"

내티는 밖에서 활동할 때마다 항상 사냥이나 낚시에서 혹시라도 도움이 될지 모르는 모든 도구를 가지고 갔다. 그는 소총을 절대로 떼어놓은 적이 없었다. 그리고 낚싯줄로 낚시를 하려는 계획을 가지고 있었더라도 카누에는 변함없이 모든 도구를, 심지어는 석쇠까지 싣고 다녔다. 이처럼 대비하는 버릇은 이 사냥꾼의 습관에서 비롯된 것이었다. 왜냐하면 그는 자주 필요에 의해, 또는 재미 삼아 원래 목적지의 범위를 벗어나 훨씬 더 멀리 가는 경우가 잦았기 때문이었다. 우리의 이야기가 진행되고 있는 시점에서 몇 년 전쯤 레더스타킹은 산속에서 며칠간 사냥을 하러 소총을 가지고 사냥개들과 함께 웃세고 호수 기슭에 있는 자신의 오두막집을 떠난 적이 있었다. 그때 그는 돌아오기 전에 온테리오 호수까지 가보았던 것이다. 그의 튼튼한 근육으로는 한때 1백 마일, 2백 마일, 심지어는 3백 마일까지 가는 것도 아무런 문제가 되지 않았지만 지금은 그의 근육도 노령으로 약간 뻣뻣해져 있긴 했다. 사냥꾼은 모히건이 말하는 대로 했다. 그래서 미늘이 있는 그 무기로 수사슴의 목에 일격을 가할 준비를 했다.

"배를 좀더 왼쪽으로 돌려, 존" 하고 그가 소리쳤다. "배를 좀더 왼쪽으로 돌려. 노를 한 번만 더 저어. 그러면 저놈을 잡는 거야."

이렇게 말하면서 그는 작살을 들어 올려 화살처럼 던졌다. 바로 그 순간 수사슴이 방향을 돌렸다. 긴 장대는 사슴의 옆을 스치고 지나갔고 작살 끝에 달린 쇠 삼지창은 사슴의 뿔을 치고는 사슴에게 아무런 해도 입히지 못하고 호수 속에 잠겨버렸다.

"배를 후진시키게." 카누가 작살이 떨어진 장소 위로 미끄러지듯 나아갔을 때 내티가 소리쳤다. "배를 멈춰, 존."

작살이 다시 나타나 호수 위로 솟아오르고 사냥꾼이 그것을 손으로 움켜쥐자 인디언은 가벼운 카누를 한 바퀴 휙 돌려 다시 추격을 시작했다. 그러나 배의 이 같은 선회는 사슴에게 크게 유리하게 작용했을 뿐만 아니라 그러는 사이 에드워즈가 현장으로 다가올 시간을 벌어주었다.

"기다려요, 내티!" 청년이 소리쳤다. "기다려요. 지금은 금렵기라는 걸 명심하세요."

그가 이 충고를 했을 때는 배가 사슴이 물속에서 허우적거리고 있는 장소 가까이 도착했을 무렵이었다. 사슴의 목에서 파도가 굽이치는 동안 사슴의 등이 물 위에 떠올랐다가 물속으로 가라앉았다 하고 있었다. 그 동물은 가라앉지 않고 역경에 대항해서 당당하게 싸우고 있었다.

"만세!" 이 광경을 보고 에드워즈는 분별력을 잃고 흥분해서 소리를 질렀다. "그놈이 몸을 돌리고 있으니 잘 보세요······ 그놈이 몸을 돌리고 있으니 잘 보세요. 방향을 오른쪽으로 더 돌리세요, 모히건. 오른쪽으로 더요. 그러면 제가 그놈의 뿔을 잡겠어요. 그놈의 가지진 뿔 위로 제가 밧줄을 던지겠어요."

그 늙은 용사는 검은 눈을 미친 듯이 바삐 굴리고 있었다. 그때까지 카누 안에서 게으르게 휴식하고 있던 그의 늙은 신체는 이제 훈련된 민첩성에서 나오는 급한 움직임을 보여주고 있었다. 쫓기는 사슴이 약삭빠르게 선회할 때마다 카누도 소용돌이 속에서 둥둥 떠다니는 하나의 물거품처럼 빙빙 돌았다. 그리고 직선으로 추격하는 것이 허용되었던 시점에는 그 작은 배가 아주 빠른 속도로 호수 위를 미끄러지듯 달려갔기 때문에 사슴은 자신의 안전을 위해 또다시 새롭게 방향을 바꿀 수밖에 없었다. 이러한 우회적인 움직임이 잦아지다 보니 추격자와 피추격자의 행동이 너무나 좁은 범위 내에 한정되어 일어나고 있었으므로 청년도 자신의 동료들 가까이에서 계속 머물 수가 있었다. 쫓기는 사슴과 쫓는 이들이 모두 스무 번 이상이나 청년의 옆으로 미끄러지듯 지나갔다. 그것도 그의 노가 닿는 범위 내에서 지나가고 있었으므로 그는 이 경기를 관람하는 최상의 방법은 움직이지 않고 가만히 있는 것이고 그러다가 적절한 기회를 엿보아 사냥감을 포획하는 데 자기가 할 수 있는 한 최대한으로 도움을 주는 것이 좋겠다고 생각하게 되었다.

그는 오래 기다릴 필요가 없었다. 왜냐하면 그가 이 해결책을 택하고 배 안에서 일어서자마자 사슴이 자기에게 용감하게 다가오는 것을 보았기 때문이었다. 사슴은, 호수 기슭에서 아직도 울부짖고 있는 사냥개들로부터 얼마간 떨어진 육지의 한 지점으로 나아가려고 애쓰고 있는 듯이 보였다. 에드워즈는 자신의 소형 범선에 있는 밧줄을 잡고는 올가미를 만들어서 전력을 다해 던졌다. 그는 운 좋게도 수사슴의 가지진 뿔의 가지 하나에 그 올가미를 딱 들어맞게 던져 넣는 데 성공했다.

한 순간 그 소형 범선은 물속으로 끌려들어갔다. 그러나 그다음 순간 카누가 그 앞으로 미끄러지듯 다가왔고 내티가 몸을 낮게 굽혀 그 동물의 목을 칼로 그어버렸다. 그러자 상처에서 바로 피가 흘러내려 물을 붉게 물들였다. 그 동물이 최후의 발버둥을 치는 짧은 시간 동안 사냥꾼들은 자신들의 배들을 붙여 그 상태로 고정시켰다. 그러고 나서 레더스타킹은 사슴을 물에서 끌어올려 생명을 잃은 그 형체를 카누 바닥에 내려놓았다. 그는 두 손을 전리품의 갈빗대와 신체 여러 부분에 갖다 대었다가는 고개를 들고 그 특유의 방식으로 웃었다.

"마머듀크의 법은 됐다고 그래!" 그가 말했다. "이건 사람을 흥분시키는군, 존 영감. 이전에는 여러 해 동안 호수에서 사슴을 잡아본 적이 없다네. 난 저걸 맛있는 사슴 고기라고 말하겠네, 젊은 친구. 게다가 난 저 짐승의 고기를 맛있게 먹어줄 사람들을 알고 있지. 그들이 이 땅에서 아무리 출세했어도 말이지."

인디언은 나이가 들어 기력이 쇠한 지 오래되었는데 그것은 아마 그의 종족이 당한 참화 때문이기도 했을 것이다. 그러나 기운을 돋우는 이 흥분된 경기로 인해 그의 거무스레한 얼굴에는 한 줄기 햇빛이 스치고 지나갔는데 그러한 빛은 사실은 그의 얼굴에서 오랫동안 보이지 않던 것이었다. 이 노인이 이 사냥을, 그 성공으로 이익을 얻으려는 어떤 기대감을 가지고 즐겼다기보다는 오히려 자신의 젊은 시절의 경기와 행동을 기억하는 어떤 행위로서 즐겼다는 것은 명백했다. 그렇지만 여느 때와 다른 힘든 수고의 반작용으로 그의 손이 이미 떨리고 있었지만 그는 사슴을 가볍게 만져보았다. 그러고는 찬성한다는 뜻으로 고개를 끄덕이며 미소를 지으면서 그의 민족의 특징적인, 단호하고 간결한 방식으로 이렇게 말했다.

"좋아."

"걱정이 돼요, 내티." 그 순간의 흥분이 지나가고 냉정을 되찾기 시작하자 에드워즈가 말했다. "우리가 모두 똑같이 법을 어겼잖아요. 그렇지만 비밀을 지키세요. 여기에는 우리의 비밀을 누설할 사람이 아무도 없잖아요. 그런데 저 개들은 어떻게 풀려 나왔을까요? 제가 개들을 남겨두고 올 때에는 단단히 매여 있었는데요. 전 알아요. 왜냐하면 제가 오두막집에 갔을 때 개 끈을 만져보고 매듭도 확인했거든요."

"저런 사슴에게 기선을 제압당한다는 건" 하고 내티가 말했다. "저 불쌍한 놈들에게는 도저히 참을 수 없는 일이었겠지. 봐, 젊은 친구, 사슴 가죽 끈이 아직도 저놈들의 목에 매달려 있지 않나. 노 저어 가세, 존. 내가 저놈들을 불러 이 문제를 조금 조사해봐야겠네."

늙은 사냥꾼이 상륙해서 아직도 단단하게 매여 있는 사냥개들의 끈을 확인하고 있을 때 그의 표정은 눈에 띄게 변했다. 그는 의심하면서 고개를 흔들었다.

"여기 칼자국이 있네." 그가 말했다. "이 가죽 끈은 절대로 끊어진 게 아니야. 이 자국도 사냥개의 이빨 자국이 아니고. 아니, 아니…… 헥터의 잘못이라고 난 생각했지만 그놈의 잘못이 아닐세."

"가죽 끈이 잘렸나요?" 에드워즈가 외쳤다.

"아니, 아니…… 끈이 잘렸다고는 난 말하지 않았네, 친구. 하지만 이건 개가 뛰어오르거나 물어뜯어 생긴 자국이 절대 아니야."

"설마 그 파렴치한 목수가 감히 그랬을 리가!"

"그렇네! 그놈은 위험이 없을 때에는 감히 무슨 일이든 할 놈이지." 내티가 말했다. "그놈은 꼬치꼬치 캐기를 좋아하는 놈이라 다른 사람들의 용건을 도와주는 걸 좋아하지. 하지만 그놈은 우리 오두막집에서 그처럼 가까운 곳에 잠복해 있지 않는 게 신상에 제일 좋을 거야."

그리는 동안 모히건은 가죽 끈이 잘린 부분을 인디언답게 명민하게 검사하고 있었다. 그 부분을 세밀히 살펴본 후 그는 델라웨어 족 언어로 말했다.

"이건 칼로 잘린 자국이네. 날카로운 칼날과 긴 손잡이가 있는 칼이지. 이 사람은 개를 두려워했으니까."

"그걸 어떻게 알 수 있어요, 모히건?" 에드워즈가 외쳤다. "영감님이 그걸 보지 못했으면서도요! 이러한 사실을 어떻게 알 수가 있지요?"

"젊은이, 들어봐." 용사가 말했다. "칼은 날카로웠어. 잘린 자국이 매끈하니까. 손잡이는 길었네. 칼로 그었지만 가죽 끈을 자르지는 못한 자국과 칼로 끈을 벤 이 자국 사이의 거리를 보면 손에 보통의 칼을 들고는 여기를 베었다가 저기를 베었다가 할 수 있는 거리가 아니네. 그는 겁쟁이야. 그렇지 않았다면 사냥개들 목 부근의 가죽 끈을 잘랐을 테지."

"맹세코"라고 내티가 소리쳤다. "존이 단서를 잡았어! 목수가 범인이야. 그놈이 개집 뒤의 바위에 올라가 그의 칼을 막대기에 묶어 개 끈을 잘라 개들을 풀어줬던 거네. 그렇게 하는 건 쉬운 일이었을 거네. 사람이 그러려고 마음을 먹기만 했다면 말이지."

"그런데 그가 대체 왜 그렇게 해야 하지요?" 에드워즈가 물었다. "누가 그에게 잘못을 했기에 그가 그렇게 영감님들 같은 노인 두 사람을 괴롭힐까요?"

"인간의 행동을 아는 건 어려운 문제라네, 젊은 친구. 이주민들이 그들의 새로운 행동방식을 가지고 들어온 이래로 난 그걸 알았다네. 그런데 정말 그 장소에서는 알아낼 것이 아무것도 없으려나? 아마도 그놈은 다른 사람들의 용건을 알고 싶은 갈망으로 괴로운지도 모르겠군. 그놈이 자주 그렇듯이 말이지."

"영감님의 의심이 정확해요. 카누를 제게 주세요. 전 젊고 힘이 세니까 그의 음모를 저지할 수 있을 만큼 아마 시간에 맞춰 거기로 내려갈 수 있을 겁니다. 우리가 그런 인간에게 결코 좌우되지 않기를!"

그의 제안이 받아들여졌다. 카누를 가볍게 하기 위해 사슴을 소형 범선에 실은 후 5분도 안 되어서 나무껍질로 만든 그 작은 배는 유리처럼 투명한 호수 위로 미끄러지기 시작해 호수 기슭에 바싹 붙어 화살처럼 질주하게 되자 곧 삐죽삐죽 튀어나온 육지에 가려 보이지 않게 되었다.

모히건은 소형 범선을 타고 천천히 뒤따라갔고 내티는 자신의 사냥개들을 불러 모아 바싹 붙어 따라오라고 명령을 내리고는 소총을 어깨에 메고 육로로 오두막집까지 갈 작정으로 산으로 올라갔다.

28장

"그 두려운 시간에 홀로 남겨진 후
그 아가씨가 어떤 감정을 느끼는지 내게 묻지 마시오.
아마 그녀의 이성이 굴복하거나 비틀거릴지도 모르고
이미 그녀 자신의 것이 아닌 용기가
그녀의 정신을 분발시켜 필사적인 목소리를 내게 할지도 모르지요."
―스콧, 『마미온』, 6권 29장 1~5절

호수에서 추격전이 벌어지는 동안 템플 양과 그녀의 친구는 산에서 산책을 계속했다. 그러한 소풍에 남자 수행원은 전혀 불필요하다고 여겨졌다. 왜냐하면 자기 자신을 존중하는 여성에게 누군가 무례한 행위를 했다고 알려진 적은 한 번도 없었기 때문이다. 에드워즈와 헤어질 때 나눈 대화에서 당혹스러운 감정을 느꼈지만 그 감정이 사라진 후 처녀들은 그들 자신만큼이나 순수하고 즐거운 대화를 계속 나누었다.

그들이 택한 길로 가다 보니 그들은 어느덧 레더스타킹의 오두막집 위로 조금밖에 떨어져 있지 않은 곳까지 다다르게 되었다. 도로의 한 지점에서는 그 외딴 장소의 전경을 내려다볼 수 있었다.

자연스러울지도 모르는 어떤 감정에서, 또 강력했을 것이 틀림없는 어떤 감정에서 두 친구 중 누구도 그들이 자주 터놓고 하는 대화 중에, 지금은 그들과 그처럼 친밀한 관계를 맺고 있는 그 젊은이가 처한 애매

한 상황에 관해서는 한마디도 마음 놓고 발설한 적이 없었다. 템플 판사가 그 문제에 대해 질문하는 것이 현명하다고 판단했다 할지라도 그 또한 혼자 그 대답을 간직하는 것이 타당하다고 생각했던 것이다. 동부의 여러 주 출신으로 충분한 교육을 받은 젊은이들이, 그들이 부를 이루어가는 과정 중 어떤 단계를 통과하고 있는 모습을 발견하게 되어도 그런 모습은 아주 흔한 것이었으므로 이 청년이 총명하다는 단순한 사실에 그의 가난이 더해져 있었어도 그 당시에는, 그리고 그 지방에서는 그다지 강한 호기심을 불러일으킬 만한 것은 아니었다. 그의 예의범절까지 감안한다면 상황은 달라질 수도 있었다. 그러나 청년 자신이 이 문제에 대해 사람들이 놀라움을 느끼지 않도록 자신의 차가운, 어떤 경우에는 무례하기까지 한 행동을 이용해 너무나 효과적으로 경계를 하고 있었으므로 시간이 지나면서 그의 예의범절이 부드러워지는 듯이 보였을 때 판사는 그러한 개선된 행동이 최근 자기 가족과 관계를 맺은 덕분에 그리된 것이라고 생각할 가능성이 가장 컸을 것이다. 판사가 그 문제에 대해 생각한 적이 있다면 그랬을 것이라는 말이다. 그러나 여성들은 항상 그러한 문제에 대해 남성들보다 더 예민한 법이다. 그래서 아버지가 방심해서 간과한 것을 딸은 예리한 관찰력으로 쉽게 간파했던 것이다. 에드워즈가 품위 있는 생활에서 우러나오는, 무수히 많은, 사소하지만 정중한 행위와 말을 할 줄 모르는 게 아니라는 것을 그녀는 일찍부터 간파했던 것이다. 물론 그녀가 격렬하고 제어할 수 없는 격분이라고 생각한 그러한 감정이 그의 부드러운 태도와 너무나 자주 교차되어 표현되곤 한 것은 사실이다. 루이자 그랜트는 그처럼 깊게 이 세상의 방식에 따라 추론하지는 않았다는 것을 독자에게 말할 필요는 아마 없을지도 모른다. 그렇지만 그 상냥한 처녀는 이 문제에 대해 자신만의 생각을 품었고 다른 사람들과 마찬가지로 자신만의 결론을 내렸다.

"저 모든 거친 통나무들이 지금까지 듣고 목격한 모든 것을 알아낼 수만 있다면" 하고 템플 양이 외쳤다. 그러면서 그녀는 웃으며 고개를 흔들어 검은 머리카락을 뒤로 넘겼다. 그때 그녀는 그 지적인 얼굴에 나타난 적이 거의 없는, 어린아이처럼 단순한 표정을 짓고 있었다. "내 모든 비밀들을 다 줘버려도 좋으련만."

그 순간 그들은 둘 다 예의 외딴 오두막집을 바라보고 있었다. 그랜트 양은 온화한 두 눈을 들고 이렇게 대답했다.

"저 통나무들이 에드워즈 씨에게 불리한 말은 한마디도 하지 않을 거라 확신해요."

"아마 그렇겠죠. 그러나 적어도 그것들은 그가 누구인지는 말해줄 거예요."

"아니, 템플 양, 우린 이미 모든 걸 다 알고 있잖아요. 템플 양의 오촌 아저씨께서 모든 것을 매우 합리적으로 설명하시는 걸 들은 적이 있는데요."

"수석보안관요! 그분은 무엇이나 설명하실 수가 있지요. 그분은 그 교묘한 재주로 언젠가는 현자의 돌까지도 찾아내실 거예요. 그런데 그분이 뭐라고 말씀하셨어요?"

"말씀하시다뇨!" 루이자가 놀라는 표정으로 되풀이해 말했다. "그야 제겐 만족스러운 설명으로 들리는 온갖 말씀을 하셨지요. 그리고 전 그 말씀이 사실이라고 믿었어요. 그분은 내티 범포가 생애의 대부분을 숲에서, 그리고 인디언들 가운데에서 살았고 그러다가 델라웨어 족 추장이었던 존 할아버지를 알게 되었다고 하셨어요."

"그래요! 그건 디컨 아저씨로서는 상당히 사실적인 이야기로군요.

그다음에는 뭐라고 하셨나요?"

"레더스타킹이 어떤 전투에서 존의 생명을 구해줬다는 이야기로 그 두 분이 아주 친밀한 이유를 보안관님이 설명해주셨다고 생각해요."

"정말 그럴듯하군요." 엘리자베스가 약간 초조하게 말했다. "하지만 이 모든 이야기가 주제와 관계가 있나요?"

"아니, 엘리자베스, 당신은 내 무지를 참아줘야만 해요. 그러면 내가 엿들은 걸 기억이 나는 대로 전부 되풀이해 들려줄게요. 이 대화는 우리 아버지와 보안관 사이의 대화였어요. 두 분이 바로 지난번 만났을 때니까 최근의 대화지요. 그때 보안관님이 이어서 말씀하시길 영국의 국왕들이 과거에 집안이 좋은 사람들을 여러 인디언 부족들 사이에 첩보원으로 두고 있었다고 하셨어요. 때로는 군의 장교들을 첩보원으로 두기도 했대요. 그리고 그 첩보원들은 미개척지의 경계 지역에서 반평생을 살았던 경우가 많았다고 하셨어요."

"역사적인 사실을 놀라울 정도로 정확하게도 말씀하셨네! 그리고 그분 말씀은 그게 끝이었어요?"

"오! 아뇨…… 그러고는 그분이 말씀하시길 이 첩보원들은 결혼하는 경우가 거의 없었다고 하셨어요. 그리고…… 그리고…… 그들은 틀림없이 악한 사람들이었을 거라고 하셨어요, 엘리자베스! 하지만 그분이 그렇게 말씀하신 게 확실해요."

"상관없어요"라고 템플 양이 얼굴을 붉히고 미소를 지으며 말했지만 너무나 살짝 얼굴을 붉히고 미소를 지었기 때문에 그녀의 친구는 이 두 가지를 다 알아채지 못했다. "그런 건 다 생략하세요."

"글쎄요, 그러고 나서 그분은 그 첩보원들은 자기 자녀들의 교육에 대해 크게 자랑하는 경우가 많았다고 말씀하셨어요. 왜냐하면 그들은 자녀들을 영국에 보내 교육시키고 심지어는 대학까지도 보내는 경우가 많았기 때문이라고 하셨어요. 그래서 보안관님은 에드워즈 씨도 아낌없이 교육을 받았다고 이런 방식으로 설명했어요. 왜냐하면 보안관님은 그분이 거의 아가씨의 아버님만큼, 또는 제 아버님만큼, 아니면 심지어는 보안관님 자신만큼이나 아는 것이 많다고 인정을 하셨거든요!"

"학식의 절정 같군요! 그래서 아저씨는 모히건을 올리버 에드워즈의 종조부, 또는 조부로 만드셨군요."

"그렇다면 아가씨도 보안관님 말씀을 직접 들으셨군요?" 루이자가 말했다.

"자주 들었죠. 하지만 이 문제에 대해서는 못 들었어요. 리처드 존스 씨는 아시다시피 모든 것에 대해 이론을 가지고 계세요. 그렇다면 우리 마을에서 50마일 이내에 있는 집들 중에서 집 문의 빗장을 들어 올리는 사람 누구에게도 문을 열어주지 않는 유일한 집이 바로 저 오두막집인 이유를 설명해주는 논리도 보안관님이 가지고 계시던가요?"

"그분이 이 문제에 대해 무슨 말씀을 하시는 걸 한 번도 들은 적은 없지만" 하고 성직자의 딸이 대답했다. "제 생각으로는 그들이 가난하니까 매우 자연스럽게 적으나마 자신들이 정직하게 소유하고 있는 걸 몹시 지키고 싶어서 그러시는 것 같아요. 부유하다는 것도 때로는 위험한 일이지요, 템플 양. 하지만 아가씨는 아주, 아주 가난한 게 얼마나 힘든 일인지 알 리가 없을 거예요."

"당신도 모를 거라고 난 믿어요, 루이자. 적어도 이 풍요의 땅에서는 어떤 성직자라도 절대적인 고통을 겪도록 내버려둬서는 안 되지요."

"실제적인 고통은 있을 수가 없어요"라고 낮고 조심성 있는 어조로 상대가 대답했다. "우리의 창조주께 의지한다면 말이에요. 하지만 마음을 아프게 하는 고통은 있을 수도 있어요."

"하지만 당신은 아니겠지요…… 당신은 아니겠지요." 성급한 엘리자베스가 말했다. "당신은 아니겠지요, 사랑하는 내 친구. 당신은 가난과 관계된 불행을 결코 몰랐겠지요."

"아! 템플 양, 당신은 이 인생의 고생거리들을 거의 이해하지 못한다는 생각이 드네요. 우리 아버지는 신생 국가들에서 선교사로 오랜 세월을 보내셨어요. 그런 나라들에서는 아버지의 신도들이 가난했지요. 그래서 우리는 먹을 것도 없이 지낸 때가 자주 있었어요. 살 돈도 없었고 부끄러워서 남에게 먹을 걸 달라고 빌 수도 없었죠. 우리는 아버지의 신성한 소명을 더럽히고 싶지 않았으니까요. 하지만 그때 아버지께서 집을 떠나시는 모습을 제가 지켜본 적이 얼마나 많았던지요. 아버지께서 가정의 불행 때문에 소홀히 할 수 없었던 임무를 수행하시기 위해 말을 타고 식구들을 떠나셨을 때 병들고 배고픈 식구들은 이 세상에서 자기들의 유일한 벗을 잃어버렸다고 느꼈지요. 자기 자신의 가슴이 고통으로 터질 것 같은데도 다른 이들에게 위로에 대해 설교를 한다는 것은 정말로 얼마나 어려운 일이었겠어요!"

"하지만 이젠 다 끝났잖아요! 당신 아버지의 수입은 이제 그분의 필요에 충분할 거예요…… 그럴 게 틀림없어요…… 그렇지 않다면 내가 그렇게 만들어드리겠어요……"

"충분하지요"라고 루이자가 그녀의 온순한 기독교적 정신에도 불구하고 흘러내리는 눈물을 감추기 위해 머리를 가슴까지 떨어뜨리면서 대답했다. "이젠 부양하실 가족이 나 말고는 아무도 남아 있지 않은걸요."

대화의 방향이 이렇게 바뀌었으므로 처녀들의 마음속에서는 경건한 사랑에 대한 생각 외에는 다른 생각이 사라져버렸다. 그리고 엘리자베스는 자기 친구를 껴안았다. 그러자 그녀의 친구는 귀에 들릴 정도로 흐느껴 울면서 그 순간의 슬픔을 드러냈다. 이러한 감정의 발산이 가라앉자 루이자는 온순한 얼굴을 쳐들었다. 그러고 나서 그들은 말없이 산책을 계속했다.

이때쯤 그들은 산의 정상에 도달했는데 거기서 그들은 큰길을 떠나 산꼭대기에 솟아 있는 위풍당당한 나무들의 그늘로 계속 걸어갔다. 날이 점점 따뜻해지고 있었으므로 처녀들은 숲속으로 더 깊이 들어갔다. 그들이 산을 올라오는 동안 심한 더위에 시달린 탓에 숲의 상쾌한 서늘함이 그 더위와 대조가 되어 기분이 좋아진다는 것을 알았기 때문이었다. 대화의 주제는 마치 서로 합의한 것처럼 전적으로 산책로에서 마주치는 사소한 사건과 장면으로 바뀌었고 키 큰 소나무 한 그루마다, 관목 한 그루마다, 꽃 한 송이마다 그들은 소박한 찬탄을 자아내고 있었다.

이런 식으로 그들은 절벽 가장자리를 따라 나아가면서 때때로 잔잔한 웃세고 호수를 흘끗흘끗 보기도 하고 골짜기에서부터 올라오는, 덜컹거리는 수레바퀴 소리와 망치 소리에 귀를 기울이려고 걸음을 멈추기도 했다. 그런 식으로 인간 생활의 징후와 자연의 경치가 뒤섞여 있었다. 그때 엘리자베스가 갑자기 깜짝 놀라면서 외쳤다.

"들어봐요! 이 산 위에서 어린아이의 울음소리가 들려요! 가까이에 개간지가 있나요? 아니면 어떤 어린아이가 부모와 떨어져 길을 잃었을까요?"

"그런 일이 자주 일어난답니다." 루이자가 대답했다. "저 소리를 따라가 봐요. 산에서 길을 잃고 헤매는 사람이 굶주려서 저런 소리를 내는 건지도 모르니까요."

이러한 배려심에 자극을 받아 여성들은 성급하고 재빠른 걸음으로 숲속에서 나오는 그 애처로운 낮은 소리를 따라갔다. 격렬한 성격의 엘리자베스는 그 고통 받는 사람을 얼핏 보았다고 한 번 이상 말하려고 했다. 바로 그때 루이자가 그녀의 팔을 잡고는 자기들의 뒤를 가리키며 소리쳤다.

"저 개를 봐요!"

브레이브는 젊은 여주인의 목소리가 개집에서 불러낸 그 시간부터 현재의 순간에 이르기까지 그들의 길동무였다. 그 개는 나이가 들어 오래전부터 활동을 못 하기는 했다. 그래서 자기의 길동무들이 풍경을 바라보거나 꽃을 더 꺾어 꽃다발을 더 풍성하게 하기 위해 걸음을 멈출 때마다 그 맹견은 거대한 신체를 땅 위에 눕히고 눈을 감은 채, 그리고 보호자의 성격으로는 적절치 못한 늘쩍지근한 태도로 그들이 다시 움직이기를 기다리곤 했다. 그러나 템플 양이 루이자의 외침에 자극을 받아 뒤돌아보았을 때 그녀는 그 개가 멀리 있는 어떤 물체에 시선을 고정한 채 뚫어져라 노려보고 있는 모습을 보았다. 개는 머리를 지면 가까이 숙이고 있었는데 공포나 분노로 인해 사실상 털이 몸으로부터 곤두서 있었다. 그 감정이 분노일 확률이 더 높았다. 왜냐하면 그 개는 낮게 으르렁거리면서 때때로 이빨까지 드러내고 있었기 때문이었다. 여주인이 그 개의 착한 성질을 잘 알지 못했더라면 그녀까지도 겁에 질리게 만들 만큼 사나운 모습이었다.

"브레이브!" 그녀가 말했다. "조용히 해, 브레이브! 네겐 뭐가 보이니, 이 녀석아?"

그녀의 목소리에 맹견의 격노는 조금이라도 가라앉기는커녕 두드러지게 더 강렬해졌다. 개는 숙녀들 앞에서 성큼성큼 걷다가 여주인의 발앞에 앉았지만 전보다 더 큰 소리로 으르렁거리고 있었고 때때로 짧고 퉁명스럽게 짖음으로써 자신의 분노를 표출하고 있었다.

"이 녀석이 무얼 보고 있는가요?" 엘리자베스가 말했다. "무언가 동물이 보이는 게 틀림없어요."

자기 친구에게서 아무런 대답도 듣지 못한 템플 양이 고개를 돌리자 루이자가 얼굴이 사색이 되어 서 있는 것을 보게 되었다. 루이자의 손가락은 흔들거리며 경련을 일으키는 듯한 동작으로 위쪽을 가리키고 있었다. 엘리자베스의 재빠른 시선은 자기 친구가 가리키는 방향을 향했다. 거기서 그녀는 암퓨마의 흉포한 앞모습과 그들을 노려보는 두 눈과 마주쳤다. 퓨마의 시선은 무시무시한 악의를 품고 그들을 뚫어져라 쳐다보고 있었는데 그 모습은 금방이라도 덤벼들 것 같은 위협적 기세를 보여주고 있었다.

"도망쳐요!" 엘리자베스는 루이자의 팔을 움켜쥐면서 외쳤지만 루이자의 몸은 마치 녹아버리는 눈처럼 무너져버렸다.

엘리자베스 템플의 기질에는 이러한 극한 상황에서 친구를 저버리게 만들 만한 감정은 티끌만큼도 없었다. 그녀는 의식을 잃은 루이자 옆에 무릎을 꿇고 본능적인 임기응변으로 친구의 몸에서 호흡에 방해가 될 만한 옷가지들을 잡아 뜯어내면서 동시에 자신들의 유일한 호위병인 개를 자신의 목소리로 격려하고 있었다.

"용기를 내, 브레이브"라고 그녀는 외쳤다. 그녀 자신의 어조도 떨리기 시작하고 있었다. "용기를 내, 용기를, 착한 브레이브."

그 순간 지금까지 보이지 않던, 3개월가량 된 퓨마 새끼가, 어미가 자리 잡은 너도밤나무의 그늘에서 자라고 있던 어린 나뭇 가지에서 뛰어내려 이제 모습을 드러냈다. 이 무지하지만 악의에 찬 동물은 자기 어미의 행동과 소리를 흉내 내며 개에게 다가갔지만 자기 종족의 사나움과 새끼고양이의 장난기가 이상하게도 뒤섞인 모습을 보여주었다. 새끼는 뒷다리로 서서 두 앞발로 나무껍질을 뜯어내면서 고양이처럼 익살맞은 행동을 했다. 그러다가는 자기 꼬리로 자기를 때리며 으르렁거리고 땅을 긁으면서 분노를 드러내려고 했다. 바로 그런 모습이 제 어미를 그처럼 무시무시하게 보이게 만든 것이었는데 바로 그걸 흉내 내고 있었던 것이다.

그동안 브레이브는 짧은 꼬리를 곧추세우고 몸을 뒤로 빼서 웅크린 자세로 단호하고 용감하게 서 있었다. 개의 두 눈은 어미와 새끼 둘의 움직임을 동시에 주시하고 있었다. 새끼는 한 번 뛰놀 때마다 개에게 더 가까이 다가왔고 세 마리 동물의 으르렁거리는 소리는 매 순간 더 무시무시해졌다. 그러다가 어린 짐승이 어느 정도 예정되었던 경계선을 뛰어넘어 맹견 바로 앞으로 뛰어내렸다. 일순간 무시무시한 외침과 전투가 벌어졌지만 그것은 시작됨과 거의 동시에 끝났다. 퓨마 새끼가 브레이브의 입에서 공중으로 집어 던져졌던 것이다. 브레이브가 너무나 맹렬하고 힘차게 퓨마 새끼를 나무에 부딪치도록 던졌기 때문에 그놈은 완전히 의식을 잃어버렸다.

이 짧은 전투를 눈앞에서 목격한 엘리자베스는 개가 승리하자 흥분했다. 바로 그때 어미 퓨마의 형체가 공중에 뜨는 것을 보았다. 어미 퓨마는 너도밤나무 가지에서 20피트를 뛰어내려 맹견의 뒤쪽에 떨어졌다. 우리의 어떤 어휘로도 뒤이은 맹렬한 투쟁을 묘사할 수가 없다. 그것은 무시무시한 큰 울부짖음 소리가 울리는 가운데 마른 낙엽 위에서 벌어진 지리멸렬한 전투였다. 템플 양은 여전히 무릎을 꿇은 채로 루이자의 몸 위로 몸을 굽히고 있었지만 그녀의 시선은 동물들에게 고정되어 있었다. 그녀는 너무 무시무시했지만 그러면서도 강렬한 흥미를 느끼고 있었으므로 이 전투의 결과에 자신의 생사가 달려 있다는 사실조차 잊어버릴 정도였다. 숲의 거주자인 퓨마의 도약이 너무나 민첩하고 박력이 있어서 퓨마의 몸은 항상 공중에 떠 있는 것처럼 보인 반면 개는 퓨마가 잇따라 덤벼들 때마다 당당하게 맞설 뿐이었다. 퓨마의 변함없는 목표물은 맹견의 어깨였는데 퓨마가 그 어깨에 내려앉자 늙은 브레이브는 비록 암퓨마의 발톱에 찢기고 또 이미 무수히 많은 상처에서 흘러나온 자신의 피로 온몸이 붉게 물들었지만 자신의 광포한 적을 하나의 깃털처럼 가볍게 떨어버리고 있었다. 그러고는 뒷다리를 곧추세우고 입을 크게 벌리고 겁을 모르는 눈빛으로 다시금 싸우러 돌진했다. 그러나 노령과 응석받이로 지낸 세월 탓에 이 당당한 맹견은 그러한 전투에는 전혀 적임자가 아니었다. 용기를 제외한 모든 면에서 그 개는 옛날에 비하면 허수아비에 지나지 않았다. 반면 신중하면서도 광포한 퓨마는 그때까지의 모든 도약보다 더 높이, 개가 닿을 수 없는 높이까지 뛰어올랐다. 그때 개는 퓨마를 향해 필사적이지만 무익한 돌진을 하고 있었다. 퓨마는 그렇게 높이 도약했다가 자신의 늙은 적수 뒤쪽에, 유리한 위치에 내려앉았다. 하지만 퓨마에게 허락된 시간은 단 한 순간에 불과했다. 개의 센 힘이 필사적인 노력으로 회복되고 있었기 때문이었다. 그러나 브레이브가 적의 옆구리를 이빨로 꽉 물었을 때, 전투 도중 내내 번쩍번쩍 빛나던 개의 놋쇠 목걸이가 핏빛으로 변한 것을 엘리자베스는 목격했다. 그리고 곧 그것의 몸이 땅에 쓰러져 힘없이 엎어지는 모습을 지켜보았다. 뒤이어 퓨마는 개의 입에서 벗어나려고 몇 번 힘껏 몸부림쳤지만 소용이 없었다. 그러다가 맹견이 뒤로 벌렁 나자빠졌다. 개의 입은 힘을 잃고 이빨도 느슨해졌다. 뒤이은 짧은 경련들과 고요함이 불쌍한 브레이브의 죽음을 알려주었다.

엘리자베스의 운명은 이제 완전히 그 짐승에게 달려 있었다. 창조주의 모습을 본떠 창조된 인간의 앞모습에는 그분의 피조물 중 열등한 존재들의 마음을 움찔하게 만드는 무언가가 있다고 일컬어지고 있다. 지금도 그러한 힘이 임박한 타격을 잠시 중지시키고 있는 것 같기도 했다. 그괴물의 눈과 무릎을 꿇고 있던 처녀의 눈이 잠깐 마주쳤다. 그때 괴물은쓰러진 자기의 적을 살펴보려고, 그다음에는 자신의 불운한 새끼를 냄새맡아보러 몸을 굽혔던 것이다. 그러나 새끼를 살펴보고 난 뒤 그 짐승은눈에서는 명백히 불꽃같은 섬광을 내뿜으며 꼬리로는 자신의 양 옆구리를 치면서, 또 발톱은 널따란 두 발에서 수 인치나 튀어나온 상태로 몸을 돌렸다.

템플 양은 움직이지도 않았고 또 움직일 수도 없었다. 그녀는 두 손을 기도하는 자세로 깍지 끼고 있었지만 그녀의 두 눈은 여전히 자신의무시무시한 적을 향하고 있었다. 그녀의 두 뺨은 대리석의 흰색처럼 창백해져 있었고 그녀의 입은 공포로 약간 벌어져 있었다. 피할 수 없는 종말의 순간이 이제 온 것처럼 보였다. 엘리자베스의 아름다운 모습은 그동물의 타격에 온순하게 굴복하는 자세를 취했다. 바로 그때 뒤쪽에서나뭇잎 스치는 소리가 그녀의 귀에 들렸다. 어쩌면 그녀가 헛소리를 듣고 있는지도 몰랐다.

"쉿! 쉿!" 낮은 목소리가 말했다. "더 낮게 숙이시오, 아가씨. 아가씨의 보닛 모자 때문에 저 짐승의 머리가 안 보이니까."

우리의 여주인공의 고개를 가슴까지 숙이게 만든 것은 이 예기치 못한 명령에 따른 복종이라기보다 본능적인 굴복이었다. 바로 그때 그녀는소총의 총성과 총알이 윙 하고 날아가는 소리와 그 짐승의 분노한 울부짖음을 들었다. 짐승은 땅 위를 구르면서 자신의 살을 물어뜯으며 손에 잡히는 대로 크고 작은 나뭇가지들을 잡아 뜯고 있었다. 그다음 순간 레더스타킹의 형체가 그녀 옆으로 쏜살같이 달려 나왔다. 그는 이렇게 큰 소리로 불렀다.

"이리 와, 헥터. 이리 와, 이 늙은 바보 같으니라고. 이건 명이 질긴 동물이니 또다시 뛰어 일어날지도 모른다고."

내티는 부상당한 퓨마의 난폭한 도약과 위협적인 모습에도 불구하고 두려움 없이 여성들 앞에서 자신의 위치를 지켰다. 실제로 퓨마는 몇 번이나 힘과 잔인성을 회복하려는 기미를 보이고 있었던 것이다. 내티가 소총에 다시 탄환을 장전하고 분노한 동물에게 다가가 총구를 머리 가까이 갖다 대었다. 그러고는 총이 다시 한 번 발사되자 그 짐승에게서는 생명의 모든 기미가 소멸되었다.

끔찍한 적의 죽음은 엘리자베스에게는 자신이 무덤에서 부활한 것처럼 느껴졌다. 우리 여주인공의 정신 속에는 즉각적인 위험에 대응하는 힘이 있었다. 위험이 더 직접적이면 직접적일수록 그녀의 본성은 그만큼 더 많이 그것을 극복하기 위해 노력했던 것이다. 그럼에도 불구하고 그녀는 여성이었다. 방금 전 같은 극한 상황 속에 설사 혼자 남겨졌더라도 그녀는 거의 틀림없이 자신의 능력을 최대한으로, 그것도 자기 몸을 보호하기 위해 신중하게 이용했겠지만 의식을 잃은 친구가 있었으므로 후퇴는 시도하지 않았을 것이었다. 적의 무시무시한 모습에도 불구하고 엘리자베스는 그것의 시선을 결코 피하지 않았다. 그리고 이 사건 후 오랜 시간이 지난 후에도 그녀는 당시 자신의 일시적인 감정을 회상하곤 했다. 그녀는 그 짐승이 위력을 발휘하던 순간에 사나운 격분을 드러내며 보여주었던 가장 사소한 동작들까지도 꿈속에서 생생하게 다시 보면서 한밤중의 달콤한 잠을 방해받곤 했다.

루이자의 의식이 회복되는 과정과 젊은 여성들이 내티에게 한 감사의 표현에 대해서는 독자의 상상에 맡기려 한다. 루이자의 의식은 그 산속에 있는 무수히 많은 샘들 중 한 곳에서 레더스타킹이 모자에 약간의 물을 떠와서 회복시켰다. 또 감사 인사는 엘리자베스의 성격에서 예상할 수 있는 것처럼 열렬하게 행해졌다. 내티는 그녀의 열렬한 감사의 표현을 소박하고 친절한 대답으로, 또 그녀의 당시의 흥분 상태를 관대하게 수용하면서 받아들이면서도 자기가 준 도움을 스스로 얼마나 사소하게 생각하는지를 보여주는 듯 부주의한 태도로 받아들였다.

"자, 자" 하고 그가 말했다. "그렇게 해요, 아가씨. 그렇게 하지요. 만약 아가씨가 그걸 바란다면 말이오. 다음번에 그 일을 다시 이야기하지요. 자, 자…… 길로 들어섭시다. 아가씨는 다시 아버지의 집에 가 있으면 좋겠다고 바랄 정도로 무서운 일을 충분히 겪었으니 말이오."

그가 이 말을 했을 때는 그들이 루이자의 무력한 상태 때문에 느린 속도로 큰길을 향해 나아가고 있을 때였다. 큰길에 도착하자 숙녀들은 그의 도움 없이도 남은 여정을 충분히 소화할 수 있다고 단언하면서 자신들의 안내자와 헤어졌다. 그들은 또 발아래에 그림처럼 자리 잡은 마을, 앞쪽의 맑은 호수, 마을의 가장자리를 따라 흘러가는 구불구불한 시내, 희게 표백된 벽돌로 된 수백 개의 굴뚝들을 보고 용기가 솟아나는 것을 느끼기도 했다.

두 명의 젊고 솔직하고 교양 있는 처녀가 산비탈의 소로를 따라 말 없이 걸어가는 동안 그들이 자신들에게 닥쳤던 무시무시한 죽음을 모면한 사실에 대해 어떤 감정을 느꼈을지 독자에게 굳이 말할 필요는 없을 것이다. 또한 그들에게 삶을 주었지만 그들이 처했던 극한 상황에서 그들을 저버리지 않은 창조주의 힘에 그들이 마음으로부터 얼마나 깊이 감사했는지도 말할 필요가 없을 것이다. 또 자신들의 생각이 조금 전에 겪은 공포의 순간들로 되돌아가고 있을 때 그들의 현재의 안전에 대한 확신이 마치 치료제처럼 혼란스러운 마음을 스치고 지나갈 때마다 그들이 얼마나 자주 서로의 팔짱을 꼭 끼었는가를 말할 필요도 없을 것이다.

레더스타킹은 점점 멀어지는 그들의 뒷모습을 응시하면서 산 위에 남아 있었다. 마침내 그들이 도로의 굽은 길로 접어들어 보이지 않게 되었을 때 그는 휘파람을 불어 개들을 불러 모으고는 소총을 어깨에 메고 숲속으로 되돌아갔다.

"이거 원, 그건 그 젊은 아가씨들에게는 두려운 일이었지." 내티가 죽음을 당한 짐승이 누워 있는 길로 되돌아가며 말했다. "암퓨마가 그처럼 자기 가까이 있고 게다가 그 옆에 죽은 퓨마 새끼까지 있는 걸 본다면 더 나이 많은 여자라도 겁에 질리겠지. 내가 그 망나니의 눈을 겨누어 총을 쐈으면 어떻게 되었을까. 이마에 총을 쏴서 죽이는 것보다 그놈의 생명을 더 빨리 빼앗았어야 하지 않았을까? 하지만 그놈들은 명이 긴 짐승들이지. 그리고 내겐 그놈의 머리와 그 꼬리의 뾰족 튀어나온 부분밖에는 보이지 않았다는 걸 감안하면 멋진 발사였지. 하! 거기 가는 사람 누구요?"

"어떻게 지냅니까, 내티?" 자기 쪽으로 이미 낮게 조준된 소총을 보고 매우 재빠른 동작으로 덤불 속에서 걸어 나오며 둘리틀 씨가 말했다. "이런! 이렇게 따뜻한 날에 총으로 사냥을 하다니요! 조심하세요, 영감님. 법을 어겨 잡히지 않도록 말이오."

"법이라고, 스콰이어! 난 40년 동안 법과 사이좋게 지내왔다네." 내티가 대꾸했다. "미개척지에서 사는 사람이 법의 적용 방식과 무슨 관계가 있겠는가?"

"별로 없겠지요, 아마도"라고 하이럼이 말했다. "그렇지만 영감님은 때때로 사슴 고기를 파시잖습니까. 영감님이 아신다고 생각하는데요, 레더스타킹. 1월부터 8월까지 사슴을 사냥하는 사람에게는 누구나 5파운드 또는 십진법 통화로 말하자면 12달러 50센트의 벌금을 부과하는 법이 통과되었다는 걸 말입니다. 판사님이 그 법을 통과시키는 일에 크게 관여했지요."

"난 그걸 믿을 수 있소." 늙은 사냥꾼이 대꾸했다. "난 그걸, 아니면 어떤 것이든, 믿을 수가 있소. 그분은 이 지방에서 그렇게 꾸준히 활발하게 행동하는 분이니 말이오."

"그렇소, 이 법은 확실히 단호하다오. 또 판사님은 그 법을 시행하려고 결심하고 있소. 벌금 5파운드란 말이오. 오늘 아침 영감님의 사냥개들이 어떤 냄새를 맡고 달려 나가는 소릴 들은 것 같은데요. 그래도 사냥개들 때문에 영감님이 힘든 지경에 빠질 줄은 몰랐지요."

"그러기에는 그 사냥개들은 '예의를 너무나 잘 알지요." 내티가 속 편하게 말했다. "그런데 공범자의 증언에 대해서는 얼마가 지불되는 거지요, 스콰이어?"

"얼마라뇨!" 사냥꾼의 솔직하지만 날카로운 시선에 움찔하면서 하이럼이 되풀이해 말했다. "밀고자가 절반을 가진다고 생…… 생각하는데요. 맞아요, 절반이라고 생각해요. 그런데 영감님 소매에 피가 묻어 있군요, 이런…… 오늘 아침에 총으로 아무것도 사냥하지는 않았겠지요?"

"하지만 사냥했는걸." 사냥꾼이 상대방에게 의미심장하게 고개를 끄덕이면서 말했다. "그것도 멋지게 명중시켰는걸."

"에헴!" 하고 치안판사가 갑자기 소리 질렀다. "그러면 잡은 짐승은 어디 있지요? 그게 품질이 좋을 거라고 생각합니다. 영감님의 개들은 정선되지 않은 것은 어떤 거라도 사냥하려 들지 않을 테니까요."

"그 녀석들은 내가 지시하는 건 뭐든지 사냥하지요, 스콰이어." 내티가 상대방에게 친절하게도 미소를 지으면서 소리쳤다. "녀석들은 내가 명령하기만 하면 당신도 사냥할 거요. 이리이로, 이리이로, 헥터······ 이리이로, 암캐야. 이쪽으로 와, 풋내기들아······ 이쪽으로 와······ 이리 와."

"오! 이 개들에 대해 항상 좋은 평판을 듣고 있지요." 둘리틀 씨가 사냥개들이 자기 주위에서 냄새를 맡고 있었으므로 두 다리를 번갈아, 연속적으로 급히 들어 올려서 보조를 빠르게 하면서 대꾸했다. "그런데 잡은 짐승은 어디 있지요, 레더스타킹?"

이런 대화를 나누는 동안 화자들은 아주 빠른 걸음걸이로 걸어가고 있었고 내티는 자기 소총의 총구를 휙 돌려서 덤불 속을 겨누면서 대답했다.

"저기 사냥감이 하나 있군. 당신 저런 고기를 좋아하쇼?"

"이런!" 하이럼이 외쳤다. "이런, 이건 템플 판사의 개 브레이브네요. 조심하세요, 레더스타킹. 판사를 적으로 만들지 마세요. 영감님이 저 동물을 해친 게 아니길 바랍니다만?"

"어디 당신 스스로 한번 보시오, 둘리틀 씨." 내티가 그의 허리띠에서 칼을 빼내어서 다 알고 있는 듯한 태도로 사슴 가죽으로 된 그의 웃옷에 대고 한두 번 쓱쓱 닦으며 말했다. "내가 이 칼로 저 개의 목을 벤 것처럼 보이슈?"

"목이 끔찍하게 찢겼네요! 저건 끔찍한 상처군요! 절대 칼로 벤 상처가 아닌데요. 대체 누가 이렇게 만들었을까요?"

"당신 뒤에 있는 퓨마들이지요, 스콰이어."

"퓨마들이라고!" 하이럼이 되풀이해 말했다. 그러면서 그는 댄스 교사도 자랑스러워했을 만큼 재빠르게 한 바퀴 빙글 돌았다.

"어이, 걱정 마오." 내티가 말했다. "그 해로운 동물이 두 마리가 있었는데 개가 한 마리를 죽였고 내가 다른 한 마리의 입을 틀어막았소. 그러니 겁내지 마시게, 스콰이어. 그것들이 자네를 해치지는 못할 테니까 말이지."

"그러면 사슴은 어디 있지요?" 하이럼이 눈을 크게 뜨고 당황스러운 태도로 주위를 돌아보며 소리쳤다.

"이런! 사슴이라니!" 내티가 되풀이해 말했다.

"맞아요. 여기 사슴 고기가 있지 않나요, 아니면 영감님이 사슴을 총으로 죽이지 않았나요?"

"뭐라고! 법으로 그걸 금지하고 있잖소, 스콰이어!" 늙은 사냥꾼이 말했다. "퓨마를 죽이지 말라는 법은 없을 텐데."

"없지요. 퓨마 머리 가죽에 대해서는 보상금도 있지요…… 그러나…… 영감님의 개들은 퓨마도 사냥합니까, 내티?"

"뭐든지요. 개들이 인간도 사냥할 거라고 내가 말하지 않았소? 이리이로, 이리이로, 풋내기들아……"

"그랬지요, 그랬지요, 기억이 나요. 저런, 이상한 개들이라고 말하지 않을 수 없군요…… 난 꽤 놀랐네요."

내티는 땅에 앉아서 자기가 조금 전에 만났던 사나운 적의 무시무시한 머리를 자기 무릎에 얹고 능숙한 솜씨로 그 동물의 두 귀 주위를 칼로 그었다. 그러고는 두 귀를 짐승의 머리에서 떼어내었는데 그 두 귀가 서로 연결되어 있는 모양이 유지되도록 떼어내었다. 그리고 그는 대답했다. "무엇에 놀랐다는 거요, 스콰이어? 전에 퓨마의 머리 가죽을 본 적이 한 번도 없소? 이리 오시오, 당신은 치안판사니까 말이오. 내게 보상 금 지불 명령서를 발부해주면 좋겠소."

"보상금이라고요!" 하이럼이 되풀이해 말했다. 그러면서 그는 일을 어떻게 처리해야 할지 잘 모르는 것처럼 잠시 그 짐승의 두 귀를 한 손가 락 끝에 걸어보았다.

"그럼 영감님 집으로 내려갑시다. 그곳에서 영감님은 선서를 할 수 있을 테니까 내가 영감님에게 명령서를 써주겠소. 영감님은 성경책을 가 지고 있겠지요? 법에 따라 필요한 건 4대 복음서와 주기도문뿐이니까 요."

"내겐 책이 없소." 내티가 약간 냉정하게 말했다. "법적으로 필요한 그런 성경책도 없소."

"오! 법에서는 한 종류의 성서만 유효합니다." 치안판사가 대꾸했다. "그리고 다른 사람의 성경책도 괜찮고 영감님 성경책도 괜찮아요. 가세 요. 이보세요, 짐승의 시체는 아무 가치가 없답니다. 내려가서 선서를 합 시다."

"침착하게, 침착하게, 스콰이어." 사냥꾼이 자기 전리품들을 땅에서 매우 신중하게 들어 올리고는 소총을 어깨에 메며 말했다. "자넨 대체 왜 선서가 필요한가? 자네 자신의 두 눈으로 본 것에 대해 말이지. 자네 가 진실이라고 알고 있는 하나의 사실에 대해 다른 사람이 선서하고 증 언을 해야 할 만큼 자신을 믿지 못하겠는가? 자넨 내가 이 동물들의 머 리 가죽을 벗기는 걸 보았지. 또 내가 만약 그 사실에 대해 선서하고 증 언을 해야 한다면 템플 판사 앞에서 하겠네. 판사는 선서를 필요로 하니 까."

"그렇지만 여기 우리에겐 펜도 종이도 없어요, 레더스타킹. 우리는 그런 것들을 가지러 오두막집까지 가야 해요. 그렇지 않으면 내가 어떻게 명령서를 쓸 수가 있겠어요?"

내티는 예의 그 특징적인 웃음을 지으며 순박한 얼굴을 교활한 치안 판사에게 돌리며 말했다.

"그런데 내가 그런 학자의 도구들을 가지고 무엇을 해야 하겠소? 내겐 펜도 종이도 필요하지 않소. 둘 다 쓰는 방법을 모르니까. 그래서 그런 것들이 없소. 아니, 아니오. 난 머리 가죽을 마을로 가져가겠소, 스콰이어. 그러면 자네가 자네의 법률책에 근거해서 명령서를 써줄 수 있겠지. 그렇게 하면 더욱 좋을 거요. 제기랄, 개 목의 이 가죽 끈이 왜 이래. 이 끈 때문에 이 바보 같은 늙은 놈이 목 졸려 죽겠군. 자넨 내게 칼을 좀 빌려주겠나, 스콰이어?"

하이럼은 자기 길동무와 사이좋게 지내려고 특별히 열망하는 듯이 보였다. 그래서 주저하지 않고 그 말에 따랐다. 내티는 사냥개의 목에서 가죽 끈을 자르고는 그 칼을 주인에게 돌려주며 무심한 듯이 한마디 했다.

"좋은 강철로 만든 칼이군. 그리고 아마 전에도 바로 이것과 똑같은 가죽을 자른 적이 있는 칼인 것 같군."

"영감님의 사냥개들을 내가 풀어주었다고 책망하시려는 거네요!" 하이럼이 무언가를 의식하면서 외쳤다. 그 의식 때문에 그의 조심성까지도 사라져버렸다.

"풀어주었다고!" 사냥꾼이 반복해서 말했다. "나 스스로 그 개들을 풀어주었다네. 내가 오두막집을 나서기 전 난 항상 그것들을 풀어준다네."

내티가 확인을 조금이라도 더 하고 싶어 했더라면 둘리틀 씨가 이 거짓말을 듣고는 자기도 모르게 경악하는 모양만 보아도 개들이 풀려나는 데 그의 손이 작용했다는 사실을 알 수가 있었을 것이었다. 그 노인의 침착성과 자제력은 이제 공공연한 분노로 인해 사라져버렸다.

"여기 보시오, 둘리틀 씨"라고 그가 소총의 개머리로 땅을 세차게 치면서 말했다. "나 같은 가난한 인간의 오두막집에 있는 어떤 것을 자네 같은 사람이 간절히 원하는지 난 모르겠네. 하지만 자네 면전에 대고 이 말은 하겠네. 자네가 내 집 지붕 아래 발을 들여놓도록 절대로 허락하지 않을 거라고. 또 만약 자네가 최근에 그랬듯이 내 집 주변에 다시 잠복한다면 자네가 별로 좋아하지 않을 그런 대접을 받게 될 거라고 말이야."

"그러면 나도 당신에게 말하겠소, 범포 씨." 하이럼이 빠른 걸음으로 물러서면서도 말했다. "당신이 법을 위반했다는 걸 내가 알고 있다고. 또 난 치안판사이므로 하루가 지나기 전에 당신이 그걸 절감하게 만들어주겠다고 말이오."

"너와 너의 법이나 그렇게 만들라지." 내티가 치안판사에게 손가락으로 딱 소리를 내며 소리쳤다. "꺼져, 이 악당. 너에게 응분의 벌을 내리도록 악마가 날 꼬드기기 전에 말이야. 조심해. 만약 내가 숲에서 또다시 동정을 살피는 네 얼굴과 마주친다면 내가 그 얼굴을 올뻬미라고 생각하고 쏘지 않도록 말이야."

정직한 분노에는 언제나 위풍당당한 어떤 것이 있다. 그래서 하이럼은 계속 그곳에 머물러서 늙은 사냥꾼의 격노를 극도로 불러일으키는 상황을 초래하지는 않았다. 침입자가 시야에서 사라졌을 때 내티는 오두막집으로 출발했다. 그곳에 도착하자 그는 모든 것이 무덤처럼 조용한 것을 보았다. 그는 개들을 묶어두고 문을 똑똑 두드렸다. 그리고 에드워즈가 문을 열자 그는 물었다.

"모든 것이 안전한가, 친구?"

"전부 다 안전해요." 청년이 대답했다. "누군가가 자물쇠를 열려고 했지만 자물쇠가 너무 튼튼해서 열지 못했어요."

"난 그놈을 알아." 내티가 말했다. "하지만 그놈은 당분간은 내 소총 사정거리 안에 감히 나타나지 못할 거야……" 오두막집 문이 닫혔으므로 레더스타킹이 화가 나서 계속 투덜거리는 말은 이제 들리지 않게 되었다.

29장

"소문이 나 있어요.
그가 산더미 같은 보물을 가지고 있다는 사실이."
—『아테네의 타이먼』, 4막 3장 402행

마머듀크 템플과 그의 사촌이 템플의 저택 대문을 지나 말을 타고 갈 때 아버지인 템플의 마음은 바로 조금 전에 우리 인간의 본성에서도 가장 다정한 감정에 감동을 받았으므로 그는 바로 대화를 시작하고 싶은 생각이 들지 않았다. 또 리처드는 무언가 거드름 부리는 태도를 취하고 있었으므로 언행일치에 관한 모든 규칙들을 어기지 않고는 보안관의 편에서도 평상시와 같은 스스럼없는 대화를 시작할 여지가 없었다. 그래서 기수들은 깊은 침묵 속에서 아주 부지런히 1마일 이상의 거리를 나아갔다. 그러다가 마침내 아버지의 애정이 넘치는 부드러운 표정이 판사의 잘생긴 얼굴에서 서서히 사라지고 그 대신 평소 그의 이마에서 늘 볼 수 있었던 익살스럽고 인정 넘치는 기운이 점차 나타났다.

"자, 디컨" 하고 그가 말했다. "내가 지금까지 절대적으로 자네 안내에 따랐으니까 내가 더 많은 비밀을 들을 자격을 갖게 된 순간이 왔다는

502

생각이 드는군. 왜, 또 무엇 때문에 우리는 이런 장중한 보조로 함께 여행하고 있는 건가?"

보안관은 숲속 멀리까지 울리는 큰 소리로 에헴 소리를 내더니 미래를 깊이 들여다보고 있는 사람처럼 자기 앞의 사물들을 주의 깊게 응시하면서 말했다.

"우리가 태어났을 때부터 지금까지 우리 사이엔 항상 한 가지 차이점이 있었다고 말할 수 있네, 템플 판사." 그가 대답했다. "그렇다고 해서 자연적으로 타고난 것에 대해 자네에게 조금이라도 책임이 있다고 암시하려는 건 아니네. 왜냐하면 인간은 자기가 지니고 있는 타고난 장점 덕에 칭찬받을 수 없는 것과 마찬가지로 타고난 불운 때문에 비난받아서도 안 되기 때문이지. 하지만 우리가 태어날 때부터 달랐다고 말할 수 있는 한 가지 점에 대해 말하자면, 그리고 우리의 출생일도 이틀 차이밖에 안 나지만 말이지."

"그 한 가지 점이 대체 무엇인지, 리처드, 정말 궁금하군. 내가 보기엔 우리 둘은 너무나 현저하게, 너무나 여러 면에서 다른 것처럼 보이니까 말일세……"

"그런 차이점들은 단지 결과일 뿐이지, 판사님." 보안관이 그의 말을 막았다. "우리의 모든 사소한 차이점들은 하나의 원인에서 나오는 거야. 그리고 그건 바로 천재의 보편적인 재능에 대한 우리의 의견이지."

"어떤 점에서, 디컨?"

"난 쉬운 영어로 말한다고 생각해, 템플 판사. 적어도 난 그러는 게 당연해. 왜냐하면 우리 아버지께서 날 가르치셨지만 그분은 다른 언어를 말할 줄 아셨거든……"

"그리스어와 라틴어를 할 줄 아셨지"라고 마머듀크가 그의 말을 가로막았다. "자네 가족의 언어 능력은 잘 알고 있지, 디컨. 그러니 요점을 말해보게. 우리가 오늘 왜 이 산을 말을 타고 오르고 있는지?"

"어떤 주제든 정확히 다루려면 판사님, 해설자가 자신의 방식으로 말을 계속하도록 내버려둬야 한다네." 보안관이 말을 계속했다. "자네는, 템플 판사, 인간이 본성과 교육에 의해 단 한 가지만 잘하는 자격을 갖춰야 한다고 생각하지. 반면에 나는 천재가 배움을 대신할 수 있고 또 어떤 종류의 인간은 무엇이든지, 그리고 모든 것을 할 수 있다는 걸 알고 있지."

"자네처럼 말이지." 마머듀크가 미소를 지으며 말했다.

"난 인물 비평을 경멸한다네, 판사. 난 나 자신에 대해 말하고 있는 게 아니네. 그러나 자네의 영지에는 자연의 다목적적 의도를 수행할 수 있도록 재능을 타고났다고 내가 말하고 싶은 그런 종류의 사람이 세 명이 있다네. 비록 그들이 서로 다른 상황에서 일하고 있긴 하지만 말일세."

"그렇다면 내가 생각했던 것보다 우리에게 인재가 더 많다는 거로군. 그 세 명의 집정관은 누군가?"

"그야, 판사님. 한 명은 하이럼 둘리틀이지. 자네도 알다시피 직업은 목수지. 그의 공로를 보여주려면 이 마을을 가리켜 보이기만 하면 될 거야. 게다가 그는 치안판사지. 그가 정의를 베푸는 걸 보면 많은 사람들이 부끄러워할 걸세. 그들이 하이럼보다 더 좋은 기회를 가지고 있었으니까 말일세."

"그래, 그가 그중 한 명이군." 마머듀크가 이 점에 대해서는 논쟁을 하지 않으려고 확고히 결심한 사람의 태도로 말했다.

"조섬 리델이 또 한 명이지."

"누구라고?"

"조섭 리델."

"뭐라고, 그 늘 불만스러워하고 주변머리 없고, 게으르고 요행수나 노리는 녀석이라고! 3년마다 지역을 바꾸어가며 살고 6개월마다 농장을 바꾸고 계절마다 직업을 바꾸는 그 녀석이라고! 어제는 농업 종사자였다가 오늘은 제화공이 되고 내일은 교사가 되는 그 녀석이라고! 이주민들의 불안정하고 무익한 모든 성향들을 전형적으로 보여주는 그 녀석, 악한 점을 상쇄할 수 있는 좋은 성질은 한 가지도 없는 그 녀석이라고! 아니, 리처드, 이건 너무나 나쁜 걸…… 그런데 세번째는 누구지?"

"세번째 인물은 자신의 인격에 대해 이런 논평을 듣는 데 익숙하지 않으니까, 템플 판사, 그의 이름은 말하지 않겠네."

"그렇다면 이 모든 이야기의 요지는 디컨, 그 세 사람이, 자네도 그중 한 명인 동시에 주동자겠지만, 어떤 중요한 발견을 했다는 것이겠군."

"내가 그중 한 명이라고는 말하지 않았네, 템플 판사. 전에도 자네에게 말했듯이 난 자기중심적인 말은 한마디도 하지 않는다네. 하지만 발견은 했지. 그리고 자네도 깊은 관심을 가지고 있는 일이라네."

"계속 말해보게…… 열심히 귀를 기울이고 있다네."

"아니, 아니, 듀크, 자넨 꽤 나쁘다고 내가 인정을 하지. 하지만 또 그만큼 나쁘지는 않기도 하지. 자네의 귀가 완전히 충분하게 발육이 된 건 아니니깐."

보안관은 자신의 재치 있는 말에 실컷 웃고는 기분이 좋아져서 다음과 같은 설명으로 참을성 있는 자기 사촌의 궁금증을 만족시켰다.

"자네도 알다시피, 듀크, 자네의 토지에는 내티 범포라는 이름으로 불리는 사람이 살고 있지. 이 사람은 내가 알기로는 40여 년 동안 이곳에서 살아왔네. 최근까지는 혼자서, 그리고 지금은 낯선 친구들과 함께 말이야."

"일부는 정말 사실이네. 모든 말이 거의 틀림없기도 하고." 판사가 말했다.

"모두가 사실이라네, 판사. 모두가 사실이야. 그런데 지난 몇 달 사이에 그의 친구들이 나타났지. 늙은 인디언 추장과 한 젊은이지. 인디언 추장은 그 종족 중에서 이 나라의 이 지역에서 볼 수 있는 최후의 일인이거나 아니면 최후의 몇 사람 중 한 명이지. 그리고 젊은이는 어떤 인디언 첩보원과 인디언 여자 사이에 태어난 아들이라는 소문이 있고."

"누가 그런 말을 하나!" 마머듀크가 전에는 보이지 않던 흥미를 보이며 소리쳤다.

"누구라니! 그야 상식이지…… 흔한 소문이지…… 누군가를 추적하는 이들의 고함 소리처럼 명백한 거지. 그렇지만 들어보게. 자네가 모든 걸 알게 될 때까지 말일세. 이 청년은 아주 훌륭한 재능을 가지고 있지…… 맞아, 내가 아주 훌륭한 재능이라고 말할 만한 거지…… 또 예절 바르게 행동하는 법도 알고 있지. 그가 그러려는 생각이 있을 때는 말이지. 그런데, 템플 판사, 무엇 때문에 인디언 존과 내티 범포와 올리버 에드워즈 같은 사람이 한데 모여 살게 되었는지 자넨 내게 말해줄 수 있나?"

마머듀크는 뚜렷이 놀라는 빛을 띠고 사촌에게로 얼굴을 돌리고는 급히 대답했다.

"자넨 자주 내 마음을 사로잡곤 하는 주제를 예상치 않게도 우연히 발견했군, 리처드. 그런데 자넨 이 불가사의한 일에 대해 무언가를 알고 있는 건가, 아니면 되는대로 억측을 한 것뿐인가?"

"절대 되는대로의 억측이 아니야, 듀크. 절대 되는대로 한 억측이 아니라니까. 사실이지, 확고한 사실. 이 산맥에는 광산이 있다는 걸 자넨 알고 있지. 자네가 광산의 존재를 믿는다고 말하는 건 자주 들은 적이 있네……"

"그저 추론해본 것뿐일세, 리처드. 확신은 전혀 없다네."

"사람들이 광산을 언급하는 걸 들었고 광석의 표본도 본 적이 있지 않은가, 판사. 자네가 그걸 부인하진 않겠지! 그리고 자네가 말하듯이 추론해본다면 만약 남아메리카에 광산이 있다면 북아메리카에도 광산이 있는 게 당연하지 않겠는가?"

"아니, 아니, 난 아무것도 부인하지 않네, 사촌. 난 분명히 이 산맥에 광산이 있다는 소문은 많이 들었다네. 이곳에서 발견된 귀금속의 표본들도 보았다고 믿고 있네. 주석과 은, 또는 그보다 더 중요한 것이라고 생각하네만 유용한 석탄이 이곳에 매장되어 있다는 걸 알게 되어도 난 조금도 놀라지 않을 거네."

"자네의 빌어먹을 석탄"이라고 보안관이 소리쳤다. "누가 이 숲에서 석탄을 발견하길 바란단 말인가? 아니, 아니, 은이라네, 듀크. 은이 유일하게 필요한 것이고 은이 발견될 거네. 하지만 들어보게. 원주민들이 금과 은의 용도를 오랫동안 알고 있었다는 걸 자네에게 말할 필요는 없을 거네. 그런데 그 지방의 나이 많은 주민들만큼 그 금과 은을 발견할 만한 장소를 잘 알고 있는 사람이 누가 있겠는가? 내겐 모히건과 레더스타킹이 둘 다 여러 해 동안 바로 이 산에 있는 광산의 존재에 내밀히 관여해왔다고 믿을 만한 매우 훌륭한 이유가 있다네."

보안관은 이제 그의 사촌의 민감한 부분을 건드렸다. 마머듀크는 화자의 말에 더 주의 깊게 귀를 기울였다. 그 화자는 이야기를 이처럼 의외의 방향으로 전개한 효과를 알아보기 위해 잠시 기다린 후에 말을 계속했다.

"맞아, 판사. 내겐 이유가 있네. 그리고 적당한 때가 되면 자네에게 그걸 알려주겠네."

"현재만큼 좋은 시간이 없는데."

"자, 자, 잘 듣게." 리처드가 말을 이었다. 그러면서 자기들이 비록 말을 타고 끊임없이 움직이고 있었지만 숲속에 숨어서 엿듣는 사람이 없다는 것을 확인하기 위해 그는 조심스럽게 주위를 둘러보았다. "난 모히건과 레더스타킹을 내 두 눈으로 보았다네. 내 시력은 누구 못지않게 좋다네. 난 그들이, 이봐, 둘 다 삽과 곡괭이를 들고 산을 올라갔다가 내려오는 모습을 본 적이 있다네. 다른 사람들도 그들이 날이 어두워진 후에 은밀하고 불가사의한 태도로 자신들의 오두막집에 뭔가를 들고 들어가는 모습을 본 적이 있다네. 자넨 이걸 중요한 사실이라고 부르지?"

판사는 대답을 하지 않았지만 그가 큰 흥미를 느낄 때에는 항상 그렇듯이 깊은 생각에 잠겨 이마를 찌푸렸다. 더 많은 이야기를 들으려는 기대에 넘쳐 그의 시선은 자기 사촌에게 머물러 있었다. 리처드는 말을 계속했다.

"그건 광석이었네. 이제 판사님, 올리버 에드워즈 씨가 누구인지 자네가 내게 말해줄 수 있는지 묻겠네. 그는 크리스마스 이후부터 자네 가족의 일원이 되었으니까 말이네."

마머듀크는 또다시 눈을 치켜떴지만 대답할 수 없다는 뜻으로 고개를 흔들면서 계속 침묵을 지켰다.

"그가 원주민과 백인의 혼혈아라는 걸 우린 알고 있지. 모히건이 망설이지 않고 그를 공공연하게 자신의 혈족이라고 부르니까 말이야. 그가 교육도 충분히 받았다는 걸 우리는 알고 있어. 하지만 이곳에서 그의 용건이 무엇이냐에 대해서는…… 이 젊은이가 우리 가운데 나타나기 한 달쯤 전에 내티가 며칠 동안 집을 비웠다는 걸 자넨 기억하나? 기억하겠지. 왜냐하면 자네가 베스를 데리러 가는 길에 친구들에게 가져다줄 사슴 고기를 필요로 했기 때문에 그를 만나고 싶다고 했으니까 말이야. 물론 그를 찾을 수가 없었지. 존 영감만 그 오두막집에 홀로 남아 있었어. 그리고 내티가 나타났을 때는, 그가 이곳에 온 게 밤이었지만, 사람들이 곡물을 물방앗간으로 운반할 때 쓰는 그런 썰매를 그가 끌고 왔고 또 아주 조심하면서 곰 가죽 외투에 푹 싸온 어떤 것을 꺼내는 모습이 목격되었지. 이제 내가 자네에게 묻겠네, 템플 판사. 레더스타킹 같은 사람이 어떤 동기로 썰매를 만들어 거기에 짐을 싣고 이 산맥을 넘어 힘들게 끌고 오게 될까? 그가 운반할 게 그의 소총이나 탄약밖에 없는데도 그렇게 할까?"

"사람들은 사냥한 동물을 집으로 운반하기 위해 이런 썰매를 만드는 경우가 많지. 그리고 그가 여러 날 동안 집을 비웠다고 자네가 말하지 않았나."

"그가 그걸 어떻게 쏘았을까? 자기 소총은 수리하라고 마을에 두고 갔는데. 아니, 아니, 그가 어떤 특이한 장소에 갔다는 건 확실해. 그가 몇 가지 비밀스러운 기구들을 가져왔다는 건 더욱더 확실해. 또 그 이후부터 그가 어떤 사람도 자기 집에 가까이오지 못하게 했다는 건 무엇보다도 가장 확실한 일이야."

"그는 예전에도 침입자들을 좋아한 적이 한 번도 없었지……"

"나도 그걸 알아"라고 리처드가 그의 말을 막았다. "하지만 그가 언제 까다롭게 사람들을 자신의 오두막집에서 몰아낸 적이 있었던가? 그가 돌아온 지 2주도 되지 않아 에드워즈 씨가 나타났지. 그들은 사냥하는 척하면서 온종일 산에서 시간을 보내지만 사실은 답사를 하고 있는 거야. 그때에는 추위 때문에 땅을 팔 수가 없었으니까 그는 운 좋은 사건을 이용해 좋은 거처로 들어온 거지. 그렇지만 바로 지금도 그는 자기 시간의 거의 절반을 그 오두막집에서 보내지. 매일 밤 여러 시간 동안 거기에서 지내고. 그들은 제련을 하고 있는 걸세, 듀크. 그들은 제련을 하고 있어. 그리고 그들이 점차 부유해지는 동안 자넨 점차 가난해지는 거지."

"이 이야기 가운데 어느 정도나 자네 스스로 생각해낸 건가, 리처드? 그리고 어느 정도가 다른 사람들의 생각인가? 난 가치 있는 부분과 그렇지 않은 부분을 가려내고 싶네."

"일부는 나 자신의 생각이네. 왜냐하면 내가 직접 그 썰매를 봤으니까 말이지. 비록 하루 이틀 뒤에 그 썰매를 부수어서 태워버리긴 했지만 말이야. 그 노인이 삽과 곡괭이를 들고 가는 것을 내가 봤다고 자네에게 말했잖은가. 하이럼도 내티를 만났어. 내티가 썰매를 끌고 도착하던 밤에 내티가 산을 넘고 있을 때 말이야. 그러고는 아주 친절하게, 하이럼은 정말 친절하거든, 그의 짐의 일부를 지고 산을 올라가주겠다고 제안했지. 왜냐하면 그 노인이 무겁게 썰매를 끌면서 산등성이를 올라가고 있었다거든. 그러나 그는 그 말을 들으려 하지도 않고 그 제안을 너무나 무례한 태도로 거절했기 때문에 스콰이어는 그가 자기에게 가해할 우려가 있다고 선서하고 보호를 호소해야 하나 하고 생각했다고 말했지. 눈이 녹은 후로, 특히나 땅에서 서리가 제거된 후부터 우리는 이 신사를 주의 깊게 감시해왔네. 그렇게 감시하는 데 조섬이 쓸모가 있다는 걸 우리가 알게 되었고."

마머듀크는 이 일에 연루된 리처드의 동료들을 그다지 좋아하지 않았다. 그럼에도 불구하고 그는 그들이 교활하고 교묘한 편법을 쓴다는 것을 알고 있었다. 또 늙은 사냥꾼들과 에드워즈의 관계에도 그렇지만 자기 사촌이 방금 해준 이야기에도 분명히 이상한 점이 있었으므로 그는 더 고심하면서 마음속으로 그 문제를 곰곰이 생각하기 시작했다. 잘 생각해본 결과 그는 이러한 의심을 확증하는 데 도움이 되는 여러 가지 정황들을 기억해냈다. 또 이 일 전체가 그의 약점 중 하나를 자극했으므로 그는 그만큼 더 쉽사리 의심스럽다는 느낌을 받아들였다. 템플 판사의 마음은 언제나 포용력이 있었지만 그의 특이한 직업으로 인해 후세 사람들이 자신의 땅에서 어떤 향상된 생활을 할 것인지 고찰할 때에는 미래를 멀리 내다보는 경향을 갖게 되었다. 다른 사람들이 미개척지 외에는 아무것도 보지 못하는 곳에서 그의 눈은 도시, 공장, 다리, 운하, 광산, 그 밖에도 역사가 오래된 나라의 모든 자원을 끊임없이 보고 있었던 것이다. 물론 그의 양식으로 인해 이러한 기대를 드러내는 일을 어느 정도 억제하고 있기는 했다.

보안관이 자기 사촌에게 그가 들은 이야기에 대해 숙고할 시간을 충분히 부여해주고 있는 동안, 판사는 올리버 에드워즈로 하여금 레더스타킹의 오두막집에 가게 만든 일련의 사건들에서 어떤 종류의 금전적인 모험이 연결 고리일 것이라는 개연성이 매 순간 더 강하게 느껴졌다. 그러나 마머듀크는 어떤 문제의 양면을 점검하는 습관이 너무나 철저했으므로 반대 의견도 지각하지 않을 수가 없었다. 그래서 그는 소리 내어 스스로를 설득했다.

"그럴 리가 없지. 그렇다면 그 청년이 그처럼 궁핍한 상태까지 몰리지는 않았을 거야."

"궁핍하다는 것보다 사람으로 하여금 돈을 위해 더 열심히 땅을 파게 만들 만한 일이 무엇이 있겠나?" 보안관이 소리쳤다.

"그 외에도 올리버에게는 교육에서 나오는 높은 인격이 있네. 그가 받은 교육 때문에라도 그는 그처럼 은밀한 행동을 못 할 거네."

"무식한 녀석이 제련을 할 수 있겠는가?" 리처드가 말을 계속했다.

"베스가 넌지시 말하길 우리가 그를 우리 집에 받아들였을 때 그에게는 돈이 1실링밖에 남지 않은 상태였다고 했네."

"그가 연장들을 사들이고 있었으니까. 그가 어디에서 돈을 더 많이 구할 수 있을지 몰랐다면 자기의 마지막 6펜스를 칠면조를 쏘는 데 사용했겠는가?"

"내가 과연 그처럼 오랫동안 얼간이였을 리가 있겠는가! 그는 때때로 내게 무례한 태도를 보였지. 그러나 난 그가 자신이 부상당했다고 생각한 탓이거나 세상 사람들의 살아가는 방식을 오해한 탓이라고 여겼지."

"자넨 평생 동안 얼간이가 아니었나, 듀크? 또 자네가 말하는 세상의 방식에 대한 무지는 그의 진정한 성격을 숨기려는 지독한 교활함이 아니겠는가?"

"만약 그가 속이려고 결심했다면 자신의 지식을 숨겨서 우리 사이에 열등한 인간으로 통하고 있었을 걸세."

"그는 그럴 수가 없지. 나 자신이 바보로 통할 수 없었던 것은 내가 날 수 없었던 것과 마찬가지로 명백한 이치라네. 지식은 숨길 수가 없는 것이니까. 등불을 켜서 됫박으로 덮어두는 것처럼 말이지."

"리처드"라고 판사가 자기 사촌에게 몸을 돌리며 말했다. "자네의 추측이 진실이 아니라고 반박할 이유가 많이 있다네. 하지만 자넨 의심을 일깨워주었고 난 그것을 풀어야만 하겠네. 그런데 우린 왜 이곳을 지나가고 있는 건가?"

"조섭은 요즘 산에서 한참을 지냈다네. 나와 하이럼이 산에서 지키고 있으라고 했기 때문이지. 그런데 조섭이 무언가를 발견했다네. 그런데 그는 그걸 설명하지 않겠다고 말했다네. 발설하지 않겠다고 맹세했기 때문이라네. 그러나 그 요지는 광석이 어디에 묻혀 있는지 그가 알고 있고 또 그가 오늘 광석을 채굴하기 시작했다는 거지. 자네가 그 일을 모르는 상태에서, 듀크, 그 일을 허가하지는 않겠네. 땅은 자네 소유니까 말이지…… 그러니 이제 자넨 우리가 말을 타고 이곳에 온 이유를 알겠지. 난 이걸 적의 갱도를 파괴하기 위한 항적 갱도(抗敵 坑道)라고 부르겠네, 하하!"

"그런데 그 대망의 장소는 어디 있는가?" 판사가 반은 익살스럽고 반은 진지한 태도로 물었다.

"바로 가까이 있네. 우리가 그곳을 찾아가면 자네에게 우리가 찾아낸 지 일주일도 채 안 된 장소들 중 한 곳을 보여주지. 그곳에서 우리의 사냥꾼들이 지난 6개월 동안 땅을 파면서 즐거워했단 말이지."

신사들이 계속 그 문제를 논의하는 동안 그들이 탄 말은 나뭇가지들 아래로, 또 울퉁불퉁한 산지를 더듬거리면서 길을 찾아가고 있었다. 그들은 곧 여정의 종착지에 다다랐다. 그런데 그곳에서 정말 조섭이 자신이 판 구덩이 안에서 이미 목까지 파묻혀 있는 것을 발견했다.

마머듀크는 그 광부에게 그 특정한 장소 부근에 귀금속이 묻혀 있다고 믿는 이유에 대해 아주 상세하게 질문을 던졌다. 그러나 상대방은 대답에서도 완강하게 비밀을 고수했다. 그는 자기가 하고 있는 일을 해야 할 최상의 이유가 있다고 단언하면서 판사에게 그 일이 성공할 경우 수

익 중 어느 정도가 자신의 몫으로 돌아오는지 물었다. 그러한 진지한 태도는 그의 확신을 증명하고 있었다. 돌을 검사하고 광석이 가까이 있음을 보여주는 통상적인 징후들을 찾아보면서 그 장소 부근에서 한 시간을 보낸 후에 판사는 다시 말에 올라타서 자기 사촌이 그 이상한 세 사람이 채굴을 하고 있었다는 장소로 길안내를 하도록 허용했다.

조섬이 선택한 그 지점은 레더스타킹의 오두막집 위로 돌출해 있는 산등성이였다. 그리고 내티와 그의 동료들이 선정한 장소는 같은 산의 반대편에 있었다. 그곳은 도로 위쪽에 있었고 물론 산책하던 숙녀들이 선택한 길과는 반대 방향에 있었다.

"우린 이제 그 장소에 접근해도 안전할 거네"라고 리처드가 말했다. 그때 그들은 말에서 내려 말들을 매어두고 있었다. "우리가 집에서 출발할 때 망원경으로 보니 존과 레더스타킹이 카누를 타고 낚시를 하고 있었고 올리버도 함께 낚시하고 있었거든. 하지만 그것도 우리에게 눈가림을 하려는 속임수에 불과할지도 모르네. 그러니 우린 신속히 행동해야 하네. 이곳에서 그들에게 발각되는 게 유쾌한 일은 아닐 테니까 말이지."

"내 땅에서는 안 되지!" 마머듀크가 단호하게 말했다. "그 일이 자네가 의심하는 대로라면 그들이 이렇게 땅을 파는 이유를 난 알아야겠어."

"쉿!" 하고 리처드가 말했다. 그러면서 그는 손가락 하나를 입에 대고 일종의 천연동굴 같은 곳으로 매우 험악한 내리막길을 앞장서서 내려갔다. 그 동굴은 암벽의 정면에서 안으로 들어가도록 형성되어 있었고 그 형태가 벽난로와 비슷했다. 동굴 앞에는 그 동굴에서 파낸 것이 분명한 흙 한 더미가 쌓여 있었는데 아직도 그 흙 중 일부는 막 파낸 것처럼 보였다. 판사는 동굴의 외부를 검토해보고 나서 동굴의 외부를 그러한 형태로 만든 것이 자연의 장난인지 아니면 예전의 어떤 시기에 인간의 손이 그렇게 만든 것인지 단정할 수 없어 망설이고 있었다. 그러나 동굴 내부 전체가 최근에 그런 모습으로 형성되었다는 사실에는 의심의 여지가 없었다. 그리고 바위를 파 들어오는 광부들의 작업을 납빛의 무른 바위가 완강하게 버티었던 부분에서는 곡괭이가 닿은 흔적을 아직도 명백히 볼 수 있었다. 동굴 전체는 폭이 약 20피트이고 깊이는 그 길이의 거의 두 배가 되는 굴을 형성하고 있었다. 높이는 통상적인 실험적 목적에 필요한 정도보다는 훨씬 더 높았다. 그러나 이것은 우연히 그렇게 형성된 것이 분명했다. 왜냐하면 동굴 천장은 천연 암석층이었고 그 암석층은 흙더미가 쌓여 있는 지점보다 여러 피트나 더 앞으로 돌출해 있었기 때문이었다. 이 움푹 들어간 구멍, 또는 동굴 바로 앞에는 계단 모양으로 깎인 작은 언덕이 있었는데 그것은 부분적으로는 자연적으로 형성된 것이었고 또 부분적으로는 그곳에서 일한 사람들이 되는대로 던져버린 흙이 쌓여 형성된 것이었다. 그 산은 이 계단형 언덕 앞에서 가파른 절벽 형태로 떨어지는 지형을 보여주고 있어서 산기슭에서부터 암석으로 이루어진 산등성이 아래로 해서 이곳에 접근하는 것은 어렵고도 약간 위험해 보였다. 동굴 전체는 황량하고 조잡했을 뿐만 아니라 미완성 상태인 것이 분명했다. 왜냐하면 덤불숲을 조사해보다가 보안관은 그곳의 공사에 사용되었다던 바로 그 기구들을 발견했기 때문이었다.

자기 사촌이 이 지점을 충분히 조사해보았다고 보안관이 판단했을 때 그는 근엄하게 물었다.

"템플 판사, 자넨 납득이 가는가?"

"완벽히…… 이 사건에는 이상하고 당혹스러운 어떤 일이 있다는 데 대해서는 말이지. 이곳은 은밀한 장소이고 교묘하게 고안된 곳이군, 리처드. 그렇지만 광석이 있다는 징후는 보이지 않네."

"자넨 금과 은이 지표면에 자갈처럼 놓여 있는 걸 발견할 거라고 기대하는가, 판사? ……미리 주조된 1달러 은화들과 1다임 동전들이 자네 손에 들어올 것 같은가! 아니, 아니…… 보물을 손에 넣으려면 먼저 찾으려고 노력해야 한다네. 하여간 그들이 갱도를 파게 내버려두지 뭐. 난 그에 대적할 갱도를 팔 테니까."

판사는 그 장소를 정확히 측량하고는 자신의 수첩에 리처드가 없을 때 그곳을 다시 찾아오는 데 필요한 특징들을 표시했다. 그러고 나서 사촌들은 각자의 말이 있는 곳으로 돌아갔다.

큰길에 이르자 그들은 헤어졌다. 보안관은 다음 월요일에 마머듀크가 '치안판사의 민사소송과 일반 법정'을 정기 개정할 때 이 카운티의 심리에 배심원으로 참석할 24명의 '선량하고 진실한 사람들'을 소집하러 갔다. 판사는 그날 오전에 자기가 보고 들은 것에 대해 깊이 생각에 잠기면서 집으로 돌아갔다.

판사가 탄 말이 큰길이 골짜기로 내려가는 지점에 도달했을 때 마머듀크의 시선이, 바로 10분 전 자기 딸과 그녀의 친구가 숲에서 나왔을 때 그것을 보고 마음을 너무나 부드럽게 달래주는 듯한 느낌을 받았던 바로 그 장면에 머무른 것은 사실이지만 그의 시선은 멍했을 뿐이었다. 그는 자신의 믿음직한 말의 고삐를 놓고 그 동물이 자기의 보조로 길을 가도록 내버려두고는 다음과 같이 혼잣말을 했다.

"이 일에는 내가 처음에 생각했던 것보다 더 많은 비밀이 숨어 있을지도 모르겠군. 난 모르는 청년을 이런 식으로 내 집에 들이면서 내 감정에 빠져 이성적 판단력을 잃어버렸어. 그렇지만 이곳은 의심의 땅이 아니야. 레더스타킹을 내 앞에 데려오게 해서 몇 가지 단도직입적인 질문을 해서 그 단순한 노인에게서 진실을 알아내야겠군……"

바로 그 순간 판사는 엘리자베스와 루이자의 모습을 흘끗 보게 되었다. 그들은 그의 앞에서 조금 떨어진 거리에서 천천히 산을 내려가고 있었다. 그는 말에 박차를 가해 그들 가까이로 다가가서 말에서 내려서는 좁은 소로를 따라 말을 끌고 갔다. 자신의 딸이 최근에 겪은 위험과 예기치 않게 그 위험을 모면한 과정을 생생하게 묘사하는 것을 심리적으로 매우 동요된 상태에서 듣고 있는 동안, 광산과 기득권과 조사에 대한 그 동요된 모든 생각은 그의 감정에 흡수되어버렸다. 그리고 내티의 모습이 그의 기억에 떠올랐을 때에는 내티는 더 이상 무법적이고 약탈적인 불법 거주자가 아니라 자기 자식의 보호자로서 떠올랐던 것이다.

30장

"법정이 그것을 결정하고 법이 그것을 허가한다."
—『베니스의 상인』, 4막 1장 300행

리마커블 페티본은 자기 상황의 안락함과 편안함을 심사숙고한 결과 자존심에 입은 상처를 이미 잊었을 뿐만 아니라 템플 판사의 가정에서 아직도 그녀의 신분을 유지하고 있었다. 리처드가 이미 '사제관'이라고 이름 지은 그 초라한 집으로 리마커블이 루이자를 돌보며 데려다주도록 급히 파견되었고 루이자는 곧 자기 아버지의 품으로 인도되었다. 그동안 마머듀크와 그의 딸은 한 시간 넘도록 밀담을 나누고 있었다. 또한 우리도 그들의 대화를 독자들에게 들려주어 아버지의 사랑이라는 성역을 침범하는 일을 하지 않으려고 한다. 독자의 눈앞에 막이 오르면 판사가 약간 우울한 태도로 방을 이리저리 걸어 다니는 모습을 볼 수 있고 그의 딸은 뺨에 홍조를 띠고 검은 두 눈은 수정 속에 떠 있는 듯한 모습으로 긴 의자에 누워 있다.

"때맞춘 구조였군! 정말로 때맞춘 구조였군, 얘야!" 판사가 소리쳤다. "그러면 넌 네 친구를 버리지 않았구나, 나의 고결한 베스?"

"제가 용기가 있었다는 공을 인정받아도 괜찮을 거라고 생각해요"라고 엘리자베스가 말했다. "설령 제게 도망치려는 계획을 실행할 용기가 있어서 도망을 쳤다 해도 별로 소용은 없었을 거라고 정말로 생각하지만요. 하지만 전 그런 편법에 대해서는 생각지도 않았어요."

"그럼 넌 뭘 생각했느냐, 얘야? 그 두려운 순간에 너는 뭘 가장 깊이 생각했느냐?"

"그 짐승! 그 짐승요!" 엘리자베스가 얼굴을 한 손으로 가리면서 소리쳤다. "오! 전 아무것도 보지 못했어요. 아무것도 생각하지도 못했어요. 그 짐승밖에는요. 더 좋은 걸 생각하려 애썼지만 소용없었어요. 그 소름끼치는 짐승이 너무나 무섭게 노려보고 있고 제 눈앞에 닥친 위험이 너무나 다급했거든요."

"자, 자, 넌 이제 안전하잖니. 그러니 그 불유쾌한 문제에 대해서는 더 이상 이야기하지 않기로 하자. 우리의 숲에 그런 동물이 아직 남아 있을 거라고는 생각지 못했구나. 하지만 그 동물들은 배가 몹시 고플 때에는 자기들의 서식지에서 멀리까지 벗어나곤 하지. 그리고……"

누군가 방문을 큰 소리로 두드리는 소리 때문에 그가 하려던 말은 중단되었다. 그는 문을 두드린 사람에게 들어오라고 명령했다. 벤저민이 문을 열었는데 그는 시기에 맞지 않은 말을 전해야 한다고 느끼고 있는 것처럼 불만스러운 태도로 들어왔다.

"아래층에 스콰이어 둘리틀이 와 있습니다, 판사님." 집사장이 말을 시작했다. "그는 30분가량 현관 앞뜰에서 다가왔다 멀어졌다 하며 가버리지 않고 항해하고 있었습죠. 마음속에서 무언가 할 말이 있겠죠, 아시겠지만. 그래서 제가 그에게 말했습죠. 이보게 하고 제가 말했습죠. 판사님께서 말하자면 사자의 입에서 막 구출된 당신의 딸과 함께 계시는데 자넨 고소거리를 가지고 승선하고 싶은가라고 했습죠. 하지만 이 녀석은 예의라고는 눈곱만큼도 없습죠. 마치 저 아래 부엌에 있는 뿔닭처럼 말이지요. 그 녀석이 한 발씩 이 집을 향해 다가오며 점점 더 가까이 오고 있으니 전 각하*께 그 녀석이 가까이에 있다고 알려드릴 수밖에 없었습죠."

"그에게는 중요한 용건이 있는 게 틀림없겠군." 마머듀크가 말했다. "십중팔구 그의 임무와 관련된 일이겠지. 법정이 곧 개정하니까 말이야."

"예예, 바로 맞히셨네요, 판사님." 벤저민이 소리쳤다. "그가 레더스타킹 영감을 고소하겠다는 그런 용건입죠. 제 판단으로는 그 영감이 두 사람 중 더 훌륭한데도 말입죠. 그 범포 달인은 아주 훌륭한 부류의 사람이지요. 그는 작살을 잘 다루지요. 마치 함장이 지휘하는 대형 함재정의 뱃머리의 노에서 훈련받았거나 그렇지 않으면 갈고리 장대**를 손에 들고 이 세상에 태어난 것과 아주 똑같이 말입죠."

"레더스타킹을 고소한다고요!" 누워 있던 자세에서 벌떡 일어나며 엘리자베스가 소리쳤다.

"마음을 편히 가지렴, 애야. 무슨 사소한 일이겠지, 내가 약속하마. 그 일의 중요성을 내가 이미 알고 있다고 믿고 있단다. 날 믿으렴, 베스. 너의 투사를 내가 안전하게 돌볼 테니까…… 둘리틀 씨를 안내하게, 벤저민."

---

* 각하(Your honor)라는 경칭은 영국에서는 시장, 지방판사, 미국에서는 법관에 대한 경칭이다. 우리나라에서는 각하라는 경칭이 예전에 대통령에게나 붙였던 최고의 호칭으로 인식되었지만 영어권에서는 여러 종류의 높은 지위, 관직에 있는 사람들에 대한 경칭으로 사용되고 있다.
** 작은 배를 끌어당기거나 밀어낼 때 사용하는 장대로 끝부분에 쇠갈고리가 달려 있다.

템플 양은 이 보장에 만족한 듯이 보였지만 자신의 검은 두 눈으로 그 건축가를 뚫어지게 바라보았다. 왜냐하면 허락을 받자마자 그가 즉시 나타났기 때문이었다. 하이럼의 성급한 태도는 전부 그가 이 방에 들어오는 순간 사라져버린 것처럼 보였다. 판사와 그의 딸에게 깍듯이 인사를 한 후 그는 마머듀크가 가리킨 의자에 착석해서 잠시 동안 근엄한 태도로 직모인 자신의 검은 머리칼을 매만지면서 앉아 있었다. 그의 그러한 태도는 자신의 공적인 신분에 대한 체면치레를 하려는 것이었다. 마침내 그가 말했다.

"제가 들은 바에 따르면 템플 양이 산에서 퓨마들에게 상당히 아슬아슬한 일을 당하신 것 같습니다."

마머듀크는 인정한다는 뜻으로 조용히 고개를 끄덕였지만 계속해서 침묵을 지켰다.

"법에 따라 퓨마의 머리 가죽에 대해서는 보상금이 주어진다고 생각하는데요." 하이럼이 말을 계속했다. "그런 경우 레더스타킹은 그 일을 아주 훌륭하게 해낸 셈이 되겠네요."

"그가 보상을 받도록 조처하는 건 내가 할 겁니다." 판사가 대꾸했다.

"그렇죠, 그렇죠. 이 근처에 사는 사람치고 판사님이 후하지 않다고 생각하는 사람은 아무도 없을 거라고 생각하는 편입니다. 판사님께서는 보안관이 설교단 아래 독서대나 부제석을 배치하려는 결심을 분명히 했는지 안 했는지 아십니까?"

"내 사촌이 최근에 그 문제에 대해 말하는 걸 들은 적이 없소."

"제가 추측할 수 있는 바로는 이번에 열릴 법정은 꽤 지루할 가능성이 높다고 생각합니다. 조섬 리델과 그가 개량한 토지를 산 사람은 그들의 분쟁을 중재인들에게 일임하기로 합의했다고 들었습니다. 그래서 소송 사건표에 두 건의 민사소송밖에는 남지 않았다고 생각합니다."

"그거 반가운 일이군요." 판사가 말했다. "내 토지의 이주민들이 무익한 법적 투쟁에 시간과 재산을 낭비하는 걸 보는 것보다 내게 더 괴로운 일은 없으니까 말이지요. 그것이 사실로 입증되길 바랍니다, 치안판사님."

"그건 중재인들에게 일임될 것이라고 생각하는 편입니다만"이라고 하이럼이 의심과 확신 사이에서 어느 쪽으로도 기울어지지 않은 태도로 덧붙여 말했지만 템플 판사는 그 말이 확신을 의미한다고 이해했다. "이 소송 사건에서는 얼마쯤은 제가 중재인으로 임명된 셈이라고 생각합니다. 조섬은 사실상 저를 중재인으로 택하겠다고 제게 말했습니다. 피고는 홀리스터 대위를 중재인으로 택할 계획이라고 저는 추측합니다. 그리고 우리 두 사람은 스콰이어 존스를 제3의 중재인으로 택하기로 부분적으로는 합의했습니다."

"재판에 부쳐야 할 범죄자들이 있습니까?"

"화폐 위조범들이 있지요." 치안판사가 대꾸했다. "그들은 범행 현장에서 체포되었기 때문에 기소될 가능성이 높다고 생각합니다. 그럴 경우 그들은 십중팔구 재판을 받게 되겠지요."

"물론이지요, 치안판사님. 그 사람들을 잊고 있었군요. 더 이상은 없으면 좋겠는데요."

"글쎄요, 지난 독립기념일에 발생한 위협과 폭행 사건을 제소해야 하는데요. 그리고 법에 따라 그 사건이 처리될 거라 확신합니다. 지독하고 불쾌한 말이 오갔지만 그들이 때렸는지 여부에 대한 말은 듣지 못했지요. 이 영지의 저 서쪽 편에서 금렵기인데도 호수 한쪽 귀퉁이에 사는 불법 거주자들 몇 사람이 사슴 한두 마리를 죽였다고 어떤 사람들이 말하고 있습니다."

"반드시 고소를 하시오"라고 판사가 소리쳤다. "난 그러한 모든 약탈자들에 대해 법이 엄밀히 집행되도록 감독하려고 단호히 결심했소."

"그야 그렇지요. 판사님께서 그런 생각을 갖고 계시다고 생각했습니다. 저도 부분적으로는 그러한 용건으로 왔습니다."

"당신이!" 마머듀크는 즉시 자신이 얼마나 완벽하게 상대방의 잔꾀에 걸려들었는지 알아차리며 외쳤다. "그래 당신이 할 말이 무엇입니까, 치안판사?"

"전 내티 범포가 지금 이 순간에 자신의 오두막집 안에 사슴 한 마리의 몸통을 가지고 있다고 생각하는 쪽입니다. 그래서 제 용건의 상당 부분은 그곳을 조사할 수 있도록 수색영장을 발부받는 것입니다."

"당신이 그렇게 생각한다고! 내가 그러한 영장을 발부하려면 법에 따라 선서가 요구된다는 걸 알겠지요. 가벼운 의심으로 근거 없이 시민의 주거지에 침입할 수는 없는 것이니까요."

"그것에 대해 제가 선서하고 증언할 수 있다고 생각하는 편입니다." 확고부동한 하이럼이 대꾸했다. "조섬이 길거리에 있는데 그도 이곳에 와서 동일한 사항에 대해 사실상 선서를 할 준비가 되어 있다고 할 수 있습니다."

"그렇다면 당신이 영장을 발부하시오. 당신도 치안판사니까요, 둘리틀 씨. 그 문제로 왜 날 번거롭게 하시오?"

"그야 이 사건이 법에 따라 시행되는 최초의 고소 사건이라는 걸 알고 있고 또 판사님께서 그 문제에 대해 마음을 정하셨다는 걸 아니까 수색 허가서를 판사님에게 받는 게 가장 좋겠다고 생각했기 때문이지요.

그 외에도 제가 숲의 벌채 현장에서 많은 시간을 보내니까 레더스타킹을 완전히 적으로 삼는 건 싫으니까요. 그런데 판사님께서는 이 카운티에서 아무것도 두려워할 필요가 없는 중요한 분이시니까요."

템플 양은 다음과 같이 말하며 그 무정한 건축가에게로 얼굴을 돌렸다.

"그런데 정직한 사람이라면 범포처럼 친절한 사람을 두려워할 일이 무엇이 있을까요?"

"그야 퓨마에게 소총의 방아쇠를 당기는 것만큼 치안판사에게 방아쇠를 당기는 것도 쉬운 일이니까요, 아가씨. 하지만 판사님께서 영장을 발부하기로 결론을 내리지 않으신다면 제가 집에 가서 직접 발부해야겠군요."

"난 당신의 신청을 거부하지 않았소"라고 마머듀크가 당장에 공명정대하다는 자신의 평판이 위태로워졌다는 것을 인식하면서 말했다. "내 사무실로 가 있으시오, 둘리틀 씨. 거기서 내가 당신을 만나 영장에 서명을 하겠소."

하이럼이 물러간 후 엘리자베스가 막 항의를 하려 하자 템플 판사는 그녀의 입에 손을 대어 저지하고는 이렇게 말했다.

"그런 일은 실제로 무섭다기보다는 말을 들으니까 더 무섭게 느껴지는 거란다. 얘야. 내 생각으로는 레더스타킹이 사슴 한 마리를 사냥한 것 같구나. 수렵기가 거의 끝났는데도 말이다. 네가 말하길 그가 그처럼 때맞춰 널 도우러 왔을 때 그가 개들을 데리고 사냥을 하는 중이었다고 했지. 하지만 영장은 다만 그의 오두막집을 조사해서 그 동물을 찾아내기 위한 것일 뿐이란다. 그렇게 되면 넌 네 돈으로 벌금을 지불해주면 돼, 베스. 딱 12달러 반의 돈이라야 이 잔인하고 탐욕스러운 녀석을 만족시킬 수가 있을 거라고 생각이 되는구나. 그리고 판사로서의 내 평판을 유지하기 위해서는 분명 그런 푼돈은 써도 되지 않겠니?"

엘리자베스는 이런 확약을 듣고 상당히 진정이 되었으므로 자기 아버지가 하이럼에게 한 약속을 지키러 그녀 곁을 떠날 때 그를 붙잡지 않았다.

마머듀크가 불유쾌한 임무를 수행한 후 자기 사무실에서 나왔을 때 그는 올리버 에드워즈를 만났다. 에드워즈는 격정으로 초조한 얼굴로, 큰 걸음으로 성큼성큼 저택 정면에 난, 자갈이 깔린 보도를 걸어 올라오고 있었다. 템플 판사를 보자 청년은 한 옆으로 비켜서서는 마머듀크에게 좀처럼 보이지 않았던 흥분한 태도로 이렇게 소리쳤다.

"축하드립니다, 판사님. 진심으로 축하드립니다, 템플 판사님. 오! 그건 한 순간 생각하는 것만으로도 너무나 끔찍한 일이었을 거예요! 전 오두막집을 막 떠나왔어요. 거기서 내티 영감이 그가 잡은 퓨마들의 머리가죽을 보여준 후에 아가씨들이 위험을 모면한 일을 제일 나중에 언급했지 뭡니까. 정말, 정말, 판사님, 제가 무슨 말을 해도 제가 느낀 감정의 절반도 표현할 수가 없을 겁니다." 청년은 마치 갑자기 자기가 규정된 경계선을 넘고 있다는 것을 깨달은 것처럼 잠시 말을 멈추었다가 매우 당황하면서 말을 맺었다. "그랜트…… 양과…… 판사님의 따님이 처했던 위험에 제가 느낀 감정 말입니다, 판사님."

그러나 마머듀크의 마음은 아주 많이 부드러워져 있었으므로 사소한 일에 흠잡으려는 마음은 전혀 없었다. 그래서 그는 상대방의 당황한 상태에 주의를 기울이지도 않고 대답했다.

"고맙네, 고맙네, 올리버. 자네가 말하듯이 그 일은 생각해내기도 너무나 무서운 일이네. 하지만 어서 오게. 베스에게 서둘러 가보세. 루이자는 이미 사제관으로 갔으니까 말이지."

젊은이는 앞으로 튀어나가듯이 걸어서 현관문을 열어젖히고는 앞에서 걸어가는 판사에게 바싹 붙을 정도로 급히 걸음을 옮겨 곧 엘리자베스의 면전에 다다랐다.

상속녀가 에드워즈와 대화할 때 그녀의 태도에 자주 나타나던 차갑고 서먹서먹한 태도는 이제 완전히 사라졌다. 그들은 서로 존중하는 오랜 친구들의 자유롭고 자연스럽고 신뢰하는 태도로 두 시간을 보냈다. 템플 판사는 오전에 말을 타고 나갔을 때 야기된 의심을 잊어버렸고 청년과 처녀는 충동이 일어나는 대로 이야기를 나누다가 웃다가 슬퍼했다가 했다. 마침내 에드워즈는 루이자에게도 가봐야겠다는 의향을 세번째로 되풀이한 후에야 간신히 루이자에게도 유사하게 우정의 표현을 하러 사제관으로 가기 위해 저택을 떠났다.

이 짧은 시간 동안 오두막집에서는 큰 소동이 벌어지고 있었다. 그 소동은 템플 판사가 레더스타킹을 위해 세운 호의적인 계획을 완전히 허사로 만들어버렸을 뿐만 아니라 그 청년과 마머듀크 사이의 일시적인 화합을 당장에 망쳐버렸다.

하이럼 둘리틀이 수색영장을 손에 넣은 후 첫번째 할 일은 그것을 집행할 적절한 관리를 확보하는 것이었다. 보안관은 이 카운티의 대배심원*들을 직접 소집하러 갔기 때문에 부재중이었다. 부보안관은 마을에 살고 있었는데 그도 또한 같은 용건으로 이 개척지의 다른 지역으로 말을 타고 나가고 없었다. 그래서 그 군구**의 정규 치안관을 그의 직위를

---

* 23명 이하로 구성됨.
** township: 카운티의 한 구획으로 각 군구의 면적은 다양하나 일반적으로는 36제곱마일(93제곱킬로미터)로서 지방자치체이다.

감안해 선정했다. 거기에는 동정심이라는 동기도 있었는데 그것은 그가 한쪽 다리를 저는 사람이었기 때문이었다. 하이럼은 관찰자로서 그 치안관과 함께 갈 작정이었지만 그곳에서 일어날 전투에 정면으로 맞서 싸우려는 욕구를 그다지 강하게 느끼지 못했다. 때는 마침 토요일이었고 해가 이미 기울어 소나무들의 그림자가 동쪽으로 향하고 있던 시각이었다. 이튿날은 일요일이어서 자신의 영혼을 걸어야 했으므로 이 양심적인 치안판사는 일요일에는 그러한 원정에 참가할 수가 없었다. 또 월요일이 되기 전에 이미 사슴 고기는 물론 죽은 사슴과 관련된 모든 흔적이 비밀에 부쳐지거나 소멸될 수도 있었다. 다행히도 빌리 커비의 어슬렁거리는 모습이 그의 눈에 띄었다. 그리고 하이럼은 그와 유사한 종류의 임기응변에서 언제나 효과적인 결실을 거두고 있었으므로 이번에도 당장 자기 앞길에 장애가 없으리라는 것을 알았다. 조섬도 이 사건에 전반적으로 연관이 되어 있었는데 그는 자기 동료에게서 소환장을 받아 산에서 내려와 있었다. 그러나 그도 하이럼과 마찬가지로 담력이라는 한심스러운 항목이 부족했으므로 그 나무꾼을 치안판사의 집으로 호출하라는 지시를 받았던 것이다.

빌리가 나타난 후에는 그가 이미 도착해서 의자에 앉아 있었음에도 불구하고 매우 친절하게도 그 의자에 앉으라는 권유까지 받았다. 그리고 모든 점에서 그가 마치 대등한 사람인 것처럼 대우를 받았다.

"템플 판사가 사슴 관련법을 시행하기로 마음을 정했소." 서두의 정중한 인사말이 끝난 후 하이럼이 말했다. "그리고 사슴 한 마리가 사살되었다는 고소가 그분에게 접수되었소. 그분은 수색영장을 발부하고 누군가를 시켜 그 영장을 시행하라고 나를 불렀소."

커비는 자기가 관여한 어떤 문제가 심의 단계에서 무시당하는 것이 어떤 것인지를 전혀 몰랐으므로 곰곰이 생각하는 태도로 자신의 텁수룩한 머리를 들고는 잠시 깊이 생각하다가 몇 가지 질문을 하는 것으로 대답을 대신했다.

"보안관은 연락이 닿지 않는 곳에 있소?"

"찾을 수가 없소."

"그리고 그의 부관도요?"

"둘 다 이 영지의 교외로 나갔소."

"하지만 난 한 시간 전에 치안관이 절뚝거리며 돌아다니는 걸 봤소."

"맞소, 맞소." 달래는 듯이 미소를 지으며, 또 다 아는 체하며 고개를 끄덕이며 하이럼이 말했다. "그러나 이 사건에는 불구자가 아니라 정상적인 남자가 필요하오."

"이런" 하고 빌리가 말했다. "그 녀석이 싸움을 걸까요?"

"그는 때때로 싸움을 약간 좋아할 때도 있다오. 게다가 자기가 난투에서는 이 카운티에서 가장 잘한다고 생각한다오."

"나도 그가 허풍 떠는 걸 한 번 들은 적이 있소." 조섬이 말했다. "바싹 껴안고 맞붙는 싸움이라면 모호크 플래츠*와 펜실베이니아 주 경계선 사이에서는 자기에게 대적할 사람이 아무도 없다고 했다오."

"그런 말을 들었다고!" 마치 사자가 자기 소굴에서 기지개를 켜는 것처럼 커비가 거대한 체구로 자리에서 일어나면서 외쳤다. "그 작자는 버몬트 주 사람의 손가락 마디로 등뼈를 맞아본 적이 한 번도 없는 사람인 것 같군. 그런데 그 녀석이 대체 누구요?"

"그야"라고 조섬이 말했다. "그는……"

---

* 모호크 강 연안의 평지.

"그 이름을 말하는 건 법에 어긋난다오." 하이럼이 가로막았다. "자네가 도움을 줄 적임자가 아니라면 말이지. 자네가 바로 그를 체포할 사람이 될 테니까, 빌. 그리고 내가 금방 특별 대리 파견서를 작성하겠네. 그러면 자네는 보수를 받게 되지."

"보수가 얼마요?" 커비가 자신의 큰 손을 법령집의 책장 위에 올려놓으며 말했다. 하이럼이 자신의 직무를 위풍 있게 보이려고 법령집을 미리 펼쳐놓았던 것이다. 마치 어떤 문제에 대해 숙고하고 있는 듯이 커비는 그 책의 책장을 특유의 거친 태도로 넘겼다. 사실은 그 문제에 대해 그는 이미 결정을 한 터였다. "머리가 깨어진 것도 그들이 보상을 해주려나?"

"보수가 상당할걸세." 하이럼이 말했다.

"빌어먹을 보수!" 또다시 웃으며 빌리가 말했다. "그렇지만 그 녀석은 자기가 이 카운티 최고의 레슬러라고 생각한단 말인가? 그는 키가 얼마나 되지?"

"자네보다는 크지." 조섭이 말했다. "그리고 가장 지독한……"

허풍선이들이라고 그는 덧붙이려 했지만 커비의 성급함이 그의 말을 가로막았다. 나무꾼의 외모에는 흉포하거나, 심지어 사나운 면이 전혀 없었다. 그의 표정의 특징은 온화하면서도 우쭐댄다는 것이었다. 더 좋은 자랑거리가 없는 모든 사람들과 마찬가지로 그 또한 자신의 신체적 능력을 뽐내고 있다는 것은 명백했다. 그는 손바닥을 아래로 해서 그 커다란 손을 뻗치면서, 또 자신의 시선을 그 자신의 힘줄과 뼈에 계속 고정시키면서 말했다.

"자, 그 책에 손을 얹게 해주시오. 선서를 하겠소. 그러면 내가 내 선서를 지키는 사람이라는 걸 당신은 알게 될 거요."

하이럼은 그 나무꾼이 마음을 바꿀 틈을 주지 않고 불필요한 지체 없이 선서를 진행시켰다. 이 예비 단계가 끝나자마자 이 세 사람의 명사는 그 집을 떠나서 가장 가까운 길로 오두막집으로 갔다. 그들이 호수 기슭에 도착한 후 큰길에서 벗어날 무렵에서야 비로소 커비는 자기가 이제는 그 일행의 일원으로서 특권을 누릴 권리가 있다는 것이 생각났다. 그는 그 범법자의 이름을 되풀이해서 물었다.

"어느 쪽이요, 어느 쪽이요, 스콰이어?" 강건한 나무꾼이 외쳤다. "당신들은 내가 숲이 아니라 어떤 집을 수색하기를 원한다고 생각했소. 호수의 이쪽에는 6마일에 걸쳐 아무도 살고 있지 않소. 당신들이 레더스타킹과 존 영감을 이주민으로 치지 않는다면 말이오. 자, 그놈의 이름을 말해주시오. 그러면 이보다 더 직선적인 길로 해서 그놈의 개간지까지 당신들을 인도해줄 것을 보장하오. 난 템플타운에서 2마일 거리에서 자라는 묘목 하나까지도 다 알고 있으니까 말이오."

"이 길이 그 길이오." 하이럼이 마치 커비가 도망칠까 봐 걱정하는 듯이 앞을 가리키면서 걸음을 빨리 하며 말했다. "그리고 범포가 바로 그 사람이오."

커비가 갑자기 걸음을 멈추고는 소스라치게 놀라서 자기 동료들을 한 사람씩 번갈아 바라보았다. 그러고는 크게 웃음을 터뜨리고는 소리쳤다.

"누구라고! 레더스타킹이라고! 그 사람이 자기 조준법과 소총에 대해 허풍을 떨 수는 있지요. 그의 조준법과 소총은 둘 다 최고니까요. 그건 나도 인정하는 바지요. 그가 비둘기를 사격한 이후 난 그에게 항복했으니까요. 하지만 맞붙어 싸우다니! 이런, 그렇다면 난 내 검지와 엄지로 그 친구를 들고 그를 바셀로나 비단 목도리처럼 내 목에 두르고 나비매

둡으로 묶어버리겠다고 말하겠소. 그는 일흔이고 특별히 힘이 셌던 적은 한 번도 없었으니까 말이오."

"그 작자는 남을 속이는 놈이오"라고 하이럼이 말했다. "모든 사냥꾼이 다 그렇듯이 말이오. 그는 겉보기보다 더 힘이 세지. 게다가 소총도 갖고 있고."

"그것도 그의 소총 때문이라니!" 빌리가 소리쳤다. "그는 소총으로 날 절대 해치지 않을 거요. 그건 그가 날아갈 수가 없는 것과 같이 명백한 일이오. 그는 악의가 없는 작자요. 또 이 영지에 사는 누구 못지않게 그 또한 사슴을 사냥할 충분한 권리를 갖고 있다고 생각하오. 그게 그의 주요 생활 수단이니 말이오. 그리고 이 나라는 자유로운 나라니까요. 이곳에서는 누구든 자기가 좋아하는 생업에 종사할 특권이 있으니까요."

"그런 이론에 따르면"이라고 조섬이 말했다. "누구든 사슴을 쏠 권리가 있겠군요."

"그건 그 사람의 생업이란 말이오, 정말이지." 커비가 대꾸했다. "그리고 법은 그와 같은 사람을 위해 만들어진 게 절대 아니라오."

"법은 모든 사람을 위해 만들어진 거지." 하이럼이 말했다. 그는 자신의 술책에도 불구하고 위험이 다름 아닌 자신의 몫이 될 것 같다고 생각하기 시작했다. "법은 거짓 맹세를 꼼꼼히 알아차리는 법이지."

"이것 보시오, 스콰이어 둘리틀" 하고 무모한 나무꾼이 말했다. "난 당신이나 당신의 거짓 맹세 따위 눈곱만큼도 상관 안 하오. 하지만 여기까지 왔으니 내가 내려가서 그 노인과 얘기를 해보겠소. 그럼 아마도 우린 사슴 불고기를 함께 기름에 튀겨먹게 될지도 모르겠군."

"글쎄, 자네가 탈 없이 들어갈 수만 있다면 더욱더 좋겠지." 치안판사가 말했다. "내 의견으로는 다툼은 아주 인기가 없는 것이니 말일세.

난 항상 사납게 울화를 터뜨리는 것보다는 영리한 행동을 더 좋아하니까 말이지."

일행 모두 아주 빠른 보조로 걷고 있었으므로 그들은 곧 그 오두막집에 도착하게 되었다. 그곳에서 하이럼은 쓰러진 소나무 꼭대기 바깥쪽에 멈춰 서는 것이 분별 있는 일이라고 생각했다. 그 소나무는, 마을에 면한 방향으로부터 이 요새로 다가오는 것을 막기 위한 일종의 울타리를 형성하고 있었다. 그러나 지체하는 것은 커비가 별로 즐기지 않는 일이었다. 그래서 그는 두 손을 입에다 가볍게 대고 사냥개를 부추기는 큰 소리를 냈다. 그러자 개들이 개집으로부터 달려 나왔고 그와 거의 동시에 머리숱이 빈약한 내티의 머리가 문간에서 나타났다.

"엎드려, 이 늙은 바보야." 사냥꾼이 소리쳤다. "자네 주변에 더 많은 퓨마들이 있다고 생각하는가?"

"하하! 레더스타킹, 난 영감에게 볼일이 있어 왔소." 커비가 소리쳤다. "여기 주정부의 유능한 양반들이 영감에게 사소한 통지서를 발부했는데 그걸 가지고 부랴부랴 달려오도록 날 고용했다오."

"자넨 내게 무슨 볼일이 있는가, 빌리 커비?" 내티가 말했다. 그는 자기를 찾아온 사람을 훑어보며 문지방을 넘어서면서 지는 해의 햇살로부터 눈을 가리기 위해 한 손을 눈 위로 올렸다. "난 개간할 땅도 없고 또 맹세코 난 나무 한 그루를 베어 넘기느니 차라리 여섯 그루를 심을 작정이라네. 저리 가, 헥터. 명령이니 너희들 개집으로 들어가."

"그렇겠지, 영감!" 빌리가 고함쳤다. "그렇다면 내겐 더욱더 잘된 일이오. 하지만 난 내 볼일을 봐야 하오. 여기 영감에게 발부된 통지서가 있소, 레더스타킹. 영감이 그걸 읽을 수 있으면 아주 좋은 일이지만 읽을 수 없다면 여기 스콰이어 둘리틀이 옆에 있으니 그것이 어떤 내용인지 알려줄 거요. 영감이 7월 20일을 8월 1일로 착각한 것 같소. 그게 다요."

이때쯤 내티는 이미 높은 나무 그루터기 뒤에 숨어서 살짝 고개를 내밀고 있는 하이럼의 마른 신체를 발견한 뒤였다. 그러자 그의 태도에서 만족스러워 보였던 모든 특성이 즉시 현저한 불신과 불만으로 바뀌었다. 그는 고개를 오두막집 문간 안으로 들이밀고 낮은 목소리로 몇 마디를 하고 나서는 다시 나타나서 말을 계속했다.

"난 자네들에게 아무것도 줄 게 없다네. 그러니 가게. 악마가 날 유혹해서 자네들에게 해를 입히기 전에 말이야. 난 자네에게 아무런 원한이 없네, 빌리 커비. 그리고 자넨 뭐 때문에 노인을 괴롭히는가? 자네에게 아무런 해를 입히지 않은 노인을 말이야."

커비는 쓰러진 소나무 꼭대기 부분을 통과해 나와서 사냥꾼에게서 몇 피트밖에 떨어지지 않은 곳까지 다가왔다. 그러고는 아주 태연히 통나무 끝에 앉아서 헥터의 코를 자세히 살피기 시작했다. 왜냐하면 그와 헥터는 숲에서 자주 만난 적이 있었으므로 친밀한 사이였기 때문이었다. 숲에서 그는 때때로 그 개에게 바구니에 담긴 자신의 식량을 먹여주곤 했었다.

"영감은 나보다 총을 더 잘 쐈지. 그리고 난 그 말을 하는 게 부끄럽지 않다오." 나무꾼이 말했다. "그렇다고 그 일에 대해 영감에게 원한을 품고 있지도 않다오, 내티. 그렇지만 영감이 도가 지나치게 총을 쏜 것 같기는 하오. 왜냐하면 영감이 총을 쏘아 잡았다는 소문이 있으니 말이오."

"난 오늘 총을 두 번밖에 발사하지 않았네. 그리고 두 번 다 퓨마를 쏜 거지." 레더스타킹이 대꾸했다. "보게! 여기 퓨마의 머리 가죽들이 있네! 난 지금 막 이것을 가지고 포상금을 받으러 판사님 댁에 가려던 참이었소."

내티가 말하고 있는 동안 그는 퓨마들의 귀를 커비에게 던졌다. 그러자 커비는 태평한 태도로 계속해서 그것들을 가지고 장난을 쳤다. 그는 그것들을 개들에게 보여주다가 개들이 그 특이한 짐승의 냄새를 맡고 움직이는 태도에 웃음을 터뜨리기도 했다.

그러나 하이럼은 이 대리로 파견된 치안관이 앞으로 나아간 것을 보고 용기를 얻어 자기도 대담하게 다가와서 이제는 그의 임무에 걸맞은, 권위 있는 태도로 이야기를 시작했다. 그가 한 첫번째 조치는 영장을 큰 소리로 읽는 것이었다. 그는 가장 중요한 부분들을 적절히 강조하며 읽으려고 주의했을 뿐만 아니라 아주 잘 들리는, 명확한 어조로 판사의 이름을 읽으며 그 임무를 끝마쳤다.

"마머듀크 템플이 그 작은 종잇장에 서명을 했다고?" 내티가 고개를 가로저으며 말했다. "이런, 이런, 그 사람은 자신의 혈육보다 새로운 방식, 자신의 출세, 자신의 토지를 더 사랑하는군. 하지만 난 그 처녀를 의심하지는 않을 거야. 그 애는 다 자란 사슴 같은 눈을 지니고 있거든! 불쌍한 것, 그 애가 자기 아버지를 선택할 수는 없었고 그 애가 어쩔 수는 없었을 테니까…… 난 법에 대해서는 별로 아는 게 없소, 둘리틀 씨. 이제 자네의 위임장을 읽었으니 무엇을 하려고 하는가?"

"오! 형식적인 일에 지나지 않소, 내티." 하이럼이 친밀한 표정을 지으려고 노력하면서 말했다. "안으로 들어가서 그 문제를 조리 있게 의논해보자구요. 아마도 돈은 쉽게 구할 수 있을 거요. 그리고 우리끼리 나눈 대화에서 미뤄보자면 템플 판사가 그 돈을 스스로 지불해줄 거라고 어느 정도는 추정할 수 있소."

늙은 사냥꾼은 처음부터 세 사람의 방문객의 동작을 예리하게 주

534

시하며 자신의 오두막집 문지방 바로 밖에 서 있는 자신의 위치를 단호한 태도로 고수했다. 그러한 태도는 그가 자신의 위치에서 쉽게 쫓겨나지 않으리라는 사실을 보여주었다. 하이럼이 마치 자기 제안이 받아들여질 것이라고 기대하는 듯한 태도로 더 가까이 다가오자 내티는 손을 들어 그에게 물러나라는 손짓을 했다.

"내가 당신들에게 나를 유혹하지 말고 한 번 이상 말하지 않았던가." 그가 말했다. "난 어떤 사람도 괴롭히지 않소. 그런데 법은 왜 나를 그냥 내버려둘 수 없단 말이오? 돌아가시오…… 돌아가. 그리고 당신들의 판사에게 그의 포상금을 그냥 가져도 좋다고 말하시오. 하지만 난 그의 쓰레기 같은 방법이 내 오두막집에는 적용되지 못하게 하겠소."

그러나 이 제안은 하이럼의 호기심을 진정시키는 대신 오히려 그것을 더욱더 자극하는 것처럼 보였다. 그러는 동안 커비는 이렇게 소리치고 있었다.

"거참, 그거 공정하군요, 스콰이어. 그가 카운티에 요구해야 할 포상금을 탕감해주니까 카운티도 그에게 벌금을 탕감해주어야지요. 그게 바로 이른바 공평한 거래지요. 그러니 이건 이 자리에서 마무리를 지어야해요. 난 인간 사이의 거래가 신속하고 공정한 것이 좋다니까요."

"난 이 집에 들어가기를 요구하오." 하이럼이 힘을 얻으려고 자신이 끌어 모을 수 있는 위엄을 다 끌어 모으면서 말했다. "주민들의 이름으로, 그리고 이 영장과 내 직무의 효력으로, 또 이 치안관과 함께 요구하오."

"물러서게, 물러서, 스콰이어. 날 유혹하지 말게." 레더스타킹이 그에게 물러가라는 몸짓을 하면서 아주 진지하게 말했다.

"우리를 막으면 당신이 위험할 거요." 하이럼이 말을 계속했다. "빌리! 조섬! 다가서게…… 난 증거가 필요하다네."

하이럼은 내티의 온화하지만 단호한 태도를 항복으로 오해하고는 이미 집에 들어가려고 한 발을 문지방에 얹은 상태였다. 그때 그는 예기치 못하게 어깨를 잡혀 호수의 작은 기슭 쪽으로 20피트 정도 내던져졌다. 그 동작의 갑작스러움과 내티의 예기치 못한 강한 힘이 침입자들에게 일시적인 놀라움을 자아내었고 그로 인해 모든 소음이 잠잠해졌다. 그러나 그다음 순간 빌리 커비가 큰 웃음을 터뜨리며 유쾌한 감정을 발산했는데 그는 마치 그 웃음소리를 다름 아닌 자신의 영혼으로부터 끌어올리는 것처럼 보였다.

"잘했소, 땅딸보 영감!" 그가 외쳤다. "스콰이어가 나보다 영감을 더 잘 알고 있었군. 자, 자, 여기 풀밭이 있소. 남자답게 달려 나오시오. 그동안 조섬과 내가 정정당당한 경기를 관전할 테니까."

"윌리엄 커비, 당신의 임무를 수행하라고 당신에게 명령하오." 하이럼이 기슭 아래에서 소리쳤다. "그 남자를 체포하시오. 주민들의 이름으로 그 남자를 체포할 것을 명령하오."

그러나 이제 레더스타킹은 더 위협적인 태도를 취했다. 소총이 그의 손에 들려 있었고 그 총구가 나무꾼에게 향해져 있었던 것이다.

"당신들 가까이 오지 마시오, 명령이오." 내티가 말했다. "자넨 내 조준이 정확하다는 걸 알지, 빌리 커비. 난 자네의 피를 원하지 않네. 허나 자네가 이 집에 발을 들여놓으려 한다면 그전에 내 피와 자네 피가 함께 이 푸른 풀밭을 붉게 물들일 걸세."

이 일이 사소한 것으로 보이는 동안에는 나무꾼은 보다 약한 쪽을 편들고 싶어 하는 듯이 보였다. 그러나 총기가 나오자 그의 태도는 눈에 띄게 변했다. 그는 커다란 체구로 통나무에서 일어나서 대범한 태도로 사냥꾼을 마주보며 이렇게 대답했다.

"난 영감의 적으로 이곳에 온 것이 아니라오, 레더스타킹. 허나 영감의 손에 들린 그 속이 빈 쇠붙이를 부러진 도낏자루만큼도 높이 평가하지 않소…… 그러니 스콰이어, 명령을 내리시오. 그리고 법에서 벗어나지 마시오. 그러면 우리는 곧 이 두 사람 중 누가 더 나은 사람인지 알게 될 거요."

그러나 그 어떤 치안판사도 보이지 않았다! 소총이 나타나는 그 순간 하이럼과 조섬은 자취를 감추어버렸던 것이다. 그래서 나무꾼이 아무런 대답을 듣지 못한 데 놀라서 주위로 시선을 돌려보았을 때 그는 그들이 후퇴하는 모습을 발견했다. 그들은 자신들이 총알의 속도뿐만 아니라 그것의 예상 사정거리까지도 계산했다는 것을 충분히 보여주는 속도로 마을을 향해 달아나고 있었다.

"영감이 저 작자들에게 겁을 주어 쫓아버렸군." 커비가 그의 넓적한 얼굴에 큰 경멸의 표정을 지으며 말했다. "하지만 영감이 내게도 겁을 주려 하진 않겠지요. 그러니 범포 씨, 총을 내려놓으시오. 그러지 않으면 우리 사이에 곤란한 일이 일어날 거요."

내티는 소총을 내리고는 대답했다.

"난 자네에게는 해를 입힐 생각이 없네, 빌리 커비. 그렇지만 한 노인의 오두막집이 저런 해충에게 수색당해야 하는지는 자네 판단에 맡기겠네. 사슴을 잡은 일을 자네에게 부인하지는 않겠네, 빌리. 그러니 자넨 미안하지만 사슴 가죽을 받아 가서 그걸 증거로 보여줘도 좋네. 포상금으로 벌금을 낼 수 있을 걸세. 그러면 틀림없이 모든 사람이 만족하게 될 걸세."

"그럴 거요, 영감님, 그럴 거요." 커비가 외쳤다. 이 화해의 제물에 그의 넓은 이마에서는 모든 불쾌한 기색이 사라졌다. "가죽을 던져요. 내가 그것으로 법적인 의무를 이행하지요."

내티는 오두막집으로 들어갔다가 요구된 증거물을 가지고 곧 다시 나타났다. 그리고 나무꾼은 마치 아무 일도 일어나지 않았던 것처럼 사냥꾼과 완전히 화해를 하고는 그곳을 떠났다. 호숫가를 따라 천천히 걸어가면서 그는 하이럼이 공중제비를 하듯 도주하던 모습을 생각해내면서 자주 웃음을 터뜨리곤 했다. 그러고는 대체로 그 사건이 아주 우스운 상황이었다고 그는 생각했다.

그러나 빌리가 마을에 도착하기 오래전에 이미 그가 위험에 처했던 일과 내티가 법에 불경스러운 태도를 취했다는 것과 하이럼이 도망쳤다는 소문이 떠돌아다녔다. 보안관을 부르러 사람을 보내야 한다는 이야기가 많았고 법을 모욕한 데 대한 앙갚음을 하기 위해 자경단(自警團)을 출동시키라고 조언하는 말도 있었다. 그리고 많은 시민들은 앞으로의 처리 방법을 숙고하며 냉정을 유지하고 있었다. 빌리가 사슴 가죽을 가지고 도착하자 수색할 모든 근거가 사라졌으므로 상황의 양상이 현저하게 달라졌다. 이제는 벌금을 징수하고 검찰의 존엄성을 단언하는 일 외에는 아무것도 남아 있지 않았다. 이런 모든 일은 토요일 밤이 아니라 다가오는 월요일에도 잘 이행할 수가 있다고 만장일치로 합의가 되었다. 토요일 밤은 대부분의 이주민들이 신성하게 지키는 시간이기 때문이었다. 그에 따라 그 이상의 모든 절차는 36시간 동안 보류되었다.

31장

"그렇다면 그대는 감히
사자의 소굴에서 사자의 수염을 뽑으려 하는가,
그의 본거지에 있는 더글러스를 건드리려 하는가?"
—스콧, 『마미언』, 6권 14장 23~25절

그 소동이 막 가라앉으면서 작은 무리를 지어 서 있던 마을 주민들이 흩어지기 시작했다. 그들은 각자 자기 자신의 집으로 물러가서 공적인 감정을 염두에 두고 외적인 행동을 수행한 사람 특유의 근엄한 태도를 보이면서 집으로 들어가 현관문을 닫으려고 흩어졌다. 바로 그때 올리버 에드워즈는 그랜트 씨의 집에서 돌아오는 길에 젊은 변호사와 우연히 마주쳤다. 그 변호사는 독자들에게 리핏 씨라고 알려져 있는 사람이다. 이 두 사람의 태도나 의견에는 유사성이 거의 없었지만 그들은 둘 다 아주 작은 공동체의 지적인 계급에 속해 있었으므로 물론 서로를 알고 있었다. 그리고 그들의 만남이 침묵을 지킨다면 무례하게 보였을 그런 지점에서 이루어졌으므로 다음과 같은 대화가 그들의 만남의 결과가 되었다.

"좋은 저녁이군요, 에드워즈 씨"라고 변호사가 대화를 시작했다. 어림잡아 말하더라도 그가 대화를 싫어하는지는 매우 의문스러울 정도였다. "정말 비가 와야 할 텐데 말예요…… 그게 우리 기후의 최악의 양상이지요. 가뭄이거나 대홍수거나 둘 중 하나니까 말이지요. 당신은 이보다 더 적절한 기온에 익숙했을 것도 같은데요?"

"난 이 주의 토박이입니다." 에드워즈가 냉정하게 대답했다.

"이런, 난 사람들이 그 점에 대해 논쟁하는 것을 자주 들었지요. 그렇지만 누구든 이 나라에 귀화시키는 건 너무나 쉬운 일이니 그 사람이 어디서 태어났는지는 별로 중요하지 않지요. 이 내티 범포의 사건에 대해 판사님이 어떤 방침을 취하실 작정인지 궁금하군요."

"내티 범포에 대해서라고요!" 에드워즈가 되풀이해 말했다. "무엇을 말씀하시는지요, 변호사님?"

"아직 듣지 못했군요!" 상대방이, 자신의 말을 듣는 사람을 완전히 속여 넘길 정도로 자연스럽게 꾸민 놀라운 표정을 지으면서 외쳤다. "이건 결국 꼴사나운 사건으로 판명될 수도 있어요. 그 노인이 오늘 아침에 산에 갔다가 사슴 한 마리를 쏜 것 같은데 당신도 알다시피 그건 템플 판사의 시각에서는 범죄 사건이지요."

"오! 그랬군요, 그랬군요!" 에드워즈가 햇볕에 그을은 자신의 뺨이 붉어지는 것을 감추기 위해 얼굴을 돌리면서 말했다. "이런, 그게 다라고 해도 그는 벌금까지 물어야 할 수도 있겠군요."

"벌금은 통용되는 화폐로 5달러지요." 변호사가 말했다. "내티가 그렇게 큰돈을 즉시 끌어 모을 수가 있을까요?"

"있을까라니요!" 청년이 소리쳤다. "난 부유하지는 않아요, 리핏 씨. 전혀 그렇지 않지요…… 가난하지요. 그런데 난 걱정거리를 해결하려고 내 봉급을 저금하고 있지요. 하지만 그 노인을 한 시간이라도 감옥에 누워 있게 하느니 차라리 그걸 막는 데 내 저금을 마지막 한 푼까지라도 쓰겠어요. 그 외에도 그는 퓨마 두 마리를 죽였으니 포상금으로 그 벌금의 몇 배라도 물 수가 있을 겁니다."

"그렇죠, 그렇죠." 변호사가 책략이 엿보이지 않는 유쾌한 표정으로 두 손을 비비며 말했다. "우린 꼭 잘 해결할 수 있을 겁니다. 난 분명히 알 수 있지요. 우리가 잘 해결할 거란 걸 말입니다."

"무얼 잘 해결한다는 겁니까? 설명을 청하지 않을 수가 없군요."

"글쎄요, 사슴을 사냥한 건 사소한 문제일 뿐이지요. 오늘 오후에 일어난 일과 비교하면 말입니다." 리핏 씨가 은밀하고 친밀한 어조로 말했다. 청년은 비록 그 남자를 별로 좋아하지 않았지만 그의 어조에는 느끼지 못할 만큼 서서히 청년을 끌어당기는 힘이 있었다. "내티가 사슴을 사냥했다는 사실을 누군가가 고발했고 그 오두막집에 사슴 고기가 있다는 혐의가 있다고 누군가가 진술한 것 같습니다. 그 모든 것은 법에 규정되어 있는 거니까요. 그래서 템플 판사가 수색영장을 발부했지요."

"수색영장이라고요!" 에드워즈가 공포에 질린 목소리로 되풀이해 말했다. 이번에도 그는 창백해진 낯빛을 숨기기 위해 다시금 고개를 돌려야만 했다. "그래서 오두막집에서 뭘 발견했답디까? 무얼 보았대요?"

"그들은 범포 영감의 소총을 봤지요. 그리고 그건 숲에서는 대부분의 사람들의 호기심을 가라앉힐 만한 거지요."

"정말 그랬군요! 정말 그랬군요!" 에드워즈가 발작적인 웃음을 터뜨리며 고함을 질렀다. "그래서 그 늙은 영웅이 그들을 격퇴했군요…… 영감이 그들을 격퇴했군요! 그가 정말 그랬군요!"

변호사는 깜짝 놀라서 청년을 주시했다. 그러나 그의 마음속에서 대체로 가장 먼저 떠오르는 생각 때문에 그 놀라움이 밀려나자 그는 이렇게 대답했다.

"이건 웃을 문제가 절대 아닙니다. 정말입니다. 당신이 그 문제를 공정하게 해결하기도 전에 포상금 40달러와 당신의 6개월 치 봉급은 크게 줄어들 겁니다. 직무를 수행 중인 치안판사를 공격하고 그와 동시에 화기로 치안관을 위협한 일은 꽤 중대한 사건이므로 그에 대한 처벌로 벌금형과 구속, 두 가지를 다 받을 수 있습니다."

"구속이라고!" 올리버가 되풀이했다. "레더스타킹을 구속하다니요! 안 돼, 안 돼요, 변호사님. 그렇게 하면 그 노인은 죽어버릴 겁니다. 그들이 절대 레더스타킹을 구속하지 못하게 할 겁니다."

"글쎄요, 에드워즈 씨"라고 삼가던 태도를 전부 벗어버리면서 리핏이 말했다. "당신을 별난 사람이라고들 하더군요. 그렇지만 만약 이 사건이 배심원들 앞에 공정하게 제기되는 경우, 그리고 증거가 명백한데도 그들이 유죄 평결을 내리는 것을 방지하려면 어떤 조치를 취할 수 있을지를 당신이 내게 말해줄 수 있다면 당신이 나보다 법을 더 많이 알고 있다고 인정해주겠소. 내 비록 변호사 면허증을 받은 지 3년이나 되었지만 말이오."

이때쯤 되자 에드워즈의 이성이 그의 감정보다 우세해지고 있었다. 그가 이 사건의 진정한 난관을 알기 시작했으므로 그는 변호사의 말에 더 용이하게 귀를 기울였다. 그가 처음 놀란 순간에 저도 모르게 나타났던, 억제할 수 없었던 감정은 완전히 사라져버렸다. 자기가 들은 내용에 그가 계속해서 크게 동요하고 있다는 사실이 아직도 명백했지만 그는 그래도 상대방이 말하는 조언에 억지로 주의를 기울이는 데 성공했다.

그의 혼란스러운 마음 상태에도 불구하고 올리버는 그 변호사가 말하는 임기응변 조치들 대부분이 교활함에 근거를 두고 있고 실행하려면 시간이 필요한 계획들이라는 것을 곧 깨닫게 되었다. 게다가 그 조처들이란 것은 그의 기질에도 그의 필요에도 맞지 않는 것들이었다. 그렇지만 재판이 있을 경우에는 그를 고용하겠다며 변호사를 이해시켰는데 그러한 보장은 그를 즉시 만족시켰다. 그런 다음 그들은 헤어졌다. 한 사람은 신중한 걸음걸이로 문 위쪽에 '체스터 리핏, 변호사'라는 나무 간판이 걸린 작은 건물이 있는 방향을 향해 갔다. 다른 한 사람은 아주 큰걸음으로 대저택을 향해 갔다. 우리는 당분간 변호사와는 작별하고 독자의 관심을 변호사의 고객에게로 돌리려 한다.

에드워즈가 거실에 들어서자 온화한 저녁 공기가 통하도록 거실의 커다란 문들이 열려 있었고 벤저민이 그가 해야 할 집안일을 하고 있는 것이 보였다. 그는 다급한 목소리로 어디로 가면 템플 판사를 만날 수 있는지 물었다.

"그야 판사님은 사무실로 들어가셨죠. 그 도목수 둘리틀 씨와 함께요. 하지만 리지 양은 저기 저 응접실에 계십죠. 이보시오, 올리버 도련님, 하마터면 그 퓨만지 표범인지 때문에 나쁜 일을 당할 뻔했습죠. 어떤 사람은 그걸 퓨마라고 하고 또 어떤 사람은 그걸 표범이라고 하니 말입죠. 그런데 그게 영국에서 기원한 게 아니니까 그 짐승에 대해서는 별로 아는 게 없습죠. 제가 지난겨울에 그놈이 산에 있다고까지 말했습죠. 왜냐하면 그 가을의 어느 날 저녁 호숫가에서 그게 신음하는 소리를 들었으니까 말입죠. 그때 전 소형 범선을 타고 낚시터에서 노를 저어 내려오고 있는 중이었습죠. 그 동물이 장애물이 없는 물속으로 들어왔더라면 거기서는 사람이 자기 배를 어디로 어떻게 저어 갈지 알 수 있으니까 저 스스로 그놈과 싸웠겠지요. 하지만 나무 사이에 높이 올라가 있는 것을 본다는 건 제겐 어떤 선박의 갑판에 서서 다른 선박의 장루를 바라보는 것과 똑같은 일입죠. 전 결코 밧줄들을 분간할 줄 모릅지요……"

"자, 자" 하고 에드워즈가 그의 말을 가로막았다. "난 템플 양을 만나야 해요."

"그럼 아가씨를 만나게 해드립죠." 집사가 말했다. "아가씨는 여기 이 방에 계십죠. 오오, 에드워즈 도련님, 아가씨를 잃었다면 판사님께서 얼마나 상심하셨을지! 판사님이 어디서 그런 딸을 또 얻을 수 있을지 전 절대로 모르겠네요. 말하자면 다 자란 딸이오, 아시겠지만. 이보슈, 도련님, 이 명사수 범포는 훌륭한 사람입죠. 또 화기와 갈고리 장대를 다루는 솜씨도 능숙한 것 같고요. 난 그분의 친굽죠, 올리버 도련님. 그분과 당신 둘 다 절 친구로 생각해도 된답니다."

"우린 당신의 우정을 필요로 할지도 몰라요, 내 훌륭한 친구." 에드워즈가 발작적으로 그의 손을 꽉 쥐면서 말했다. "우린 당신의 우정을 필요로 할지도 몰라요. 그럴 경우에 당신에게 그걸 알려줄게요."

벤저민이 진지한 대답을 하려고 숙고하고 있었지만 그것을 들으려고 기다리지도 않고 청년은 집사의 강건한 손아귀를 뿌리치고 응접실로 들어갔다.

엘리자베스는 혼자 있었고 여전히 소파에 기대고 있었다. 우리가 지난번 그녀를 남겨두고 떠날 때 그녀가 앉아 있던 바로 그 소파였다. 형태와 색깔에서 정교한 기교로 만들 수 있는 그 어떤 것보다도 더 아름다운 손이 그녀의 눈을 가리고 있었다. 그리고 그 처녀는 마치 깊은 내적 성찰을 하고 있는 듯한 모습으로 앉아 있었다. 자신의 시선이 마주친 그 형체의 자세와 아름다움에 깊은 인상을 받은 젊은이는 초조한 마음을 제어하고는 존중하면서도 조심스러워하는 태도로 그녀에게 다가갔다.

"템플 양…… 템플 양" 하고 그가 말했다. "제가 방해가 되지 않기를 바랍니다만 잠깐만이라도 괜찮으니 꼭 대화를 나누고 싶은 일이 있어서요."

엘리자베스가 얼굴을 들자 눈물이 가득 고인 검은 두 눈이 보였다.

"당신이에요, 에드워즈?" 상냥한 목소리와 부드러운 태도로 그녀가 말했다. 그러한 목소리와 태도는 그녀가 아버지를 대할 때 자주 사용하던 것이었지만 청년에게는 새로운 것이었으므로 그의 모든 신경을 짜릿하게 만들었다. "당신이 우리의 불쌍한 루이자를 떠나올 때 어떤 모습이던가요?"

"그녀는 아버지와 함께 있으면서 행복하고 감사해 보였지요." 올리버가 말했다. "제가 루이자 양이 위험을 모면한 데 대해 과감히 기쁨을 표현했을 때 그녀가 보여준 감정보다 더 격한 감정은 지금까지 본 적이 없습니다. 템플 양, 제가 당신의 무시무시한 상황에 대해 처음 들었을 때는 제 감정이 너무 강렬해서 말을 할 수가 없었어요. 적절한 말을 찾을 수가 없었어요. 그런데 그랜트 씨 집까지 걸어가는 동안 마음을 가라앉힐 시간을 갖게 되었지요. 제가 그곳에서 제 임무를 더 잘 수행했다고 저는 믿습니다. 정말 그렇게 믿습니다. 그랜트 양은 제 어리석은 위로의 말에 울기까지 했으니까요."

엘리자베스는 잠시 동안 대답을 하지 않고 또다시 한 손으로 두 눈을 가렸다. 그러나 그런 행동을 야기한 감정이 곧 사라졌으므로 그녀는 다시금 얼굴을 들어 그의 시선을 마주보았다. 그러고는 미소를 지으며 말을 계속했다.

"당신 친구 레더스타킹이 이젠 제 친구가 되었어요, 에드워즈. 어떻게 하면 제가 그를 가장 잘 도울 수 있을까 생각하고 있었어요. 아마도 당신이 그의 습관과 그의 필요를 너무나 잘 아니까 제게 말해줄 수 있겠지요……"

"말해드릴 수 있지요"라고 청년이 그의 상대를 깜짝 놀라게 만들 만큼 격렬하게 소리쳤다. "말해드릴 수 있어요. 그 소망에 대해 하느님께서 당신에게 보답해주시기를. 내티가 너무나 경솔하게 행동한 나머지 법을 망각했어요. 그래서 오늘 사슴을 쏘아 죽였지요. 아니, 제 생각으로는 저도 그 범죄와 벌금에 대해 공동 책임을 져야 한다고 생각해요. 왜냐하면 저도 처음부터 끝까지 공범자였으니까요. 당신 부친에게 고발이 이루어졌고 그분이 수색영장을 발부……"

"저도 다 알고 있어요." 엘리자베스가 그의 말을 가로막았다. "저도 다 알고 있어요. 그렇지만 법의 형식은 준수되어야 해요. 수색은 이루어져야 하고 사슴은 발견되어야 하고 벌금은 지불되어야 하지요. 그러나 난 낭신 자신의 질문에 이렇게 대꾸할 수밖에 없네요. 당신이 우리 가정에서 그처럼 오래 살았는데도 아직도 우리를 모르나요? 저를 보세요, 올리버 에드워즈. 제가 이 벌금 같은 소액의 돈 때문에 방금 자신의 생명을 구해준 사람이 감옥에서 지내게 내버려둘 사람처럼 보이나요? 아니, 아니죠, 우리 아버지는 판사시지만 그분은 인간이고 기독교도예요. 그건 다 충분히 이해가 된 일이니 그 어떤 해로운 일도 일어나지 않을 거예요."

"당신의 선언이 얼마나 끔찍한 걱정을 없애주었는지요!" 에드워즈가 외쳤다. "그는 이제 다시는 방해받지 않을 겁니다! 당신 부친이 그를 보호해주실 겁니다! 그분이 그렇게 해주실 거라는 당신의 보장을, 템플 양, 난 받았으니까요. 그리고 난 그것을 믿지 않을 수 없습니다."

"당신은 우리 아버지의 보장을 직접 받을 수도 있어요, 에드워즈 씨." 엘리자베스가 대답했다. "저기 보장을 해주시러 아버지께서 오시니까요."

그러나 마머듀크가 그 방에 들어왔을 때 그의 모습은 딸의 의기양양한 기대와는 반대였다. 그의 이마는 찌푸려져 있었고 그의 태도는 동요하고 있었다. 엘리자베스도 청년도 말을 꺼내지 않았고 그들은 판사가 아무런 방해도 받지 않고 그 방을 한두 번 왔다 갔다 하도록 내버려두었다. 그런 후 판사가 소리쳤다.

"우리 계획이 무너졌구나, 얘야. 레더스타킹의 고집으로 인해 그 자신이 법의 분노를 샀구나. 이제 그걸 막는 건 내 힘으로는 불가능하게 되었단다."

"어떻게요? 어떤 식으로요?" 엘리자베스가 외쳤다. "벌금은 아무것도 아니잖아요. 분명히……"

"난 그와 같이 늙고 친구도 없는 노인이 법 집행관들에게 감히 대항할 것이라곤 예상도 못했고 예상할 수도 없었단다." 판사가 딸의 말을 가로막았다. "난 그가 수색을 감수할 거라고 생각했단다. 그러면 벌금을 지불할 수가 있었을 거야. 또 그러면 법의 요구도 충족되었을 텐데. 하지만 이제 그는 엄격한 법의 집행을 당해야만 한단다."

"그러면 그는 어떤 처벌을 받게 될까요, 판사님?" 에드워즈가 흔들리지 않는 태도로 말하려고 애쓰면서 물었다.

마머듀크는 그 청년이 물러나 서 있던 곳으로 재빨리 돌아서서는 이렇게 외쳤다.

"자네가 여기에 있다니! 난 자네를 보지 못했다네. 어떤 처벌이 될지 나도 모른다네, 이보게. 판사가 증언을 듣고 배심원들이 유죄 평결을 내리기 전에 판사가 판결하는 일은 드물다네. 그러나 한 가지에 대해서는 자넨 확신해도 된다네, 에드워즈 군. 그 처벌은 무엇이든 법의 요구에 따라 정해질 거라는 걸 말이지. 그 운 나쁜 사람이 내 딸에게 그처럼 현저하게 도움을 준 일로 인해 내가 일시적으로 어떤 나약한 태도를 보였다고 해도 그에 관계없이 말일세."

"그 누구도 템플 판사님이 지니신 정의감을 의심하지는 않을 거라고 저는 생각합니다." 에드워즈가 쓰디쓰게 말했다. "그렇지만 냉정하게 이야기해봅시다, 판사님. 제 늙은 친구의 연령과 습관, 아니 무지도, 그의 이 죄과를 탕감하는 데는 아무 소용에 닿지 않는 건가요?"

"소용에 닿아야 하나? 그런 것들이 참작될 수는 있겠지만 그를 무죄로 해줄 수야 있겠는가? 법의 대행자들이 소총으로 무장한 남자들에게 방해를 받을 수도 있는 그런 사회가, 젊은이, 괜찮은 사회겠는가? 내가 미개지를 개척한 게 이런 사건을 위해서였겠는가?"

"만약 아주 최근에 템플 양의 생명을 위협한 짐승들을 판사님께서 길들이셨다면 판사님의 논거가 더 적절하다 할 수 있겠지요."

"에드워즈!" 엘리자베스가 외쳤다.

"조용히 해라, 애야." 아버지가 말을 중단시켰다. "이 청년은 부당한 말을 하고 있어. 내가 그에게 그 원인을 제공하지도 않았는데 말이다. 난 자네의 소견을 눈감아주겠네, 올리버. 자네가 내티의 친구이고 그를 위한 열성으로 인해 자네의 판단력이 흐려졌다는 걸 아니까 말일세."

"맞습니다. 그는 내 친구지요." 에드워즈가 소리쳤다. "그리고 전 그런 칭호를 자랑으로 생각합니다. 그는 소박하고 배우지 못했고 무식하기까지 하지요. 아마도 편견도 가지고 있겠지요. 비록 세상에 대한 그의 의견이 지나칠 정도로 정확하다고 전 느끼지만 말입니다. 그러나 그는 인정이 있습니다, 템플 판사님. 그리고 그건 천 가지 잘못도 벌충해줄 만한 겁니다. 그는 자기 친구들을 알고 그들을 절대로 저버리지 않지요. 그 친구가 그의 개라고 해도 말입니다."

"그건 좋은 성격이네, 에드워즈 군." 마머듀크가 온화하게 대꾸했다.

"하지만 난 그의 존경을 얻을 만큼 운이 좋았던 적이 한 번도 없다네. 그는 날 한결같이 싫어했거든. 그렇지만 난 그걸 노인의 변덕으로 생각하고 참았네. 그렇지만 그가 재판관이 된 내 앞에 나타날 때는 그가 최근에 내게 준 도움이 그의 범죄를 경감해주지 않을 것과 마찬가지로 그가 전에 내게 보인 행동이 그의 죄를 더 무겁게 하지도 않을 거라는 걸 알게 될 거네."

"범죄라고요!" 에드워즈가 되풀이해 말했다. "자기 집을 들여다보는 악한을 자기 집 문간에서 몰아낸 것이 범죄입니까? 범죄라니! 오! 안 됩니다, 판사님. 만약 이 사건에 연루된 범죄자가 있다면 그건 그 사람이 아닙니다."

"그럼 누구란 말인가, 이보게?" 템플 판사가 동요한 청년을 마주보며 물었다. 판사의 얼굴은 진정되어 평상시의 냉정을 되찾고 있었다.

이 간절한 요청은 그 젊은이가 참을 수 있는 한계를 넘어선 것이었다. 지금까지 그는 자신의 감정 때문에 크게 동요하고 있었다. 그러나 이제 화산이 그 한계를 무너뜨리고 폭발해버렸다.

"누구라니! 이런 말을 내게 하다니!" 그가 소리쳤다. "당신 자신의 양심에 물어보시오, 템플 판사. 저 문으로 걸어가 저 계곡, 저 평온한 호수, 저 거무스레한 산맥을 내다보시오. 그리고 당신 자신의 가슴에 물어보시오. 당신에게 가슴이란 게 있다면 말이오. 이 부와 이 골짜기와 저 산들이 어디서 왔는지, 그리고 당신이 왜 저것들의 주인인지 물어보란 말이오. 나라면 모히건과 레더스타킹이 곤궁하고 의지할 데 없이 이 지방을 걸어 다니는 모습이 당신의 시력을 약화시킬 거라고 생각하겠소만, 판사님."

마머듀크는 처음에는 이런 격정의 폭발을 크게 놀라서 듣고 있었다.

그러나 청년이 말을 마치자 그는 자신의 성급한 딸이 말하려는 것을 손짓으로 침묵하라고 말리고는 이렇게 대답했다.

"올리버 에드워즈, 자넨 누구의 면전에 자네가 서 있는지 잊고 있군. 난 자네가, 젊은이, 이 땅을 소유했던 원주민들의 혈통을 이어받았다고 주장하는 걸 들었지. 그러나 이 땅의 소유권을 백인들에게 양도하게 만든 그 요구의 유효성을, 자네가 받은 교육이 자네에게 가르쳐주지 못했다면 자네의 교육은 무익한 것이었던 게 분명하네. 이 토지는 다름 아닌 자네 조상의 양도에 의해 내 것이 되었다네. 만약 자네의 혈통이 그렇다면 말이지. 그리고 내가 이 토지를 어떻게 사용했는지에 대한 증언을 해주십사고 난 하느님께 호소하겠네. 자네가 이런 말까지 했으니 우린 갈라설 수밖에 없네. 자네를 내 집에서 너무 오랫동안 보호해주었네. 그러나 이제 자네가 이 집을 떠나야만 할 때가 왔네. 내 사무실로 오게. 그러면 내가 자네에게 지불해야 할 빚을 갚아주겠네. 또 자네의 현재의 무절제한 언어가 자네의 장래의 행운을 망치게 만들지도 않겠네. 만약 자네가 자네보다 훨씬 더 나이 많은 연장자의 조언에 귀를 기울이겠다면 말일세."

그 청년으로 하여금 격렬한 언어를 내뱉게 한, 그 억제할 수 없었던 감정은 이미 사라져버린 후였다. 그는 물러가는 마머듀크의 뒷모습을 응시하며 서 있었다. 그의 멍한 눈빛이 그의 방심 상태를 드러내고 있었다. 마침내 그는 냉정을 되찾았다. 그는 고개를 돌려 방 안을 천천히 둘러보다가 여전히 소파에 앉아 있는 엘리자베스를 보았다. 그녀는 고개를 가슴까지 푹 숙이고 다시금 두 손으로 얼굴을 가리고 있었다.

"템플 양" 하고 격한 상태가 완전히 사라진 태도로 그가 말했다. "템플 양…… 전 자신을 잊었었어요…… 당신도 잊고요. 당신 부친이 선언하신 말씀을 들었겠지요. 오늘 밤 난 이곳을 떠나요. 적어도 당신과는 사이좋게 헤어지고 싶어요."

엘리자베스는 천천히 얼굴을 들었다. 그 얼굴에는 일시적으로 슬픈 표정이 언뜻 나타났다가 사라졌다. 그러나 그녀가 자리를 떠날 때 그녀의 검은 두 눈은 평상시의 활기를 되찾아 반짝거렸고 그녀의 뺨은 타오르는 것처럼 붉게 홍조를 띠었다. 그리고 그녀의 전체적 태도는 마치 다른 사람의 성질을 보여주는 것처럼 보였다.

"난 당신을 용서해요, 에드워즈. 우리 아버지께서도 당신을 용서하실 거예요." 문간에 도달했을 때 그녀가 말했다. "당신은 우리를 몰라요. 하지만 당신의 의견이 바뀔 때가 올 거예요……"

"당신에 대한 의견이요! 절대로!" 청년이 그녀의 말을 가로막았다. "나는……"

"난 말만 하고 듣지는 않을 거예요. 이 사건에는 내가 이해하지 못하는 어떤 게 있어요. 그러나 레더스타킹에게 우리는 그의 재판관일 뿐만 아니라 친구이기도 하다고 말해주세요. 이 불화로 인해 그 노인이 불필요한 불안감을 느끼지 않게 해주세요. 당신이 여기서 그의 주장을 확대하는 건 불가능해요. 또 그런 주장이 당신이 한 어떤 말로 축소되는 것도 아니고요. 에드워즈 씨, 당신이 행복하고 또 더 따뜻한 친구들을 갖게 되길 바랄게요."

청년은 말을 하려고 했지만 그녀가 문간에서 너무나 재빠르게 사라졌기 때문에 그가 거실에 도착했을 때에는 어디서도 그녀의 모습을 볼 수가 없었다. 그는 망연자실해서 잠깐 멈춰 서 있다가 그다음에는 마머 듀크를 따라 그의 '사무실'로 가는 대신 그 집에서 달려 나가서 사냥꾼들의 오두막집으로 바로 걸음을 옮겼다.

32장

리처드는 그다음 날 밤이 늦어서야 비로소 자신의 공적 임무를 수행하고 돌아왔다. 일단의 화폐 위조범들 중 몇 명의 체포를 지휘하는 것도 그의 임무의 일부였다. 그들은 그 당시의 초기 개척 시대에도 자신들의 조악한 동전을 제조하기 위해 숲속에 숨어 있었다. 그들은 그렇게 제조한 위조 화폐를 아메리카 합중국 한쪽 끝에서 반대쪽 끝까지 유통시켰다. 리처드의 원정은 완전히 성공적이었다. 그래서 자정쯤 보안관은 부관과 치안관들로 구성된 임시 수색대를 선두에서 이끌고 마을로 들어왔다. 수색대 중앙에는 두 팔이 묶인 죄인 네 명이 말에 태워져 들어왔다. 대저택의 대문에서 그들은 헤어졌다. 존스 씨는 조수들에게 자신의 책임 아래 있는 죄인들을 구치소로 데려가라고 지시했다. 그리고 자신은 그와 같은 조직에 속한 사람이 한 번은 정말 매우 똑똑한 일을 했을 때 느낄 만한 그런 종류의 자기만족을 느끼며 자갈이 깔린 보도를 말을 타고 올라갔다.

"어이! 애기!" 현관문에 이르자 보안관이 고함을 질렀다. "어디 있니? 이 검정개야? 너 오늘 밤새도록 이 어둠 속에 날 세워둘 작정이냐? ……어이! 애기! 브레이브! 브레이브! 어이, 어이…… 어디 갔니, 브레이브? 망을 안 보고 있네! 나만 빼고 모든 사람이 잠들어 있군! 다른 사람들이 안전하게 잘 수 있도록 불쌍한 나만 두 눈을 뜨고 있어야 하는군. 브레이브! 브레이브! 이런, 이 녀석에 대해 이 말은 해야겠군. 그놈이 게 을러지긴 했지만 어두워진 후에 상대가 정직한 사람인지 아닌지 냄새 맡아보지도 않고 현관문까지 오게 내버려둔 걸 내가 알게 된 건 이번이 처음이란 말이지. 그놈은 내가 사람들을 눈으로 보고 잘 분간할 수 있는 것과 거의 똑같이 코로 분간을 할 수가 있거든. 어이! 너 애거멤넌! 어디 있니! 오! 마침내 그놈이 오는군."

이때쯤 보안관은 이미 말에서 내린 후였다. 그는 하나의 형체가 개집에서 천천히 기어 나오는 것을 보았는데 그는 그것이 브레이브라고 생각했다. 그때 놀랍게도 그 형체는 네 발이 아니라 두 발로 일어섰는데 그는 별빛 덕분에 흑인의 곱슬곱슬한 머리와 검은 얼굴을 분간할 수 있었다.

"허어! 도대체 넌 거기서 뭘 하고 있나, 이 검둥이 녀석아?" 그가 소리쳤다. "이 따뜻한 밤에 집 안이 네 기니 혈통에는 충분히 덥지가 않아서 그 불쌍한 개를 몰아내고 그놈의 짚에서 잠을 자야 하나 말이다!"

이때가 되자 그 청년은 잠이 확실히 깨어서 엉엉 우는 소리로 자기 주인의 말에 대답을 하려 했다.

"오! 리처드 어르신! 리처드 어르신! 그런 일이! 그런 일이! 그런 일이 일어날 거라곤 결코 생각 못 했어요! 그가 죽을 거라고는 결코 생각도 못 했어요! 오, 이런 일이! 묻지 않았어요…… 리처드 어르신이 돌아오실 때까지 그냥 두고 있어요…… 무덤을 파두었어요……"

여기서 흑인은 완전히 감정의 지배를 받게 되었다. 그래서 자신의 슬픔의 원인을 알아듣게 설명하는 대신 큰 소리로 엉엉 울고 있었다.

"뭐! 뭐라고! 묻힌다고! 무덤이라고! 죽었다고!" 리처드가 떨리는 목소리로 외쳤다. "심각한 일은 아니겠지? 벤저민에게 아무 일도 일어나지 않았겠지? 그가 담즙에 이상이 있다는 건 알고 있지만 내가 그에게……"

"오! 그보다 더 나쁜 일이에요! 그보다 더 나쁜 일이라구요!" 흑인이 흐느꼈다. "오! 하느님! 리지 양과 그랜트 양이…… 산에…… 산책을…… 불쌍한 브레이비!…… 암퓨마를…… 죽였어요…… 오! 이런, 이런!…… 네티 범포…… 목구멍을 찢어놓았어요…… 와보세요, 리처드 어르신…… 여기 그가 있어요…… 여기 그가 있어요."

이 모든 설명은 보안관에게는 완전히 불가해한 것이었으므로 그는 흑인이 부엌에서 호롱등을 가져올 때까지 기꺼이 참을성 있게 기다렸다. 애기를 따라 개집에 가서야 그는 불쌍한 브레이브가 정말로 피투성이로, 뻣뻣하고 차가운 상태로 누워 있는 것을 보았다. 그 개는 볼꼴 사납지 않게 흑인의 방한 외투에 덮여 있었다. 그가 막 설명을 요구하려 했지만 자발적으로 밤샘을 하다가 잠들어버린 그 흑인 청년의 슬픔이 잠에서 깨자 다시금 터져 나왔으므로 청년은 설명을 하기에는 완전히 부적격한 상태가 되어버렸다. 다행히도 이 순간 집의 정문이 열리고 벤저민의 거친 얼굴이 문간 위쪽에 불쑥 나타났다. 그는 얼굴 위쪽으로 촛불을 높이 들고 있었다. 촛불은 그 주위로 희미한 빛을 발하며 그의 얼굴의 명암을 드러내주었다. 리처드는 자신의 고삐를 흑인에게 던져주고는 그에게 말을 돌보라고 명하며 거실로 들어갔다.

"개가 죽었다는 건 무얼 의미하는가?" 그가 소리쳤다. "템플 양은 어디 있지?"

벤저민은 왼손 엄지를 오른쪽 어깨로 올려 어깨 너머를 가리키면서 예의 단호한 손짓을 했다. 그러면서 이렇게 대답했다.

"잠자리에 드셨습죠."

"템플 판사는…… 그분은 어디 계시는가?"

"그분의 침대에 계십지요."

"그러면 설명하게. 브레이브는 왜 죽었는가? 그리고 애기의 슬픔의 원인은 무언가?"

"그야, 모든 걸 적어두었습죠, 스콰이어." 벤저민이 탁자 위에 놓인 석판을 가리키며 말했다. 그 석판은 손잡이가 있는 한 잔의 토디,* 담배가 아직도 타고 있는 짧은 파이프, 기도서 옆에 놓여 있었다.

리처드는 다른 활동도 하고 있었지만 모든 사건들을 지속적으로 기록해두려는 열정 또한 가지고 있었다. 그래서 그의 일기는 일지 또는 업무일지의 형식으로 기록되고 있었는데 거기에는 자신에게 영향을 준 상황뿐만 아니라 날씨에 대한 관찰과 가족에게 생긴 모든 일이 포함되어 있었고 마을에서 생긴 일들도 자주 기록되었다. 그가 보안관으로 임명이 되고 그 결과 자주 집을 비우게 된 이후로는 그는 벤저민을 시켜 기억할 만한 가치가 있다고 생각되는 것은 무엇이든지 석판에 메모해두게 했다. 그는 출장에서 돌아오자마자 그 메모들을 정기적으로 일지에 옮겨 적고 있었는데 시간과 방식과 그 밖의 사소한 항목들까지 적절히 함께 기록해두고 있었다. 물론 벤저민이 서기 역할을 수행하는 데는 한 가지 중요한

---

* 위스키나 럼에 더운 물을 타고 설탕 등을 넣은 음료.

장애가 있었는데 그것은 다름아닌 리처드 자신의 재주로만 극복할 수가 있었다. 집사는 자신의 기도서 외에는 아무것도 읽지 않았고 기도서도 특정 부분만 읽었는데 그것도 철자법책의 많은 도움을 받아야만 했다. 또 이름을 틀리게 읽는 경우도 있었다. 그렇지만 그는 단 한 글자도 펜으로 쓸 줄을 몰랐다. 이것은 대부분의 사람들에게는 일지를 기록하는 데 극복할 수 없는 장애였을 것이다. 그러나 리처드는 일종의 상형문자를 고안했다. 그것으로 바람이 어떻게 불었는지 햇빛이 비쳤는지 비가 왔는지 시간은 몇 시였는지 등과 같은 모든 일상적인 사건들을 기록할 수 있게 만들었다. 그리고 특별한 일에 대해서는 보안관은 그 문제에 관해 일정한 기초적 훈계를 하고 난 후에는 집사장의 재주에 맡길 수밖에 없었다. 독자는, 벤저민이 보안관의 심문에 직접 대답하지 않고 손가락으로 가리킨 것이 바로 이 기록이라는 것을 당장 눈치챌 수가 있을 것이다.

존스 씨는 토디 한 잔을 마신 후 비밀의 장소에서 자신의 본래의 일지를 꺼내고는 탁자 옆에 앉아서 자신의 호기심을 만족시켜가면서 석판의 내용을 일지에 옮겨 적을 준비를 했다. 벤저민은 친밀한 태도로 한 손을 보안관의 의자 등받이에 얹고 다른 한 손은 검지를 사용할 수 있도록 자유로운 상태로 놓아두었다. 그는 자신이 사용하는 몇몇 상형문자의 모양으로 검지를 구부려서 자기가 뜻한 의미를 설명하고 지시했던 것이다.

보안관이 언급한 첫번째 사항은 일상적으로 사용하기 위해 석판의 한쪽 구석에 새겨놓은 나침반의 도형이었다. 그 위에는 동서남북의 기본 방위가 명확히 표시되어 있었고 나침반의 통상적인 구획들이 선박을 조종한 적이 있는 사람이라면 누구든 잘못 알 수가 없을 정도로 아주 잘 표시되어 있었다.

"오!" 하고 보안관이 의자에 느긋하고 편하게 앉으면서 말했다. "어젯밤 밤새도록 남동풍이 불었다는 걸 알겠군. 바람이 비를 몰고 올 것이라고 난 생각했는데."

"빗방울은 절대로 안 떨어졌습죠, 보안관님" 하고 벤저민이 말했다. "높이 달린 음료수통이 다 비었다고 생각하고 있습죠. 이 지방에는 지난 3주 동안 인디언 존의 카누를 뜨게 할 만큼의 비도 오지 않았습죠. 그래서 1인치의 물도 없어서 그 배가 가벼운데도 물에 뜨지 못할 정도였습죠."

"이런, 하지만 오늘 아침 이곳에서는 바람의 방향이 바뀌지 않았나? 내가 있던 곳에서는 풍향이 바뀌었는데."

"확실히 바뀌었습죠, 스콰이어. 제가 풍향의 변화라고 거기 기록해두지 않았나요?"

"어디에 기록했는지 안 보이네, 벤저민……"

"안 보인다굽쇼!" 집사가 조금 퉁명스럽게 그의 말을 가로막았다. "거기 또 동북동풍이라는 표시가 있잖습니까? 아침에 망볼 때였다는 걸 보여주려고 그 끝에 떠오르는 해 같은 걸 그려 넣었는뎁쇼?"

"맞아, 맞아. 그건 아주 보기 쉽군그래. 허나 풍향의 변화는 어디에 적어두었는가?"

"어디라니요! 그야 여기 이 찻주전자에서 보이잖습니까. 주전자 주둥이에서 똑바로, 아니면 아마도 약간 꼬부라진 것 같은 모양의 표시로 서남서풍을 표시하고 있잖습니까. 한데 전 이걸 풍향의 변화라고 합지요, 스콰이어. 자, 여기 이 보안관님이 그려주신 수퇘지의 머리가 보이지요, 나침반과 나란히 있는……"

"그래, 그래…… 북풍…… 보이는군. 이런, 자넨 주전자의 주둥이에서부터 선을 여러 개 그어놓았는데 그것들은 자네의 부호 하나를 다른 부호와 연결한 것이군."

"그건 제 잘못이 아닙지요, 스콰이어 디킨스. 그건 그 빌어먹을 기후 때문입죠. 바로 오늘 바람이 거기 여러 가지로 표시한 대로 불었다니까요. 계속 방향을 바꾸었다니까요. 정오에 아일랜드 사람의 허리케인이 불었다는 사소한 문제만 제외하면요. 그 허리케인이 바로 위와 아래에 표시된 걸 볼 수 있을 겝니다. 그런데 전 영국 해협에서 3주 동안이나 남서풍이 불었던 걸 알고 있습지요. 그와 함께 깨끗한 가랑비도 내려서 그 빗물로 세수를 할 수도 있었습죠. 그래서 뱃전에 서서 물을 끌어올리는 수고를 할 필요도 없었습죠."

"아주 좋아, 벤저민." 보안관이 자신의 일지에 기록하며 말했다. "내가 요점을 파악했다고 믿네. 오! 여기 떠오르는 태양 위에 구름이 있군…… 그러니 아침에 안개가 끼었다는 말인가?"

"예예, 보안관님"이라고 벤저민이 말했다.

"아! 일요일이군. 그런데 여기 설교의 길이를 나타낸 부호들이 있군. 하나, 둘, 셋, 넷…… 뭐라고! 그랜트 씨가 40분 동안 설교를 했단 말인가!"

"예, 그 비슷한 시간이었습죠. 제 모래시계로는 반시간은 충분히 되는 시간이었습죠. 그리고 또 모래시계를 뒤집을 때는 시간을 잴 수 없으니 그 시간도 계산에 넣어야 하고 시간을 지나치게 빈틈없이 측정하지 못하고 지체되는 시간으로 인한 오차도 계산에 넣어야 하니까 말입지요."

"벤저민, 이 설교는 장로교 목사의 설교만큼이나 길군. 자네가 모래시계를 뒤집는 데 10분이 걸렸을 리는 절대 없잖은가!"

"그야, 아시겠지만 스콰이어, 그 성직자가 아주 엄숙하게 설교를 했습지요. 그래서 전 제 자신에 대해 더 깊이 생각해보기 위해 눈을 감았습지요. 모든 상황을 아늑하게 만들기 위해 채광창을 닫는 것과 꼭 같은 이치지요. 그래서 제가 다시 눈을 떴을 때에는 신도들이 집으로 가려고 준비하고 있는 걸 보았습지요. 그래서 전 10분이면 모래시계의 모래가 다 떨어진 후 지난 시간으로 충분하겠다고 계산한 겁지요. 단지 고양이 선잠 같은 그런 것이었으니 말입지요."

"오, 저런! 벤저민 집사장님, 자넨 잠들었었군, 그랬군! 하지만 난 정통적 성직자에 대한 명예훼손이 되는 그런 말을 결코 적지 않겠네." 리처드는 자신의 일지에 29분이라고 쓰고는 말을 이었다. "이런, 오전 10시라고 쓰인 난의 맞은편에 자네가 표시해둔 기호는 뭔가? 보름달이군! 낮에 달을 볼 수 있었나! 전에 그런 징조들에 대해 들은 적이 있네. 하지만…… 어! 그 옆에 있는 이건 뭔가? 모래시계인가?"

"그거요!" 벤저민이 보안관의 어깨 너머로 태연하게 내려다보면서 말했다. 그러면서 그는 익살맞은 태도로 입안에서 담배를 이리저리 굴렸다. "그야 저의 작은 문제입죠. 그건 달이 아니라, 스콰이어, 베티 홀리스터의 얼굴일 뿐입죠. 왜냐하면 아시겠어요, 보안관님, 그 여자가 강에서부터 배에서 자메이카 섬 원산 럼주를 새로운 화물로 받아 올렸다는 말을 듣고서는 오늘 아침 교회에 가는 길에 거기 들렀습죠. 그때가 10시였던가요? 바로 그때였습지요. 그러고는 한 잔을 마셔보았습죠. 그래서 전 그걸 기록했습죠. 정직한 사람답게 그녀에게 돈을 지불하러 들러야 한다는 걸 자신에게 상기시키기 위해서요."

"그게 그런 의미였나, 그랬나?" 보안관이 자신의 비망록을 이렇게 새로운 방식으로 사용한 것을 약간 불쾌하게 여기면서 말했다. "그런데 자넨 술잔을 이보다 더 잘 그릴 수는 없었나? 이건 마치 해골이나 모래시계처럼 보이는군."

"그야 제가 그게 마음에 들어서, 스콰이어"라고 집사가 대꾸했다. "집에 오는 길에 잠깐 들러서 또 한 잔을 마셨기 때문입지요. 그래서 첫 번째 술잔 아래 또 그 술잔을 표시했기 때문에 지금과 같은 형태로 표시가 되었습지요. 하지만 오늘 밤에도 또 거기 가서 세 잔 값을 한꺼번에 지불했습지요. 그러니 각하께서는 스펀지로 그 일을 전부 지우셔도 됩니다요."

"자네 자신의 일을 적어둘 석판을 내가 사주겠네, 벤저민." 보안관이 말했다. "일지에 이런 식으로 여기저기 표시를 해두는 건 싫으니까."

"그럴 필요는 없습지요, 그럴 필요 없습지요, 스콰이어. 왜냐하면 그 술통에 술이 남아 있는 동안에는 제가 그 여자와 자주 거래를 할 것 같아서 베티와 외상 거래를 텄지요. 그래서 그 여자는 술집 출입문 뒤쪽에 표시를 해두고 전 여기 이 막대 조각에 장부를 기록해두기로 했습지요."

벤저민은 말을 마치면서 나뭇조각 하나를 꺼내 보여주었다. 거기에는 매우 큰, 다섯 개의 정직한 V 자 모양 눈금이 뚜렷이 보였다. 보안관은 이 새로운 장부를 잠시 바라보고는 말을 이었다.

"여기 있는 건 뭔가? 토요일 오후 2시…… 이런, 여기 가족이 다 모인 그림이 있군! 포도주잔 두 개가 엎어져 놓여 있군."

"그건 여자 두 명입지요. 이쪽에 있는 이분이 리지 양이고 다른 한 분은 사제의 딸입죠."

"베스 오춘과 그랜트 양이라고!" 보안관이 놀라서 외쳤다. "그들이 내 일지와 무슨 관계가 있다는 건가?"

"저기 저 퓨마, 또는 표범에게 잡아먹힐 뻔하다가 살아나왔으니까 충분히 관계가 있습죠." 냉정한 집사가 말했다. "여기 이 무언가는, 스콰이어, 아마 약간 쥐처럼 보일지도 모른지만 이게 바로 그 짐승입지요, 아시겠어요. 그리고 여기 이 가슴뼈를 위로 드러내고 있는 다른 한 놈은 불쌍한 늙은 브레이브입죠. 이놈은 자신의 왕과 나라를 위해 싸우던 해군제독과 아주 꼭 같이 싸우다가 장렬하게 죽었습죠. 그리고 저기 저……"

"허수아비 말이지"라고 리처드가 그의 말을 가로막았다.

"예, 아마 그게 정말 약간 거칠게 보일지도 모르지만요"라고 집사가 말을 이었다. "제 판단으로는 스콰이어, 제가 지금까지 그린 최고의 그림입죠. 이게 그 사람 자신과 가장 비슷하니까요…… 이거 참, 그 그림이 내티 범포입지요. 그가 여기 이 퓨마를 총으로 쐈습지요. 저기 저 개를 죽인 퓨마를요. 왜냐하면 그 퓨마가 여기 이 젊은 숙녀들을 잡아먹거나 그보다 더 끔찍한 일을 했을 수도 있었으니까요."

"그리고 이 모든 건 대체 무슨 의미지?" 리처드가 성급하게 소리쳤다.

"의미라고요!" 벤저민이 되풀이해 말했다. "그건 보디시 호의 항해일지처럼 사실인데요……"

보안관은 그의 말을 가로막고는 그에게 몇 가지 직접적 질문을 해서 더 명료한 대답을 얻어냈다. 그런 방법을 통해 보안관은 일어난 사실에 대해 꽤 정확한 지식을 갖게 되었다. 이 이야기가 일으킨 놀라움과 또 리처드를 올바르게 묘사하기 위해 말하자면, 그의 감정까지도 어느 정도 가라앉았을 때 보안관은 다시금 자신의 일지에 시선을 돌렸다. 그런데 거기에서 그의 시선은 더욱더 불가해한 상형문자들과 마주치게 되었다.

"여기 이건 뭔가!" 그가 소리쳤다. "두 사람이 권투를 하고 있지 않나! 치안 방해 사건이 있었나? 아! 그렇게 됐군. 내가 등을 돌리자마자……."

"그건 판사님과 젊은 에드워즈 서방님입죠." 집사가 아주 거만하게 그의 말을 가로막았다.

"어째서! 듀크가 올리버와 싸우다니! 도대체 이 집 사람들 모두가 무엇에 사로잡힌 거지? 이전 6개월 동안 일어난 것보다 더 많은 일이 지난 36시간 동안 일어났으니 말이야."

"예, 정말 그랬습죠, 스콰이어." 집사가 대꾸했다. "전 재빠른 추격과 그 끝에 싸움이 일어난 걸 알고 있습죠. 거기에 대해서는 제가 저기 저 석판에 적은 것들보다 더 적게 기록했습지요. 그렇지만 그분들은 안면 펀치를 때리는 데까지는 이르지 않았고 다만 서로 약간의 말싸움을 주고받았을 뿐이랍니다."

"설명해줘! 설명해줘!" 리처드가 소리쳤다. "그건 광산 때문이었어, 허어!…… 그래, 그래, 알겠어, 알겠어. 여기 어깨에 곡괭이를 멘 남자가 있군. 그러니까 자네가 그 말싸움을 모두 들었다는 거군, 벤저민?"

"그야 그렇습죠. 그건 그들의 의견 때문이었다고 전 믿습지요, 스콰이어." 집사가 대꾸했다. "그리고 제가 알 수 있는 바로는 그들은 자기들의 의견을 서로에게 꽤 명백하게 말했습죠. 사실 저 스스로 그걸 조금 들었다고 말할 수 있습지요. 창문이 열려 있었고 제가 바로 가까이 있었으니까요. 하지만 여기 이건 절대 곡괭이가 아니라 남자가 어깨에 멘 닻입지요. 그리고 여기 다른 닻가지가 그의 등에 걸쳐져 있지요. 아마 아주 바싹요. 그건 그 청년이 길을 출발했고 자신의 정박장을 떠났다는 걸 표시합지요."

"에드워즈가 이 집을 떠났나?"

"떠났습죠."

리처드는 이 확실한 정보에 대해 추궁을 계속해서 길고도 면밀한 심문 끝에 벤저민이 알고 있는 모든 것을 알아내는 데 성공했다. 두 사람의 의견 차이뿐만 아니라 오두막집을 수색하려는 시도와 하이럼의 패주에 이르기까지 모든 것을 다 알아냈던 것이다. 보안관은, 벤저민이 레더스타킹을 가능한 한 온갖 방식으로 배려해서 이야기해준 이 사실들을 납득하자마자 모자를 휙 집어 들고 깜짝 놀란 집사에게는 문단속을 잘하고 자러 가라고 명령하고는 집을 나섰다.

리처드가 사라진 후 적어도 5분 동안 벤저민은 두 손을 허리에 대고 팔꿈치를 옆으로 벌리고는 시선을 현관문에 고정시키고 서 있었다. 그러다가 자기의 깜짝 놀랐던 신체 기능을 회복하고는 자기가 받은 명령을 수행할 준비를 했다.

'민사소송 법정과 일반 치안판사 재판소' 또는 보다 흔한 명칭으로 말하자면 '카운티 법정'이 오는 월요일에, 템플 판사의 주재 아래 정기 개정하게 된다는 것을 이미 말한 바 있다. 리처드의 수행원들은, 죄수들을 호송하기 위해서뿐만 아니라 그들의 통상적인 직무를 수행하기 위해서도 이 마을로 온 경관들이었다. 리처드는 그들의 습관을 너무나 잘 알았으므로 자기가 그들 전부는 아니더라도 대부분이 감옥 휴게실에서 간수의 술의 품질에 대해 격론하는 모습을 보게 될 것이라고 확신하지 않을 수 없었다. 따라서 그는 마을의 고요한 거리들을 통해 그 작고 불안전한 건물로 바로 갔다. 그곳에는 모든 불운한 채무자들과 죄수들 몇 명이 수감되어 있었고 또 그곳은 이웃들에게 1달러를 얻기 위해 2달러를 허비할 정도로 어리석고 부주의한 고발자들에게 정의가 베풀어지는 곳이었다. 열두 명의 경관들에게 보호 관리되어 네 명의 죄인들이 도착한 것은 그날 템플턴에서는 하나의 사건이었다. 그래서 보안관이 감옥에 도착했을 때 그는 자기 부하들이 떠들며 밤을 새울 작정이라는 것을 보여주는 온갖 징후들을 다 알아볼 수 있었다.

그가 고개를 끄덕여 신호를 하자 그의 부관들 중 두 명이 문간으로 나왔다. 그리고 그들은 또 예닐곱 명의 경관들을 뽑았다. 이 경찰대를 거느리고 리처드는 마을을 통과해 호숫가를 향해 갔다. 도중에 그 일행의 질서정연한 보조에 놀란 한두 마리 잡종개의 짖는 소리와 그들의 원정 목적에 관해 몇 가지 조심스러운 질문과 대답을 교환하면서 자신들끼리 낮게 속삭이는 말소리 외에 그들을 방해하는 것은 아무것도 없었다. 서스쿼해나 강에 걸쳐진, 잘라 만든 통나무들로 된 작은 다리를 건넘으로써 그들은 큰길을 떠나 비둘기들에 승리를 거둔 현장이었던 그 들판으로 갑자기 접어들었다. 여기서부터 그들은 인솔자를 따라 호숫가를 따라 솟아나 있는 낮은 소나무와 밤나무 덤불 속으로 들어갔다. 호숫가에는 나무들을 베어 넘긴 후 쟁기로 땅을 갈지 않아서 덤불이 자라났던 것이다. 그들은 곧 숲으로 들어갔다. 여기서 리처드는 잠시 걸음을 멈추고 자기 대원들을 주위에 모이게 했다.

"내겐 여러분의 도움이 필요합니다, 동지 여러분." 그가 낮은 목소리로 말했다. "너새니얼 범포, 흔히 레더스타킹이라고 불리는 자를 체포하기 위해서입니다. 그는 치안판사 한 분을 공격했고 그의 소총으로 경관 한 명의 목숨을 위협함으로써 수색영장이 집행되지 못하도록 저항했습니다. 간단히 말해, 동지 여러분, 그는 법에 대한 반항의 본보기를 보였고 일종의 무법자가 되었습니다. 그는 개인의 권리에 대한 다른 경범죄들과 위법 행위들도 저지른 혐의를 받고 있습니다. 그래서 나는 오늘 밤 나의 보안관직에 의거해 상술한 범포를 체포하여 교도소에 데려갈 책임을 떠맡았습니다. 그래서 그가 내일 아침 법정에 출석해서 이러한 중대한 죄과들에 대해 책임을 질 수 있게 하려 합니다. 이 임무를 수행함에 있어 동지 여러분, 그리고 동료 시민 여러분, 여러분께서는 용기와 분별력을 발휘해야 합니다. 용기는 이자가 여러분에게 대항하기 위해 자신의 소총과 개를 이용해 가할지도 모르는 그 어떤 불법적 공격에도 여러분이 굴하지 않기 위해 필요합니다. 그리고 분별력은 여기서는 주의와 신중함을 의미하는데 그가 이 갑작스러운 공격으로부터 도망가지 못하도록 하기 위해…… 또…… 내가 언급할 필요가 없는 다른 적절한 이유들 때문에 분별력이 필요합니다. 여러분은 그의 오두막집을 완전한 원형으로 둘러싸게 되고 내가 큰 소리로 '진격'이라는 명령을 내리면 앞으로 돌진해서 그 범죄자에게 숙고할 시간을 주지 않고 그의 집에 강제로 들어가 그를 포로로 잡아야 합니다. 이러한 목적을 위해 이제 흩어져 서시오. 그동안 난 그 요지를 책임지기 위해 부관 한 명과 호숫가로 내려가겠소. 그리고 모든 전달 사항은 오두막집 앞의 기슭 아래 있는 내게 직접 해야 합니다. 난 그곳에 자리 잡고 또 전달 사항들을 받기 위해 계속 거기 남아 있겠소."

리처드는 이 연설을 걸어오는 동안에 구상했는데 이와 유사한 모든 연설이 그렇듯이 이것은 이 원정의 위험이 그의 병력의 눈앞에 바로 나타나는 듯한 효과를 가져왔다. 남자들은 나뉘어서 어떤 이들은 경보를 발하지 않고 자신의 위치에 도달하기 위해 숲속으로 더 깊이 돌진했고 또 어떤 이들은 일행 전체가 질서정연한 대오를 이룰 수 있게 해주는 그런 보속으로 계속해서 전진했다. 그러나 모두가 개의 공격을 격퇴하거나 소총의 총알을 피할 수 있는 최상의 방법을 궁리하고 있었다. 그것은 두려운 예상과 흥미로 가득 찬 순간이었다.

자기 병력의 여러 분대들이 각자 위치에 도착할 만큼 충분한 시간이 경과했다고 생각했을 때 보안관은 고요한 숲속에 자신의 목소리를 높이며 큰 소리로 암호를 말했다. 그 소리는 아치형으로 늘어진 나뭇가지들 사이에서 공허한 운율로 울렸다. 그러나 낮아지는 마지막 음조가 귓전에서 사라졌을 때 예상했던 개들의 짖는 소리 대신 부러진 나뭇가지들과 마른 나무토막들이 경관들의 전진하는 발걸음에 밟혀 탁탁거리는 소리 외에는 아무런 소리도 들리지 않았다. 마치 만장일치를 이룬 듯 이 소리조차 곧 그쳤다. 그러자 보안관의 호기심과 성급함이 그의 분별력을 완전히 압도해버렸으므로 그는 기슭을 달려 올라왔다. 그러고는 곧 내티가 그처럼 오랫동안 살아왔던 그 장소의 앞에 있는, 깨끗하게 치워진 작은 마당에 서게 되었다. 놀랍게도 오두막집 대신 그는 그 집의 폐허에서 연기가 모락모락 나는 모습만 보게 되었다.

일행은 점차 그 잿더미와 연기가 나는 몽당 통나무들 주위로 모여들었다. 질질 끄는 생명을 연장시킬 연료가 아직도 남아 있는 듯 폐허의 중심부에서는 희미한 불길이 타오르며, 또 지나가는 기류에 흔들리며 어슴푸레한 빛을 둥글게 둘러선 일행에게 던지고 있었다. 그 불빛은 놀라는 시선으로 응시하는 어떤 사람의 얼굴을 보여주기도 하고 그러다가 또 다른 얼굴을 흘깃 비추면서 앞서의 얼굴을 밤의 어둠 속에 덮이게 만들기도 했다. 질문으로 목소리를 높이는 사람은 아무도 없었고 놀라서 탄성을 지르는 사람도 없었다. 흥분에서 실망으로 이처럼 변해버린 상황은 말을 하기에는 너무나 어처구니없는 것이어서 리처드조차도 그 자신을 저버린 적이 거의 없었다고 알려진 그 기관을 사용하는 방법을 잊어버렸던 것이다.

이 무리 전체가 아직도 어안이 벙벙한 상태에 있을 때 키가 큰 하나의 형체가 어둠으로부터 둘러선 이 무리 안으로 성큼성큼 걸어 들어왔다.

그는 냉담한 두 발로 뜨거운 재와 꺼져가는 불을 짓밟으며 걸어와서는 그 불빛 위에 서서 모자를 들어 올렸다. 그러자 레더스타킹의 머리와 햇볕에 탄 얼굴이 드러났다. 잠시 동안 그는 자기를 둘러싸고 있는 어스레한 형체들을 분노보다는 오히려 슬픔에 잠겨 응시하다가 이렇게 말했다.

"자네들은 늙고 무력한 인간에게 무슨 볼일이 있단 말인가?" 그가 말했다.

"자네들은 하느님의 창조물들을 미개척지에서 몰아냈지. 하느님의 섭리로 하느님께서 스스로 즐기기 위해 그것들을 거기에 두셨는데 말일세. 또 자네들은 지금까지 그 누구도 다른 사람을 방해했다고 알려지지 않은 그런 곳에 법으로 인한 두통거리들과 극악무도한 일들을 들여왔지. 자네들은 나를 몰아냈지. 바로 이 장소에서 내게 주어진 시간 중 40년이란 긴 세월을 살아온 나를, 내 오두막집에 자네들의 사악한 발과 쓸모없는 방식을 들여놓지 못하게 한다고 해서 내 집, 내 머리를 둘 곳이던 피난처에서 날 몰아냈소. 자네들은 날 몰아세워 나로 하여금 이 통나무들을 불태우게 하고 내 발아래의 이 재를 보며 슬퍼하게 했소. 남자가 자기몸에서 난 자식들의 죽음에 대해 눈물을 흘리고 슬퍼하듯이 말이오. 그런데 바로 이 통나무집의 지붕 아래에서 난 반백년 동안 하느님께서 선물로 첫번째로 내려주신 것을 먹고 맑은 샘이 선물로 주는 물을 마셨다오. 자네들은 자네들이나 자네 식구들을 한 번도 해친 적이 없는 늙은이의 가슴을 인류에 대한 그와 같은 쓰라린 감정으로 사무치게 만들었소. 그가 이곳보다 더 나은 내세를 생각해야 할 이 시기에 말이오. 그리고 자네들은 그를 몰아세워 차라리 숲속의 짐승들이 자기의 친족이고 종족이면 좋겠다고 생각하게 만들었소. 왜냐하면 그것들은 절대로 자기 자신의 가족들의 피로 잔치를 벌이지는 않으니까 말이오. 그리고 이제 그 노인이 자기 오두막집이 타고 남은 최후의 나무토막이 재로 변해버리기 전에 그걸 보러 왔을 때 자네들은 마치 기진맥진해서 죽어가는 사슴을 추적하는 배고픈 사냥개들처럼 한밤중에 그를 추적하고 있군그래! 자네들은 무슨 볼일이 더 남은 건가? 왜냐하면 난 여기 있네. 일 대 다수로 말이지. 난 슬퍼하러 왔지 싸우러 온 게 아니네. 그리고 만약 그게 하느님의 뜻이라면 날 자네들의 뜻대로 하게."

노인은 말을 끝내고는 그의 머리숱이 적은 머리 주위로 빛이 어렴풋이 비치는 가운데 그 무리를 진지하게 바라보며 서 있었다. 그런데 그 무리는 무의식적인 동작으로 잿더미로부터 흔들리는 불빛이 닿지 못하는 곳으로 물러나고 있었다. 그리하여 그가 덤불 속으로 퇴각할 수 있도록 장애물 없는 통로를 만들어주고 있었다. 덤불로 들어가기만 하면 어둠 속이라 추격해도 아무런 소득이 없을 것이었다. 내티는 이러한 이점에 주의하지 않는 것처럼 보였고 둘러선 사람들 각자를 한 명씩 연달아 마주 보고 있었다. 그러한 그의 모습은 마치 누가 맨 먼저 그를 체포할지를 알아보려는 것처럼 보였다. 잠시 쉰 후 리처드는 자신의 혼란스러운 기능을 회복하기 시작했다. 그는 앞으로 나아가며 자신의 임무에 대해 변명을 하고는 그를 자신의 포로로 만들었다. 일행은 이제 다시 모여 내티를 그들 가운데 세우고 보안관이 앞에서 이끄는 가운데 마을을 향해 갔다.

걸어가는 동안 내티가 오두막집을 불태운 이유에 관해, 또 모히건이 어디에 틀어박혔는지에 관해 여러 가지 질문이 그에게 던져졌다. 그러나 그 모든 질문에 그는 깊은 침묵을 지켰다. 그러다가 그들이 앞서 수행한 임무와 늦은 시간으로 인해 지친 상태로 보안관과 수행원들은 마을에 도착해서 늙고 언뜻 보기에는 친구도 없는 레더스타킹을 감옥에 가두고 문에 자물쇠를 채운 후 몇 군데의 휴식처로 흩어졌다.

33장

> "차꼬 달린 대를 이리 가져와, 어이!
> 너 완고한, 늙은 악당, 너 귀하신 허풍선이,
> 우리가 널 가르쳐주겠어."
> —『리어 왕』, 2막 2장 125~27행

7월은 날이 길고 해가 일찍 뜨기에, 학교의 작은 종이 울려 부당한 대우를 받은 이들에게는 정의를 베풀고 죄지은 이들에게는 벌을 줄, 지정된 시간이 왔다는 것을 알리기도 전에 흥미를 가진 사람들이 모여들 시간이 충분했다. 날이 샌 이후 줄곧 숲에서 뻗어 나와 산비탈을 구불구불 이어져 템플턴으로 집중되어 있는 큰길들과 숲속의 소로들에는 정의의 안식처로 가는, 말 탄 사람들과 그들의 종복들이 물밀듯이 밀려들었다. 옷을 잘 차려입은 소지주 한 사람의 모습도 보였는데 그는 매끄러우면서도 꼬리 끝 털이 수북한 말을 타고 있었다. 그 말은 큰길을 따라 측대보*로 걷고 있었다. 그 소지주는 불그스레한 얼굴을 "난 내 토지의 값을 지불했으니 그 누구도 두려워하지 않아"라고 말하는 듯한 태도로

---

* 말이 같은 쪽 앞뒷발을 동시에 들어 걷는 걸음.

높이 쳐들었고 가슴은 이 카운티의 대배심원 중 한 명이 되었다는 자부심으로 부풀어 있었다. 그의 옆에서는 친구 한 명이 말을 타고 가고 있었는데 그는 아마도 자립심에서는 그와 대등할지도 모르지만 재산과 중요성에서, 또 검소함에서는 그보다 열등한 사람인 듯했다. 이 사람은 많은 소송들에 공공연히 관련되어 있는 사람으로 모든 소송 사건표에 이름이 등장하는 사람이었다. 그의 재산은 이주민의 변하기 쉬운 습관에 따라 잡다한 수단으로 획득된 것이었지만 법정의 잔인한 사람들에게 보수를 지불하느라 탕진되어버린 형편이었다. 그는 곁에 있는 대배심원의 마음에 현재 소송 중인 사건의 시비곡직을 각인시키려고 노력하고 있었다. 이들 곁에는 보행자 한 사람이 걸어가고 있었다. 그는 셔츠 위에 라이플총부대의 군복을 걸치고 햇볕에 그을은 얼굴 위에 자신의 가장 좋은 펠트모자를 쓰고는 소로를 통해 숲속 은신처에서 빠져나와 다른 사람들과 사귀려고 애쓰고 있었다. 그는 소배심원으로서 자기 이웃들의 다툼들을 심리하고 판결하러 가는 길이었다. 그날 아침 이 집단과 비슷한 시골 사람들이 50여 개의 작은 무리를 이루어 그들과 같은 용건으로 도시의 중심지를 향해 여행하는 모습을 볼 수가 있었을 것이다.

10시경이 되자 이 마을의 거리들은 분주한 얼굴들로 가득 찼다. 거기서 어떤 사람들은 개인적인 관심사에 대해 이야기했고 또 어떤 사람들은 인기 있는, 정치 신조의 해설자의 말에 귀를 기울였다. 또 어떤 사람들은 문을 연 상점들 앞에서 장신구를 보며 경탄하거나 아니면 도끼나 낫이나 아니면 그들의 호기심을 유발하거나 감탄을 자아내는 다른 제품들을 자세히 검토하면서 입을 딱 벌리고 바라보았다. 군중 속에는 여자들도 몇 명 있었는데 그들은 대부분 아기를 안고 있었고 게으르게 어슬렁거리는 걸음걸이로 자기들의 남편이나 주인 옆에서 따라가고 있었다. 젊은 부부도 한 쌍 있었는데 신혼이라 부부의 사랑이 아직도 식지 않은 것처럼 보였다. 그들은 서로에게서 정중한 거리를 유지하며 걸어가고 있었는데 그 시골 젊은이는 엄지손가락 하나로 정중하게 방향을 가리켜서 자기 신부의 소심한 걸음이 어디로 향해야 할지를 지시해주고 있었던 것이다!

종이 한 번 울리자 리처드가 '볼드 드러군'의 문에서 칼집에 든 칼을 휘두르며 나왔다. 그는 크롬웰이 승리를 거두었을 때* 자기의 조상들이 그 칼을 들고 있었다고 말하곤 했다. 그는 위압적인 어조로 "법정에 이르는 길을 열어주시오"라고 소리쳤다. 사람들은 그 명령에 비굴하게는 아니지만 신속하게 복종했다. 행렬이 지나갈 때 군중의 구성원들은 행렬의 구성원들에게 친밀하게 고개를 끄덕이며 인사했다. 곤봉을 든 치안관 일행이 리처드를 따랐고 그 뒤를 마머듀크와 꾸밈없지만 근엄하게 보이는 네 명의 소지주들이 따라갔다. 이 소지주들은 마머듀크의 배석판사들이었다. 이 배석판사들이 평소보다 약간 더 근엄한 태도를 취하고 있다는 점과 그들 중 한 명이 구식 군복을 입고 있다는 점만 제외한다면 대부분의 구경꾼들과 이들을 구별할 만한 요소는 아무것도 없었다. 이 배석판사의 군복 옷자락은 넓적다리 중간까지 내려왔고 두 개의 작은 은(銀) 견장을 달고 있었는데 그 크기는 한 쌍의 신식 정장 견장 크기의 반도 되지 않았다. 이 신사는 군법회의에 참석하는, 시민군의 육군 대령이었는데 그의 군무에서 몰래 잠깐 시간을 내서 시민으로서의 재판권을 행사하기 위해 왔던 것이다. 그러나 이러한 어울리지 않는 요소는 군중들로부터 아무런 주목도 논평도 받지 못했다. 그다음에는 깨끗이 면도를 한

---

* 올리버 크롬웰(1599~1658)은 찰스 1세와 의회의 분쟁 중 찰스 1세의 병력을 무찌른 의회군의 지도자였다. 그는 후에 잉글랜드·스코틀랜드·아일랜드 공화국(1649~1660)의 호민관이 되었다.

서너 명의 변호사들이 마치 도살장으로 가는 새끼 양들처럼 온순하게 그 뒤를 따르고 있었다. 그들 중 한두 명은 안경을 씀으로써 그럭저럭 학자같이 근엄한 모습을 보였다. 행렬 끝에는 또 한 무리의 경찰대가 따라갔다. 그리고 군중은 이 무리 전체를 따라서 법정이 열리는 재판정 안까지 들어갔다.

그 건물은 네모지게 켠 통나무들로 만들어진 지하실로 이루어져 있었고 지하실 여기저기에는 쇠창살이 달린 작은 창문들이 뚫려 있었다. 그리고 창문들로 바깥을 동경하는 몇몇 얼굴들이 밖의 군중을 주시했다. 포로들 중에는 죄책감을 느끼는 화폐 위조범들의 풀 죽은 얼굴과 레더스타킹의 순박하지만 정직한 얼굴도 보였다. 지하 감옥은 외적으로는 쇠창살의 두께와 쇠창살 사이의 간격과 또 쇠붙이의 불법 사용을 막기 위한 보호 장치로서 통나무들에 박힌 큰 못의 대가리에 의해서만 채무자 감방과 구별할 수가 있었다. 위층은 골조만 세워진 상태였는데 골조에 일정한 간격을 두고 널빤지로 가려져 있었고 재판정으로 사용하기 위해 볼꼴 사납지 않게 꾸며진 방 하나가 있었다. 그 방의 한쪽 벽면을 따라 마룻바닥 위에 마련된 좁다란 단 위에 사람의 키 정도 높이로 높다랗게 세워진 판사석이 자리 잡고 있었는데 그 앞쪽은 가벼운 난간으로 차단되어 있었다. 판사석 중앙에는 조잡한 문장이 새겨진 좌석이 있었는데 그곳은 항상 재판장이 앉는 좌석이었다. 앞쪽에는 마룻바닥과 같은 높이에 초록색 베이즈 천*으로 덮인 커다란 탁자가 놓여 있었는데 긴 의자들이 그 주위를 둘러싸고 있었다. 그리고 그 탁자 양쪽 끝에는 계단식으로 올라가는 형태로 좌석들이 횡렬로 배치되어 있었는데 그것들은 배심원석이었다. 각

---

* 당구대 · 탁자 · 커튼 따위에 쓰이는 초록색의 거친 나사(羅紗).

각의 배심원석은 난간으로 둘러싸여 있었다. 이 방의 나머지 부분은 ㄷ 자형으로 열린 공간으로 그곳은 구경꾼들이 재판을 구경하는 장소였다.

판사들이 착석했을 때는 변호사들은 이미 탁자 앞에 앉은 후였다. 그리고 발을 옮기는 소리가 그치고 통상적 의례로 개정 선언이 이루어지고 배심원들이 선서를 마치고 죄과가 발표되고 나서 법관들은 계속해서 자신들 앞에 놓인 사건을 심리하기 시작했다.

우리는 처음 두 시간 동안 법정에서 이루어진 비방적 논쟁을 묘사하느라 독자들을 기다리게 하지 않을 것이다. 템플 판사는 자기 책임 아래 있는 배심원들에게, 인도적인 동기로 볼 때 감옥에 있는 죄수들이 가장 먼저 주의를 기울여야 할 대상이라는 점을 고려해달라고 부탁했다. 그에 따라 우리가 이미 언급한 그 시간이 지난 후 "대배심원들을 위해 길을 열어주시오"라는 담당관의 외침이 그 집단의 입장을 알렸다. 통상적 의례가 준수된 후 배심장이 판사석에 두 장의 기소장을 제출했다. 판사는 언뜻 그 두 장 모두에서 너새니얼 범포의 이름을 보았다. 그때는 법정이 약간 느긋해진 순간이었다. 판사석과 보안관 사이에 낮은 속삭임이 얼마간 오갔다. 보안관은 휘하 관리들에게 신호를 했다. 그리고 바로 몇 분 후 법정을 지배했던 침묵이 바깥쪽 군중 속에서 일어난 전반적인 움직임으로 인해 깨어졌다. 그러고는 곧 레더스타킹이 나타나 경관 두 명의 관리 하에 범죄자석으로 인도되었다. 와글와글하던 잡음이 멈추고 사람들은 또다시 열린 공간 쪽으로 모여들었다. 그러고는 곧 침묵이 너무나 깊어져서 죄수의 괴로운 숨소리까지 들릴 정도가 되었다.

내티는 사슴 가죽으로 된 옷을 입고 있었지만 외투는 입고 있지 않았다. 외투 대신 그는 거친 아마포로 된 체크무늬 셔츠만 입고 있었다. 셔츠가 목 부분에서 사슴의 힘줄로 죄어져 있었으므로 그의 붉은 목과 햇볕에 탄 얼굴이 그대로 드러나 있었다. 그가 법정 문턱을 넘은 것은 이번이 난생처음이었다. 그래서 그는 호기심이 개인적 감정과 강하게 섞여 있는 듯한 표정을 하고 있었다. 그는 판사석으로 시선을 들어 올렸다가 거기서 다시 배심원석, 변호사단, 밖의 군중으로 차례로 시선을 돌렸는데 어디에서나 자신에게 고정되어 있는 시선과 마주쳤다. 그는 마치 이 특이한 흡인력의 원인을 찾고 있는 듯 자신의 신체를 내려다보고는 다시 한 번 얼굴을 들어 그곳에 모인 사람들을 둘러보고는 예의 그 소리 없는, 남다른 웃음을 짓느라 입을 벌렸다.

"피고인, 모자를 벗으시오"라고 템플 판사가 말했다.

그는 그 명령을 듣지 못했거나 그것에 주의를 기울이지 않았던 듯했다.

"너새니얼 범포, 모자를 벗으시오"라고 판사가 되풀이해 말했다.

내티는 자기 이름이 들리자 깜짝 놀라 진지한 표정으로 판사석을 향해 얼굴을 들면서 이렇게 말했다.

"알았심다!"

리핏 씨가 탁자 앞 좌석에서 일어나 피고인의 귀에 뭐라고 속삭이자 내티는 알았다는 듯 고개를 끄덕이고는 머리에서 사슴 가죽 모자를 벗었다.

"지방검사님"이라고 판사가 말했다. "피고인이 준비가 되었습니다. 우리는 기소장의 낭독을 기다리고 있습니다."

더크 밴 더 스쿨이 검사의 임무를 수행하고 있었다. 그는 안경을 매만지고 자신의 법정 동업자들을 신중한 모습으로 한 번 슬쩍 보았다. 그런 후 마지막으로 안경 너머로 흘끗 누군가의 시선과 마주칠 수 있도록 고개를 옆으로 기울여보고는 기소장을 큰 소리로 낭독하기 시작했다. 그것은 하이럼 둘리틀의 신체에 가해진 폭력 행위에 대한 통상적인 고발장으로서 그러한 법률 문서들에 사용되는 낡은 어투로 표현되어 있었다. 또한 법원 서기가 법적으로 알려진 단 하나의 공격 무기라도 빠뜨리지 않으려고 특별한 주의를 기울인 문서였다. 기소장을 낭독한 뒤 밴 더 스쿨 씨는 안경을 벗어 접어서 호주머니에 넣었다. 그러나 그가 그렇게 한 것은 안경을 다시 펴서 자기 코 위에 얹을 수 있는 만족감을 다시 느끼기 위해서인 듯이 보였다. 안경을 그렇게 하는 동작을 한두 번 되풀이한 뒤 그는 리핏 씨에게 마치 "당신이 할 수만 있다면 흠을 찾아보지그래"라고 말하려는 듯한 거만한 태도로 기소장을 건네주었다.

내티는 그의 흥미를 나타내주는 진지한 태도로 낭독자 쪽으로 몸을 기울이면서 매우 주의 깊게 고발장의 내용을 경청했다. 그리고 낭독이 끝나자 그는 키 큰 신체를 곧추세우고 긴 한숨을 쉬었다. 모든 사람의 시선이 피고인을 향했다. 그렇지만 그의 목소리가 재판정의 고요함을 깨뜨릴 것이라는 기대는 허사로 돌아갔다.

"피고는 대배심이 고소한 내용을 들었겠지요, 너새니얼 범포 씨"라고 판사가 말했다. "그 고발에 대해 뭐라고 변론하겠습니까?"

노인은 곰곰이 생각하는 태도로 잠시 고개를 떨어뜨렸다가 고개를 들면서 웃었다. 그러고는 대답했다.

"내가 그 사람을 약간 거친 듯하게 다뤘다는 건 부인할 수 없습니다. 그러나 저 신사분이 열거하신 그 무기 전부를 사용할 기회가 있었다는 건 전혀 사실이 아니지요. 내가 늙어가고 있다는 걸 생각하면 난 맞붙어 싸우는 것도 잘 못합니다. 하지만 난 스코틀랜드계 아일랜드인들과 함께 참전을 했었지요…… 어디 보자…… 그때가 오래전 그 옛 전쟁*의

---

* 프랑스군과 인디언군 연합군의 전쟁(French and Indian War, 1754~1763)으로 이들은 연합하여 영국 식민지군과 싸웠다.

바로 첫해였던 게 틀림없군요……"

"리핏 씨, 당신이 피고 측에 고용된 변호사라면" 하고 템플 판사가 그의 말을 가로막았다. "당신의 고객에게 변론하는 방법을 알려주시오. 만약 그러지 않는다면 법정이 그에게 변호인을 선임해줄 것이오."

그 변호사는 기소장을 검토하다가 이 항의를 받고는 주위 상황을 인지하게 되었다. 그는 일어나서 사냥꾼과 낮은 목소리로 짧은 대화를 나눈 후에 자신들이 질차를 계속 진행할 준비가 되었음을 법관들에게 알렸다.

"피고는 죄상을 인정합니까, 아니면 인정하지 않습니까?" 판사가 물었다.

"난 깨끗한 양심으로 인정하지 않는다고 말할 수 있습니다." 내티가 내답했다. "왜냐하면 옳은 일을 행하는 데는 죄가 전혀 없으니까요. 그리고 난 그 순간에 그 사람이 제 오두막집에 발을 들여놓게 하느니 차라리 그 자리에서 죽어버렸을 겁다."

리처드는 이 단언에 흠칫해서 하이럼에게 의미심장하게 시선을 돌렸다. 그러자 하이럼은 눈썹을 살짝 움직여서 그 시선에 답했다.

"절차대로 소명을 시작하시오, 지방검사님." 판사가 말을 계속했다. "서기님, 죄상을 인정하지 않았다는 답변을 기록하시오."

밴 더 스쿨 씨의 짧은 모두 인사말이 있은 후에 하이럼이 증언을 하도록 판사석 앞으로 호출을 받았다. 그의 증언은 아마도 충실하게 진술이 되었다고 할 수 있지만 거기에는 "해를 끼칠 생각은 없었습니다" "그것이 치안판사로서의 저의 본분이라고 느꼈으므로" "경관이 이 사건에서 주저하고 있었으므로" 등의 표현들로 전달될 수 있는, 그 모든 윤리적 윤색이 곁들여져 있었다. 그가 증언을 마치고 또 지방검사가 더 이상 어떤 질문도 하지 않겠다고 사양한 후에 리핏 씨가 예리하게 조사하겠다는 태도로 일어나서 다음과 같은 질문을 했다.

"당신은 이 카운티의 경관입니까?"

"아닙니다." 하이럼이 말했다. "저는 치안판사일 뿐입니다."

"이 법정 앞에서 당신의 양심과 당신의 법적 지식을 걸고 당신이 저 사람 집에 들어갈 어떤 권리가 있었는지 묻겠습니다, 둘리틀 씨?"

"에헴!" 하이럼이 복수하고자 하는 욕망과 법적인 명성에 대한 사랑 사이에서 격렬한 고투를 하면서 말했다. "저는 정말…… 이…… 엄격한 법……으로 보면…… 아마도…… 제게 진정한 합법적…… 권리는 없었지만…… 그러나 사실이 그랬듯이…… 그리고 빌리가 너무나 주저해서…… 저는 이 사건에서 제가 앞으로 나서야겠다고 생각했지요."

"또다시 묻겠습니다"라고 앞선 질문이 성공하자 그 여세를 몰아 한층 더 철저히 추궁하려는 태도로 변호사가 말을 계속했다. "이 늙고 친구도 없는 노인이 당신이 들어오려는 걸 되풀이해서 금지했습니까, 금지하지 않았습니까?"

"그야, 그가 상당히"라고 하이럼이 말했다. "외고집이라고 말하지 않을 수가 없지요. 소위 사람이 좋다고는 할 수 없지요. 한 이웃 사람이 다른 이웃의 집에 들어가고 싶어 했던 것뿐이었는데 말씀입니다."

"오! 그렇다면 당신 편에서는 단지 이웃 사람으로, 그것도 법의 강제력 없이 방문하려던 의도였을 뿐이라는 걸 인정하시는군요. 신사 여러분, '한 이웃 사람이 다른 이웃의 집에 들어가고 싶어 했던 것'이라는 증인의 말을 기억해주십시오. 이제 당신에게 묻겠습니다. 너새니얼 범포가 여러 번 되풀이해서 당신에게 들어오지 말라고 명령했는지 그렇지 않았는지를 말이지요?"

"우리 둘 사이에 얼마간의 말다툼이 있었지요." 하이럼이 말했다.

"하지만 전 그에게 영장을 소리 높여 낭독해주었습니다."

"내 질문을 되풀이합니다. 그가 당신에게 그의 주거지에 들어오지 말라고 말했습니까?"

"우리 둘 사이에 큰 말싸움이 있었습니다…… 그러나 전 제 호주머니에 영장을 가지고 있습니다. 재판관님들이 아마도 그걸 보고 싶어 하시겠지요?"

"증인"이라고 템플 판사가 말했다. "질문에 직접적으로 대답하시오. 피고인이 당신이 자기 오두막집에 들어오는 걸 금지했습니까, 금지하지 않았습니까?"

"그야, 저는 어느 정도 생각하기를……"

"애매하지 않게 대답하시오." 판사가 단호하게 말을 계속했다.

"금지했습니다."

"이런 명령을 받고도 당신은 들어가려고 시도했습니까?"

"그랬습니다. 하지만 제 손에 영장이 있었으니까요."

"리핏 씨, 심문을 계속하시오."

그러나 변호사는 전반적 분위기가 자기 고객에게 유리하다는 점을 알았다. 그래서 그는 마치 더 이상의 변호로 배심원들의 이해력을 모욕하고 싶지 않다는 듯이 거드름 피우는 태도로 손을 흔들면서 이렇게 대답했다.

"아닙니다, 판사님. 저는 이 소송을 각하의 지시에 맡깁니다. 제 소송 사건의 증거 제출을 여기서 중지합니다."

"지방검사님" 하고 판사가 말했다. "하실 말씀이 있습니까?"

밴 더 스쿨 씨는 안경을 벗어 접었다가 그것을 다시 한 번 콧등에 얹고는 자기 손에 들고 있던 또 한 장의 기소장을 보고 나서는 안경 너머로 판사석을 바라보며 이렇게 말했다.

"판사님들만 괜찮으시다면 기소를 여기서 중지하겠습니다."

템플 판사가 일어나서 배심원들에게 지시 사항을 진술하기 시작했다.

"배심원 여러분" 하고 그가 말했다. "여러분이 증언을 들으셨으므로 나는 잠시 동안만 여러분에게 말씀드리려 합니다. 어떤 관리가 소환장을 집행할 때 저항을 받으면 그 관리는 어떤 시민에게든 도움을 요구할 확실한 권리를 가지고 있습니다. 그리고 그렇게 조수가 된 사람은 법의 보호를 받을 수 있습니다. 나는 신사 여러분, 여러분이 증언에 근거해 이 기소 건의 증인이 어느 정도까지 그렇게 간주될 수 있는지를 판단하시도록 여러분에게 맡기겠습니다. 이 사건을 이와 같이 약식으로 여러분의 결정에 맡기는 것을 꺼리지 않기 때문입니다. 그 이유는 심리해야 할 기소 건이 또 한 건 있는데 이 사건은 불운한 피고에 대한 더 중대한 고발에 관련된 것이기 때문입니다."

마머듀크의 어조는 온화하면서도 암시적이었다. 그리고 그의 감정이 아주 명백할 정도로 공명정대하게 표현되었으므로 그 감정은 배심원들에게 정당한 영향을 주지 않을 수가 없었다. 이 법정의 구성원들이었던 근엄한 표정의 소지주들은 배심원석을 떠나지 않고 몇 분 동안 머리를 맞대고 논의했다. 그러고는 배심장이 자리에서 일어나고 법정의 의례가 정식으로 준수된 후 그는 피고인이 "무죄"라고 선언했다.

"귀하에 대한 이번 고소 사건은 취하되었습니다, 너새니얼 범포"라고 판사가 말했다.

"알았심다!" 내티가 말했다.

"귀하가 둘리틀 씨를 치고 공격한 죄를 범하지 않았다고 판결합니다."

"아니, 아니오. 내가 그 사람의 어깨를 약간 거칠게 잡았다는 걸 부인하진 않겠소." 내티가 매우 순박하게 주위를 둘러보면서 말했다. "그리고 내가……"

"귀하는 무죄입니다." 판사가 그의 말을 가로막았다. "그 문제에 대해서는 더 이상 행동할 것도 말할 것도 아무것도 없습니다."

기쁜 표정이 노인의 얼굴을 밝게 만들었다. 그는 이제야 상황을 이해하고는 다시 모자를 열심히 머리에 얹으면서 자신의 작은 감옥의 차단봉을 힘차게 밀어올리고는 감동해서 이렇게 말했다.

"당신을 위해 이 말은 해야겠소, 템플 판사. 법은 내가 두려워했던 것만큼은 내게 가혹하지 않았다고 말이오. 오늘 당신이 내게 친절하게 대해준 데 대해 하느님께서 당신을 축복하시길 바라오."

그러나 치안관의 곤봉이 그가 밖으로 나가지 못하도록 막았고 또리핏 씨가 그의 귀에 몇 마디 말을 속삭이자 그 늙은 사냥꾼은 자리에 다시 풀썩 주저앉았다. 그러고는 모자를 벗고는 남아 있는 그의 잿빛과 모래 빛 머리털을 울분과 굴복이 뒤섞인 태도로 쓰다듬었다.

"지방검사님." 템플 판사가 자신의 의사록을 읽느라 바쁜 척하면서 말했다. "계속해서 두번째 기소장을 읽으십시오."

밴 더 스쿨 씨는 청중이 자신이 읽고 있는 기소장의 어떤 부분도 놓치지 않도록 아주 세심하게 주의를 기울였다. 그 기소장은 피고가 무력에 호소해서 수색영장의 집행을 거부했다고 고발하는 동시에 애매한 법률 용어로 피고가 다양한 다른 무기들도 사용했다고 하면서 그중에서도 소총의 사용을 상술하는 내용이었다. 이것은 실제로 통상적인 폭행보다는 더 심각한 죄과였다. 그래서 관객들도 그 결과에 대해 죄의 심각성에 상응하는 정도의 관심을 드러내고 있었다. 피고인은 정당하게 심문을 받앉고 그의 항변도 요구되었다. 리핏 씨는 내티의 답변을 예상하고는 그에게 귓속말로 항변하는 방법을 조언해주었다. 그러나 기소장의 몇몇 표현들이 늙은 사냥꾼의 감정을 자극하는 바람에 그는 변호사의 경고를 잊어버리고 이렇게 외쳤다.

"그건 사악한 거짓말이오. 난 어떤 사람도 피를 흘리길 바라지 않소. 저 도둑놈들인 이로쿼이 족도 내 면전에서 내가 인간의 피에 굶주린 적이 있다는 말을 하진 않을 거요. 난 자신의 창조주와 그분의 관리를 두려워하는 병사로서 싸웠지만 일어나 정신 차리고 있는 용사 외에는 그 누구에게도 방아쇠를 당겨본 적이 없소. 그 누구도 내가, 상대가 밍고일지라도, 담요를 덮고 있는 사람을 공격한 적이 있다고는 말 못 할 거요. 미개척지에는 하느님이 안 계시다고 생각하는 사람들이 많다고 믿게 되는군!"

"항변만 하시오, 범포." 판사가 말했다. "귀하는 법의 집행관에게 소총을 사용했다고 고발당했다는 내용을 들었소. 귀하는 그 죄를 범했소, 범하지 않았소?"

이때쯤에는 내티의 화난 감정이 이미 다 발산된 후였다. 그래서 그는 생각에 잠긴 듯한 자세로 잠시 차단봉에 기대고 있었다. 그러다가 그는 예의 그 소리 없는 웃음을 웃으며 얼굴을 들고는 나무꾼이 서 있는 곳을 가리키면서 이렇게 말했다.

"내가 만일 그 소총을 사용했다면 빌리 커비가 저기 서 있을 거라고 생각하시오?"

"그렇다면 귀하는 고발 내용을 부인하는군요." 리핏 씨가 말했다. "귀하는 죄상을 인정하지 않는 겁니까?"

"물론이지"라고 내티가 말했다. "내가 결코 총을 발사하지 않았다는 걸 빌리는 아니까요. 빌리, 자넨 지난겨울의 그 칠면조를 기억하나? 아이고! 그건 보통 때 발사했던 것보다 더 잘한 거였지. 하지만 예전에는 총으로 사냥을 잘할 수가 있었지만 지금은 그때처럼 총을 쏠 수가 없다네."

"죄상을 인정하지 않는다는 항변을 기록하시오." 템플 판사가 피고인의 순박함에 깊은 감동을 받으며 말했다.

하이럼이 다시 선서를 하고 두번째 고발에 대한 증언을 했다. 그는 앞서의 실수를 발견하고는 전보다 더 신중하게 말을 이어나갔다. 그는 아주 명확하게, 그리고 그로서는 놀라울 정도로 간결하게 사냥꾼의 혐의와 원고의 고소 내용과 영장의 발부와 커비를 선서 후 임명한 일 등을 진술했다. 이 모든 절차가 합당한 법적 절차에 따라 이루어졌다고 그는 확언했다. 그다음에 그는 내티가 치안관을 맞이한 태도에 대해 추가적으로 진술을 했고 또 내티가 커비에게 소총을 겨누고 커비가 자신의 임무를 수행하려고 한다면 그의 목숨을 빼앗겠다고 위협했노라고 명확히 진술했다. 또 조섬이 이 모든 것이 정확하다고 증언했다. 그가 그 치안판사의 이야기를 세밀한 부분까지 지지한다는 것을 사람들은 관찰할 수 있었다. 리핏 씨는 이 두 명의 증인들에 대한 교묘한 반대 신문을 진행했지만 많은 시간을 소비한 끝에 자포자기해서 유리한 위치를 점하려는 모든 시도를 포기하지 않을 수가 없었다.

마침내 지방검사가 나무꾼을 증인석으로 소환했다. 빌리가 진실을 말할 작정이라는 것은 명백했지만 그는 이 사건 전체를 지극히 혼란스러운 방식으로 설명했다. 그래서 마침내 밴 더 스쿨 씨가 몇 가지 직접적 질문을 함으로써 그를 도와줄 수밖에 없었다.

"서류를 검토해보면 귀하가 합법적으로 그 오두막집에 들어가게 해달라고 요구했다고 보이는군요. 그래서 귀하는 그의 소총과 위협으로 신체적 공포를 느끼게 되었습니까?"

"난 그런 걸 상관하지 않았소, 이보쇼." 손가락으로 딱 소리를 내며 빌리가 말했다. "레더스타킹 영감을 상관한다면 난 바보 천치일 거요."

"그러나 귀하가 증언을 시작할 때 이 법정에서 진술한, 귀하의 말을 참고해보면, 피고인이 귀하를 쏘려 했다고 귀하가 생각했다고 말한 것으로 나는 이해하는데요?"

"물론 그랬지요. 그리고 당신도 역시 그렇게 생각할 거요, 스콰이어. 만약 당신이 저 사나이가 절대로 빗맞히지 않는 총구를 낮추고 오랜 경험으로 저절로 가늘어지는 눈으로 눈짓을 하는 걸 보았다면 말입지요. 곧 소동이 일어날 거라고 난 생각했습지요. 그래서 내 등에 당장 힘이 들어갔습지요. 그러나 레더스타킹이 가죽을 넘겨주어서 그래서 그 문제는 끝이 났습지요."

"아! 빌리!" 내티가 고개를 흔들면서 말했다. "가죽을 던져주려던 건 내겐 운 좋은 생각이었지. 아니면 피를 흘리게 되었을지도 모르는데 말이지. 그리고 만약 자네 피를 흘리게 되었다면 정말이지 난 내가 이 세상에 머물러 있어야 하는 짧은 시간에도 그걸 몹시 비통해했을 거네."

"이런, 레더스타킹." 빌리가 재판관의 존재를 완전히 무시하는, 스스럼없고 친숙한 태도로 피고인을 마주 보며 대꾸했다. "당신이 이 문제에 대해 말하고 있으니 말이지만 당신은 전혀……"

"귀하의 신문을 계속하시오, 지방검사."

그 신사는 자신의 증인과 피고인의 친숙한 대화를 명백한 혐오심을 가지고 바라보고는 재판관에게 자신의 신문은 끝났다고 진술했다.

"그렇다면 귀하는 두렵지 않았습니까, 커비 씨?" 피고인의 변호사가 말했다.

"내가요! 아니요." 빌리가 명백한 자기만족감에 사로잡혀 자신의 거구를 대충 훑어보면서 말했다. "난 그렇게 쉽게 겁먹을 만한 사람이 아니지요."

"귀하는 대담한 사람으로 보이는군요. 어디서 태어나셨습니까?"

"바마운트 주요. 그곳은 산악 지대인데 토질이 딱딱하지요. 그래서 너도밤나무와 단풍나무가 꽤 많이 우거져 있지요."

"나도 항상 그렇게 들어왔습니다." 리핏 씨가 달래는 듯이 말했다. "귀하 자신도 그 지방에서 소총에 익숙하셨지요?"

"난 이 지역에서 방아쇠를 두번째로 잘 당기지요. 난 저기 있는 내 티 범포에게만 항복하지요. 영감이 비둘기를 쏘았을 때부터 말이지요."

레더스타킹은 고개를 들고 다시 웃었다. 그러면서 그는 갑자기 주름 진 손을 내밀고는 말했다.

"자넨 아직 젊어, 빌리. 그러니 내가 본 만큼 많은 시합들을 보지 못했을 거네. 하지만 악수하세. 난 자네에게 원한이 없다네, 원한이 없어."

리핏 씨는 이 타협적 제의가 받아들여지도록 허용해주었다. 그러고는 화해의 정신이 이 두 사람에게 영향력을 행사하고 있는 동안 현명하게도 잠시 질문을 중단했다. 그러나 판사가 자신의 권한으로 간섭을 했다.

"이곳은 그러한 대화에는 부적절한 장소입니다." 그가 말했다. "이 증인에 대한 귀하의 신문을 계속하시오, 리핏 씨. 그러지 않으면 내가 다음 절차의 진행을 명령하겠소."

변호사는 마치 어떤 부적절성도 의식하지 못했다는 듯이 깜짝 놀라고는 말을 계속했다.

"그러니까 귀하는 그 장소에서 내티와 그 문제를 우호적으로 해결했지요, 그렇지요?"

"영감이 내게 가죽을 주었소. 그리고 나도 노인과 말다툼하고 싶지도 않았고요. 내 편에서 보면 사슴 한 마리를 총으로 사냥하는 게 그다지 큰 문제로 보이지도 않는단 말입니다!"

"그래서 두 분은 친구 사이로 헤어졌지요? 그리고 귀하는 그 문제를 법정에 기소한다는 건 한 번도 생각해본 적이 없었겠지요? 귀하가 소환장을 받지 않았다면 말입니다."

"그런 생각을 하지 않았을 거라고 생각합니다. 영감이 가죽을 주었고 나도 심한 생각은 하지 않았으니까요. 비록 스콰이어 둘리틀이 약간 모욕을 당했지만 말이지요."

"제 심문은 끝났습니다, 판사님." 리핏 씨가 말했다. 그는 자신의 성공이 확실하다고 느끼는 사람의 태도로 다시금 자리에 앉으면서 그렇게 말했는데 그는 판사가 배심원들에게 주는 지시 사항에 기대를 걸고 있는 것이 거의 틀림없어 보였다.

밴 더 스쿨 씨가 배심원들에게 말하기 위해 일어나서는 이렇게 말을 시작했다.

"배심원 여러분, 이 땅의 법이 변호사가 그의 술책으로 획득할지도 모르는 어떤 이점들보다…… 그건 법적 이점들을 의미합니다…… 더 우월하다고 제가 확신하지 않았다면 저는 피고인의 변호사가 제기한 유도 신문들을 마땅히 저지했을 것입니다. 제가 유도 신문이라고 한 것은 피고인에게 어떻게 말해야 할지 말해주는 것을 의미합니다. 피고인의 변호사는, 신사 여러분, 여러분 스스로의 양식과는 반대로 치안관에게…… 선출되었건 대리로 임명되었건 간에…… 소총을 겨누는 일이 아무런 죄없는 일이라고 믿도록 여러분을 설득하려고 노력했습니다. 또 그 일에 의해 사회가…… 제가 말한 사회란 공통의 목적으로 맺어진 사회를 의미합니다, 신사 여러분…… 위태로워지지 않을 것이라고 믿도록 설득하려 했습니다. 그러나 우리가 이제 이 가증스러운 범죄의 세목들을 대충 훑어볼 테니 제 말에 주의를 기울여주십시오." 여기서 밴 더 스쿨 씨는 친절하게도 증언을 요약해서 배심원들에게 들려주었다. 그러나 그는 자신의 유덕한 청중들을 완전히 혼란시킬 만한 방식으로 그 증언에 대해 자세히 이야기해주었던 것이다. 이렇게 진술한 후 그는 다음과 같이 말을 맺었다. "그리고 이제 신사 여러분, 이 불운한 사람이 범한 죄를 여러분의 이해력으로 명백히 이해하시도록 제시했으므로…… 불운하다는 것은 그의 무지와 그의 죄, 두 가지 면에서 다 그러하다는 것입니다…… 저는 여러분의 판단을 여러분 스스로의 양심에 맡기겠습니다. 그리고 여러분께서 범죄자를 처벌하고 법의 권위를 주장하는 일의 중요성을 깨닫게 되실 것을 조금도 의심하지 않겠습니다. 비록 피고인의 변호사는, 틀림없이 여러분의 조금 전의 평결에 의지하여, 자신의 성공을 아주 확신하는 듯이 비치기를 원하지만 말입니다."

이제는 판사가 지시를 내릴 임무를 수행할 차례였다. 그것은 증언에 대한 짧고 포괄적인 요약으로 이루어졌다. 그러면서 그는 피고인의 변호사의 책략을 폭로하고 사실들을 너무나 명백하게 밝혔기 때문에 도저히 그것들을 오해할 수가 없을 정도였다. "우리는, 신사 여러분" 하고 그가 결론을 내렸다. "사회의 변두리에 살고 있으므로 법의 대행자들을 보호하는 일이 두 배로 필요합니다. 여러분이 증인들이 피고인의 행위들을 해석해서 한 말을 믿으신다면 그의 유죄를 선언하는 것이 여러분의 의무입니다. 그러나 만약 여러분이 오늘 여러분 앞에 출두해 있는 이 노인이 치안관에게 해를 입히려는 의도가 없었고 원한에 부추겨져서라기보다는 오히려 습관의 영향으로 행동하고 있었다고 믿으신다면 그에게 판결을 내리되 관대하게 판결하는 것이 여러분의 임무일 것입니다."

조금 전의 경우와 마찬가지로 배심원들은 자신들의 좌석을 떠나지 않고 얼마 동안 협의를 한 후 배심장이 일어나서 피고인이 "유죄"라고 선언했다.

법정에 모인 사람들은 이 평결에 대해 약간의 놀라움만을 표현했을 뿐이었다. 우리가 증언의 대부분을 생략했지만 그 증언이 너무나 명확하고 직접적이어서 너그럽게 봐줄 수가 없었기 때문이었다. 판사들은 이러한 정서를 예상한 듯했다. 왜냐하면 배심원들이 심의하는 동안 그들 사이에서도 협의가 진행되었고 판사석의 이러한 동정은 어떤 판결이 내려질지 예고하고 있었기 때문이다.

"너새니얼 범포"라고 판사가 말을 시작하고는 습관적으로 잠깐 말을 중단했다.

늙은 사냥꾼은 고개를 차단봉에 대고 또다시 깊은 생각에 잠겨 있다가 군대식 어조로 신속하게 외쳤다.

"예."

판사는 조용히 하라고 손짓을 하고 말을 계속했다.

"선고를 결정함에 있어 재판관들은 피고에게 유죄 평결을 내린 이러한 위법 행위와 같은 행위들을 처벌하는 일이 중요하다는 엄격한 의식에 대해 고려한 것만큼 피고의 법에 대한 무지도 고려했습니다. 그러므로 재판관들은 피고의 연령을 고려해 인정을 베풀어 맨 등에 채찍질을 하는 명료한 처벌은 생략했습니다. 그러나 법의 존엄성을 유지하기 위해서는 피고의 범죄의 결과를 공공연히 공개해야 하므로 피고를 이 법정으로부터 공개된, 차꼬 달린 대로 이송하여 그곳에 한 시간 동안 구금할 것을 명령합니다. 또 피고는 주 정부에 1백 달러의 벌금을 납부하고 또 피고를 달력상으로 한 달에 해당하는 기간 동안 교도소에 구속할 것을 명령합니다. 또한 상술한 벌금이 납부될 때까지는 피고의 구속을 끝내지 않을 것을 명령합니다. 다음과 같이 말하는 것이 내 임무라고 생각합니다, 너새니얼 범포······"

"그러면 난 그 돈을 어디서 구해야 하지요!" 레더스타킹이 간절하게 판사의 말을 가로막았다. "난 그 돈을 어디서 구해야 하지요! 판사님은 내가 사슴의 목을 잘랐다고 해서 퓨마들에 대한 보상금을 취소하겠지요. 그러면 노인이 그 액수에 해당하는 금이나 은을 숲에서 어떻게 구해야 한답니까? 안 돼요, 안 돼요, 판사님. 다시 한 번 생각해서 내가 이 세상에 머무를 짧은 시간 동안 날 교도소에 감금한다는 말씀은 말아주시오."

"만약 피고가 형의 선고에 반대해서 주장할 것이 있다면 재판관들은 그래도 피고의 말을 듣겠소'라고 판사가 온화하게 말했다.

"선고에 반대해서 할 말이 많다오." 내티가 차단봉을 붙잡으며 말했다. 차단봉을 잡은 그 손가락들이 경련을 일으켰다. "내가 그 돈을 어디서 구해야 한단 말이오? 날 숲과 산으로 내보내주시오. 난 거기에서 맑은 공기를 마시며 사는 데 익숙하단 말이오. 그래서 비록 내 나이가 일흔이지만 만약 당신들이 충분한 사냥감을 거기 남겨두었다면 난 밤낮으로 헤매어서 이 계절이 지나기 전에 그 금액을 모아주겠소. 그렇지요, 그렇지요······ 판사님은 그렇게 해야 할 이유와 말하자면 자신이 항상 천국의 창을 들여다볼 수 있는 곳에서 자신의 나날을 보낸 노인을 감금하는 일의 사악함을 알 겁니다."

"난 법의 지배를 받아야 하오······"

"내게 법에 대해 말하지 마오, 마머듀크 템플." 사냥꾼이 그의 말을 가로막았다. "숲의 짐승이 굶주려서 당신 딸의 피를 갈망할 때 그게 당신의 법에 신경을 썼답디까! 그 애는 무릎을 꿇고 내가 지금 청하는 것보다 더 큰 은혜를 자기 하느님께 청하고 있었소. 그리고 그분은 그 애의 청을 들어주셨소. 그런데 당신이 이제 내 기도를 들어주길 거절한다 해도 당신은 그분이 귀를 기울이지 않으실 거라고 생각하시오?"

"나의 사적인 감정이 개입되어서는 안 되오……"

"내 말을 들어보시오, 마머듀크 템플." 노인이 침울하면서도 진지하게 그의 말을 가로막았다. "그리고 이치에 따르시오. 난 당신이 판사가 아니라 당신 어머니의 품에 안긴 어린아이였을 때부터 이 산들을 돌아다녔소. 그리고 난 죽기 전에 다시 그 산들을 돌아다닐 권리와 특권이 내게 있는 것처럼 느끼고 있소. 당신이 이 호숫가에 처음 왔던 때를 잊어버렸소? 그땐 묵으려 해도 교도소조차 없었소. 그리고 내가 당신에게 깔고 자라고 내가 쓰던 곰 가죽을 주고 당신의 절실한 배고픔을 달래주기 위해 멋진 사슴의 비계를 주지 않았소? 그렇지, 그렇지. 당신은 그때는 사슴을 죽이는 게 전혀 죄가 되지 않는다고 생각했소! 그리고 이 일을 난 했소. 내가 당신을 사랑할 이유가 전혀 없는데도 말이오. 당신은 날 사랑하고 날 비호해준 사람들에게 해만 끼쳤을 뿐이니까 말이지. 그런데 이제 당신은 내 친절한 행동에 보답하기 위해 날 당신의 지하 감옥에 가두겠다고? 백 달러라고! 내가 그 돈을 어디서 구해야 한단 말이오? 아니, 아니…… 당신에 대해 심한 말을 하는 사람들이 있지, 마머듀크 템플. 하지만 당신은 노인이 정의를 옹호했다고 해서 그가 감옥에서 죽는 걸 보고 싶어 할 만큼 나쁜 사람은 아니지. 자, 친구, 날 지나가게 해주시오. 나는 이런 군중에 익숙해진 지가 오래되었다오. 그래서 난 또다시 숲에 가고 싶은 마음이 간절하다오. 날 두려워하지 마시오, 판사…… 날 두려위하지 말라고 당신에게 말하는 바요. 시내에 비버들이 충분히 남아 있다면, 아니면 사슴 가죽이 한 장당 1실링에 팔린다면 당신은 그 벌금을 마지막 한 푼까지 다 받게 될 거요. 너희들은 어디 있느냐, 강아지들아! 어서 가자! 개들아! 어서 가자! 우린 나이에 비해 가혹한 수고를 해야 해. 그러나 그 일을 해내겠어…… 그래, 그래, 난 그걸 약속했지. 그러니 그 일을 해내겠어!"

레더스타킹의 동작이 치안관에 의해 다시금 저지당했다는 것은 말할 필요가 없다. 그러나 그가 말할 시간을 갖기도 전에 군중 속에서 일어난 부산한 움직임과 큰 헛기침 소리가 모든 사람들의 시선을 법정의 다른 부분으로 집중시켰다.

벤저민이 사람들을 뚫고 조금씩 앞으로 나오는 데 성공헤서 이제는 한 발은 창문에 대고 다른 한 발은 배심원석 난간 위에 댄 자세로 자신의 키 작은 신체의 균형을 잡고 있는 모습이 목격되었던 것이다. 법정의 모든 사람을 경악케 하면서도 집사는 말할 준비를 하고 있는 것이 분명했다. 많은 난관을 극복한 후 그는 자기 호주머니에서 작은 자루를 꺼내는 데 성공하고는 다음과 같은 발언을 했다.

"만약" 하고 그가 말했다. "각하께서 저 불쌍한 노인이 짐승들 사이로 다시 한 번 돌아다니도록 믿고 내보내주신다면 여기 위험성을 낮추는 데 도움이 될 작은 물건이 있습지요. 이 안에 스페인 은화* 서른다섯 개가 있으니까요. 그리고 전 저 노인을 위해 충심으로 이것들이 진짜 영국 기니 금화라면 좋겠습니다요. 하지만 사실은 사실입지요. 그래서 만

---

* 미국이 식민지였던 시기와 그 이후 1792년 미국의 조폐국이 만들어진 후에도 얼마 동안 미국에서는 스페인 은화가 통용되었다. 이 스페인 은화들은 주로 멕시코에서 주조된 것이었다. 그때에는 멕시코가 스페인의 식민지였기 때문이다.

약 스콰이어 디킨스께서 친절하시게도 이 소액의 계산을 철저히 해서 이 자루에서 충분한 액수를 꺼내 그 금액을 지불해주신다면, 그분이 보안관이시니까 나머지 금액을 다 가지고 계셔도 상관없습니다요. 레더스타킹이 이미 말한 그 비버들과 맞붙어 싸울 수 있는 그 시간까지만 말입지요. 아니면 그 점에 관해서 말하자면 영원히 가지셔도 됩지요. 그리고 고맙다는 말은 하지 않으셔도 됩지요."

벤저민은 말을 맺으면서 한 손으로는 '볼드 드러군' 술집에 그가 지불해야 할 금액이 적힌 목판 기록부를 내밀고 다른 한 손으로는 달러화가 든 자루를 내밀었다. 이 기묘한 방해에 대한 놀라움 때문에 법정에는 깊은 정적이 흘렀다. 단지 보안관만이 그 정적을 깨뜨렸다. 그가 자신의 검으로 탁자를 치고는 "조용히!"라고 소리쳤기 때문이었다.

"이 사건에 종지부를 찍어야겠습니다." 판사가 자신의 감정을 극복하려고 노력하면서 말했다. "치안관, 피고를 차꼬 달린 대로 데려가시오. 서기, 소송 사건표에 있는 다음 사건이 무엇입니까?"

내티는 자신의 운명에 굴복하는 것처럼 보였다. 왜냐하면 그는 고개를 가슴께까지 수그리고 말없이 경관을 따라 법정을 나갔기 때문이었다. 군중은 피고인이 지나가도록 뒤로 물러섰고 그의 키 큰 형체가 바깥쪽 문에서부터 아래쪽으로 내려가는 모습을 목격하자 사람들은 그가 창피를 당하는 현장으로 몰려갔다.

34장

"허어! 허어! 그가 잔혹한 가터 훈장을 달고 있군!"
―『리어 왕』, 2막 2장 8절

이 이야기의 배경이 된 시대는 뉴욕 주 주민들에게 관습법에 의한 처벌이 아직 낯설지 않을 때였다. 그래서 태형용 기둥과 그것과 한 벌을 이루는 형구인 차꼬 달린 대가 공립교도소의 보다 자비로운 다른 처벌 수단으로 아직 대체되지 않은 상태였다. 감옥 바로 앞에 식민지 초기 시대의 그 유물들이, 식민지에서 악행을 저지르는 자들에게 처벌을 경계하라는 교훈으로 놓여 있었다.

내티는 자기가 반대할 수 없는 권력에 복종한다는 의미로 고개를 숙이고 군중에 둘러싸여 이 장소까지 치안관들을 따라갔다. 군중은 강렬한 호기심으로 가득한 표정으로 그를 원형으로 빙 둘러싼 채로 따라갔다. 한 치안관이 차꼬 딸린 대의 윗부분을 들어 올리고는 손가락으로 노인이 두 발을 넣어야 할 구멍들을 가리켰다. 그 처벌에 조금도 반대하지 않고 레더스타킹은 조용히 땅바닥에 주저앉아 한마디 불평조차 없이 자신의 두 발이 구멍들 속에 들어가도록 내버려두었다. 그러면서도 그는 인간의 본성이 고통을 당할 때 항상 필요로 하는 듯 보이는 그런 동정의 눈길을 찾아 주위를 흘깃 쳐다보기는 했다. 그는 비록 직접적인 동정심 어린 표정에는 마주치지 못했지만 그래도 결코 무정하게 기뻐 날뛰는 모습을 보지는 않았고 또 단 하나의 비난의 형용사도 듣지 않았다. 그곳에 모인 사람들을 군중이라고 부를 수 있다면 그 군중의 성격은 은근히 복종하는 군중이었다.

치안관이 위쪽의 판자를 내리고 있을 때 벤저민이 죄수 옆에 바싹 몸을 기대고 있다가 그의 특징적인 쉰 목소리로 마치 말다툼을 일으킬 어떤 근거라도 찾는 듯이 말했다.

"사람을 여기 이 쇠차꼬에 처넣는 용도가 어느 방향에* 있습니까요, 치안관님? 그렇게 해도 그의 그로그술을 못 마시게 할 수도 없고 그의 등을 아프게 할 수도 없는데 말입지요. 치안관님이 이 일을 하는 것은 무엇 때문이지요?"

"그건 법정의 판결 때문이지요, 펭귈럼 씨. 그렇게 하라는 법이 있기 때문인 것 같은데요."

"예예, 그 일에 대한 법이 있다는 걸 나도 압지요. 하지만 이보세요, 그 용도가 어느 방향에 있느냐고요? 그건 해를 주지도 않고 다만 사람의 발을 약 한 시간 동안 묶어두는 것에 불과하잖소."

"이게 해를 주는 게 아니란 말이오, 베니 펌프?" 내티가 비참한 눈빛으로 시선을 집사의 얼굴 쪽으로 들어 올리며 말했다. "일흔한 살 된 사람을 마치 길들인 곰처럼 이주민들에게 구경하라고 드러내 보여주는

---

* 어느 방향이냐(where away)라는 표현은 항해에서 흔히 사용되는데 벤저민이 선원 출신이기 때문에 사용한 어휘이다.

것이 해가 아니란 말이오! 1756년 전쟁이 끝날 때까지 군에서 복무하고 1776년도의 전쟁에서도 적과 교전한 늙은 용사를 이와 같은 장소에 내 놓는 것이 해가 아니란 말이오! 여기서는 젊은이들이 그를 손가락질하며 '저 사람이 이 군의 웃음거리였던 때를 난 알고 있어'라고 말할 수도 있 는데 말이지. 정직한 사람의 자부심을 끌어내려 숲의 짐승들과 동등한 존재로 만드는 것이 해가 아니란 말이오!"

벤저민은 사나운 표정으로 주위를 노려보았다. 그가 만약 오만 무례 한 표정을 보이는 단 한 사람의 얼굴이라도 발견했다면 즉시 그 사람과 말다툼을 벌였을 것이었다. 그러나 어디를 보나 온건한 표정과 때로는 동정하는 표정과 마주치자 그는 아주 신중하게 사냥꾼 옆에 앉아서 자 신의 두 다리를 그 차꼬 달린 대에 난 두 개의 빈 구멍으로 넣으면서 말 했다.

"이제 내려버리슈. 치안관님, 내려버리슈, 정말이오. 만약 이 근처에 곰을 보고 싶어 하는 놈이 있다면 그놈에게 우릴 보라고 하고 빌어먹을 놈이 되라고 하슈. 그놈은 곰 두 마리를 보게 될 거요. 그리고 두 마리 중 한 마리는 아마도 으르렁거릴 뿐만 아니라 달려들어 물 줄도 아는 놈 일 거요."

"그렇지만 난 당신을 이 대에 채우라는 명령을 받지 못했소, 펌프 씨." 치안관이 소리쳤다. "당신 일어나시오. 그래야 내가 임무를 수행하 지요."

"당신은 내 명령을 받고 있소. 나 자신의 두 발에 차꼬를 채우는 데 더 이상의 명령이 뭐가 필요하오? 그러니 내려버리슈 어서. 그래서 싱긋 웃으며 입을 벌리려고 결심하는 놈을 내가 볼 수 있게 말이오."

"이 대에 스스로 들어오는 녀석에게 차꼬를 채운다고 해서 무슨 해가 될 리는 없지." 치안관은 이렇게 말하고 웃으면서 그들 둘 다에게 모두 차꼬를 채우고 잠갔다.

이 행위가 결단력 있게 취해진 것은 운이 좋은 일이었다. 왜냐하면 구경꾼들은 모두 벤저민이 그러한 자세를 취하는 것을 보자 흥겹게 떠들고 싶은 기분을 느꼈고 또 그러한 기분을 참는 것이 보람 있는 일이라고 생각한 사람도 거의 없었기 때문이었다. 집사는 자기에게 가장 가까이 서 있는 사람들에게 싸움을 걸려는 분명한 의도를 가지고서 다시 자유를 얻으려고 격하게 몸부림쳤다. 그러나 이미 자물쇠는 잠겨 있었으므로 그의 모든 노력은 허사로 돌아갔다.

"들어보슈, 치안관님." 그가 소리쳤다. "당신의 쇠차꼬를 모래시계의 모래가 한 번 내려갈 동안만 잠시 좀 치워주시겠수, 어서. 그래서 내가 저기 있는 몇 놈들에게 자기네들이 그렇게 웃고 떠드는 대상이 누구인지 알려주겠스리 말이오."

"안 되오, 안 되오. 당신이 들어가겠다고 했으니 나올 수는 없소." 치안관이 대꾸했다. "판사님이 죄수를 유치하도록 지시한 그 시간이 종료될 때까지는 말이오."

벤저민은 자기의 위협과 몸부림이 소용없다는 것을 알아차렸고 또 그에게는 자기 동료의 체념한 태도에서 인내심을 배울 만큼의 양식은 있었다. 그래서 곧 딱딱한 얼굴에 오만 무례한 표정을 짓고 내티 옆에 편히 앉았다. 그의 그러한 표정은 그가 분노를 혐오로 바꿨다는 것을 보여주었다. 집사의 격렬한 감정이 어느 정도 가라앉자 그는 자기와 함께 수난을 당하고 있는 사람에게 몸을 돌리고는 조금 전보다 더 심하게 감정을 발산했더라도 그것을 정당화해주었을 만한 선한 동기를 지니고 위로라는 자비로운 직무를 수행하려고 했다.

"이 일을 전체적으로 보시오, 범프호 님, 이건 결국 사소한 문제에 불과하다오." 그가 말했다. "그런데 난 보디시 호에서 족쇄가 채워져 있던 아주 훌륭한 부류의 사람들을 알고 있지요. 그들이 그렇게 된 이유는 아마도 그로그술 한 잔을 손으로 잡게 되었을 때 정해진 양을 이미 다 마셔버린 후였다는 사실을 잊어버린 죄밖에 없었겠지. 이건 앞에 두 개의 닻을 내리고 조수의 방향이, 또는 바람의 방향이 바뀌길 기다리며 정박하는 것 이상의 일은 아니지요, 아시겠어요? 배의 바닥의 경사는 완만하고 닻줄을 휘두를 공간도 넉넉하고 말이지요. 그런데 난 이미 말했듯이 자기의 정량 이상으로 술을 마셔서 머리와 엉덩이가 다 묶여 몸을 옆으로 돌릴 수조차 없었던 사람들을 많이 봤지요. 게다가 혀에는 재갈이 물려져 있있지요. 그 재갈은 핌프의 볼트 형태로 되어 있어서 그의 입을 가로로 막고 있었는데 배의 고물 난간에 덧대어져 매달려 있는 현외 장치와 아주 꼭 같았죠."

사냥꾼은 상대방의 웅변을 이해하지 못했지만 그의 친절한 의도를 인식한 듯이 보였다. 그래서 그의 겸허해진 얼굴을 들면서 그는 "알았수다!"라고 말하며 미소를 지으려 애썼다.

"이보세요, 이건 금방 지나가버릴 돌풍 같은 사소한 일이지요." 벤저민이 말을 이었다. "영감님처럼 키가 큰 사람에게는 이건 전혀 아무 일도 아니지요. 비록 저는 다리 아래쪽이 약간 짧으니까 치안관이 내 발을 끌어올려 차꼬를 채워서 내 몸이 지금 약간 기울어져 있지만 말이오. 하지만 배의 닻이 약간 잡아당겨진들 내가 무슨 상관을 하겠소, 범프호 님. 단지 절반 당직을 할 시간 동안만이잖아요. 허나 제기랄, 그리고 난 다음에 배는 영감님을 태우고 이미 말한 그 비버를 찾아 순항을 할 거요. 난 소형 병기에는 별로 익숙하지 않지요. 해먹용 직물을 지키는 데에는 내게 장비가 좀 많이 모자랐기 때문에 탄약 상자를 지키도록 배치되었으니까 말이오. 허나 난 사냥한 짐승들을 나를 수가 있어요, 아시겠어요? 그리고 아마도 덫을 놓는 걸 잘 거들어줄 수도 있을 거요. 또 만약 영감님이 갈고리 장대를 능숙하게 다루듯이 덫도 잘 놓는다면 결국 짧은 시간 동안만 짐승들을 찾아 돌아다니면 될 거요. 난 오늘 아침에 스콰이어 디킨스와 해결을 봤소. 그래서 벌금을 내기 위해 짐승을 찾아다니는 이 일이 끝날 때까지는 날 수하로 인정할 필요가 없다는 소식을 보낼 거요."

"당신은 사람들과 사는 데 익숙하오, 베니." 레더스타킹이 쓸쓸하게 말했다. "그래서 숲의 생활방식은 당신에겐 힘들 거요. 만약……"

"조금도 그렇지 않소…… 조금도 그렇지 않소." 집사가 소리쳤다. "난 영감님이 잘 아는 형편이 좋을 때만 친구라고 하는 그런 인간들, 바다가 잔잔할 때만 항해하는 그런 친구들에 속하는 인간은 아니라오. 난 친구 한 명을 알게 되면 그 친구에게 충실하지요. 아시겠어요? 그런데 살아 있는 사람들 중에는 스콰이어 디킨스보다 더 훌륭한 사람은 없지요. 그래서 난 홀리스터 부인이 새로 들여온, 자메이카산 럼주 한 통을 사랑하는 것과 꼭 마찬가지로 그분을 사랑하지요." 집사는 잠시 말을 멈추었다. 그러고는 그의 거친 얼굴을 사냥꾼에게 돌리고는 그를 짓궂은 눈길로 바라보다가 점차 자신의 딱딱한 얼굴의 근육이 풀어지도록 내버려두었다. 그래서 흰 이가 드러나 그의 얼굴이 밝아졌다. 그때 그는 목소리를 낮추고 이렇게 덧붙였다. "이보시오, 레더스타킹, 그건 우리가 건지 섬*에서 구할 수 있는 어떤 네덜란드산 진보다도 더 신선하고 거품이

---

* 노르망디 해안 앞바다. 영국 해협에 위치한 영국 보호령이다.

더 잘 아는 거요. 하지만 우린 심부름꾼을 한 명 그리로 보내서 그 여자에게 그걸 맛 좀 보게 해달라고 부탁할 거요. 왜냐하면 난 여기 이 쇠차꼬가 너무 꽉 끼어서 내 상부구조의 기운을 약간 북돋우고 싶은 마음이 들기 시작하니 말이오."

내티는 한숨을 쉬고 주위의 군중을 응시했다. 군중은 이미 흩어지기 시작한 참이어서 이제는 그 수가 크게 줄어 있었다. 무리 속의 사람들이 각자 자기의 할 일을 찾아 흩어졌기 때문이었다. 그는 생각에 잠겨 벤저민을 바라보았지만 아무런 대답도 하지 않았다. 어떤 뿌리 깊은 근심이 다른 모든 기분을 흡수해버리고는 그의 주름 잡힌 얼굴에 침울한 그림자를 던지고 있는 듯이 보였다. 그의 주름 잡힌 얼굴은 그의 마음의 움직임에 따라서 움직이고 있는 듯이 보였다.

집사는 침묵은 동의라는 오래된 원칙에 따라 막 행동하려 했다. 그런데 바로 그때 하이럼 둘리틀이 조섬을 동반해서 군중 속에서 성큼성큼 걸어 나와 열린 공간을 가로질러 차꼬 달린 대 쪽으로 다가왔다. 치안판사는 벤저민이 앉아 있는 끝부분을 지나서 집사에게서 안전한 거리에, 또 레더스타킹 앞에 자리를 잡고 섰다. 내티가 그에게 고정한 예리한 시선 앞에서 하이럼은 자신이 거의 알지 못했던 당혹스러운 감정을 느끼면서 잠시 동안 위축되어 서 있었다. 그러다가 어느 정도 제정신이 들자 그는 하늘을 바라보다가 안개가 자욱한 대기를 바라보고는 마치 친구와의 일상적인 만남인 것처럼 자신만의 독특한 의례적이면서도 망설이는 듯한 방식으로 말했다.

"최근엔 비가 상당히 부족했지요. 난 지금부터 오랜 가뭄이 들 것이라고 생각하는 편이오."

벤저민은 은화가 든 자루를 푸느라고 열중해 있어서 치안판사가 다가오는 것을 보지 못했다. 반면 내티는 아무런 대답도 않고 혐오감으로 그에게서 얼굴을 돌려버렸다. 그의 얼굴의 모든 근육이 움직이고 있었다. 이러한 혐오감의 표현에 기가 꺾이기보다는 오히려 고무를 받아서 하이럼은 잠깐 말을 중단했다가 이렇게 말을 이었다.

"구름도 습기를 조금도 머금고 있지 않은 것처럼 보이는군요. 땅도 무서울 정도로 바싹 말랐고요. 내 판단으로는 이번 농사철에는 수확이 적을 것 같군요. 비가 아주 빨리 내려주지 않는다면 말이죠."

둘리틀 씨가 이러한 예언적인 의견을 말하는 태도는 그와 같은 종류의 인간에게 특유한 것이었다. 그것은 음험하고 차갑고 냉혹하고 이기적인 태도였다. 그 태도는 마치 자기가 그처럼 잔인하게 상처를 입힌 사람에게 "난 법의 테두리 내에서 행동한 거요"라고 말하는 듯이 보였다. 그러한 태도는 자기를 억제하려고 애쓰고 있던 늙은 사냥꾼을 완전히 참을 수 없게 만들었으므로 그는 격렬히 타오르는 분노로 갑자기 소리치기 시작했다.

"비가 왜 구름에서 내려야 해!" 그가 소리쳤다. "네놈이 늙은이들, 병든 이들, 가난한 이들의 눈에서 눈물이 흐르게 만드는데 말이야. 저리 가…… 저리 가! 네놈은 조물주의 모상으로 지어졌을지도 모르지만 실은 악마가 네 가슴속에 살고 있어. 저리 가, 이봐! 난 슬픔에 잠겨 있는데 네놈을 보니 독한 생각을 하게 된단 말이다."

벤저민은 엄지손가락으로 돈을 세던 동작을 멈추었다. 그러고는 하이럼이 사냥꾼의 욕설에 방심하여 운 나쁘게도 자신의 신체가 집사의 손이 닿는 곳에 위치하게 내버려두고 있었던 바로 그 순간에 벤저민이 고개를 쳐들었다. 집사는 바이스처럼 잡는 힘이 억센 손으로 하이럼의 한쪽 발을 꽉 잡고는 치안판사가 제정신을 차리거나 그가 실제로 가진 힘을 발휘할 시간을 갖기도 전에 그의 두 발이 땅에서 들리도록 그를 빙 빙 돌렸다. 벤저민의 머리와 어깨와 두 팔은 균형이 흐트러지지도 않았고 사내다운 힘이 없지도 않았다. 물론 그런 부분들만 제외하면 그의 체격의 다른 모든 부분은 원래는 지금과는 매우 다른 종류의 사람에게 적합하도록 만들어진 것같이 보이기는 했다. 그는 현재의 경우에는 아주 신중하게 신체 능력을 사용하고 있었는데 그가 자기 적수에게 완전히 불의의 타격을 기했으므로 그 싸움은 금세 벤저민이 치안판사를 자신의 자세와 약간 비슷한 자세로 고정시켜서 남자답게 자기와 얼굴을 맞대고 앉도록 만드는 것으로 결판이 났다.

"당신은 얼뜨기요, 정말이지, 두벗리틀* 님." 집사가 고함쳤다. "배의 얼뜨기와 비슷한 인간이지요. 난 당신을 알고 있소. 일고말고요. 스콰이어 디킨스의 면전에서는 듣기 좋은 말을 하고 그러고는 가서 이 마을의 모든 할머니들에게는 불평을 해대지요, 그렇잖소? 기독교도가 아무리 많은 악의를 품고 있다 할지라도 정직한 노인에게 이런 식으로 족쇄가 채워지게 하는 것으로는 충분하지가 않소? 마치 그가 정박하고 있을 때 그를 쓰러뜨리려는 것처럼 그 불쌍한 사내에게 그처럼 심하게 돛을 올리고 몰아붙이지 않아도 충분하지 않느냐 말이오? 하지만 난 당신의 이름에 불리한 가혹한 일들을 많이 기록해두었소, 치안판사. 그리고 이제 그동안의 일을 정산할 시간이 왔소, 알겠소. 그러니 청산을 하시오, 이 투미한 인간. 청산을 하시오…… 그러면 우리는 누가 더 나은 인간인지 곧 알게 될 거요."

---

* 하이럼 둘리틀Hiram Doolittle의 성을 비꼬아 부른 것. Doolittle을 음으로 보면 Do little(거의 아무것도 하지 않는다)이다. 그것을 비꼬아서 Doo-but-little이라고 했는데 이것은 음으로 보면 Do but little(아주 조금밖에 하지 않는다)의 뜻이 된다.

"조섬!" 겁에 질린 치안판사가 소리쳤다. "조섬! 치안관들을 불러. 펭 귈럼 씨, 치안 유지를 명하오…… 당신에게 치안을 방해하지 말기를 명 령하오."

"우리 사이에는 사랑보다는 평화가 더 많이 있었소, 치안판사." 집사 가 적대 행위를 하려는 아주 명확한 몸짓들을 하면서 소리쳤다. "그러니 당신 자신이나 걱정하시지! 청산을 하라고, 이봐! 여기 이 강타를 날리 려는 주먹을 알아보겠소?"

"내게 손을 댈 테면 대보라지!" 하이럼이 집사에게 멱살을 붙잡힌 상태로 할 수 있는 한 크게 외쳤다. "내게 손을 댈 테면 대보라고!"

"이걸 손을 댄다고 말한다면, 치안판사, 어서 알밤이라도 맞으시지." 집사가 고함을 쳤다.

우리에게는 불유쾌한 의무지만 여기에서 벤저민의 행위가 이제 폭력 적이 되었다고 기록할 수밖에 없다. 그는 둘리틀 씨의 얼굴이 마치 모루 인 것처럼 쇠망치 같은 주먹을 둘리틀 씨의 면상에 세차게 날렸고 그래 서 그 장소는 순식간에 소동과 혼란의 현장이 되었다. 군중이 달려와 그 장소 주변을 원형으로 빽빽하게 채웠다. 한편 몇몇 사람들은 경보를 전 하기 위해 법정으로 달려갔고 군중 가운데서도 젊은 편에 속하는 한두 사람은 치안판사의 아내에게 그의 위급한 상황을 전할 행복한 사람이 누 가 될지 가리기 위한 필사적인 달리기 경주를 하고 있었다.

벤저민은 한 손은 자신의 적수를 일으켜 세우는 데 사용하고 다른 한 손으로는 그를 뒤집어 엎으면서 자신의 일을 아주 근면하게, 또 매우 기술적으로 열심히 계속하고 있었다. 그렇게 한 이유는 그가 쓰러진 적 수에게 일격을 가했더라면 자기 자신이 창피하다고 생각했을 것이기 때 문이었다. 이 배려 깊은 조치에 의해 그는 하이럼의 얼굴을 마구 때려 엉망으로 만들 수단을 찾아냈던 것이다. 리처드가 군중을 힘써 헤치고 격투 현장에 도달하는 데 성공했을 때에는 상황이 그러했다. 보안관은 후에 자신의 굴욕스러운 감정과는 무관하게 자기가 좋아하는 두 사람 사이에 이처럼 조화가 파괴된 상황을 보았을 때처럼 자기 인생에서 크게 슬퍼한 적은 한 번도 없었다고 단언했다. 하이럼은 그의 허영심에 어느 정도 필요한 존재였고 벤저민은 이상하게 보일지도 모르지만 그가 정말 사랑한 존재였다. 벤저민에 대한 이리한 애징은 그가 처음으로 입 밖에 낸 말에서도 드러났다.

"스콰이어 둘리틀! 스콰이어 둘리틀! 당신 같은 인격과 지위를 가진 사람이 이처럼 자신을 완전히 망각하고서 치안을 방해하고 법정을 모독하고 이런 식으로 불쌍한 벤지민을 때리는 걸 보니 부끄럽구만요!"

존스 씨의 목소리가 들리자 벤저민은 하던 일을 중단했고 하이럼은 엉망이 된 얼굴을 중재자를 향해 들어 올릴 기회를 얻었다. 보안관의 모습을 보고 용기가 나서 둘리틀 씨는 다시 한 번 목소리를 높였다.

"이 일에 대해 당신을 법에 회부할 거요." 그는 필사적으로 소리쳤다. "이 일에 대해 당신을 법에 회부할 거요. 이 사람을 체포하길 당신에게 요구합니다, 보안관님. 당신이 그의 신병을 구류에 처할 것을 요구합니다."

이때가 되자 리처드는 사건의 진정한 상황을 확실히 인식하게 되었다. 그래서 그는 집사에게 몸을 돌리면서 비난조로 말했다.

"벤저민, 자네가 어떻게 이 대에 묶이게 되었나! 난 자네가 새끼 양처럼 온순하고 유순하다고 항상 생각했는데 말이야. 내가 자네를 가장 높이 존중한 이유도 자네의 유순함 때문이었다네. 벤저민! 벤저민! 자넨 이 파렴치한 행동으로 자신뿐만 아니라 자네 친구들에게도 망신을 주었네. 저런! 저런! 둘리틀 씨, 그가 당신 얼굴의 한쪽을 아주 망가뜨린 것 같군그래."

하이럼은 이때는 이미 집사의 손이 닿지 않는 위치에 다시 일어서 있었는데 그때 그는 복수를 호소하는 격렬한 말을 쏟아냈다. 범법행위가 너무 명백해서 도저히 묵과할 수 없을 정도였다. 보안관은 조금 전 레더스타킹에 대한 재판에서 자기 사촌이 공평한 자세를 취했던 것을 잊지 않고 있었으므로 자신의 집사장을 감옥에 구류할 수밖에 없다는 가슴 아픈 결론에 도달했다. 내티의 처벌 시간이 종료되었고 적어도 그날 밤은 자기들이 같은 감방에 감금될 것이라는 사실을 알게 되었으므로 벤저민은 그 조치에 그다지 강하게 반대하지도 않았고 보석으로 풀려나는 일에 대해서도 아무 말도 하지 않았다. 그러나 보안관이 그들을 감옥으로 안내하는 치안관 일행을 앞서가고 있을 때 그는 다음과 같은 항의를 했다.

"하루 반 정도 범프호 님과 함께 숙박하는 문제에 대해서는 전 그다지 큰일이라고 생각지 않습니다요, 스콰이어 디킨스. 전 그를 정직한 사람이라고 생각하고 또 갈고리 장대와 소총을 능숙하게 다루는 사람이라고 생각하니까요. 하지만 그 목수의 얼굴을 흔히 말하듯이 한쪽 편만을 때렸는데도 두 배의 벌금보다 더 심한 어떤 처벌을 받을 만하다고 인정하는 데 대해 말하자면 그건 이성과 기독교 정신에 거스르는 것이라고 전 주장하겠습니다. 여기 이 카운티에 흡혈귀가 있다면 그건 바로 그 놈이란 말입지요. 예! 난 그놈을 알지요! 그리고 그놈의 두뇌 안에 나무 삭정이 같은 것이 들어 있지 않다면 그놈도 저에 대해 무언가를 알고 있겠지요. 스콰이어께서 이 일을 그처럼 몹시 슬퍼하다니 제가 뭐 그리 대단히 해를 입혔단 말입니까! 이건 모든 다른 전투와 꼭 같은 거지요, 아시겠어요? 뱃전에서 서로 맞붙은 거니까요. 단지 정박한 상태에서 싸웠다는 건데요. 그건 바로 우리가 포트 프라야 정박지에서 한 싸움입지요. 그때 서프링 제독*이 우리 군대를 습격했거든요. 그래서 그는 그곳에서 다시 빠져나갈 때까지 아주 괴로운 시간을 보냈습지요."

리처드는 이 연설에 대답하는 것이 자기 지위에 걸맞지 않다고 생각했다. 그래서 그의 죄수들이 바깥쪽에 면한 지하 감옥에 안전하게 수용되자 빗장을 걸고 자물쇠를 채우라고 명령을 내리고는 그곳에서 물러갔다.

벤저민은 그날 오후 쇠창살문을 통해 여러 사람들과 자주 친밀한 대화를 나누었다. 그러나 그의 동료는 모카신을 신고 빠르고 초조한 걸음걸이로 좁은 감방을 왔다 갔다 했는데 낙담해서 얼굴을 가슴께까지 숙이고 있었다. 그가 때때로 창가에서 빈둥거리고 있는 사람들 쪽으로 고개를 들 때면 그의 얼굴은 노인의 건망증이 엿보이는, 어린애 같은 모습으로 인해 잠시 밝아지곤 했다. 그러다가 그러한 표정이 곧 사라지고 깊고 명확한 근심의 표정이 다시 나타나곤 했다.

해 질 녘에 에드워즈가 창문가에서 자신의 친구와 진지한 대화를 나누는 모습이 보였다. 그리고 그가 떠난 후에 보니 그가 사냥꾼에게 위로가 되는 소식을 전한 게 분명한 모습을 사냥꾼은 보여주었다. 왜냐하면 그는 초라한 침상에 몸을 던지고는 곧 깊은 잠에 빠져들었기 때문이었다. 호기심 많은 구경꾼들은 집사와 대화거리도 다 소진해버렸다. 집사는 그의 지인들의 절반 정도와 멋진 우정을 위해 건배를 한 터였다. 내

---

* 피에르-앙드레 드 쉬프랑 생트로페 제독(Pierre Andre de Suffren de Saint Tropez, 1729~1788)이 1781년 4월 16일 케이프 베르데곶 제도의 포토 프라야 항(港)에 정박해 있던 영국 해군 소함대를 공격한 일을 가리킨다. 그의 군대는 이때 상대에게 입힌 것과 같은 정도의 피해를 입었다.

티도 잠들어 더 이상 움직이지 않았으므로 8시쯤 빌리 커비도 창가에서 마지막까지 빈둥거리고 있다가 '템플타운 커피 하우스'로 물러갔다. 그러자 내티가 일어나 밖이 보이는 창살문에 담요를 쳤다. 그리고 죄수들은 그날 밤 잠자리에 든 것처럼 보였다.

35장

"말에 박차를 달고 다가오는
적의 추격을 피하기 위해,
그리고 사방에 바람이 없을 때까지
그리고 위험도 결코 뒤돌아보지 않을 때까지."
—버틀러, 『휴디브라스』, 2권 2장 841~44행

저녁 어스름이 다가올 무렵 배심원들과 증인들과 그 밖의 법정 수행원들은 흩어지기 시작했고 9시가 되기 전에 마을은 조용해지고 거리에는 거의 인적이 끊어졌다. 그 시각에 템플 판사와 그의 딸은 어린 포플러들의 작은 그늘 아래로 가로수 길을 천천히 걸어 내려가면서 다음과 같은 이야기를 나누었다. 그리고 약간 떨어져서 루이자 그랜트가 그들을 뒤따랐다.

"넌 그의 상처 입은 영혼을 힘껏 위로해줘도 되지만 얘야"라고 마머 듀크가 말했다. "그의 범법 행위에 대해 언급하는 건 위험할 거야. 법의 존엄성을 존중해야 하니까 말이다."

"확실히, 아버지." 성급한 엘리자베스가 소리쳤다. "레더스타킹 같은 사람에게 그처럼 가혹한 벌을 내리는 법은, 그것도 저까지도 아주 경미하다고 생각할 수밖에 없는 그런 범법 행위에 대해서 말이지요, 그 자체로 완벽할 리가 없어요."

"넌 네가 이해하지 못하는 것에 대해 말하고 있구나, 엘리자베스." 그녀의 아버지가 대꾸했다. "사회는 건전한 억제 수단 없이는 존재할 수 없단다. 또 그러한 수단을 집행하는 사람들의 신체에 대한 보호와 존중 없이는 그 수단을 집행할 수가 없지. 그리고 판사 한 사람이 유죄 선고를 받은 범인에게 호의를 베풀었다는 소문이 나면 정말 부도덕하게 들리겠지. 그것도 그 범인이 자기 딸의 생명을 구해주었다는 이유로 말이다."

"저도 알아요…… 저도 아버지의 상황이 어렵다는 걸 알아요, 사랑하는 아버지." 딸이 소리쳤다. "하지만 가엾은 내티의 범법 행위를 판단하는 데 전 법의 대행자와 그 사람 자체를 분리해서 생각할 수가 없어요."

"그 점에서 넌 여자로서 말하고 있는 거란다, 얘야. 그건 하이럼 둘리틀에 대한 공격 때문이 아니라 임무를 수행 중인 치안관의 생명을 위협한 일 때문이란다……"

"그것 때문이든 저것 때문이든 그건 중요하지 않아요." 템플 양이 이성보다는 감정이 더 많이 담겨 있는 논리로 아버지의 말을 가로막았다. "전 내티가 무죄라는 걸 알아요. 그렇게 생각하기 때문에 전 그를 괴롭히는 사람들은 모두 잘못이라고 생각할 수밖에 없어요."

"그를 재판한 판사가 그 사람들 가운데 속해 있는데 말이냐! 네 아버진데 말이야, 엘리자베스?"

"아니, 아니…… 아니요. 제게 그런 질문은 하지 마세요. 제게 제 임무를 맡겨주세요, 아버지. 그래서 제가 이제 그걸 수행하게 해주세요."

판사는 자식에게 다정하게 미소 지으며 잠시 걸음을 멈추었다. 그러고 나서는 인자하게 그녀의 어깨에 손을 얹고는 이렇게 대답했다.

"넌 이성을 가지고 있어, 베스. 그것도 많이 가지고 있지. 하지만 네 감정이 네 이성과 너무 가깝구나. 그렇지만 들어보렴. 이 지갑에는 2백 달러가 들어 있어. 감옥으로 가. 그곳에는 널 해칠 사람은 아무도 없으니까. 이 지폐를 간수에게 주렴. 그리고 네가 범포를 만나거든 네가 하고 싶은 말을 그 가엾은 노인에게 하렴. 네 따뜻한 심장에서 우러나오는 감정을 다 말하려무나. 그렇지만 기억하려고 노력해라, 엘리자베스. 오직 법만이 우리를 미개인의 상태로부터 벗어나게 해준다는 걸 말이다. 또 그가 범죄자였고 그를 재판한 판사가 네 아버지라는 점도 기억해라."

템플 양은 아무런 대답도 하지 않았지만 지갑을 그녀의 가슴께로 내민 그 손을 꽉 쥐었다. 그러고는 친구의 팔을 잡고서 법원 구내에서부터 마을 중앙로로 함께 빠져나왔다.

그들은 죽 늘어선 집들 아래로 말없이 걸어갔다. 그때는 저녁의 어둠이 더 짙어져 있었으므로 그들의 신체는 적절히 감춰져서 보이지 않게 되었다. 그때 그들의 귀에는 그들과 같은 방향으로 거리를 따라 움직이고 있던 한 쌍의 소가 느릿하게 걸어가는 소리와 그 소들이 끄는 달구지의 덜거덕거리는 소리 외에는 아무 소리도 들리지 않았다. 소를 부리는 사람은 마치 그날의 수고로 지친 듯 멍한 태도로 소들의 옆에서 어슬렁어슬렁 걷고 있었는데 그의 모습은 희미한 불빛으로 겨우 식별할 수가 있을 정도였다. 길모퉁이에 감옥이 있었는데 그곳에서 숙녀들의 걸음은 잠시 소들에 의해 방해를 받게 되었다. 소 부리는 사람이 소들의 방향을 건물 옆으로 틀게 해서 참을성 있는 노동에 대한 대가로 소들의 목 부위에 얹혀 있던 건초 한 줌을 주었기 때문이었다. 이 모든 일은 너무나 자연스럽고 흔한 일이었으므로 엘리자베스는 그 소들을 다시 한 번 보고 싶어질 아무런 이유도 인식하지 못했다. 그러다가 그녀는 소 부리는 사람이 자기 소들에게 낮은 목소리로 이렇게 말하는 것을 듣게 되었다.

"조심해, 브린들. 그래야지! 그래야지!"

새로운 나라에 거주하는 모든 이들이 소와는 친숙했지만 그 말투는 소에게 하는 것으로는 특이했다. 그러나 그 목소리에는 또한 템플 양을 깜짝 놀라게 한 어떤 것이 있었다. 모퉁이를 돌자 그녀는 필연적으로 그 남자에게 다가가게 되었는데 그때 그녀의 시선은 소 부리는 사람의 거친 옷차림으로 위장하고 있는 올리버 에드워즈의 모습을 간파할 수가 있었다. 그들의 시선이 마주쳤다. 어둠 속인 데다 엘리자베스를 감싼 외투에도 불구하고 동시에 서로를 알아보았다.

"템플 양!" "에드워즈 씨!"라고 그들은 동시에 외쳤다. 그렇지만 그들이 둘 다 공통적으로 지니고 있는 듯 보였던 감정으로 인해 그 단어들은 거의 들리지 않을 정도였다.

"이럴 수가!" 긴가민가하던 순간이 지나자 에드워즈가 외쳤다. "당신을 감옥과 이처럼 가까운 데서 보다니요! 그러나 당신들은 사제관으로 가고 있는 중이군요. 미안합니다…… 그랜트 양 맞지요. 처음에 당신을 알아보지 못해서요."

루이자가 한숨을 쉬는 소리는 너무 약해서 엘리자베스만 그것을 들을 수가 있었다. 그래서 엘리자베스는 재빨리 대답했다.

"우리는 감옥으로 가고 있을 뿐만 아니라, 에드워즈 씨, 감옥 안으로 들어가려고 해요. 레더스타킹에게 우리가 그의 도움을 잊지 않고 있다는 걸 알려드리고 싶어서요. 또 우리가 공정해야 하기도 하지만 그와 동시에 우리가 감사하고 있다는 것도 알려드리고 싶어서요. 하지만 우리가 당신보다 10분 먼저 들어가도록 허락해주시길 부탁드려요. 안녕히 가세요. 전…… 전…… 너무 미안해요, 에드워즈 씨. 당신이 이런 노동을 하게 된 걸 보니 말예요. 틀림없이 우리 아버지께서……"

"용건을 마치실 때까지 기다리겠습니다." 청년이 차갑게 그녀의 말을 가로막았다. "제가 여기 있다는 걸 언급하지 말아달라고 부탁드려도 될 까요?"

"물론이지요." 엘리자베스가 그의 작별 인사에 고개를 약간 숙여 답 례하면서, 또 우물쭈물하는 루이자에게 앞으로 가자고 재촉하면서 말했 다. 그러나 그들이 감옥에 들어갈 때 그랜트 양은 틈을 보아 이렇게 속 삭였다.

"당신 돈의 일부를 올리버에게 주는 것이 좋지 않을까요? 그 돈의 반만 있어도 범포의 벌금을 낼 수 있을 텐데요. 그리고 그는 곤란한 상 황에 너무나 익숙하지 않은 것 같아요! 그에게 더 어울리는 신분을 지닐 수 있게 하기 위해 우리 아버지께서도 분명히 아버지의 얼마 안 되는 수 당 중 대부분을 기부해주실 거예요."

엘리자베스의 얼굴에 스쳐 지나간 무의식적인 미소는 깊고 진심 어 린 동정의 표정과 섞여버렸다. 그러나 그녀는 대답을 하지 않았고 간수 의 출현으로 곧 두 사람의 생각은 자기들의 방문 목적에 쏠리게 되었다.

내티가 숙녀들을 구조해서 그 결과 그녀들이 그의 죄수에 대한 관심 을 갖게 되었다는 것과 이 지방에서 널리 볼 수 있는, 격식을 차리지 않 는 관습이 모두 결합되어 그들이 범포의 감방에 들어가게 허락해달라고 부탁했을 때 간수는 조금도 놀라지 않았다. 그러나 그가 만일 그것에 반 대하고 싶었다 할지라도 템플 판사가 준 지폐가 그런 반대를 침묵케 했 을 것이었다. 그래서 그는 주저하지 않고 죄수들이 수감되어 있는 감방 으로 그들을 안내했다. 자물쇠 안으로 열쇠가 넣어진 순간 벤저민의 쉰 목소리가 이렇게 힐문하는 소리가 들렸다.

"여어! 어이! 거기 누가 온 거요?"

"당신이 만나면 반가워할 방문자들이오." 간수가 대답했다. "자물쇠가 돌아가지 않는데 당신이 거기에 무슨 짓을 한 거요?"

"조심, 조심하시오, 간수 양반." 집사가 소리쳤다. "내가 방금 여기이 빗장과 나란히 있는 구멍에 못을 하나 밀어 넣었다오. 마개로 막으려고 말이오, 알겠소? 두벗리틀 님이 달려 들어와서 우리 사이에 또다시 싸움을 일으키지 못하도록 말이오. 왜냐하면 내 판단으로는 내가 곧 배니언 데이*를 맞이할 것 같으니까. 내가 마치 그 투미한 인간을 지나치게 징계하기나 한 것처럼 그들이 내 스페인 은화를 벌금으로 빼앗아 갈 거니까 말이오. 당신 배를 바람에 맡겨버리고 잠시 동안 배를 정지시키시오, 그러지 않겠소? 그러면 내가 곧 입항을 허가하겠소."

망치로 탕탕 두들기는 소리가 나서 집사가 진심으로 하는 말이라는 사실을 보증해주었다. 그리고 잠시 후 자물쇠가 돌아가는 소리가 나고 문이 열렸다.

벤저민은 명백히 돈을 압수당할 것이라고 예상했던 것 같았다. 왜냐하면 그는 그날 오후와 저녁에 '볼드 드러군' 술집에서 자기가 좋아하는 술통의 술을 자주 청해서 마셨기 때문에 지금은 항해 중 사용되는 용어로 표현하자면 "얼큰히 취한" 상태였기 때문이었다. 술의 효력으로 늙은 선원의 균형을 깨뜨리는 것은 결코 쉬운 일이 아니었다. 왜냐하면 그 자신이 표현한 대로 "그는 돛을 아주 낮게 올려두었으므로 어떤 날씨에도 돛을 단 채로 달릴 수 있는 상태에 있었기 때문이었다." 그러나 그는 매우 의미심장하게 "멍하다"고 표현되는, 정확히 바로 그런 상태에 있었다.

---

* 항해 용어로 식사에 고기가 나오지 않는 날을 말함.

방문자들이 누구인지 알아차리자 그는 자기의 침상이 놓인 쪽으로 물러가서 자신의 젊은 여주인의 면전인데도 상관하지 않고 매우 근엄한 태도로 등을 벽에 단단히 대고 침상 위에 앉았다.

"당신이 내 자물쇠들을 이런 식으로 망가뜨리겠다면 펌프 씨" 하고 간수가 말했다. "난 당신이 말한 마개로 당신 다리를 눌러서 침대에 당신을 묶어두겠소."

"무엇 때문에 당신이 그래야 하오, 간수님?" 벤저민이 투덜거렸다. "난 오늘 족쇄가 채워진 채로 한 번의 돌풍을 이겨냈소. 더 이상의 돌풍은 원하지 않소. 내가 당신과 똑같이 한다고 해서 해될 게 뭐가 있겠소? 저기 저 문을 밖으로 열린 채로 두시오. 그러면 안에서도 자물쇠를 채우는 일이 없을 것이오, 장담하오."

"난 9시에 문을 잠그고 자러 가야 하오." 간수가 말했다. "그런데 지금이 8시 42분이오." 그는 작은 촛불을 거친 소나무 탁자에 놓고 물러갔다.

"레더스타킹!" 간수가 그들을 가둔 채 감방 열쇠를 다시 돌려서 잠그고 간 후 엘리자베스가 말했다. "저의 친절한 친구인 레더스타킹! 전 감사의 뜻을 전하러 왔어요. 할아버지께서 수색을 감수하셨더라면 훌륭하신 할아버지, 사슴을 죽인 일은 하찮은 일로 넘어갔을 것이고 모든 일이 잘되었을 텐데요……"

"수색을 감수한다고!" 내티가 그녀의 말을 가로막았다. 그러면서 그는 자기가 앉아 있던 구석자리에서 일어나지도 않고 무릎에 얹고 있던 얼굴을 들었다. "애야, 내가 그런 악당을 내 오두막집에 들일 거라고 생각하니? 아니, 아니…… 난 그때 다름 아닌 네가 예쁜 얼굴로 거기 있었더라도 문을 열어주지 않았을 거다. 그렇지만 이제 그놈들은 숯덩이와 잿더미를 마음대로 파헤칠 수가 있겠지. 그들은 이 산악 지대의 어느 잿물 제조장에서든 볼 수 있는 그런 잿더미를 찾아낼 수 있겠지."

노인은 다시 얼굴을 한 손으로 괴고는 우울한 감정에 사로잡힌 듯이 보였다.

"그 오두막집은 다시 세울 수 있어요. 그것도 전보다 더 좋게 만들 수가 있어요." 템플 양이 대답했다. "그렇게 되도록 주선하는 것이 제 임무가 될 거예요. 할아버지의 구속 기간이 끝나면요."

"죽은 사람들을 부활시킬 수가 있겠니, 얘야!" 내티가 슬픔에 잠긴 목소리로 말했다. "우리가 우리 조상들과 자식들을 묻은 장소로 가서 그들의 유골을 모아서 그것으로 전과 똑같은 남자와 여자로 만들 수가 있겠니! 40여 년 동안 똑같은 통나무 지붕 아래에서 머리를 누이고 한 사람의 인생 대부분의 기간 동안 똑같은 것들을 바라보는 일이 어떤 건지 넌 모른단다. 넌 아직 젊으니까, 얘야. 그렇지만 넌 하느님의 창조물 가운데 가장 소중한 존재 중 하나지. 난 너에 대해 어떤 일이 사실이 되었으면 하는 희망을 품었지만 이젠 모든 게 다 끝났어."

템플 양은 노인의 말의 의미를, 그 말을 들은 다른 사람들보다 더 잘 이해한 것이 틀림없었다. 왜냐하면 루이자가 아무것도 모르는 채로 사냥꾼의 불행을 동정하면서 그녀의 옆에 서 있는 동안 그녀는 자기의 얼굴을 숨기기 위해 고개를 옆으로 돌렸기 때문이었다. 그러한 행위를 유발한 행동과 감정은 단지 한 순간만 지속되었을 뿐이었다.

"그렇지만 그것보다 더 좋은 다른 통나무들을 구할 수가 있어요. 할아버지를 위해 그런 걸 구하겠어요, 저를 지켜주신 할아버지." 그녀가 말을 계속했다. "할아버지의 구속 기간은 곧 끝날 거고 그 시간이 오기 전에 제가 할아버지를 위해 집을 마련해놓겠어요. 그곳에서 할아버지께서는 무구한 여생을 편안하고 풍요롭게 보내실 수 있을 거예요."

"편안하고 풍요롭게라고! 집이라고!" 내티가 천천히 되풀이해 말했다. "네 뜻은 좋아, 네 뜻은 좋지. 그리고 그런 일이 일어날 리가 없다는 게 무척 한탄스럽구나. 하지만 그놈은 내가 구경거리가 되고 웃음거리가 된 걸 보았어……"

"그 차꼬 달린 대는 빌어먹으라고 하쇼." 벤저민이 한 손으로 그의 술병을 휘두르면서, 또 다른 한 손으로는 경멸의 손짓을 하며 말했다. 그 술병을 입에 대고 그는 성급하게, 또 반복적으로 한 모금씩 술을 마시고 있었던 것이다. "그의 쇠차꼬에 대해 누가 신경이나 쓴대요? 한 시간 동안 다리 하나가 쐐기 모양의 아래 활대같이 생긴 차꼬 끝 쪽에 꿰어져 있었을 뿐인걸요, 아시겠어요? 그랬다고 해서 다리가 뭐 더 나빠지기라도 했나요, 허어! 더 나빠진 게 뭔지 말해줄 수 있나요, 허어?"

"당신이 누구 면전에 있는지, 펌프 씨, 잊어버리고 있는 것 같군요." 엘리자베스가 말했다.

"아가씨를 잊다니요, 리지 양." 집사가 대답했다. "절대 아닙니다요. 아가씨를 저 위 큰 집에 있는 구디 프리티본즈처럼 잊어버려서는 안 되지요. 이보쇼, 사격의 명수 영감, 그 여자는 뼈가 예쁜지는 모르지만 그 여자의 살결도 그렇다고는 말할 수가 없소, 아시겠어요? 왜냐하면 그 여자는 얼마간 다른 남자의 상의를 입은 자동인형처럼 보이니까 말이오. 그런데 그 여자 얼굴의 피부에 대해 말하자면 피부가 돛 가의 밧줄을 팽팽하게 친, 중간 돛대의 새 돛과 똑같다니까요. 그 밧줄이란 것도 돛 가 장자리 부분에서는 깔끔하게 감겨 있지만 돛 안쪽 부분에서는 전부 고리 하나로 묶여 있는 그런 거지요."

"조용히 하세요…… 내가 조용히 하라고 명령했어요, 아저씨." 엘리자베스가 말했다.

"예예, 아가씨." 집사가 대꾸했다. "그렇지만 아가씨는 내가 술을 마시지 말아야 한다고 말씀하지는 않았습지요."

"우린 다른 사람들이 어떻게 될 것인지에 대해서는 말하지 말고"라고 템플 양이 다시 사냥꾼에게 몸을 돌리며 말했다. "할아버지 스스로의 운수에 대해서만 말하기로 해요, 내티 할아버지. 할아버지께서 편안하고 풍요롭게 남은 날들을 보내시게 보살피는 것이 제 책임이 될 거예요."

"편안하고 풍요롭게!" 또다시 레더스타킹이 되풀이했다. "광활한 들판을 가로질러 1마일이나 걸어가야만 타는 듯한 햇볕에서 자기를 가려줄 그늘을 발견할 수 있는 노인에게 어떤 편안함이 있을 수가 있단 말이오! 또 하루 동안 사냥을 해도 놀라 달아날 사슴 한 마리 볼 수도 없고 또 족제비보다 더 큰 짐승은 아무것도 볼 수도 없고 길 잃은 여우 한 마리 볼 수 없는데 무슨 풍요가 있단 말이오! 아! 이 벌금을 물려면 바로 그 비버들을 찾아다니느라 고생깨나 하겠는걸. 그놈들을 찾아 저 펜실베니 주* 경계까지 아마 1백 마일 정도는 내려가야겠는걸. 이 근처에서는 그놈들을 잡을 수가 없으니까 말이지. 아니, 아니…… 너희들의 그 토지 개량과 삼림 개간 때문에 그 교활한 놈들이 이 지방에서 쫓겨나버렸지. 그래서 비버라는 방해물 대신, 그렇게 방해하는 것이 그 짐승의 성질이고 하느님의 섭리에 따르는 것인데도 말이지, 너희들은 그 물방아용 둑을 만들어서 물길을 낮은 땅으로 돌렸지. 마치 물이 하느님께서 원하시는 곳으로 흐르는 것을 막을 힘이 인간에게 있는 것처럼 말이지. 베니, 자네가 손에 든 병을 그렇게 자주 입에 갖다 대는 걸 그만두지 않는다면

---

* 펜실베이니아 주.

자넨 때가 와도 출발한 준비가 되어 있지 않을 걸세."

"들어보쇼, 범프호 님." 집사가 말했다. "벤을 위해 걱정하지 마쇼. 당직근무에 소집되면 날 일으켜 세워 영감이 나아가고 싶은 곳의 방위와 거리만 알려주쇼. 그러면 내가 당신들 중 누구 못지않게 돛을 올리고 나아갈 거요. 그럴 거요."

"바로 지금 때가 왔다네." 사냥꾼이 귀를 기울이면서 말했다. "소뿔이 감옥 외벽에 스치는 소리가 들리네."

"그럼 명령만 하시오. 그러고는 밧줄을 끌어당겨 배를 앞으로 나아가게 하자구요, 동료 선원님." 벤저민이 말했다.

"넌 우릴 배신하지 않겠지, 애야?" 내티가 엘리자베스의 얼굴을 천진하게 들여다보면서 말했다. "넌 하늘의 맑은 공기를 마시길 간절히 바라는 노인을 배반하지 않겠지? 난 해를 끼칠 뜻은 없단다. 또 내가 1백 달러를 내야 한다고 법이 명한다면 난 사냥철 내내 사냥을 할 거다. 사냥철이 곧 다가오니까 말이야. 그리고 이 친절한 사람이 날 도와줄 거니까."

"영감은 그 짐승들을 잡을 거요." 벤저민이 팔로 크게 곡선을 그리는 몸짓을 하며 말했다. "그리고 그놈들이 또다시 달아나면 날 좀도둑이라고 부르쇼. 그뿐이오."

"무슨 뜻이에요?" 의아하게 여긴 엘리자베스가 소리쳤다. "할아버지께서는 여기에 30일 동안 계셔야 해요. 하지만 전 이 지갑에 할아버지가 내야 할 벌금을 가지고 있어요. 이걸 받으시고 아침에 벌금을 납부하세요. 그리고 한 달 동안 인내심을 발휘하세요. 제가 친구와 함께 자주 할아버지를 뵈러 오겠어요. 우리는 우리 손으로 직접 할아버지의 옷을 만들겠어요. 정말, 정말, 할아버지를 편안하게 해드릴 거예요."

"그러겠니, 애야?" 내티가 친절한 태도로 마루를 가로질러 가서 엘리자베스의 손을 잡으면서 말했다. "노인에게 그처럼 정성을 다하겠느냐? 그것도 그 짐승을 쏘아 죽였다고 해서 말이야. 그건 그 노인에게 돈한 푼 안 드는 일이었는데도? 그러한 친절한 마음은 혈통으로 이어받는건 아니라고 생각되는구나. 넌 친절한 행동을 잊지 않는 것처럼 보이니까말이다. 네 작은 손가락들로는 사슴 가죽으로 대단할 일을 할 수 있을것 같지 않고 힘줄을 실로 사용하는 일에도 익숙할 리가 없지만 말이다.허나 그가 남의 말을 전혀 듣지 않는 사람이 아니라면 그도 언젠가는그 말을 듣고 알겠지. 그래서 나처럼 친절한 행동을 기억할 줄 아는 사람들도 있다는 걸 알게 되겠지."

"그에게 아무 말도 하지 마세요." 엘리자베스가 진심으로 외쳤다."할아버지께서 절 사랑하신다면, 내 감정을 존중하신다면, 그에게 아무말도 말아주세요. 전 할아버지에 대해서만 말하고 싶고 할아버지를 위해서만 행동하는 거예요. 법에 따라, 레더스타킹 할아버지, 할아버지께서 여기에 그처럼 오랫동안 구금되어야 한다는 게 전 슬퍼요. 하지만 결국 한 달이라는 짧은 기간일 뿐이잖아요. 그리고……"

"한 달이라고!" 내티가 예의 그 웃음을 짓느라 입을 벌리며 외쳤다."하루도, 하룻밤도, 한 시간도 안 된다, 애야. 템플 판사는 판결은 내릴수 있겠지만 이것보다 더 좋은 감옥이 아니라면 날 여기 가둘 수는 없단다. 내가 예전에 프랑스군에게 잡힌 적이 있었지. 그놈들은 우리 예순두 명을 옛날의 프론티낵 요새* 가까이 있는, 목조로 만든 작은 요새에가두었단다. 하지만 목재를 익숙하게 다루는 사람들에게는 소나무 통나무를 잘라내고 빠져나오는 것은 쉬운 일이었지." 사냥꾼은 잠시 말을 멈

---

* 프론티낵Frontenac은 온테리오 호수가 세인트로렌스 강으로 흘러들어가는 곳 가까이 있는 프랑스군의 요새이다. 그곳은 현재의 온테리오 주 킹스턴이다.

추고는 감방 안을 조심스럽게 둘러보았다. 그러고는 다시 웃으며 집사를 부드럽게 그의 자리에서 밀쳐냈다. 그러고는 침구를 치우고는 나무망치와 끈을 이용해 새로 뚫린 구멍을 보여주었다. "발로 한 번 차기만 하면 돼. 바깥쪽 통나무는 이미 떨어져나갔거든. 그러면……"

"나가야지! 예, 나가야지요!" 벤저민이 인사불성 상태에서 깨어나며 소리쳤다. "자, 여기로 나가면 되지요. 예! 예! 영감은 그놈들을 잡을 수 있어요. 내가 아까 밀한 비버 대가리를 꽉 잡고 있을 테니까요."

"이 사내 때문에 굉장히 난처해지겠는데." 내티가 말했다. "그들이 혹시라도 일찍 냄새를 맡는다면 산으로 끌고 가기가 힘들겠는걸. 게다가 이 작자가 달릴 수 있을 만한 정신 상태도 아닌 것 같고 말이지."

"달린다고!" 집사가 뇌풀이해 말했다. "아니, 옆으로 침로를 바꿔요. 그래서 일전을 벌이자구요."

"조용히 해요!" 엘리자베스가 명령했다.

"예예, 아씨."

"우리를 떠나지는 않으시겠지요, 분명히, 레더스타킹?" 템플 양이 말을 이었다. "제가 애원할게요. 할아버지께서 완전히 숲속으로 쫓기실 것이고 또 할아버지께서 급속히 늙어가신다는 걸 생각해보세요. 잠시 동안만 참고 계세요. 그런 다음에는 공공연하게, 또 떳떳하게 밖에 다니실 수가 있잖아요."

"여기서 비버를 잡을 수가 있을까, 애야?"

"잡을 수 없으면 여기 벌금을 납부할 돈이 있어요. 그리고 한 달 후에는 자유로워지시고요. 보세요, 여기 금화예요."

"금화라고!" 내티가 일종의 어린아이 같은 호기심을 품고 말했다. "내가 금화를 본 지가 오래됐어. 우리는 옛날의 전쟁 때 넓적한 조*들을 받곤 했지. 그때는 그것들이 지금 곰들만큼이나 많았어. 디스코의 군대에 있는 한 병사가, 그놈은 전사했는데 자기 셔츠에 그 번쩍거리는 것들을 열두 개나 꿰매어 넣고 다녔어. 내가 그것들을 직접 만져보지는 못했지만 다른 사람들이 셔츠를 잘라 그것들을 꺼내는 걸 내 두 눈으로 똑똑히 봤지. 그 금화는 지금 것보다 더 크고 더 번쩍거렸어."

"이건 영국 기니 금화들이에요. 할아버지 거예요." 엘리자베스가 말했다. "앞으로 할아버지께 해드릴 일에 대한 증거금으로 드리는 거예요."

"내게! 왜 넌 내게 이 재물을 주는 거냐?" 내티가 그 처녀를 진지하게 바라보며 말했다.

"왜라뇨! 할아버지께서 제 목숨을 구해주지 않으셨나요? 할아버지께서 짐승에게 먹힐 뻔한 절 구해주셨잖아요?" 엘리자베스가 마치 어떤 무시무시한 대상을 시야에서 가리려는 듯이 두 눈을 가리며 외쳤다.

사냥꾼은 그 돈을 받아 손안에서 얼마 동안 계속해서 하나씩 뒤집어보았다. 그런 행동을 하면서 그는 큰 소리로 이렇게 말했다.

"저기 체리 밸리에 총알이 백 로드를 날아가 짐승을 맞혀 죽이는 소총이 있다고 사람들이 말하더군. 나도 사는 동안 좋은 총들을 봤지만 그런 소총과 아주 똑같은 건 본 적이 없어. 백 로드를 날아가 확실히 맞힌다는 건 굉장한 사격술이지! 자, 자…… 난 늙었고 내가 가진 총은 내가 가진 시간에는 적합하겠지. 자, 애야, 네 금화를 도로 받아라. 그런데 이제 시간이 되었구나. 그가 소에게 말하는 소리가 들리는구나. 이젠 난 가야겠다. 넌 우리에 대해 말하지 않겠지, 애야…… 넌 우리에 대해 말하지 않을 거야, 그렇지?"

---

* 조Joe란 더블 조해너스Double Johannes의 준말로 약 16달러의 가치가 있었던 포르투갈 금화였으며 18세기 초 주조되었다.

"할아버지 일행에 대해 말하다뇨!" 엘리자베스가 되풀이해 말했다. "하지만 돈은 받으세요, 할아버지. 돈을 받으세요. 할아버지께서 산으로 들어가신다 해도요."

"아니, 아니." 내티가 고개를 친절하게 흔들면서 말했다. "난 소총 스무 정을 준대도 네게서 그렇게 심하게 강탈하지는 않을 거다. 그렇지만 네가 꼭 해주겠다면 한 가지 날 위해 해줄 수 있는 일이 있단다. 가까이 있어 그걸 해줄 수 있는 사람은 너 말고는 아무도 없으니까 말이다."

"뭔지 말씀해주세요…… 말씀해주세요."

"글쎄, 그건 다만 탄약 한 통을 사달라는 거야…… 가격은 은화 2달러야. 베니 펌프가 그 돈은 수중에 가지고 있지만 우린 그걸 사기 위해 감히 읍내로 가지는 못하니까 밀이다. 그 프랑스인 외에는 그걸 파는 사람이 아무도 없단다. 그건 최상품 탄약에 속하는 것이고 소총에 딱 맞는 거지. 내게 그걸 사다 주겠니, 얘야?…… 말해봐, 네가 그걸 내게 사다 주겠는지를?"

"사다 주겠느냐고요! 비록 제가 할아버지를 찾아 숲속을 하루 종일 힘들게 헤맨다고 해도 제가 그걸 할아버지께 갖다드리겠어요, 레더스타킹 할아버지. 하지만 제가 어디서 어떻게 할아버지를 찾지요?"

"어디냐고!" 내티는 이렇게 말하고는 잠시 깊은 생각에 잠겼다. "내일 비전에서 만나자. 바로 비전의 정상에서 난 널 만나겠다, 얘야. 해가 바로 우리 머리 위에 올 때 말이다. 탄약이 미세한 알갱이로 되어 있는지 확인해라. 광택을 보고, 또 가격을 보고 그걸 알 수 있을 거다."

"그렇게 하겠어요." 엘리자베스가 확고하게 말했다.

내티는 이제 앉아서 두 발을 구멍에 대고 약간 밀어서 거리로 향해 뚫린 통로를 열었다. 숙녀들은 건초가 바스락거리는 소리를 듣고는 에드워즈가 소 부리는 사람 역할을 하고 있었던 이유를 잘 이해하게 되었다.

"자, 베니." 사냥꾼이 말했다. "오늘 밤이 다른 날 밤보다 조금이라도 더 어둡지는 않을 거야. 한 시간 후면 달이 뜰 테니까 말이지."

"기다려요!" 엘리자베스가 외쳤다. "여러분들이 템플 판사 딸 면전에서 탈출했다는 말이 들리면 안 돼요. 돌아오세요, 레더스타킹 할아버지. 할아버지께서 계획을 실행하시기 전에 우리가 먼저 물러가게 해주세요."

내티가 막 대답하려던 참에 간수가 다가오는 발소리가 들렸으므로 그는 즉각 돌아오지 않을 수가 없었다. 그가 다시 일어나 침구로 구멍을 덮고 때마침 벤저민이 그 침구에 넘어지자마자 간수가 열쇠를 넣고 돌려서 감방 문이 열렸다.

"템플 양은 돌아갈 준비가 되지 않으셨는지요?" 정중한 간수가 말했다. "감옥 문을 잠그는 시간인데요."

"간수님을 따라가겠어요." 엘리자베스가 대답했다. "안녕히 주무세요, 레더스타킹 할아버지."

"미세한 알갱이란다, 애야. 거기에는 보통보다 납이 더 많이 섞여 있을 거라고 생각한단다. 난 늙어가고 있고 과거에는 빠른 걸음으로 사냥감을 추적할 수가 있었지만 이젠 그럴 수가 없으니까 말이다."

템플 양은 침묵하라고 손을 젓고는 루이자와 간수보다 앞서 그 감방을 나왔다. 간수는 열쇠를 한 번 돌려 잠그고는 불을 밝혀 숙녀들을 거리까지 안내해준 후에 다시 돌아와 죄수들 단속을 확실히 하겠다고 말했다. 그에 따라 그들은 그 건물 문간에서 헤어졌다. 그리고 간수는 자기가 단속할 감방으로 물러가고 숙녀들은 두근거리는 가슴으로 모퉁이를 향해 걸어갔다.

"레더스타킹 할아버지가 그 돈을 거절하시니까"라고 루이자가 속삭였다. "그 돈을 전부 에드워즈 씨에게 줄 수 있겠네요. 그러면 더해져서……"

"들어봐요!" 엘리자베스가 말했다. "건초가 바스락거리는 소리가 들려요. 그들이 이 순간 탈출하고 있는 거예요. 오! 그들은 금방 들킬 거예요!"

이때쯤 그들은 모퉁이에 와 있었다. 그곳에서는 에드워즈와 내티가 벤저민의 거의 축 늘어진 몸을 구멍에서 끌어내고 있는 중이었다. 소들이 건초에서 껑충 물러섰다가 그때쯤에는 고개를 길바닥으로 숙이고 서 있었으므로 일행이 행동할 공간이 생겼던 것이다.

"건초를 달구지 안으로 던지세요." 에드워즈가 말했다. "아니면 그들이 우리가 어떻게 탈옥했는지 알아차릴 겁니다. 빨리요. 그들이 건초를 보지 못하도록요."

내티가 이 명령을 수행하고 막 돌아오자 간수의 촛불 불빛이 구멍을 통해 비쳐 나왔다. 그러고는 즉시 죄수들을 찾으며 외치는 그의 목소리가 감옥 안에서 들렸다.

"이제 어떻게 해야 하지요?" 에드워즈가 말했다. "이 술 취한 친구 때문에 우리도 들킬 겁니다. 사실 우린 이 사람에게 할애할 시간이 전혀 없는데요."

"누가 취했다는 거요, 이 투미한 작자야?" 집사가 투덜댔다.

"탈옥이오! 탈옥이오!" 안에서부터 대여섯 사람의 목소리가 이렇게 외치고 있었다.

"우린 그를 남겨두고 가야 해요." 에드워즈가 말했다.

"그건 친절한 행동이 아니야, 얘야." 내티가 대꾸했다. "그는 오늘 자기 스스로 차꼬 달린 대에서 당한 치욕의 절반을 감수했어. 또 이 작자

622

는 동정심이 있어."

그 순간 두세 사람이 '볼드 드러군' 술집 문에서 나오는 소리가 들렸다. 한 사람인 빌리 커비의 목소리도 들렸다.

"아직 달이 뜨지 않았군." 그 나무꾼이 소리쳤다. "하지만 맑게 갠 밤이야. 자, 누가 집으로 갈 건가? 들어봐! 감옥에서 사람들이 무슨 소동을 일으키고 있는 거지…… 자, 무슨 일인지 가서 봅시다."

"우린 끝장일 겁니다." 에드워즈가 말했다. "이 사람을 떨어뜨려놓지 않는다면 말입니다."

바로 그 순간 엘리자베스가 그에게 가까이 가서 낮은 목소리로 급하게 말했다.

"그를 달구지 속에 눕히세요. 그리고 소들을 출발시키세요. 아무도 그 안은 들여다보지 않을 거예요."

"그건 정말 여자다운 영리한 생각이군요." 청년이 말했다.

그녀가 제안하기가 무섭게 그들은 그것을 실행했다. 그들은 집사를 건초 위에 앉히고 조용히 하라고 명하고 소를 몰고 가는 동안 그들이 그의 손에 쥐어준 소 모는 막대기를 사용하라고 명령했다. 이러한 과정이 완료되자마자 에드워즈와 사냥꾼은 짧은 거리를 주택들을 따라 가만히 걸어가다가 건물들 뒤로 통하는 통로를 통해 사라졌다. 소들은 활발하게 움직이고 있었다. 그러다가 이내 추격의 외침이 거리에서 들렸다. 숙녀들은 그들에게 다가오고 있는 치안관들과 하릴없는 사람들의 무리를 피하려는 바람을 가지고 걸음을 빨리 했다. 그 무리 중 어떤 사람들은 입에 담지 못할 욕을 퍼부었고 또 어떤 사람들은 죄수들의 탈옥에 웃음을 터뜨렸다. 혼란 속에서 다른 모든 사람의 목소리에 앞서 커비의 목소리를 명확히 구별할 수가 있었다. 그는 자기가 탈주자들을 꼭 잡겠다고 고함을 지르며 맹세를 했는데 한쪽 호주머니에는 내티를 넣고 다른 쪽 호주머니에는 벤저민을 넣어 데려오겠다고 위협적으로 소리치고 있었다.

"흩어지시오, 여보게들." 그가 숙녀들을 지나칠 때 이렇게 소리 질렀다. 그의 무거운 발소리는 마치 열두 명의 사람들이 거리를 따라 달려가는 소리처럼 들렸다. "흩어지시오. 산으로 가. 그들이 15분 후면 산에 도착할 거니까 말이오. 그다음에는 긴 소총이 보이나 찾아보시오."

그의 외침은 스무 명의 사람들의 입으로 되풀이되었다. 감옥뿐만 아니라 술집들에서도 패거리들이 쏟아져 나왔기 때문이었다. 어떤 사람들은 추격에 열심이었고 또 어떤 사람들은 마치 놀이에 참여하듯 거기에 참여하고 있었다.

엘리자베스가 자기 아버지의 저택 대문으로 들어섰을 때 그녀는 나무꾼이 달구지 앞에서 멈춰 서는 것을 보았다. 그때 그녀는 벤저민이 잡힐 것으로 보고 그에 대해서는 단념해버렸다. 그들이 보도를 서둘러 걸어 올라가고 있을 때 조심스럽지만 재빨리 나무 그늘 아래서 살금살금 걸어가고 있는 두 사람의 모습이 숙녀들의 시선에 마주쳤다. 그리고 곧 그들은 에드워즈와 사냥꾼과도 마주치게 되었다.

"템플 양, 난 이제 당신을 다시는 만나지 못할지도 모릅니다." 청년이 외쳤다. "당신의 모든 친절에 대해 감사드리겠습니다. 당신은 내 행동의 동기를 모를 것이고 알 수도 없을 것입니다."

"도망치세요! 도망치세요!" 엘리자베스가 소리쳤다. "마을에는 경보가 울렸어요. 이런 순간에, 이런 장소에서 저와 대화하다가 들키지 마세요."

"아니요, 난 말해야만 합니다. 틀림없이 발각된다고 해도 말입니다."

"다리로 가는 퇴로는 이미 차단되었어요. 당신이 숲에 도달할 수 있기도 전에 추격자들이 이미 그곳에 가 있을 거예요. 만약……"

"만약 뭡니까?" 청년이 소리쳤다. "당신의 조언이 절 이미 한 번 구해주었어요. 난 죽을 때까지 당신 조언을 따를 겁니다."

"거리는 조용하고 아무도 없어요." 엘리자베스가 잠시 틈을 두었다가 말했다. "거리를 건너가세요. 그러면 호수에서 우리 아버지의 배를 발견하실 거예요. 배를 타면 산의 어디든지 당신이 가시고자 하는 곳에 상륙하기가 쉬울 거예요."

"그렇지만 템플 판사님이 배의 불법 사용에 대해 불평하실 텐데요."

"판사의 딸이 책임을 지겠어요."

청년은 엘리자베스만이 들을 수 있는 낮은 목소리로 무언가를 말하고 나서 그녀가 제안한 일을 실행하려고 몸을 돌렸다. 그들이 헤어질 때 내티는 여자들에게 다가가서 이렇게 말했다.

"탄약 한 통을 기억하고 있겠지, 얘들아. 그 비버들을 잡아야 하고 나와 내 강아지들은 늙어가고 있으니 말이다. 우리는 최상의 탄약이 필요해."

"오세요, 내티." 에드워즈가 초조하게 말했다.

"간다, 얘야, 간다고. 하느님이 너희들을 축복하시기를, 어린 것들아. 너희 둘 다 말이야. 너희들은 이 늙은이에게 호의를 품고 친절한 일을 해주려고 하니 말이다."

숙녀들은 퇴각하는 사람들의 모습이 보이지 않게 될 때까지 멈춰 서 있었다. 그러고는 곧 대저택으로 들어갔다.

보도에서 이러한 장면이 벌어지고 있는 동안 커비는 달구지를 이미 따라잡은 터였다. 사실 그 달구지는 그의 것이었는데 에드워즈가 소유주에게 물어보지도 않고 그 참을성 있는 소들이 주인이 가자고 할 때를 기다리며 저녁이면 으레 서 있던 곳에서부터 몰고 가버렸던 것이다.

"워…… 이리 와 골든." 그가 소리쳤다. "이런, 어쩌다 다리 끝에서 이곳에 왔니? 난 너희들을 거기에 두었는데 말이야, 이 멍청이들아."

"앞으로, 이영차." 채찍을 아무렇게나 내리치며 벤저민이 중얼거렸다. 그런데 그 채찍이 상대방의 어깨를 때리고 말았다.

"대체 당신은 누구요?" 빌리가 소리쳤다. 그러면서 그는 놀라서 몸을 돌려보았지만 어둠 속이라 달구지 난간 너머로 응시하고 있는 딱딱한 얼굴을 분간할 수가 없었다.

"내가 누구냐고? 이런, 난 여기 이 선박에 타고 있는 키잡이여, 아시겠수. 그리고 난 똑바른 항적을 남기며 가고 있단 말이오. 예! 예! 바로 앞에 다리가 있어요. 바로 뒤엔 쇠차꼬가 있고요. 난 그런 걸 훌륭한 조타라고 하지, 여어. 앞으로 이영차."

"당신 채찍을 제자리에 놓으쇼, 베니 펌프 씨." 나무꾼이 말했다. "그러지 않으면 난 당신을 세게 잡고 뺨따귀를 때리겠소…… 내 달구지에 타고 어딜 가고 있는 거요?"

"달구지라고!"

"그렇소, 내 달구지와 소들이오."

"이런, 당신은 틀림없이 알고 있겠지, 커비 님. 레더스타킹과 내가…… 즉 베니 펌프가…… 벤을 알아요?…… 그런데 베니와 내가…… 아니, 나와 베니가…… 이런 어떻게 되는지 절대 모르겠군. 하여튼 우리 중 몇 사람이 비버 가죽을 뱃짐으로 실으러 가는 길이란 말이오, 아시겠수? 그래서 우린 달구지를 압박해서 그것들을 실으라고 했소. 이보시오, 커비 님. 당신은 정말 노를 어설프게도 젓는군…… 당신은 노를 젓는 게, 참, 소가 소총을 다루듯이 하는군. 아니면 숙녀가 꼬인 밧줄을 푸는 쇠막대 다루듯이 한다고요."

빌리는 집사의 정신 상태를 파악하고는 달구지 옆에서 얼마 동안 깊이 생각에 잠겨 걸었다. 그러다가 그는 벤저민에게서 소몰이 막대기를 뺏었다. 그러자 벤저민은 건초 위에 벌렁 자빠져서는 곧 잠들어버렸다. 빌리는 소들을 몰고 거리를 내려가 다리를 건너 산으로 올라가서 그가 다음 날 일해야 할 개간지를 향해 갔다. 그러는 동안 그는 치안관 무리들로부터 몇 가지 조급한 질문을 받은 것 외에는 아무런 방해도 받지 않았다.

엘리자베스는 자기 방 창가에서 한 시간 동안 서서 추격자들의 횃불이 산비탈을 따라 미끄러지듯 나아가는 것을 보고 있었고 그들의 외침 소리와 경보 소리를 듣고 있었다. 그러나 그 시간이 지나자 마지막 패거리가 지치고 실망해서 돌아왔고 마을은, 그녀가 감옥으로 가는 임무를 띠고 저택의 대문을 나섰을 때처럼 조용해졌다.

36장

"'그리고 난 울 수도 있다'…… 오네이다 족 추장은
이렇게 열광적으로 그의 노래를 시작했다……
'그러나 내 아버지의 아들의 죽음의 노래를
비탄으로 더럽히지 않도록.'"
ㅡ캠벨, 『와이오밍의 거트루드』, 3권 35장 1~4절

엘리자베스와 루이자가 약속한 대로 만나서 므시외 르 콰의 가게로
간 것은 다음 날 아침 아직 이른 시간이었다. 그것은 그들이 레더스타킹
에게 한 서약을 이행하기 위해서였다. 사람들이 그날의 매매를 위해 또
다시 모여들었지만 그 시각은 사람들이 북적이기에는 너무 이른 시간이
었다. 그래서 숙녀들은 가게 안에 그곳의 공손한 주인과 빌리 커비와 한
명의 여자 손님과 조수 또는 점원의 임무를 수행하는 사환이 있는 것을
보았다.

므시외 르 콰는 한 다발의 편지를 기쁨에 찬 표정으로 정독하고 있
었고 나무꾼은 한 손을 가슴에 찔러 넣고 다른 손은 웃옷 자락에 숨기
고 또 오른쪽 겨드랑이에는 도끼 한 자루를 끼고는 심성 고운 홍미를 보
이며 그 프랑스인의 기쁨에 공감하며 서 있었다. 새로운 개척지에서 널
리 행해지던 스스럼없는 예의범절은 일반적으로 신분의 차이를 모두 없

애주었고 그와 함께 교육과 지성에 대한 모든 고려 사항들도 없애주는 경우가 자주 있었다. 숙녀들이 가게에 들어갔을 때에는 가게 주인은 그들을 보지 못했다. 왜냐하면 그는 커비에게 이렇게 말하고 있는 중이었기 때문이다.

"아! 하하! 므시외 비일, 이 펀치는 날 이 세상에서 가장 행복한 사람으로 만들어주었다오. 아! 나의 사랑하는 프랑스! 내가 이제 너를 다시 보게 되는구나."

"당신의 행복에 이바지하는 건 뭐든 저도 기쁘군요, 므시외." 엘리자베스가 말했다. "하지만 우리가 아저씨를 영원히 잃지 않게 되길 바랍니다."

사근사근한 가게 주인은 언어를 프랑스어로 바꾸어서 엘리자베스에게 자신의 모국에 돌아가도록 허락을 받겠다는 희망에 대해 빠르게, 자세히 말했다. 그러나 습관이 이 온순한 인물의 예의범절을 너무나 크게 바꾸어놓은 까닭에 그는 보다 상냥한 이 손님에게 자신의 동포들의 성향에 일어난 기쁜 변화에 대해 이야기하면서도 다른 한편으로는 얼마간의 담배를 찾고 있던 나무꾼에게 계속해서 주문을 받고 있었다.

이 모든 이야기의 요지는 르 콰 씨가 마침내 서인도제도로 돌아가도 아무도 눈치채지 못할 것이라는 보장을 얻어내는 데 성공했다는 것이었다. 사실 그는 프랑스의 지배층 권력자들에게 거슬리는 일을 해서라기보다는 공포에 질려 자신의 모국에서 도망쳐 나왔던 것이다. 그래서 그 프랑스인은 너무나 기꺼이 시골 가게 주인의 신분으로 영락했지만 이제는 낮은 신분으로부터 본래의 적절한 사회적 지위로 다시금 부상하려는 찰나에 있었다.

우리가 이번 경우에 쌍방이 나눈 정중한 대화를 되풀이할 필요도 없고 템플 양과의 교제를 그만둘 수밖에 없는 데 대해 기쁨에 넘친 프랑스인이 끝없이 반복해서 표현한 아쉬움의 감정도 자세히 이야기할 필요도 없을 것이다. 엘리자베스는 이처럼 정중한 표현을 하며 시간을 소비하는 와중에도 사환에게서 남몰래 탄약을 구입할 기회를 잡았다. 그 사환은 조녀선이라는 호칭으로 불리던 소년이었다. 그들이 작별하기 전에 르 콰 씨는 충분한 이야기를 하지 못했다고 생각하는 듯한 태도로, 또 이 주제의 중요성을 보여주는 근엄한 태도로 이 상속녀와 개인적 면담을 할 영광을 달라고 간청했다. 그 부탁을 들어주겠다고 허락하고 만남을 위한 보다 알맞은 시간을 정하고 나서야 엘리자베스는 가게에서 빠져나오는 데 성공을 했다. 그제야 시골 사람들이 평상시처럼 가게로 들어오기 시작했고 그들은 진과 똑같은 응대와 예의 바른 대접을 받았다.

엘리자베스와 루이자는 깊은 침묵 속에서 다리까지 계속 걸어갔다. 그러나 그들이 다리에 도달하자 루이자는 걸음을 멈추고는 자신이 없어 억누르고 있는 어떤 것을 무척이나 말하고 싶어 하는 듯한 모습을 보였다.

"어디 아파요, 루이자?" 템플 양이 외쳤다. "돌아가서 그 노인을 만날 다른 기회를 찾는 게 좋지 않을까요?"

"아프지는 않은데 겁에 질려 있답니다. 오! 난 당신과 둘이서만은 또다시 그 산에 절대로, 절대로 그 산에 다시 갈 수 없어요. 난 그걸 감당할 수가 없어요. 정말 그래요."

이것은 엘리자베스에게는 예상치 못한 선언이었다. 비록 이제는 그녀가 더 이상 존재하지도 않는 위험에 대해 쓸데없는 걱정은 전혀 하고 있지 않았지만 그녀도 처녀로서의 조심성에 관련된 그 모든 미묘한 감정을 아주 예민하게 느끼고 있었다. 그녀는 마음속으로 깊이 숙고하면서 얼마 동안 서 있었다. 그러나 그 시간이 숙고가 아니라 행동할 시간이라는 것을 깨닫고는 그녀는 망설임을 털어버리려고 노력했다. 그리고 그녀는 확고하게 대답했다.

"자, 그렇다면 나 혼자서 해야겠네요. 믿을 수 있는 사람은 루이자밖에 없어요. 그렇지 않으면 사람들이 가엾은 레더스타킹 할아버지를 발견해버릴 테니까요. 이 숲가에서 날 기다려줘요. 적어도 바로 지금 내가 혼자서 산에서 어슬렁거리는 모습을 사람들이 보지 않도록 말예요. 우리는 소문을 만들어내고 싶어 하지 않잖아요. 만약…… 만약…… 날 기다려주겠지요, 사랑하는 친구?"

"일 년이라도, 마을이 보이는 곳에서 기다리겠어요, 템플 양." 흥분한 루이자가 대답했다. "하지만 저 산으로 가자고 내게 부탁하지는 말아요, 부탁하지 말아줘요."

엘리자베스는 자기 친구가 정말 계속 나아갈 수가 없다는 것을 알았다. 그래서 루이자가 때때로 그곳을 지나가는 사람들의 눈에 띄지 않는 곳에, 그렇지만 길이 가깝고 계곡 전체가 분명히 보이는 곳에 서 있기로 하고 그들은 협의를 마쳤다. 그러고 나서 템플 양은 혼자서 앞으로 나아갔다. 그녀는 우리의 이야기에서 그처럼 자주 언급되었던 그 길을 탄력 있는, 확고한 걸음걸이로 올라갔다. 그녀는 르 콰 씨의 가게에서 시간이 지체되었을 뿐만 아니라 정상에 도달하는 데 필요한 시간도 있었으므로 약속 시간을 어기게 될까 봐 걱정하고 있었다. 수풀 속의 빈 터를 지나가게 될 때마다 그녀는 숨을 돌리기 위해 잠깐 걸음을 멈추거나 자신의 발아래 펼쳐진 풍경에 끌려 하던 일을 잊고 계곡의 아름다움을 바라보느라 잠시 머무르곤 했다. 그러나 오랜 가뭄으로 계곡의 푸르른 옷은 갈색 빛깔로 변해 있었고 그곳은 전과 같은 장소였지만 풍경에는 초여름의 기운찬 생동적인 모습이 사라져 보이지 않았다. 하늘조차도 지상의 건조한 모습을 함께 나누고 있는 듯했다. 태양도 대기의 몽롱함에 가려져 있었기 때문이었다. 몽롱한 대기는, 그러한 것이 있을 수 있다고 한다면, 수증기 한 방울도 포함되지 않은 엷은 연기처럼 보였다. 이따금씩 군데군데 희미하게 밝아지는 부분이 보이긴 했지만 푸른 하늘은 거의 보이지 않았다. 희미하게 밝아지는 부분을 통해 굽이치는 수증기 덩어리들이 지평선 부근에 모여드는 것을 분간할 수가 있었다. 그 모습은 마치 인간의 고통을 덜어주기 위해 자연도 그 자체의 방대한 물을 모아들이려고 애쓰고 있는 것 같았다. 엘리자베스가 들이마신 공기 자체도 뜨겁고 건조했다. 그래서 그녀가 가야 할 길이 큰길에서 갈라지는 지점에 도달했을 때 그녀는 질식할 것만 같은 기분을 경험했다. 그러나 자신의 감정을 무시하고 그녀는 자기의 사명을 수행하기 위해 걸음을 재촉하면서 자신의 도움을 받지 못했을 때 사냥꾼이 경험할 그 실망과 심지어는 그 무력감 외에는 아무것도 생각하지 않았다.

템플 판사가 '비전'이라고 명명한 산의 정상에는 그곳에서 마을과 계곡을 더 잘 내려다볼 수 있도록 자그마한 면적의 땅이 개간되어 있었다. 사냥꾼이 그녀에게 만나자고 한 지점이 바로 그곳이라고 엘리자베스는 이해하고 있었다. 그리고 비록 오르막길을 오르는 것이 힘들고 자연 상태의 숲에는 장애물도 많았지만 최대한 신속히 그녀는 그곳으로 길을 재촉했다. 암석 파편들과 쓰러진 나무의 몸통들과 가지들이 무수히 많아서 그것들과 씨름해야 했지만 그녀의 결심 앞에서 모든 어려움은 다 사라져버렸다. 그래서 그녀 자신의 손목시계로 그녀는 정해진 시간 몇 분 전에 요구된 장소에 서 있게 되었다.

한 통나무 끝에 앉아 잠깐 쉰 다음 템플 양은 그녀의 늙은 친구를 찾아 주위를 한 번 흘깃 둘러보았다. 그러나 그가 그 개간지에 없다는 것은 명백했다. 그녀는 일어나서 개간지의 가장자리를 빙빙 돌아다니면서 내티가 몸을 숨기는 것이 현명하다고 생각했을 듯한 모든 장소를 조사해보았다. 그녀의 수색은 아무런 소득이 없었다. 그래서 그녀 스스로 기진맥진했을 뿐만 아니라 내티의 상황을 알아내거나 상상해보려고 노력하며 온갖 추측들을 다 해서 더 이상 추측할 거리도 없어진 후에 그녀는 그 외딴 곳에서 대담하게 소리를 한 번 질러보았다.

"내티! 레더스타킹! 할아버지!" 그녀는 사방팔방으로 큰 소리로 불러보았다. 그러나 자신의 맑은 음색만 바싹 마른 숲속에서 메아리쳐 되돌아올 뿐 아무런 대답이 없었다.

엘리자베스는 산마루를 향해 다가갔다. 그곳에서 숨을 크게 내쉬는 순간에 손으로 입을 쳐서 나는 소리와 같은 희미한 울음소리가 그녀의 목소리에 응답하는 것처럼 들려왔기 때문이었다. 그 소리가 숨어서 자기를 기다리는 레더스타킹의 소리이고 어디서 그를 찾아낼 수 있는지 알려주기 위해 그런 신호를 보내고 있다는 것을 조금도 의심하지 않고 엘리자베스는 백 피트 가까이나 내려갔다. 그러다가 자연적으로 형성된 계단형 평지에 도달했다. 그곳에는 암석의 갈라진 틈에서 자란 나무들이 드문드문 서 있었고 그 암석들은 얼마 안 되는 흙으로 덮여 있었다. 그녀는 이 평지의 가장자리로 나아가 평지 전면을 이루고 있는 수직 절벽 너머로 아래를 내려다보았다. 바로 그때 그녀 가까이에 있는 마른 나뭇잎들 사이에서 바스락거리는 소리가 나 그녀의 시선은 또 다른 방향으로 옮겨 갔다. 우리의 여주인공은 그때 본 대상에 깜짝 놀란 게 분명했다. 그러나 잠시 후 냉정을 되찾은 그녀는 확고한 걸음걸이로, 얼마간 흥미로워하는 태도로 그 장소로 나아갔다.

모히건이 쓰러진 참나무의 동체 위에 앉아 황갈색 얼굴을 그녀에게로 돌리고 시선을 그녀의 얼굴에 고정시키고 있었다. 미친 듯하면서도 불같은 그의 표정은 그녀보다 덜 결연한 여성이었다면 겁에 질렸을 법한 그런 것이었다. 그의 담요는 어깨에서 떨어져서 그의 주위에 여러 겹으로 접힌 채 놓여 있었던 까닭에 그의 가슴과 두 팔과 신체 대부분은 벌거벗은 상태였다. 워싱턴의 얼굴이 새겨진 메달이 그의 가슴에 늘어뜨려져 있었는데 그것은 그가 중대하고 장엄한 행사 때에만 내보이는 영예의 표지라는 것을 엘리자베스는 잘 알고 있었다. 그러나 그 늙은 추장의 전체적인 모습은 평범하다기보다는 고의적으로 꾸민 것이었고 몇 가지 세세한 부분에서는 소름끼치기까지 했다. 그의 길고 검은 머리는 머리 위에서 땋아 늘어뜨려져 있어서 그의 높은 이마와 꿰뚫는 듯한 두 눈이 드러나 있었다. 그의 두 귀에 있는, 칼로 베인 자국에는 은, 구슬, 호저(豪豬)의 가시 등으로 된 장신구들이 얽혀서 걸려 있었다. 그 장신구들은 조잡한 기호에 따라, 인디언풍으로 뒤섞여 있었다. 그와 유사한 재료들로 구성된 커다란 장식이 그의 코의 연골에 걸려 있었는데 그것은 입술 아래로까지 늘어뜨려져서 턱 끝까지 내려와 있었다. 그의 주름진 이마에는 붉은 물감으로 여러 줄의 선이 가로로 그어져 있었다. 그 선들은 변덕스럽게, 또는 관습에 따라 다양한 형태를 보여주며 두 뺨까지 그어져 있었다. 그의 신체도 그와 똑같은 방식으로 채색이 되어 있었다. 그것은 전체적으로 평소보다 더 중요한 어떤 행사에 대비하고 있는 한 인디언 전사의 모습을 나타내고 있었다.

"존! 어떻게 지내세요, 존경하는 존 할아버지?" 엘리자베스가 그에게 다가가면서 말했다. "할아버지께서는 이 마을에서 오랫동안 손님으로 지내셨지요. 제게 버드나무 바구니를 만들어주시겠다고 약속하셨지요. 그리고 전 할아버지께 드리려고 오래전에 옥양목 셔츠를 준비해놓고 있었는데요."

인디언은 한동안 아무 대답도 없이 그녀를 뚫어지게 응시하다가는 고개를 흔들며 특유의 쉰 듯한 낮은 어조로 대답했다.

"존의 손은 이제는 더 이상 바구니를 만들지 않는다…… 그에게는 셔츠도 필요 없다."

"하지만 혹시라도 필요하시다면 그것을 가지러 어디로 오셔야 할지 아실 텐데요." 템플 양이 대답했다. "정말, 존 할아버지, 할아버지께서 무엇이든 바라시는 것을 우리에게 주문할 권리를 타고나신 것처럼 느껴져요."

"딸아"라고 인디언이 말했다. "들어보렴…… 존이 젊었던 때부터 예순 번의 무더운 여름이 지나갔단다. 그때 그는 소나무처럼 키가 컸고 매눈의 총알처럼 쪽 곧았지. 아메리카 들소처럼 힘이 셌고 살쾡이처럼 기운찼지. 그는 힘이 셌고 젊은 독수리 같은 전사였지. 그의 부족이 여러 날 동안 마콰들을 추적하길 원했을 때는 칭가치국의 눈이 그들의 모카신의 자국을 찾아냈지. 그 부족이 축연을 베풀고 그들의 적의 머리 가죽들을 세면서 기뻐할 때 그 머리 가죽이 걸려 있던 곳은 그의 장대였다. 인디언 여자들이 자기네 아이들에게 줄 고기가 없어 울고 있을 때 그가 제일 앞에 나서서 사냥을 했지. 그의 총알은 사슴보다 더 빨랐어…… 딸아. 그러고는 칭가치국은 자신의 도끼로 나무를 찍었지. 그건 게으른 사람들에게 그와 밍고들을 어디서 찾아내야 할지 알려주는 방식이었지…… 허나 그는 바구니는 결코 만들지 않았다."

"그 시절은 지나갔어요, 전사 할아버지." 엘리자베스가 대답했다. "그 이후로 할아버지의 부족은 사라졌고 이제 적을 추적하는 대신 할아버지께서는 하느님을 두려워하고 평화로이 사는 방법을 배우셨어요."

"여기에 서보렴, 딸아. 여기서는 위대한 샘(泉)과 네 부친의 집과 저 굽은 강 주위의 땅을 볼 수가 있으니까 말이다. 존은 젊었었지. 그의 부족이 회의를 통해 이 지역을, 강 위로 푸른 산이 서 있는 곳에서부터 서스퀘해나 강이 나무들에 가려진 곳까지를 주기로 결정했을 때, 그들은 이 모든 지역과 그 위에서 자라는 모든 것, 그 위에서 걸어 다니는 모든 것, 거기에서 풀을 뜯어먹는 모든 것을 불을 먹는 사람에게 주었지…… 그들은 그를 사랑했으니까. 그는 강했고 그들은 여성적이었고 그래서 그가 그들을 도와주었으니까. 델라웨어 부족의 어떤 자도 그의 숲에서 달리고 있는 사슴을 죽이거나 그의 땅 위로 날아가고 있는 새를 막으려 하지 않았지. 왜냐하면 그것은 그의 것이었으니까. 존이 평화롭게 살았느냐고! 딸아, 존은 젊을 때부터 백인들이 프론티넥 요새로부터 올버니에 있는 존의 백인 형제들을 급습해서 싸우는 것을 보았다. 그들이 하느님을 두려워했느냐고! 존은 그의 주변의 영국인 지도자들과 미국인 지도자들이 바로 이 땅을 얻기 위해 서로의 골통을 도끼로 찍는 걸 보았다. 그들이 하느님을 두려워하며 평화롭게 살았느냐고! 존은 그 땅이 불을 먹는 사람과 그의 자식들과 그의 자식의 자식으로부터 다른 사람들의 손으로 넘어가고 이 지방에 새 추장이 세워지는 과정을 보았다. 이런 일을 한 그들이 평화롭게 살았느냐고! 그들이 하느님을 두려워했느냐고!"

"그런 건 백인들의 관습이에요, 존. 델라웨어 족 사람들도 싸우고 그들의 땅을 탄약과 담요와 상품 들과 교환하지 않나요?"

인디언은 그의 검은 두 눈을 상대에게 돌리고는 그녀를 약간 오싹하게 만드는 눈길로 계속 그녀를 자세히 주시했다.

"불을 먹는 사람의 권리를 구매한 이들이 대가로 준 담요와 상품들은 어디에 있는가?" 그가 더욱더 힘찬 목소리로 대답했다. "그것들은 그

636

의 오두막집에, 그의 옆에 있는가? 그들은 그에게 '형제여, 우리에게 당신의 땅을 팔고 이 황금, 이 은, 이 담요 들, 이 소총들, 또는 심지어는 이 럼주를 받으시오'라고 말했는가? 천만에, 그들은 그에게서 땅을 홱 채듯 빼앗아 갔다. 마치 적에게서 머리 가죽을 벗겨가듯이. 그리고 그런 짓을 한 그들은 그가 죽었는지 살았는지 보려고 뒤를 돌아다보지도 않았다. 그러한 사람들이 평화롭게 살며 위대한 영을 두려워한단 말인가?"

"하지만 할아버지께서는 상황을 거의 이해하지 못하시잖아요." 스스로 인정하고 싶은 것보다 더 많이 당황해하면서 엘리자베스가 말했다. "만약 할아버지께서 우리의 법과 관습을 더 잘 아신다면 우리의 행위를 달리 판단하실 거예요. 우리 아버지를 나쁘게 생각하지 말아주세요, 모히건 할아버지. 우리 아버지는 정의롭고 선한 분이니까요."

"미퀀의 형제는 선하므로 그는 정확히 처리할 것이다. 나는 매눈에게 그 말을 했다…… 나는 젊은 독수리에게도 말했다. 미퀀의 형제는 정확히 처리할 거라고."

"할아버지께서는 누구를 젊은 독수리라고 부르시는 거예요?" 이 질문을 할 때 엘리자베스는 인디언의 시선에서 자기의 얼굴을 다른 방향으로 돌렸다. "그는 어디서 왔고 그의 실상은 어떠한가요?"

"내 딸은 그렇게 오랫동안 그와 함께 살았으면서도 이런 질문을 하느냐?" 인디언이 신중하게 말했다. "노년은 피를 얼어붙게 한다. 서리가 겨울에 위대한 샘을 덮고 있듯이. 그러나 청춘은 꽃피는 시절의 태양처럼 피의 흐름을 활발하게 해준다. 젊은 독수리에게는 눈이 있다. 그에게 혀가 없었겠는가?"

그 늙은 전사는 아름다움에 대해 암시했는데 그것은 그의 비유적인 말에 의해 조금도 감소되지 않았다. 왜냐하면 그 말을 들은 처녀의 얼굴에 홍조가 나타나 그녀의 타는 듯한 두 뺨을 뒤덮어 검은 두 눈에도 그 홍조가 반영되어 눈이 타오르는 듯이 보였기 때문이었다. 그러나 잠시 부끄러움을 극복하려고 고투한 후에 그녀는 마치 그의 말을 진지하게 이해하고 싶지 않은 것처럼 웃어버리고는 농담조로 이렇게 대답했다.

"저를 그의 비밀 속 여주인공으로 만들지 마세요. 그는 자신의 비밀스러운 생각을 여자에게 털어놓기에는 델라웨어 족의 요소를 너무 많이 가지고 있답니다."

"딸아, 위대한 영은 너의 부친을 흰 피부로 태어나게 하셨고 나를 붉은 피부로 태어나게 하셨다. 그러나 그분은 우리들의 심장을 둘 다 피의 색깔을 띠게 하셨다. 젊을 때는 피가 빠르게, 따뜻하게 흐르지만 늙으면 피가 멈춰버리고 차가워진다. 피부 아래에 차이가 있는가? 없다. 옛날에 존에게는 여인이 있었다. 그녀는 이 아들들의 모친이 되었지." 그는 손가락 세 개를 세운 손을 들어 보였다. "그리고 그녀는 젊은 델라웨어 족 남자들을 행복하게 해주었을 만한 딸들도 낳았다. 그녀는 친절했다, 딸아. 내가 말하면 그녀는 그대로 했다. 너희들은 다른 생활방식을 가지고 있다. 그러나 존이 젊은 시절의 아내를 사랑하지 않았다고 넌 생각하느냐…… 자기 자식들의 모친을!"

"그런데 할아버지의 가족은 어떻게 되었나요, 존 할아버지. 할아버지의 부인과 자식들은요?" 엘리자베스가 인디언의 말투에 감동을 받아서 물었다.

"위대한 샘을 덮었던 얼음이 어디로 갔느냐고? 그것은 녹아서 물과 함께 흘러가버렸다. 존은 그의 모든 부족민들이 그를 떠나 영의 세계로 가고 난 후까지 살아 있었다. 그의 때가 왔다. 그리고 그는 준비가 되어 있다."

모히건은 고개를 담요 속으로 떨구고는 말없이 앉아 있었다. 템플 양은 무슨 말을 해야 할지 알 수가 없었다. 그녀는 늙은 전사의 생각을 그 우울한 회상에서 벗어나게 하고 싶었지만 그의 슬픔과 그의 강한 참을성에는 위엄이 있었으므로 그녀는 말하려는 노력을 억제할 수밖에 없었다. 그러나 대화가 오래 중단된 뒤에 그녀는 이야기를 다시 시작하려고 이렇게 물었다.

"레더스타킹은 어디 있나요, 존 할아버지? 전 그분의 부탁으로 탄약 한 통을 가져왔어요. 하지만 아무 데서도 그분을 찾을 수가 없네요. 할아버지께서 이걸 맡으셨다가 전해주시겠어요?"

인디언은 천천히 고개를 들고는 그녀가 자신의 손에 놓아준 그 선물을 골똘히 바라보았다.

"이것은 내 민족의 큰 적이다. 이것이 없었다면 백인들이 어떻게 델라웨어 족을 몰아낼 수 있었겠느냐! 딸아, 위대한 영은 네 조상들이 인디언들을 이 땅에서 휩쓸어낼 수 있도록 그들에게 총과 탄약을 만드는 방법을 알게 해주셨다. 이 나라에서는 곧 붉은 피부의 인디언들이 사라질 것이다. 존이 떠나는 것은 최후의 인디언이 이 산을 떠나고 그의 부족도 사라지는 것을 의미한다." 그 늙은 전사는 몸을 앞으로 뻗고 무릎에 한쪽 팔꿈치를 괴어 얹었는데 그 모습은 마치 골짜기의 사물들에 이별의 시선을 던지는 것 같았다. 비록 대기가 템플 양의 주위에서 매 순간 더 흐려지는 듯이 보였지만 몽롱한 대기를 통해 골짜기의 사물을 여전히 눈으로 볼 수가 있었기 때문이었다. 그러다가 그녀는 점차 호흡이 힘들어지는 것을 의식하게 되었다. 모히건의 눈은 슬픈 표정에서 미친 듯한 표정으로 점차 변했다. 그가 다음과 같이 말하는 동안 그 미친 듯한 표정은 예언자의 영감과 비슷한 것이라고 생각해도 될 정도였다. "그러나 그는 그의 조상들이 서로 만난 나라로 갈 것이다. 사냥감은 호수의 물고기들만큼이나 풍부할 것이다. 고기를 달라고 울면서 부탁하는 여자도 없을 것이다. 밍고는 그 누구도 그 나라에 올 수 없다. 사냥은 아이들을 위해 할 것이고 모든 정의로운 인디언들은 형제들로 함께 살 것이다."

"존 할아버지! 그곳은 기독교도의 천국이 아니잖아요!" 템플 양이 소리쳤다. "할아버지는 지금 할아버지 조상들의 미신에 대해 말씀하시는 거예요."

"조상들! 아들들!" 모히건이 확고하게 말했다. "모두 떠났다…… 모두 떠났다! 내겐 젊은 독수리 외에는 아들이 한 명도 없다. 그런데 그는 백인의 피를 타고났다."

"말씀해주세요, 존 할아버지." 그의 생각을 다른 주제로 옮겨가게 하려는 의도로, 또 그와 동시에 그 청년에 대한 그녀 자신의 강력한 관심에 굴복하면서 엘리자베스가 말했다. "이 에드워즈 씨는 누구인가요? 할아버지는 왜 그를 그처럼 좋아하시지요? 그리고 그는 어디서 왔나요?"

인디언은 그 질문에 흠칫했다. 그 질문이 그의 회상을 이 세상으로 되돌아오게 한 것이 분명했다. 그는 템플 양의 손을 잡아 그녀를 자기 옆자리로 끌어당기고는 그들의 발아래 놓여 있는 지역을 가리켰다.

"보아라, 딸아." 그녀의 시선을 북쪽으로 향하게 하면서 그가 말했다. "너의 젊은 두 눈이 볼 수 있는 만큼의 거리에 있는 땅이 모두 그의 것이다……"

그러나 바로 그 순간에 엄청난 양의 연기가 그들의 머리 위에서 감돌았다. 그리고 연기는 산들로 인해 소용돌이를 이루고는 선회하면서 그가 말하는 동안에 그들의 시야에 장벽을 형성했다. 템플 양은 이 상황에 깜짝 놀라 벌떡 일어났다. 그러고는 시선을 산의 정상 쪽으로 돌리자 그녀는 정상도 이곳과 유사하게 연기로 덮여 있는 것을 보았다. 그러는 동안 그녀의 위쪽에 있는 숲에서 바람이 휘몰아치는 소리 같은, 우르릉거리는 소리가 들렸다.

"이건 무슨 의미인가요, 존!" 그녀가 외쳤다. "우린 연기에 휩싸였어요. 달아오른 용광로의 열기 같은 게 느껴져요."

인디언이 대답할 새도 없이 숲속에서 소리치는 어떤 사람의 목소리가 들렸다.

"존! 어디 계세요? 모히건 할아버지! 숲이 불타고 있어요. 지금 당장 피해야 해요."

추장은 손을 입 앞으로 올려서 손을 입술에 대고 움직여 엘리자베스를 그 장소에 이끌려오게 했던 것과 같은 종류의 소리를 냈다. 바로 그때 매우 급하고 빠르게 마른 덤불과 관목들을 통해 돌진하는 발소리가 들렸다. 그러고는 곧 에드워즈가 온 얼굴에 공포의 기색을 띠고 그의 옆으로 달려 들어왔다.

37장

"사랑이 법정과 야영지와 작은 숲을 지배한다."
―스콧, 『최후의 음유시인의 노래』, 3권 2장 5절

"이런 식으로 할아버지를 잃었다면 정말 슬펐을 겁니다, 나의 늙은 친구 분이여." 올리버가 말을 하기 위해 숨을 한 차례 내쉬면서 말했다. "일어나서 가세요! 지금도 우린 너무 늦었을지도 몰라요. 불길이 저 아래 바위의 뾰족한 부분을 둘러싸고 빙빙 돌고 있어요. 우리가 그곳을 통과할 수가 없다면 우리의 유일한 승산은 틀림없이 절벽을 내려가는 것뿐입니다. 가요! 가요! 무관심한 태도를 버리세요, 존. 지금은 위급한 때라니까요."

모히건은 엘리자베스를 가리켰다. 그녀는 자기의 위험을 잊은 채 에드워즈의 목소리를 알아듣자마자 바위의 돌출부로 물러서 있었다. 모히건은 생기가 다시 일깨워진 듯한 목소리로 말했다.

"그 애를 구해라…… 존은 죽게 내버려두고."

"그 애라고요! 누구를 말씀하시는 겁니까?" 상대가 가리킨 장소로 재빨리 몸을 돌리며 청년이 소리쳤다. 그러나 엘리자베스가 강렬하게 공포를 드러내면서도 한편으로는 그러한 장소에서 그를 만나기 싫어하는 마음이 뒤섞인 듯한 자세로 그가 있는 쪽으로 몸을 굽히고 있는 모습을 보자 그는 충격을 받아 말을 잇지 못했다.

"템플 양!" 말을 할 수 있게 되자 그는 이렇게 소리쳤다. "당신이 여기에! 이러한 죽음이 당신에게 예정되어 있는 건가요!"

"아니, 아니, 아니요…… 우리 중 누구에게도 죽음은 없기를 바랍니다, 에드워즈 씨." 그녀가 침착하게 말하려고 애쓰면서 대답했다. "연기는 나지만 불이 우리를 해칠 것 같지는 않네요. 이곳을 빠져나가려고 노력해봐요."

"내 팔을 잡으세요." 에드워즈가 말했다. "어느 쪽이든 당신이 빠져나갈 수 있는 통로가 틀림없이 있을 겁니다. 그런 수고를 감당할 수 있지요?"

"물론이에요. 당신은 분명히 위험을 과장하고 있어요, 에드워즈 씨. 당신이 온 길로 해서 절 데리고 나가주세요."

"그럴게요…… 그럴게요." 청년이 일종의 병적으로 흥분한 어조로 소리쳤다. "아니, 아니요…… 위험은 없어요…… 내가 불필요하게 당신을 놀라게 했군요."

"하지만 인디언 할아버지를 남겨두고 가야 하나요…… 우리가 그분의 말대로 그분을 여기서 돌아가시게 남겨두고 갈 수 있을까요?"

고통스러운 감정의 표정이 젊은이의 얼굴을 스쳐갔다. 그는 걸음을 멈추고 간절히 바라는 듯한 눈빛으로 모히건을 바라보았다. 그러나 그는 곧 그녀가 원하지 않는데도 자신의 동반자를 끌면서 아주 큰 보폭으로 자신이 원형의 불길 안으로 방금 들어왔던 그 통로를 향해 길을 재촉했다.

"그분을 주시하지 마세요." 그가 필사적으로 침착을 유지하고 있음을 나타내는 어조로 말했다. "그분은 숲과 이런 장면들에 익숙해요. 그러니 그분은 산 위로 피하시든가…… 바위 위로 해서…… 아니면 지금 계시는 곳에 안전하게 남아 계실 수 있을 겁니다."

"당신은 지금 이 순간 그렇게 생각지 않잖아요, 에드워즈! 그런 죽음을 당하도록 그분을 거기에 내버려두지 말아요." 엘리자베스가 자기의 인도자의 얼굴을 뚫어지게 바라보면서 소리쳤다. 그녀의 시선은 그가 제정신이라는 것을 불신하는 것 같았다.

"인디언이 타 죽다니요! 인디언이 불에 타 죽는다는 말을 들어본 사람이 어디 있어요! 인디언은 타 죽을 리 없어요. 그런 생각은 터무니없는 겁니다. 서둘러요, 서둘러요, 템플 양. 그러지 않으면 연기가 당신을 불편하게 할 겁니다."

"에드워즈! 당신의 표정과 눈이 날 겁에 질리게 만들어요! 위험성을 내게 말해주세요. 위험이 지금 보이는 것보다 실제로는 더 큰가요? 난 어떤 시련도 감당할 수 있어요."

"만약 우리가 저 불길보다 먼저 저쪽 바위의 뾰족한 끝에 닿으면 우린 안전해요, 템플 양!" 젊은이가 억지로 침착한 태도를 가장하고 있다가 그것이 한계에 달해 폭발한 목소리로 외쳤다. "빨리 가요! 살기 위한 투쟁입니다!"

템플 양과 인디언이 대화를 나눈 장소는 그 지방의 산악 지대에서 일종의 계단형 대지(臺地)를 형성하고 있는, 암석으로 이루어진 대지들 중 하나라고 이미 묘사한 적이 있다. 그리고 그 계단형 대지의 전면은 이미 언급했듯이 높은 수직 절벽이었다. 그 형태는 거의 자연적 호형이었다. 그 호형의 양쪽 끝은 산비탈의 내리막 경사가 덜 가파른 지점에서 산과 자연스럽게 융합되어 있었다. 에드워즈는 이 암벽의 곡선 말단부 중 한 곳을 경유해 올라왔던 것이다. 그래서 그는 엘리자베스에게 필사적으로 사력을 다해 그 말단 지점을 향해 빨리 가자고 재촉하고 있었던 것이다.

흰 연기가 거대한 구름 모양으로 산 정상 위로 쏟아졌고 그것이 불의 접근과 맹렬한 파괴 행위를 감추었다. 그러나 템플 양이 젊은이의 손을 잡고 땅 위를 나는 듯이 달려가다가 탁탁거리는 소리를 듣고 연기가 몰려오는 쪽으로 눈을 돌려보니 너울거리는 불길이 연기에서부터 세차게 튀어나오는 모습을 이미 볼 수가 있었다. 불길은 공중 높은 곳에서 너울거리다가 땅으로 휘어져서 그 입김이 닿는 모든 나뭇가지와 관목에 불을 붙여 연소시키는 것처럼 보였다. 그 광경에 자극을 받아 그들은 더욱더 속력을 내려고 노력했다. 그러나 운 나쁘게도 그들의 진로 바로 앞에 나무 잔가지 더미가 오랫동안 건조된 상태로 가로놓여 있었다. 그래서 그들 둘 다 자신들의 안전이 확실해졌다고 생각한 바로 그 순간 따뜻한 기류가 그 잔가지 더미 위로 여러 갈래의 널름거리는 불길을 몰고 왔고 불길이 닿자마자 불이 붙었다. 그래서 그들이 그 지점에 도착했을 때에는 큰 소리를 내며 타오르는 험악한 불길이 급히 달려가던 이 한 쌍의 남녀에 맞서고 있었던 것이다. 마치 그들의 앞길에 용광로가 타오르는 듯했다. 그들은 열기로부터 뒤로 물러나서 망연자실한 채 불길을 주시하며 암반의 한 지점에 서 있었다. 불길이 산 아래로 급속히 번지고 있어서 산비탈은 삽시간에 온통 활활 타는 불로 뒤덮여버렸다. 엘리자베스처럼 가볍고 경쾌한 옷차림을 한 사람이 사납게 날뛰는 불에 가까이만 가도 위험할 것은 자명했다. 그래서 그녀를 그처럼 부드럽고 우아하게 보이도록 해주었던 그 하늘거리는 의상이 지금은 그녀를 파멸시킬 도구가 되어버린 듯이 보였다.

마을 사람들은 목재와 땔감을 구하러 그 산에 다니는 데 익숙했다. 그런 것들을 획득하면 그들은 습관적으로 나무줄기만 가지고 가고 크고 작은 가지들은 비바람을 맞으며 썩도록 내버려두곤 했다. 그 결과 산의 대부분은 자잘한 땔감으로 뒤덮여 있었고 그 땔감들은 지난 두 달 동안 햇볕에 바싹 말랐으므로 불길이 스치기만 해도 불이 붙었다. 참으로 몇몇 경우에는 불길과 이 나뭇가지 더미들 사이에 아무런 접촉도 없었던 듯이 보이기도 했지만 불길들은 나뭇가지 더미에서 더미로 휙휙 날아가는 듯이 보이기도 했다. 그것은 마치 신전의 전설적인 불이 그곳의 불이 켜지지 않은 등불까지도 다시 밝힌다고 묘사되어 있는 것과 유사한 광경이었다.

그 광경에는 공포뿐만 아니라 아름다움도 있었다. 에드워즈와 엘리자베스는 모든 것을 폐허로 만드는 불길의 진전을 공포와 흥미가 이상하게 뒤섞인 감정으로 지켜보며 서 있었다. 그러나 에드워즈는 곧 분발해서 새로운 노력에 착수했다. 그는 자기 동반자의 손을 끌고 연기의 가장자리를 따라 나아갔다. 그 젊은이는 통로를 찾아 짙고 자욱한 연기 속으로 자주 들어가보았지만 매번 통로를 찾는 데 성공하지 못했다. 이러한 방식으로 그들은 그 계단형 지형의 윗부분 주위를 반원형으로 나아가다가 그 절벽 가장자리에 도달했는데 그곳은 에드워즈가 올라온 지점의 반대편 지점이었다. 그때 갑자기, 같은 순간에 그들은 둘 다 자기들이 불길에 완전히 둘러싸였다는 무서운 확신이 들었다. 산 위로 올라가거나 산에서 내려가는 단 하나의 통로라도 탐색하지 않은 곳이 남아 있는 한에는 희망이 있었다. 그러나 도피가 절대적으로 실행 불가능하다고 보이자 엘리자베스에게는 그때까지 그 위험을 가벼이 생각했던 것만큼 더 뼈저리게 앞에 닥친 공포 상황이 분명해졌다.

"이 산은 내게 파멸을 가져다줄 운명인가 봐요!" 그녀가 속삭였다. "우리는 이 산에서 죽을 자리를 얻게 될 거예요!"

"그렇게 말하지 마요, 템플 양. 아직 희망이 있어요." 청년이 그녀와 동일한 어조로 말했지만 그의 눈의 멍한 표정은 그의 말과는 반대 의견을 말해주고 있었다. "암반의 뾰족한 지점으로 돌아갑시다. 그 주변에 우리가 내려갈 수 있는 어떤 지점이 있을 겁니다. 반드시 있어야 하고요."

"날 그리로 인도해주세요." 엘리자베스가 외쳤다. "해볼 수 있는 노력은 뭐든 다 해보기로 해요." 그녀는 그의 동의를 기다리지도 않고 몸을 돌려 벼랑가를 향해 온 길을 되돌아 걸었다. 감정을 억제했지만 병적으로 흥분해서 흐느끼면서 혼자서 중얼거렸다. "우리 아버지…… 불쌍한 나의, 너무나 괴로워하실 나의 아버지!"

에드워즈는 즉시 그녀 옆으로 다가가서는 간절한 시선으로 탈출의 편의를 제공해줄 어떤 틈을 찾아 험한 암석의 균열 부위를 하나하나 조사해보았다. 그러나 암석들의 표면이 매끄럽고 평평했으므로 발을 디딜 만한 돌출부가 거의 없었다. 하물며 약 백 피트를 내려가는 데 필요한, 연속되는 돌출부들이 보이지 않는 것은 말할 것도 없었다. 에드워즈는 금세 이 희망 또한 무익하다는 확신을 느꼈다. 그래서 일종의 열에 들뜬 절망감으로 인해 여전히 무언가 행동을 하려는 충동을 느끼며 그는 어떤 새로운 수단에 착안했다.

"남은 방법이 아무것도 없어요, 템플 양." 그가 말했다. "당신을 이 곳에서 저 아래 바위로 내려주려고 노력하는 것 외에는요. 내티가 여기 있다면, 아니면 저 인디언이라도 일깨울 수가 있다면 그들의 재간과 오랜 경험으로 그렇게 할 방법을 쉽사리 고안해낼 텐데요. 그런데 전 이 순간에는 대담한 용기 말고는 모든 면에서 어린애 같군요. 제가 어디서 방법을 발견할 수 있을까요? 내 이 옷은 너무나 가볍고 옷의 부피도 조금밖에 안 되고…… 그런데 모히건의 담요가 있군요. 우리는 해봐야 해요…… 우리는 해봐야 해요…… 어떤 일이라도 당신이 그러한 죽음을 당하는 걸 보는 것보단 낫지요!"

"그럼 당신은 어떻게 되겠어요!" 엘리자베스가 말했다. "정말, 정말, 내 안전을 위해 당신도 존도 희생되어서는 안 돼요."

그는 그녀의 말을 듣고 있지 않았다. 그가 이미 모히건 옆으로 가버렸기 때문이었다. 모히건은 자신의 상황이 두 사람의 상황보다 더욱더 위급했지만 인디언의 위엄과 평정을 유지하면서 아무것도 묻지 않고 담요를 양보했다. 청년은 담요를 갈기갈기 찢어 그 조각들을 한데 묶었다. 또 번개처럼 빠른 속도로 청년의 헐렁한 아마포 상의와 엘리자베스의 가벼운 모슬린 숄도 그 줄에 묶어서 그것을 바위 아래로 내려뜨렸다. 그러나 그렇게 묶은 줄은 밑바닥까지 반도 미치지 못했다.

"소용없어요…… 소용없어요!" 엘리자베스가 소리쳤다. "내겐 아무런 희망이 없어요! 불길이 천천히, 하지만 확실히 다가오고 있어요. 보세요! 불길이 그 앞의 땅까지도 폐허로 만들고 있어요!"

산의 다른 부분들에서 불길이 관목에서 나무로 날아가 옮겨 붙은 속도의 절반만큼이라도 그 암반 위에서 불길이 번졌더라면 우리의 괴로운 기록도 금방 끝났을 것이다. 왜냐하면 불길이 이미 그것에 둘러싸인 포로들을 다 태워버렸을 것이기 때문이다. 그러나 그들의 위치가 특수했으므로 엘리자베스와 그녀의 동반자는 유예 기간을 가질 수가 있었다. 그래서 그들은 그 유예 시간을 이용해서 우리가 방금 기록한 그러한 노력을 할 수가 있었던 것이다.

그 암반 위에는 흙이 엷게 덮여 있었고 거기에 자라는, 얼마 안 되는

풀은 시들어버렸고 바위틈에 뿌리를 내린 나무들 대부분은 지난 몇 년간의 여름의 혹서로 이미 죽어버린 상태였다. 여전히 살아 있는 모습을 유지하고 있는 나무들에는 몇 장의 시들고 건조해진 잎이 달려 있었고 그 밖의 나무들은 단지 소나무와 참나무와 단풍나무의 잔해일 뿐이었다. 불길이 그곳까지 번지게 되었더라면 불길을 부채질하는 데 나무들의 그런 잔해보다 더 나은 재료는 찾을 수가 없을 정도였다. 그러나 그 지면에는 산의 다른 부분들에 파괴적인 불길을 급류처럼 번지게 한 잔가지 더미들이 없었던 것이다. 이러한 연료 부족에 덧붙여 그 지방에 풍부한 커다란 샘들 중 하나가 위쪽의 비탈길 옆구리에서 용솟음쳐 나오고 있었다. 그 샘물은 시내를 이루어 그곳의 암반을 덮은 이끼를 흠뻑 적시면서 평평한 땅을 따라 천천히, 완만하게 나아가서는 그 산의 뾰족한 산봉우리를 형성하고 있는 작은 원추형 지형의 기슭을 완만한 곡선을 그리며 돌아서 계속 흘러가고 있었다. 그 시내는 이 계단형 대지의 한쪽 끝부분 가까이에서 연기로 뒤덮인 부분 속으로 들어가서는 또다시 계속 이어져 마침내 호수로 흘러들어가고 있었다. 그런데 그 시내는 바위에서 바위로 세차게 흘러서 호수로 들어가는 것이 아니라 땅속의 비밀스러운 수로를 통해 호수로 흘러들어가고 있었다. 그 시내는 우기에는 여기저기서 표면으로 올라와 흐르기도 했지만 여름의 가뭄 동안에는 물이 가까이 있다는 것을 알려주는 습지와 이끼에 의해서만 그 흔적을 발견할 수 있었다. 불길은 이 시내라는 장벽을 만나자 잠시 멈추지 않을 수가 없었던 것이다. 그러나 그것은 마치 군대가 적진을 황폐화하는 길이 열릴 수 있도록 공성 포열의 작전을 기다리는 것처럼 집중된 열기로 습기를 극복할 수 있을 때까지만이었다.

이제 그 운명적 순간이 온 것처럼 보였다. 왜냐하면 쉿쉿 소리를 내던 그 샘의 증기가 거의 소진된 듯이 보였고 암석의 이끼도 이미 격심한 열기 아래 뒤틀리고 있었기 때문이다. 또 한편으로는 아직 죽은 나무들에 붙어 있던 나무껍질 조각들이 나무통에서 분리되어 부서져서 덩어리를 이루어 땅에 떨어지기 시작했기 때문이다. 대기는 열기를 띤 광선으로 떨리고 있는 듯이 보였다. 그러한 광선이 나무들의 바싹 건조된 줄기들을 따라 번쩍이는 광경을 볼 수 있었다. 검은 연기의 구름이 그 작은 계단형 대지를 죽 휩쓸고 지나가는 순간들도 있었다. 그래서 시각이 기능을 잃음에 따라 그 밖의 감각들이 그 장면의 무시무시한 공포를 실감나게 느끼도록 하는 데 기여했다. 그러한 순간에 불길의 으르렁거리는 소리, 격노한 불의 탁탁거리는 소리, 떨어지는 나뭇가지들이 나무에서 찢겨 나와 떨어지는 소리, 그리고 이따금 어떤 나무가 쓰러지며 나는 소리가 우레처럼 크게 메아리치는 소리 등이 하나로 결합되어 조난자들을 오싹하게 만들었다. 그러나 그들 세 사람 중 사뭇 가장 동요하고 있는 사람은 청년인 듯했다. 엘리자베스는 탈출에 대한 생각을 완전히 포기한 후에는 급속히 체념 후의 평정심을 얻고 있었다. 때때로 가장 가냘픈 여성들도 그러한 평정심으로 피할 수 없는 불행에 직면한다는 사례들이 알려져 있기도 하다. 반면 모히건은 다른 두 사람보다 위험이 훨씬 더 가까웠지만 그 누구도 꺾을 수 없는, 인디언 전사의 체념한 태도로 자신의 자리를 계속 지키고 있었다. 그 늙은 추장의 시선은 대체로 먼 산들이 있는 방향을 응시하고 있었는데 한두 번 그 시선이 그처럼 일찍 죽음을 맞이하도록 운명 지어진 듯이 보이는 이 젊은 한 쌍의 남녀를 향하기도 했다. 그럴 때 그의 침착한 얼굴에는 약간 불쌍히 여기는 표정이 스쳐 지나기도 했지만 그 시선은 곧 전에 응시하던 방향으로 되돌아갔다. 그 모습은 이미 내세를 속속들이 들여다보고 있는 듯했다. 이 시간의 대부분 동안 그는 델라웨어 부족의 언어로, 또 그의 부족 특유의 낮고 굵고 현저하게 쉰 듯한 음조로 일종의 나지막한 만가를 부르고 있었다.

"이러한 순간에는, 에드워즈 씨, 모든 세속적인 차이는 사라지는 거지요." 엘리자베스가 속삭였다. "존에게 우리에게 더 가까이 오라고 권하세요…… 우리 함께 죽어요."

"난 그럴 수 없어요…… 그는 움직이지 않을 테니까요." 청년이 그녀와 같은, 무섭도록 나지막한 어조로 말했다. "그는 이 순간을 그의 인생에서 가장 행복한 순간이라고 생각하지요. 그는 일흔이 넘었어요. 얼마 전부터 급속히 쇠약해지고 있었어요. 그도 역시 호수에서 그 재수 없는 사슴을 사냥하다가 부상을 입었지요. 오! 템플 양, 그건 정말 재수 없는 사냥이었어요, 정말! 그 때문에 이 무시무시한 장면이 벌어진 것이 아닌가 하는 두려운 마음이 드는군요."

엘리자베스의 미소는 지극히 아름다웠다. "지금 왜 그런 사소한 문제를 말하세요…… 이 순간에는 심장은 모든 세속적 감정들에 무감각한 걸요!"

"사람으로 하여금 이러한 죽음을 감수할 수 있게 해주는 어떤 것이 있다면" 하고 청년이 소리쳤다. "그건 당신 같은 사람하고 함께 죽음을 맞이하는 일일 겁니다!"

"그렇게 말하지 마세요, 에드워즈. 그렇게 말하지 마세요." 템플 양이 가로막았다. "전 그런 말을 들을 만한 가치가 없어요. 그리고 그런 말은 당신 자신에게도 불공평한 거지요. 우리는 죽어야만 해요. 그래요…… 그래요…… 우린 죽어야만 해요…… 이건 하느님의 뜻이에요. 그러니 하느님의 자녀답게 그것을 감수하려고 함께 노력해요."

"죽다니요!" 청년이 외친다기보다는 비명을 지르듯이 말했다. "아니…… 아니…… 아직 틀림없이 희망이 있을 겁니다…… 당신은 적어도 죽어서는 안 돼요. 죽지 않게 할 겁니다."

"무슨 방법으로 우리가 탈출할 수가 있나요?" 엘리자베스가 지극히 아름다우면서도 침착한 표정으로 불길을 가리키며 물었다. "보세요! 불길이 습지대의 장벽을 넘어오고 있어요…… 불길은 천천히 오고 있지만, 에드워즈, 확실히 오고 있어요…… 아! 보세요! 저 나무! 저 나무에도 이미 불이 붙었어요!"

그녀의 말은 정확히 사실이었다. 큰불의 열기가 마침내 샘물의 저항을 극복했다. 그래서 불은 반쯤 건조된 이끼를 따라 천천히, 조용히 다가오고 있었다. 한편 갈래진 불길이 닿아 죽은 소나무 한 그루에 불이 붙었다. 그 불길은 바람의 영향으로 춤을 추다가 빙글빙글 돌면서 한 순간 그 나무의 줄기를 휘감았다. 그 결과는 즉각적이었다. 불길은 마치 하나의 사슬 위에서 진동하고 있는 번개처럼 그 소나무의 바싹 마른 동체를 따라 춤을 추었다. 그러다가 곧 그 계단형 대지 위에서는 활활 타는 불기둥이 사납게 날뛰게 되었다. 그 불길은 곧 나무에서 나무로 번졌다. 이 장면의 종말이 가까워지고 있는 것이 명백했다. 모히건이 앉아 있던 통나무 한쪽 끝에도 불이 붙어서 그 인디언은 불에 휩싸인 것처럼 보였다. 그래도 그는 움직이지 않았다. 그의 신체를 덮고 있는 것이 없었으므로 틀림없이 고통이 심했을 텐데 그의 불굴의 정신은 그 모든 것을 초월하고 있었다. 이 끔찍한 상황 가운데에서도 그의 목소리가 여전히 들렸다. 엘리자베스는 그 광경에서 고개를 돌려 골짜기를 내려다보았다. 불의 열기로 인해 사나운 회오리바람이 일어나서 바로 그 순간에 골짜기 위에 감돌고 있던, 불길로 인한 구름장이 걷혀서 그들 아래에 놓인 평화로운 마을을 뚜렷이 볼 수 있게 해주었다.

"우리 아버지!…… 우리 아버지!" 엘리자베스가 비명을 질렀다. "오! 이런 일이…… 이런 일이 분명 내게 일어나지 않았을 수도 있었을 텐데…… 하지만 난 감수하겠어요."

그 거리는 템플 판사의 모습을 볼 수 없을 만큼 멀지는 않았다. 판사는 자신의 저택 마당에 서서 분명히 자기 자식의 위험은 까맣게 모른 채 불길에 휩싸인 산을 유심히 바라보고 있었다. 이 광경이 다가오는 위험보다 더욱더 고통스러웠다. 그래서 엘리자베스는 다시 산 쪽으로 돌아섰다.

"내 지나친 격정이 이런 일을 초래했어!" 에드워즈가 절망적인 어조로 소리쳤다. "내가 당신의 지극히 훌륭한 체념의 마음을 절반만이라도 가졌다면, 템플 양, 모든 일이 지금까지 괜찮았을 텐데요."

"그런 말 마세요…… 그런 말 마세요." 그녀가 말했다. "이젠 그런 말이 아무 소용없어요. 우린 죽을 수밖에 없어요, 에드워즈. 우린 죽을 수밖에 없어요…… 우리 기독교도로 죽기로 해요. 하지만…… 아니…… 당신은 아직도 탈출할 수 있을 거예요, 아마도. 당신의 옷은 내 옷처럼 치명적인 건 아니잖아요. 도망치세요! 날 두고 가세요. 당신이 빠져나갈 어떤 통로를 아직은 찾아낼 수 있을 거예요, 아마도…… 분명히 노력해볼 가치가 있어요. 도망치세요! 나를 두고요…… 아니 잠깐만요! 당신은 우리 아버질 만나겠죠. 불쌍한 나의, 뒤에 남겨질 나의 아버지! 그러면 그분에게 말해주세요, 에드워즈. 그분에게 말해주세요. 그분의 고통을 진정시킬 모든 걸요. 내가 행복하고 침착하게 죽었다고, 내가 내 사랑하는 어머니에게 갔다고, 이 삶의 시간은 영원의 저울에 달아보면 무와 같다고 그분에게 전해주세요. 우리가 어떻게 다시 만나게 될 것인지 말해주세요. 그리고 또 말해주세요." 그녀는 마치 자기의 세속적인 약점을 의식한 양, 자기의 감정과 함께 높아졌던 목소리를 낮추면서 말을 이었다. "아버지에 대한 내 사랑이 얼마나 소중했는지, 정말이지 얼마나 소중했는지를요. 그 사랑은 하느님에 대한 내 사랑과 가까웠다고, 너무나 가까웠다고 말예요."

청년은 그녀의 애처로운 어조에 귀를 기울이고 있었지만 움직이지 않았다. 잠시 후 그는 말을 시작하며 이렇게 대답했다.

"그런데 내게 당신을 두고 가라고 명하는 겁니까! 죽음에 임박해 있는 당신을 두고 가라니요! 오! 템플 양, 당신은 날 너무나 모르시는군요." 그는 소리쳤다. 그러면서 그녀의 발치에 무릎을 꿇고 마치 그녀를 불길에서 보호하려는 듯이 그녀의 하늘하늘한 의상을 자신의 품에 거두어 안았다. "난 절망 속에서 숲으로 쫓겨났지요. 그러나 당신과 사귀게 되자 내 속의 사자가 길들여졌어요. 내가 비록 타락해서 내 인생을 낭비했다 하더라도 날 매혹해서 다시 그 인생을 살게 해준 건 당신이었어요. 비록 내가 내 이름과 가족을 잊어버렸지만 당신의 모습이 기억의 자리를 대신해주었어요. 비록 내가 나의 잘못을 잊어버렸지만 내게 자비를 가르쳐준 것은 당신이었어요. 아니…… 아니요…… 가장 사랑하는 엘리자베스, 난 당신과 함께 죽을 수는 있지만 결코 당신을 두고 갈 수는 없습니다."

엘리자베스는 움직이지도 않고 대답하지도 않았다. 그녀의 생각이 지상을 떠나 높은 곳을 향하고 있는 것이 명확했다. 그녀의 아버지에 대한 회상과 그들의 이별에 대한 그녀의 낙담은 경건한 감정으로 인해 부드러워졌다. 그러한 감정으로 인해 그녀는 세속적인 상황의 수준 위로 고양되었다. 그리고 영원을 곧 보게 된다는 생각에 그녀에게서는 여성의 나약함이 빠르게 사라졌다. 그러나 그녀가 그의 이 말을 듣게 되자 그녀는 다시 한 번 여성적이 되었다. 그녀는 이러한 감정에 저항하려 애쓰면서 자기가 남아 있던 최후의 자연스러운 감정을 털어내고 있다고 생각하면서 미소를 지었다. 바로 그때 날카로운 어조로 외치는 인간의 목소리와 함께 세상과 세상의 모든 유혹적인 것들이 그녀의 가슴속으로 다시 물밀듯 밀려들어왔다.

"아가야! 어디 있니, 아가야! 네가 아직 살아 있다면 노인의 마음을 기쁘게 해주렴!"

"들어봐요!" 엘리자베스가 말했다. "레더스타킹이에요. 그분이 날 찾고 있어요!"

"내티네요!" 에드워즈가 외쳤다. "그러면 우린 이제 구조될 수 있을 겁니다!"

숲의 불길 바로 위에서 하늘을 선회하는 널따란 불길이 한 순간 그들의 눈을 향해 번쩍거리고는 곧이어 큰 총성이 울렸다.

"탄약통 때문이야! 탄약 때문이야." 같은 목소리가 소리치고 있었는데 그 목소리는 그들을 향해 다가오고 있는 것이 명백했다. "탄약통 때문이야. 그래서 그 사랑스러운 아이가 길을 잃은 거야!"

바로 다음 순간에 내티가 샘에서 올라오는 수증기를 뚫고 돌진해서 그 계단형 대지에 나타났다. 그는 사슴 가죽 모자를 쓰고 있지 않았고 머리칼은 다 타버려서 맨머리가 드러나 있었다. 또 시골풍의 바둑판무늬로 된 그의 셔츠는 검게 그슬린 데다 구멍투성이가 되어 있었고 그의 붉은 얼굴은 거기까지 오는 동안 쏘인 열기로 지금까지 그 어느 때보다 더 짙은 색을 띠고 있었다.

38장

"바로 망령의 나라에서, 이제
내 아버지의 무시무시한 망령이 나타난다."
—캠벨, 『와이오밍의 거트루드』, 3권 39장 3～4행

템플 양이 떠나고 루이자 그랜트가 이미 언급한 그 상황에 남겨진
지 한 시간 동안 계속 열에 들뜬 듯한 불안 속에서 자기 친구의 귀환을
기다리고 있었다. 그러나 엘리자베스는 다시 나타나지 않고 시간만 지나
가자 루이자의 공포는 점차 커져갔다. 그래서 마침내 그녀는 겁에 질린
채 상상 속에서 실제로 일어난 위험을 제외하고는 숲과 관련된 모든 종
류의 위험을 그려보게 되었다. 하늘은 점차 어두워졌고 엄청나게 많은
양의 연기가 골짜기 위로 쏟아지고 있었지만 루이자는 걱정해야 할 진정
한 이유는 꿈에도 생각지 못하고 자꾸만 짐승들의 위험에 대해서만 생
각하고 있었다. 그녀는 숲에서 가장 먼저, 그래서 가장 높이 자란 소나
무들과 밤나무들에 뒤이어 나지막하게 자라난 그 나무들의 가장자리에,
큰길이 마을에서 똑바로 올라오다가 옆으로 돌아 산으로 올라가는 모퉁
이 바로 위쪽에 서 있었다. 따라서 그녀는 골짜기의 광경뿐만 아니라 자

기 발아래의 길도 내려다볼 수가 있었다. 그녀는 길을 지나가던 몇몇 사람들이 진지한 대화를 나누다가 자주 산을 올려다보는 것을 보았다. 그러다가 마침내 그녀는 법원을 떠나는 사람들도 또한 위쪽을 주시하는 모습을 보게 되었다. 루이자가 사람들의 그러한 특이한 움직임으로 인해 놀라워하고 있으면서도 가기도 싫고 남아 있기도 두려워하는 상태로 있는 동안 그녀는 덤불숲을 통해 다가오는 어떤 사람의 나지막하면서도 탁탁거리는, 신중한 발걸음 소리에 깜짝 놀랐다. 그녀가 막 도망치려던 찰나에 내티가 덤불숲으로부터 나타나 그녀 옆에 섰다. 노인은 공포로 움직이지 못하는 그녀의 한 손을 잡고 친절하게 흔들었다.

　"여기서 널 만나다니 기쁘구나, 애야." 그가 말했다. "이 산 뒤쪽이 불타고 있으니까 말이다. 그래서 지금 산으로 올라가는 건 위험하단다. 산이 한 번 다 타버려서 말라죽은 가지들이 다 없어질 때까지는 말이다. 어리석은 사람이 있단다. 내게 이 모든 성가신 일을 가져다준 그 악당의 동료지. 그 어리석은 사람이 동쪽 산비탈에서 광석을 캐내려고 땅을 파고 있단다. 난 그 작자에게, 어두워진 후에 숲에서 경험 많은 사냥꾼을 잡으려고 생각한 부주의한 녀석들이 불이 붙은 관솔을 잔가지 더미에 던졌기 때문에 거기에 삼 부스러기에 불이 붙듯이 불이 붙을 거라고 말해주고는 산에서 떠나라고 경고했단다. 하지만 그 작자는 자기 일에 열중해 있어서 하느님의 섭리 외에는 그 무엇도 그 작자를 움직일 수가 없었지. 만약 그 작자가 아직도 불에 타서 제 손으로 판 무덤에 묻혀 있지 않다면 그 녀석은 불의 정으로 되어 있는 놈일 게다. 이런, 이 아이는 어찌 된 거지! 넌 마치 더 많은 퓨마들을 본 것처럼 무서워하고 있구나! 퓨마들을 더 많이 찾아낼 수 있다면 좋으련만. 그놈들을 잡는 게 비버를 잡는 것보다 더 큰 돈이 될 텐데. 하지만 그 나쁜 부친의 착한 자식은 어디 있느냐? 그 애가 노인과 한 약속을 잊어버렸나?"

"산이요! 산이요!" 루이자가 비명을 질렀다. "그 친구는 탄약을 들고 산에서 할아버지를 찾고 있어요!"

내티는 이 예기치 못한 정보에 몇 걸음 뒷걸음질 쳤다.

"하늘에 계신 하느님 그 애에게 자비를 베풀어주소서! 그 애는 비전에 있구나. 거긴 여기와 달리 온통 불타고 있는데. 애야, 네가 그 사랑스러운 아이를 사랑한다면, 그래서 네가 친구를 가장 필요로 할 때 친구를 찾기를 바란다면 마을로 가서 경보를 울려라. 사내들은 불과 싸우는 데 익숙하니까 기회가 남아 있을지도 모른다. 어서 달려가! 명령이다. 어서 달려가! 숨 쉴 틈도 없이 가거라."

레더스타킹은 이 명령을 내리자마자 덤불숲속으로 사라졌다. 그래서 루이자가 마지막으로 그를 보았을 때는 산을 급히 달려 올라가고 있었다. 그의 달리는 속도는 그러한 일에 익숙한 사람이 아니면 그 누구도 달성하지 못할 만큼 빠른 것이었다.

"내가 널 찾아냈구나!" 노인이 연기 속에서부터 갑자기 나타나면서 말했다. "내가 널 찾아냈으니 하느님은 찬미 받으시길. 하지만 따라오너라. 얘기할 시간이 없구나."

"내 옷요!" 엘리자베스가 말했다. "이런 옷을 입고 불길에 가까이 가는 건 치명적일 텐데요."

"네 그 얇은 옷에 대한 생각도 했단다." 내티가 접어서 한쪽 팔에 걸치고 있던 사슴 가죽 덮개를 홱 집어던지며 소리쳤다. 그러고는 그 덮개로 그녀의 몸을 감싸서 몸 전체가 덮이도록 했다. "이제 따라오너라. 우리 모두의 생사가 걸린 문제니까 말이다."

"그렇지만 존은요! 존은 어떻게 될까요?"라고 에드워즈가 소리쳤다.

"우리가 저 늙은 전사를 여기에 남겨둬서 죽게 하면 되겠어요?"

내티의 시선이 에드워즈의 손가락이 가리키는 방향을 따라가다 인디언과 마주쳤다. 인디언은 바로 자기 발아래 흙이 불타고 있는데도 여전히 전과 다름없이 앉아 있었다. 사냥꾼은 지체하지 않고 그 지점으로 다가가서 델라웨어어로 말했다.

"일어나서 가자고, 칭가치국! 자네 화형대에 매달린 밍고처럼 여기 남아 타 죽을 텐가! 모라비아 교도들이 자넬 그렇게 가르치진 않았길 바라네. 하느님 절 지켜주소서. 탄약이 그의 두 다리 사이에서 발화해서 그의 등 피부를 태우고 있지 않기를. 자네 올 텐가, 이보게? 자네 따라 올 텐가?"

"모히건이 왜 가야 하나?" 인디언이 음울하게 대꾸했다. "그는 독수리의 시절을 보았다. 이제 그의 눈은 희미해지고 있다. 그는 골짜기를 본다. 그는 강을 본다. 그는 사냥터를 들여다본다. 그러나 그는 델라웨어족 사람들을 아무도 보지 못한다. 모두가 흰 피부를 하고 있다. 내 조상들이 머나먼 땅에서 내게 말한다. 오라고. 나의 여자들이, 나의 젊은 전사들이 나의 부족이 말한다. 오라고. 위대한 영이 말한다. 오라고. 모히건으로 하여금 죽게 해다오."

"그렇지만 할아버진 친구를 생각하셔야지요." 에드워즈가 말했다.

"죽음의 발작에 사로잡힌 인디언에게 말하는 건 소용이 없다네, 친구." 내티가 가로막았다. 그는 담요를 찢은 조각들로 만든 줄을 잡고는 놀라울 정도로 솜씨 좋게 그 수동적인 추장을 자신의 등에 묶었다. 그러고 나서 그는 돌아서서, 그것도 그의 나이뿐만 아니라 그가 업은 짐도 무시하는 듯이 보일 만큼 힘차게 돌아서서 자신이 조금 전에 나타났던 그 지점으로 길을 인도했다. 그들이 그 자그만 계단형 암반을 횡단하고 있을 때 몇 분 동안 기우뚱거리던, 죽은 나무 중 하나가 그들이 서 있던 장소에 쓰러져 타다 남은 찌꺼기가 대기에 가득 찼다.

그러한 사건은 일행의 발걸음을 더 빨라지게 했다. 그들은 상황에 맞춰 긴박하게 레더스타킹의 뒤를 따랐다.

"부드러운 땅을 밟아." 그들이 시각이 거의 소용이 없는 그런 어둠 속을 지날 때 그가 소리쳤다. "또 하얀 연기 속으로만 가거라. 사슴 가죽을 그 애에게 바싹 둘러, 친구. 그 애는 소중한 아이고 그런 아이는 또다시 찾기 어려우니까."

사냥꾼의 지시에 순종해서 그들은 그의 발자국과 조언을 무조건적으로 따랐다. 그래서 비록 구불구불한 샘을 따라 좁은 샛길을 가다가 불타는 통나무들과 떨어지는 나뭇가지들을 만나기도 했지만 그들은 다행히도 안전하게 목적을 달성했다. 숲에서 오랫동안 생활하면서 숲에 익숙해진 사람 외에는 그 누구도 연기를 뚫고 길을 찾아갈 수가 없었을 것이다. 연기 속에서는 호흡도 어려웠고 시각은 거의 소용이 없었기 때문이었다. 그러나 경험 많은 내티는 암석 사이를 뚫고 열린 구멍으로 그들을 인도했다. 그곳에서 약간의 어려움을 겪으면서 그들은 곧 또 다른 계단형 대지로 내려가서 꽤 견딜 만한 맑은 대기 속으로 빠져나오게 되었다.

이 지점에 도달했을 때 에드워즈와 엘리자베스의 느낌이 어떠했는지는 쉽게 묘사할 수는 없겠지만 상상할 수는 있을 것이다. 그들의 안내자보다 더 많이 기뻐 날뛴 사람은 없는 것처럼 보였다. 내티는 여전히 모히건을 등에 묶은 채로 몸을 돌리고는 그의 특유한 방식으로 웃으면서 말했다. "난 그게 그 프랑스인의 탄약 때문이란 걸 알았단다, 애야. 그 탄약은 아주 한꺼번에 잘 나가거든. 굵은 입자의 탄약은 1분 동안 펑펑 튀기만 하지. 내가 윌리엄경의 휘하에서 캐나다의 인디언 부족들과 싸울 때 이로쿼이 족은 최상의 탄약을 조금도 갖고 있지 못했지. 내가 자네에게 격투에 대한 이야기를 해준 적이 있나, 친구. 누구와 했냐 하면……"

"제발, 지금은 제게 아무것도 말씀하지 마세요, 내티. 우리가 완전히 안전하게 될 때까지는 말이죠…… 다음에는 어디로 가야 하나요?"

"그야, 동굴 위쪽의 평평한 암반으로 가야지, 물론…… 자넨 거기라면 충분히 안전할 거네. 그렇지 않으면 자네가 그럴 마음이 있다면 그 안으로 들어가든가."

젊은이는 흠칫 놀라며 마음이 동요된 듯했다. 그러다가 불안한 시선으로 주위를 돌아보면서 재빨리 말했다.

"그 암반 위에서는 우리가 안전할까요? 불이 거기까지 우리를 쫓아오지 않을까요?"

"자넨 보지 못하나?" 내티가, 자신이 방금 마주친 그런 종류의 위험에 익숙한 사람의 침착한 태도로 말했다. "너희들이 10분만 더 그 장소에 머물렀다면 둘 다 지금쯤 잿더미가 됐을 게다. 하지만 여기서는 아무리 오래 있어도 불이 절대로 너희들에게 닿지 못하지. 불이 숲뿐만 아니라 암반까지도 태운다면 모르지만 말이지."

이 말은 명확히 사실이었다. 이러한 장담을 들으며 그들은 그 장소에 도달했다. 내티는 자기의 짐을 내려놓았다. 그는 인디언의 등이 한 조각의 암석에 기대도록 만들면서 인디언을 땅바닥에 내려놓았다. 엘리자베스는 땅바닥에 맥없이 쓰러져서 두 손에 얼굴을 파묻었다. 그러는 동안 그녀의 가슴은 상반되는 다양한 감정들로 부풀어 올랐다.

"강장제를 좀 드셔야겠습니다, 템플 양." 에드워즈가 공손히 말했다. "그러지 않으면 당신은 쓰러질 겁니다."

"날 내버려두세요, 날 내버려두세요." 그녀가 잠시 빛나는 두 눈으로 그를 올려다보면서 말했다. "너무 착잡해 말을 할 수가 없어요. 이 기적적인 탈출에 대해, 올리버, 난 감사하고 있어요. 그리고 나의 하느님 다음으로 당신에게 감사해요."

에드워즈는 암반의 가장자리로 물러가서 소리쳤다. "벤저민! 어디 있어요, 벤저민?"

마치 땅속에서 들리는 듯한 쉰 목소리가 대답했다. "이 근처에 있습죠, 서방님. 여기 이 작은 굴속에 틀어박혀 있습죠. 여기는 꼭 요리용 가마처럼 뜨겁답니다. 난 내 숙소에 싫증이 났습죠. 아시겠어요? 그래서 만약 레더스타킹 노인이 이미 말했던 그 비버를 찾아 항해를 떠나기 전에 정밀 검사할 게 많으면 난 다시 부두로 들어가서 법적인 통행권을 받을 수 있을 때까지는 내 검역 기간을 견뎌내야겠네요. 내가 법적인 보호를 받을 수 있을 때까지는 말입지요. 그래서 내 나머지 스페인 은화들을 잘 보존할 수 있을 때까지는 말입지요."

"샘에서 물 한 잔을 떠오세요." 에드워즈가 말을 계속했다. "그리고 그 물에 포도주를 약간 타주세요. 빨리요. 부탁입니다."

"난 도련님의 그 도수 약한 음료에 대해서는 잘 모릅니다요." 집사가 대꾸했다. 그의 목소리가 동굴 안에서 밖으로 들려왔다. "그 자메이카산 럼주로 인한 취기는 빌리 커비와 작별 키스를 할 때까지밖에는 계속되지 않았습지요. 그때는 어젯밤 그가 날 큰길가에 내려놓았을 때였습죠. 그런데 도련님이 그곳까지 날 뒤쫓아 와서 따라잡았습죠. 그런데 여기 약간 붉은색 도는 액체가 있네요. 이건 아마 위장이 약한 사람에게 적당할 수도 있겠는뎁쇼. 그 커비 달인은 배에서는 절대 일류가 아니었지만 그루터기들 사이로 달구지를 갈지자로 요령 있게 몰아가는 건 잘했습지요. 런던의 수로 안내인이 풀*에서 석탄 운반선들을 교묘히 안내해서 전진하는 것과 아주 꼭 같이 말입지요."

집사는 이렇게 말하면서 올라오고 있었으므로 말을 마쳤을 무렵에는 그는 이미 부탁받은 강장제를 들고 암반 위에 모습을 드러낸 뒤였다. 그는 폭음에 푹 빠져 있었던, 그것도 최근에 그랬던 사람의 지치고 부어오른 얼굴을 하고 있었다.

엘리자베스는 에드워즈가 내민 음료를 건네받고는 다시 자기를 혼자 내버려둬달라는 몸짓을 했다.

청년은 그녀의 뜻대로 몸을 돌리다가 내티가 모히건의 주변에서 친절하게도 부지런히 움직이는 것이 눈에 띄었다. 그들의 시선이 마주쳤을 때 사냥꾼은 비통하게 말했다.

"그의 시간이 왔다네, 친구. 난 그의 눈에서 그걸 볼 수 있다네. 인디언이 시선을 고정시키면 그가 오직 한 군데로만 가겠다는 뜻이라네. 그리고 그 외고집쟁이 녀석들이 하려고 마음먹은 것을 그들은 반드시 하고야 만다네."

빠른 발걸음 소리 때문에 대답할 사이도 없었다. 잠시 후 일행 모두가 놀라는 가운데 그랜트 씨가 산의 측면에 매달려서 그들이 서 있는 장소로 올라오려고 애쓰는 모습이 보였다. 올리버가 벌떡 일어나 그를 도우러 갔다. 그래서 그들이 힘을 합쳐 노력한 끝에 그 존경할 만한 성직자는 곧 안전하게 그들 가운데로 올라오게 되었다.

"신부님께서 어떻게 우리 일행에게 오시게 되었나요?" 에드워즈가 소리쳤다. "이런 시간에 산에 사람들이 와글거리고 있습니까?"

그 성직자는 곧 큰 소리로 다급하지만 경건하게 감사의 인사를 했

---

* 여기서 풀Pool이란 템스 강 중에서도 런던브리지와 라임하우스(런던 동부 이스트엔드의 한 지구) 사이를 흐르는 부분을 말한다. 이곳은 선박의 운항이 복잡한 곳으로 유명했다.

다. 그가 어리둥절해졌던 의식을 성공적으로 회복하자 그는 이렇게 대답했다.

"전 제 자식이 산으로 가는 모습을 목격했다는 말을 들었지요. 그래서 산꼭대기 너머에서 불이 나자 불안한 마음 때문에 길을 올라갔는데 거기서 루이자가 템플 양을 걱정해서 공포에 질려 있는 것을 발견했지요. 제가 이 위험한 곳으로 들어온 것은 템플 양을 찾기 위해서였습니다. 그러면서 내티의 개들을 통해 하느님의 자비가 베풀어지지 않았다면 저 자신이 불길 속에서 죽었을 거라고 생각한답니다."

"예! 사냥개들을 따라가야 합니다. 만약 통로가 있으면 그놈들이 그곳을 알아내거든요." 내티가 말했다. "그놈들의 코는 인간의 이성과 같은 역할을 하도록 그놈들에게 주어진 거지요."

"전 그렇게 했습니다. 그래서 그들이 절 이 장소로 인도해주었지요. 그러나 여러분들이 모두 안전하고 건강한 걸 보다니, 하느님은 찬미 받으소서."

"아니, 아니오." 사냥꾼이 대꾸했다. "우리는 안전하지만 존에 대해 말하자면, 그는 괜찮은 상태라고 할 수가 없어요. 지상을 마지막으로 바라보고 있는 사람을 괜찮다고 말한다면 몰라도요."

"그는 사실을 말하고 있군요!" 성직자는 늘 임종의 자리에 있는 사람들에게 경건한 두려움을 지니고 다가가는데 그때도 그러한 태도를 보이며 말했다. "전 수많은 임종의 자리에 있어본 경험이 있기 때문에 죽음이라는 그 폭군의 손이 이 늙은 전사에게 놓였다는 걸 알 수밖에 없습니다. 오! 이분이 강할 때, 그리고 세속적인 유혹을 받았을 때 자비의 손길을 거부하지 않았다는 걸 알고 있으니 얼마나 위안이 되는지요! 이교도 부족의 자손이었지만 그는 참으로 '불타고 있는 것들 속에서 꺼낸,

타다 남은 나무와 같았습니다.'"*

"아니, 아닙니다." 내티가 대꾸했다. 그는 죽어가는 전사 옆에 성직자와 단둘이 서 있었다. "그를 괴롭히는 건 타 죽는 게 아닙니다. 비록 인디언으로서의 그의 감정으로 인해 그는 움직이는 걸 수치로 여겼지만 말입니다. 탄다는 게 약 80년 동안의 인간의 사악한 생각이 탄다는 뜻이라면 또 모르지만요. 그렇지만 이건 자연적인 인간이 너무 오래 계속된 사냥에 지쳐버린 겁니다…… 내려가, 헥터! 내려가, 이봐!…… 육신은 쇠가 아니지요. 사람이 일가친척들이 다 먼 나라로 떠나가는 것을 보고 자기 혼자 남아 애통해하고 있는데 말벗이 돼줄 사람이 아무도 없는 그런 상황 속에서 언제까지나 살아 있을 수는 없는 거지요."

"존"이라고 성직자가 상냥하게 말했다. "내 말이 들립니까? 이 괴로운 순간에 교회가 정한 기도식을 제가 올리기를 원합니까?"

인디언은 핼쑥한 얼굴을 말하는 사람에게로 돌리고는 검은 두 눈으로 성직자를 뚫어지게, 그러나 멍하니 응시했다. 성직자를 알아보았다는 표시는 아무것도 하지 않았다. 그리고 잠시 후 그는 고개를 또다시 천천히 골짜기를 향해 돌리고는 자신의 언어로 노래하기 시작했다. 그는 지금까지 아주 자주 언급했던 그런 낮고 목쉰 어조로 노래했는데 그의 음조는 노래의 주제와 함께 점점 높아지다가 마침내 뚜렷이 들릴 정도로 높아졌다.

"가겠습니다! 가겠습니다! 정의로운 이들의 나라로 내가 가겠습니다! 마콰들을 난 죽였습니다!…… 난 마콰들을 죽였습니다! 그리고 위대한 영이 아들을 부릅니다. 가겠습니다! 가겠습니다! 정의로운 이들의

---

* 이 말은 성서에 나온 말로 '위난에서 구원받은 사람' 또는 개종자를 의미한다.

나라로 내가 가겠습니다!"

　"이분이 뭐라고 합니까, 레더스타킹?" 사제가 친절한 관심을 가지고
물었다. "이분이 구세주를 찬미합니까?"

　"아니, 아닙니다…… 그가 지금 말하는 건 그 자신을 찬미하는 내
용입니다." 내티가 우울한 태도로 죽어가는 친구의 모습으로부터 시선을
돌리며 말했다. "그리고 그는 그 모든 것을 말할 충분한 권리를 가지고
있습니다. 난 그의 말 하나하나가 진실이라는 걸 알고 있으니까요."

　"하느님께서 그의 마음에 그러한 독선이 일어나지 않게 해주시길!
겸손과 참회가 기독교 신앙을 보증하는 징표입니다. 그러한 것들이 영혼
깊숙이 자리 잡고 있는 것을 느끼지 못한다면 모든 희망은 망상이 되고
헛된 기대를 낳게 됩니다. 그 자신을 찬미하다니! 그것도 그의 온 영
혼과 육신이 일체가 되어 그의 창조주를 찬미해야 할 때 말입니다! 존!
당신은 복음에 따라 인도되는 축복을 누렸고 무수한 죄인들과 이교도들
로부터 특별히 부름을 받았습니다. 그것도 내가 믿기로는 현명하고 자비
로운 목적으로 부름을 받았습니다. 당신은 이제 당신의 구세주의 죽음
에 의해 용서받는 것이 어떤 것인지 느끼고 있습니까? 그리고 인간의 오
만과 허영에서 발생하는 좋은 행위라는 것에 대한, 나약하고 헛된 의존
심을 모두 버립니까?"

　인디언은 자기에게 질문하는 사람을 주시하지 않고 머리를 다시 들
고는 나지막하지만 뚜렷한 목소리로 말했다.

　"마콰들이 모히건의 등을 알고 있다고 누가 말할 수가 있는가? 그
어떤 적이라도 그를 믿었다면 아침을 보지 못한 적이 있는가? 그가 추격
한 어떤 밍고든 승리의 노래를 부른 적이 있는가? 모히건이 거짓말을 한
적이 있는가? 아니다. 진리가 그의 안에 살았고 진리 아닌 어떤 것도 그

에게서 나올 수가 없었다. 젊은 시절에 그는 전사였고 그의 모카신은 피의 얼룩을 남겼다. 늙어서는 그는 현명했다. 회의 때 밝히는 불 앞에서 그가 한 말은 바람과 함께 날아가지 않았다."

"아! 이분은 이교 신앙의 헛된 잔재를 버리셨구나. 그의 노래는"이라고 성직자가 소리쳤다. "이분은 지금 뭐라고 말씀하고 계십니까? 이분은 자신의 소멸의 상태를 느끼고 계십니까?"

"아아! 이보시오"라고 내티가 말했다. "그는 자신의 종말이 가깝다는 걸 당신이나 나만큼 잘 알고 있소. 하지만 그것을 소멸이라고 생각하기는커녕 그는 그것이 큰 이득이라고 믿고 있다오. 그는 늙고 경직되어 있소. 또 사람들이 사냥감을 너무나 드물고 부족하게 만들어서 그보다 총을 더 잘 쏘는 사람들도 생계를 유지하기 어렵다는 걸 알게 되었소. 이제 그는 항상 풍족하게 사냥할 수 있게 될 그런 곳으로 갈 것이라고 생각하고 있소. 그곳은 사악하거나 불의한 인디언은 그 누구도 갈 수 없는 곳이고 그가 자기의 부족 사람들을 모두 다시 함께 만날 수 있게 될 곳이라고 생각하고 있지요. 손이 바구니를 만들기에 거의 적절하지 않게 된 사람에게 그런 곳에 가는 것은 별로 잃어버릴 게 없는 일이지요. 소멸이라니! 소멸이 있다면 그건 나에게 있을 것이오. 그가 가고 나면 내게는 그를 따르는 것 외에 남은 일이 거의 없다고 확신하니까 말이오."

"이분의 본보기와 임종이 아직도 영광스럽게 될 수 있다고 저는 겸손하게 믿고 있습니다만"이라고 그랜트 씨가 대답했다. "그러한 본보기와 임종이 당신의 마음을 이끌어 내생의 일에 머물도록 할 게 분명합니다. 하지만 전 임종의 영혼을 위해 길을 순탄하게 해드리는 게 제 임무라고 느끼고 있습니다. 지금은, 존, 당신이 구세주의 중재를 거부하지 않았다는 생각이 당신의 영혼에 위안을 가져다줄 그러한 순간입니다. 옛날의 그 어떤 행위에도 기대하지 말고 당신의 죄라는 짐을 그분의 발아래 놓으십시오. 그러면 당신은 당신을 버리지 않으시겠다는 그분의 복된 보장을 받게 될 것입니다."

"신부님의 모든 말씀이 진실이라 해도, 또 성서의 복음이 그 말씀을 보장해준다 해도"라고 내티가 말했다. "신부님은 이 인디언을 전혀 이해할 수 없을 거요. 그는 그 전쟁 이후 모라비아파의 목사를 한 번도 만난 적이 없소. 그래서 인디언들이 원래의 습관으로 되돌아가는 걸 막기가 어렵다오. 나라면 이 노인이 평화롭게 세상을 떠나게 해주는 것도 괜찮을 거라 생각하겠소. 그는 지금 행복하니까 말이오. 난 그걸 그의 눈을 보고 안다오. 그건 내가 이 추장을 위해 지금까지 말해주지 못한 것이었소. 델라웨어 부족이 그들의 강의 원류에서 해산해서 서부로 간 때 이후로는 그는 행복하지 못했으니까. 아아! 난 어쩌지! 그때부터 비통한, 오랜 시간이 흘렀군. 그리고 우린 함께 많은 역경의 시간을 보냈지."

"매눈!" 모히건이 생명이 깜박이던 중 마지막으로 의식을 회복하며 말했다. "매눈! 자네 형제의 말을 들어주게."

"그래, 존." 사냥꾼이 그 호소에 크게 감동을 받아 영어로 말하면서 그의 곁으로 다가갔다. "우린 형제였지. 그것도 그 단어가 인디언 언어로 의미하는 것 이상으로 그랬지. 내가 무얼 하길 바라는가, 칭가치국?"

"매눈! 내 조상들이 그 행복한 사냥터로 날 부르고 있네. 그 길은 환하게 뚫려 있고 모히건의 두 눈은 젊어졌다네. 내겐 보이네…… 그러나 백인들은 아무도 보이지 않는군. 의롭고 용감한 인디언들 외에는 아무도 볼 수가 없네. 잘 있게, 매눈…… 자넨 불을 먹는 사람과 젊은 독수리와 함께 백인의 천국으로 가겠지. 그러나 난 내 조상들을 따라간다네. 모히건의 활과 도끼와 담뱃대와 조가비 염주를 그의 무덤에 묻어주게. 그가 전쟁하러 떠나는 부대의 한 전사처럼 길을 떠날 때는 밤일 것이고 그러면 그런 것들을 찾기 위해 길을 멈출 수가 없을 테니까."

"이분이 뭐라고 말씀하십니까, 너새니얼?" 그랜트 씨가 진지하게, 그리고 명백히 근심하면서 소리쳤다. " 이분이 중재의 약속을 상기하고 계십니까? 그리고 자신의 구원을 만세의 반석이신 예수께 맡기는지요?"

비록 사냥꾼의 신앙이 결코 명확하지는 않았지만 그가 어린 시절 받은 교육의 열매들이 전부 다 황무지에 떨어진 것은 아니었다. 그는 한 분인 하느님과 하나의 천국의 존재를 믿었다. 그리고 자신의 오랜 동료의 작별에 자극을 받아 그에게 강력한 감정이 일어났다는 것은 햇볕에 탄 얼굴의 모든 근육이 심하게 씰룩거리는 모양으로 알 수 있었다. 그러한 감정으로 인해 그는 말문이 터져 이렇게 대답했다.

"아니…… 아니오…… 그는 단지 그 야만인들의 위대한 영과 그 자신의 훌륭한 행위에 의지할 뿐이라오. 그는 자기 부족의 모든 사람들과 마찬가지로 자기가 다시 젊어져서 사냥을 하고 영원토록 행복할 거라고 생각하오. 그런 건 모든 피부색의 사람들에게서 거의 비슷하다오. 난 내세에서 이 사냥개들이나 내 총을 다시 만나게 될 것이라고 생각하려는 마음이 절대로 일어나지 않았다오. 비록 그것들을 영원히 두고 가야 한다는 생각 때문에 때때로 힘든 감정이 일어나고 그것들이 나로 하여금 일흔 살의 인간에 걸맞은 것보다 더 큰 갈망을 가지고 삶에 집착하게 하지만 말이오."

"하느님께서 자비로, 성호를 그어 세례를 받은 사람의 죽음을 막아주시기를!" 성스러운 열정에 사로잡혀 성직자가 소리쳤다. "존……"

그는 천둥소리 때문에 말을 멈추었다. 우리가 지금까지 이야기한 사건들이 일어나는 동안 지평선 부근에서는 검은 구름의 수와 양이 계속

증가하고 있었다. 그래서 그 시간 대기에 가득 차 있던 무시무시한 고요함이 대기권의 상태를 알리고 있었다. 불길은 산비탈을 따라 여전히 사납게 날뛰고 있었지만 이제는 더 이상 자체적인 소용돌이의 변덕스러운 흐름에 따라 선회하지 않고 한결같이 하늘을 향해 높이 타오르고 있었다. 그 파괴적인 불의 파괴적인 위력에는 정적조차 감돌고 있었다. 마치 불이 그 자체의 황폐화하는 힘보다도 더 위대한 손길이 그의 진전을 막으려 한다는 것을 예견한 것 같았다. 골짜기 위쪽에 머물고 있던 연기 덩어리가 올라가기 시작하면서 급속히 흩어졌다. 또 서쪽 산 위에 걸린 구름 덩어리를 통해 춤추듯이 강렬한 번개가 쳤다. 그랜트 씨가 말하는 동안 한 줄기 섬광이 어둠을 뚫고 떨리는 빛을 비추며 맞은편 지평선 전체를 적나라하게 드러내더니 뒤이어 크고 요란한 천둥소리가 났다. 천둥은 산들 사이로 우르릉 울리며 지나갔는데 마치 지구의 밑바닥을, 지구의 중심부까지 뒤흔드는 것처럼 보였다. 모히건은 마치 출발 신호에 복종하듯이 몸을 일으키고는 쇠약한 팔 하나를 서쪽을 향해 뻗었다. 그의 거무스레한 얼굴이 기쁨의 표정으로 밝아졌다. 그러다가 그 표정이 다른 모든 표정과 함께 점차로 사라졌다. 근육들이 안식의 상태로 물러나면서 뻣뻣해졌고 그의 입술 부근에서는 한 순간 경미한 경련이 일어났다. 그리고 그의 팔이 천천히 옆구리 쪽으로 떨어졌다. 그래서 죽은 전사의 육신은 암석에 기대어 영면의 상태로 들어갔다. 그의 흐리멍덩한 두 눈은 여전히 열린 채로 먼 산들을 응시하고 있었다. 그 모습은 마치 버림받은 껍질이 새로운 거처로 비상하는 영혼을 따라가고 있는 듯이 보였다.

이 모든 것을 그랜트 씨는 말없이 경외심을 느끼며 목격했다. 그러나 천둥의 마지막 메아리가 사라지자 그는 경건한 힘으로 두 손을 움켜쥐고는 확고한 신앙심에서 우러나오는, 풍부하고도 낭랑한 어조로 되풀이해 말했다.

"오, 하느님! 당신의 판단은 얼마나 신비스러운지요. 그리고 당신의 일하시는 방식은 알아낼 수가 없습니다! '나는 나의 구세주께서 살아계시고 그분이 최후의 날에 이 땅에 서 계실 것을 압니다. 그리고 비록 벌레들이 내 피부를 파먹으며 이 몸을 파괴할지라도 내 육신으로 난 하느님을 볼 것입니다. 그분을 나는 내 스스로 볼 것이고 내 눈으로 볼 것이며 다른 분이 아닌 바로 그분을 볼 것입니다."

성직자는 이 갑작스럽게 터져 나온 기도를 마치며 가슴께로 온순하게 고개를 숙였다. 그의 모습은 그 영감을 받은 언어가 표현하던 신뢰와 겸손 그 자체인 듯이 보였다.

그랜트 씨가 주검으로부터 물러나자 사냥꾼이 다가갔다. 그는 친구의 뻣뻣한 손을 잡으며 얼마 동안 아무 말 없이 생각에 잠겨 그의 얼굴을 들여다보았다. 그러고는 그는 깊은 감정을 느끼는 사람의 슬픔에 잠긴 목소리로 이렇게 말하며 자신의 감정을 털어놓았다.

"붉은 피부의 인디언이든 아니면 백인이든, 이제 모든 건 끝났군! 그는 공정한 심판자에 의해 심판 받아야 하고 시대와 새로운 생활방식에 적합하도록 만들어진 그 어떤 법에 의해서도 심판 받아서는 안 된다. 자, 단 한 사람의 죽음이 아직 더 남았는데 아직도 나와 사냥개들에게는 살아야 할 세상이 남아 있구나. 아! 난 어쩌지! 사람은 하느님께서 부르실 시간을 기다려야 하지만 난 사는 게 싫증나기 시작하는데. 지금 서 있는 나무들 중에는 내가 아는 나무가 거의 없고 내 젊은 시절에 알던 얼굴을 찾아내기가 어려우니 말이지."

이제 큰 빗방울들이 떨어져서 마른 암반 위로 퍼지기 시작하는 한편 천둥을 동반한 소나기가 급속히, 또 확실히 다가오고 있었다. 인디언의 주검은 급히 아래의 동굴 속으로 옮겨졌고 끙끙대는 사냥개들이 그 뒤를 따라갔다. 사냥개들은 그들이 추장을 맞이할 때 항상 마주쳤던 그 이해하는 표정을 그리워하며 그 표정을 보고 싶어 끙끙대고 있었다.

에드워즈는 동굴이 어둡고 시신과 함께 있으면 불쾌할 것이라는 둥 그녀가 거의 이해하지 못할 말을 하면서 엘리자베스를 같은 장소로 데려가지 못하는 데 대해 조급하면서도 지리멸렬한 변명을 했다. 그 동굴의 앞은 이제 통나무들과 나무껍질로 완전히 닫혀 있었다. 그러나 템플 양은 그들의 머리 위로 쑥 나와 있는 암석의 돌출부 아래에서 억수처럼 퍼붓는 비를 피할 충분한 피난처를 찾을 수가 있었다. 그러나 소나기가 그치기 훨씬 전에 큰 소리로 엘리자베스를 찾으며 외치는 목소리들이 그들의 아래쪽에서 들려왔다. 그리고 곧 남자들이 불이 꺼지지 않은 나무토막들 사이로 조심스럽게 나아오며 덤불숲의 타다 남은 불을 막대기로 쳐서 끄면서 곧 나타났다.

처음으로 비가 잠깐 그치자 올리버는 엘리자베스를 길까지 안내해주고는 거기에 그녀를 남겨두고 갔다. 그러나 작별하기 전 그는 잠깐 시간을 내어 열렬한 태도로 그녀에게 말했다. 그의 동반자는 그의 그러한 태도를 이제 어떻게 해석해야 할지 알 수가 없었다.

"은폐의 순간은 끝났습니다, 템플 양. 내일 이 시간쯤에 전 장막을 걷겠습니다. 아마도 저와 제 일에 대해 그처럼 오랫동안 그런 장막을 치고 있었던 건 나약했기 때문인지도 모르겠군요. 그러나 전 지금까지 낭만적이고 어리석은 소망과 약점을 가지고 있었습니다. 그리고 상반되는 격정들로 괴로워하는 젊은이라면 그 누가 그러지 않았겠습니까! 당신 부친의 목소리가 들리는군요. 그분이 길을 올라오고 계시네요. 전 지금 당장은 구금되지 않겠습니다. 고맙게도 당신은 다시 안전해졌군요. 그것만

이 내 영혼에서 큰 근심을 덜어주네요!"

　그는 대답을 기다리지도 않고 숲속으로 뛰어 들어갔다. 엘리자베스는 자기 아버지가 자기 이름을 소리쳐 부르는 소리를 들었음에도 불구하고 에드워즈가 연기 나는 나무들 사이로 사라져 보이지 않을 때까지 그곳에 멈춰 서 있었다. 그러고는 곧 돌아서서 반쯤 미친 듯한 자신의 아버지의 품으로 달려갔다.

　마차 한 대가 미리 준비되어 있었다. 템플 양은 그 마차에 급히 올라탔다. 그러고는 행방을 몰랐던 사람을 찾았다는 외침이 산의 능선을 따라 전해졌고 사람들은, 비에 젖고 흙투성이가 되었지만 그들의 지주의 딸이 그처럼 무섭고 때 이른 죽음을 면하게 되었다는 생각에 의기양양해서 마을로 돌아왔다.*

---

* 여기서 묘사된 것과 유사한 불이 숲에서 날 수 있는 가능성에 대해 의문이 제기된 적이 있다. 작가는 다만 자신이 뉴욕의 또 다른 지역에서 불을 목격했다고 말할 수 있을 뿐이다. 그 불로 사람들은 마차와 말을 큰길에 내버리고 도피해야 했고 그 마차와 말은 다 타버렸다. 이런 사건의 가능성을 예측하기 위해서는 그러한 기후에서 오랜 가뭄이 미치는 영향과 여기서 묘사된 것과 같은 숲에서 발견될 수 있는, 죽은 목재의 풍부함을 기억할 필요가 있다. 미국의 삼림지대에서 일어난 불이 50마일이나 떨어진 곳의 대기에까지 현저한 영향을 미칠 정도로 사납게 번지는 경우가 자주 있다. 그러한 불이 번져간 곳에서는 주택, 헛간, 울타리 등이 전소되는 경우가 꽤 흔하다(1832년 작가 주).

39장

"셀릭타! 그러면 우리 추장의 언월도를 칼집에서 빼시오.
탬버기! 그대의 비상 신호는 전쟁의 가능성을 보여주는군.
그대 산들아! 그대들은 우리가 해변으로 내려가는 것을 보고 있지만
향후에는 우리를 승리자로 보게 되거나 아니면
우리를 더 이상 보지 못하게 될 것이다."
—바이런, 『차일드 해럴드의 순례』, 2권 71장 50~53행

그때부터 그날 밤까지 거의 쉬지 않고 내렸던 억수 같은 소나기로 인해 불길의 진행은 완전히 멈추었다. 물론 밤사이에 산의 여기저기에서, 그것도 불길에 공급할 연료 더미가 쌓여 있는 곳은 어디에서나 희미하게 빛나는 불길들이 관측되기는 했다. 그다음 날 보니 숲은 여러 마일에 걸쳐 새까맣게 변해서 연기가 나고 있었고 베어낸 작은 나뭇가지들과 죽은 나무들은 흔적도 없이 사라지고 없었다. 그렇지만 산중에서 소나무들과 솔송나무들은 여전히 오만하게 고개를 들고 있었고 숲의 작은 나무들까지도 생명과 생장이 지속되고 있는 모습을 약하게나마 유지하고 있었다.

소문을 전하는 많은 사람들의 입은 엘리자베스의 기적적인 탈출을 과장하느라 바빴고 모히건이 실제로 불길 속에서 죽었다는 소문은 사람들이 대체로 믿는 분위기였다. 이 믿음은, 광부인 조섬 리델이 질식해서 거의 죽다시피 한 상태로, 또 그가 살아날 것이라는 어떤 희망도 품

을 수 없을 정도로 화상을 입은 상태로 자신의 구덩이에서 발견되었다는 끔찍한 소식이 마을에 전해졌을 때 확인되었고 진정 그럴싸하다고 믿어졌던 것이다.

대중은 지난 며칠 동안의 사건들에 대해 매우 활발하게 주의를 기울이게 되었다. 그런데 바로 이 중대한 국면에 유죄 선고를 받은 화폐 위조범들이 내티의 사건에서 암시를 받아 불이 난 날 밤에 그들의 통나무 감옥을 잘라내고 처벌을 받지 않은 채 탈출할 방법을 찾아냈다. 이 소식이 조섭의 운명과 산에서 일어난 사건들에 대한 과장되고도 왜곡된 소문들과 뒤섞여 마을에 퍼지기 시작했을 때 탈주자들 중 잡을 수 있는 거리에 남아 있는 자들을 체포하는 일의 타당성에 대해서 대중들은 의견을 자유롭게 표명하고 있었다. 남자들은 그 동굴을 범죄의 은밀한 온상이라고 이야기했다. 광석과 금속에 대한 소문이 퍼져 갖가지 헛갈리는 추측들이 난무하게 되자 화폐 위조뿐만 아니라 사악하고 사회의 치안에 위험한 다른 모든 일들이 대중의 분주한 상상력을 자극했다.

대중의 마음이 이처럼 열에 들뜬 듯한 상태에 있는 동안 목재에 불을 지른 것은 에드워즈와 레더스타킹이고 그 결과 그들만이 손해배상의 책임이 있다고 사람들이 넌지시 말하기 시작했다. 이러한 의견은 곧 널리 퍼졌고 자신의 부주의로 재해를 야기한 바로 그 사람들이 그 소문을 가장 널리 퍼뜨렸다. 그래서 이 범법자들을 처벌하려는 시도가 있어야 한다는 공통된 감정이 억누를 수 없이 폭발한 적이 있었다. 리처드도 이러한 호소에 결코 무관심하지는 않았으므로 정오쯤 그는 법이 집행되도록 조처하려고 본격적으로 착수했다.

몇몇 강건한 젊은이들을 선발해서 그들을 한쪽으로 따로 데려갔다. 그곳에서 그들은 모든 마을 사람이 직접 볼 수 있지만 그들의 귀에서는 멀리 떨어진 곳에서 보안관으로부터 어떤 중요한 책무를 부여받았다. 자신들의 임무를 이해하고 이 청년들은 마치 세계의 운명이 자신들의 근면에 달려 있는 양 분주한 태도로 서둘러 산으로 갔다. 그들은 또한 자신들이 어떤 국가의 기밀에 관련된 문제를 수행하는 듯이 아주 비밀스러운 태도도 취하고 있었다.

정각 12시에 '볼드 드러군' 술집 앞에서는 북소리가 연이어 울리더니 리처드가 홀리스터 대위와 함께 나타났다. 대위는 '템플턴 경보병대' 지휘관의 정복을 입고 있었다. 리처드가 그 지방의 법을 집행하기 위해 대위에게 자경단의 도움을 요구할 때 대위는 지휘관의 역할을 수행하고 있었기 때문이었다. 이 경우에 두 신사가 한 연설을 기록할 여유까지는 우리에게 없지만 그 연설들은 작은 푸른색 신문의 칼럼에서 아직도 볼 수가 있다. 그 신문의 철을 아직도 찾아볼 수 있기 때문이다. 그런데 그 연설의 칼럼들은 그 두 사람 중 한 명의 법적인 표현 방식과 다른 한 명의 군사적 정확성으로 매우 평판이 좋았다. 모든 절차가 미리 계획되어 있었다. 그래서 붉은색 군복을 입은 고수가 계속해서 둥둥거리는 소리를 내며 북을 치자 약 25명의 병사들이 횡렬로 줄지어 나타나서 전투태세로 정렬했다.

지원병들로 구성된 데다 야영지와 요새에서 인생의 전반부 35년을 보낸 사람이 지휘를 하고 있었기 때문에 그 부대는 군사 교육의 면에서 그 지방에서는 타의 추종을 불허하는 부대였다. 그래서 템플턴 지역사회의 현명한 사람들은 이 부대가 기술과 외관의 면에서 이 세상에 알려진 어떤 부대에도 못지않다고 자신만만하게 단언하고 있었다. 신체적 자질면에서 그 병사들이 확실히 훨씬 더 월등하다는 것이었다! 이러한 주장에 반대 목소리를 내는 사람들은 세 사람밖에 없었고 반대하는 의견만

품은 사람은 한 사람이었다. 바로 마머듀크가 그러한 의견을 가지고 있었지만 그래도 그는 그 의견을 공표할 필요성은 느끼지 못했다. 반대 목소리를 내는 사람들 중 한 사람은, 그것도 상당히 큰 목소리를 내는 사람이었는데 다름 아닌 지휘관의 배우자였다. 그녀는, 최근에 끝난 전쟁 중에 오랜 기간 버지니아 기병대의 한 용감한 부대에서 특무상사라는 영예로운 지위를 차지하고 있던 자기 남편이 자신을 낮추어 이처럼 규율이 없는 용사들의 무리를 지휘하는 데 대해 자주 그를 비난했던 것이다.

이러한 회의적인 생각을 변함없이 표현하던 또 한 사람은 펌프 씨였다. 그는 이 보병 중대가 행진을 할 때마다 대체로 다음과 같은 말투로 그런 생각을 표현하곤 했다. 그는 우리 조상들의 섬*에서 태어난 사람이 게으름 피우는 영국인들의 습관이나 성격을 짐짓 생색을 내며 칭찬할 때마다 흔히 잘 취하는, 그런 종류의 겸손한 태도로 이런 말투를 쓰곤 했다.

"그 사람들이 총에 탄약을 장전하거나 총을 발사하는 데 대해서는 뭘 좀 알고 있을지도 모르지요, 아시겠지요만. 하지만 배를 조종하는 데 대해선! 글쎄, 보디시 호 해병대의 한 위병 하사가 인솔하는 소분대라도 돛을 교묘히 다루면서 아주 기술적으로 전진해서 모래시계가 반밖에 안돌아가는 동안에** 벌써 그들 모두를 포위해서 넋을 빼앗아버릴 수 있을걸요." 이 주장을 부인할 사람은 아무도 없었으므로 보디시 호의 해병대는 그 말에 부합되는 정도로 존중을 받게 되었다.

이 부대의 우월성에 대해 회의하는 세번째 사람은 므시외 르 콰였다. 그러나 그는 보안관에게 그 부대가 자기가 그때까지 본 중 가장 뛰어

---

* 영국을 말함.
** 15분.

난 부대들 중 하나지만 훌륭한 루이 국왕의 근위 기병대에게만 뒤떨어질
뿐이라고 속삭였던 것이다! 그렇지만 홀리스터 부인은 현재 이 부대의
외양에는 실질적인 군대 같은 어떤 요소가 있다고 생각하고 있었고 그
결과 그녀 자신의 어떤 준비를 너무나 바쁘게 하고 있느라 논평을 할 겨
를이 없었다. 또 벤저민은 부재중이었고 므시외 르 콰는 무언가의 흠을
잡기에는 너무나 행복한 상태였으므로 이 부대는 이 중요한 날에 비판과
비교의 말을 완전히 모면하게 되었던 것이다. 사실 이날 이 용사들은 분
명 예전의 어떤 경우보다 자신감을 더 크게 필요로 하고 있었다. 마머듀
크는 또다시 밴 더 스쿨 씨와 밀담을 나누고 있다고 했으므로 이 부대의
작전 행동을 방해하는 요소는 아무것도 없었다. 정확히 2시에 이 부대
는 우익부터 시작해서 그다음에는 노병 홀리스터, 또 그다음에는 좌익까
지 차례로 어깨총을 했다. 각 소총이 조용히 고유의 위치에 고정되자 좌
향좌를 해서 행군하라는 명령이 내려졌다. 이 작전이 미숙한 병력을 당
장 적과 대치하게 만들기 위한 것이었으므로 그러한 작전이 통상적으로
그러하듯이, 정확하게 수행되었다고 생각해서는 안 된다. 그러나 악대가
양키 두들의 고무적인 가락을 연주하기 시작하고 리처드가 둘리틀 씨
와 함께 부대의 앞장을 서서 대담하게 거리를 내려가고 있었으므로 홀리
스터 대위도 머리를 45도 각도로 들어 올리고 앞장서서 갔다. 그는 머리
꼭대기에 작고 챙이 낮게 젖혀진 모자를 올려놓고 용기병의 거대한 기병
도를 균형 잡힌 태도로 들고 있었는데 거대한 강철 칼집을 그의 뒤에 질
질 끌며 가고 있었다. 그 칼집의 덜커덕거리는 소리 자체가 전쟁을 암시
하고 있었다. 소대들을 모두(총 6개 소대가 있었다) 똑같은 모습으로 보이
게 만드는 데는 많은 어려움이 있었다. 그러나 그들이 다리의 폭 좁은 길
에 도달했을 때에는 그 부대는 충분히 질서정연한 모습을 보였다. 이러

한 방식으로 그들은 행진해서 산을 올라가 산 정상에 도착했다. 그동안 보안관과 치안판사가 바람이 약해지고 있는 데 대해 서로 불평을 하다가 그로 인해 점차로 부대의 후미로 옮겨 간 것을 제외하고는 이 병력의 배치에는 그 어떤 다른 변화도 일어나지 않았다. 그 이후의 사소한 움직임들을 상술하는 일은 불필요할 것이다. 척후병들이 돌아와서 탈주자들이 예상했던 것처럼 후퇴하기는커녕 분명히 이 공격에 대한 소식을 듣고 필사적인 저항을 위해 요새를 쌓고 있다는 소식을 전했다는 것만 간략히 말할 것이다. 이 정보로 인해 확실히 지휘자들의 계획에뿐만 아니라 병사들의 표정에도 실질적인 변화가 일어났다. 병사들은 심각한 얼굴로 서로를 바라보았고 하이럼과 리처드는 따로 떨어져서 함께 의논을 했다.

이 위기에 빌리 커비가 그들과 합류했다. 그는 도끼를 겨드랑이에 끼고 홀리스터 대위가 비탈길에서 자신의 병력과 떨어져 있는 거리만큼이나 자기 수레를 끄는 동물들보다 앞서서 큰길을 따라 걸어오고 있었다. 그 나무꾼은 전투태세의 부대를 보고 깜짝 놀랐지만 보안관은 이 기회를 틈타 이 강력한 지원병을 가세시키려고 열심히 애쓰면서 법을 시행하는 데 그가 지원할 것을 명령했다. 빌리는 그것에 반대하기에는 리처드를 너무나 존중하고 있었다. 그래서 마침내 그들이 최후의 행동을 취하기 전에 먼저 빌리로 하여금 산 위의 수비대에 항복 권고를 전달하게 하자는 협의가 이루어졌다. 이제 병력이 나뉘어서 대위가 지휘하는 한 무리는 비전을 넘어 동굴 왼쪽으로 진입했고 남은 일행은 부관의 지휘 아래 동굴 오른쪽까지 전진했다. 외과의인 닥터 토드도 수행하고 있었는데 존스 씨와 닥터 토드가 그 요새의 꼭대기 너머에 있는, 암반으로 이루어진 대지 위에 나타났다. 물론 그들에게는 그 요새가 보이지 않았다. 하이럼은 이처럼 접근하는 것이 너무 가까이 가는 것이라고 생각했으므로 커비와 함께 산비탈을 따라 요새로부터 안전한 거리까지 갔다. 거기에 도달해서도 그는 나무 뒤에 몸을 숨겼다. 병사들 대부분은 자기들과 적 사이의 어떤 물체를 사정거리 내로 조준할 수 있는 매우 정확한 시각을 획득하고 있었다. 그때 포위당한 자들이 명확히 볼 수 있는 포위자들은 두 사람밖에 없었는데 그들은 한편에 있는 홀리스터 대위와 다른 한편에 있는 나무꾼이었다. 노병은 대담하게 정면에 나섰다. 그는 정확한 자세로 자신의 무거운 검을 들고 있었고 시선은 자기의 적을 확고히 주시하고 있었다. 한편 건장한 빌리도 조용히, 또 침착하게 서 있었다. 두 손을 품속에 찔러 넣고 도끼를 오른쪽 겨드랑이에 끼고 있는 자세로 인해 그는 자신의 소처럼 서 있는 자세를 유지할 수가 있었다. 그때까지는 교전 당사자들 사이에 한마디 말도 오가지 않았다. 포위당한 자들은 검은 통나무들과 나뭇가지들을 끌어 모아 쌓아올려서 일종의 방어벽을 만들어놓았다. 그것은 동굴 입구 앞쪽에 형성된 작고 둥근 방어벽 모양을 하고 있었다. 그 장소 주위에는 사방으로 지형이 가파르고 미끄러웠고 또 벤저민이 축조된 방어벽 뒤에서 나타나기도 했고 또 내티가 그 반대쪽으로 나타나기도 했으므로 그들의 준비는 결코 하찮은 것은 아니었다. 그것은, 접근의 어려움 때문에 정면이 충분히 방어되고 있었으므로 특히 그러했다. 이때 커비는 자신에게 내려진 명령을 이미 받은 후였다. 그는 일상적인 일을 하고 있을 때와 똑같이 무심하게 이리저리 더듬거리며 산을 따라 나아갔다. 그가 그 방어벽에서 백 피트 내의 거리에 도달했을 때 사람들이 매우 두려워하는 레더스타킹의 긴 소총이 방어벽으로부터 나오는 것이 보였다. 그리고 크게 소리치는 그의 목소리가 들렸다.

"다가오지 마! 빌리 커비, 다가오지 마! 난 자네를 해치고 싶지 않네. 하지만 자네들 중 한 명이라도 한 걸음이라도 더 가까이 오면 우리 사이엔 유혈사태가 일어날 걸세. 하느님께서 먼저 피를 흘리게 하는 자를 용서하시길. 하지만 그럴 수밖에 없네."

"이보슈, 영감." 빌리가 온화하게 말했다. "심통 맞게 행동하지 말고 한 인간이 하려는 말을 들어보슈. 난 이 일에 아무런 관계가 없소. 인간 과 인간 사이의 일을 바르게 보려는 것뿐이라오. 난 어느 편이 이기느냐 하는 전투의 가치에 대해서는 눈곱만치도 상관하지 않소. 하지만 스콰이 어 둘리틀이, 지금 저기 어린 너도밤나무 뒤에 숨어 있소만, 그분이 내게 이 일에 개입해서 영감에게 법에 항복하도록 부탁해달라고 청했다오. 그 게 다요."

"그 악당 놈이 보이는군! 그놈의 옷이 보이는군!" 분개한 내티가 소 리쳤다. "만약 그놈이 몸을 총알이 박힐 만큼이라도 드러낸다면, 납 1파 운드로 30개씩 만든 총알인데 말이지, 난 그놈에게 내 손맛을 느끼게 해 주겠네. 저리 가, 빌리, 명령이네. 자넨 내 조준 실력을 알잖은가. 난 자네 에겐 아무런 원한도 없네."

"영감은 그 조준 실력을 과대평가하고 있소, 내티." 상대방이 자기 가 까이 서 있는 소나무 뒤로 걸어가면서 말했다. "만약 영감이 밑동이 3피 트인 나무를 뚫고 사람을 쏘려고 한다면 난 10분 만에 이 나무 꼭대기 를 바로 영감 앞에 쓰러뜨릴 수가 있소. 누가 망을 보더라도 말이오. 그 보다 더 짧은 시간에 그렇게 할 수도 있고. 그러니 예의 있게 행동하시 오…… 난 정의만을 원할 뿐이오."

내티의 표정에는 단순한 진지함이 있었고 그것은 그가 정말 진심으 로 말하고 있다는 것을 보여주고 있었다. 그러나 그가 사람의 피를 흘리 기를 싫어한다는 것 또한 명백했다. 그는 나무꾼의 허풍에 이렇게 대답 했다.

"난 자네가 원하는 곳에서 나무를 쓰러뜨릴 수 있다는 걸 아네, 빌리 커비. 하지만 만약 자네가 그걸 하는 동안에 손 하나나 팔 하나라도 드러낸다면 시체를 매장해야 하고 상처를 지혈할 일이 생길 거네. 자네들이 원하는 것이 단지 이 동굴에 들어오는 거라면 해가 두 시간만 더 지나갈 때까지 기다리게. 그러면 자네들은 환영받으며 이곳에 들어올 수 있네. 하지만 지금 들어오는 건 안 된다네. 여기엔 이미 죽은 시신 한 구가 차가운 바위 위에 놓여 있고 생명이 남아 있다고 말할 수 없을 지경인 또 하나의 신체가 있다네. 만약 자네들이 들어오려 한다면 동굴 안뿐만 아니라 동굴 밖에도 죽은 자들이 생겨날 거네."

나무꾼은 숨어 있던 나무 뒤에서 두려움 없이 걸어 나와서 소리쳤다.

"그거 공성하군요. 공정한 건 옳은 거요. 영감은 여러분이 해 질 때까지 두 시간만 멈춰달라고 하는 거요. 그리고 난 그 일이 합리적이라고 생각하오. 사람은 자기가 잘못했을 때에는 항복할 수가 있소. 여러분이 그 사람에게 너무 심하게 강요하지만 않는다면 말이오. 하지만 만약 여러분이 사람에게 강요를 하면 그 사람은 다루기 힘든 소처럼 된다오. 때리면 때릴수록 더 심하게 발로 찬다오."

빌리가 주장하고 있는 건전한 독자성의 개념은 그 긴급 상황에도, 또 존스 씨의 초조함에도 걸맞지 않았다. 존스 씨는 그 동굴의 숨겨진 비밀을 조사하려는 욕망으로 달아오르고 있었기 때문이었다. 그래서 그는 자신의 목소리로 이 우호적인 대화를 가로막았다.

"내 권한으로 당신에게 법에 자수하기를 명령하오, 너새니얼 범포." 그가 소리쳤다. "또 신사 여러분, 내가 임무를 수행하는 걸 지원해줄 것을 여러분에게 명령하오. 벤저민 펭귈런, 이 영장에 의해 당신을 체포하고 나를 따라 카운티 감옥으로 갈 것을 당신에게 명령하오."

"전 당신을 따를 겁니다, 스콰이어 디킨스." 벤저민이 입에서 담뱃대를 꺼내면서 말했다(왜냐하면 이러한 장면이 벌어지는 내내 전 집사장은 아주 태연하게 담배를 피우고 있었기 때문이었다). "예! 당신의 항적을 따라 세상 끝까지라도 항해할 겁니다. 만약 세상의 끝이란 곳이 있다면 말입지요. 하지만 세상은 둥그니까 그런 곳은 없습지요. 그런데 아마 홀리스터 대장께서는 평생을 육지에서 살았으니, 아시겠어요, 세상이 둥글다는 걸 모르⋯⋯."

"항복하시오!" 노병이 듣는 사람들을 깜짝 놀라게 한 목소리로 그의 말을 가로막았다. 그리고 실제로 그 목소리는 자신의 병력을 몇 걸음 뒤로 물러서게 만들었다. "항복하시오, 벤저민 펭귈럼. 그러지 않으면 어떤 관대한 처분도 기대하지 마시오."

"당신네 관대한 처분은 빌어먹으라고 하슈." 벤저민이 앉아 있던 통나무에서 일어나서 회전포의 포신을 길이를 따라 곁눈질하면서 말했다. 그 회전포는 밤사이에 이 산으로 운반되어서 현재 방어벽 옆 벤저민이 있는 쪽에서 그의 방어 수단이 되어 있었다. "이보슈, 대장, 아니 대위. 당신이 당신 목을 매달 밧줄 외에는 어느 밧줄 하나의 이름이라도 아는지 의문이지만 고함칠 필요는 없소. 마치 당신이 밑에서 세번째 돛대의 활대 위에 선 귀머거리에게 큰 소리로 부르는 것처럼 말이오. 아마 당신은 당신의 양피지에 내 진짜 이름이 쓰여 있다고 생각할지도 모르지. 허나 어떤 영국인 선원이 이 바다를 항해할 만한 가치가 있다고 생각하겠소. 그것도 필요할 경우에 대비해서 배의 고물에 가짜 대포도 설치해두지 않고 말이오, 아시겠어요? 만약 당신이 날 펭귈런이라고 부른다면 당신은 내가 태어난 그 땅의 주인 이름으로 날 부르는 거요, 아시겠소? 그는 신사였지. 그리고 그건 나의 최악의 원수가, 벤저민 스텁스의 가족 중 그 누구에 대해서 말할 수 있는 것보다도 더 큰 찬사요."

"영장을 내게 다시 주게. 그러면 내가 별명을 추가하겠네." 하이럼이 피신처 뒤에서 소리쳤다.

"멍청이라고 추가하쇼. 그러면 당신 자신의 이름을 추가하는 게 될 테니, 두벗리틀 씨." 벤저민이 고함을 질렀다. 그는 자신의 작은 쇠관을 곁눈질로 아주 뚫어질 듯 훑어보고 있었다.

"항복할 시간을 잠깐만 주겠소." 리처드가 외쳤다. "벤저민! 벤저민! 이건 내가 자네에게 기대한 감사의 표시가 아니지 않은가."

"내가 당신에게 말하겠소, 리처드 존스." 내티가 말했다. 그는 보안관이 자신의 전우에게 미칠 영향을 두려워하고 있었던 것이다. "비록 그 처녀가 가져온 탄약통이 없어졌지만 동굴 안에는 당신이 서 있는 그 암반을 폭파시킬 만큼은 충분한 탄약이 있소. 당신이 조용히 하지 않는다면 내 지붕을 날려버리겠소."

"더 이상 죄수들과 담판 짓는 건 내 직무의 품위에 어울리지 않는 일이라고 생각하오." 보안관이 그의 동료에게 말했다. 그러는 동안 그들은 둘 다 황급히 퇴각하고 있었다. 그러나 홀리스터 대위는 그 황급함을 전진하라는 신호로 오해했다.

"착검!" 노병이 외쳤다. "전진!"

이 신호는 분명히 예상된 것이었지만 이것은 피공격자들을 조금 놀라게 했다. 그리고 노병은 "용기를, 용감한 나의 병사들이여! 저들이 항복하지 않는 한 관용을 베풀지 말라"라고 소리치며 방어벽을 향해 다가갔다. 그리고는 그의 기병도로 위를 향해 광포한 일격을 가했다. 다행히도 선회포의 포구가 방해하지 않았다면 그 일격은 집사로 하여금 참수형의 과정을 겪게 해서 그를 두 동강 냈을 것이었다. 사실을 말하자면 벤저민이 장약에 자신의 담뱃대를 갖다 대던 그 중대한 순간에 대포가 포가에서 떨어져서 그 결과 약 60이나 70알의 총알이 거의 수직으로 공중으로 발사되었던 것이다. 학문적 가르침에 따르면 대기는 납을 보유하고 있을 수가 없다고 한다. 그래서 납 1파운드로 30개씩 주조된 총알들이 60개, 즉 2파운드의 납이 날아가면서 타원형을 그린 후에 대위 뒤에 배치된 병력의 머리 바로 위 나뭇가지들을 스치며 우르르 소리를 내면서 땅 위로 되돌아왔다. 비정규군의 공격이 성공하는 이유의 많은 부분은 그들이 처음 어느 방향으로 움직였느냐에 달려 있다. 현재의 경우에 병사들은 후퇴하고 있었다. 그래서 선회포의 큰 포성이 암석들과 동굴들 사이로 울린 후 1분도 채 지나지 않아 좌익으로부터의 공격의 비중 전체가 노병이 단 하나의 무기를 용맹하게 휘두르는 행위에 달려 있게 되었다. 벤저민은 자신의 대포의 반동으로 인해 심각한 타박상을 입어서 잠깐 무감각해져 있었다. 그래서 전 집사장은 땅 위에 엎드린 상태로 있었다. 홀리스터 대위는 이 상황을 이용해 흉벽을 기어 올라와 적의 방어 거점에 발판을 확보했다. 왜냐하면 그 동굴과 연결된 그 요새의 성격이 바로 방어 거점이었기 때문이었다. 노병이 자신이 적의 요새 가까이로 왔다는 것을 알아차린 순간 그는 요새 모서리로 돌진하며 자신의 기병도를 휘두르며 외쳤다.

"승리다! 돌격, 내 용감한 병사들, 요새는 우리 것이다!"

이 모든 것은 완전히 군인다운 행동이었고 용감한 장교가 자기 부하들에게 어느 정도는 보여주지 않을 수 없는 그러한 모범적인 행동이었다. 그러나 그의 고함 소리가 성공의 기세를 역전시키는 불운한 원인이 되었다. 내티는 나무꾼과 자기 바로 앞에 있는 적을 방심하지 않고 주시하고 있었는데 이 비상경보에 방향을 휙 바꾸어 동료가 땅에 엎드려 있고 노병이 자신이 쌓은 방어벽 위에 서서 승리의 고함을 지르고 있는 것을 보고는 소스라치게 놀랐던 것이다! 그의 긴 소총의 총구가 즉각 대위를 향해 돌려졌다. 그 늙은 병사의 생명이 크게 위태로워진 순간이었다. 그러나 사격할 대상이 레더스타킹에게는 너무 크고 너무 가까웠다. 그래서 그는 방아쇠를 당기는 대신 자기의 총을 적의 등 뒤에 대고 힘껏 밀어 적이 요새에 들어올 때보다 훨씬 더 빠른 속도로 요새 밖으로 적을 내던져버렸다. 홀리스터 대위가 떨어진 곳은 바로 정면이었다. 그곳에 떨어지며 그의 두 발이 땅에 닿을 때 산비탈이 너무나 가파르고 미끄러웠으므로 마치 그의 두 발 밑에서 산비탈이 아래쪽으로 물러나는 것처럼 보였다. 그의 동작은 신속했고 또 너무나 변칙적이어서 늙은 병사의 신체 기능을 완전히 혼란에 빠뜨렸다. 그렇게 떨어지는 동안 그는 자신이 말에 타고 적군을 뚫고 돌격하고 있다고 생각했던 것이다. 그는 마치 보병에게마다 타격을 가하듯이 나무마다 타격을 가하며 떨어졌다. 반쯤 불탄 어린 나무에서 큰대자를 그리자마자 그는 큰길에, 그것도 너무나 경악스럽게도 바로 자신의 배우자의 발치에 떨어졌던 것이다. 홀리스터 부인은 한 손으로는 자신이 평소 걸을 때 지니고 다니는 지팡이를 쥐고 그에 기대면서, 또 다른 한 손으로는 빈 가방을 들고 힘들게 산을 올라오고 있었고 그 뒤를 호기심 가득한, 적어도 스무 명의 소년들이 따라오고 있었다. 그러다가 자기 남편이 이러한 공을 세우고 있는 것을 목격하자 즉시 분노가 그녀의 종교뿐만 아니라 그녀의 철학까지도 극복해버렸다.

"이런, 병장님! 여기 날아오는 게 당신이우?" 그녀가 소리쳤다. "내가 살다 살다 내 남편이 적에게 등을 돌리는 꼴까지 봐야 한단 말이우! 그것도 그런 보잘것없는 적에게! 지금 난 여기까지 오면서 소년들에게 요크타운을 포위 공격하던 때의 상황과 당신이 어떤 식으로 부상을 입었는지 모두 말해주고 있던 중이었다우. 그래서 당신이 오늘도 그때와 같이 얼마나 용감하게 행동하고 있을 것인지도 말이우. 그런데 내가 대포가 처음 발사되고 있는 바로 그때 이렇게 후퇴하는 당신과 만나다니! 오! 이 가방을 던져버려야겠네! 전리품이 있다 해도 그걸 얻을 특권을 가지게 되는 사람은 당신 같은 남자의 마누라는 아닐 거유. 거기에는 금과 은이 대량으로 있다는 소문도 있는데…… 내 마음을 세속적인 일에 두는 데 대해 하느님께서 날 용서해주시길. 하지만 전투에서 넘어오는 물건은, 성서 구절에도 있어서 믿을 수 있지만, 승리자의 정당한 소유물이란 말이우."

"후퇴하다니!" 아연실색한 노병이 외쳤다. "내 말은 어디 있소? 그 놈이 날 태우고 있다가 총에 맞았는데…… 난……"

"이 사람이 미쳤나!" 그의 아내가 가로막았다. "당신한텐 절대 말이 없잖수. 또 당신은 민병대의 초라한 대위일 뿐이잖수. 오! 진짜 대위가 여기 있다면 당신이 말 타고 나아갈 곳은 반대 방향일 거유. 그렇지 않음 당신의 지휘관을 따라갈 수가 없을 테니 말이우!"

이 유덕한 부부가 이처럼 사건에 대해 토론하고 있을 때 그들의 위쪽에서는 전투가 지금까지보다 더 격렬하게 벌어지기 시작했다. 벤저민이 할 만한 표현에 따르면 적이 상당히 진항(進航)해온 양상을 레더스타킹이 보았을 때 그는 다시 우익으로부터 들어오는 공격자들에게 주의를 기울였다. 커비는 거구였으므로 이 순간을 이용해서 방어 거점으로 올라가는 것도 쉬웠을 것이고 또 힘도 셌으므로 이 방어 거점의 방어자들을 둘 다 노병인 홀리스터 대위를 추격하러 내보내는 것도 쉬웠을 것이었다. 그러나 적의(敵意)는 나무꾼이 그 순간에 가장 즐기지 않는 격정인 것처럼 보였다. 왜냐하면 그는 퇴각 중인 좌익의 병사들이 들을 수 있을 만한 목소리로 이렇게 외쳤기 때문이다.

"만세! 잘했소, 대위! 그렇게 계속하시오! 대위께서는 덤불 베는 칼을 너무나 잘 다루시는군요! 이분은 어린 나무는 우습게 여기시는데요!" 그 외에도 나는 듯이 떨어지고 있는 노병에 대한 그러한 종류의 격려의 외침을 쏟아내고 있었다. 그러다 유쾌한 감정을 이기지 못해 그 선량한 친구는 땅에 주저앉아서 즐거워서 땅을 차면서 계속해서 웃음을 터뜨렸다.

그동안 내티는 내내 위협적인 자세로 서 있었다. 그는 소총을 흉벽 너머로 겨누고 공격자들의 가장 사소한 움직임까지도 재빠르고 주의 깊은 시선으로 주시했다. 커비의 고함 소리는 운 나쁘게도 하이럼의 제어할 수 없는 호기심을 자극해서 그로 하여금 자신의 은신처 뒤로부터 전투 상태를 슬쩍 내다보게 만들었다. 이러한 동작은 비록 아주 신중하게 수행되었지만 그는 앞만 보호하다가 수많은 훌륭한 사령관들과 마찬가지로 자신의 뒷모습을 적의 공격에 노출하게 되었다. 둘리틀 씨는 신체적으로 그와 같은 나라 사람들 중에서도 자연적으로 체격에 굴곡이 없는 부류에 속했다. 그의 신체의 모든 부분은 똑바르거나 아니면 각이 져 있었다. 그러나 그의 옷을 만드는 재봉사는 마치 어떤 연대와 계약을 맺고 일하는 재봉사처럼 인류 전체에 동일한 윤곽을 부여하는 그러한 일련의 규칙에 의거해서 작업하는 여성이었다. 그 결과 둘리틀 씨가 위에 서술한 바와 같은 방식으로 몸을 앞으로 굽혔을 때 그 나무 뒤에 느슨하게 늘어진, 주름 잡힌 옷자락이 드러났다. 그러자 내티의 소총이 번개처럼 신속하게 그것에 겨누어졌다. 내티보다 경험이 적은 사람이었다면 늘어져 있는 의복을 겨냥했을 것이다. 그 의복이 지면까지 절반 정도 늘어져 있었던 것이다. 그러나 내티는 그렇게 하기에는 그 남자와 여성인 그

688

의 재봉사를 너무 잘 알고 있었다. 커비는 이러한 작전 행동 전체를 숨막히는 기대를 가지고 주시하고 있었는데 소총의 날카로운 총성이 들리자 그는 너도밤나무에서 나무껍질이 날아가고 그와 동시에 의복의 늘어진 옷자락에서 위로 얼마간 떨어진 부분이 흔들리는 것을 보았다. 이러한 항복 권고에, 하이럼이 나무 뒤로부터 앞으로 나온 동작보다 더 신속하게 그 위치를 드러낸 포병대는 결코 없었을 것이다.

그는 아주 정확하게 앞쪽으로 두세 걸음 걸어 나와서는 한 손을 다친 부분에 대며 다른 한 손을 위협적인 태도로 내티를 향해 앞으로 내밀었다. 그러고는 큰 소리로 소리쳤다.

"이런 빌어먹을 작자 같으니! 이 일은 그렇게 쉽게 해결될 수가 없을 거요. 난 이 일을 민사법원에서 항소법원으로 옮겨 철저히 규명할 거요."

스콰이어 둘리틀 같은 조용한 남자의 입에서 그처럼 충격적인 저주가 나온 데다 그가 두려움 없이 자신을 드러냈다는 사실과 아마도 내티의 소총에 탄알이 장전되어 있지 않을 것이라는 인식이 더해져서 후미의 병력은 고무를 받았다. 그래서 그들은 큰 소리로 고함을 지르며 선회포에서 발사된 총알들을 향해 나무 꼭대기들 속으로 일제 사격을 퍼부었다. 그들 자신의 고함에 고무 받아 병사들은 이제 본격적으로 돌진해왔다. 빌리 커비는 이 우스꽝스러운 일이 비록 재미있기는 했지만 너무 과도하게 진전되었다고 생각했으므로 방어벽을 올라가는 중이었다. 바로 그때 템플 판사가 반대편에 나타나서 이렇게 외쳤다.

"조용히 하시오! 제가 왜 살인과 유혈극이 벌어지려는 장면을 봐야 합니까! 법이 그 자체를 보호하기에 충분하지가 않아서 정의가 실현되는 걸 보기 위해 무장 부대가 집결해야 하는 겁니까! 마치 폭동과 전쟁이 일어난 때처럼 말입니다."

"이건 민병대요." 보안관이 멀리 떨어진 바위 위에서 외쳤다. "이들은……"

"차라리 악마 부대라고 하시오. 조용히 하기를 명령합니다."

"기다려요! 피를 흘리지 마세요!" 비전의 정상으로부터 어떤 사람의 목소리가 소리쳤다. "기다려요! 제발, 더 이상 발사하지 마세요! 모든 걸 밝히겠어요! 여러분을 동굴에 들어가게 해드리겠어요!"

사람들이 모두 경악한 결과, 바라던 효과가 나타났다. 내티는 자기 총에 이미 탄알을 재장전한 후였는데 통나무 위에 조용히 앉아서 한 손으로 머리를 괴고 있었다. 한편 '경보병대'는 군사행동을 멈추고 긴장해서 결과를 기다리고 있었다.

1분도 채 안 되어 에드워즈가 산을 달려 내려왔고 그 뒤를 하르드만 소령이 나이에 비해 놀랍도록 빠른 속도로 따라 내려왔다. 그들은 순식간에 대지에 도달했고 청년이 거기서부터 길을 안내했다. 그는 암반의 움푹 파인 부분으로 해서 동굴의 입구까지 갔다. 그리고 그들 두 사람은 다 동굴로 들어갔다. 뒤에 남은 사람들은 모두 말없이 경악해서 그들의 뒷모습을 응시하고 있을 따름이었다.

40장

"난 이루 말할 수 없이 놀랐소.
당신이 그 의사였는데 내가 당신을 몰라보다니!"
—『베니스의 상인』, 5막 1장 279~80행

청년과 소령이 다시 나타날 때까지 5, 6분 동안 템플 판사와 보안관과 대부분의 의용병들은 그 계단형 대지로 올라왔다. 그곳에서 의용병들은 이 일의 결과에 대한 자기들의 추측을 말하거나 이 전투에서 세운 개인적인 공훈에 대해 자세히 이야기하기 시작했다. 그러나 움푹 파인 암반을 올라오는 중재인들의 모습을 보고 모두 입을 다물었다.

그들은 무두질하지 않은 사슴 가죽으로 덮인 조잡한 의자 위에 앉은 한 인간을 떠받치며 오고 있었다. 그들은 그 사람을 모인 사람들 한가운데 조심스럽게, 공손히 앉혔다. 그의 머리는 눈처럼 흰, 길고 매끄러운 머리털로 덮여 있었다. 가장 부유한 계급만이 입을 수 있는 직물로 지어져 있었지만 옷은 애써 말쑥하고 깨끗하게 손질되어 있었고 미어져 실이 드러나 보이고 기운 곳도 보였다. 그의 발에는 모카신이 신겨져 있었는데 그 신은 인디언의 가장 정교한 솜씨로 장식되어 있었다. 그의 얼굴의 윤곽은 근엄하고 위엄이 있었다. 그러나 그는 멍한 눈을 뜨고 생기 없는 표정으로 주위 사람들의 얼굴로 천천히 시선을 돌렸는데 그 눈은, 이미 노령으로 인해 정신적으로 천치가 되어 어린아이처럼 되는 시기가 왔음을 너무나 확실하게 알려주고 있었다.

내티는 이 예기치 못한 인물을 떠받치고 온 사람들을 따라 동굴의 꼭대기까지 가서는 문제의 인물 뒤쪽으로 약간 떨어진 곳에 자리를 잡고 섰다. 그는 자기를 따라온 사람들 가운데에서 두려움 없는 표정으로 소총에 기대어 서 있었다. 그러한 그의 표정은 자신의 관심사보다 더 중대한 관심사가 해결되는 걸 지켜보게 되었다는 기대감을 드러내는 듯했다. 하르트만 소령은 모자를 벗은 모습으로 그 노인 옆에 자리를 잡았다. 장난기와 익살로 늘 반짝거렸던 그의 두 눈을 통해 그의 영혼 전체가 기쁨으로 빛나고 있는 것이 느껴졌다. 에드워즈의 가슴은 말로 표현할 수 없는 감정들로 벅찬 상태였지만 그는 한 손을 친밀하게, 그러나 애정 깊게 의자 위에 얹고 서 있었다.

모두가 노인을 집중해서 응시하고 있었지만 각자의 입은 계속 침묵을 지키고 있었다. 마침내 그 노쇠한 낯선 사람이 멍한 표정으로 이 사람 저 사람의 얼굴을 보면서 힘은 없었지만 일어나려는 시도를 했다. 그러는 한편 그가 힘없고 떨리는 목소리로 이렇게 말할 때 그의 쇠약한 얼굴에는 마치 습관적으로 그래왔던 것처럼 정중한 태도를 취하려고 애쓰는 듯 희미한 미소가 스쳐 지나갔다.

"기쁘게 앉아주시오, 신사 여러분. 회의가 곧 시작될 것입니다. 훌륭하고 고결한 국왕을 사랑하는 각자는 이 식민지들이 지속적으로 충성을 바치는 모습을 보고 싶을 것입니다. 앉으시오…… 제발 앉으시오, 신사 여러분. 군대가 오늘 밤 이곳에 머무를 것입니다."

"이건 정신이상으로 오락가락하는 상태로군!" 마머듀크가 말했다. "누가 이 장면을 설명해주겠소?"

"아닙니다, 판사님." 에드워즈가 확고하게 말했다. "이건 다만 자연스러운 쇠약 현상입니다. 이 가엾은 상태에 대해 누가 책임이 있는가는 앞으로 알게 될 겁니다."

"신사분들이 우리와 함께 정찬을 들까, 애야?" 그 늙은 손님이 자기가 알고 또 사랑하는 목소리 쪽으로 몸을 돌리면서 말했다. "국왕 폐하의 장교들에게 어울리는 식사를 준비하도록 명해라. 너도 알다시피 우리는 사냥해서 잡은 최상품의 고기를 항상 쓸 수가 있지 않으냐."

"이 사람은 누구요?" 마머듀크가 다급한 목소리로 물었다. 질문을 하는 그의 목소리에는 어슴푸레 떠오르는 추측과 관심이 뒤섞여 있었다.

"이 사람이라고요!" 에드워즈가 침착하게 대답했지만 그의 목소리는 그가 말을 계속하는 동안 점차 높아졌다. "이 사람은, 판사님, 판사님께서 보시다시피 동굴에 숨겨져 살며 삶을 바람직하게 만들 모든 것을 박탈당했지만 한때는 당신의 나라를 지배하던 사람들의 동료이자 상담자였습니다. 이 사람은 당신이 보시듯이 무력하고 기력도 없지만 한때는 전사였습니다. 그는 너무나 용감하고 두려움을 모르는 전사였으므로 용맹한 토착민들조차도 그에게 불을 먹는 자라는 이름을 선사했습니다. 판사님이 지금 보시듯이 이 사람은 머리를 가릴 오두막집이 주는 평범한 안락함조차도 없지만 한때는 거대한 부의 소유자였습니다. 그리고 템플 판사님, 이분은 우리가 서 있는 바로 이 땅의 정당한 소유자였습니다. 이분의 자식은……"

"이분은 그렇다면" 하고 마머듀크가 크게 흥분해서 소리쳤다. "이분은 그렇다면 실종된 에핑엄 소령이군!"

"정말 실종되었었지요." 청년이 날카로운 시선으로 상대방을 응시하며 말했다.

"그리고 자네는! 그리고 자네는!" 판사가 간신히 발음을 하면서 말을 이었다.

"전 이분의 손자입니다."

깊은 침묵 속에서 1분이 지났다. 모든 사람들의 시선이 대화자들을 응시하고 있었고 늙은 독일인조차 매우 불안해하면서 결과를 기다리고 있는 듯이 보였다. 그러나 흥분의 순간은 곧 지나갔다. 마머듀크는 수치심에서가 아니라 진심에서 우러나온 감사의 마음으로 고개를 가슴께까지 숙이고 있다가 다시 고개를 들었다. 그리고 커다란 눈물방울이 그의 남자답고 잘생긴 얼굴 위로 흘러내리는 것도 아랑곳 않고 그는 흥분한 태도로 청년의 손을 잡고는 말했다.

"올리버, 난 자네의 모든 거친 태도를 용서하네…… 자네의 모든 의심도. 이제 난 그 모든 걸 다 알겠네. 자네의 모든 것을 다 용서하네. 이 노인을 이러한 장소에 거주하게 내버려둔 것만 제외하고 말이지. 내 집뿐만 아니라 내 재산도 이분과 자네가 마음대로 쓸 수 있었는데도 말이네."

"이 사람은 강철처럼 진실하다니까!" 하르트만 소령이 외쳤다. "내가 자네에게 말하지 않았는가, 이 친구. 마머듀크 템플은 궁핍한 때에 절대로 처버리지 않는 친구였다네."

"당신의 행동에 대한 제 생각이 이 유덕한 신사분께서 제게 말씀해 준 것 때문에 흔들렸던 건 사실입니다, 템플 판사님. 이 노인이 항구적인 사랑으로 제 할아버지를 모셔다둔 그곳으로부터 사람들에게 간파당하고 노출되지 않고서는 할아버지를 다시 모시고 나오는 게 불가능하다는

694

걸 알았을 때 전 할아버지의 예전 동지 한 분을 찾아 모호크 강으로 갔습니다. 전 그분의 공정함을 믿었으니까요. 그분이 판사님의 친구 분입니다. 템플 판사님. 하지만 만약 그분이 말씀하시는 게 사실이라면 저의 아버님과 저 자신이 판사님을 가혹하게 판단했을지도 모르겠습니다."

"자넨 아버지에 대해 말하는군!" 마머듀크가 부드럽게 말했다. "그는 정말 우편선을 타고 가다 실종되었는가?"

"그랬습니다. 아버지께서는 몇 년 동안 결실은 없었지만 근면하게, 그러나 비교적 빈곤하게 사시다가 절 노버 스코셔에 남겨두고 당신의 손실에 대한 보상금을 받기 위해 떠나셨지요. 그리고 영국의 행정관들이 마침내 보상금을 지급했고요. 영국에서 1년을 보내신 후에 아버지께서는 서인도제도의 한 지방정부의 관료로 임명되어 부임하시는 길에 핼리팩스*에 들르시려고 돌아오시는 중이었지요. 아버지께서는 저의 할아버지께서 전쟁 동안, 그리고 전쟁 이후로도 체류하고 계셨던 곳으로 가서 할아버지를 모시고 저와 함께 부임지로 갈 작정이셨지요."

"그러나 자넨!" 마머듀크가 깊은 관심을 보이며 말했다. "자네가 그와 함께 비명횡사했다고 난 생각했다네."

젊은이의 두 뺨에 홍조가 스쳐 지나갔다. 그는 주위에 있는 지원병들의 의아해하는 얼굴들을 둘러보고는 계속 침묵을 지켰다. 마머듀크는 퇴역군인인 민병대장에게 몸을 돌리고는 말했다. 민병대장은 그때 막 자기의 부대에 복귀한 후였다.

"자네의 병사들을 다시 마을로 행군시켜서 그들을 해산시키시오. 보안관이 지나친 열성으로 자신의 임무를 크게 잘못 생각한 것이오. 닥터

---

* 캐나다 노바스코샤 주의 주도.

토드, 이 운 나쁜 사건에서 하이럼 둘리틀이 받은 상처를 보살펴주면 감사하겠소. 리처드, 산꼭대기까지 마차를 올려 보내준다면 고맙겠네. 벤저민, 우리 가정 내의 자네 임무로 복귀하게."

이 명령을 들은 대부분의 사람들에게는 비록 이 명령이 달갑지 않은 것이었지만 자기들이 법의 건전한 경계선을 약간 넘어섰을지도 모른다는 의심과 그때까지 판사의 모든 명령을 습관적으로 존중하며 받아들여온 관행으로 인해 그들은 즉각적으로 명령에 복종했다.

그들이 떠나고 그 암반에 청년의 설명에 가장 큰 관심을 가진 당사자들만 남게 되자 마머듀크는 노령의 에핑엄 소령을 가리키면서 소령의 손자에게 말했다.

"내 마차가 도착할 때까지 자네 조부를 이 훤히 트인 장소에서 다른 곳으로 옮겨드려야 하지 않겠는가?"

"죄송합니다만 판사님, 공기는 할아버지께 좋고 그분은 다른 사람들에게 발각될 우려가 없었을 때에는 언제나 공기를 마음대로 호흡했지요. 전 어떻게 행동해야 할지 모르겠습니다, 템플 판사님. 제가 에핑엄 소령님을 판사님 가정에 머무르시게 해야 하는지요? 그래도 되는지요?"

"자네 스스로 판단하게 해주겠네." 마머듀크가 말했다. "자네 부친은 내 어린 시절의 친구네. 그는 자기 재산을 내가 관리하도록 맡겼지. 우리가 헤어질 때 그는 날 너무나 신뢰했기 때문에 아무런 보안 조치도, 재산을 위탁했다는 어떤 증거도 원하지 않았네. 그가 그렇게 해달라고 내게 강요할 시간이 있거나 형편이 되었다고 해도 말이네. 이런 말을 자네 들은 적이 있겠지?"

"정말 확실히 들었습니다, 판사님." 에드워즈, 아니 에핑엄이 말했다. 우리는 이제 그를 그렇게 불러야 하기 때문이다.

"우리는 정치적 성향이 달랐다네. 비록 이 나라의 대의명분이 성공을 거두었다 해도 그의 위탁은 내게는 신성불가침이었다네. 왜냐하면 아무도 자네 부친의 재산권에 대해서는 몰랐기 때문이지. 만약 영국 왕이 여전히 이 나라를 지배하고 있다면 에핑엄 중령처럼 충성스러운 신하의 재산을 되찾는 일은 쉬울 거네. 이건 분명하지 않은가?"

"그 전제는 효과적입니다만 판사님." 청년이 조금 전과 똑같이 의심하는 듯한 표정으로 말을 이었다.

"들어보게…… 들어보게, 친구." 독일인이 말했다. "판사의 머릿속에는 악당 카튼 요소는 털끝만치도 없다네."

"우린 모두 그 싸움의 결말을 알고 있네." 마머듀크가 두 사람의 말을 다 무시하면서 말을 계속했다. "자네 조부님은 코네티컷에 남겨졌고 자네 부친은 그분의 필요에 적절한 생활을 할 수 있는 자금을 정기적으로 제공해드렸지. 이걸 난 잘 알고 있다네. 비록 우리가 가장 친밀하게 지낼 때에도 난 그분과 한 번도 왕래한 적이 없었지만 말이네. 자네 부친은 법적으로 영국 정부에 보상금 지급을 청구하기 위해 자신의 병력과 함께 퇴직을 했지. 하여튼 그의 손실은 분명 막대했을 거네. 그의 부동산이 매각되었고 내가 그 합법적 구매자가 되었으니까 말이지. 그가 그 재산의 정당한 복구에 장애되는 요소는 갖고 있지 않았으면 하고 바란 일이 부자연스러운 건 아니었겠지?"

"장애 요소는 전혀 없었습니다. 그처럼 많은 청구자들을 부양하는 일이 어려웠다는 것만 제외하면요."

"그러나 내가 세상 사람들에게 이 토지들을 보유하고 있다고 공표했다면 장애 요소가, 그것도 극복할 수 없는 장애 요소가 발생했을 거네. 그것도 내가 단지 그의 피위탁자로서 시간의 힘과 내 근면에 의해 그 가치를 이미 백 배로 불려놓았다고 하면 말일세. 내가 전쟁 직후에 상당한 금액을 여러 번 그에게 지급한 걸 자네도 알 걸세."

"그러셨지요. 그러다가……"

"내가 보낸 편지들이 뜯지도 않은 채 반송되었다네. 자네 부친은 자네 자신과 같은 기질을 많이 지니고 있었다네, 올리버. 그는 때때로 성급하고 경솔한 행동을 하곤 했었지." 판사는 자기 자신을 비난하는 태도로 말을 계속했다. "아마 내 잘못은 그 반대일 걸세. 내가 아마도 너무 멀리 내다보고 너무 철저히 계산을 하는지도 모르지. 내가 가장 사랑한 남자로 하여금 7년 동안 날 나쁘게 생각하게 한 건 확실히 가혹한 시련이었다네. 그것도 그로 하여금 정직하게 정당한 자신의 보상금을 신청하게 하려고 말이지. 그러나 그가 내 마지막 편지들을 열어보았다면 자네도 진실을 전부 알았을 거네. 내 대리인이 내게 보낸 편지에 따르면 내가 영국으로 그에게 보낸 편지들을 그는 실제로 읽었다고 하네. 올리버, 그는 죽을 때 모든 사실을 알고 있었다네. 그는 내 친구로 죽었지. 그런데 난 자네가 부친과 함께 죽었다고 생각했다네."

"우리는 가난해서 두 사람분의 뱃삯을 지불할 수가 없었지요"라고 청년이 자기 가족의 영락한 상태를 암시할 때마다 항상 그랬듯이 특별한 감정을 보이면서 말했다. "전 식민지에 남아 아버지께서 돌아오시길 기다렸지요. 그리고 아버지의 실종에 대한 슬픈 소식을 들었을 때 전 거의 무일푼이었지요."

"그래서 자넨 어떻게 했는가, 친구?" 마머듀크가 떨리는 목소리로 말했다.

"전 제 할아버지를 찾아 여기까지 왔습니다. 저의 아버지의 휴직급이 사라짐과 동시에 할아버지의 자금도 사라졌다는 걸 잘 알고 있었으니까요. 할아버지의 거처에 도착하자 할아버지께서 비밀리에 그곳을 떠나셨다는 걸 알았지요. 그렇지만 할아버지께서 빈곤해지자 그분을 저버린 고용인이 저의 다급한 간청에 마지못해 예전에 할아버지의 하인이었던 한 노인이 할아버지를 모시고 간 것 같다고 자백을 했지요. 저는 당장 그 사람이 내티라는 걸 알았지요. 왜냐하면 저희 아버님께서 자주……"

"내티가 자네 조부의 하인이었다고?" 판사가 외쳤다.

"그것도 판사님은 모르셨군요!" 청년이 분명히 놀란 어투로 말했다.

"내가 어떻게 그걸 알 수 있었겠는가? 난 소령님을 만난 적이 한 번도 없고 누군가 범포라는 이름을 내게 언급한 적도 한 번도 없었는데. 난 그를 단지 숲에서 사는 사람이라고, 사냥을 해서 먹고사는 사람이라고만 알고 있었다네. 그런 사람들이 너무나 흔해서 그를 보고 놀라운 생각이 들지도 않았다네."

"그분은 저희 할아버지의 집안에서 양육되었고 저희 할아버지와 함께 서부에서 종군하는 동안 여러 해에 걸쳐 저희 할아버지를 위해 일했지요. 종군 중에 그분은 숲에 애착을 갖게 되었지요. 그래서 그분은 모히건 영감님이 델라웨어 부족을 설득해서 저희 조부님께 준 토지를 지키는 일종의 임시 대리인으로 이곳에 남겨졌어요. 저희 할아버지께서 예전에 모히건 영감님의 목숨을 구해주신 적이 있었거든요. 델라웨어 부족이 할아버지를 그 부족의 명예 부족원으로 받아들였을 때 그 토지를 주었지요."

"그렇다면 이것이 자네의 인디언 혈통을 말한단 말인가?"

"그 밖에는 어떤 다른 혈통도 없습니다." 에드워즈가 미소를 지으며 말했다. "에핑엄 소령님이 모히건의 양자가 되었지요. 그 당시에 모히건 영감님은 그의 부족에서 가장 위대한 분이었거든요. 그리고 소년 시절에 이 부족민을 방문했던 제 아버지는 그들로부터 독수리라는 칭호를 받았지요. 그분 얼굴의 형태 때문에 그런 이름을 받은 걸로 전 알고 있습니다. 그들은 아버지의 칭호를 제게도 주었어요. 전 그 외에는 그 어떤 다른 인디언의 혈통도 교육도 받지 않았습니다. 비록 제가, 템플 판사님, 제 혈통과 교육이 차라리 인디언의 것이었으면 하고 바랄 수도 있었던 그런 시간을 겪긴 했지만 말입니다."

"자네 이야기를 계속하게." 마머듀크가 말했다.

"전 이제 말할 게 조금밖에 없습니다, 판사님. 전 내티가 그 호숫가에 살고 있다는 말을 자주 들었기 때문에 그 호수로 내려왔지요. 그러고는 그가 옛 주인을 비밀리에 부양하고 있는 것을 발견했습니다. 왜냐하면 내티조차도, 예전에는 한 부족 전체가 존경으로 우러러보았던 사람이 가난해지고 노망난 모습을 세상에 차마 드러낼 수가 없었기 때문이지요."

"그래서 자넨 어떻게 했나?"

"제가 어떻게 했느냐고요! 전 마지막 남은 돈을 소총 한 자루를 사는 데 쓰고 거친 옷차림을 하고 레더스타킹 곁에서 사냥꾼이 되는 방법을 배웠지요. 나머지 이야기는 판사님도 알고 계시지요, 템플 판사님."

"그런데 늙은 프리츠 하르트만은 대체 어디에 있었단 말인가!" 독일인이 자책하는 듯이 말했다. "자넨 아버지의 입에서 늙은 프리츠 하르트만이란 이름을 한 번도 들은 적이 없는가, 친구?"

"제가 잘못 생각했는지도 모르겠습니다, 신사 여러분." 청년이 대답했다. "그러나 저도 자존심이 있었고 오늘 같은 날에도 마지못해 세상에 드러냈지만 그런 유의 노출을 도저히 감수할 수가 없었습니다. 전 계획이 있었지요. 공중누각 같은 것이었을지도 모릅니다만. 그러나 혹시라도 제 조부께서 가을까지 살아 계신다면 전 그분을 도시로 모셔갈 결심이었습니다. 그곳에 우리의 먼 친척들이 있으니까요. 그분들도 지금쯤이면 틀림없이 독립전쟁 때 영국에 가담했던 사람들을 잊어버리는 방법을 배웠을 테니까요."

공기는 맑았고 날씨는 화창했으므로 일행은 암반 위에서 계속 대화를 나누었다. 그러던 중 템플 판사의 마차가 덜커덕거리며 산비탈을 올라오는 소리가 들렸다. 그러는 동안에도 깊은 관심 속에서 대화는 계속되었다. 그러면서 매 순간 대화를 통해 어떤 의심스러운 행동이 해명되면서 마머듀크에 대한 청년의 반감은 줄어들었다. 그는 이제 더 이상 자기 조부를 다른 곳으로 옮기는 데 반대하지 않았다. 그런데 그의 조부는 자기가 다시 한 번 마차에 앉아 있다는 사실을 발견하고는 어린아이 같은 만족감을 보여주었다. 그 늙은 퇴역군인을 대저택의 널따란 거실에 데려가자 그는 천천히 시선을 돌려 그 방의 물건들을 바라보았다. 그러자 지성이 어렴풋이 밝아오는 듯한 표정이 그의 얼굴에 언뜻언뜻 스치고 지나가곤 했다. 그럴 때면 그는 한결같이 자기 가까이 있는 사람들에게 어떤 정중하지만 무익한 말을 하곤 했는데 가슴 아프게도 그 말의 주제가 옆길로 빗나가곤 해서 종잡을 수가 없었다. 그는 이동과 환경의 변화로 곧 기진맥진했으므로 그들은 그를 침대로 옮길 수밖에 없었다. 그는 침대에서 여러 시간 동안 누워 있었는데 자신의 생활이 편안하게 변했다는 사실을 지각하고 있는 것이 분명했다. 그는 또 피조물의 보다 고귀한 부분이 사라진 것처럼 보인 후에도 그의 동물적 성향은 계속 남아 있다는 것을 너무나 명백하게 보여주는, 인간성의 굴욕적인 모습을 보여주기도 했다.

에핑엄은 자기 조부가 침대에 편안하게 누워 있게 되고 내티가 그의 옆에 앉아 지키게 될 때까지는 조부의 곁을 떠나지 않았다. 그러고 나서 그는 판사의 서재로 오라는 호출에 복종했다. 그곳에 가자 그는 판사가 하르트만 소령과 함께 자기를 기다리고 있다는 것을 알았다.

"이 서류를 읽어보게, 올리버." 그가 들어가자 마머듀크가 그에게 말했다. "그러면 자네는 살아 있는 동안 자네 가족에게 부당한 행위를 하려고 작정하기는커녕 나중에라도 일이 정확히 처리되도록 조처하는 것이 내 관심사였다는 걸 알게 될 걸세."

청년은 그 서류를 받아 들었다. 언뜻 눈에 띄는 것은 판사의 유언장이라고 쓰인 글씨였다. 그가 비록 마음이 급했고 흥분되어 있었지만 그 서류의 날짜가 마머듀크가 유달리 침울했던 시기와 일치한다는 것을 깨달았다. 계속 그 서류를 읽어가면서 그의 두 눈은 젖기 시작했고 그 법률 문서를 들고 있는 손은 심하게 떨렸다.

그 유언장은 통상적인 의례적 어투로 시작되었는데 그것은 밴 더 스쿨 씨가 교묘한 솜씨로 그 의례적 부분을 장황하게 늘어놓은 부분이었다. 그러나 이 주제가 어지간히 고갈된 후에는 마머듀크의 문체를 명확히 알아볼 수가 있었다. 명료하고 명확하고 남자답고 심지어는 웅변적이기까지 한 언어로 그는 에핑엄 대령에 대한 자신의 채무 관계, 그들의 관계의 성격, 그들이 교제가 끊어질 때의 상황 등을 자세히 진술했다. 그러고 나서 그는 계속해서 자신이 오랫동안 침묵을 지킨 동기들에 대해 기술했다. 그러나 그는 또 자기가 친구인 에핑엄 대령에게 보낸 많은 금액들에 대해 적고 그 금액들이 열어보지 않은 편지들과 함께 반송되어 온 사실도 기록했다. 그다음에 그는 이유를 알 수 없이 사라져버린 올리버의 조부를 찾았던 일과 이 위탁 재산의 직계 상속인이 그의 아버지와 함께 바다에 수장되었을 것이라는 염려에 대해서도 언급했다.

간단히 말해 우리의 독자들이 이제는 서로 연결시킬 수 있을 것이 틀림없는 사건들을 명확하고 자세히 거론한 후에 그는 계속해서 에핑엄 대령이 자기가 관리하도록 맡긴 금액들에 대해 공정하고도 정확하게 진술했다. 그의 전 재산의 유증을 일정한 책임 있는 관재인에게 맡긴다는 진술이 뒤따랐다. 전 재산을 균등하게 절반으로 나누어서 그 관재인들로 하여금 한편으로는 그의 딸을 위해, 다른 한편으로는 대영제국 군대의 소령이었던 올리버 에핑엄과 그의 아들 에드워드 에핑엄과 또 그의 아들 에드워드 올리버 에핑엄이나 아니면 그들 중 생존자와 대대손손 그 생존자의 후손들을 위해 보관하게 한다는 내용이었다. 그 위탁조항은 1810년까지 지속되도록 되어 있었다. 그때에도 만약 충분히 공지를 한 후에도 그렇게 유증된 절반의 재산을 요구하는 사람이 아무도 나타나지 않거나 그러한 사람을 찾을 수도 없을 때에는 에핑엄 대령에 대한 마머듀크의 부채의 원금과 이자를 계산한 일정 금액을 에핑엄 가문의 법적인 상속인들에게 지불하도록 되어 있었다. 그리고 판사의 재산 대부분은 상속 재산으로 그의 딸이나 그녀의 법적 상속인들에게 양도되도록 규정되어 있었다.

젊은이가 마머듀크의 신의를 부인할 수 없이 증명하는 이 서류를 읽어 내려갈 때 그의 두 눈에서는 눈물이 흘렀다. 그의 어리둥절한 시선은 여전히 서류에 머물고 있었다. 바로 그때 신경 하나하나를 다 짜릿하게 하는 어떤 목소리가 그의 가까이에서 들렸다. 그 목소리는 이렇게 말했다.

"당신은 아직도 우릴 의심하나요, 올리버?"

"난 한 번도 당신을 의심한 적이 없습니다!" 청년이 그의 마음의 평정뿐만 아니라 목소리도 되찾으면서 소리쳤다. 그러면서 그는 벌떡 일어나 엘리자베스의 손을 꽉 잡았다. "아니, 단 한 순간도 당신에 대한 내 신뢰는 흔들린 적이 없었습니다."

"그리고 우리 아버지는……"

"하느님께서 그분에게 은총을 내리시길!"

"난 자네에게 감사하네, 친구." 판사가 청년과 힘을 주어 따뜻하게 악수를 하면서 말했다. "그러나 우리 둘 다 잘못한 거야. 자넨 너무 성급했고 난 너무 느렸으니까. 내 재산의 절반은 자네에게 양도될 수 있게 되자마자 자네 것이 될 것이네. 그리고 내가 의심하고 있는 일이 사실이라면 나머지 절반도 곧 자네 것이 될 거라고 생각하네." 그는 자기가 잡고 있던 청년의 손을 자기 딸의 손과 합쳐주고는 소령에게 문으로 나가라고 몸짓을 했다.

"내가 네게 그렇게 말했지, 얘야!" 늙은 독일인이 기분이 좋아서 말했다. "내가 저애의 할아버지와 호숫가에서 쿤 복무할 때처럼 크런 기운이 있다면 저 케으른 놈이 너를 커저 얻지 못하게 할 텐데 말이지."

"자, 자 프리츠 영감님" 하고 판사가 말했다. "당신은 일흔 살이지 열일곱 살이 아닙니다. 리처드가 거실에서 달걀술* 한 잔을 만들어놓고 영감님을 기다리고 있습니다."

"리처트가! 그 작자가!" 상대방이 그 방에서 황급히 나가면서 외쳤다. "그는 달걀술을 마치 말에게 주는 술처럼 만든단 말이지. 내가 크 보안관에게 내 두 손으로 보여줘야겠어! 그 작자가! 크가 뉴잉글랜드산 당밀로 단맛을 낸다는 생칵이 드는군!"

마머듀크는 한 쌍의 젊은 남녀에게 다정하게 미소 지으며 고개를 끄

---

* egg-nog: 우유와 설탕이 든 달걀로 만든 술.

덕여 보이고는 그들만을 남겨두고 방을 나가서는 문을 닫아주었다. 우리의 독자들 중 누구라도 자기를 만족시켜주기 위해 우리가 그 문을 다시 열 것이라고 기대한다면 그들은 잘못된 생각을 하고 있다.

그 밀담은 아주 비합리적으로 긴 시간 동안 계속되었다. 얼마 동안이었는지 우리는 말하지 않을 것이다. 그러나 그 밀담은 저녁 6시경에 끝이 났다. 왜냐하면 그 시각에 므시외 르 콰가 그 전날의 약속 시간에 맞춰 나타나서 템플 양에게 할 말이 있다고 주장했기 때문이었다. 그는 입장을 허락받았다. 그는 매우 정중한 태도로 결혼을 신청하면서 더불어 그 결혼에는 자기의 "중요한 친구들이나 평범한 친구들, 자기의 부친, 자기의 모친, 또 자기의 사탕단풍나무 숲" 등도 부수적으로 포함된다고 말했다. 엘리자베스는 그 전에 아마도 올리버와 어떤 당황스럽지만 구속력 있는 약속을 했을 수도 있다. 왜냐하면 그녀는 자신의 모든 것을 주겠다는 므시외 르 콰의 제의를, 그가 그 제의를 했을 때의 어투보다 조금 더 단호하면서도 그 어투만큼이나 정중한 어투로 거절했기 때문이다.

그 프랑스인은 곧 거실에 있던 독일인과 보안관과 합류했다. 그들이 그로 하여금 자신들과 함께 탁자 앞에 앉게 만들었기 때문이었다. 그리고 그들은 펀치*와 포도주와 달걀술의 도움을 빌려 사근사근한 므시외 르 콰로부터 그의 방문의 성격을 알아내는 데 성공했다. 그가 자신이 이 나라를 떠나기 전에 이처럼 궁벽한 곳에 사는 숙녀에게 결혼 신청을 하는 것이 점잖은 남자의 의무라고 생각했다는 것은 명백한 사실이었다. 또 그의 감정이 그 문제에 관심이 있다고 해도 그것은 매우 사소한 관심일 뿐이라는 점도 명백했다. 몇 잔의 술을 마신 후에 장난을 좋아하는

---

* 레몬즙·설탕·포도주 등의 혼합음료.

다른 두 남자는 기분이 들뜬 프랑스인에게, 한 명의 숙녀에게만 결혼 신청을 하고 또 한 명의 숙녀에게는 그와 비슷한 정중한 행동을 하지 않는 것은 용서할 수 없는 편파적 행동이라고 설득했다. 그 결과 9시쯤 므시외 르 콰는 그랜트 양에 대해서도 유사한 사명을 띠고 사제관을 향해 기운차게 출발했다. 그 사명은, 사랑을 위한 그의 첫번째 노력이 실패했던 것과 마찬가지로 실패로 끝났다.

그가 10시에 대저택에 돌아왔을 때 리처드와 소령은 여전히 탁자 앞에 앉아 있었다. 그들은 이 골 사람에게 그다음에는 리마커블 페티본에게 결혼 신청을 해보아야 한다고 설득하려고 했다. 골 사람이란 보안관이 므시외 르 콰를 부르는 호칭이었다. 그러나 비록 그가 정신적 흥분과 포도주에 의해 고무되어 있었지만 이 문제에 대한 두 시간 동안의 심원한 논리적 설득은 물거품으로 돌아갔다. 그가 그처럼 정중한 사람으로서는 참으로 놀라울 정도로 완고하게 그들의 조언을 거절했기 때문이다.

벤저민이 문간에서 므시외 르 콰에게 등불을 비춰줄 때 벤저민은 헤어지면서 이렇게 말했다.

"만약 마운시어, 당신이 프리티본즈 부인과 나란히 달리게 된다면, 스콰이어 디킨스가 당신에게 그렇게 하라고 시키듯이 말일지요, 당신은 꽉 쥐여 살게 될 거요. 그럴 경우 아시겠어요, 당신은 괜찮은 방식으로 다시 방향을 바꾸어 그녀와 떨어지는 데 어려움을 겪을 거요. 왜냐하면 리지 양과 사제의 젊은 딸은 선체가 바람을 받아 힘차게 우리 앞을 지나 질주하는 말쑥한 작은 배들과 같지만 리마커블 부인은 약간 대형 선박 같은 종류입지요. 당신이 그 배를 일단 밧줄로 끌게 되면 그런 배들은 다시 밧줄이 풀리는 걸 싫어하지요."

41장

"그래, 그대들 휩쓸고 가라! ― 우리는 떠나지 않을 것이다.
승리하는 이들을 위해, 슬퍼하는 이들을 위해.
그 쾌활한 함대와 함께
큰 웃음소리가 되고 명랑한 외침이 되라 ―
― 그러나 그 소형 범선에
음유시인의 이야기는 있다."
-스콧, 『제도의 군주』, 1권 17장 1~4, 11~12절

앞서 우리가 이야기한 사건들은 여름 동안 일어난 것들이었다. 그리고 거의 한 해가 다 간 후 즐거운 10월이 되면서 우리는 이 이야기를 끝내지 않을 수 없다. 그러나 그사이에 많은 중요한 사건들이 일어났다. 그중 몇 가지는 이야기할 필요가 있을 것 같다.

그중 두 가지 주요한 사건은 올리버와 엘리자베스의 결혼과 에핑엄 소령의 죽음이다. 두 사건은 다 9월 초에 일어났다. 앞의 사건이 일어난 후 단 며칠 뒤에 다음 사건이 일어났다. 그 노인은 가는 초의 불빛이 마지막으로 깜박이다 꺼져버리듯이 그렇게 세상을 떠났다. 비록 그의 죽음이 가족들로 하여금 침울한 분위기에 젖게 하긴 했지만 그러한 결말 다음에 비탄이 따라올 리는 없었다.

마머듀크의 주요 관심사 중 하나는 치안판사로서의 균형 잡힌 행동과 자신의 감정에 따라 범죄자들에게 지시한 진로를 조화시키는 것이었

다. 그래서 동굴에서의 발견이 있었던 다음 날 내티와 벤저민은 온순하게 감옥에 다시 들어가 올버니로 보낸 급사(急使)가 돌아올 때까지 잘 먹으며 편안하게 지내고 있었다. 그 후 급사는 레더스타킹에 대한 주지사의 특사장을 가지고 돌아왔던 것이다. 그러는 동안 하이럼이 신체의 공격을 받은 것에 대해서는 그를 만족시킬 적절한 수단이 사용되었다. 그래서 바로 그날 이 두 동지는 감옥 생활에 의해 성격이 조금도 영향을 받지 않은 채 다시금 사회로 함께 나왔다.

둘리틀 씨는 자신의 건축술도 자신의 법도 이 정착지의 증대되는 부와 정착민들의 지성에 완전히 적합하지는 않다는 것을 발견하기 시작했다. 그래서 그는 타협 과정에서 획득할 수 있는 마지막 1센트까지 다 거두어들인 후에 이 지방의 언어로 말하자면 "말뚝을 뽑아서는"* 서부로 더 멀리 갔다. 가는 길에 나라 곳곳에 자신의 전문적인 과학과 법률 지식을 여기저기 흩뿌렸다. 그 두 가지 지식의 흔적을 오늘날까지도 그가 거주했던 장소들에서 발견할 수가 있다.

불쌍한 조섬은 자신의 생명으로 자신의 어리석음에 대한 대가를 지불했는데 죽기 전에 자신이 광산의 존재를 믿은 이유가 여자 점쟁이의 입에서 나온 말 때문이었다고 했다. 그 여자 점쟁이는 마술 거울을 들여다보고는 땅속에 숨겨진 보물을 발견할 수 있었다는 것이다. 그런데 그러한 미신은 신개척지에서는 흔히 볼 수 있는 것이었다. 그러고는 처음의 놀라움이 가시자 그 지역사회 사람들은 대부분 그 문제를 잊어버렸다. 그러나 그 일은 리처드의 가슴속에서 세 사냥꾼의 행동에 대한 지워지지 않는 의심을 제거해주었지만 그와 동시에 그것은 그에게 굴욕적인 교

---

* 떠난다는 뜻.

훈을 주기도 했다. 그래서 나중에 그의 사촌 마머듀크는 조용히 보낼 수 있는 시간을 많이 갖게 되었다. 보안관이 이 일이 결코 "몽상적인" 계획이 아니라고 자신 있게 단언했다는 것을 기억하는 것이 좋을 것이다. 이 단어 하나만 해도 그 후 10년 동안 언제라도 그의 입을 다물게 하는 데 충분했던 것이다.

므시외 르 콰를 우리 독자들에게 소개한 이유는 그 지방을 묘사하는 데 그러한 인물을 등장시키지 않는다면 충실한 묘사가 될 수 없기 때문이었다. 그는 마티니크 섬을 찾아내서 자신의 '사탕단풍나무 숲'을 영국인들이 소유하고 있다는 사실을 알았다. 그러나 마머듀크와 그의 가족은 므시외 르 콰가 파리로 돌아가 자신의 직책을 되찾았다는 소식을 곧 듣고는 크게 기뻐했다. 그곳에서 그는 후에 매년 자신의 행복과 미국에 있는 자기 친구들에 대한 그의 감사의 마음을 표현하는 연례 회보를 발행했다.

이러한 간략한 설명과 함께 우리는 우리의 이야기로 돌아가야겠다. 미국인 독자라면 우리 미국에서 가장 온화한 10월의 어떤 아침을 상상해보면 좋을 것이다. 그러한 아침에는 태양은 은빛 불덩이처럼 보이고 공기를 들이마시는 동안 공기의 탄성이 느껴지면서 온몸에 활력과 생명력을 부여해준다. 날씨는 너무 따뜻하지도 너무 춥지도 않으며 기온은 봄의 나른함을 동반하지 않고도 사람을 흥분케 하는 그러한 적절한 기온이다.

10월 중순경의 어느 날 아침 올리버가 거실로 들어왔다. 그곳에서는 엘리자베스가 하인들에게 그날의 일상적인 지시를 내리고 있었다. 그는 그녀에게 함께 호숫가로 짧은 소풍을 가자고 청했다. 자기 남편의 태도가 미묘하게 우울하다는 점이 엘리자베스의 주의를 끌었다. 그래서 그녀는 즉시 하던 일을 내버려두고 가벼운 숄을 어깨에 걸치고는 챙 넓은 밀짚모자 속에 새까만 머리칼을 감추면서 그의 팔을 잡고 아무런 질문도 없이 그가 이끄는 대로 따라갔다. 그들은 다리를 건넜다. 그러고는 큰 길에서 벗어나 호숫가를 따라 걸어갈 때까지 한마디도 주고받지 않았다. 엘리자베스는 길의 방향을 보고 그 산책의 목적을 잘 알고 있었고 동반자의 감정을 너무나 존중한 나머지 적절하지 않은 시간에 대화를 시작하지 않으려 조심했다. 그러나 그들이 넓게 펼쳐진 들판에 도착한 후 그녀의 시선이 들새로 뒤덮인 잔잔한 호수 위를 이리저리 둘러보았을 때에는 젊은 아내의 부푼 가슴속의 느낌은 말로 터져 나올 수밖에 없었다. 들새들은 북쪽의 이 거대한 호수를 떠나 더 따뜻한 햇살을 찾아 여행을 떠나고 있었지만 옷세고의 투명한 수면 위에서, 또 산비탈에서 놀다 가려고 머뭇거리는 중이었다. 또 산비탈은 마치 그들의 혼례를 화려하게 꾸며주려는 듯 무수히 많은 가을의 색깔들로 화려한 자태를 뽐내고 있었기 때문이다.

"지금은 침묵할 때가 아니에요, 올리버!" 그녀가 그의 팔에 더 다정하게 착 달라붙으며 말했다. "대자연의 만물이 창조주를 찬미하는 말을 하고 있는 것 같아요. 그런데 감사할 게 너무나 많은 우리가 왜 침묵해야 하나요."

"계속 말해요." 그녀의 남편이 미소 지으며 말했다. "난 당신 목소리의 울림을 좋아하니까. 당신은 우리가 이곳으로 온 용건을 틀림없이 예상하고 있을 거요. 난 당신에게 내 설계도에 대해 이미 말했지. 그걸 어떻게 생각하오?"

"먼저 그걸 봐야겠어요." 그의 아내가 대답했다. "하지만 나도 계획이 있답니다. 이제 내가 그 계획을 공표할 때가 됐어요."

"당신도! 그건 내 옛 친구 내티의 안락한 생활을 위한 어떤 거지요. 내가 알기로는."

"물론 내티에 대한 계획도 있지요. 하지만 우리에겐 레더스타킹 외에도 도움을 주어야 할 다른 친구들도 있잖아요. 당신 루이자를 잊었나요? 그리고 루이자의 아버지도요?"

"물론 아니오. 내가 그 훌륭한 성직자에게 이 카운티에서 가장 좋은 농장들 중 하나를 주지 않았소. 루이자에 대해서는 당신이 그녀를 항상 우리 가까이에 두길 바라고 있소."

"당신은 그렇겠지요." 엘리자베스가 입술을 꼭 다물면서 말했다. "하지만 불쌍한 루이자는 자기 자신에 대해 다른 계획을 갖고 있을 지도 몰라요. 그녀가 내 모범을 따라 결혼하고 싶어 할 수도 있거든요."

"난 그렇게 생각지 않소." 에핑엄이 잠시 깊은 생각에 잠기면서 말했다. "이 부근에 그녀에게 잘 어울릴 만한 남자가 있는지 난 정말 모른다오."

"아마 이곳에는 없겠지요. 그렇지만 템플턴 외에 다른 지역도 있고 '뉴 세인트 폴 교회' 외에 다른 교회도 있으니까요."

"교회들이라고, 엘리자베스! 당신은 설마 그랜트 씨를 잃고 싶은 건 아니겠지요! 그는 비록 소박하지만 훌륭한 사람이오. 나의 정통적 종교에 대해 그 사람의 반만큼 경의를 표하는 사람이라도 난 결코 찾아낼 수 없을 거요. 당신은 날 성인에서 아주 흔한 죄인으로 타락하게 만들게 될 거요."

"그렇게 해야만 해요, 서방님." 숙녀가 미소를 반쯤 숨기며 대답했다. "비록 그것이 당신을 천사에게 인간으로 타락시킨다고 해도 말예요."

"그렇지만 당신은 농장을 잊고 있소."

"그분은 그걸 임대할 수도 있어요. 다른 사람들이 그렇게 하듯이요. 게다가 당신은 성직자로 하여금 들판에서 일하게 만들려고 하는군요!"

"그가 어디로 갈 수 있다는 거요? 당신은 루이자를 잊고 있군."

"아뇨, 난 루이자를 잊지 않았어요." 엘리자베스가 그녀의 아름다운 입을 다시금 굳게 다물면서 말했다. "당신도 알다시피 에핑엄, 내가 아버지를 지배했고 또 내가 당신을 지배할 거라고 우리 아버지께서 당신에게 말씀하신 적이 있지요. 난 이제 내 영향력을 행사하려는 참이에요."

"뭐든 해요, 뭐든 해요, 사랑하는 엘리자베스. 그러나 우리 모두를 희생시키지는 마요. 당신 친구를 희생시키지는 마요."

"그 일이 내 친구를 그처럼 크게 희생시키는 일이라는 걸 당신이 어떻게 아시나요, 서방님?" 탐색하는 듯한 눈길로 그의 얼굴에 시선을 고정시키면서 숙녀가 말했다. 그러나 그녀의 시선은 그의 얼굴에서 단지 아무런 의심 없는 남자다운 유감의 표정만 발견했을 뿐이었다.

"내가 그걸 어떻게 알다니! 그야 그녀가 우리가 없으면 유감스러워 할 게 당연하잖소."

"우리의 자연스러운 감정과 싸우는 게 우리의 의무예요." 숙녀가 대답했다. "그리고 루이자와 같은 그런 정신을 가진 여성이 그러한 목적을 달성하지 못할까 봐 걱정할 이유는 거의 없어요."

"그런데 당신 계획은 무엇이오?"

"들어봐요. 그럼 알게 될 테니까요. 우리 아버지께서 허드슨 강변에 있는 어떤 소도시에 그랜트 씨를 위한 성직을 확보하셨어요. 그곳에서 그분은 이곳의 숲속을 여행하는 것보다 더 편안하게 사실 수 있어요. 그곳에서 그분은 만년(晚年)을 편안하고 조용하게 보내실 수가 있지요. 그리고 그곳에서 그분의 딸은 그런 나이와 성격의 사람에게 합당할 수도 있는, 그러한 사교계 사람들을 만나고 그러한 인간관계를 형성할 수가 있을 거예요."

"베스! 당신 정말 날 놀라게 만드는군! 당신이 그처럼 훌륭한 관리자라고는 생각지 못했소!"

"오! 난 당신이 상상하는 것보다 더 은밀하게 관리한답니다. 서방님." 아내가 짓궂게 미소 지으며 다시금 말했다. "그러나 이 일에 복종하는 게 내 의지이고 당신의 의무예요. 적어도 당분간은요."

에핑엄은 웃었다. 그들의 산책이 끝나가려 할 때 서로 아무런 이의 없이 화제가 바뀌었다.

그들이 도착한 장소는 레더스타킹의 오두막집이 그처럼 오래 서 있었던, 평평하고 좁은 땅이었다. 엘리자베스는 그곳의 잡동사니가 완전히 치워지고 뗏장으로 아름답게 잔디가 심어진 것을 발견했다. 잔디는 풍부히 내린 소나기의 영향 아래 주변의 전원과 마찬가지로 마치 제2의 봄이 그 땅을 지나간 듯 화려하고 아름답게 자라 있었다. 이 자그만 장소는 벽돌을 쌓아 만든 원형의 벽으로 빙 둘러져 있었다. 그들은 작은 문으로 해서 그 안으로 들어갔다. 그런데 문 가까이에 내티의 소총이 벽에 기대어져 있어서 두 사람 다 깜짝 놀랐다. 헥터와 암캐는 소총 옆 잔디 위에서 쉬고 있었다. 그런 그들의 모습은 그 땅과 사물들이 아무리 변했어도 마치 자기네들이 잘 알고 있는 땅에 누워 있고 자기네들이 잘 알고 있는 사물들에 둘러싸여 있다는 것을 의식하고 있는 듯했다. 사냥꾼 자신도 흰 대리석의 한 묘석 앞에 있는 땅 위에 큰대자로 누워 있었다. 그는 그 묘석 대좌 주변의 비옥한 토양으로부터 이미 돋아나온 기다란 풀을 손가락으로 한 옆으로 밀치고 있었는데 묘비명이 보이게 하려는 의도로 그렇게 하는 것이 분명했다. 이 묘석은 한 무덤의 머리 쪽에 세워진 소박한 석판이었는데 묘석 옆에는 또 화려한 기념비가 서 있었다. 또 이 기념비에는 하나의 유골 단지가 장식되어 있었고 조각칼로 판 장식도 있었다.

올리버와 엘리자베스는 늙은 사냥꾼이 듣지 못할 만큼 가벼운 발걸음으로 그 무덤들을 향해 다가갔다. 햇볕에 그을린 사냥꾼의 얼굴은 실룩거렸고 두 눈은 마치 무언가가 시야를 방해하는 것처럼 깜박거렸다. 얼마간의 짧은 시간이 지난 후 내티는 땅에서 천천히 일어나서는 큰 소리로 말했다.

"자, 자…… 난 감히 이제 일이 잘됐다고 말하련다! 내 생각으로는 무언가 읽을 글귀가 있는 것 같지만 난 그걸 전혀 이해할 수가 없군. 비록 담뱃대와 도끼와 모카신은 꽤 괜찮지만…… 그런 것들을 한 번도 본 적이 없는 사람이 새긴 걸로는 아마도 꽤 괜찮지만 말이지. 아아, 어쩌지! 저기에 그들은 나란히, 아주 행복하게 누워 있는데! 나의 때가 오면 날 땅속에 묻어줄 사람이 누가 있을까!"

"그런 불행한 시간이 온다 해도 내티, 당신을 위해 마지막 의식을 수행해줄 친구들이 없지는 않을 겁니다." 올리버가 사냥꾼의 독백에 약간 감동을 받아 말했다.

노인은 아무런 놀라움을 표시하지 않으면서 그들에게로 몸을 돌렸다. 이 점에서는 그는 인디언의 습관을 지니고 있었기 때문이었다. 그러고는 손으로 코밑을 쓰윽 문질렀는데 마치 그런 행동으로 자신의 슬픔을 닦아 없애는 것처럼 보였다.

"너희들은 무덤을 보러 나왔지, 얘들아, 그렇지?" 그가 말했다. "이거 원, 무덤이란 늙은이들뿐만 아니라 젊은이들에게도 유익한 광경이라니까."

"그 무덤들이 할아버지의 마음에 드시게 꾸며져 있으면 좋겠는데요." 에핑엄이 말했다. "이 문제에 대한 자문을 얻으려면 할아버지보다 더 큰 권리를 가진 분은 아무도 없으니까요."

"글쎄, 난 고상한 무덤에는 익숙하지 않으니까" 하고 노인이 대꾸했다. "내 기호가 별로 문제될 건 없지. 너희들이 소령의 머리는 서쪽으로, 모히건의 머리는 동쪽으로 두게 했지, 그렇지 않아, 친구?"

"할아버지의 부탁에 따라 그렇게 했지요."

"그렇게 하는 게 제일 좋아." 사냥꾼이 말했다. "그들은 서로가 다른 방향으로 여행해야 한다고 생각했단다, 얘들아. 비록 그 누구보다도 더 위대한 한 분이 계셔서 그분이 정한 시간에 정의로운 이들을 모아들이시고 흑인의 피부색을 희게 만들어주시고 또 그 흑인을 왕자들과 대등한 기반 위에 놓아주시지만 말이지."

"그걸 의심할 이유는 없지요." 엘리자베스가 말했다. 그녀의 단호했던 어조는 부드럽고 우울한 목소리로 변해 있었다. "우리가 모두 다시 만나서 함께 행복하게 살 거라고 전 믿어요."

"그럴 거다, 얘야! 그럴 거야!" 사냥꾼이 유달리 열렬하게 외쳤다. "그 생각에도 위안을 주는 점이 있지. 하지만 내가 가기 전에 그 델라웨어 족 노인과 지금까지 이 산 위를 걸었던 사람 중 가장 용감했던 백인에 대해, 봄에 몰려드는 비둘기들처럼 이 지방으로 떼 지어 몰려들었던 이 사람들에게 너희들이 뭐라고 말했는지 난 알고 싶구나."

에핑엄과 엘리자베스는 레더스타킹의 태도에 깜짝 놀랐다. 그의 태도가 여느 때와 달리 인상적이고 엄숙했기 때문이었다. 그러나 그것을 그곳의 정경 탓으로 돌리고 젊은이는 기념비를 향해 몸을 돌리고는 소리 내어 읽었다.

"향사 올리버 에핑엄의 추억에 바친다. 그는 전에 영국 국왕 폐하의 제60보병대의 소령이었고 검증된 용맹을 지닌 병사였으며 기사적 충성을 보인 신하였으며 정직한 인간이었다. 이러한 미덕들에 더해 그는 기독교도의 미덕들도 지니고 있었다. 그의 인생의 아침은 영광과 부와 권력을 누리는 가운데 지나갔지만 그의 인생의 저녁 시간은 빈곤과 무관심과 질병으로 어두웠다. 그러나 그의 충실하고 강직한 옛 친구이며 종자였던 너새니얼 범포의 상냥한 보살핌만이 그러한 빈곤과 무관심과 질병을 완화해주었다. 그의 후손들은 그 주인의 미덕과 그 하인에 대한 감사의 마음을 잊지 않기 위해 이 비석을 세운다."

레더스타킹은 자신의 이름을 듣고 깜짝 놀랐다. 그러고는 기쁨의 미소가 그의 주름진 얼굴을 환하게 했다. 그러면서 그는 말했다.

"그래 너희들이 그렇게 말했다고, 친구? 그렇다면 너희들이 이 노인의 이름이 그의 주인의 이름 옆에 새겨지게 시켰단 말이지? 하느님께서 너희들을 축복하시기를, 애들아! 그건 친절한 생각이었구나. 인생이 짧아질수록 친절은 가슴을 찡하게 울리는 법이지."

엘리자베스는 말하는 사람들에게 등을 돌렸다. 에핑엄은 여러 번 노력을 하다가 실패한 후에야 비로소 이렇게 말하는 데 성공했다.

"그 이름은 저기 수수한 대리석에 새겨져 있어요. 그러나 그 이름을 마땅히 금으로 된 글자로 새겨야 했어요!"

"내게 그 이름을 보여다오, 애야." 내티가 소박한 열망을 보이며 말했다. "나 자신의 이름이 그처럼 영광스럽게 새겨진 걸 보게 해다오. 이건 자기가 이처럼 오랫동안 머물러온 나라에 자기 이름도 가족도 전혀 뒤에 남기지 못하는 남자에게는 후한 선물이야."

에핑엄은 내티의 손가락을 그 자리에 가져다 대었고 내티는 구불구불한 글자들을 깊은 흥미를 가지고 끝까지 손가락으로 따라갔다. 그러고는 그는 무덤 앞에서 일어나서 말했다.

"내 생각으로는 그건 좋은 일이야. 친절하게 생각해서 친절하게 실천했군! 하지만 너희들은 그 인디언의 묘석에는 뭐라고 새겼지?"

"들려드릴게요."

"이 묘석은 델라웨어 부족의 한 추장의 영전에 바치기 위해 세워졌다. 그는 몇 가지 이름으로 알려져 있었다. 즉 존 모히건, 모히칸……"

"모히이칸이야, 친구. 그들은 자기네들을 히이칸이라고 불렀어."

"모히칸, 칭카국 등의 이름으로……"

"가치야, 친구…… 가치국이야. 칭가치국. 이 이름을 해석하면 큰 뱀이란 뜻이지. 이름은 똑바로 새겨야 해. 인디언의 이름은 항상 어떤 의미를 갖고 있으니까 말이지."

"그걸 고치도록 조처하겠어요. '그는 지속적으로 이 지방에 살았던 그의 부족 중 최후에 남은 사람이었다. 그에 대해서 말하자면 그의 과실은 인디언의 과실이었지만 그의 미덕은 인간의 미덕이었다고 할 수 있을 것이다.'"

"자네가 한 말 중에 그보다 더 진실인 말은 없어, 올리버 씨. 아아 어쩌지! 자네가 그의 전성기에 바로 그 전투에 참전했을 때의 그를 알았다면, 내가 알았듯이 말이지, 자넨 비석에 새긴 그 모든 말을 했을 뿐만 아니라 그 이상의 찬사도 했을 거네. 그 전투에서 그의 옆에 잠들어 있는, 자네의 조부이신 그 늙은 신사가 도둑놈들인 이로쿼이 족이 그를 화형주에 묶어놓았을 때 그의 목숨을 구해주었지. 내가 바로 이 손으로 그를 묶었던 가죽 끈을 자르고 그에게 내 도끼와 칼을 주었지. 소총만 항상 내가 좋아하는 무기였으니까 말이야. 그래서 그는 남자답게 적들을 마구 휘둘러 쳤지! 내가 사냥에서 집으로 돌아오던 길에 밍고 열한 명의 머리 가죽을 장대에 매달고 오던 그를 만났지. 몸서리칠 필요는 없소, 에 핑엄 부인. 그것들은 모두 머리칼을 바싹 밀어버린 사람들과 전사들에게 서 벗겨낸 머리 가죽이었으니까 말이외다. 내가 지금 이 산들을 둘러보 고 그 모든 델라웨어 족 인디언들 중 한 명도 남아 있지 않다고 생각하 면 슬픈 생각이 일어나지. 예전에는 이 산의 델라웨어 족 야영지에서 때 로는 스무 개의 연기 기둥이 나무 꼭대기 위로 소용돌이치며 올라가는 걸 세어볼 수가 있었는데 말이야. 지금은 때로 볼 수 있는 건 오네이다 족의 술 취한 부랑자나 뉴잉글랜드의 그 인디언들뿐이지. 그 인디언들이 해변으로부터 위쪽으로 이주하고 있다는 소문이 있어. 그들은 내가 보기 에는 그 누구도 하느님의 피조물이 아니야. 그들은 말하자면 정체를 전 혀 알 수 없는 족속이니까 말이지. 백인도 아니고 야만인도 아니지……   자! 자! 마침내 때가 왔군. 이제 난 가야 해……"

"가다니요!" 에드워즈가 그 말을 그대로 되풀이했다. "어디로 가신 단 말씀입니까?"

레더스타킹은 비록 델라웨어 족과 비교해서도 자신이 문명인이라고 항상 생각했지만 무의식적으로 인디언의 많은 특성들을 흡수한 터였기 에 얼굴의 근육이 실룩거리는 것을 감추기 위해 얼굴을 돌렸다. 그러면 서 무덤 뒤로부터 커다란 배낭을 하나 집어 들려고 몸을 굽혔다. 그러고 는 그것을 신중하게 어깨에 메었다.

"가시다니요!" 엘리자베스가 급한 걸음으로 그에게 다가가며 말했 다. "할아버지께서는 그 연세에 혼자서 그처럼 멀리 숲으로 들어가셔서 는 안 돼요, 내티 할아버지. 정말이지 그건 무분별한 행동이에요. 이분 은, 에핑엄, 먼 곳으로 사냥을 하러 가시려고 결심하고 계신 거예요."

"에핑엄 부인이 할아버지께 말하는 건 사실입니다, 레더스타킹." 에드워즈가 말했다. "할아버지께서 이제 그런 힘든 일을 하실 필요가 있을 리가 전혀 없는데요! 그러니 배낭을 치우시고 만약 가시겠다면 우리 가까이에 있는 산에서만 사냥을 하세요."

"힘든 일이라고! 그건 즐거운 일이야, 얘들아. 그것도 무덤에 들어가기 전에 내게 남아 있는 가장 큰 즐거움이지."

"안 돼요, 안 돼요. 할아버지를 그처럼 멀리 가시지 못하게 할 거예요." 엘리자베스가 그녀의 흰 손을 그의 사슴 가죽 배낭에 대면서 소리쳤다. "내 말이 맞았어요! 할아버지의 야영용 솥과 탄약통이 만져져요! 우리에게서 그처럼 멀리 유랑하시게 내버려둬선 안 돼요, 올리버. 모히건이 얼마나 갑작스럽게 가버렸는지를 명심하세요."

"이별하기가 어려울 거라는 걸 난 알고 있었지, 얘들아. 그럴 거라는 걸 난 알고 있었어!" 내티가 말했다. "그래서 난 혼자서 무덤을 둘러보려고 따로 왔지. 그리고 소령님과 내가 숲에서 처음으로 헤어질 때 소령님이 내게 주신 유품을 내가 너희들에게 남기고 가면 너희들이 날 매정하다고 생각지 않을 거라고 생각했지. 또 노인의 몸이 어디로 가더라도 그의 정은 뒤에 남아 있다는 걸 알 거라고 생각했는데."

"이건 평범한 일이 아니라는 의미인데요!" 청년이 외쳤다. "가시려는 곳이 어디예요, 내티 할아버지?"

사냥꾼은 설득할 자신이 있다는 듯한 태도로 그에게 가까이 다가갔다. 마치 자기가 하려는 말이 모든 반대 의견을 침묵시킬 것이라고 생각하는 듯했다. 그는 이렇게 대답했다.

"글쎄, 친구. 사람들이 내게 말하길 저 거대한 호수들이 있는 곳에서는 사냥하기가 가장 좋고 사냥감의 종류도 아주 많다더군. 게다가 거기에는 백인은 한 명도 없다더군. 나 같은 사람만 제외하면 말이지. 난 개척지에서 사는 데 지쳤어. 그것도 해가 뜰 때부터 해가 질 때까지 망치소리가 내 귀에 울리는 곳에서 말이야. 내가 비록 너희 둘 다에게 큰 애착을 갖고 있지만 말이다, 애들아. 그게 사실이 아니라면 내가 이 말을 하지도 않겠지만 말이지. 난 간절히 다시 숲속으로 가고 싶단다, 정말이야."

"숲이라고요!" 엘리자베스가 격한 감정으로 몸을 떨면서 되풀이해 말했다. "할아버지께서는 이 끝없는 삼림을 숲이라고 부르지 않으시나요?"

"아아! 애야, 이런 건 미개척지에 익숙한 사람에게는 아무것도 아니란다. 네 부친이 그의 정착민들과 함께 이곳에 온 후로는 난 편안한 생활을 거의 하지 못했지. 그러나 저기 저 땅 속에 누워 있는 분의 몸에 생명이 남아 있던 동안에는 난 멀리 가고 싶지 않았지. 하지만 이제 그분도 가시고 칭가치국도 가버렸어. 그리고 너희들은 둘 다 젊고 행복하지. 그래! 저 큰 저택은 지난 한 달 동안 흥겹게 떠드는 소리로 가득 차 있었지! 그래서 지금이 바로 내 인생의 마지막 시간에 약간의 편안한 생활을 찾아볼 시간이라고 난 생각했단다. 숲이라고! 정말이야! 난 이런 것을 숲이라고 부르지 않아, 에핑엄 부인. 이곳에서는 살고 있는 동안 매일 개간지에서 길을 잃어버리니까 말이지."

"혹시 할아버지의 편안한 생활에 뭐 하나라도 부족한 게 있다면 말씀만 하세요, 레더스타킹 할아버지. 그게 구할 수 있는 것이기만 하다면 구해드리겠어요."

"넌 가장 좋은 생각으로 말하는 거지, 친구. 난 그걸 알아. 그리고 부인도 그런 생각이지. 하지만 너희들의 방식은 나의 방식이 아니야. 그건 마치 저기 누워 있는 저 죽은 사람들과 같아. 그들은 숨이 붙어 있을 때에 자기들의 천국을 찾기 위해 한 사람은 동쪽으로 가야 한다고 생각했고 다른 한 사람은 서쪽으로 가야 한다고 생각했거든. 하지만 그들은 마침내 만날 거야. 그리고 우리도 그럴 거야, 얘들아…… 그래, 시작했던 곳에서 끝나는 거지. 그래서 우리는 마침내 정의로운 이들의 땅에서 다시 만날 거야."

"이건 너무 갑작스러워요! 너무 뜻밖이에요!" 엘리자베스가 거의 숨도 쉬지 못할 정도로 흥분해서 말했다. "할아버지께서 우리와 함께 사시고 우리 곁에서 돌아가실 거라고 전 생각했어요, 내티 할아버지."

"말해도 아무 소용이 없어!" 그녀의 남편이 외쳤다. "40년 동안의 습관은 하루 동안의 결속으로 버릴 수 있는 것이 아니야. 난 할아버지를 너무나 잘 알기 때문에 더 이상 설득할 수가 없어요, 내티 할아버지. 저 먼 산 한 곳에 제가 오두막집 한 채를 할아버지께 지어드려서 우리가 때때로 할아버지를 만날 수가 있고 할아버지께서 편안히 지내신다는 걸 알 수 있다면 좋겠지만요."

"레더스타킹을 위해 걱정하지 마라, 얘들아. 하느님께서 그에게 일용할 양식을 주시고 그의 종말이 행복하도록 돌봐주실 테니. 너희들이 가장 좋은 생각으로 말한다는 걸 난 알지만 우리의 방식은 같지 않단다. 난 숲을 사랑하고 너희들은 인간의 얼굴을 좋아하지. 난 배고플 때 먹고 목마를 때 마시지만 너희들은 정해진 시간과 규칙에 따라 먹고 마시지. 아니, 아니, 너희들은 순전히 친절한 마음에서, 친구, 개도 너무 많이 먹이지. 사냥개는 잘 달리려면 아주 여윈 모습이어야 하는데도 말이야. 하느님의 피조물 중 가장 하찮은 것조차도 어떤 소용이 있도록 만들어졌어. 난 미개척지를 위해 만들어졌단다. 너희들이 날 사랑한다면 내 영혼이 다시금 간절히 가고 싶어 하는 곳으로 날 가게 해다오."

이 호소가 결정적이었다. 그러고 나서는 그에게 남아 있어달라는 단한 마디의 간청도 그들은 입에 담지 않았다. 그러나 엘리자베스는 고개를 가슴께까지 숙이고는 눈물을 흘렸고 그녀의 남편은 그의 두 눈에서 눈물을 닦았다. 그리고 그는 직무를 수행하기를 거부하다시피 하는 두 손으로 지갑을 꺼내어서 한 묶음의 지폐를 사냥꾼에게 주었다.

"이걸 받으세요." 그가 말했다. "적어도 이건 받으세요. 이걸 몸에 안전하게 지니고 계세요. 그러면 유사시에 할아버지께 큰 도움이 될 겁니다."

노인은 그 지폐들을 받아 호기심 어린 눈으로 살펴보았다.

"그렇다면 이게 사람들이 올버니에서 종이로 만들고 있는, 새로 만든 돈이군그래! 학식이 없는 사람들에게는 이게 그다지 가치가 있을 리가 없어! 아니, 아니, 친구…… 이 물건을 도로 받아. 이건 내겐 아무런 도움이 안 될 거야. 난 그 프랑스인이 상점을 닫기 전에 주의 깊게 그의 탄약을 전부 샀다네. 또 내가 가려는 곳에는 탄알이 생산된다는 소문도 있어. 이건 화약 마개로도 적합지가 않아. 난 화약 마개로 가죽만 쓰니까 말야!…… 에펑엄 부인, 이 노인이 네 손에 입 맞추고 너와 네 가족에게 하느님의 정선된 축복이 내리시길 빌게 허락해다오."

"다시 한 번 간청할게요, 가지 마세요!" 엘리자베스가 소리쳤다. "절 두 번이나 죽음에서 구해주신 분, 제가 사랑하는 분들을 그처럼 충성스럽게 도와주신 분 때문에 제가 슬퍼하게 내버려두지 마세요, 레더스타킹 할아버지. 할아버지 자신을 위해서가 아니라면 절 위해서라도 가지 마세요. 전 아직도 밤에 제가 자주 꾸는 소름끼치는 꿈에서 할아버지께서 가난과 노령으로 할아버지께서 죽였던 그 끔찍한 짐승들 옆에서 죽어가는 모습을 보게 될 거예요. 제 상상으로 질병, 궁핍, 고독 등이 가할 수 있는 온갖 재해가 바로 할아버지께 비운으로 닥쳤다고 마음에 그려보지 않을 수가 없을 거예요. 우리와 함께 머물러주세요, 할아버지. 할아버지 자신을 위해서가 아니라면 적어도 우리를 위해서요."

"그런 생각과 괴로운 꿈은, 에핑엄 부인"이라고 사냥꾼이 엄숙하게 대답했다. "무죄한 사람을 절대 오래는 괴롭히지 않을 거야. 그런 건 하느님께서 주시는 기쁨과 함께 지나가버릴 거야. 그리고 그 퓨마들이 아직도 꿈에 네 눈앞에 나타난다면 그건 나 때문이 아니라 널 구하기 위해 날 그곳으로 인도하신 그분의 권능을 너에게 보여주기 위해서지. 하느님을 믿으렴, 부인, 그리고 네 명예로운 남편도. 그러면 나 같은 노인을 위한 생각이 결코 오래 지속되거나 괴로운 것이 될 리가 없지. 하느님께서, 미개척지뿐만 아니라 개간지에서도 사시는 하느님께서 지금 이 시간부터 그 위대한 날까지 너와 네게 속한 모든 사람들을 잊지 않으시고 축복해주십사고 내가 기도하겠다. 그 위대한 날에는 백인들이 심판대에서 인디언들을 만날 것이고 힘이 아니라 정의가 법이 될 것이다."

엘리자베스는 고개를 들고 그가 입 맞추도록 핏기가 없는 그녀의 뺨을 내밀었다. 그러자 그는 모자를 들어 올리고는 그 뺨에 정중하게 입을 대었다. 청년이 경련을 일으키며 열렬하게 그의 한 손을 움켜쥐었지만 청년은 계속 말이 없었다. 사냥꾼은 여행을 떠날 채비를 했다. 그는 혁대를 더 꽉 잡아당겨 매며 또 슬픈 출발에 필요한, 사소하고도 마지못한 동작들로 순간순간을 허비하고 있었다. 한두 번 그는 말을 하려고 했지만 목구멍에서 무언가 울컥하고 올라와 말을 할 수가 없었다. 마침내 그는 소총을 어깨에 메고 명확한 사냥꾼의 외침을 토해냈다. 그 소리는 숲속으로 메아리쳤다.

"이이리, 이이리, 얘들아, 이리 와. 얘들아, 이리 와. 너희들은 여행이 끝나기 전에 발병이 날 거다!"

사냥개들은 이 외침에 땅에서 껑충 뛰어올랐다. 그러고는 마치 자신들의 목적지를 의식하고 있는 것처럼 무덤 주위와 말없이 서 있는 한 쌍의 남녀를 냄새 맡아보더니 겸손하게 자기들 주인의 바로 뒤를 따라갔다. 정적의 시간이 짧게 이어졌다. 그동안 청년조차도 자신의 조부의 무덤 위에 얼굴을 묻고 있었다. 그러나 남자로서의 긍지가 자연스러운 감정을 억눌렀을 때 그는 다시금 간청을 되풀이하기 위해 몸을 돌렸다. 그러나 그 묘지에는 자신과 자신의 아내 외에는 아무도 없다는 것을 알았다.

"가버렸군!" 에핑엄이 소리쳤다.

엘리자베스는 고개를 들고는 늙은 사냥꾼이 숲의 가장자리에서 잠시 뒤돌아보며 서 있는 모습을 보았다. 그들의 시선과 마주치자 사냥꾼은 또다시 자신의 딱딱한 손으로 두 눈을 급히 문지르고는 고별을 위해 손을 높이 흔들었다. 그러고는 그의 발치에서 웅크리고 있던 개들에게 억지로 외치는 소리를 내면서 숲으로 들어갔다.

이것이 그들이 마지막으로 본 레더스타킹의 모습이었다. 템플 판사가 그를 추적할 것을 명령하고 지휘까지 했지만 그는 민첩한 동작으로 추적대보다 앞서가버렸다. 그는 지는 해를 향해 멀리 떠나갔다. 개척자들이 이 민족이 이 대륙을 가로질러 행군해 나아갈 수 있도록 길을 열었는데, 그는 이 개척자들의 무리 중에서도 선두에서 나아간 사람이었다.

욕망과 위대한 영(靈)이 충돌하는 신세계,
18세기 미국

『개척자들The Pioneers』은 제임스 페니모어 쿠퍼(1789~1851)의 세번째 소설이다. 첫번째 소설은 그가 서른 살에 출간한 『예방책Precaution』으로 영국 풍속소설을 모방한 것이었고 두 번째 소설은 미국 독립전쟁 시대를 그린 『첩자The Spy』로서 즉각적인 성공을 거두었다. 1823년 출간된 『개척자들』도 독자들의 열광적인 호응을 얻은 성공작이었는데, 이 소설은 그의 '레더스타킹 이야기Leatherstocking Tales' 5부작 중 첫번째 작품이다. 1826년 출간된 레더스타킹 이야기의 두번째 작품 『모히칸 족 최후의 생존자The Last of the Mohicans』로 그는 주요한 소설가로 확고히 자리매김했다.

『개척자들』은 쿠퍼가 서문에서도 언급했듯이 자기 자신을 기쁘게 하기 위해 쓴 소설이다. 이 소설은 쿠퍼의 부친이 옷세고 호수의 기슭에 조성했고 쿠퍼 자신이 성장한 쿠퍼스타운을 배경으로 하고 있는데 소설에서는 템플턴이라는 명칭으로 나온다. 옷세고 호수라는 이름은 소설에서도 그대로 사용되고 있다. 여기에서 변경을 개척해가는 인물인 내티 범포가 처음 등장하는데 그의 별명이 레더스타킹이다. 그는 사냥꾼으로서 델라웨어 인디언과 친밀한 사이였고 몰락한 그 추장 칭가치국과도 친하게 지내는 인물이다. 내티 범포는 이어 5부작의 세번째인 『대평원*The Prairie*』(1827), 『길을 여는 사람*The Pathfinder*』(1840), 『사슴 사냥꾼*The Deerslayer*』(1841)에서도 주인공으로 등장하여 미국인의 의식 속에 깊은 인상을 남기고 나아가 미국인들에게 신화적인 의미를 갖게 되었다. 이 『개척자들』에서 내티 범포는 나머지 네 작품에서 묘사될 요소들을 모두 잠재적으로 보유하고 있는 인물로 그려져 있다.

제임스 페니모어 쿠퍼의 생애

쿠퍼는 1789년 뉴저지 주 북부 벌링턴에서 열두 명의 형제 중 열한 번째로 태어났는데 대부분의 형제자매는 영아 때, 또는 어린 시절에 사망하고 남은 형제자매들도 모두 그보다 훨씬 먼저 사망했다. 그가 돌이 조금 지났을 무렵인 1790년 그의 가족은 그의 부친이 조성한 옷세고 호반의 쿠퍼스타운으로 이주했고, 그는 그곳에서 행복한 어린 시절을 보냈다. 그의 부친은 후에 옷세고 카운티를 대표하는 미국 하원의원으로 선출되었는데 이 지역은 여섯 인디언 부족 중 이로쿼이 족이 차지하고 있던 지역이었다. 이로쿼이 족은 영국군과 동맹을 맺고 있었으므로 미국 독립전쟁에서 영국군이 패배한 후 어쩔 수 없이 자신들의 땅을 미국인에게 양도하게 되었다. 그 후 쿠퍼의 부친이 뉴욕 주로부터 광활한 면적의 토지를 사서 이주민을 받아들여 쿠퍼스타운을 건설했다.

쿠퍼는 1801년 교육을 위해 올버니의 한 영국 출신 성공회 사제에게 보내어졌다. 그 사제는 영국에서 정식 교육을 받고 매우 박식한 사람이어서 쿠퍼는 그에게서 거의 모든 교육을 받았다고 볼 수 있는데 그 사제가 1802년 사망하는 바람에 1803년 어린 나이에 예일대에 입학하게 된다. 그러나 다른 학생의 방문을 폭파하는 심한 장난으로 3년 만에 퇴학당하고 선원으로 일하다가 미국 해군에 입대한 뒤 사관후보생으로 승진했다. 6년 동안 선원과 해군 사관후보생으로 일한 경험은 그의 인생에 큰 영향을 미쳐 후에 미국 해군에 대한 여러 권의 권위 있는 저서를 쓰게 되었다.

그는 1811년 미국 독립에 반대한 영국 왕당파에 속하는 가문의 수전 딜랜시와 결혼하고 해군에서 제대했다. 이 결혼에서 일곱 명의 자녀를 두었지만 두 명은 일찍 사망했다. 그의 가정생활은 대체적으로 행복했던 것으로 추정된다. 1820년 작가로 출발한 이래 그는 창작욕이 넘치는 다작의 작가가 되었다. 처가 부근에 거주하다가 1822년 뉴욕으로 이주하여 왕성한 작품 활동을 이어간 그는 1826년 『모히칸 족 최후의 생존자』로 확고한 명성을 확립했고, 그해 가족들과 함께 유럽으로 이주하여 선원 생활을 묘사한 소설들과 미국의 공화정체에 대한 공격에 맞서 그것을 옹호하는 정치비평을 썼다. 1833년 미국으로 돌아온 후 그는 자신에 대한 어떤 비평에 너무나 충격을 받은 나머지 미국인의 편협성을 공격하는 『동포에게 보내는 편지A Letter to His Countrymen』를 썼다. 그는 당대의 정치에 관련된 평론들과 과도한 자기선전으로 비평가들에게 공격을 받았다. 그는 쿠퍼스타운에서도 논쟁에 휘말렸는데 신문에서 "유럽의 영향력에 의해 망가진 가짜 귀족"이라는 악평을 듣고 언론의 무책임성을 통제하기 위해 손해배상을 요구하는 다수의 소송을 제기했다. 그는 자신이 제기한 모든 소송에서 승리를 거둠으로써 비평가들이 작품이 아니라 작가를 다룰 때에는 사실의 범위 내에서 평해야 한다는 원칙을 확립했다.

이처럼 논란에 휩말려 있는 와중에도 그는 레더스타킹 이야기 시리즈 중 세 편의 소설, 『모히칸 족 최후의 생존자』 『길을 여는 사람』 『사슴 사냥꾼』을 완성하고 1839년에는 지금까지도 정통적 역사서로 평가받고 있는 『미국 해군의 역사*The History of the Navy of the United States of America*』(1839)을 집필했다.

그가 1851년 쿠퍼스타운에서 수종으로 사망했을 때 그는 미국보다도 유럽에서 더 인기가 있었으며 더 높이 평가받고 있었다. 물론 그가 지주들의 권익을 옹호했으며 스스로 귀족이라고 지처히며 자랑스러워했으며 누구나 투표권을 가져야 한다는 신념도 없었고, 그의 소설은 아무런 형식이나 기교도 없고 이야기가 진행되는 도중 자주 멋대로 여담으로 흘러가기도 하는 등 많은 결점이 있어 거센 비판도 받았다. 그러나 그의 소설 중 지금까지도 인기를 누리며 걸작으로 인정받고 있는 레더스타킹 이야기 5부작에서 그의 소설들은 셰익스피어 극의 차원으로까지 승화되었을 뿐만 아니라 낭만주의 시에 대한 깊은 인식과 인생에 대한 매우 진지하고 복잡한 접근을 통해 소설의 새로운 차원을 열었다고 할 수 있다. 그는 이 소설들로 가장 위대한 미국 소설가 중 한 명으로 추앙받고 있으며 미국인들의 의식에 지대한 영향을 주었을 뿐만 아니라 유럽의 예술가들인 위고, 발자크, 작곡가 슈베르트, 톨스토이 등도 그를 매우 위대한 소설가로 평가했던 것이다.

18세기 미국의 자화상 『개척자들』

이 소설의 무대는 그가 행복한 어린 시절을 보낸 쿠퍼스타운이다. 뿐만 아니라 이 소설에 묘사된 풍경이라든가 크리스마스 시즌의 놀이인 총으로 칠면조 맞히기, 초봄에 단풍나무 수액을 채취하여 설탕을 만드는 광경, 비둘기 사냥, 옷세고 호수에서 밤에 대량으로 농어잡기, 재판정의 풍경, 민병대의 행진, 비전산(山)에서 발생한 대화재 등도 그의 어린 시절의 추억에 근거하고 있다.

템플턴의 지리적 묘사도 실제의 쿠퍼스타운과 매우 유사하고 등장인물 몇몇도 실제 인물에서 따왔다. 예를 들면 한때 프랑스 마르티니크 섬의 총독이었다가 프랑스 혁명으로 인해 미국으로 도망쳐 상점 주인으로 일하던 므시외 르 콰라는 인물이나 모호크 계곡의 주민이었던 헨드릭 프레이 중령이 소설 속의 므시외 르 콰와 프레데리크 하르트만 소령의 모델이고 내티 범포도 쿠퍼스타운 부근에 살며 사냥으로 잡은 짐승을 팔러 어린 시절 쿠퍼의 집에 오곤 했던 데이비드 십먼이라는 늙은 사냥꾼을 모델로 했다는 말이 있다. 인디언 존 모히건도 호수 주변에 머물렀던 몇몇 인디언들을 모델로 했을 수도 있다. 그 밖의 등장인물들도 18세기 말경 미국의 신개척지에서 흔히 볼 수 있던 다양한 종류의 인물들을 보여주고 있다.

마머듀크 템플도 쿠퍼의 부친과 여러 면에서 비슷하지만 쿠퍼의 부친만큼 활기차고 정치적 성향을 드러내는 않는 점을 보면 그의 부친을 그대로 소설화한 것 같지는 않다. 쿠퍼는 자신이 살았던 쿠퍼스타운과 그곳의 사람들을 정확히 묘사하기보다는 당시 미국인의 생활을 사실적으로 묘사하려는 목적을 가지고 미국인의 풍속을 묘사하는 이 소설을 썼다. 1823년 당시 미국인들은 독특한 미국적인 문학을 발전시키는 데 깊은 관심이 있었다. 그래서 쿠퍼 같은 소설가들이나 윌리엄 컬런 브라이언트 같은 시인들은 자기 주변의 세계에서 주제를 찾았다. 그 세계는 깊은 의미로 가득 차 있었으므로 작가가 이 세계를 있는 그대로, 문자 그대로가 아니라 그 근본적 성질에 충실하게 묘사하기만 하면 그 속에서 의미 깊은 미국적 주제들을 인식하고 독자들에게 전달할 수 있었다. 이런 방법을 통해서만 미국인들의 체험, 자연환경, 사회가 함축하고 있는 주제들을 타당하고 확실하게 전달할 수 있었던 것이다.

이 소설은 1793년을 배경으로 시작되는데, 크게 세 가지 요소로 구성되어 있다. 첫째는 당시 변경 개척지의 사회생활, 둘째는 에드워드 올리버 에핑엄과 템플 판사의 딸인 엘리자베스 템플의 사랑, 셋째는 늙은 사냥꾼 내티 범포와 그의 인디언 동지 칭가치국의 비극적 운명이다. 이 소설에는 미국 개척시대의 정착지에서 흔히 볼 수 있던 전형적인 인물들이 등장한다. 이미 언급한 므시외 르 콰와 프레데리크 하르트만 소령뿐만 아니라 사소한 사건에도 소송을 부추기는 변호사 체스터 리핏과 명료하게 말하지 못하고 자기의 말에 계속 부가적 설명을 가하며 법정에서도 공평을 기하기보다는 배심원들에게 영향을 주는 데 노력을 더 기울이는 변호사 더크 밴 더 스쿨도 등장하는데, 이 두 사람은 변호사에 대한 통렬한 풍자이다. 또 참견을 좋아하고 교활한 하이럼 둘리틀은 내티의 오두막집에 무엇이 있는지 알고 싶은 호기심을 참지 못하고, 치안판사라는 직위를 이용해 내티가 사슴 사냥 금지 기간에 사냥한 것을 죄목으로 수색영장을 발부받는다. 내티가 수색을 거부하며 소총으로 둘리틀을 위협하자 공무집행을 방해한 내티를 체포하게 한다. 템플 판사는 비록 내티가 자신의 딸의 생명을 구해준 은인일지라도 법을 지킬 수밖에 없다는 결정을 내리고, 정의롭고 자제력이 강한 내티가 법률을 방패 삼은 비열한 인간의 불합리한 요구에 저항함으로써 법과 충돌하게 되는 모순된 일이 벌어진다. 쿠퍼는 이 사건을 통해 법이 항상 정의를 실현하는 것은 아님을 역설한다. 법의 제지를 받아야 할 바로 그 사람들이 법을 집행하는 경우가 왕왕 있기 때문이다.

에핑엄의 부친 에드워드 에핑엄과 엘리자베스 템플의 부친, 즉 마머듀크 템플 판사는 젊은 시절 절친했던 학교 친구였는데 에핑엄은 영국 왕당파였고 템플 판사는 반대편인 미국 독립지지파였다. 군인이 된 에드워드 에핑엄은 부친 올리버 에핑엄 소령에게 물려받은 미국 내의 막대한 재산을 아무런 문서도 만들지 않고 마머듀크 템플에게 맡긴 후 행방불명이 되었다. 템플 판사는 그 돈으로 상회를 설립하여 상업을 하고 또 광활한 토지를 구입하여 거부가 되었고, 그중 정당한 몫을 분배하기 위해 친구 에핑엄이나 그 후손을 남몰래 찾고 있었다. 에드워드 에핑엄의 아들 올리버는 부친의 사망 후 템플 판사가 자기 부친의 재산을 독식했다고 생각하고 그 재산을 찾으려는 목적으로 정체를 숨긴 채 조부인 에핑엄 소령과 내티 범포, 존 모히건, 즉 과거 델라웨어 족의 추장 칭가치국과 함께 템플턴에 온다. 그곳에서 그는 템플 판사의 딸 엘리자베스와 사랑에 빠지고 결국은 모든 오해를 풀고 그녀와 결혼하게 된다.

내티 범포는 에핑엄 집안에서 양육되고 그 집안의 하인으로 일했는데 존 모히건과 함께 이곳에서 올리버를 돕고 있다. 올리버의 조부 에핑엄 소령은 예전에 델라웨어 족을 구조해준 인연으로 칭가치국의 양자가 되고 올리버의 부친은 그들에게 독수리라는 칭호를 얻게 되는데, 그들은 그 칭호를 올리버에게도 붙여주었다. 템플턴이 들어선 토지는 원래 델라웨어 족의 소유였는데 델라웨어 족이 감사의 뜻으로 올리버의 조부에게 증여한 것이었다. 그래서 내티 범포는 템플 판사가 그 토지를 주정부로부터 구입하기 전부터 그 토지를 지키기 위해 그곳에 거주하고 있었다. 그러나 델라웨어 족은 영국 왕당파와 협력하고 있었으므로 왕당파가 독립전쟁에서 패배하자 그들의 토지도 왕당파의 재산과 함께 독립지지파에게 몰수당했고 그 토지를 템플 판사가 구입했던 것이다.

이 소설에서 내티 범포와 존 모히건은 템플 판사와 이주민들과 대비를 이루고 있다. 내티 범포와 모히건은 인디언의 관습대로 자연을 존중하고 보전하며 살아가는 데 필요한 만큼만 물고기를 잡거나 사냥을 하며 살아가는 데 반해, 템플 판사와 이주민들은 숲을 개간하여 주거지와 농지를 조성하려는, 말하자면 자연을 훼손하여 인간 사회를 조성하려는 사람들이다. 단풍나무에 필요 이상으로 큰 흠집을 내어 수액을 채취한다든가, 숲을 보존하려는 생각은 조금도 없이 삼림자원이 무한하다고 생각하고 나무를 필요 이상으로 벌목한다든가, 필요도 없이 재미로 많은 비둘기를 사냥하거나 다 먹지도 못할 정도로 호수에서 농어를 잡는 것 등이 그러하다. 템플 판사는 이러한 자연 훼손을 반대하는 관점을 가지고 있지만 자기도 모르게 무리의 흥분에 동화되어 비둘기 사냥이나 농어잡이에 힘을 보탠다. 내티 범포도 사슴이 꼭 필요하지 않은데도 사슴 사냥의 흥분을 참을 수가 없어 사슴 사냥에 몰두한 결과 하이럼 둘리틀의 덫에 걸리게 된다. 결과적으로 내티가 오두막집에 숨기고 있었던 사람은 치매에 걸린 올리버의 조부였다는 사실과 템플 판사의 선의가 밝혀지면서 모든 오해가 풀리고, 올리버와 엘리자베스는 결혼함으로써 사랑의 결실을 맺는다.

이 소설에서 또 하나의 장엄한 장면은 동족이 몰락해서 다 죽고 혼자 영락한 삶을 영위하던 전 델라웨어 족 추장 칭가치국, 존 모히건이 죽는 장면이다. 비전산에 큰 산불이 났을 때 자기의 죽음의 순간을 자각한 칭가치국은 장엄하게 치장을 하고 불 속에서 죽음을 맞이하려 한다. 내티가 그를 업고, 그와 함께 있던 올리버와 엘리자베스를 이끌고 불 속에서 탈출하지만, 그는 결국 내티가 그를 데려간 동굴 속에서 종말을 맞이한다. 그랜트 신부는 그에게 하느님을 찬미하며 겸손과 참회로 죽음을 맞이하라고 권하지만 그는 죽음의 순간에 자신의 지난 생애에 대한 자부심을 드러내며 자신은 "위대한 영(靈)"에게로 갈 것이라며 내티에게 이렇게 말한다.

> "매눈! 내 조상들이 그 행복한 사냥터로 날 부르고 있네. 그 길은 환하게 뚫려 있고 모히건의 두 눈은 젊어졌다네. 내겐 보이네…… 그러나 백인들은 아무도 보이지 않는군. 의롭고 용감한 인디언들 외에는 아무도 볼 수가 없네. 잘 있게, 매눈…… 자넨 불을 먹는 사람과 젊은 독수리와 함께 백인의 천국으로 가겠지. 그러나 난 내 조상들을 따라간다네. 모히건의 활과 도끼와 담뱃대와 조가비 염주를 그의 무덤에 묻어주게. 그가 전쟁하러 떠나는 부대의 한 전사처럼 길을 떠날 때는 밤일 것이고 그러면 그런 것들을 찾기 위해 길을 멈출 수가 없을 테니까."(668~69쪽)

여기서는 백인과는 다른 인디언의 삶과 죽음의 방식이 존중되고 있다. 내티도 백인이지만 칭가치국의 신앙을 존중하는 태도를 보이고 그랜트 신부도 그의 임종의 모습에 깊은 경외감을 느끼며 고개를 숙인다.

내티는 올리버가 엘리자베스와 결혼해서 자리를 잡고 올리버의 조부가 세상을 떠나자 자기가 있을 곳은 숲속이라며 문명사회를 떠나 미개척지로 떠나겠다고 한다. 아무리 말려도 그의 결심은 확고하다. 이 소설은 "그는 지는 해를 향해 멀리 떠나갔다. 개척자들이 이 민족이 이 대륙을 가로질러 행군해 나아갈 수 있도록 길을 열었는데, 그는 이 개척자들의 무리 중에서도 선두에서 나아간 사람이었다"라는 말로 끝난다. 사실 내티는 문명사회를 싫어하고 개척되지 않은 삼림에서 사는 생활에 익숙하고 그것을 좋아해서 그것을 찾아 떠난 사람이었는데 그가 이 대륙의 개척을 위해 선두에서 나아간 사람이었다는 말은 이 소설에 묘사된 가장 심오한 아이러니라고 할 수 있다.

이 소설에서 쿠퍼는 자연환경의 보존과 개발에 대한 인식, 법의 불공정성에 대한 고발, 인간 사회를 건설하려는 사람들과 자연 속에서 생활하려는 사람들 사이의 대비 등을 통해 삶의 양면성에 대한 깊은 통찰을 드러내고 있으며 인디언과 백인의 판이한 삶과 죽음의 방식을 둘 다 존중하며 어느 한쪽도 비판하지 않는다. 그래서 아마 그의 레더스타킹 이야기가 셰익스피어 극의 차원까지 승화되었다는 찬사를 받게 되었을 것이다.

비록 쿠퍼가 보수주의자였고 그 자신이 지주로서 지주의 권익을 옹호하기는 했지만 그의 소설들에는 지극히 미국적인 상황 속에서 삶의 복잡한 다면성을 꿰뚫어보며 삶의 어느 면도 섣불리 판단하지 않는 작가의 예리한 통찰력이 구현되어 있다.

작가 연보

1789	뉴저지 주 북부 벌링턴에서 출생.
1790	가족과 함께 뉴욕 주 쿠퍼스타운으로 이주.
1801	교육을 위해 올버니의 목사에게 보내짐.
1803~05	예일 대학교에서 수학했으나 심한 장난으로 퇴학당함.
1806	상선의 선원이 되어 영국과 지중해 등지로 항해함.
1808	미국 해군에 입대해서 사관후보생이 됨. 온타리오 호(湖)와 챔플린 호 등에서 복무함.
1809	아버지 윌리엄 쿠퍼 사망.
1811	수전 딜랜시와 결혼하고 해군에서 제대. 첫째 딸 엘리자베스 출생.
1813	둘째 딸 수전 출생. 첫째 딸 엘리자베스 사망.
1814	뉴욕 주 웨스트체스터 카운티의 머매러넥에 소재한 처가 부근에서 살다가 쿠퍼스타운으로 돌아옴.
1815	셋째 딸 캐럴라인 출생.

1817   넷째 딸 앤 출생. 어머니 엘리자베스 페니모어 쿠퍼 사망.

        처가 부근으로 이사.

1819   다섯째 딸 마리아 출생.

1820   첫 소설 『예방책Precaution』 출간.

1821   큰아들 페니모어 출생.

        소설 『첩자The Spy』 출간.

1822   뉴욕 시로 이주.

1823   '레더스타킹 시리즈' 첫번째 책 『개척자들The Pioneers』 출간.

        큰아들 페니모어 사망.

1824   역사소설 『키잡이The Pilot: A Tale of the Sea』 출간.

        둘째 아들 폴 출생.

1825   역사소설 『라이어널 링컨Lionel Lincoln』 출간.

1826   '레더스타킹 시리즈' 두번째 책 『모히칸 족 최후의 생존자The Last of
        the Mohicans』 출간.

        유럽으로 이주.

1827   '레더스타킹 시리즈' 세번째 책 『대평원The Prairie』 출간.

1828   소설 『붉은 해적선The Red Rover』 출간.

        정치 논평서 『미국인의 관념Notions of the Americans』 출간.

1829   소설 『위시턴위시의 웹트The Wept of Wish-Ton-Wish』 출간.

1830   소설 『물의 마녀The Water Witch』 출간.

1831   소설 『자객The Bravo』 출간.

1832   소설 『하이덴마우어The Heidenmaur』 출간.

1833   미국으로 돌아옴.

        소설 『사형 집행인The Headsman』 출간.

1834   사회 비평서 『동포에게 보내는 편지 *A Letter to His Countrymen*』 출간.

1835   소설 『모니킨 족*The Monikins*』 출간.

1836   여행기 『스위스 스케치*Sketches of Switzerland*』 출간.

1837   여행기 『유럽 낙수집(落穗集)*Gleanings in Europe*』 출간.

1838   정치 에세이 『미국의 민주주의자*The American Democrat*』 출간.

                역사서 『쿠퍼스타운 연대기*The Chronicles of Cooperstown*』 출간.

                소설 『귀항 중*Homeward Bound*』 출간.

                소설 『돌아온 고국*Home as Found*』 출간.

                역사서 『이리 호의 전투*Battle of Lake Erie*』 출간.

                역사서 『미국 해군의 역사*The History of the Navy of the United States of America*』 출간.

1840   '레더스타킹 시리즈' 네번째 책 『길을 여는 사람*The Pathfinder*』 출간.

                역사소설 『카스티야의 머시디스*Mercedes of Castile*』 출간.

1841   '레더스타킹 시리즈' 다섯번째 책 『사슴 사냥꾼*The Deerslayer*』 출간.

1842   해양소설 『두 명의 제독*The Two Admirals*』 출간.

1842   해양소설 『돛을 나비 모양으로 벌리고*The Wing-and-Wing*』 출간.

1843   소설 『와이언도트 족(族)*Wyandotte*』 출간.

                소설 『손수건-자전적 로맨스*Le Mouchoir; an Autobiographical Romance*』 출간.

                전기 『네드 마이어스*Ned Myers*』 출간.

1844   해양소설 『해상 생활과 육지 생활*Afloat and Ashore*』 출간.

                해양소설 『마일스 윌링퍼드*Miles Wallingford*』 출간.

1845   소설 『세이턴스토*Satanstoe*』 출간.

                소설 『문명을 세우는 사람*The Chainbearer*』 출간.

1846   소설『아메리카 인디언_The Redskins_』 출간.

이 작품으로 『세이턴스토』『문명을 세우는 사람』과 함께 3부작

을 완성한다.

1847   소설『분화구_The Crater_』 출간.

1848   소설『잭 티어_Jack Tier_』 출간.

소설『참나무숲 길_The Oak Openings_』 출간.

1849   해양소설『바다사자_The Sea Lions_』 출간.

1850   소설『시대의 방식_The Ways of the Hour_』 출간.

1851   9월 14일 쿠퍼스타운에서 수종으로 사망.

'대산세계문학총서'를 펴내며

2010년 12월 대산세계문학총서는 100권의 발간 권수를 기록하게 되었습니다. 대산세계문학총서의 발간은 앞으로도 계속될 것이고, 따라서 100이라는 숫자는 완결이 아니라 연결의 의미를 지니는 것이지만, 그 상징성을 깊이 음미하면서 발전적 전환을 모색해야 하는 계기가 된 것은 분명합니다.

대산세계문학총서를 처음 시작할 때의 기본적인 정신과 목표는 종래의 세계문학전집의 낡은 틀을 깨고 우리의 주체적인 관점과 능력을 바탕으로 세계문학의 외연을 넓힌다는 것, 이를 통해 세계문학을 바라보는 우리의 시각을 전환하고 이해를 깊이 해나갈 수 있도록 한다는 것이었다고 간추려 말할 수 있습니다. 그리고 궁극적으로는 우리의 인문학을 지속적으로 발전시켜나갈 수 있는 동력이 될 수 있기를 희망하는 것이었습니다. 이러한 기본 정신은 앞으로도 조금도 흐트러지지 않고 지켜나갈 것입니다.

이 같은 정신을 토대로 대산세계문학총서는 새로운 변화의 물결 또한 외면하지 않고 적극 대응하고자 합니다. 세계화라는 바깥으로부터의 충격과 대한민국의 성장에 힘입은 주체적 위상 강화는 문화나 문학의 분야에서도 많은 성찰과 이를 바탕으로 한 발상의 전환을 요구하고 있습니다. 이제 세계문학이란 더 이상 일방적인 학습과 수용의 대상이 아니라 동등한 대화와 교류의 상대입니다. 이런 점에서 대산세계문학총서가 새롭게 표방하고자 하는 개방성과 대화성은 수동적 수용이 아니라 보다 높은 수준의 문화적 주체성 수립을 지향하는 것이며, 이것이 궁극적으로 한국문학과 문화의 세계화에 이바지하게 되리라고 믿습니다.

또한 안팎에서 밀려오는 변화의 물결에 감춰진 위험에 대해서도 우리는 주의를 게을리하지 말아야 할 것입니다. 표면적인 풍요와 번영의 이면에는 여전히, 아니 이제까지보다 더 위협적인 인간 정신의 황폐화라는 그늘이 짙게 드리워져 있는 것이 사실입니다. 대산세계문학총서는 이에 대항하는 정신의 마르지 않는 샘이 되고자 합니다.

'대산세계문학총서' 기획위원회

대 산 세 계 문 학 총 서